SHAN TIAN SHE
-新制對應版-

網羅新日本語能力試驗單字必考範圍

QR Code 山田社 Shan Tian She STS

戰

QR Code新版

日本語 單字分類 辭典

NIHONGO TANGO · BUNRUI ZITEN

決

N1. N2. N3. N4. N5 單字分類辭典

吉松由美・田中陽子・西村惠子・千田晴夫・林勝田・山田社日檢題庫小組 合著

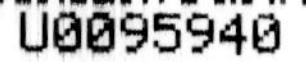

前言

日檢高分秘技！
頂尖高手都在用的神奇單字記憶法——情境記憶！
從日語小白一路到 N1，輕鬆靠這本！ N1~N5 單字全收錄，
滿滿「情境分類」大全，背單字從沒這麼過癮！

◆ **考場制霸攻略，活用交流就是制勝之道！**

新制日檢強調真實交流，在什麼情境説什麼才是高分關鍵！這本書貼心打造「單字→成句→情境串連」的學習套路，讓您聽説讀寫全面提升，打破背誦的魔咒，直通考場拿分秘技！學習成果出乎意料——史上最聰明的日檢攻略，帶您快速過關斬將！

◆ **單字是肌肉，日語力一秒強化！**

文法是骨架，單字就是日語力的肌肉！這本書不僅全收錄必考 N1~N5 單字，還將它們全部實境化、情境化，讓您邊背邊「體驗」日語，邊學邊想像自己置身真實情境，激發記憶力，快速鍛鍊「單字肌肉」，日語力火速飆升！

◆ **日檢最強單字書，應考、實用一把抓！**

這本《QR Code 新版 速戰速決日本語單字分類辭典 N1~N5》根據日檢最新考試標準精心編寫，收錄從 2010 年以來的熱門日檢單字。內容完整無比、應試與實戰雙料加持！

◆ **考前衝刺，神助攻！**

從累積實力到臨考衝刺，這本書經過精心編排，單字學習變成您考場上的秘密武器，再也不是背不起的絆腳石！

◆ **懂您所需，精心編寫**

「單字背了又忘」「考場上大腦當機」「硬背枯燥無味」「想要情境分類和五十音查詢」——這些痛點我們全搞定！情境分類 + 實用例句 + 輕鬆記憶，讓單字學習變成趣味滿滿，成效顯著！

亮點搶先看！

1. 主題王：情境帶您上手，應用力飆升

高分高手都在偷偷學的「情境記憶法」！本書將單字按情境分類——如時間、住房、衣服、通訊、運動等，這些都是考試和日常應用的常見場景。透過逐步深入的情境學習，讓您不僅能輕鬆記住相關單字，更能在現實場景中靈活運用！搭配金牌教師設計的實用例句，讓單字在腦海中清晰閃現。臨考時，單字理解、記憶即刻上線，讓您輕鬆過關，達到一目十行的程度，進步有感！

2. 單字王：高出題率單字，快速記憶

精選出日檢考試中高頻、高出題率的單字，由日籍金牌教師群精心挑選和講解，每個單字不僅提供詳細的詞性、意義，還有用法解析，讓您在各種情境中靈活應對。理解不再片面，而是全方位掌握單字的含義和延伸用法，快速鞏固學習記憶。無論是在考場上還是日常對話中，這些單字都將讓您的日語實力更上一層樓！

3. 速攻王：五十音順，簡單清晰，單字分類不亂

為讓學習過程更順暢，本書精心設計了情境分類學習法，並以五十音順排列，讓每個單字按最便捷的方式呈現。翻閱單字時再也不迷糊，特別是考前衝刺時，按五十音順一目了然，快速找到所需單字，清晰高效。書中去除冷門字義，專注於日檢考試和日常生活最常見的解釋，幫助您在最短時間內準確掌握單字含義，實現高效、精準記憶！

4. 例句王：活用單字的終極利器

要靈活運用單字，真正達到「聽說讀寫」的全面提升，例句是不可或缺的助力！本書每個單字都配有精選例句，讓您看到單字在實際場合中的應用，從而深刻理解其使用方法。例句不僅搭配不同的情境，還涵蓋考試、職場、旅遊等實用場合，讓您熟悉單字最常見的搭配和用法。通過例句記單字，您將掌握更多符合上下文的表達方式，選擇適切語彙的能力也大大增強，成為聽說讀寫全能高手！

5. 聽力王：附 QR Code 線上音檔，高分合格必備

新制日檢將聽力分數比重大幅提高，考場上的聽力能力成為合格與否的關鍵。本書貼心附贈 QR Code 線上音檔，讓您隨時隨地鍛鍊聽力。QR Code 中包含日籍教師的標準發音及語調，讓您充分適應日語母語者的說話節奏和語調變化。搭配書中的情境學習，能在真實對話中更快速反應，聽力實力穩步增強，幫助您自信迎戰，實現高分合格的目標！

在精進日語的路上，只要改變學習方法，成效立見！這本書適用日語初學者、大學生、日檢考生，甚至日語教師！隨時隨地、通勤喝咖啡等零碎時間，統統變成您日語力提升的快充時刻！

目錄

JLPT

N5

JLPT

N4

JLPT

N3

JLPT

N2

JLPT

N1

詞性說明

詞性	定義	例（日文／中譯）
名詞	表示人事物、地點等名稱的詞。有活用。	門（もん）／大門
形容詞	詞尾是い。說明客觀事物的性質、狀態或主觀感情、感覺的詞。有活用。	細（ほそ）い／細小的
形容動詞	詞尾是だ。具有形容詞和動詞的雙重性質。有活用。	静（しず）かだ／安靜的
動詞	表示人或事物的存在、動作、行為和作用的詞。	言（い）う／說
自動詞	表示的動作不直接涉及其他事物。只說明主語本身的動作、作用或狀態。	花（はな）が咲（さ）く／花開。
他動詞	表示的動作直接涉及其他事物。從動作的主體出發。	母（はは）が窓（まど）を開（あ）ける ／母親打開窗戶。
五段活用	詞尾在ウ段或詞尾由「ア段＋る」組成的動詞。活用詞尾在「ア、イ、ウ、エ、オ」這五段上變化。	持（も）つ／拿
上一段活用	「イ段＋る」或詞尾由「イ段＋る」組成的動詞。活用詞尾在イ段上變化。	見（み）る／看 起（お）きる／起床
下一段活用	「エ段＋る」或詞尾由「エ段＋る」組成的動詞。活用詞尾在エ段上變化。	寝（ね）る／睡覺 見（み）せる／讓…看
下二段活用	詞尾在ウ段・エ段或詞尾由「ウ段・エ段＋る」組成的動詞。活用詞尾在ウ段到エ段這二段上變化。	得（う）る／得到 寝（ね）る／睡覺
變格活用	動詞的不規則變化。一般指カ行「来る」、サ行「する」兩種。	来（く）る／到來 する／做
カ行變格活用	只有「来る」。活用時只在カ行上變化。	来（く）る／到來
サ行變格活用	只有「する」。活用時只在サ行上變化。	する／做
連體詞	限定或修飾體言的詞。沒活用，無法當主詞。	どの／哪個
副詞	修飾用言的狀態和程度的詞。沒活用，無法當主詞。	余（あま）り／不太…

副助詞	接在體言或部分副詞、用言等之後，增添各種意義的助詞。	～も ／也…
終助詞	接在句尾，表示說話者的感嘆、疑問、希望、主張等語氣。	か ／嗎
接續助詞	連接兩項陳述內容，表示前後兩項存在某種句法關係的詞。	ながら ／邊…邊…
接續詞	在段落、句子或詞彙之間，起承先啟後的作用。沒活用，無法當主詞。	しかし ／然而
接頭詞	詞的構成要素，不能單獨使用，只能接在其他詞的前面。	御(お)～ ／貴（表尊敬及美化）
接尾詞	詞的構成要素，不能單獨使用，只能接在其他詞的後面。	～枚(まい) ／…張（平面物品數量）
造語成份（新創詞語）	構成復合詞的詞彙。	一昨年(いっさくねん) ／前年
漢語造語成份（和製漢語）	日本自創的詞彙，或跟中文意義有別的漢語詞彙。	風呂(ふろ) ／澡盆
連語	由兩個以上的詞彙連在一起所構成，意思可以直接從字面上看出來。	赤(あか)い傘(かさ) ／紅色雨傘 足(あし)を洗(あら)う ／洗腳
慣用語	由兩個以上的詞彙因習慣用法而構成，意思無法直接從字面上看出來。常用來比喻。	足(あし)を洗(あら)う ／脫離黑社會
感嘆詞	用於表達各種感情的詞。沒活用，無法當主詞。	ああ ／啊（表驚訝等）
寒暄語	一般生活上常用的應對短句、問候語。	お願(ねが)いします ／麻煩…

Memo

必　勝

N5

情境分類單字

パート
1
第一章

基本単語

- 基本單字 -

N5 ◉ 1-1

1-1 挨拶ことば / 寒暄語

01 | どうもありがとうございました

寒暄 謝謝，太感謝了

例 寂しいけど、今までどうもありがとうございました。

譯 太令人捨不得了，到目前為止真的很謝謝。

02 | いただきます【頂きます】

寒暄 （吃飯前的客套話）我就不客氣了

例「いただきます」と言ってご飯を食べる。

譯 說聲「我開動了」就吃起飯了。

03 | いらっしゃい（ませ）

寒暄 歡迎光臨

例 いらっしゃいませ。どうぞ、こちらへ。

譯 歡迎光臨。請往這邊走。

04 | ではおげんきで【ではお元気で】

寒暄 請多保重身體

例 では、お元気で。さようなら。

譯 那麼，請多保重身體。再見了。

05 | おねがいします【お願いします】

寒暄 麻煩，請；請多多指教

例 またお願いします。

譯 再麻煩你了。

06 | おはようございます

寒暄 （早晨見面時）早安，您早

例 先生、おはようございます。

譯 老師，早安！

07 | おやすみなさい【お休みなさい】

寒暄 晚安

例「おやすみなさい」と両親に言った。

譯 跟父母說了聲「晚安」。

08 | ごちそうさまでした【御馳走様でした】

寒暄 多謝您的款待，我已經吃飽了

例 ごちそうさまでした。美味しかったです。

譯 感謝招待，美味極了。

09 | こちらこそ

寒暄 哪兒的話，不敢當

例 こちらこそ、ありがとうございました。

譯 我才應該感謝你的。

10 | ごめんください【御免ください】

寒暄 有人在嗎

例 ごめんください、誰(だれ)かいますか。

譯 請問有人在家嗎？

11 ｜ごめんなさい【御免なさい】

連語 對不起

例 本当(ほんとう)にごめんなさい。

譯 真的很對不起。

12 ｜こんにちは【今日は】

寒暄 你好，日安

例 こんにちは、今日(きょう)は暑(あつ)いですね。

譯 你好，今天真熱啊！

13 ｜こんばんは【今晩は】

寒暄 晚安你好，晚上好

例 こんばんは、今(いま)お帰(かえ)りですか。

譯 晚上好，剛回來嗎？

14 ｜さよなら・さようなら

感 再見，再會；告別

例 お元気(げんき)で、さようなら。

譯 珍重，再見啦！

15 ｜しつれいしました【失礼しました】

寒暄 請原諒，失禮了

例 返事(へんじ)が遅(おく)れて失礼(しつれい)しました。

譯 回信遲了，真是抱歉！

16 ｜しつれいします【失礼します】

寒暄 告辭，再見，對不起；不好意思，打擾了

例 では、お先(さき)に失礼(しつれい)します。

譯 那麼，我就先告辭了！

17 ｜すみません

寒暄 （道歉用語）對不起，抱歉；謝謝

例 すみません、わかりません。

譯 很抱歉，我不明白。

18 ｜では、また

寒暄 那麼，再見

例 では、また明日(あした)。

譯 那麼，明天見了。

19 ｜どういたしまして

寒暄 沒關係，不用客氣，算不了什麼

例 「ありがとうございました」。「いいえ、どういたしまして」。

譯 「謝謝你」。「那裡那裡，你太客氣了」。

20 ｜はじめまして【初めまして】

寒暄 初次見面，你好

例 初(はじ)めまして、山田(やまだ)です。

譯 你好，我叫山田。

21 ｜（どうぞ）よろしく

寒暄 指教，關照

例 こちらこそ、どうぞよろしくお願(ねが)いします。

譯 彼此彼此，請多多關照。

N5 ◉ 1-2 (1)

1-2 数字 (1) ／
數字 (1)

01 ｜ゼロ【zero】

名 （數）零；沒有

例 ゼロから始(はじ)める。

譯 從零開始。

02 | れい【零】

㊔(數)零；沒有

例 気温は零度だ。

譯 氣溫零度。

03 | いち【一】

㊔(數)一；第一，最初；最好

例 月に一度だけ会う。

譯 一個月只見一次面。

04 | に【二】

㊔(數)二，兩個

例 二年前に留学した。

譯 兩年前留過學。

05 | さん【三】

㊔(數)三；三個；第三；三次

例 茶碗に三杯ごはんを食べる。

譯 吃三碗飯。

06 | し・よん【四】

㊔(數)四；四個；四次(後接「時(じ)、時間(じかん)」時，則唸「四」(よ))

例 四を押す。

譯 按四。

07 | ご【五】

㊔(數)五

例 指が５本ある。

譯 手指有五根。

08 | ろく【六】

㊔(數)六；六個

例 六時間をかける。

譯 花六個小時。

09 | しち・なな【七】

㊔(數)七；七個

例 七五三に着る。

譯 在“七五三”(日本習俗，祈求兒童能健康成長。)穿上。

10 | はち【八】

㊔(數)八；八個

例 八キロもある。

譯 有八公斤。

11 | きゅう・く【九】

㊔(數)九；九個

例 九から三を引く。

譯 用九減去三。

12 | じゅう【十】

㊔(數)十；第十

例 十まで言う。

譯 說到十。

13 | ひゃく【百】

㊔(數)一百；一百歲

例 百点を取る。

譯 考一百分。

14 | せん【千】

㊔(數)千，一千；形容數量之多

例 高さは千メートルある。

譯 高度有一千公尺。

15 | まん【万】

名（數）萬

例 1千万(いっせんまん)で買(か)った。

譯 以一千萬日圓買下。

N5 ◉ 1-2 (2)

1-2 数字 (2) / 數字 (2)

16 | ひとつ【一つ】

名（數）一；一個；一歲

例 一(ひと)つを選(えら)ぶ。

譯 選一個。

17 | ふたつ【二つ】

名（數）二；兩個；兩歲

例 二(ふた)つに割(わ)る。

譯 破裂成兩個。

18 | みっつ【三つ】

名（數）三；三個；三歲

例 三(みっ)つに分(わ)かれる。

譯 分成三個。

19 | よっつ【四つ】

名（數）四個；四歲

例 りんごを四(よっ)つ買(か)う。

譯 買四個蘋果。

20 | いつつ【五つ】

名（數）五個；五歲；第五（個）

例 五(いつ)つになる。

譯 長到五歲。

21 | むっつ【六つ】

名（數）六；六個；六歲

例 六(むっ)つ上(うえ)の兄(あに)がいる。

譯 我有一個比我大六歲的哥哥。

22 | ななつ【七つ】

名（數）七個；七歲

例 七(なな)つにわける。

譯 分成七個。

23 | やっつ【八つ】

名（數）八；八個；八歲

例 八(やっ)つの子(こ)がいる。

譯 有八歲的小孩。

24 | ここのつ【九つ】

名（數）九個；九歲

例 九(ここの)つになる。

譯 長到九歲。

25 | とお【十】

名（數）十；十個；十歲

例 お皿(さら)が十(とお)ある。

譯 有十個盤子。

26 | いくつ【幾つ】

名（不確定的個數，年齡）幾個，多少；幾歲

例 いくつもない。

譯 沒有幾個。

27 | はたち【二十歳】

名 二十歲

例 二十歳(はたち)を迎(むか)える。

譯 迎接二十歲的到來。

28 | ばんごう【番号】

㊔ 號碼，號數

例 番号(ばんごう)を調(しら)べる。

譯 查號碼。

N5 ● 1-3

1-3 曜日 / 星期

01 | にちようび【日曜日】

㊔ 星期日

例 日曜日(にちようび)も休(やす)めない。

譯 星期天也沒辦法休息。

02 | げつようび【月曜日】

㊔ 星期一

例 月曜日(げつようび)の朝(あさ)は大変(たいへん)だ。

譯 星期一的早晨忙壞了。

03 | かようび【火曜日】

㊔ 星期二

例 火曜日(かようび)に帰(かえ)る。

譯 星期二回去。

04 | すいようび【水曜日】

㊔ 星期三

例 水曜日(すいようび)が休(やす)みだ。

譯 星期三休息。

05 | もくようび【木曜日】

㊔ 星期四

例 木曜日(もくようび)までに返(かえ)す。

譯 星期四前歸還。

06 | きんようび【金曜日】

㊔ 星期五

例 金曜日(きんようび)から始(はじ)まる。

譯 星期五開始。

07 | どようび【土曜日】

㊔ 星期六

例 土曜日(どようび)は暇(ひま)だ。

譯 星期六有空。

08 | せんしゅう【先週】

㊔ 上個星期，上週

例 先週(せんしゅう)習(なら)った。

譯 上週學習過了。

09 | こんしゅう【今週】

㊔ 這個星期，本週

例 今週(こんしゅう)も忙(いそが)しい。

譯 這禮拜也忙。

10 | らいしゅう【来週】

㊔ 下星期

例 来週(らいしゅう)はテストをする。

譯 下週考試。

11 | まいしゅう【毎週】

㊔ 每個星期，每週，每個禮拜

例 毎週(まいしゅう)映画館(えいがかん)へ行(い)く。

譯 每週去電影院看電影。

12 | しゅうかん【週間】

(名·接尾) …週，…星期

例 1週間(いっしゅうかん)は七日(なのか)だ。

譯 一週有七天。

13 | たんじょうび【誕生日】

㊔ 生日

例 誕生日(たんじょうび)に何(なに)がほしい。

譯 想要什麼生日禮物？

N5 ● 1-4

1-4 日にち / 日期

01 ｜ついたち【一日】

名 (每月)一號，初一

例 毎月一日(まいつきついたち)に、お祖父(じい)さんと会(あ)う。

譯 每個月一號都會跟爺爺見面。

02 ｜ふつか【二日】

名 (每月)二號，二日；兩天；第二天

例 五日(いつか)働(はたら)いて、二日(ふつか)休(やす)む。

譯 五天工作，兩天休息。

03 ｜みっか【三日】

名 (每月)三號；三天

例 三日(みっか)に1度(いちど)会(あ)う。

譯 三天見一次面。

04 ｜よっか【四日】

名 (每月)四號，四日；四天

例 もう四日(よっか)も雨(あめ)が降(ふ)っている。

譯 已經足足下了四天的雨了。

05 ｜いつか【五日】

名 (每月)五號，五日；五

例 五日間(いつかかん)旅行(りょこう)する。

譯 旅行五天。

06 ｜むいか【六日】

名 (每月)六號，六日；六天

例 六日(むいか)にまた会(あ)いましょう。

譯 我們六日再會吧！

07 ｜なのか【七日】

名 (每月)七號；七日，七天

例 休(やす)みは七日間(なのかかん)ある。

譯 有七天的休假

08 ｜ようか【八日】

名 (每月)八號，八日；八天

例 八日(ようか)かかる。

譯 需花八天時間。

09 ｜ここのか【九日】

名 (每月)九號，九日；九天

例 五月九日(ごがつここのか)にまた会(あ)いましょう。

譯 五月九號再碰面吧！

10 ｜とおか【十日】

名 (每月)十號，十日；十天

例 十日間(とおかかん)かかる。

譯 花十天時間。

11 ｜はつか【二十日】

名 (每月)二十日；二十天

例 二十日(はつか)に出(で)る。

譯 二十號出發。

12 ｜いちにち【一日】

名 一天，終日；一整天；一號(ついたち)

例 一日(いちにち)寝(ね)る。

譯 睡了一整天。

13 | カレンダー【calendar】

㊔ 日曆；全年記事表

例 今年(ことし)のカレンダーをもらった。

譯 拿到今年的日曆。

N5 ◉ 1-5

1-5 色 / 顏色

01 | あおい【青い】

㊍ 藍的，綠的，青的 ；不成熟

例 海(うみ)は青(あお)い。

譯 湛藍的海。

02 | あかい【赤い】

㊍ 紅的

例 赤(あか)い花(はな)を買(か)う。

譯 買紅色的花。

03 | きいろい【黄色い】

㊍ 黃色，黃色的

例 黄色(きいろ)い花(はな)が咲(さ)く。

譯 綻放黃色的花朵。

04 | くろい【黒い】

㊍ 黑色的；褐色；骯髒；黑暗

例 黒(くろ)い船(ふね)を見(み)ました。

譯 看到黑色的船隻。

05 | しろい【白い】

㊍ 白色的；空白；乾淨，潔白

例 白(しろ)い雲(くも)が黒(くろ)くなった。

譯 白雲轉變為烏雲。

06 | ちゃいろ【茶色】

㊔ 茶色

例 茶色(ちゃいろ)が好(す)きだ。

譯 喜歡茶色。

07 | みどり【緑】

㊔ 綠色

例 みどりが多(おお)い。

譯 綠油油的。

08 | いろ【色】

㊔ 顏色，彩色

例 黄色(きいろ)くなる。

譯 轉黃。

N5 ◉ 1-6

1-6 数詞 / 量詞

01 | かい【階】

(接尾) （樓房的）…樓，層

例 2階(にかい)まで歩(ある)く。

譯 走到二樓。

02 | かい【回】

(名·接尾) …回，次數

例 何回(なんかい)も言(い)う。

譯 說了好幾次。

03 | こ【個】

(名·接尾) …個

例 6個(ろっこ)ください。

譯 給我六個。

04 | さい【歳】

名・接尾 …歳

例 25歳（にじゅうごさい）で結婚（けっこん）する。

譯 25歳結婚。

05 | さつ【冊】

接尾 …本，…冊

例 本（ほん）を5冊（ごさつ）買（か）う。

譯 買五本書。

06 | だい【台】

接尾 …台，…輛，…架

例 エアコンが2台（にだい）ある。

譯 有兩台冷氣。

07 | にん【人】

接尾 …人

例 子供（こども）が6人（ろくにん）もいる。

譯 小孩多達六人。

08 | はい・ばい・ぱい【杯】

接尾 …杯

例 1杯（いっぱい）どう。

譯 喝杯如何？

09 | ばん【番】

名・接尾 （表示順序）第…，…號；輪班；看守

例 1番（いちばん）になった。

譯 得到第一名。

10 | ひき【匹】

接尾 （鳥，蟲，魚，獸）…匹，…頭，…條，…隻

例 2匹（にひき）の犬（いぬ）と散歩（さんぽ）する。

譯 跟2隻狗散步。

11 | ページ【page】

名・接尾 …頁

例 ページを開（ひら）く。

譯 翻開內頁。

12 | ほん・ぼん・ぽん【本】

接尾 （計算細長的物品）…支，…棵，…瓶，…條

例 ビールを2本（にほん）買（か）う。

譯 購買兩瓶啤酒。

13 | まい【枚】

接尾 （計算平薄的東西）…張，…片，…幅，…扇

例 ハンカチを2枚（にまい）持（も）っている。

譯 有兩條手帕。

パート
2
第二章

動植物、大自然

- 動植物、大自然 -

N5 2-1

2-1 体 / 身體

01 | あたま【頭】
㊔ 頭；頭髮；(物體的上部)頂端
例 頭（あたま）がいい。
譯 聰明。

02 | かお【顔】
㊔ 臉，面孔；面子，顏面
例 水（みず）で顔（かお）を洗（あら）う。
譯 用自來水洗臉。

03 | みみ【耳】
㊔ 耳朵
例 耳（みみ）が冷（つめ）たくなった。
譯 耳朵感到冰冷。

04 | め【目】
㊔ 眼睛；眼珠，眼球
例 目（め）がいい。
譯 視力好。

05 | はな【鼻】
㊔ 鼻子
例 鼻（はな）が高（たか）い。
譯 得意洋洋。

06 | くち【口】
㊔ 口，嘴巴
例 口（くち）を開（ひら）く。
譯 把嘴張開。

07 | は【歯】
㊔ 牙齒
例 歯（は）を磨（みが）く。
譯 刷牙。

08 | て【手】
㊔ 手，手掌；胳膊
例 手（て）をあげる。
譯 舉手。

09 | おなか【お腹】
㊔ 肚子；腸胃
例 お腹（なか）が痛（いた）い。
譯 肚子痛。

10 | あし【足】
㊔ 腳；(器物的)腿
例 足（あし）が綺麗（きれい）だ。
譯 腳很美。

11 | からだ【体】
㊔ 身體；體格，身材
例 タバコは体（からだ）に悪（わる）い。
譯 香菸對身體不好。

12 ｜せ・せい【背】

㊔ 身高，身材

例 背(せ)が高(たか)い。

譯 身材高大。

13 ｜こえ【声】

㊔ (人或動物的)聲音，語音

例 やさしい声(こえ)で話(はな)す。

譯 用溫柔的聲音說話。

N5 2-2(1)

2-2 家族 (1) / 家族 (1)

01 ｜おじいさん【お祖父さん・お爺さん】

㊔ 祖父；外公；(對一般老年男子的稱呼)爺爺

例 お祖父(じい)さんから聞(き)く。

譯 從祖父那裡聽來的。

02 ｜おばあさん【お祖母さん・お婆さん】

㊔ 祖母；外祖母；(對一般老年婦女的稱呼)老婆婆

例 お祖母(ばあ)さんは元気(げんき)だ。

譯 祖母身體很好。

03 ｜おとうさん【お父さん】

㊔ (「父」的鄭重說法)爸爸，父親

例 お父(とう)さんはお元気(げんき)ですか。

譯 您父親一切可好。

04 ｜ちち【父】

㊔ 家父，爸爸，父親

例 父(ちち)は今(いま)出(で)かけている。

譯 爸爸目前外出。

05 ｜おかあさん【お母さん】

㊔ (「母」的鄭重說法)媽媽，母親

例 お母(かあ)さんが大好(だいす)きだ。

譯 我最喜歡母親。

06 ｜はは【母】

㊔ 家母，媽媽，母親

例 母(はは)に電話(でんわ)する。

譯 打電話給母親。

07 ｜おにいさん【お兄さん】

㊔ 哥哥(「兄さん」的鄭重說法)

例 お兄(にい)さんはギターが上手(じょうず)だ。

譯 哥哥很會彈吉他。

08 ｜あに【兄】

㊔ 哥哥，家兄；姐夫

例 兄(あに)と喧嘩(けんか)する。

譯 跟哥哥吵架。

09 ｜おねえさん【お姉さん】

㊔ 姊姊(「姉さん」的鄭重說法)

例 お姉(ねえ)さんはやさしい。

譯 姊姊很溫柔。

10 ｜あね【姉】

㊔ 姊姊，家姊；嫂子

例 姉(あね)は忙(いそが)しい。

譯 姊姊很忙。

11 | おとうと【弟】

名 弟弟（鄭重説法是「弟さん」）

例 男の子が私の弟だ。

譯 男孩是我弟弟。

12 | いもうと【妹】

名 妹妹（鄭重説法是「妹さん」）

例 かわいい妹がほしい。

譯 我想要有個可愛的妹妹。

13 | おじさん【伯父さん・叔父さん】

名 伯伯，叔叔，舅舅，姨丈，姑丈

例 伯父さんは厳しい人だ。

譯 伯伯人很嚴格。

14 | おばさん【伯母さん・叔母さん】

名 姨媽，嬸嬸，姑媽，伯母，舅媽

例 伯母さんが嫌いだ。

譯 我討厭姨媽。

N5 ◎ 2-2(2)

2-2 家族 (2) /
家族 (2)

15 | りょうしん【両親】

名 父母，雙親

例 両親に会う。

譯 見父母。

16 | きょうだい【兄弟】

名 兄弟；兄弟姊妹；親如兄弟的人

例 兄弟はいますか。

譯 你有兄弟姊妹嗎？

17 | かぞく【家族】

名 家人，家庭，親屬

例 家族が多い。

譯 家人眾多。

18 | ごしゅじん【ご主人】

名（稱呼對方的）您的先生，您的丈夫

例 ご主人のお仕事は。

譯 您先生從事什麼行業？

19 | おくさん【奥さん】

名 太太；尊夫人

例 奥さんによろしく。

譯 代我向您夫人問好。

20 | じぶん【自分】

名 自己，本人，自身；我

例 自分でやる。

譯 自己做。

21 | ひとり【一人】

名 一人；一個人；單獨一個人

例 一人で来た。

譯 單獨一人前來。

22 | ふたり【二人】

名 兩個人，兩人

例 二人でお酒を飲む。

譯 兩人一起喝酒。

23 | みなさん【皆さん】

名 大家，各位

例 皆さん、お静かに。

譯 請大家肅靜。

24 | いっしょ【一緒】

名・自サ 一塊，一起；一樣；（時間）一齊，同時

例 一緒に行く。
譯 一起去。

25 | おおぜい【大勢】
名 很多人，眾多人；人數很多
例 大勢の人が並んでいる。
譯 有許多人排列著。

N5 2-3

2-3 人の呼び方 / 人物的稱呼

01 | あなた【貴方・貴女】
代 (對長輩或平輩尊稱)你，您；(妻子稱呼先生)老公
例 貴方に会う。
譯 跟你見面。

02 | わたし【私】
名 我(謙遜的説法"わたくし")
例 私が行く。
譯 我去。

03 | おとこ【男】
名 男性，男子，男人
例 男は傘を持っている。
譯 男性拿著傘。

04 | おんな【女】
名 女人，女性，婦女
例 女はやさしい。
譯 女性很溫柔。

05 | おとこのこ【男の子】
名 男孩子；年輕小伙子
例 男の子が生まれた。
譯 生了男孩。

06 | おんなのこ【女の子】
名 女孩子；少女
例 女の子がほしい。
譯 想生女孩子。

07 | おとな【大人】
名 大人，成人
例 大人になる。
譯 變成大人。

08 | こども【子供】
名 自己的兒女；小孩，孩子，兒童
例 子どもがほしい。
譯 想要有孩子。

09 | がいこくじん【外国人】
名 外國人
例 外国人がたくさんいる。
譯 有許多外國人。

10 | ともだち【友達】
名 朋友，友人
例 友達になる。
譯 交朋友。

11 | ひと【人】
名 人，人類
例 あの人は学生です。
譯 那個人是學生。

12 | かた【方】
名 位，人(「人」的敬稱)
例 あの方が山田さんです。
譯 那位是山田小姐。

13 ｜がた【方】

(接尾)（前接人稱代名詞，表對複數的敬稱）們，各位

例 先生方（せんせいがた）はアメリカ人（じん）ですか。

譯 老師們都是美國人嗎？

14 ｜さん

(接尾)（接在人名，職稱後表敬意或親切）…先生，…小姐

例 田中（たなか）さん、お元気（げんき）ですか。

譯 田中小姐，你好嗎？

N5 2-4

2-4 大自然 /
大自然

01 ｜そら【空】

(名) 天空，空中；天氣

例 空（そら）を飛（と）ぶ。

譯 在天空飛翔。

02 ｜やま【山】

(名) 山；一大堆，成堆如山

例 山（やま）に登（のぼ）る。

譯 爬山。

03 ｜かわ【川・河】

(名) 河川，河流

例 川（かわ）で魚（さかな）をとる。

譯 在河邊釣魚。

04 ｜うみ【海】

(名) 海，海洋

例 海（うみ）を渡（わた）る。

譯 渡海。

05 ｜いわ【岩】

(名) 岩石

例 岩（いわ）の上（うえ）に座（すわ）る。

譯 坐在岩石上。

06 ｜き【木】

(名) 樹，樹木；木材

例 木（き）の下（した）に犬（いぬ）がいる。

譯 樹下有小狗。

07 ｜とり【鳥】

(名) 鳥，禽類的總稱；雞

例 鳥（とり）が飛（と）ぶ。

譯 鳥飛翔。

08 ｜いぬ【犬】

(名) 狗

例 犬（いぬ）も猫（ねこ）も大好（だいす）きだ。

譯 喜歡狗跟貓。

09 ｜ねこ【猫】

(名) 貓

例 猫（ねこ）は窓（まど）から入（はい）ってきた。

譯 貓從窗戶進來。

10 ｜はな【花】

(名) 花

例 花（はな）が咲（さ）く。

譯 花開。

11 ｜さかな【魚】

(名) 魚

例 魚（さかな）を買（か）う。

譯 買魚。

12 | どうぶつ【動物】

㊔（生物兩大類之一的）動物;（人類以外，特別指哺乳類）動物

例 動物(どうぶつ)が好(す)きだ。

譯 喜歡動物。

N5 ⊙ 2-5

2-5 季節、気象 /
季節、氣象

01 | はる【春】

㊔ 春天，春季

例 春(はる)になる。

譯 到了春天。

02 | なつ【夏】

㊔ 夏天，夏季

例 夏(なつ)が来(く)る。

譯 夏天來臨。

03 | あき【秋】

㊔ 秋天，秋季

例 もう秋(あき)だ。

譯 已經是秋天了。

04 | ふゆ【冬】

㊔ 冬天，冬季

例 冬(ふゆ)を過(す)ごす。

譯 過冬。

05 | かぜ【風】

㊔ 風

例 風(かぜ)が吹(ふ)く。

譯 風吹。

06 | あめ【雨】

㊔ 雨，下雨，雨天

例 雨(あめ)が降(ふ)る。

譯 下雨。

07 | ゆき【雪】

㊔ 雪

例 雪(ゆき)が降(ふ)る。

譯 下雪。

08 | てんき【天気】

㊔ 天氣；晴天，好天氣

例 天気(てんき)がいい。

譯 天氣好。

09 | あつい【暑い】

㊋（天氣）熱，炎熱

例 部屋(へや)が暑(あつ)い。

譯 房間很熱。

10 | さむい【寒い】

㊋（天氣）寒冷

例 冬(ふゆ)は寒(さむ)い。

譯 冬天寒冷。

11 | すずしい【涼しい】

㊋ 涼爽，涼爽

例 風(かぜ)が涼(すず)しい。

譯 風很涼爽。

12 | はれる【晴れる】

(自下一)（天氣）晴，（雨，雪）停止，放晴

例 空(そら)が晴(は)れる。

譯 天氣放晴。

パート
3
第三章

日常生活

- 日常生活 -

N5 ◉ 3-1

3-1 身の回り品 / 身邊的物品

01 | かばん【鞄】

㊔ 皮包，提包，公事包，書包

例 かばんを開(あ)ける。

譯 打開皮包。

02 | にもつ【荷物】

㊔ 行李，貨物

例 荷物(にもつ)を運(はこ)ぶ。

譯 搬行李。

03 | ぼうし【帽子】

㊔ 帽子

例 帽子(ぼうし)をかぶる。

譯 戴帽子。

04 | ネクタイ【necktie】

㊔ 領帶

例 ネクタイを締(し)める。

譯 繫領帶。

05 | ハンカチ【handkerchief】

㊔ 手帕

例 ハンカチを洗(あら)う。

譯 洗手帕。

06 | めがね【眼鏡】

㊔ 眼鏡

例 眼鏡(めがね)をかける。

譯 戴眼鏡。

07 | さいふ【財布】

㊔ 錢包

例 財布(さいふ)に入(い)れる。

譯 放入錢包。

08 | おかね【お金】

㊔ 錢，貨幣

例 お金(かね)はほしくありません。

譯 我不想要錢。

09 | たばこ【煙草】

㊔ 香煙；煙草

例 煙草(たばこ)を吸(す)う。

譯 抽煙。

10 | はいざら【灰皿】

㊔ 菸灰缸

例 灰皿(はいざら)を取(と)る。

譯 拿煙灰缸。

11 | マッチ【match】

㊔ 火柴；火材盒

例 マッチをつける。
譯 點火柴。

12 | スリッパ【slipper】

名 室內拖鞋
例 スリッパを履(は)く。
譯 穿拖鞋。

13 | くつ【靴】

名 鞋子
例 靴(くつ)を脱(ぬ)ぐ。
譯 脱鞋子。

14 | くつした【靴下】

名 襪子
例 靴下(くつした)を洗(あら)う。
譯 洗襪子。

15 | はこ【箱】

名 盒子，箱子，匣子
例 箱(はこ)に入(い)れる。
譯 放入箱子。

N5 ● 3-2

3-2 衣服 / 衣服

01 | せびろ【背広】

名（男子穿的）西裝（的上衣）
例 背広(せびろ)を作(つく)る。
譯 訂做西裝。

02 | ワイシャツ【white shirt】

名 襯衫
例 ワイシャツを着(き)る。
譯 穿白襯衫。

03 | ポケット【pocket】

名 口袋，衣袋
例 ポケットに入(い)れる。
譯 放入口袋。

04 | ふく【服】

名 衣服
例 服(ふく)を買(か)う。
譯 買衣服。

05 | うわぎ【上着】

名 上衣；外衣
例 上着(うわぎ)を脱(ぬ)ぐ。
譯 脱外套。

06 | シャツ【shirt】

名 襯衫
例 シャツにネクタイをする。
譯 在襯衫上繫上領帶。

07 | コート【coat】

名 外套，大衣；（西裝的）上衣
例 コートがほしい。
譯 想要有件大衣。

08 | ようふく【洋服】

名 西服，西裝
例 洋服(ようふく)を作(つく)る。
譯 做西裝。

09 | ズボン【(法) jupon】

㊔ 西裝褲；褲子

例 ズボンを脱(ぬ)ぐ。

譯 脱褲子。

10 | ボタン【(葡) botão button】

㊔ 釦子，鈕釦；按鍵

例 ボタンをかける。

譯 扣上扣子。

11 | セーター【sweater】

㊔ 毛衣

例 セーターを着(き)る。

譯 穿毛衣。

12 | スカート【skirt】

㊔ 裙子

例 スカートを穿(は)く。

譯 穿裙子。

13 | もの【物】

㊔ (有形)物品，東西；(無形的)事物

例 物(もの)を売(う)る。

譯 賣東西。

N5 ⊙ 3-3(1)

3-3 食べ物 (1) / 食物 (1)

01 | ごはん【ご飯】

㊔ 米飯；飯食，餐

例 ご飯(はん)を食(た)べる。

譯 吃飯。

02 | あさごはん【朝ご飯】

㊔ 早餐，早飯

例 朝(あさ)ご飯(はん)を食(た)べる。

譯 吃早餐。

03 | ひるごはん【昼ご飯】

㊔ 午餐

例 昼(ひる)ご飯(はん)を買(か)う。

譯 買午餐。

04 | ばんごはん【晩ご飯】

㊔ 晩餐

例 晩(ばん)ご飯(はん)を作(つく)る。

譯 做晚餐。

05 | ゆうはん【夕飯】

㊔ 晚飯

例 夕飯(ゆうはん)を作(つく)る。

譯 做晚飯。

06 | たべもの【食べ物】

㊔ 食物，吃的東西

例 食(た)べ物(もの)を売(う)る。

譯 販賣食物。

07 | のみもの【飲み物】

㊔ 飲料

例 飲(の)み物(もの)をください。

譯 請給我飲料。

08 | おかし【お菓子】

㊔ 點心，糕點

例 お菓子を作る。
譯 做點心。

09 | りょうり【料理】

名·自他サ 菜餚，飯菜；做菜，烹調
例 料理をする。
譯 做菜。

10 | しょくどう【食堂】

名 食堂，餐廳，飯館
例 食堂に行く。
譯 去食堂。

11 | かいもの【買い物】

名 購物，買東西；要買的東西
例 買い物をする。
譯 買東西。

12 | パーティー【party】

名（社交性的）集會，晚會，宴會，舞會
例 パーティーを開く。
譯 舉辦派對。

N5 ● 3-3(2)

3-3 食べ物（2）／ 食物（2）

13 | コーヒー【（荷）koffie】

名 咖啡
例 コーヒーをいれる。
譯 沖泡咖啡。

14 | ぎゅうにゅう【牛乳】

名 牛奶
例 牛乳を飲む。
譯 喝牛奶。

15 | おさけ【お酒】

名 酒（「酒」的鄭重説法）；清酒
例 お酒が嫌いです。
譯 我不喜歡喝酒。

16 | にく【肉】

名 肉
例 肉料理はおいしい。
譯 肉類菜餚非常可口。

17 | とりにく【鶏肉·鳥肉】

名 雞肉；鳥肉
例 鳥肉のスープがある。
譯 有雞湯。

18 | みず【水】

名 水；冷水
例 水を飲む。
譯 喝水。

19 | ぎゅうにく【牛肉】

名 牛肉
例 牛肉でスープを作る。
譯 用牛肉煮湯。

20 | ぶたにく【豚肉】

名 豬肉
例 豚肉を食べる。
譯 吃豬肉。

21 | おちゃ【お茶】

㊔ 茶，茶葉（「茶」的鄭重說法）；茶道

例 お茶を飲む。

譯 喝茶。

22 | パン【（葡）pão】

㊔ 麵包

例 パンを食べる。

譯 吃麵包。

23 | やさい【野菜】

㊔ 蔬菜，青菜

例 野菜を食べましょう。

譯 吃蔬菜吧！

24 | たまご【卵】

㊔ 蛋，卵；鴨蛋，雞蛋

例 卵を買う。

譯 買雞蛋。

25 | くだもの【果物】

㊔ 水果，鮮果

例 果物を取る。

譯 採摘水果。

N5 ● 3-4

3-4 食器、調味料 / 器皿、調味料

01 | バター【butter】

㊔ 奶油

例 バターをつける。

譯 塗奶油。

02 | しょうゆ【醤油】

㊔ 醬油

例 醤油を入れる。

譯 加醬油。

03 | しお【塩】

㊔ 鹽，食鹽

例 塩をかける。

譯 灑鹽。

04 | さとう【砂糖】

㊔ 砂糖

例 砂糖をつける。

譯 沾砂糖。

05 | スプーン【spoon】

㊔ 湯匙

例 スプーンで食べる。

譯 用湯匙吃。

06 | フォーク【fork】

㊔ 叉子，餐叉

例 フォークを使う。

譯 使用叉子。

07 | ナイフ【knife】

㊔ 刀子，小刀，餐刀

例 ナイフで切る。

譯 用刀切開。

08 | おさら【お皿】

㊔ 盤子（「皿」的鄭重說法）

例 お皿(さら)を洗(あら)う。

譯 洗盤子。

09 | ちゃわん【茶碗】

㊔ 碗，茶杯，飯碗

例 茶碗(ちゃわん)に入(い)れる。

譯 盛到碗裡。

10 | グラス【glass】

㊔ 玻璃杯；玻璃

例 グラスに入(い)れる。

譯 倒進玻璃杯裡。

11 | はし【箸】

㊔ 筷子，箸

例 箸(はし)で食(た)べる。

譯 用筷子吃。

12 | コップ【(荷) kop】

㊔ 杯子，玻璃杯

例 コップで飲(の)む。

譯 用杯子喝。

13 | カップ【cup】

㊔ 杯子；(有把)茶杯

例 コーヒーカップをあげた。

譯 贈送咖啡杯。

N5 ● 3-5

3-5 家 / 住家

01 | いえ【家】

㊔ 房子，房屋；(自己的)家；家庭

例 家(いえ)は海(うみ)の側(そば)にある。

譯 家在海邊。

02 | うち【家】

㊔ 自己的家裡(庭)；房屋

例 家(うち)へ帰(かえ)る。

譯 回家。

03 | にわ【庭】

㊔ 庭院，院子，院落

例 庭(にわ)で遊(あそ)ぶ。

譯 在院子裡玩。

04 | かぎ【鍵】

㊔ 鑰匙；鎖頭；關鍵

例 鍵(かぎ)をかける。

譯 上鎖。

05 | プール【pool】

㊔ 游泳池

例 プールで泳(およ)ぐ。

譯 在泳池內游泳。

06 | アパート【apartment house 之略】

㊔ 公寓

例 アパートに住(す)む。

譯 住公寓。

07 | いけ【池】

㊔ 池塘；(庭院中的)水池

例 池(いけ)の周(まわ)りを散歩(さんぽ)する。

譯 在池塘附近散步。

08 | ドア【door】

㊔（大多指西式前後推開的）門；（任何出入口的）門

例 ドアを開(あ)ける。

譯 開門。

09 | もん【門】

㊔ 門，大門

例 南側(みなみがわ)の門(もん)から入(はい)る。

譯 從南側的門進入。

10 | と【戸】

㊔（大多指左右拉開的）門；大門

例 戸(と)を閉(し)める。

譯 關門。

11 | いりぐち【入り口】

㊔ 入口，門口

例 入(い)り口(ぐち)から入(はい)る。

譯 從入口進入。

12 | でぐち【出口】

㊔ 出口

例 出口(でぐち)を出(で)る。

譯 走出出口。

13 | ところ【所】

㊔（所在的）地方，地點

例 便利(べんり)な所(ところ)がいい。

譯 我要比較方便的地方。

3-6 部屋、設備 / 房間、設備

01 | つくえ【机】

㊔ 桌子，書桌

例 机(つくえ)の上(うえ)にカメラがある。

譯 桌上有照相機。

02 | いす【椅子】

㊔ 椅子

例 椅子(いす)にかける。

譯 坐在椅子上。

03 | へや【部屋】

㊔ 房間；屋子

例 部屋(へや)を掃除(そうじ)する。

譯 打掃房間。

04 | まど【窓】

㊔ 窗戶

例 窓(まど)を開(あ)ける。

譯 開窗戶。

05 | ベッド【bed】

㊔ 床，床鋪

例 ベッドに寝(ね)る。

譯 睡在床上。

06 | シャワー【shower】

㊔ 淋浴

例 シャワーを浴(あ)びる。

譯 淋浴。

07 | トイレ【toilet】

㊔ 廁所，洗手間，盥洗室

例 トイレに行(い)く。

譯 上洗手間。

08 | だいどころ【台所】

㊔ 廚房

例 台所(だいどころ)で料理(りょうり)する。

譯 在廚房煮菜。

09 | げんかん【玄関】

㊔ (建築物的)正門，前門，玄關

例 玄関(げんかん)につく。

譯 到了玄關。

10 | かいだん【階段】

㊔ 樓梯，階梯，台階

例 階段(かいだん)で上(あ)がる。

譯 走樓梯上去。

11 | おてあらい【お手洗い】

㊔ 廁所，洗手間，盥洗室

例 お手洗(てあら)いに行(い)く。

譯 去洗手間。

12 | ふろ【風呂】

㊔ 浴缸，澡盆；洗澡；洗澡熱水

例 風呂(ふろ)に入(はい)る。

譯 洗澡。

3-7 家具、家電 /
家具、家電

01 | でんき【電気】

㊔ 電力；電燈；電器

例 電気(でんき)をつける。

譯 開燈。

02 | とけい【時計】

㊔ 鐘錶，手錶

例 時計(とけい)が止(と)まる。

譯 手錶停止不動。

03 | でんわ【電話】

(名・自サ) 電話；打電話

例 電話(でんわ)がかかってきた。

譯 電話鈴響。

04 | ほんだな【本棚】

㊔ 書架，書櫃，書櫥

例 本棚(ほんだな)に並(なら)べる。

譯 擺在書架上。

05 | ラジカセ【(和) radio + cassette 之略】

㊔ 收錄兩用收音機，錄放音機

例 ラジカセを聴(き)く。

譯 聽收音機。

06 | れいぞうこ【冷蔵庫】

㊔ 冰箱，冷藏室，冷藏庫

例 冷蔵庫(れいぞうこ)に入(い)れる。

譯 放入冰箱。

07 | かびん【花瓶】

㊔ 花瓶

例 花瓶(かびん)に花(はな)を入れる。

譯 把花插入花瓶。

08 | テーブル【table】

㊔ 桌子；餐桌，飯桌

例 テーブルにつく。

譯 入座。

09 | テープレコーダー【tape recorder】

㊔ 磁帶錄音機

例 テープレコーダーで聞(き)く。

譯 用錄音機收聽。

10 | テレビ【television 之略】

㊔ 電視

例 テレビを見(み)る。

譯 看電視。

11 | ラジオ【radio】

㊔ 收音機；無線電

例 ラジオで勉強(べんきょう)をする。

譯 聽收音機學習。

12 | せっけん【石鹸】

㊔ 香皂，肥皂

例 石鹸(せっけん)を塗(ぬ)る。

譯 抹香皂。

13 | ストーブ【stove】

㊔ 火爐，暖爐

例 ストーブをつける。

譯 開暖爐。

N5 ◉ 3-8

3-8 交通 / 交通

01 | はし【橋】

㊔ 橋，橋樑

例 橋(はし)を渡(わた)る。

譯 過橋。

02 | ちかてつ【地下鉄】

㊔ 地下鐵

例 地下鉄(ちかてつ)に乗(の)る。

譯 搭地鐵。

03 | ひこうき【飛行機】

㊔ 飛機

例 飛行機(ひこうき)に乗(の)る。

譯 搭飛機。

04 | こうさてん【交差点】

㊔ 交差路口

例 交差点(こうさてん)を渡(わた)る。

譯 過十字路口。

05 | タクシー【taxi】

㊔ 計程車

例 タクシーに乗(の)る。

譯 搭乘計程車。

06 | でんしゃ【電車】

㊔ 電車

例 電車で行く。
譯 搭電車去。

07 | えき【駅】
㊔（鐵路的）車站
例 駅でお弁当を買う。
譯 在車站買便當。

08 | くるま【車】
㊔ 車子的總稱，汽車
例 車を運転する。
譯 開車。

09 | じどうしゃ【自動車】
㊔ 車，汽車
例 自動車の工場で働く。
譯 在汽車廠工作。

10 | じてんしゃ【自転車】
㊔ 腳踏車，自行車
例 自転車に乗る。
譯 騎腳踏車。

11 | バス【bus】
㊔ 巴士，公車
例 バスを待つ。
譯 等公車。

12 | エレベーター【elevator】
㊔ 電梯，升降機
例 エレベーターに乗る。
譯 搭電梯。

13 | まち【町】
㊔ 城鎮；町
例 町を歩く。
譯 走在街上。

14 | みち【道】
㊔ 路，道路
例 道に迷う。
譯 迷路。

N5 ● 3-9

3-9 建物 / 建築物

01 | みせ【店】
㊔ 店，商店，店鋪，攤子
例 店を開ける。
譯 商店開門。

02 | えいがかん【映画館】
㊔ 電影院
例 映画館で見る。
譯 在電影院看。

03 | びょういん【病院】
㊔ 醫院
例 病院に行く。
譯 去醫院看病。

04 | たいしかん【大使館】
㊔ 大使館
例 大使館のパーティーに行く。
譯 去參加大使館的宴會。

05 | きっさてん【喫茶店】

㊔ 咖啡店

例 喫茶店(きっさてん)を開(ひら)く。

譯 開咖啡店。

06 | レストラン【(法) restaurant】

㊔ 西餐廳

例 レストランで食事(しょくじ)する。

譯 在餐廳用餐。

07 | たてもの【建物】

㊔ 建築物，房屋

例 建物(たてもの)の４階(よんかい)にある。

譯 在建築物的四樓。

08 | デパート【department store】

㊔ 百貨公司

例 デパートに行(い)く。

譯 去百貨公司。

09 | やおや【八百屋】

㊔ 蔬果店，菜舖

例 八百屋(やおや)に行(い)く。

譯 去蔬果店。

10 | こうえん【公園】

㊔ 公園

例 公園(こうえん)で遊(あそ)ぶ。

譯 在公園玩。

11 | ぎんこう【銀行】

㊔ 銀行

例 銀行(ぎんこう)は駅(えき)の横(よこ)にある。

譯 銀行在車站的旁邊。

12 | ゆうびんきょく【郵便局】

㊔ 郵局

例 郵便局(ゆうびんきょく)で働(はたら)く。

譯 在郵局工作。

13 | ホテル【hotel】

㊔ (西式)飯店，旅館

例 ホテルに泊(と)まる。

譯 住飯店。

N5 ◉ 3-10

3-10 娯楽、嗜好 / 娛樂、嗜好

01 | えいが【映画】

㊔ 電影

例 映画(えいが)が始(はじ)まる。

譯 電影開始播放。

02 | おんがく【音楽】

㊔ 音樂

例 音楽(おんがく)を習(なら)う。

譯 學音樂。

03 | レコード【record】

㊔ 唱片，黑膠唱片(圓盤形)

例 レコードを聴(き)く。

譯 聽唱片。

04 | テープ【tape】

㊔ 膠布；錄音帶，卡帶

例 テープを貼(は)る。
譯 黏膠帶。

---

05 ｜ギター【guitar】
㊔ 吉他
例 ギターを弾(ひ)く。
譯 彈吉他。

---

06 ｜うた【歌】
㊔ 歌，歌曲
例 歌(うた)が上手(じょうず)だ。
譯 擅長唱歌。

---

07 ｜え【絵】
㊔ 畫，圖畫，繪畫
例 絵(え)を描(か)く。
譯 畫圖。

---

08 ｜カメラ【camera】
㊔ 照相機；攝影機
例 カメラを買(か)う。
譯 買相機。

---

09 ｜しゃしん【写真】
㊔ 照片，相片，攝影
例 写真(しゃしん)を撮(と)る。
譯 照相。

---

10 ｜フィルム【film】
㊔ 底片，膠片；影片；電影
例 フィルムを入(い)れる。
譯 放入軟片。

11 ｜がいこく【外国】
㊔ 外國，外洋
例 外国(がいこく)に住(す)む。
譯 住在國外。

---

12 ｜くに【国】
㊔ 國家；國土；故鄉
例 国(くに)へ帰(かえ)る。
譯 回國。

N5 ⊙ 3-11

3-11 学校 / 學校

01 ｜がっこう【学校】
㊔ 學校；(有時指)上課
例 学校(がっこう)に行(い)く。
譯 去學校。

---

02 ｜だいがく【大学】
㊔ 大學
例 大学(だいがく)に入(はい)る。
譯 進大學。

---

03 ｜きょうしつ【教室】
㊔ 教室；研究室
例 教室(きょうしつ)で授業(じゅぎょう)する。
譯 在教室上課。

---

04 ｜クラス【class】
㊔ (學校的)班級；階級，等級
例 クラスで一番足(いちばんあし)が速(はや)い。
譯 班上跑最快的。

05 | せいと【生徒】

㊔（中學，高中）學生

例 生徒か先生か知らない。

譯 我不知道是學生還是老師？

06 | がくせい【学生】

㊔ 學生（主要指大專院校的學生）

例 学生を教える。

譯 教學生。

07 | りゅうがくせい【留学生】

㊔ 留學生

例 留学生と交流する。

譯 和留學生交流。

08 | じゅぎょう【授業】

（名・自サ）上課，教課，授課

例 授業に出る。

譯 上課。

09 | やすみ【休み】

㊔ 休息；假日，休假；停止營業；缺勤；睡覺

例 休みは明日までだ。

譯 休假到明天為止。

10 | なつやすみ【夏休み】

㊔ 暑假

例 夏休みが始まる。

譯 放暑假。

11 | としょかん【図書館】

㊔ 圖書館

例 図書館で勉強する。

譯 在圖書館唸書。

12 | ニュース【news】

㊔ 新聞，消息

例 ニュースを見る。

譯 看新聞。

13 | びょうき【病気】

㊔ 生病，疾病

例 病気で学校を休む。

譯 因為生病跟學校請假。

14 | かぜ【風邪】

㊔ 感冒，傷風

例 テストの前に風邪を引いた。

譯 考試前得了感冒。

15 | くすり【薬】

㊔ 藥，藥品

例 薬を飲んだので、授業中眠くなる。

譯 吃了藥，上課昏昏欲睡。

N5 3-12

3-12 学習 / 學習

01 | ことば【言葉】

㊔ 語言，詞語

例 言葉を覚える。

譯 記住言詞。

02 | はなし【話】

㊔ 話，說話，講話

はなし　はじ
例 話を始める。
譯 開始說話。

---

03 ｜えいご【英語】
㊔ 英語，英文
えいご　うた　なら
例 英語の歌を習う。
譯 學英文歌。

---

04 ｜もんだい【問題】
㊔ 問題；(需要研究，處理，討論的)事項
もんだい　こた
例 問題に答える。
譯 回答問題。

---

05 ｜しゅくだい【宿題】
㊔ 作業，家庭作業
しゅくだい
例 宿題をする。
譯 寫作業。

---

06 ｜テスト【test】
㊔ 考試，試驗，檢查
う
例 テストを受ける。
譯 應考。

---

07 ｜いみ【意味】
㊔ (詞句等)意思，含意，意義
いみ　ちが
例 意味が違う。
譯 意思不相同。

---

08 ｜なまえ【名前】
㊔ (事物與人的)名字，名稱
なまえ　か
例 名前を書く。
譯 寫名字。

---

09 ｜かたかな【片仮名】
㊔ 片假名
かたかな　か
例 片仮名で書く。
譯 用片假名寫。

---

10 ｜ひらがな【平仮名】
㊔ 平假名
ひらがな　か
例 平仮名で書く。
譯 用平假名寫。

---

11 ｜かんじ【漢字】
㊔ 漢字
かんじ　まな
例 漢字を学ぶ。
譯 學漢字。

---

12 ｜さくぶん【作文】
㊔ 作文
さくぶん　か
例 作文を書く。
譯 寫作文。

N5 3-13

3-13 文房具、出版品 /
文具用品、出版物

01 ｜ボールペン【ball-point pen】
㊔ 原子筆，鋼珠筆
か
例 ボールペンで書く。
譯 用原子筆寫。

---

02 ｜まんねんひつ【万年筆】
㊔ 鋼筆
まんねんひつ　つか
例 万年筆を使う。
譯 使用鋼筆。

03 | コピー【copy】

(名・他サ) 拷貝，複製，副本

例 コピーをする。

譯 影印。

04 | じびき【字引】

(名) 字典，辭典

例 字引(じびき)を引(ひ)く。

譯 查字典。

05 | ペン【pen】

(名) 筆，原子筆，鋼筆

例 ペンで書(か)く。

譯 用鋼筆寫。

06 | しんぶん【新聞】

(名) 報紙

例 新聞(しんぶん)を読(よ)む。

譯 看報紙。

07 | ほん【本】

(名) 書，書籍

例 本(ほん)を読(よ)む。

譯 看書。

08 | ノート【notebook 之略】

(名) 筆記本；備忘錄

例 ノートを取(と)る。

譯 寫筆記。

09 | えんぴつ【鉛筆】

(名) 鉛筆

例 鉛筆(えんぴつ)で書(か)く。

譯 用鉛筆寫。

10 | じしょ【辞書】

(名) 字典，辭典

例 辞書(じしょ)で調(しら)べる。

譯 查字典。

11 | ざっし【雑誌】

(名) 雜誌，期刊

例 雑誌(ざっし)を読(よ)む。

譯 閱讀雜誌。

12 | かみ【紙】

(名) 紙

例 紙(かみ)に書(か)く。

譯 寫在紙上。

N5 3-14

3-14 仕事、郵便 /
工作、郵局

01 | せんせい【先生】

(名) 老師，師傅；醫生，大夫

例 先生(せんせい)になる。

譯 當老師。

02 | いしゃ【医者】

(名) 醫生，大夫

例 父(ちち)は医者(いしゃ)だ。

譯 家父是醫生。

03 | おまわりさん【お巡りさん】

(名) (俗稱)警察，巡警

例 お巡(まわ)りさんに聞(き)く。
譯 問警察先生。

---

04 | かいしゃ【会社】
㊔ 公司；商社
例 会社(かいしゃ)に行(い)く。
譯 去公司。

---

05 | しごと【仕事】
㊔ 工作；職業
例 仕事(しごと)を休(やす)む。
譯 工作請假。

---

06 | けいかん【警官】
㊔ 警官，警察
例 警官(けいかん)を呼(よ)ぶ。
譯 叫警察。

---

07 | はがき【葉書】
㊔ 明信片
例 葉書(はがき)を出(だ)す。
譯 寄明信片。

---

08 | きって【切手】
㊔ 郵票
例 切手(きって)を貼(は)る。
譯 貼郵票。

---

09 | てがみ【手紙】
㊔ 信，書信，函
例 手紙(てがみ)を書(か)く。
譯 寫信。

10 | ふうとう【封筒】
㊔ 信封，封套
例 封筒(ふうとう)を開(あ)ける。
譯 拆信。

---

11 | きっぷ【切符】
㊔ 票，車票
例 切符(きっぷ)を買(か)う。
譯 買票。

---

12 | ポスト【post】
㊔ 郵筒，信箱
例 ポストに入(い)れる。
譯 投入郵筒。

N5 ◉ 3-15

3-15 方向、位置 /
方向、位置

01 | ひがし【東】
㊔ 東，東方，東邊
例 東(ひがし)から西(にし)へ歩(ある)く。
譯 從東向西走。

---

02 | にし【西】
㊔ 西，西邊，西方
例 西(にし)に曲(ま)がる。
譯 轉向西方。

---

03 | みなみ【南】
㊔ 南，南方，南邊
例 南(みなみ)へ行(い)く。
譯 往南走。

04 | きた【北】

㊔ 北，北方，北邊

例 北(きた)の門(もん)から入(はい)る。

譯 從北門進入。

05 | うえ【上】

㊔ (位置)上面，上部

例 机(つくえ)の上(うえ)に封筒(ふうとう)がある。

譯 桌上有信封。

06 | した【下】

㊔ (位置的)下，下面，底下；年紀小

例 いすの下(した)にある。

譯 在椅子下面。

07 | ひだり【左】

㊔ 左，左邊；左手

例 左(ひだり)へ曲(ま)がる。

譯 向左轉。

08 | みぎ【右】

㊔ 右，右側，右邊，右方

例 右(みぎ)へ行(い)く。

譯 往右走。

09 | そと【外】

㊔ 外面，外邊；戶外

例 外(そと)で遊(あそ)ぶ。

譯 在外面玩。

10 | なか【中】

㊔ 裡面，內部；其中

例 中(なか)に入(はい)る。

譯 進去裡面。

11 | まえ【前】

㊔ (空間的)前，前面

例 ドアの前(まえ)に立(た)つ。

譯 站在門前。

12 | うしろ【後ろ】

㊔ 後面；背面，背地裡

例 後(うし)ろを見(み)る。

譯 看後面。

13 | むこう【向こう】

㊔ 前面，正對面；另一側；那邊

例 向(む)こうに着(つ)く。

譯 到那邊。

N5 ⊙ 3-16

3-16 位置、距離、重量等 / 位置、距離、重量等

01 | となり【隣】

㊔ 鄰居，鄰家；隔壁，旁邊；鄰近，附近

例 隣(となり)に住(す)む。

譯 住在隔壁。

02 | そば【側·傍】

㊔ 旁邊，側邊；附近

例 学校(がっこう)のそばを走(はし)る。

譯 在學校附近跑步。

03 | よこ【横】

㊔ 橫；寬；側面；旁邊

例 花屋(はなや)の横(よこ)にある。

譯 在花店的旁邊。

04 ｜かど【角】

㊔ 角；(道路的)拐角，角落

例 角(かど)を曲(ま)がる。

譯 轉彎。

05 ｜ちかく【近く】

名·副 附近，近旁；(時間上)近期，即將

例 近(ちか)くにある。

譯 在附近。

06 ｜へん【辺】

㊔ 附近，一帶；程度，大致

例 この辺(へん)に交番(こうばん)はありますか。

譯 這一帶有派出所嗎？

07 ｜さき【先】

㊔ 先，早；頂端，尖端；前頭，最前端

例 先(さき)に着(つ)く。

譯 先到。

08 ｜キロ【(法)kilogramme 之略】

㊔ 千克，公斤

例 10(じゅっ)キロもある。

譯 足足有 10公斤。

09 ｜グラム【(法) gramme】

㊔ 公克

例 牛肉(ぎゅうにく)を500(ごひゃく)グラム買(か)う。

譯 買 500公克的牛肉。

10 ｜キロ【(法) kilo mêtre 之略】

㊔ 一千公尺，一公里

例 10(じゅっ)キロを歩(ある)く。

譯 走 10 公里。

11 ｜メートル【mètre】

㊔ 公尺，米

例 長(なが)さ100(ひゃく)メートルです。

譯 長 100 公尺。

12 ｜はんぶん【半分】

㊔ 半，一半，二分之一

例 半分(はんぶん)に切(き)る。

譯 切成兩半。

13 ｜つぎ【次】

㊔ 下次，下回，接下來；第二，其次

例 次(つぎ)の駅(えき)で降(お)りる。

譯 下一站下車。

14 ｜いくら【幾ら】

㊔ 多少(錢，價格，數量等)

例 いくらですか。

譯 多少錢？

パート
4
第四章

状態を表す形容詞

- 表示狀態的形容詞 -

N5 ◉ 4-1

4-1 相対的なことば / 意思相對的詞

01 ｜あつい【熱い】

㊎ (溫度)熱的，燙的

例 熱(あつ)いお茶(ちゃ)を飲(の)む。

譯 喝熱茶。

02 ｜つめたい【冷たい】

㊎ 冷，涼；冷淡，不熱情

例 風(かぜ)が冷(つめ)たい。

譯 寒風冷冽。

03 ｜あたらしい【新しい】

㊎ 新的；新鮮的；時髦的

例 新(あたら)しい家(いえ)に住(す)む。

譯 入住新家。

04 ｜ふるい【古い】

㊎ 以往；老舊，年久，老式

例 古(ふる)い服(ふく)で作(つく)った。

譯 用舊衣服做的。

05 ｜あつい【厚い】

㊎ 厚；(感情，友情)深厚，優厚

例 厚(あつ)いコートを着(き)る。

譯 穿厚的外套。

06 ｜うすい【薄い】

㊎ 薄；淡，淺；待人冷淡；稀少

例 薄(うす)い紙(かみ)がいい。

譯 我要薄的紙。

07 ｜あまい【甘い】

㊎ 甜的；甜蜜的

例 甘(あま)い菓子(かし)が食(た)べたい。

譯 想吃甜點。

08 ｜からい【辛い・鹹い】

㊎ 辣，辛辣；鹹的；嚴格

例 辛(から)い料理(りょうり)が食(た)べたい。

譯 我想吃辣的菜。

09 ｜いい・よい【良い】

㊎ 好，佳，良好；可以

例 良(い)い人(ひと)が多(おお)い。

譯 好人很多。

10 ｜わるい【悪い】

㊎ 不好，壞的；不對，錯誤

例 頭(あたま)が悪(わる)い。

譯 頭腦差。

11 ｜いそがしい【忙しい】

㊎ 忙，忙碌

例 仕事(しごと)が忙(いそが)しい。

譯 工作繁忙。

12 | ひま【暇】

(名·形動) 時間，功夫；空閒時間，暇餘

例 暇(ひま)がある。

譯 有空。

13 | きらい【嫌い】

(形動) 嫌惡，厭惡，不喜歡

例 勉強(べんきょう)が嫌(きら)い。

譯 討厭唸書。

14 | すき【好き】

(名·形動) 喜好，愛好；愛，產生感情

例 運動(うんどう)が好(す)きだ。

譯 喜歡運動。

15 | おいしい【美味しい】

(形) 美味的，可口的，好吃的

例 美味(おい)しい料理(りょうり)を食(た)べた。

譯 吃了美味的佳餚。

16 | まずい【不味い】

(形) 不好吃，難吃

例 食事(しょくじ)がまずい。

譯 菜很難吃。

17 | おおい【多い】

(形) 多，多的

例 宿題(しゅくだい)が多(おお)い。

譯 功課很多。

18 | すくない【少ない】

(形) 少，不多

例 友達(ともだち)が少(すく)ない。

譯 朋友很少。

19 | おおきい【大きい】

(形) (數量，體積，身高等)大，巨大；(程度，範圍等)大，廣大

例 大(おお)きい家(いえ)がほしい。

譯 我想要有間大房子。

20 | ちいさい【小さい】

(形) 小的；微少，輕微；幼小的

例 小(ちい)さい子供(こども)がいる。

譯 有年幼的小孩。

21 | おもい【重い】

(形) (份量)重，沉重

例 荷物(にもつ)はとても重(おも)い。

譯 行李很重。

22 | かるい【軽い】

(形) 輕的，輕快的；(程度)輕微的；輕鬆的

例 軽(かる)いほうがいい。

譯 我要輕的。

23 | おもしろい【面白い】

(形) 好玩；有趣，新奇 ；可笑的

例 漫画(まんが)が面白(おもしろ)い。

譯 漫畫很有趣。

24 | つまらない

形 無趣，沒意思；無意義

例 テレビがつまらない。

譯 電視很無趣。

25 | きたない【汚い】

形 骯髒；(看上去)雜亂無章，亂七八糟

例 手(て)が汚(きたな)い。

譯 手很髒。

26 | きれい【綺麗】

形動 漂亮，好看；整潔，乾淨

例 花(はな)がきれいだね。

譯 這花真美啊！

27 | しずか【静か】

形動 靜止；平靜，沈穩；慢慢，輕輕

例 静(しず)かになる。

譯 變安靜。

28 | にぎやか【賑やか】

形動 熱鬧，繁華；有說有笑，鬧哄哄

例 にぎやかな町(まち)がある。

譯 有熱鬧的大街。

29 | じょうず【上手】

名·形動 (某種技術等)擅長，高明，厲害

例 料理(りょうり)が上手(じょうず)だ。

譯 很會作菜。

30 | へた【下手】

名·形動 (技術等)不高明，不擅長，笨拙

例 字(じ)が下手(へた)だ。

譯 寫字不好看。

31 | せまい【狭い】

形 狹窄，狹小，狹隘

例 部屋(へや)が狭(せま)い。

譯 房間很窄小。

32 | ひろい【広い】

形 (面積，空間)廣大，寬廣；(幅度)寬闊；(範圍)廣泛

例 庭(にわ)が広(ひろ)い。

譯 庭院很大。

33 | たかい【高い】

形 (價錢)貴；(程度，數量，身材等)高，高的

例 山(やま)が高(たか)い。

譯 山很高。

34 | ひくい【低い】

形 低，矮；卑微，低賤

例 背(せ)が低(ひく)い。

譯 個子矮小。

35 | ちかい【近い】

形 (距離，時間)近，接近，靠近

例 駅(えき)に近(ちか)い。

譯 離車站近。

36 | とおい【遠い】

形 (距離)遠；(關係)遠，疏遠；(時間間隔)久遠

例 学校(がっこう)に遠(とお)い。

譯 離學校遠。

37 | つよい【強い】

形 強悍，有力；強壯，結實；擅長的

例 強(つよ)く押(お)してください。

譯 請用力往下按壓。

38 | よわい【弱い】

形 弱的；不擅長

例 体(からだ)が弱(よわ)い。

譯 身體虛弱。

39 | ながい【長い】

形（時間、距離）長，長久，長遠

例 スカートを長(なが)くする。

譯 把裙子放長。

40 | みじかい【短い】

形（時間）短少；（距離，長度等）短，近

例 髪(かみ)が短(みじか)い。

譯 頭髮短。

41 | ふとい【太い】

形 粗，肥胖

例 線(せん)が太(ふと)い。

譯 線條粗。

42 | ほそい【細い】

形 細，細小；狹窄

例 体(からだ)が細(ほそ)い。

譯 身材纖細。

43 | むずかしい【難しい】

形 難，困難，難辦；麻煩，複雜

例 問題(もんだい)が難(むずか)しい。

譯 問題很難。

44 | やさしい【易しい】

形 簡單，容易，易懂

例 やさしい本(ほん)が出(で)ている。

譯 簡單易懂的書出版了。

45 | あかるい【明るい】

形 明亮；光明，明朗 ；鮮豔

例 部屋(へや)が明(あか)るい。

譯 明亮的房間。

46 | くらい【暗い】

形（光線）暗，黑暗；（顏色）發暗，發黑

例 部屋(へや)が暗(くら)い。

譯 房間陰暗。

47 | はやい【速い】

形（速度等）快速

例 速(はや)く走(はし)る。

譯 快跑。

48 | おそい【遅い】

形（速度上）慢，緩慢；（時間上）遲的，晚到的；趕不上

例 足(あし)が遅(おそ)い。

譯 走路慢。

N5 ◉ 4-2

4-2 その他の形容詞 / 其他形容詞

01 | あたたかい【暖かい】

形 溫暖的；溫和的

例 暖(あたた)かい天気(てんき)が好(す)きだ。

譯 我喜歡暖和的天氣。

---

02 | あぶない【危ない】

形 危險，不安全；令人擔心；(形勢，病情等)危急

例 子供(こども)が危(あぶ)ない。

譯 孩子有危險。

---

03 | いたい【痛い】

形 疼痛；(因為遭受打擊而)痛苦，難過

例 お腹(なか)が痛(いた)い。

譯 肚子痛。

---

04 | かわいい【可愛い】

形 可愛，討人喜愛；小巧玲瓏

例 人形(にんぎょう)がかわいい。

譯 娃娃很可愛。

---

05 | たのしい【楽しい】

形 快樂，愉快，高興

例 楽(たの)しい時間(じかん)をありがとう。

譯 謝謝和你度過歡樂的時光。

---

06 | ない【無い】

形 沒，沒有；無，不在

例 お金(かね)がない。

譯 沒錢。

07 | はやい【早い】

形 (時間等)快，早；(動作等)迅速

例 電車(でんしゃ)のほうが早(はや)い。

譯 電車比較快。

---

08 | まるい【丸い・円い】

形 圓形，球形

例 月(つき)が丸(まる)い。

譯 月圓。

---

09 | やすい【安い】

形 便宜，(價錢)低廉

例 値段(ねだん)が安(やす)い。

譯 價錢便宜。

---

10 | わかい【若い】

形 年輕；年紀小；有朝氣

例 若(わか)くて綺麗(きれい)だ。

譯 年輕又漂亮。

N5 ◉ 4-3

4-3 その他の形容動詞 / 其他形容動詞

01 | いや【嫌】

形動 討厭，不喜歡，不願意；厭煩

例 いやな奴(やつ)が来(き)た。

譯 討人厭的傢伙來了。

---

02 | いろいろ【色々】

名・形動・副 各種各樣，各式各樣，形形色色

例 いろいろな物(もの)があるね。

譯 有各式各樣的物品呢！

03 | おなじ【同じ】

(名·連體·副) 相同的，一樣的，同等的；同一個

例 同じ服を着ている。

譯 穿著同樣的衣服。

04 | けっこう【結構】

(形動·副) 很好，出色；可以，足夠；(表示否定)不要；相當

例 結構な物をありがとう。

譯 謝謝你送我這麼好的禮物。

05 | げんき【元気】

(名·形動) 精神，朝氣；健康

例 元気を出しなさい。

譯 拿出精神來。

06 | じょうぶ【丈夫】

(形動) (身體)健壯，健康；堅固，結實

例 体が丈夫になる。

譯 身體變強壯。

07 | だいじょうぶ【大丈夫】

(形動) 牢固，可靠；放心，沒問題，沒關係

例 食べても大丈夫だ。

譯 可以放心食用。

08 | だいすき【大好き】

(形動) 非常喜歡，最喜好

例 甘いものが大好きだ。

譯 最喜歡甜食。

09 | たいせつ【大切】

(形動) 重要，要緊；心愛，珍惜

例 大切にする。

譯 珍惜。

10 | たいへん【大変】

(副·形動) 很，非常，太；不得了

例 大変な雨だった。

譯 一場好大的雨。

11 | べんり【便利】

(形動) 方便，便利

例 車は電車より便利だ。

譯 汽車比電車方便。

12 | ほんとう【本当】

(名·形動) 真正

例 その話は本当だ。

譯 這話是真的。

13 | ゆうめい【有名】

(形動) 有名，聞名，著名

例 ここは有名なレストランです。

譯 這是一家著名的餐廳。

14 | りっぱ【立派】

(形動) 了不起，出色，優秀；漂亮，美觀

例 立派な建物に住む。

譯 我住在一棟氣派的建築物裡。

パート 5 第五章

動作を表す動詞

- 表示動作的動詞 -

N5 ⊙ 5-1

5-1 相対的なことば / 意思相對的詞

01 | とぶ【飛ぶ】

(自五) 飛，飛行，飛翔

例 飛行機(ひこうき)が飛(と)ぶ。

譯 飛機飛行。

02 | あるく【歩く】

(自五) 走路，步行

例 駅(えき)まで歩(ある)く。

譯 走到車站。

03 | いれる【入れる】

(他下一) 放入，裝進；送進，收容；計算進去

例 箱(はこ)に入(い)れる。

譯 放入箱內。

04 | だす【出す】

(他五) 拿出，取出；提出；寄出

例 お金(かね)を出(だ)す。

譯 出錢。

05 | いく・ゆく【行く】

(自五) 去，往；離去；經過，走過

例 会社(かいしゃ)へ行(い)く。

譯 去公司。

06 | くる【来る】

(自カ) (空間，時間上的)來；到來

例 電車(でんしゃ)が来(く)る。

譯 電車抵達。

07 | うる【売る】

(他五) 賣，販賣；出賣

例 車(くるま)を売(う)る。

譯 銷售汽車。

08 | かう【買う】

(他五) 購買

例 本(ほん)を買(か)う。

譯 買書。

09 | おす【押す】

(他五) 推，擠；壓，按；蓋章

例 ボタンを押(お)す。

譯 按按鈕。

10 | ひく【引く】

(他五) 拉，拖；翻查；感染(傷風感冒)

例 線(せん)を引(ひ)く。

譯 拉線。

11 | おりる【下りる・降りる】

(自上一)【下りる】(從高處)下來，降落；(霜雪等)落下；【降りる】(從車，船等)下來

例 バスから降(お)りる。

譯 從公車上下來。

---

12 | のる【乗る】

自五 騎乘，坐；登上

例 車(くるま)に乗(の)る。

譯 坐車。

---

13 | かす【貸す】

他五 借出，借給；出租；提供幫助（智慧與力量）

例 お金(かね)を貸(か)す。

譯 借錢給別人。

---

14 | かりる【借りる】

他上一 借進(錢、東西等)；借助

例 本(ほん)を借(か)りる。

譯 借書。

---

15 | すわる【座る】

自五 坐，跪座

例 床(ゆか)に座(すわ)る。

譯 坐在地板上。

---

16 | たつ【立つ】

自五 站立；冒，升；出發

例 席(せき)を立(た)つ。

譯 離開座位。

---

17 | たべる【食べる】

他下一 吃

例 ご飯(はん)を食(た)べる。

譯 吃飯。

---

18 | のむ【飲む】

他五 喝，吞，嚥，吃(藥)

例 薬(くすり)を飲(の)む。

譯 吃藥。

---

19 | でかける【出掛ける】

自下一 出去，出門，到…去；要出去

例 姉(あね)と出(で)かける。

譯 跟姊姊出門。

---

20 | かえる【帰る】

自五 回來，回家；歸去；歸還

例 家(いえ)に帰(かえ)る。

譯 回家。

---

21 | でる【出る】

自下一 出來，出去；離開

例 電話(でんわ)に出(で)る。

譯 接電話。

---

22 | はいる【入る】

自五 進，進入；裝入，放入

例 耳(みみ)に入(はい)る。

譯 聽到。

---

23 | おきる【起きる】

自上一 (倒著的東西)起來，立起來，坐起來；起床

例 6時(ろくじ)に起(お)きる。

譯 六點起床。

24 | ねる【寝る】

(自下一) 睡覺，就寢；躺下，臥

例 よく寝(ね)る。

譯 睡得好。

25 | ぬぐ【脱ぐ】

(他五) 脱去，脱掉，摘掉

例 靴(くつ)を脱(ぬ)ぐ。

譯 脱鞋子。

26 | きる【着る】

(他上一) (穿)衣服

例 上着(うわぎ)を着(き)る。

譯 穿外套。

27 | やすむ【休む】

(他五·自五) 休息，歇息；停歇；睡，就寢；請假，缺勤

例 部屋(へや)で休(やす)もうか。

譯 進房休息一下吧。

28 | はたらく【働く】

(自五) 工作，勞動，做工

例 会社(かいしゃ)で働(はたら)く。

譯 在公司上班。

29 | うまれる【生まれる】

(自下一) 出生；出現

例 子供(こども)が生(う)まれる。

譯 孩子出生。

30 | しぬ【死ぬ】

(自五) 死亡

例 病院(びょういん)で死(し)ぬ。

譯 在醫院過世。

31 | おぼえる【覚える】

(他下一) 記住，記得；學會，掌握

例 単語(たんご)を覚(おぼ)える。

譯 背單字。

32 | わすれる【忘れる】

(他下一) 忘記，忘掉；忘懷，忘卻；遺忘

例 宿題(しゅくだい)を忘(わす)れる。

譯 忘記寫功課。

33 | おしえる【教える】

(他下一) 教授；指導；教訓；告訴

例 日本語(にほんご)を教(おし)える。

譯 教日語。

34 | ならう【習う】

(他五) 學習；練習

例 先生(せんせい)に習(なら)う。

譯 向老師學習。

35 | よむ【読む】

(他五) 閱讀，看；唸，朗讀

例 小説(しょうせつ)を読(よ)む。

譯 看小說。

36 | かく【書く】

(他五) 寫，書寫；作(畫)；寫作(文章等)

例 手紙(てがみ)を書(か)く。

譯 寫信。

37 | わかる【分かる】

自五 知道，明白；懂得，理解

例 意味がわかる。

譯 明白意思。

38 | こまる【困る】

自五 感到傷腦筋，困擾；難受，苦惱；沒有辦法

例 お金がなくて困る。

譯 沒有錢，傷透腦筋。

39 | きく【聞く】

他五 聽，聽到；聽從，答應；詢問

例 話を聞く。

譯 聽對方講話。

40 | はなす【話す】

他五 說，講；談話；告訴(別人)

例 英語で話す。

譯 用英語說。

41 | かく【描く】

他五 畫，繪製；描寫，描繪

例 絵を描く。

譯 畫圖。

N5 ● 5-2

5-2 自動詞、他動詞 / 自動詞、他動詞

01 | あく【開く】

自五 開，打開；開始，開業

例 窓が開く。

譯 窗戶打開了。

02 | あける【開ける】

他下一 打開，開(著)；開業

例 箱を開ける。

譯 打開箱子。

03 | かかる【掛かる】

自五 懸掛，掛上；覆蓋；花費

例 壁に掛かる。

譯 掛在牆上。

04 | かける【掛ける】

他下一 掛在(牆壁)；戴上(眼鏡)；捆上，打(電話)

例 壁に絵を掛ける。

譯 把畫掛在牆上。

05 | きえる【消える】

自下一 (燈，火等)熄滅；(雪等)融化；消失，看不見

例 火が消える。

譯 火熄滅。

06 | けす【消す】

他五 熄掉，撲滅；關掉，弄滅；消失，抹去

例 電気を消す。

譯 關電燈。

07 | しまる【閉まる】

自五 關閉；關門，停止營業

例 ドアが閉まる。

譯 門關了起來。

08 | しめる【閉める】

(他下一) 關閉，合上；繫緊，束緊

例 窓(まど)を閉(し)める。

譯 關窗戶。

09 | ならぶ【並ぶ】

(自五) 並排，並列，列隊

例 1時間(じかん)も並(なら)ぶ。

譯 足足排了一個小時。

10 | ならべる【並べる】

(他下一) 排列；並排；陳列；擺，擺放

例 靴(くつ)を並(なら)べる。

譯 擺放靴子。

11 | はじまる【始まる】

(自五) 開始，開頭；發生

例 授業(じゅぎょう)が始(はじ)まる。

譯 開始上課。

12 | はじめる【始める】

(他下一) 開始，創始

例 仕事(しごと)を始(はじ)める。

譯 開始工作。

N5 ● 5-3

5-3 する動詞 /

する動詞

01 | する

(自·他サ) 做，進行

例 料理(りょうり)をする。

譯 做料理。

02 | せんたく【洗濯】

(名·他サ) 洗衣服，清洗，洗滌

例 洗濯(せんたく)をする。

譯 洗衣服。

03 | そうじ【掃除】

(名·他サ) 打掃，清掃，掃除

例 庭(にわ)を掃除(そうじ)する。

譯 清掃庭院。

04 | りょこう【旅行】

(名·自サ) 旅行，旅遊，遊歷

例 世界(せかい)を旅行(りょこう)する。

譯 環遊世界。

05 | さんぽ【散歩】

(名·自サ) 散步，隨便走走

例 公園(こうえん)を散歩(さんぽ)する。

譯 在公園散步。

06 | べんきょう【勉強】

(名·自他サ) 努力學習，唸書

例 勉強(べんきょう)ができる。

譯 會讀書。

07 | れんしゅう【練習】

(名·他サ) 練習，反覆學習

例 カラオケの練習(れんしゅう)をする。

譯 練習卡拉 OK。

08 | けっこん【結婚】

(名·自サ) 結婚

例 私（わたし）と結婚（けっこん）してください。
譯 請跟我結婚。

09 ｜しつもん【質問】
名・自サ 提問，詢問
例 質問（しつもん）に答（こた）える。
譯 回答問題。

N5 5-4

5-4 その他の動詞／其他動詞

01 ｜あう【会う】
自五 見面，會面；偶遇，碰見
例 両親（りょうしん）に会（あ）う。
譯 跟父母親見面。

02 ｜あげる【上げる】
他下一 舉起；抬起
例 手（て）を上（あ）げる。
譯 舉手。

03 ｜あそぶ【遊ぶ】
自五 遊玩；閒著；旅行；沒工作
例 京都（きょうと）で遊（あそ）ぶ。
譯 遊京都。

04 ｜あびる【浴びる】
他上一 淋，浴，澆；照，曬
例 シャワーを浴（あ）びる。
譯 淋浴。

05 ｜あらう【洗う】
他五 沖洗，清洗；洗滌
例 顔（かお）を洗（あら）う。
譯 洗臉。

06 ｜ある【在る】
自五 在，存在
例 台所（だいどころ）にある。
譯 在廚房。

07 ｜ある【有る】
自五 有，持有，具有
例 お金（かね）がある。
譯 有錢。

08 ｜いう【言う】
自・他五 說，講；說話，講話
例 お礼（れい）を言（い）う。
譯 道謝。

09 ｜いる【居る】
自上一 （人或動物的存在）有，在；居住在
例 子供（こども）がいる。
譯 有小孩。

10 ｜いる【要る】
自五 要，需要，必要
例 時間（じかん）がいる。
譯 需要花時間。

11 ｜うたう【歌う】
他五 唱歌；歌頌
例 歌（うた）を歌（うた）う。
譯 唱歌。

12｜おく【置く】

(他五) 放，放置；放下，留下，丟下

例 テーブルにおく。

譯 放在桌上。

13｜およぐ【泳ぐ】

(自五)（人，魚等在水中）游泳；穿過，擠過

例 海(うみ)で泳(およ)ぐ。

譯 在海中游泳。

14｜おわる【終わる】

(自五) 完畢，結束，終了

例 1日(いちにち)が終(お)わる。

譯 一天結束了。

15｜かえす【返す】

(他五) 還，歸還，退還；送回（原處）

例 本(ほん)を返(かえ)す。

譯 歸還書籍。

16｜かぶる【被る】

(他五) 戴（帽子等）；（從頭上）蒙，蓋（被子）；（從頭上）套，穿

例 帽子(ぼうし)をかぶる。

譯 戴帽子。

17｜きる【切る】

(他五) 切，剪，裁剪；切傷

例 髪(かみ)を切(き)る。

譯 剪頭髮。

18｜ください【下さい】

(補助)（表請求對方作）請給（我）；請…

例 手紙(てがみ)をください。

譯 請寫信給我。

19｜こたえる【答える】

(自下一) 回答，答覆；解答

例 問題(もんだい)に答(こた)える。

譯 回答問題。

20｜さく【咲く】

(自五) 開（花）

例 花(はな)が咲(さ)く。

譯 開花。

21｜さす【差す】

(他五) 撐（傘等）；插

例 傘(かさ)をさす。

譯 撐傘。

22｜しめる【締める】

(他下一) 勒緊；繫著；關閉

例 ネクタイを締(し)める。

譯 打領帶。

23｜しる【知る】

(他五) 知道，得知；理解；認識；學會

例 何(なに)も知(し)りません。

譯 什麼都不知道。

24｜すう【吸う】

(他五) 吸，抽；啜；吸收

例 煙草(たばこ)を吸(す)う。
譯 抽煙。

25 | すむ【住む】
(自五) 住，居住；(動物)棲息，生存
例 アパートに住(す)む。
譯 住公寓。

26 | たのむ【頼む】
(他五) 請求，要求；委託，託付；依靠
例 仕事(しごと)を頼(たの)む。
譯 委託工作。

27 | ちがう【違う】
(自五) 不同，差異；錯誤；違反，不符
例 意味(いみ)が違(ちが)う。
譯 意思不同。

28 | つかう【使う】
(他五) 使用；雇傭；花費
例 頭(あたま)を使(つか)う。
譯 動腦。

29 | つかれる【疲れる】
(自下一) 疲倦，疲勞
例 体(からだ)が疲(つか)れる。
譯 身體疲累。

30 | つく【着く】
(自五) 到，到達，抵達；寄到
例 空港(くうこう)に着(つ)く。
譯 抵達機場。

31 | つくる【作る】
(他五) 做，造；創造；寫，創作
例 紙(かみ)で箱(はこ)を作(つく)る。
譯 用紙張做箱子。

32 | つける【点ける】
(他下一) 點(火)，點燃；扭開(開關)，打開
例 火(ひ)をつける。
譯 點火。

33 | つとめる【勤める】
(他下一) 工作，任職；擔任(某職務)
例 会社(かいしゃ)に勤(つと)める。
譯 在公司上班。

34 | できる【出来る】
(自上一) 能，可以，辦得到；做好，做完
例 英語(えいご)ができる。
譯 我會英語。

35 | とまる【止まる】
(自五) 停，停止，停靠；停頓；中斷
例 時計(とけい)が止(と)まる。
譯 時鐘停了。

36 | とる【取る】
(他五) 拿取，執，握；採取，摘；(用手)操控
例 辞書(じしょ)を取(と)ってください。
譯 請拿辭典。

37 | とる【撮る】

(他五) 拍照，拍攝

例 写真(しゃしん)を撮(と)る。

譯 照相。

38 | なく【鳴く】

(自五) (鳥，獸，虫等)叫，鳴

例 鳥(とり)が鳴(な)く。

譯 鳥叫。

39 | なくす【無くす】

(他五) 丟失；消除

例 財布(さいふ)をなくす。

譯 弄丟錢包。

40 | なる【為る】

(自五) 成為，變成；當(上)

例 金持(かねも)ちになる。

譯 變成有錢人。

41 | のぼる【登る】

(自五) 登，上；攀登(山)

例 山(やま)に登(のぼ)る。

譯 爬山。

42 | はく【履く・穿く】

(他五) 穿(鞋，襪；褲子等)

例 靴(くつ)を履(は)く。

譯 穿鞋子。

43 | はしる【走る】

(自五) (人，動物)跑步，奔跑；(車，船等)行駛

例 一生懸命(いっしょうけんめい)に走(はし)る。

譯 拼命地跑。

44 | はる【貼る・張る】

(他五) 貼上，糊上，黏上

例 切手(きって)を貼(は)る。

譯 貼郵票。

45 | ひく【弾く】

(他五) 彈，彈奏，彈撥

例 ピアノを弾(ひ)く。

譯 彈鋼琴。

46 | ふく【吹く】

(自五) (風)刮，吹；(緊縮嘴唇)吹氣

例 風(かぜ)が吹(ふ)く。

譯 颳風。

47 | ふる【降る】

(自五) 落，下，降(雨，雪，霜等)

例 雨(あめ)が降(ふ)る。

譯 下雨。

48 | まがる【曲がる】

(自五) 彎曲；拐彎

例 左(ひだり)に曲(ま)がる。

譯 左轉。

49 | まつ【待つ】

(他五) 等候，等待；期待，指望

例 バスを待(ま)つ。

譯 等公車。

50 | みがく【磨く】

(他五) 刷洗，擦亮；研磨，琢磨

例 歯(は)を磨(みが)く。

譯 刷牙。

51 | みせる【見せる】

(他下一) 讓…看，給…看

例 定期券(ていきけん)を見(み)せる。

譯 出示月票。

52 | みる【見る】

(他上一) 看，觀看，察看；照料；參觀

例 テレビを見(み)る。

譯 看電視。

53 | もうす【申す】

(他五) 叫做，稱；說，告訴

例 山田(やまだ)と申(もう)します。

譯 (我)叫做山田。

54 | もつ【持つ】

(他五) 拿，帶，持，攜帶

例 荷物(にもつ)を持(も)つ。

譯 拿行李。

55 | やる

(他五) 做，進行；派遣；給予

例 宿題(しゅくだい)をやる。

譯 做作業。

56 | よぶ【呼ぶ】

(他五) 呼叫，招呼；邀請；叫來；叫做，稱為

例 タクシーを呼(よ)ぶ。

譯 叫計程車。

57 | わたる【渡る】

(自五) 渡，過(河)；(從海外)渡來

例 道(みち)を渡(わた)る。

譯 過馬路。

58 | わたす【渡す】

(他五) 交給，交付

例 本(ほん)を渡(わた)す。

譯 交付書籍。

パート 6 第六章

付録

- 附錄 -

N5 ⊙ 6-1

6-1 時間、時 /
時間、時候

01 ｜おととい【一昨日】
㊔ 前天
例 一昨日（おととい）の朝（あさ）に卵（たまご）を食（た）べた。
譯 前天早上吃了雞蛋。

02 ｜きのう【昨日】
㊔ 昨天；近來，最近；過去
例 昨日（きのう）は雨（あめ）だ。
譯 昨天下雨。

03 ｜きょう【今日】
㊔ 今天
例 今日（きょう）は晴（は）れだ。
譯 今天天晴。

04 ｜いま【今】
㊔ 現在，此刻
副 （表最近的將來）馬上；剛才
例 今（いま）は使（つか）わない。
譯 現在不使用。

05 ｜あした【明日】
㊔ 明天
例 明日（あした）は朝（あさ）が早（はや）い。
譯 明天早上要早起。

06 ｜あさって【明後日】
㊔ 後天
例 明後日（あさって）帰（かえ）る。
譯 後天回去。

07 ｜まいにち【毎日】
㊔ 每天，每日，天天
例 毎日（まいにち）プールで泳（およ）ぐ。
譯 每天都在游泳池游泳。

08 ｜あさ【朝】
㊔ 早上，早晨；早上，午前
例 朝（あさ）になる。
譯 天亮。

09 ｜けさ【今朝】
㊔ 今天早上
例 今朝（けさ）届（とど）く。
譯 今天早上送達。

10 ｜まいあさ【毎朝】
㊔ 每天早上
例 毎朝（まいあさ）散歩（さんぽ）する。
譯 每天早上散步。

11 ｜ひる【昼】
㊔ 中午；白天，白晝；午飯
例 昼休（ひるやす）みに銀行（ぎんこう）へ行（い）く。
譯 午休去銀行。

12 | ごぜん【午前】

㊔ 上午，午前

例 午前中だけ働く。

譯 只有上午上班。

13 | ごご【午後】

㊔ 下午，午後，後半天

例 午後につく。

譯 下午到達。

14 | ゆうがた【夕方】

㊔ 傍晚

例 夕方になる。

譯 到了傍晚。

15 | ばん【晩】

㊔ 晚，晚上

例 朝から晩まで働く。

譯 從早工作到晚。

16 | よる【夜】

㊔ 晚上，夜裡

例 夜になる。

譯 晚上了。

17 | ゆうべ【夕べ】

㊔ 昨天晚上，昨夜；傍晚

例 夕べから熱がある。

譯 從昨晚就開始發燒。

18 | こんばん【今晩】

㊔ 今天晚上，今夜

例 今晩は泊まる。

譯 今天晚上住下。

19 | まいばん【毎晩】

㊔ 每天晚上

例 毎晩帰りが遅い。

譯 每晚都晚歸。

20 | あと【後】

㊔ (地點)後面；(時間)以後；(順序)之後；(將來的事)以後

例 後から行く。

譯 隨後就去。

21 | はじめ【初め】

㊔ 開始，起頭；起因

例 初めて食べた。

譯 第一次嘗到。

22 | じかん【時間】

㊔ 時間，功夫；時刻，鐘點

例 時間に遅れる。

譯 遲到。

23 | じかん【時間】

(接尾) …小時，…點鐘

例 ２４時間かかる。

譯 需花費二十四小時。

24 | いつ【何時】

㊹ 何時，幾時，什麼時候；平時

例 いつ来る。

譯 什麼時候來？

N5 ⦿ 6-2

6-2 年、月 /
年、月份

01 ｜せんげつ【先月】
㊔ 上個月
例 先月十日に会った。
譯 上個月10號碰過面。

02 ｜こんげつ【今月】
㊔ 這個月
例 今月は休みが少ない。
譯 這個月休假較少。

03 ｜らいげつ【来月】
㊔ 下個月
例 来月から始まる。
譯 下個月開始。

04 ｜まいげつ・まいつき【毎月】
㊔ 每個月
例 毎月服の雑誌を買う。
譯 每月都購買服飾雜誌。

05 ｜ひとつき【一月】
㊔ 一個月
例 一月休む。
譯 休息一個月。

06 ｜おととし【一昨年】
㊔ 前年
例 一昨年日本に旅行に行った。
譯 前年去日本旅行。

07 ｜きょねん【去年】
㊔ 去年
例 去年来た。
譯 去年來的。

08 ｜ことし【今年】
㊔ 今年
例 今年は結婚する。
譯 今年要結婚。

09 ｜らいねん【来年】
㊔ 明年
例 来年のカレンダーをもらう。
譯 拿到明年月曆。

10 ｜さらいねん【再来年】
㊔ 後年
例 再来年まで勉強します。
譯 讀到後年。

11 ｜まいとし・まいねん【毎年】
㊔ 每年
例 毎年咲く。
譯 每年都綻放。

12 ｜とし【年】
㊔ 年；年紀
例 年をとる。
譯 上年紀。

13 ｜とき【時】
㊔（某個）時候
例 本を読むとき、音楽を聴く。
譯 看書的時候，聽音樂。

6-3 代名詞 / 代名詞

01 ｜これ

㊹ 這個，此；這人；現在，此時

例 これは自転車(じてんしゃ)だ。

譯 這是自行車。

02 ｜それ

㊹ 那，那個；那時，那裡；那樣

例 それを見(み)せてください。

譯 給我看那個。

03 ｜あれ

㊹ 那，那個；那時；那裡

例 あれがほしい。

譯 想要那個。

04 ｜どれ

㊹ 哪個

例 どれがいい。

譯 哪一個比較好？

05 ｜ここ

㊹ 這裡；(表時間)最近，目前

例 ここに置(お)く。

譯 放這裡。

06 ｜そこ

㊹ 那兒，那邊

例 そこで待(ま)つ。

譯 在那邊等。

07 ｜あそこ

㊹ 那邊，那裡

例 あそこにある。

譯 在那裡。

08 ｜どこ

㊹ 何處，哪兒，哪裡

例 どこへ行(い)く。

譯 要去哪裡？

09 ｜こちら

㊹ 這邊，這裡，這方面；這位；我，我們(口語為「こっち」)

例 こちらが山田(やまだ)さんです。

譯 這位是山田小姐。

10 ｜そちら

㊹ 那兒，那裡；那位，那個；府上，貴處(口語為「そっち」)

例 そちらはどんな天気(てんき)ですか。

譯 你那邊天氣如何呢？

11 ｜あちら

㊹ 那兒，那裡；那個；那位

例 あちらへ行(い)く。

譯 去那裡。

12 ｜どちら

㊹ (方向，地點，事物，人等)哪裡，哪個，哪位(口語為「どっち」)

例 どちらでも良(よ)い。

譯 哪一個都好。

13 | この

(連體) 這…，這個…

(例) このボタンを押(お)す。

(譯) 按下這個按鈕。

14 | その

(連體) 那…，那個…

(例) その時(とき)出(で)かけた。

(譯) 那個時候外出了。

15 | あの

(連體) (表第三人稱，離說話雙方都距離遠的)那，那裡，那個

(例) あの店(みせ)で働(はたら)く。

(譯) 在那家店工作。

16 | どの

(連體) 哪個，哪…

(例) どの席(せき)がいい。

(譯) 哪個位子好呢？

17 | こんな

(連體) 這樣的，這種的

(例) こんな時(とき)にすみません。

(譯) 在這種情況之下真是抱歉。

18 | どんな

(連體) 什麼樣的

(例) どんな時(とき)も楽(たの)しくやる。

(譯) 無論何時都要玩得開心。

19 | だれ【誰】

(代) 誰，哪位

(例) 誰(だれ)もいない。

(譯) 沒有人。

20 | だれか【誰か】

(代) 某人；有人

(例) 誰(だれ)か来(き)た。

(譯) 有誰來了。

21 | どなた

(代) 哪位，誰

(例) どなた様(さま)ですか。

(譯) 請問是哪位？

22 | なに・なん【何】

(代) 什麼；任何

(例) これは何(なん)ですか。

(譯) 這是什麼？

N5 6-4

6-4 感嘆詞、接続詞 / 感嘆詞、接續詞

01 | ああ

(感) (表驚訝等)啊，唉呀；(表肯定)哦；嗯

(例) ああ、そうですか。

(譯) 啊！是嗎！

02 | あのう

(感) 那個，請問，喂；啊，嗯(招呼人時，說話躊躇或不能馬上說出下文時)

(例) あのう、すみません。

(譯) 不好意思，請問一下。

03 | いいえ

(感) (用於否定)不是，不對，沒有

例 いいえ、まだです。
譯 不，還沒有。

04 ｜ええ

感 (用降調表示肯定)是的，嗯；(用升調表示驚訝)哎呀，啊

例 ええ、そうです。
譯 嗯，是的。

05 ｜さあ

感 (表示勸誘，催促)來；表躊躇，遲疑的聲音

例 さあ、行(い)こう。
譯 來，走吧。

06 ｜じゃ・じゃあ

感 那麼(就)

例 じゃ、さようなら。
譯 那麼，再見。

07 ｜そう

感 (回答)是，沒錯

例 そうです。私(わたし)が佐藤(さとう)です。
譯 是的，我是佐藤。

08 ｜では

接續 那麼，那麼説，要是那樣

例 では、失礼(しつれい)します。
譯 那麼，先告辭了。

09 ｜はい

感 (回答)有，到；(表示同意)是的

例 はい、そうです。
譯 是，沒錯。

10 ｜もしもし

感 (打電話)喂；喂（叫住對方）

例 もしもし、田中(たなか)です。
譯 喂，我是田中。

11 ｜しかし

接續 然而，但是，可是

例 このラーメンはおいしい。しかし、あのラーメンはまずい。
譯 這碗拉麵很好吃，但是那碗很難吃。

12 ｜そうして・そして

接續 然後；而且；於是；又

例 このパンはおいしい。そして、あのパンもおいしい。
譯 這麵包好吃，還有，那麵包也好吃。

13 ｜それから

接續 還有；其次，然後；(催促對方談話時)後來怎樣

例 風呂(ふろ)に入(はい)って、それから寝(ね)ました。
譯 先洗了澡，然後就睡了。

14 ｜それでは

接續 那麼，那就；如果那樣的話

例 それでは、さようなら。
譯 那麼，再見。

15 | でも

(接續) 可是，但是，不過；話雖如此

例 昨日(きのう)はとても楽(たの)しかった。でも、疲(つか)れた。

譯 昨天實在玩得很開心，不過，也累壞了。

N5 ● 6-5

6-5 副詞、副助詞 /
副詞、副助詞

01 | あまり【余り】

(副) (後接否定)不太…，不怎麼…；過分，非常

例 あまり高(たか)くない。

譯 不太貴。

02 | いちいち【一々】

(副) 一一，一個一個；全部；詳細

例 いちいち聞(き)く。

譯 一一詢問。

03 | いちばん【一番】

(名·副) 最初，第一；最好，最優秀

例 一番(いちばん)安(やす)いものを買(か)う。

譯 買最便宜的。

04 | いつも【何時も】

(副) 經常，隨時，無論何時

例 いつも家(いえ)にいない。

譯 經常不在家。

05 | すぐ

(副) 馬上，立刻；(距離)很近

例 すぐ行(い)く。

譯 馬上去。

06 | すこし【少し】

(副) 一下子；少量，稍微，一點

例 もう少(すこ)しやさしい本(ほん)がいい。

譯 再容易一點的書籍比較好。

07 | ぜんぶ【全部】

(名) 全部，總共

例 全部(ぜんぶ)答(こた)える。

譯 全部回答。

08 | たいてい【大抵】

(副) 大部分，差不多；(下接推量)多半；(接否定)一般

例 大抵(たいてい)分(わ)かる。

譯 大概都知道。

09 | たいへん【大変】

(副·形動) 很，非常，太；不得了

例 大変(たいへん)な雨(あめ)だった。

譯 一場好大的雨。

10 | たくさん【沢山】

(名·形動·副) 很多，大量；足夠，不再需要

例 たくさんある。

譯 有很多。

11 | たぶん【多分】

(副) 大概，或許；恐怕

例 たぶん大丈夫(だいじょうぶ)だろう。

譯 應該沒問題吧。

12 | だんだん【段々】
(副) 漸漸地

例 だんだん暖(あたた)かくなる。

譯 漸漸地變暖和。

13 | ちょうど【丁度】
(副) 剛好，正好；正，整

例 今日(きょう)でちょうど一月(ひとつき)になる。

譯 到今天剛好滿一個月。

14 | ちょっと【一寸】
(副・感) 一下子；(下接否定)不太…，不太容易…；一點點

例 ちょっと待(ま)って。

譯 等一下。

15 | どう
(副) 怎麼，如何

例 温(あたた)かいお茶(ちゃ)はどう。

譯 喝杯溫茶如何？

16 | どうして
(副) 為什麼，何故

例 どうして休(やす)んだの。

譯 為什麼沒來呢？

17 | どうぞ
(副) (表勸誘，請求，委託)請；(表承認，同意)可以，請

例 どうぞこちらへ。

譯 請往這邊走。

18 | どうも
(副) 怎麼也；總覺得；實在是，真是；謝謝

例 どうもすみません。

譯 實在對不起。

19 | ときどき【時々】
(副) 有時，偶爾

例 曇(くも)りで時々(ときどき)雨(あめ)が降(ふ)る。

譯 多雲偶陣雨。

20 | とても
(副) 很，非常；(下接否定)無論如何也…

例 とても面白(おもしろ)い。

譯 非常有趣。

21 | なぜ【何故】
(副) 為何，為什麼

例 なぜ来(こ)ないのか。

譯 為什麼沒來？

22 | はじめて【初めて】
(副) 最初，初次，第一次

例 初(はじ)めて飛行機(ひこうき)に乗(の)る。

譯 初次搭乘飛機。

23 | ほんとうに【本当に】
(副) 真正，真實

例 本当(ほんとう)にありがとう。

譯 真的很謝謝您。

24 | また【又】

副 還，又，再；也，亦；同時

例 また会(あ)おう。

譯 再見。

25 | まだ【未だ】

副 還，尚；仍然；才，不過

例 まだ来(こ)ない。

譯 還沒來。

26 | まっすぐ【真っ直ぐ】

副・形動 筆直，不彎曲；一直，直接

例 まっすぐな道(みち)を走(はし)る。

譯 走筆直的道路。

27 | もう

副 另外，再

例 もう少(すこ)し食(た)べる。

譯 再吃一點。

28 | もう

副 已經；馬上就要

例 もう着(つ)きました。

譯 已經到了。

29 | もっと

副 更，再，進一步

例 もっとください。

譯 請再給我多一些。

30 | ゆっくり

副 慢，不著急

例 ゆっくり食(た)べる。

譯 慢慢吃。

31 | よく

副 經常，常常

例 よく考(かんが)える。

譯 充分考慮。

32 | いかが【如何】

副・形動 如何，怎麼樣

例 お一(ひと)ついかがですか。

譯 來一個如何？

33 | くらい・ぐらい【位】

副助 (數量或程度上的推測)大概，左右，上下

例 1時間(いちじかん)ぐらい遅(おそ)くなる。

譯 遲到約一個小時左右。

34 | ずつ

副助 (表示均攤)每…，各…；表示反覆多次

例 1日(いちにち)に3回(さんかい)ずつ。

譯 每天各三次。

35 | だけ

副助 只有…

例 生徒(せいと)が一人(ひとり)だけだ。

譯 只有一學生。

36 | ながら

接助 邊…邊…，一面…一面…

例 歩(ある)きながら考(かんが)える。

譯 邊走邊想。

6-6 接頭詞、接尾詞、その他 / 接頭詞、接尾詞、其他

01 | お・おん【御】

(接頭) 您(的)…，貴…；放在字首，表示尊敬語及美化語

例 お友達(ともだち)の家(いえ)へ行(い)く。

譯 去朋友家。

02 | じ【時】

(名) …時

例 6時(ろくじ)に閉(し)まる。

譯 六點關門。

03 | はん【半】

(名・接尾) …半；一半

例 3時半(さんじはん)から始(はじ)まる。

譯 從三點半開始。

04 | ふん・ぷん【分】

(接尾) (時間)…分；(角度)分

例 1時(いちじ) 15分(じゅうごふん)に着(つ)く。

譯 1點15分抵達。

05 | にち【日】

(名) 號，日，天(計算日數)

例 今月(こんげつ)の 19日(じゅうくにち)が誕生日(たんじょうび)です。

譯 這個月的十九號是我的生日。

06 | じゅう【中】

(名・接尾) 整個，全;(表示整個期間或區域)期間

例 世界中(せかいじゅう)の人(ひと)が知(し)っている。

譯 全世界的人都知道。

07 | ちゅう【中】

(名・接尾) 中央，中間；…期間，正在…當中；在…之中

例 午前中(ごぜんちゅう)に届(とど)く。

譯 上午送達。

08 | がつ【月】

(接尾) …月

例 9月(くがつ)に生(う)まれる。

譯 九月出生。

09 | かげつ【ヶ月】

(接尾) …個月

例 あと3ヶ月(さんかげつ)でお母(かあ)さんになる。

譯 再過三個月我就要為人母了。

10 | ねん【年】

(名) 年(也用於計算年數)

例 来年(らいねん)日本(にほん)へ行(い)く。

譯 明年要去日本。

11 | ころ・ごろ【頃】

(名・接尾) (表示時間)左右，時候，時期；正好的時候

例 昼頃(ひるごろ)駅(えき)で会(あ)う。

譯 中午時在車站碰面。

12 | すぎ【過ぎ】

(接尾) 超過…，過了…，過度

例 1時(いちじ)過(す)ぎに会(あ)う。

譯 我們一點多碰面。

13 | そば【側·傍】

㊔ 旁邊，側邊；附近

例 そばに置(お)く。

譯 放在身邊。

14 | たち【達】

(接尾) (表示人的複數)…們，…等

例 私(わたし)たちも行(い)く。

譯 我們也前往。

15 | や【屋】

(名·接尾) 房屋；…店，商店或工作人員

例 八百屋(やおや)でトマトを買(か)う。

譯 在蔬果店買番茄。

16 | ご【語】

(名·接尾) 語言；…語

例 日本語(にほんご)の手紙(てがみ)を書(か)く。

譯 用日語寫信。

17 | がる

(接尾) 想，覺得；故做

例 妹(いもうと)が私(わたし)の服(ふく)を欲(ほ)しがる。

譯 妹妹想要我的衣服。

18 | じん【人】

(接尾) …人

例 外国人(がいこくじん)の先生(せんせい)がいる。

譯 有外國老師。

19 | など【等】

(副助) (表示概括，列舉)…等

例 赤(あか)や黄色(きいろ)などがある。

譯 有紅色跟黃色等等。

20 | ど【度】

(名·接尾) …次；…度(溫度，角度等單位)

例 ３８度(さんじゅうはちど)ある。

譯 有38度。

21 | まえ【前】

㊔ (空間的)前，前面

例 ドアの前(まえ)に立(た)つ。

譯 站在門前。

22 | えん【円】

(名·接尾) 日圓(日本的貨幣單位)；圓(形)

例 ２時間(にじかん)で１万円(いちまんえん)だ。

譯 兩小時一萬元日圓。

23 | みんな

㊹ 大家，全部，全體

例 みんな足(あし)が長(なが)い。

譯 大家腳都很長。

24 | ほう【方】

㊔ 方向；方面；(用於並列或比較屬於哪一)部類，類型

例 大(おお)きい方(ほう)がいい。

譯 大的比較好。

25 | ほか【外】

(名·副助) 其他，另外；旁邊，外部；(下接否定)只好，只有

例 ほかの物(もの)を買(か)う。

譯 買別的東西。

必　勝

N4

情境分類單字

パート
1
第一章

地理、場所

- 地理、場所 -

N4 ⊙ 1-1

1-1 場所、空間、範囲 /

場所、空間、範圍

01 | うら【裏】

㊔ 裡面，背後；內部；內幕，幕後；內情

例 裏(うら)を見(み)る。

譯 看背面。

02 | おもて【表】

㊔ 表面；正面；外觀；外面

例 表(おもて)を飾(かざ)る。

譯 裝飾外表。

03 | いがい【以外】

㊔ 除外，以外

例 日本(にほん)以外(いがい)行(い)きたくない。

譯 除了日本以外我哪裡都不去。

04 | うち【内】

㊔ …之內；…之中

例 内(うち)からかぎをかける。

譯 從裡面上鎖。

05 | まんなか【真ん中】

㊔ 正中間

例 テーブルの真(ま)ん中(なか)に置(お)く。

譯 擺在餐桌的正中央。

06 | まわり【周り】

㊔ 周圍，周邊

例 学校(がっこう)の周(まわ)りを走(はし)る。

譯 在學校附近跑步。

07 | あいだ【間】

㊔ 期間；間隔，距離；中間；關係；空隙

例 家(いえ)と家(いえ)の間(あいだ)に細(ほそ)い道(みち)がある。

譯 房子之間有小路。

08 | すみ【隅】

㊔ 角落

例 隅(すみ)から隅(すみ)まで探(さが)す。

譯 找遍了各個角落。

09 | てまえ【手前】

名·代 眼前;靠近自己這一邊;(當著…的)面前；我(自謙)；你(同輩或以下)

例 手前(てまえ)にある箸(はし)を取(と)る。

譯 拿起自己面前的筷子。

10 | てもと【手元】

㊔ 身邊，手頭；膝下；生活，生計

例 手元(てもと)にない。

譯 手邊沒有。

11 | こっち【此方】

㊔ 這裡，這邊

例 こっちの方（ほう）がいい。

譯 這邊比較好。

12 | どっち【何方】

㈹ 哪一個

例 どっちへ行（い）こうかな。

譯 去哪一邊好呢？

13 | とおく【遠く】

㊔ 遠處；很遠

例 遠（とお）くから人（ひと）が来（く）る。

譯 有人從遠處來。

14 | ほう【方】

㊔ …方，邊；方面；方向

例 庭（にわ）が広（ひろ）いほうを買（か）う。

譯 買院子比較大的。

15 | あく【空く】

自五 空著；（職位）空缺；空隙；閒著；有空

例 席（せき）が空（あ）く。

譯 空出位子。

N4 ● 1-2

1-2 地域 / 地域

01 | ちり【地理】

㊔ 地理

例 地理（ちり）を研究（けんきゅう）する。

譯 研究地理。

02 | しゃかい【社会】

㊔ 社會，世間

例 社会（しゃかい）に出（で）る。

譯 出社會。

03 | せいよう【西洋】

㊔ 西洋

例 西洋文明（せいようぶんめい）を学（まな）ぶ。

譯 學習西方文明。

04 | せかい【世界】

㊔ 世界；天地

例 世界（せかい）に知（し）られている。

譯 聞名世界。

05 | こくない【国内】

㊔ 該國內部，國內

例 国内旅行（こくないりょこう）をする。

譯 國內旅遊。

06 | むら【村】

㊔ 村莊，村落；鄉

例 小（ちい）さな村（むら）に住（す）む。

譯 住小村莊。

07 | いなか【田舎】

㊔ 鄉下，農村；故鄉，老家

例 田舎（いなか）に帰（かえ）る。

譯 回家鄉。

08 | こうがい【郊外】

㊔ 郊外

例 郊外(こうがい)に住(す)む。

譯 住在城外。

09 | しま【島】

㊔ 島嶼

例 島(しま)へ渡(わた)る。

譯 遠渡島上。

10 | かいがん【海岸】

㊔ 海岸

例 海岸(かいがん)で釣(つ)りをする。

譯 海邊釣魚。

11 | みずうみ【湖】

㊔ 湖，湖泊

例 大(おお)きい湖(みずうみ)がたくさんある。

譯 有許多廣大的湖。

12 | あさい【浅い】

㊮ 淺的；（事物程度）微少；淡的；薄的

例 浅(あさ)い川(かわ)で泳(およ)ぐ。

譯 在淺水河流游泳。

13 | アジア【Asia】

㊔ 亞洲

例 アジアに住(す)む。

譯 住在亞洲。

14 | アフリカ【Africa】

㊔ 非洲

例 アフリカに遊(あそ)びに行(い)く。

譯 去非洲玩。

15 | アメリカ【America】

㊔ 美國

例 アメリカへ行(い)く。

譯 去美國。

16 | けん【県】

㊔ 縣

例 神奈川県(かながわけん)へ行(い)く。

譯 去神奈川縣。

17 | し【市】

㊔ …市

例 台北市(タイペイし)を訪(たず)ねる。

譯 拜訪台北市。

18 | ちょう【町】

（名・漢造） 鎮

例 石川町(いしかわちょう)に住(す)んでいた。

譯 住過石川町。

19 | さか【坂】

㊔ 斜坡

例 坂(さか)を下(お)りる。

譯 下坡。

パート 2 第二章 時間

- 時間 -

N4 ● 2-1

2-1 過去、現在、未来 / 過去、現在、未來

01 | さっき

名·副 剛剛，剛才

例 さっきから待(ま)っている。

譯 從剛才就在等著你。

02 | ゆうべ【夕べ】

名 昨晚；傍晚

例 夕(ゆう)べはありがとうございました。

譯 昨晚謝謝您。

03 | このあいだ【この間】

副 最近；前幾天

例 この間(あいだ)借(か)りたお金(かね)を返(かえ)す。

譯 歸還上次借的錢。

04 | さいきん【最近】

名·副 最近

例 彼(かれ)は最近結婚(さいきんけっこん)した。

譯 他最近結婚了。

05 | さいご【最後】

名 最後

例 最後(さいご)に帰(かえ)る。

譯 最後離開。

06 | さいしょ【最初】

名 最初，首先

例 最初(さいしょ)に校長(こうちょう)の挨拶(あいさつ)がある。

譯 首先校長將致詞。

07 | むかし【昔】

名 以前

例 昔(むかし)の友達(ともだち)と会(あ)う。

譯 跟以前的朋友碰面。

08 | ただいま【唯今·只今】

副 現在；馬上，剛才；我回來了

例 ただいまお調(しら)べします。

譯 現在立刻為您查詢。

09 | こんや【今夜】

名 今晚

例 今夜(こんや)はホテルに泊(と)まる。

譯 今晚住飯店。

10 | あす【明日】

名 明天

例 明日(あす)の朝出発(あさしゅっぱつ)する。

譯 明天早上出發。

11 | こんど【今度】

㊔ 這次；下次；以後

例 今度お宅に遊びに行ってもいいですか。

譯 下次可以到府上玩嗎？

---

12 | さらいしゅう【再来週】

㊔ 下下星期

例 再来週まで待つ。

譯 等到下下週為止。

---

13 | さらいげつ【再来月】

㊔ 下下個月

例 再来月また会う。

譯 下下個月再見。

---

14 | しょうらい【将来】

㊔ 將來

例 将来は外国で働くつもりです。

譯 我將來打算到國外工作。

N4 ⊙ 2-2

2-2 時間、時、時刻 / 時間、時候、時刻

01 | とき【時】

㊔ …時，時候

例 あの時はごめんなさい。

譯 當時真的很抱歉。

---

02 | ひ【日】

㊔ 天，日子

例 日が経つのが早い。

譯 時間過得真快。

---

03 | とし【年】

㊔ 年齡；一年

例 私も年をとりました。

譯 我也老了。

---

04 | はじめる【始める】

(他下一) 開始；開創；發(老毛病)

例 昨日から日本語の勉強を始めました。

譯 從昨天開始學日文。

---

05 | おわり【終わり】

㊔ 結束，最後

例 番組は今月で終わる。

譯 節目將在這個月結束。

---

06 | いそぐ【急ぐ】

(自五) 快，急忙，趕緊

例 急いで逃げる。

譯 趕緊逃跑。

---

07 | すぐに【直ぐに】

(副) 馬上

例 すぐに帰る。

譯 馬上回來。

---

08 | まにあう【間に合う】

(自五) 來得及，趕得上；夠用

例 飛行機に間に合う。

譯 趕上飛機。

09 | あさねぼう【朝寝坊】

名・自サ 賴床；愛賴床的人

例 朝寝坊して遅刻してしまった。

譯 早上睡過頭，遲到了。

10 | おこす【起こす】

他五 扶起；叫醒；發生；引起；翻起

例 明日７時に起こしてください。

譯 請明天七點叫我起來。

11 | ひるま【昼間】

名 白天

例 昼間働いている。

譯 白天都在工作。

12 | くれる【暮れる】

自下一 日暮，天黑；到了尾聲，年終

例 秋が暮れる。

譯 秋暮。

13 | このごろ【此の頃】

副 最近

例 このごろ元気がないね。

譯 最近看起來怎麼沒什麼精神呢。

14 | じだい【時代】

名 時代；潮流；歷史

例 時代が違う。

譯 時代不同。

Memo

パート
3
第三章

日常の挨拶、人物

- 日常招呼、人物 -

N4 3-1

3-1 挨拶言葉 / 寒暄用語

01 いってまいります【行って参ります】

寒暄 我走了

例 では、行って参ります。

譯 那我走了。

02 いってらっしゃい

寒暄 路上小心，慢走，好走

例 気をつけていってらっしゃい。

譯 小心慢走。

03 おかえりなさい【お帰りなさい】

寒暄 (你)回來了

例 お帰りなさいと大きな声で言った。

譯 大聲説回來啦！

04 よくいらっしゃいました

寒暄 歡迎光臨

例 暑いのに、よくいらっしゃいましたね。

譯 這麼熱，感謝您能蒞臨。

05 おかげ【お陰】

寒暄 託福；承蒙關照

例 あなたのおかげです。

譯 託你的福。

06 おかげさまで【お陰様で】

寒暄 託福，多虧

例 おかげさまで元気です。

譯 托你的福，我很好。

07 おだいじに【お大事に】

寒暄 珍重，請多保重

例 風邪が早く治るといいですね。お大事に。

譯 希望你感冒能快好起來。多保重啊！

08 かしこまりました【畏まりました】

寒暄 知道，了解(「わかる」謙讓語)

例 はい、かしこまりました。

譯 好，知道了。

09 おまたせしました【お待たせしました】

寒暄 讓您久等了

例 お待たせしました。お入りください。

譯 讓您久等了。請進。

10 おめでとうございます【お目出度うございます】

寒暄 恭喜

例 ご結婚おめでとうございます。

譯 結婚恭喜恭喜！

11 | それはいけませんね

㊢寒暄 那可不行

例 それはいけませんね。お大事(だいじ)にしてね。

譯 （生病啦）那可不得了了。多保重啊！

12 | ようこそ

寒暄 歡迎

例 ようこそ、おいで下(くだ)さいました。

譯 衷心歡迎您的到來。

N4 ⊙ 3-2

3-2 いろいろな人を表す言葉 / 各種人物的稱呼

01 | おこさん【お子さん】

㊔ 您孩子，令郎，令嬡

例 お子(こ)さんはおいくつですか。

譯 您的孩子幾歲了呢？

02 | むすこさん【息子さん】

㊔ （尊稱他人的）令郎

例 ご立派(りっぱ)な息子(むすこ)さんですね。

譯 您兒子真是出色啊！

03 | むすめさん【娘さん】

㊔ 您女兒，令嬡

例 娘(むすめ)さんはあなたに似(に)ている。

譯 令千金長得像您。

04 | おじょうさん【お嬢さん】

㊔ 您女兒，令嬡；小姐；千金小姐

例 お嬢(じょう)さんはとても美(うつく)しい。

譯 令千金長得真美。

05 | こうこうせい【高校生】

㊔ 高中生

例 高校生(こうこうせい)を対象(たいしょう)にする。

譯 以高中生為對象。

06 | だいがくせい【大学生】

㊔ 大學生

例 大学生(だいがくせい)になる。

譯 成為大學生。

07 | せんぱい【先輩】

㊔ 學姐，學長；老前輩

例 先輩(せんぱい)におごってもらった。

譯 讓學長破費了。

08 | きゃく【客】

㊔ 客人；顧客

例 客(きゃく)を迎(むか)える。

譯 迎接客人。

09 | てんいん【店員】

㊔ 店員

例 店員(てんいん)を呼(よ)ぶ。

譯 叫喚店員。

10 | しゃちょう【社長】

㊔ 社長

例 社長(しゃちょう)になる。

譯 當上社長。

11 | おかねもち【お金持ち】

㊔ 有錢人

例 お金持(かねも)ちになる。

譯 變成有錢人。

12 | しみん【市民】

㊔ 市民，公民

例 市民の生活を守る。

譯 捍衛市民的生活。

13 | きみ【君】

㊔ 你（男性對同輩以下的親密稱呼）

例 君にあげる。

譯 給你。

14 | いん【員】

㊔ 人員；人數；成員；…員

例 公務員になりたい。

譯 想當公務員。

15 | かた【方】

㊔ （敬）人

例 あちらの方はどなたですか。

譯 那是那位呢？

N4 3-3

3-3 男女 / 男女

01 | だんせい【男性】

㊔ 男性

例 男性の服は本館の 4 階だ。

譯 紳士服專櫃位於本館四樓。

02 | じょせい【女性】

㊔ 女性

例 美しい女性を連れている。

譯 帶著漂亮的女生。

03 | かのじょ【彼女】

㊔ 她；女朋友

例 彼女ができる。

譯 交到女友。

04 | かれ【彼】

（名·代） 他；男朋友

例 それは彼の物だ。

譯 那是他的東西。

05 | かれし【彼氏】

（名·代） 男朋友；他

例 彼氏がいる。

譯 我有男朋友。

06 | かれら【彼等】

（名·代） 他們

例 彼らは兄弟だ。

譯 他們是兄弟。

07 | じんこう【人口】

㊔ 人口

例 人口が多い。

譯 人口很多。

08 | みな【皆】

㊔ 大家；所有的

例 皆が集まる。

譯 大家齊聚一堂。

09 | あつまる【集まる】

（自五） 聚集，集合

例 女性が集まってくる。

譯 女性聚集過來。

10 | あつめる【集める】

（他下一） 集合；收集；集中

例 男性(だんせい)の視線(しせん)を集(あつ)める。

譯 聚集男性的視線。

11 ｜つれる【連れる】

(他下一) 帶領，帶著

例 友達(ともだち)を連(つ)れて来(く)る。

譯 帶朋友來。

12 ｜かける【欠ける】

(自下一) 缺損；缺少

例 女(おんな)が1名(いちめい)欠(か)ける。

譯 缺一位女性。

N4 ◉ 3-4

3-4 老人、子供、家族 / 老人、小孩、家人

01 ｜そふ【祖父】

(名) 祖父，外祖父

例 祖父(そふ)に会(あ)う。

譯 和祖父見面。

02 ｜そぼ【祖母】

(名) 祖母，外祖母，奶奶，外婆

例 祖母(そぼ)が亡(な)くなる。

譯 祖母過世。

03 ｜おや【親】

(名) 父母；祖先；主根；始祖

例 親(おや)の仕送(しおく)りを受(う)ける。

譯 讓父母寄送生活費。

04 ｜おっと【夫】

(名) 丈夫

例 夫(おっと)の帰(かえ)りを待(ま)つ。

譯 等待丈夫回家。

05 ｜しゅじん【主人】

(名) 老公，(我)丈夫，先生；主人

例 主人(しゅじん)を支(ささ)える。

譯 支持丈夫。

06 ｜つま【妻】

(名) (對外稱自己的)妻子，太太

例 妻(つま)と喧嘩(けんか)する。

譯 跟妻子吵架。

07 ｜かない【家内】

(名) 妻子

例 家内(かない)に相談(そうだん)する。

譯 和妻子討論。

08 ｜こ【子】

(名) 孩子

例 子(こ)を生(う)む。

譯 生小孩。

09 ｜あかちゃん【赤ちゃん】

(名) 嬰兒

例 赤(あか)ちゃんはよく泣(な)く。

譯 小寶寶很愛哭。

10 ｜あかんぼう【赤ん坊】

(名) 嬰兒；不暗世故的人

例 赤(あか)ん坊(ぼう)みたいだ。

譯 像嬰兒似的。

11 ｜そだてる【育てる】

(他下一) 撫育，培植；培養

例 子供(こども)を育(そだ)てる。

譯 培育子女。

12 | こそだて【子育て】

(名・自サ) 養育小孩，育兒

例 子育(こそだ)てが終(お)わる。

譯 完成了養育小孩的任務。

13 | にる【似る】

(自上一) 相像，類似

例 性格(せいかく)が似(に)ている。

譯 個性相似。

14 | ぼく【僕】

(名) 我（男性用）

例 僕(ぼく)には僕(ぼく)の夢(ゆめ)がある。

譯 我有我的理想。

N4 3-5

3-5 態度、性格 /
態度、性格

01 | しんせつ【親切】

(名・形動) 親切，客氣

例 親切(しんせつ)になる。

譯 變得親切。

02 | ていねい【丁寧】

(名・形動) 客氣；仔細；尊敬

例 丁寧(ていねい)に読(よ)む。

譯 仔細閱讀。

03 | ねっしん【熱心】

(名・形動) 專注，熱衷；熱心；熱衷；熱情

例 仕事(しごと)に熱心(ねっしん)だ。

譯 熱衷於工作。

04 | まじめ【真面目】

(名・形動) 認真；誠實

例 真面目(まじめ)な人(ひと)が多い。

譯 有很多認真的人。

05 | いっしょうけんめい【一生懸命】

(副・形動) 拼命地，努力地；一心

例 一生懸命(いっしょうけんめい)に働(はたら)く。

譯 拼命地工作。

06 | やさしい【優しい】

(形) 溫柔的，體貼的；柔和的；親切的

例 人(ひと)にやさしくする。

譯 殷切待人。

07 | てきとう【適当】

(名・自サ・形動) 適當；適度；隨便

例 適当(てきとう)な機会(きかい)に行(おこな)う。

譯 在適當的機會舉辦。

08 | おかしい【可笑しい】

(形) 奇怪的，可笑的；可疑的，不正常的

例 頭(あたま)がおかしい。

譯 腦子不正常。

09 | こまかい【細かい】

(形) 細小；仔細；無微不至

例 考(かんが)えが細(こま)かい。

譯 想得仔細。

10 | さわぐ【騒ぐ】

(自五) 吵鬧，喧囂 ；慌亂，慌張；激動

例 胸(むね)が騒(さわ)ぐ。

譯 心慌意亂。

11 | ひどい【酷い】

(形) 殘酷；過分；非常；嚴重，猛烈

例 彼は酷い人だ。
譯 他是個殘酷的人。

N4 3-6

3-6 人間関係 / 人際關係

01 | かんけい【関係】
㊔ 關係；影響
例 関係がある。
譯 有關係；有影響；發生關係。

02 | しょうかい【紹介】
(名・他サ) 介紹
例 両親に紹介する。
譯 介紹給父母。

03 | せわ【世話】
(名・他サ) 幫忙；照顧，照料
例 世話になる。
譯 受到照顧。

04 | わかれる【別れる】
(自下一) 分別，分開
例 恋人と別れた。
譯 和情人分手了。

05 | あいさつ【挨拶】
(名・自サ) 寒暄，打招呼，拜訪；致詞
例 帽子をとって挨拶する。
譯 脱帽致意。

06 | けんか【喧嘩】
(名・自サ) 吵架；打架
例 喧嘩が始まる。
譯 開始吵架。

07 | えんりょ【遠慮】
(名・自他サ) 客氣；謝絕
例 遠慮がない。
譯 不客氣，不拘束。

08 | しつれい【失礼】
(名・形動・自サ) 失禮，沒禮貌；失陪
例 失礼なことを言う。
譯 説失禮的話。

09 | ほめる【褒める】
(他下一) 誇獎
例 先生に褒められた。
譯 被老師稱讚。

10 | じゆう【自由】
(名・形動) 自由，隨便
例 自由がない。
譯 沒有自由。

11 | しゅうかん【習慣】
㊔ 習慣
例 習慣が変わる。
譯 習慣改變；習俗特別。

12 | ちから【力】
㊔ 力氣；能力
例 力になる。
譯 幫助；有依靠。

パート
4
第四章

体、病気、スポーツ

- 人體、疾病、運動 -

N4 ◉ 4-1

4-1 身体 / 人體

01 | かっこう【格好・恰好】

㊔ 外表，裝扮

例 綺麗(きれい)な格好(かっこう)で出(で)かける。

譯 打扮得美美的出門了。

02 | かみ【髪】

㊔ 頭髮

例 髪型(かみがた)が変(か)わる。

譯 髮型變了。

03 | け【毛】

㊔ 頭髮，汗毛

例 髪(かみ)の毛(け)は細(ほそ)くてやわらかい。

譯 頭髮又細又軟。

04 | ひげ

㊔ 鬍鬚

例 私(わたし)の父(ちち)はひげが濃(こ)い。

譯 我爸爸的鬍鬚很濃密

05 | くび【首】

㊔ 頸部，脖子；頭部，腦袋

例 首(くび)にマフラーを巻(ま)く。

譯 在脖子裹上圍巾。

06 | のど【喉】

㊔ 喉嚨

例 のどが渇(かわ)く。

譯 口渴。

07 | せなか【背中】

㊔ 背部

例 背中(せなか)を丸(まる)くする。

譯 弓起背來。

08 | うで【腕】

㊔ 胳臂；本領；托架，扶手

例 腕(うで)を組(く)む。

譯 挽著胳臂。

09 | ゆび【指】

㊔ 手指

例 ゆびで指(さ)す。

譯 用手指。

10 | つめ【爪】

㊔ 指甲

例 爪(つめ)を切(き)る。

譯 剪指甲。

11 | ち【血】

㊔ 血；血緣

例 血(ち)が出(で)ている。

譯 流血了。

12 | おなら

㊔ 屁

例 おならをする。

譯 放屁。

N4 4-2

4-2 生死、体質 / 生死、體質

01 | いきる【生きる】

(自上一) 活，生存；生活；致力於…；生動

例 生(い)きて帰(かえ)る。

譯 生還。

02 | なくなる【亡くなる】

(他五) 去世，死亡

例 先生(せんせい)が亡(な)くなる。

譯 老師過世。

03 | うごく【動く】

(自五) 變動，移動；擺動；改變；行動，運動；感動，動搖

例 動(うご)くのが好(す)きだ。

譯 我喜歡動。

04 | さわる【触る】

(自五) 碰觸，觸摸；接觸；觸怒，觸犯

例 触(さわ)ると痒(かゆ)くなる。

譯 一觸摸就發癢。

05 | ねむい【眠い】

(形) 睏

例 いつも眠(ねむ)い。

譯 我總是想睡覺。

06 | ねむる【眠る】

(自五) 睡覺

例 暑(あつ)いと眠(ねむ)れない。

譯 一熱就睡不著。

07 | かわく【乾く】

(自五) 乾；口渴

例 肌(はだ)が乾(かわ)く。

譯 皮膚乾燥。

08 | ふとる【太る】

(自五) 胖，肥胖；增加

例 運動(うんどう)してないので太(ふと)った。

譯 因為沒有運動而肥胖。

09 | やせる【痩せる】

(自下一) 瘦；貧瘠

例 病気(びょうき)で痩(や)せる。

譯 因生病而消瘦。

10 | ダイエット【diet】

(名・自サ) (為治療或調節體重)規定飲食；減重療法；減重，減肥

例 ダイエットを始(はじ)めた。

譯 開始減肥。

11 | よわい【弱い】

㊟ 虛弱；不擅長，不高明

例 体(からだ)が弱(よわ)い。

譯 身體虛弱。

N4 ◉ 4-3

4-3 病気、治療 / 疾病、治療

01 | おる【折る】

他五 摺疊；折斷

例 骨(ほね)を折(お)る。

譯 骨折。

02 | ねつ【熱】

㊔ 高溫；熱；發燒

例 熱(ねつ)がある。

譯 發燒。

03 | インフルエンザ【influenza】

㊔ 流行性感冒

例 インフルエンザにかかる。

譯 得了流感。

04 | けが【怪我】

名・自サ 受傷；損失，過失

例 怪我(けが)がない。

譯 沒有受傷。

05 | かふんしょう【花粉症】

㊔ 花粉症，因花粉而引起的過敏鼻炎，結膜炎

例 花粉症(かふんしょう)になる。

譯 得花粉症。

06 | たおれる【倒れる】

自下一 倒下；垮台；死亡

例 叔父(おじ)が病気(びょうき)で倒(たお)れた。

譯 叔叔病倒了。

07 | にゅういん【入院】

名・自サ 住院

例 入院費(にゅういんひ)を払(はら)う。

譯 支付住院費。

08 | ちゅうしゃ【注射】

名・他サ 打針

例 注射(ちゅうしゃ)を受(う)ける。

譯 打預防針。

09 | ぬる【塗る】

他五 塗抹，塗上

例 薬(くすり)を塗(ぬ)る。

譯 上藥。

10 | おみまい【お見舞い】

㊔ 探望，探病

例 明日(あした)お見舞(みま)いに行(い)く。

譯 明天去探病。

11 | ぐあい【具合】

㊔ (健康等)狀況；方便，合適；方法

例 具合(ぐあい)がよくなる。

譯 情況好轉。

12 | なおる【治る】

(自五) 治癒，痊癒

例 病気(びょうき)が治(なお)る。

譯 病痊癒了。

---

13 | たいいん【退院】

(名・自サ) 出院

例 退院(たいいん)をさせてもらう。

譯 讓我出院。

---

14 | やめる【止める】

(他下一) 停止

例 たばこをやめる。

譯 戒煙。

---

15 | ヘルパー【helper】

(名) 幫傭；看護

例 ホームヘルパーを頼(たの)む。

譯 請家庭看護。

---

16 | おいしゃさん【お医者さん】

(名) 醫生

例 彼(かれ)はお医者(いしゃ)さんです。

譯 他是醫生。

---

17 | てしまう

(補動) 強調某一狀態或動作完了；懊悔

例 怪我(けが)で動(うご)かなくなってしまった。

譯 因受傷而無法動彈。

4-4 体育、試合 /
體育、競賽

01 | うんどう【運動】

(名・自サ) 運動；活動

例 毎日運動(まいにちうんどう)する。

譯 每天運動。

---

02 | テニス【tennis】

(名) 網球

例 テニスをやる。

譯 打網球。

---

03 | テニスコート【tennis court】

(名) 網球場

例 テニスコートでテニスをやる。

譯 在網球場打網球。

---

04 | じゅうどう【柔道】

(名) 柔道

例 柔道(じゅうどう)を習(なら)う。

譯 學柔道。

---

05 | すいえい【水泳】

(名・自サ) 游泳

例 水泳(すいえい)が上手(じょうず)だ。

譯 擅長游泳。

---

06 | かける【駆ける・駈ける】

(自下一) 奔跑，快跑

例 学校(がっこう)まで駆(か)ける。

譯 快跑到學校。

07 | うつ【打つ】

(他五) 打擊，打；標記

例 ホームランを打(う)つ。

譯 打全壘打。

08 | すべる【滑る】

(自下一) 滑(倒)；滑動；(手)滑；不及格，落榜；下跌

例 道(みち)が滑(すべ)る。

譯 路滑。

09 | なげる【投げる】

(自下一) 丟，拋；摔；提供；投射；放棄

例 ボールを投(な)げる。

譯 丟球。

10 | しあい【試合】

(名・自サ) 比賽

例 試合(しあい)が終(お)わる。

譯 比賽結束。

11 | きょうそう【競争】

(名・自他サ) 競爭，競賽

例 競争(きょうそう)に負(ま)ける。

譯 競爭失敗。

12 | かつ【勝つ】

(自五) 贏，勝利；克服

例 試合(しあい)に勝(か)つ。

譯 比賽獲勝。

13 | しっぱい【失敗】

(名・自サ) 失敗

例 失敗(しっぱい)ばかりで気分(きぶん)が悪(わる)い。

譯 一直出錯心情很糟。

14 | まける【負ける】

(自下一) 輸；屈服

例 試合(しあい)に負(ま)ける。

譯 比賽輸了。

パート 5 第五章 大自然

- 大自然 -

N4 5-1

5-1 自然、気象 / 自然、氣象

01 | えだ【枝】

㊔ 樹枝；分枝

例 木(き)の枝(えだ)を折(お)る。

譯 折下樹枝。

02 | くさ【草】

㊔ 草

例 草(くさ)を取(と)る。

譯 清除雜草。

03 | は【葉】

㊔ 葉子，樹葉

例 葉(は)が美(うつく)しい。

譯 葉子很美。

04 | ひらく【開く】

(自·他五) 綻放；打開；拉開；開拓；開設；開導

例 夏(なつ)の頃(ころ)花(はな)を開(ひら)く。

譯 夏天開花。

05 | みどり【緑】

㊔ 綠色，翠綠；樹的嫩芽

例 山(やま)の緑(みどり)がきれいだ。

譯 翠綠的山巒景色優美。

06 | ふかい【深い】

(形) 深的；濃的；晚的 ；(情感)深的；(關係)密切的

例 日本一深(にっぽんいちふか)い湖(みずうみ)を訪(おとず)れる。

譯 探訪日本最深的湖泊。

07 | うえる【植える】

(他下一) 種植；培養

例 木(き)を植(う)える。

譯 種樹。

08 | おれる【折れる】

(自下一) 折彎；折斷；拐彎；屈服

例 風(かぜ)で枝(えだ)が折(お)れる。

譯 樹枝被風吹斷。

09 | くも【雲】

㊔ 雲

例 雲(くも)の間(あいだ)から月(つき)が出(で)てきた。

譯 月亮從雲隙間出現了。

10 | つき【月】

㊔ 月亮

例 月(つき)がのぼった。

譯 月亮升起來了。

11 | ほし【星】

㊔ 星星

例 星(ほし)がある。

譯 有星星。

12 | じしん【地震】

㊔ 地震

例 地震(じしん)が起きる。

譯 發生地震。

13 | たいふう【台風】

㊔ 颱風

例 台風(たいふう)に遭(あ)う。

譯 遭遇颱風。

14 | きせつ【季節】

㊔ 季節

例 季節(きせつ)を楽(たの)しむ。

譯 享受季節變化的樂趣。

15 | ひえる【冷える】

自下一 變冷；變冷淡

例 体(からだ)が冷(ひ)える。

譯 身體感到寒冷。

16 | やむ【止む】

自五 停止

例 風(かぜ)が止(や)む。

譯 風停了。

17 | さがる【下がる】

自五 下降；下垂；降低(價格、程度、溫度等)；衰退

例 気温(きおん)が下(さ)がる。

譯 氣溫下降。

18 | はやし【林】

㊔ 樹林；林立；(轉)事物集中貌

例 林(はやし)の中(なか)で虫(むし)を取(と)る。

譯 在林間抓蟲子。

19 | もり【森】

㊔ 樹林

例 森(もり)に入(はい)る。

譯 走進森林。

20 | ひかり【光】

㊔ 光亮，光線；(喻)光明，希望；威力，光榮

例 月(つき)の光(ひかり)が美(うつく)しい。

譯 月光美極了。

21 | ひかる【光る】

自五 發光，發亮；出眾

例 星(ほし)が光(ひか)る。

譯 星光閃耀。

22 | うつる【映る】

自五 反射，映照；相襯

例 水(みず)に映(うつ)る。

譯 倒映水面。

23 | どんどん

副 連續不斷，接二連三；(炮鼓等連續不斷的聲音)咚咚；(進展)順利；(氣勢)旺盛

例 水(みず)がどんどん上(あ)がってくる。
譯 水嘩啦嘩啦不斷地往上流。

N4 5-2

5-2 いろいろな物質 / 各種物質

01 | くうき【空気】
㊔ 空氣；氣氛
例 空気(くうき)が悪(わる)い。
譯 空氣不好。

02 | ひ【火】
㊔ 火
例 火(ひ)が消(き)える。
譯 火熄滅。

03 | いし【石】
㊔ 石頭，岩石；(猜拳)石頭，結石；鑽石；堅硬
例 石(いし)で作(つく)る。
譯 用石頭做的。

04 | すな【砂】
㊔ 沙
例 砂(すな)が目(め)に入(はい)る。
譯 沙子掉進眼睛裡。

05 | ガソリン【gasoline】
㊔ 汽油
例 ガソリンを入(い)れる。
譯 加入汽油。

06 | ガラス【(荷) glas】
㊔ 玻璃
例 ガラスを割(わ)る。
譯 打破玻璃。

07 | きぬ【絹】
㊔ 絲
例 絹(きぬ)のハンカチを送(おく)る。
譯 送絲綢手帕。

08 | ナイロン【nylon】
㊔ 尼龍
例 ナイロンのストッキングはすぐ破(やぶ)れる。
譯 尼龍絲襪很快就抽絲了。

09 | もめん【木綿】
㊔ 棉
例 木綿(もめん)のシャツを探(さが)している。
譯 正在找棉質襯衫。

10 | ごみ
㊔ 垃圾
例 あとでごみを捨(す)てる。
譯 等一下丟垃圾。

11 | すてる【捨てる】
(他下一) 丟掉，拋棄；放棄
例 古(ふる)いラジオを捨(す)てる。
譯 扔了舊的收音機。

12 | かたい【固い・硬い・堅い】
㊓ 堅硬；結實；堅定；可靠；嚴厲；固執
例 石(いし)のように硬(かた)い。
譯 如石頭般堅硬。

パート
6
第六章

飲食

- 飲食 -

N4 6-1

6-1 料理、味 /
烹調、味道

01 | つける【漬ける】

(他下一) 浸泡；醃

例 梅(うめ)を漬(つ)ける。

譯 醃梅子。

02 | つつむ【包む】

(他五) 包住，包起來；隱藏，隱瞞

例 肉(にく)を餃子(ぎょうざ)の皮(かわ)で包(つつ)む。

譯 用餃子皮包肉。

03 | やく【焼く】

(他五) 焚燒；烤；曬；嫉妒

例 魚(さかな)を焼(や)く。

譯 烤魚。

04 | やける【焼ける】

(自下一) 烤熟；(被)烤熟；曬黑；燥熱；發紅；添麻煩；感到嫉妒

例 肉(にく)が焼(や)ける。

譯 肉烤熟。

05 | わかす【沸かす】

(他五) 煮沸；使沸騰

例 お湯(ゆ)を沸(わ)かす。

譯 把水煮沸。

06 | わく【沸く】

(自五) 煮沸，煮開；興奮

例 お湯(ゆ)が沸(わ)く。

譯 熱水沸騰。

07 | あじ【味】

(名) 味道；趣味；滋味

例 味(あじ)がいい。

譯 好吃，美味；富有情趣。

08 | あじみ【味見】

(名・自サ) 試吃，嚐味道

例 スープの味見(あじみ)をする。

譯 嚐嚐湯的味道。

09 | におい【匂い】

(名) 味道；風貌

例 匂(にお)いがする。

譯 發出味道。

10 | にがい【苦い】

(形) 苦；痛苦

例 苦(にが)くて食(た)べられない。

譯 苦得難以下嚥。

11 | やわらかい【柔らかい】

(形) 柔軟的

例 柔らかい肉を選ぶ。

譯 選擇柔軟的肉。

12 ｜おおさじ【大匙】

名 大匙，湯匙

例 大匙 2 杯の塩を入れる。

譯 放入兩大匙的鹽。

13 ｜こさじ【小匙】

名 小匙，茶匙

例 小匙 1 杯の砂糖を入れる。

譯 放入一茶匙的砂糖。

14 ｜コーヒーカップ【coffee cup】

名 咖啡杯

例 可愛いコーヒーカップを買った。

譯 買了可愛的咖啡杯。

15 ｜ラップ【wrap】

名・他サ 保鮮膜；包裝，包裹

例 野菜をラップする。

譯 用保鮮膜將蔬菜包起來。

N4 6-2

6-2 食事、食べ物 /
用餐、食物

01 ｜ゆうはん【夕飯】

名 晚飯

例 友達と夕飯を食べる。

譯 跟朋友吃晚飯。

02 ｜したく【支度】

名・自他サ 準備；打扮；準備用餐

例 支度ができる。

譯 準備好。

03 ｜じゅんび【準備】

名・他サ 準備

例 準備が足りない。

譯 準備不夠。

04 ｜ようい【用意】

名・他サ 準備；注意

例 夕食の用意をしていた。

譯 在準備晚餐。

05 ｜しょくじ【食事】

名・自サ 用餐，吃飯；餐點

例 食事が終わる。

譯 吃完飯。

06 ｜かむ【噛む】

他五 咬

例 ご飯をよく噛んで食べなさい。

譯 吃飯要細嚼慢嚥。

07 ｜のこる【残る】

自五 剩餘，剩下；遺留

例 食べ物が残る。

譯 食物剩下來。

08 ｜しょくりょうひん【食料品】

名 食品

例 母から食料品が送られてきた。

譯 媽媽寄來了食物。

09 | こめ【米】

㊔ 米

例 米(こめ)の輸出(ゆしゅつ)が増(ふ)える。

譯 稻米的外銷量增加了。

---

10 | みそ【味噌】

㊔ 味噌

例 みそ汁(しる)を作(つく)る。

譯 做味噌湯。

---

11 | ジャム【jam】

㊔ 果醬

例 パンにジャムをつける。

譯 在麵包上塗果醬。

---

12 | ゆ【湯】

㊔ 開水，熱水；浴池；溫泉；洗澡水

例 お湯(ゆ)を沸(わ)かす。

譯 燒開水。

---

13 | ぶどう【葡萄】

㊔ 葡萄

例 葡萄酒(ぶどうしゅ)を楽(たの)しむ。

譯 享受喝葡萄酒的樂趣。

N4 6-3

6-3 外食／餐廳用餐

01 | がいしょく【外食】

名・自サ 外食，在外用餐

例 外食(がいしょく)をする。

譯 吃外食。

---

02 | ごちそう【御馳走】

名・他サ 請客；豐盛佳餚

例 ご馳走(ちそう)になる。

譯 被請吃飯。

---

03 | きつえんせき【喫煙席】

㊔ 吸煙席，吸煙區

例 喫煙席(きつえんせき)を頼(たの)む。

譯 要求吸菸區。

---

04 | きんえんせき【禁煙席】

㊔ 禁煙席，禁煙區

例 禁煙席(きんえんせき)に座(すわ)る。

譯 坐在禁煙區。

---

05 | あく【空く】

自五 空著；（職位）空缺；空隙；閒著；有空

例 席(せき)が空(あ)く。

譯 空出位子。

---

06 | えんかい【宴会】

㊔ 宴會，酒宴

例 宴会(えんかい)を開(ひら)く。

譯 擺桌請客。

---

07 | ごうコン【合コン】

㊔ 聯誼

例 合(ごう)コンで恋人(こいびと)ができた。

譯 在聯誼活動中交到了男(女)朋友。

---

08 | かんげいかい【歓迎会】

㊔ 歡迎會，迎新會

例 歓迎会(かんげいかい)を開(ひら)く。
譯 開歡迎會。

09 | そうべつかい【送別会】
㊔ 送別會
例 送別会(そうべつかい)を開(ひら)く。
譯 舉辦送別會。

10 | たべほうだい【食べ放題】
㊔ 吃到飽，盡量吃，隨意吃
例 食(た)べ放題(ほうだい)に行(い)こう。
譯 我們去吃吃到飽吧。

11 | のみほうだい【飲み放題】
㊔ 喝到飽，無限暢飲
例 ビールが飲(の)み放題(ほうだい)だ。
譯 啤酒無限暢飲。

12 | おつまみ
㊔ 下酒菜，小菜
例 おつまみを食(た)べない。
譯 不吃下酒菜。

13 | サンドイッチ【sandwich】
㊔ 三明治
例 ハムサンドイッチを頼(たの)む。
譯 點火腿三明治。

14 | ケーキ【cake】
㊔ 蛋糕
例 食後(しょくご)にケーキを頂(いただ)く。
譯 飯後吃蛋糕。

15 | サラダ【salad】
㊔ 沙拉
例 サラダを先(さき)に食(た)べる。
譯 先吃沙拉。

16 | ステーキ【steak】
㊔ 牛排
例 ステーキを切(き)る。
譯 切牛排。

17 | てんぷら【天ぷら】
㊔ 天婦羅
例 天(てん)ぷらを揚(あ)げる
譯 油炸天婦羅。

18 | だいきらい【大嫌い】
(形動) 極不喜歡，最討厭
例 外食(がいしょく)は大嫌(だいきら)いだ。
譯 最討厭外食。

19 | かわりに【代わりに】
(接續) 代替，替代；交換
例 酒(さけ)の代(か)わりに水(みず)を飲(の)む。
譯 不是喝酒，而是喝水。

20 | レジ【register 之略】
㊔ 收銀台
例 レジの仕事(しごと)をする。
譯 做結帳收銀的工作。

服裝、装身具、素材

- 服裝、配件、素材 -

01 | きもの【着物】 N4 ◎ 7

㊔ 衣服；和服

例 着物（きもの）を脱（ぬ）ぐ。

譯 脫衣服。

---

02 | したぎ【下着】

㊔ 內衣，貼身衣物

例 下着（したぎ）を取（と）り替（か）える。

譯 換貼身衣物。

---

03 | てぶくろ【手袋】

㊔ 手套

例 手袋（てぶくろ）を取（と）る。

譯 拿下手套。

---

04 | イヤリング【earring】

㊔ 耳環

例 イヤリングをつける。

譯 戴耳環。

---

05 | さいふ【財布】

㊔ 錢包

例 古（ふる）い財布（さいふ）を捨（す）てる。

譯 丟掉舊錢包。

---

06 | ぬれる【濡れる】

自下一 淋濕

例 雨（あめ）に服（ふく）が濡（ぬ）れる。

譯 衣服被雨淋濕。

---

07 | よごれる【汚れる】

自下一 髒污；齷齪

例 シャツが汚（よご）れた。

譯 襯衫髒了。

---

08 | サンダル【sandal】

㊔ 涼鞋

例 サンダルを履（は）く。

譯 穿涼鞋。

---

09 | はく【履く】

他五 穿（鞋、襪）

例 厚（あつ）い靴下（くつした）を履（は）く。

譯 穿厚襪子。

---

10 | ゆびわ【指輪】

㊔ 戒指

例 指輪（ゆびわ）をつける。

譯 戴戒指。

---

11 | いと【糸】

㊔ 線；（三弦琴的）弦；魚線；線狀

例 針（はり）に糸（いと）を通（とお）す。

譯 把針穿上線。

12 | け【毛】

㊔ 羊毛，毛線，毛織物

例 毛 100 ％ の服を洗う。

譯 洗滌百分之百羊毛的衣物。

13 | アクセサリー【accessary】

㊔ 飾品，裝飾品；零件

例 アクセサリーをつける。

譯 戴上飾品。

14 | スーツ【suit】

㊔ 套裝

例 スーツを着る。

譯 穿套裝。

15 | ソフト【soft】

(名・形動) 柔軟；溫柔；軟體

例 ソフトな感じがする。

譯 柔和的感覺。

16 | ハンドバッグ【handbag】

㊔ 手提包

例 ハンドバッグを買う。

譯 買手提包。

17 | つける【付ける】

(他下一) 裝上，附上；塗上

例 耳にイヤリングをつける。

譯 把耳環穿入耳朵。

パート 8 第八章

住居

- 住家 -

N4 8-1

8-1 部屋、設備 /
房間、設備

01 | おくじょう【屋上】

㊔ 屋頂（上）

例 屋上(おくじょう)に上(あ)がる。

譯 爬上屋頂。

02 | かべ【壁】

㊔ 牆壁；障礙

例 壁(かべ)に時計(とけい)をかける。

譯 將時鐘掛到牆上。

03 | すいどう【水道】

㊔ 自來水管

例 水道(すいどう)を引(ひ)く。

譯 安裝自來水。

04 | おうせつま【応接間】

㊔ 客廳；會客室

例 応接間(おうせつま)に案内(あんない)する。

譯 領到客廳。

05 | たたみ【畳】

㊔ 榻榻米

例 畳(たたみ)の上(うえ)で寝(ね)る。

譯 睡在榻榻米上。

06 | おしいれ【押し入れ・押入れ】

㊔（日式的）壁櫥

例 押入(おしい)れにしまう。

譯 收入壁櫥。

07 | ひきだし【引き出し】

㊔ 抽屜

例 引(ひ)き出(だ)しを開(あ)ける。

譯 拉開抽屜。

08 | ふとん【布団】

㊔ 被子，床墊

例 布団(ふとん)を掛(か)ける。

譯 蓋被子。

09 | カーテン【curtain】

㊔ 窗簾；布幕

例 カーテンを開(あ)ける。

譯 打開窗簾。

10 | かける【掛ける】

(他下一) 懸掛；坐；蓋上；放在…之上；提交；澆；開動；花費；寄託；鎖上；（數學）乘；使…負擔（如給人添麻煩）

例 家具(かぐ)にお金(かね)をかける。

譯 花大筆錢在家具上。

11 | かざる【飾る】

(他五) 擺飾，裝飾；粉飾，潤色

例 部屋(へや)を飾(かざ)る。

譯 裝飾房間。

12 | むかう【向かう】

(自五) 面向

例 鏡(かがみ)に向(む)かう。

譯 對著鏡子。

N4 8-2

8-2 住む／
居住

01 | たてる【建てる】

(他下一) 建造

例 家(いえ)を建(た)てる。

譯 蓋房子。

02 | ビル【building 之略】

(名) 高樓，大廈

例 駅前(えきまえ)の高(たか)いビルに住(す)む。

譯 住在車站前的大樓。

03 | エスカレーター【escalator】

(名) 自動手扶梯

例 エスカレーターに乗(の)る。

譯 搭乘手扶梯。

04 | おたく【お宅】

(名) 您府上，貴府；宅男(女)，對於某事物過度熱忠者

例 お宅(たく)はどちらですか。

譯 請問您家在哪？

05 | じゅうしょ【住所】

(名) 地址

例 住所(じゅうしょ)はカタカナで書(か)く。

譯 以片假名填寫住址。

06 | きんじょ【近所】

(名) 附近；鄰居

例 近所(きんじょ)に住(す)んでいる。

譯 住在這附近。

07 | るす【留守】

(名) 不在家；看家

例 家(いえ)を留守(るす)にする。

譯 看家。

08 | うつる【移る】

(自五) 移動；變心；傳染；時光流逝；轉移

例 新(あたら)しい町(まち)へ移(うつ)る。

譯 搬到新的市鎮去。

09 | ひっこす【引っ越す】

(自五) 搬家

例 京都(きょうと)へ引(ひ)っ越(こ)す。

譯 搬去京都。

10 | げしゅく【下宿】

(名・自サ) 寄宿，借宿

例 下宿(げしゅく)を探(さが)す。

譯 尋找公寓。

11 | せいかつ【生活】
(名・自サ) 生活

例 生活(せいかつ)に困(こま)る。

譯 無法維持生活。

12 | なまごみ【生ごみ】
(名) 廚餘，有機垃圾

例 生(なま)ゴミを片付(かたづ)ける。

譯 收拾廚餘。

13 | もえるごみ【燃えるごみ】
(名) 可燃垃圾

例 明日(あした)は燃(も)えるごみの日(ひ)だ。

譯 明天是丟棄可燃垃圾的日子。

14 | いっぱん【一般】
(名・形動) 一般，普通

例 電池(でんち)を一般(いっぱん)ゴミに混(ま)ぜないで。

譯 電池不要丟進一般垃圾裡。

15 | ふべん【不便】
(形動) 不方便

例 この辺(へん)は交通(こうつう)が不便(ふべん)だ。

譯 這附近交通不方便。

16 | にかいだて【二階建て】
(名) 二層建築

例 二階建(にかいだ)ての家(いえ)に住(す)みたい。

譯 想住兩層樓的房子。

8-3 家具、電気機器 /
家具、電器

01 | かがみ【鏡】
(名) 鏡子

例 鏡(かがみ)を見(み)る。

譯 照鏡子。

02 | たな【棚】
(名) 架子，棚架

例 棚(たな)に上(あ)げる。

譯 擺到架上；佯裝不知。

03 | スーツケース【suitcase】
(名) 手提旅行箱

例 スーツケースを買(か)う。

譯 買行李箱。

04 | れいぼう【冷房】
(名・他サ) 冷氣

例 冷房(れいぼう)を点(つ)ける。

譯 開冷氣。

05 | だんぼう【暖房】
(名) 暖氣

例 暖房(だんぼう)を点(つ)ける。

譯 開暖氣。

06 | でんとう【電灯】
(名) 電燈

例 電灯(でんとう)をつけた。

譯 把燈打開。

07 | ガスコンロ【(荷) gas+ 焜炉】

㊔ 瓦斯爐，煤氣爐

例 ガスコンロで料理をする。

譯 用瓦斯爐做菜

---

08 | かんそうき【乾燥機】

㊔ 乾燥機，烘乾機

例 服を乾燥機に入れる。

譯 把衣服放進烘乾機。

---

09 | コインランドリー【coin-operated laundry】

㊔ 自助洗衣店

例 コインランドリーで洗濯する。

譯 在自助洗衣店洗衣服。

---

10 | ステレオ【stereo】

㊔ 音響

例 ステレオで音楽を聴く。

譯 開音響聽音樂。

---

11 | けいたいでんわ【携帯電話】

㊔ 手機，行動電話

例 携帯電話を使う。

譯 使用手機。

---

12 | ベル【bell】

㊔ 鈴聲

例 ベルを押す。

譯 按鈴。

---

13 | なる【鳴る】

(自五) 響，叫

例 時計が鳴る。

譯 鬧鐘響了。

---

14 | タイプ【type】

㊔ 款式；類型；打字

例 薄いタイプのパソコンがほしい。

譯 想要一台薄型電腦。

N4 8-4

8-4 道具 /
道具

01 | どうぐ【道具】

㊔ 工具；手段

例 道具を使う。

譯 使用道具。

---

02 | きかい【機械】

㊔ 機械

例 機械を使う。

譯 操作機器。

---

03 | つける【点ける】

(他下一) 打開（家電類）；點燃

例 電気を点ける。

譯 開燈。

---

04 | つく【点く】

(自五) 點上，（火）點著

例 電灯が点いた。

譯 電燈亮了。

05 | まわる【回る】

(自五) 轉動；走動；旋轉；繞道；轉移

例 時計(とけい)が回(まわ)る。

譯 時鐘轉動。

06 | はこぶ【運ぶ】

(自·他五) 運送，搬運；進行

例 大(おお)きなものを運(はこ)ぶ。

譯 載運大宗物品。

07 | こしょう【故障】

(名·自サ) 故障

例 機械(きかい)が故障(こしょう)した。

譯 機器故障。

08 | こわれる【壊れる】

(自下一) 壞掉，損壞；故障

例 電話(でんわ)が壊(こわ)れている。

譯 電話壞了。

09 | われる【割れる】

(自下一) 破掉，破裂；分裂；暴露；整除

例 窓(まど)は割(わ)れやすい。

譯 窗戶容易碎裂。

10 | なくなる【無くなる】

(自五) 不見，遺失；用光了

例 ガスが無(な)くなった。

譯 瓦斯沒有了。

11 | とりかえる【取り替える】

(他下一) 交換；更換

例 電球(でんきゅう)を取(と)り替(か)える。

譯 更換電燈泡。

12 | なおす【直す】

(他五) 修理；改正；整理；更改

例 自転車(じてんしゃ)を直(なお)す。

譯 修理腳踏車。

13 | なおる【直る】

(自五) 改正；修理；回復；變更

例 壊(こわ)れていたPCが直(なお)る。

譯 把壞了的電腦修好了。

パート 9 第九章

施設、機関、交通

- 設施、機構、交通 -

N4 9-1

9-1 いろいろな機関、施設 / 各種機構、設施

01 | とこや【床屋】
㊔ 理髮店；理髮室
例 床屋(とこや)へ行(い)く。
譯 去理髮廳。

02 | こうどう【講堂】
㊔ 禮堂
例 講堂(こうどう)に集(あつ)まる。
譯 齊聚在講堂裡。

03 | かいじょう【会場】
㊔ 會場
例 会場(かいじょう)に入(はい)る。
譯 進入會場。

04 | じむしょ【事務所】
㊔ 辦公室
例 事務所(じむしょ)を開(ひら)く。
譯 設有辦事處。

05 | きょうかい【教会】
㊔ 教會
例 教会(きょうかい)で祈(いの)る。
譯 在教堂祈禱。

06 | じんじゃ【神社】
㊔ 神社
例 神社(じんじゃ)に参(まい)る。
譯 參拜神社。

07 | てら【寺】
㊔ 寺廟
例 寺(てら)に参(まい)る。
譯 拜佛。

08 | どうぶつえん【動物園】
㊔ 動物園
例 動物園(どうぶつえん)に行(い)く。
譯 去動物園。

09 | びじゅつかん【美術館】
㊔ 美術館
例 美術館(びじゅつかん)に行(い)く。
譯 去美術館。

10 | ちゅうしゃじょう【駐車場】
㊔ 停車場
例 駐車場(ちゅうしゃじょう)を探(さが)す。
譯 找停車場。

11 | くうこう【空港】

㊔ 機場

例 空港に到着する。

譯 抵達機場。

12 | ひこうじょう【飛行場】

㊔ 機場

例 飛行場へ迎えに行く。

譯 去接機。

13 | こくさい【国際】

㊔ 國際

例 国際空港に着く。

譯 抵達國際機場。

14 | みなと【港】

㊔ 港口，碼頭

例 港に寄る。

譯 停靠碼頭。

15 | こうじょう【工場】

㊔ 工廠

例 新しい工場を建てる。

譯 建造新工廠。

16 | スーパー【supermarket 之略】

㊔ 超級市場

例 スーパーで肉を買う。

譯 在超市買肉。

9-2 いろいろな乗り物、交通 / 各種交通工具、交通

01 | のりもの【乗り物】

㊔ 交通工具

例 乗り物に乗る。

譯 乘車。

02 | オートバイ【auto bicycle】

㊔ 摩托車

例 オートバイに乗れる。

譯 會騎機車。

03 | きしゃ【汽車】

㊔ 火車

例 汽車が駅に着く。

譯 火車到達車站。

04 | ふつう【普通】

(名・形動) 普通，平凡；普通車

例 私は普通電車で通勤している。

譯 我搭普通車通勤。

05 | きゅうこう【急行】

(名・自サ) 急行；快車

例 急行電車に間に合う。

譯 趕上快速電車。

06 | とっきゅう【特急】

㊔ 特急列車；火速

例 特急で東京へたつ。

譯 坐特快車到東京。

07 | ふね【船・舟】

㊔ 船；舟，小型船

例 船が揺れる。

譯 船隻搖晃。

08 | ガソリンスタンド【(和製英語) gasoline+stand】

㊔ 加油站

例 ガソリンスタンドでバイトする。

譯 在加油站打工。

09 | こうつう【交通】

㊔ 交通

例 交通が便利になった。

譯 交通變得很方便。

10 | とおり【通り】

㊔ 道路，街道

例 広い通りに出る。

譯 走到大馬路。

11 | じこ【事故】

㊔ 意外，事故

例 事故が起こる。

譯 發生事故。

12 | こうじちゅう【工事中】

㊔ 施工中；(網頁)建製中

例 工事中となる。

譯 施工中。

13 | わすれもの【忘れ物】

㊔ 遺忘物品，遺失物

例 忘れ物をする。

譯 遺失東西。

14 | かえり【帰り】

㊔ 回來；回家途中

例 帰りを急ぐ。

譯 急著回去。

15 | ばんせん【番線】

㊔ 軌道線編號，月台編號

例 5番線の列車が来た。

譯 五號月台的列車進站了。

N4 ● 9-3

9-3 交通関係 / 交通相關

01 | いっぽうつうこう【一方通行】

㊔ 單行道；單向傳達

例 一方通行で通れない。

譯 單行道不能進入。

02 | うちがわ【内側】

㊔ 內部，內側，裡面

例 内側へ開く。

譯 往裡開。

03 | そとがわ【外側】

㊔ 外部，外面，外側

例 道の外側を走る。

譯 沿著道路外側跑。

04 | ちかみち【近道】

㊔ 捷徑，近路

例 近道(ちかみち)をする。

譯 抄近路。

05 | おうだんほどう【横断歩道】

㊔ 斑馬線

例 横断歩道(おうだんほどう)を渡(わた)る。

譯 跨越斑馬線。

06 | せき【席】

㊔ 座位；職位

例 席(せき)がない。

譯 沒有空位。

07 | うんてんせき【運転席】

㊔ 駕駛座

例 運転席(うんてんせき)で運転(うんてん)する。

譯 在駕駛座開車。

08 | していせき【指定席】

㊔ 劃位座，對號入座

例 指定席(していせき)を予約(よやく)する。

譯 預約對號座位。

09 | じゆうせき【自由席】

㊔ 自由座

例 自由席(じゆうせき)に乗(の)る。

譯 坐自由座。

10 | つうこうどめ【通行止め】

㊔ 禁止通行，無路可走

例 通行止(つうこうど)めになる。

譯 規定禁止通行。

11 | きゅうブレーキ【急 brake】

㊔ 緊急煞車

例 急(きゅう)ブレーキで止(と)まる。

譯 因緊急煞車而停下。

12 | しゅうでん【終電】

㊔ 最後一班電車，末班車

例 終電(しゅうでん)に乗(の)り遅(おく)れる。

譯 沒趕上末班車。

13 | しんごうむし【信号無視】

㊔ 違反交通號誌，闖紅(黃)燈

例 信号無視(しんごうむし)をする。

譯 違反交通號誌。

14 | ちゅうしゃいはん【駐車違反】

㊔ 違規停車

例 駐車違反(ちゅうしゃいはん)で罰金(ばっきん)を取(と)られた。

譯 違規停車被罰款。

N4 ⦿ 9-4

9-4 乗り物に関する言葉 / 交通相關的詞

01 | うんてん【運転】

(名·自他サ) 開車，駕駛；運轉；周轉

例 運転(うんてん)を習(なら)う。

譯 學開車。

02 | とおる【通る】

(自五) 經過；通過；穿透；合格；知名；了解；進來

例 バスが通(とお)る。
譯 巴士經過。

03 ｜のりかえる【乗り換える】
他下一・自下一 轉乘，換車 ；改變
例 別(べつ)のバスに乗(の)り換(か)える。
譯 改搭別的公車。

04 ｜しゃないアナウンス【車内 announce】
名 車廂內廣播
例 車内(しゃない)アナウンスが聞(き)こえる。
譯 聽到車廂內廣播。

05 ｜ふむ【踏む】
他五 踩住，踩到；踏上；實踐
例 ブレーキを踏(ふ)む。
譯 踩煞車。

06 ｜とまる【止まる】
自五 停止；止住；堵塞
例 赤信号(あかしんごう)で止(と)まる。
譯 停紅燈。

07 ｜ひろう【拾う】
他五 撿拾；挑出；接；叫車
例 タクシーを拾(ひろ)う。
譯 叫計程車。

08 ｜おりる【下りる・降りる】
自上一 下來；下車；退位
例 車(くるま)を下(お)りる。
譯 下車。

09 ｜ちゅうい【注意】
名・自サ 注意，小心
例 足元(あしもと)に注意(ちゅうい)しましょう。
譯 小心腳滑。

10 ｜かよう【通う】
自五 來往，往來(兩地間)；通連，相通
例 学校(がっこう)に通(かよ)う。
譯 上學。

11 ｜もどる【戻る】
自五 回到；折回
例 家(いえ)に戻(もど)る。
譯 回到家。

12 ｜よる【寄る】
自五 順道去…；接近；增多
例 近(ちか)くに寄(よ)って見(み)る。
譯 靠近看。

13 ｜ゆれる【揺れる】
自下一 搖動；動搖
例 車(くるま)が揺(ゆ)れる。
譯 車子晃動。

N4 9 設施、機構、交通

パート 10 第十章

趣味、芸術、年中行事

- 興趣、藝術、節日 -

N4 ◉ 10-1

10-1 レジャー、旅行 / 休閒、旅遊

01 | あそび【遊び】

㊔ 遊玩，玩耍；不做事；間隙；閒遊；餘裕

例 家(うち)に遊(あそ)びに来(き)てください。

譯 來我家玩。

02 | おもちゃ【玩具】

㊔ 玩具

例 玩具(おもちゃ)を買(か)う。

譯 買玩具。

03 | ことり【小鳥】

㊔ 小鳥

例 小鳥(ことり)を飼(か)う。

譯 養小鳥。

04 | めずらしい【珍しい】

㊓ 少見，稀奇

例 珍(めずら)しい絵(え)がある。

譯 有珍貴的畫作。

05 | つる【釣る】

(他五) 釣魚；引誘

例 魚(さかな)を釣(つ)る。

譯 釣魚。

06 | よやく【予約】

(名・他サ) 預約

例 予約(よやく)を取(と)る。

譯 預約。

07 | しゅっぱつ【出発】

(名・自サ) 出發；起步，開始

例 出発(しゅっぱつ)が遅(おく)れる。

譯 出發延遲。

08 | あんない【案内】

(名・他サ) 引導； 陪同遊覽，帶路；傳達

例 案内(あんない)を頼(たの)む。

譯 請人帶路。

09 | けんぶつ【見物】

(名・他サ) 觀光，參觀

例 見物(けんぶつ)に出(で)かける。

譯 外出遊覽。

10 | たのしむ【楽しむ】

(他五) 享受，欣賞，快樂；以…為消遣；期待，盼望

例 音楽(おんがく)を楽(たの)しむ。

譯 欣賞音樂。

11 | けしき【景色】

㊔ 景色，風景

例 景色(けしき)がよい。

譯 景色宜人。

12 | みえる【見える】

(自下一) 看見；看得見；看起來

例 星(ほし)が見(み)える。

譯 看得見星星。

13 | りょかん【旅館】

(名) 旅館

例 旅館(りょかん)の予約(よやく)をとる。

譯 訂旅館。

14 | とまる【泊まる】

(自五) 住宿，過夜；(船)停泊

例 ホテルに泊(と)まる。

譯 住飯店。

15 | おみやげ【お土産】

(名) 當地名產；禮物

例 お土産(みやげ)を買(か)う。

譯 買當地名產。

N4 ◎ 10-2

10-2 文芸 / 藝文活動

01 | しゅみ【趣味】

(名) 嗜好；趣味

例 趣味(しゅみ)が多(おお)い。

譯 興趣廣泛。

02 | ばんぐみ【番組】

(名) 節目

例 番組(ばんぐみ)が始(はじ)まる。

譯 節目開始播放(開始的時間)。

03 | てんらんかい【展覧会】

(名) 展覽會

例 美術展覧会(びじゅつてんらんかい)を開(ひら)く。

譯 舉辦美術展覽。

04 | はなみ【花見】

(名) 賞花(常指賞櫻)

例 花見(はなみ)に出(で)かける。

譯 外出賞花。

05 | にんぎょう【人形】

(名) 娃娃，人偶

例 ひな祭(まつ)りの人形(にんぎょう)を飾(かざ)る。

譯 擺放女兒節的人偶。

06 | ピアノ【piano】

(名) 鋼琴

例 ピアノを弾(ひ)く。

譯 彈鋼琴。

07 | コンサート【concert】

(名) 音樂會

例 コンサートを開(ひら)く。

譯 開演唱會。

08 | ラップ【rap】

(名) 饒舌樂，饒舌歌

例 ラップを聞(き)く。

譯 聽饒舌音樂。

09 | おと【音】

(名) (物體發出的)聲音 ；音訊

例 音(おと)がいい。

譯 音質好。

10 | きこえる【聞こえる】

(自下一) 聽得見,能聽到;聽起來像是…;聞名

例 音楽(おんがく)が聞(き)こえてくる。

譯 聽得見音樂。

11 | おどり【踊り】
㊔ 舞蹈

例 踊りがうまい。

譯 舞跳得好。

12 | おどる【踊る】
自五 跳舞，舞蹈

例 お酒を飲んで踊る。

譯 喝酒邊跳舞。

13 | うまい
㊇ 高明，拿手；好吃；巧妙；有好處

例 ピアノがうまい。

譯 鋼琴彈奏的好。

N4 10-3

10-3 年中行事 / 節日

01 | しょうがつ【正月】
㊔ 正月，新年

例 正月を迎える。

譯 迎新年。

02 | おまつり【お祭り】
㊔ 慶典，祭典，廟會

例 お祭り気分になる。

譯 充滿節日氣氛。

03 | おこなう【行う・行なう】
他五 舉行，舉辦；修行

例 お祭りを行う。

譯 舉辦慶典。

04 | おいわい【お祝い】
㊔ 慶祝，祝福；祝賀禮品

例 お祝いに花をもらった。

譯 收到花作為賀禮。

05 | いのる【祈る】
他五 祈禱；祝福

例 安全を祈る。

譯 祈求安全。

06 | プレゼント【present】
㊔ 禮物

例 プレゼントをもらう。

譯 收到禮物。

07 | おくりもの【贈り物】
㊔ 贈品，禮物

例 贈り物を贈る。

譯 贈送禮物。

08 | うつくしい【美しい】
㊇ 美好的；美麗的，好看的

例 月が美しい。

譯 美麗的月亮。

09 | あげる【上げる】
他下一 給；送；交出；獻出

例 子供にお菓子をあげる。

譯 給小孩零食。

10 | しょうたい【招待】
名・他サ 邀請

例 招待を受ける。

譯 接受邀請。

11 | おれい【お礼】
㊔ 謝辭，謝禮

例 お礼を言う。

譯 道謝。

パート
11
第十一章

教育

- 教育 -

N4 11-1

11-1 学校、科目 / 學校、科目

01 | きょういく【教育】

(名・他サ) 教育

例 教育を受ける。

譯 接受教育。

02 | しょうがっこう【小学校】

㊔ 小學

例 小学校に上がる。

譯 上小學。

03 | ちゅうがっこう【中学校】

㊔ 中學

例 中学校に入る。

譯 上中學。

04 | こうこう・こうとうがっこう【高校・高等学校】

㊔ 高中

例 高校一年生になる。

譯 成為高中一年級生。

05 | がくぶ【学部】

㊔ …科系；…院系

例 理学部に入る。

譯 進入理學院。

06 | せんもん【専門】

㊔ 專門，專業

例 歴史学を専門にする。

譯 專攻歷史學。

07 | げんごがく【言語学】

㊔ 語言學

例 言語学の研究を続ける。

譯 持續研究語言學。

08 | けいざいがく【経済学】

㊔ 經濟學

例 経済学の勉強を始める。

譯 開始研讀經濟學。

09 | いがく【医学】

㊔ 醫學

例 医学部に入る。

譯 考上醫學系。

10 | けんきゅうしつ【研究室】

㊔ 研究室

例 研究室で仕事をする。

譯 在研究室工作。

11 | かがく【科学】

㊔ 科學

例 科学者になりたい。

譯 想當科學家。

12 | すうがく【数学】

㊔ 數學

例 英語は一番だが、数学はだめだ。

譯 我英文是第一，但是數學不行。

13 | れきし【歴史】

㊔ 歷史

例 ワインの歴史に詳しい。

譯 精通紅葡萄酒歷史。

---

14 | けんきゅう【研究】

(名・他サ) 研究

例 文学を研究する。

譯 研究文學。

N4 11-2(1)

11-2 学生生活 (1) / 學生生活 (1)

01 | にゅうがく【入学】

(名・自サ) 入學

例 大学に入学する。

譯 上大學。

---

02 | よしゅう【予習】

(名・他サ) 預習

例 明日の数学を予習する。

譯 預習明天的數學。

---

03 | ふくしゅう【復習】

(名・他サ) 複習

例 復習が足りない。

譯 複習做得不夠。

---

04 | けしゴム【消し＋(荷) gom】

㊔ 橡皮擦

例 消しゴムで消す。

譯 用橡皮擦擦掉。

---

05 | こうぎ【講義】

(名・他サ) 講義，上課，大學課程

例 講義に出る。

譯 上課。

---

06 | じてん【辞典】

㊔ 字典

例 辞典を引く。

譯 查字典。

---

07 | ひるやすみ【昼休み】

㊔ 午休

例 昼休みを取る。

譯 午休。

---

08 | しけん【試験】

(名・他サ) 試驗；考試

例 試験がうまくいく。

譯 考試順利，考得好。

---

09 | レポート【report】

(名・他サ) 報告

例 レポートを書く。

譯 寫報告。

---

10 | ぜんき【前期】

㊔ 初期，前期，上半期

例 前期の授業が終わった。

譯 上學期的課程結束了。

---

11 | こうき【後期】

㊔ 後期，下半期，後半期

例 後期に入る。

譯 進入後期。

---

12 | そつぎょう【卒業】

(名・自サ) 畢業

例 大学を卒業する。

譯 大學畢業。

---

13 | そつぎょうしき【卒業式】

㊔ 畢業典禮

例 卒業式(そつぎょうしき)に出(で)る。
譯 參加畢業典禮。

N4 11-2(2)

11-2 学生生活 (2) / 學生生活 (2)

14 | えいかいわ【英会話】
名 英語會話
例 英会話(えいかいわ)を身(み)につける。
譯 學會英語會話。

15 | しょしんしゃ【初心者】
名 初學者
例 テニスの初心者(しょしんしゃ)に向(む)ける。
譯 以網球初學者為對象。

16 | にゅうもんこうざ【入門講座】
名 入門課程，初級課程
例 入門講座(にゅうもんこうざ)を終(お)える。
譯 結束入門課程。

17 | かんたん【簡単】
形動 簡單；輕易；簡便
例 簡単(かんたん)になる。
譯 變得簡單。

18 | こたえ【答え】
名 回答；答覆；答案
例 答(こた)えが合(あ)う。
譯 答案正確。

19 | まちがえる【間違える】
他下一 錯；弄錯
例 同(おな)じところを間違(まちが)える。
譯 錯同樣的地方。

20 | うつす【写す】
他五 抄；照相；描寫，描繪
例 ノートを写(うつ)す。
譯 抄筆記。

21 | せん【線】
名 線；線路；界限
例 線(せん)を引(ひ)く。
譯 畫條線。

22 | てん【点】
名 點；方面；(得)分
例 点(てん)を取(と)る。
譯 得分。

23 | おちる【落ちる】
自上一 落下；掉落；降低，下降；落選
例 2階(にかい)の教室(きょうしつ)から落(お)ちる。
譯 從二樓的教室摔下來。

24 | りよう【利用】
名・他サ 利用
例 機会(きかい)を利用(りよう)する。
譯 利用機會。

25 | いじめる【苛める】
他下一 欺負，虐待；捉弄；折磨
例 新入生(しんにゅうせい)を苛(いじ)める。
譯 欺負新生。

26 | ねむたい【眠たい】
形 昏昏欲睡，睏倦
例 眠(ねむ)たくてお布団(ふとん)に入(はい)りたい。
譯 覺得睏好想鑽到被子裡。

N4
11
教育

パート
12
第十二章

職業、仕事

- 職業、工作 -

N4 12-1

12-1 職業、事業 / 職業、事業

01 | うけつけ【受付】

名 詢問處；受理；接待員

例 受付(うけつけ)で名前(なまえ)などを書(か)く。

譯 在櫃臺填寫姓名等資料。

02 | うんてんしゅ【運転手】

名 司機

例 電車(でんしゃ)の運転手(うんてんしゅ)になる。

譯 成為電車的駕駛員。

03 | かんごし【看護師】

名 護理師，護士

例 看護師(かんごし)になる。

譯 成為護士。

04 | けいかん【警官】

名 警察；巡警

例 兄(あに)は警官(けいかん)になった。

譯 哥哥當上警察了。

05 | けいさつ【警察】

名 警察；警察局

例 警察(けいさつ)を呼(よ)ぶ。

譯 叫警察。

06 | こうちょう【校長】

名 校長

例 校長先生(こうちょうせんせい)が話(はな)されます。

譯 校長要致詞了。

07 | こうむいん【公務員】

名 公務員

例 公務員試験(こうむいんしけん)を受(う)ける。

譯 報考公務員考試。

08 | はいしゃ【歯医者】

名 牙醫

例 歯医者(はいしゃ)に行(い)く。

譯 看牙醫。

09 | アルバイト【(德)arbeit 之略】

名 打工，副業

例 書店(しょてん)でアルバイトをする。

譯 在書店打工。

10 | しんぶんしゃ【新聞社】

名 報社

例 新聞社(しんぶんしゃ)に勤(つと)める。

譯 在報社上班。

11 | こうぎょう【工業】

名 工業

例 工業(こうぎょう)を盛(さか)んにする。

譯 振興工業。

12 | じきゅう【時給】

㊔ 時薪

例 時給 900 円の仕事を選ぶ。

譯 選擇時薪 900 圓的工作。

13 | みつける【見付ける】

(他下一) 找到，發現；目睹

例 仕事を見つける。

譯 找工作。

14 | さがす【探す・捜す】

(他五) 尋找，找尋

例 アルバイトを探す。

譯 尋找課餘打工的工作。

N4 ⊙ 12-2

12-2 仕事 / 職場工作

01 | けいかく【計画】

(名・他サ) 計劃

例 計画を立てる。

譯 制定計畫。

02 | よてい【予定】

(名・他サ) 預定

例 予定が変わる。

譯 改變預定計劃。

03 | とちゅう【途中】

㊔ 半路上，中途；半途

例 途中で止める。

譯 中途停下來。

04 | かたづける【片付ける】

(他下一) 收拾，打掃；解決

例 ファイルを片付ける。

譯 整理檔案。

05 | たずねる【訪ねる】

(他下一) 拜訪，訪問

例 お客さんを訪ねる。

譯 拜訪顧客。

06 | よう【用】

㊔ 事情；用途

例 用がすむ。

譯 工作結束。

07 | ようじ【用事】

㊔ 事情；工作

例 用事がある。

譯 有事。

08 | りょうほう【両方】

㊔ 兩方，兩種

例 両方の意見を聞く。

譯 聽取雙方意見。

09 | つごう【都合】

㊔ 情況，方便度

例 都合が悪い。

譯 不方便。

10 | てつだう【手伝う】

(自他五) 幫忙

例 イベントを手伝う。

譯 幫忙做活動。

11 | かいぎ【会議】

㊔ 會議

例 会議(かいぎ)が始(はじ)まる。

譯 會議開始。

12 | ぎじゅつ【技術】

㊔ 技術

例 技術(ぎじゅつ)が進(すす)む。

譯 技術更進一步。

13 | うりば【売り場】

㊔ 賣場，出售處；出售好時機

例 売(う)り場(ば)へ行(い)く。

譯 去賣場。

14 | オフ【off】

㊔（開關）關；休假；休賽；折扣

例 25(にじゅうご)パーセントオフにする。

譯 打七五折。

N4 ● 12-3

12-3 職場での生活 / 職場生活

01 | おくれる【遅れる】

自下一 遲到；緩慢

例 会社(かいしゃ)に遅(おく)れる。

譯 上班遲到。

02 | がんばる【頑張る】

自五 努力，加油；堅持

例 最後(さいご)まで頑張(がんば)るぞ。

譯 要堅持到底啊。

03 | きびしい【厳しい】

形 嚴格；嚴重；嚴酷

例 仕事(しごと)が厳(きび)しい。

譯 工作艱苦。

04 | なれる【慣れる】

自下一 習慣 ；熟悉

例 新(あたら)しい仕事(しごと)に慣(な)れる。

譯 習慣新的工作。

05 | できる【出来る】

自上一 完成；能夠；做出；發生；出色

例 計画(けいかく)ができた。

譯 計畫完成了。

06 | しかる【叱る】

他五 責備，責罵

例 部長(ぶちょう)に叱(しか)られた。

譯 被部長罵了。

07 | あやまる【謝る】

自五 道歉，謝罪；認錯；謝絕

例 君(きみ)に謝(あやま)る。

譯 向你道歉。

08 | さげる【下げる】

他下一 降低，向下；掛；躲開；整理，收拾

例 頭(あたま)を下(さ)げる。

譯 低下頭。

09 | やめる【辞める】

他下一 停止；取消；離職

例 仕事を辞める。
譯 辭去工作。

10 | きかい【機会】
㊔ 機會
例 機会を得る。
譯 得到機會。

11 | いちど【一度】
(名·副) 一次，一回；一旦
例 もう一度説明してください。
譯 請再說明一次。

12 | つづく【続く】
(自五) 繼續；接連；跟著
例 彼は続いてそれを説明した。
譯 他接下來就那件事進行說明。

13 | つづける【続ける】
(他下一) 持續，繼續；接著
例 話を続ける。
譯 繼續講。

14 | ゆめ【夢】
㊔ 夢
例 夢を見る。
譯 做夢。

15 | パート【part】
㊔ 打工；部分，篇，章；職責，(扮演的)角色；分得的一份
例 パートで働く。
譯 打零工。

16 | てつだい【手伝い】
㊔ 幫助；幫手；幫傭
例 手伝いを頼む。
譯 請求幫忙。

17 | かいぎしつ【会議室】
㊔ 會議室
例 会議室に入る。
譯 進入會議室。

18 | ぶちょう【部長】
㊔ 部長
例 部長は厳しい人だ。
譯 部長是個很嚴格的人。

19 | かちょう【課長】
㊔ 課長，科長
例 課長になる。
譯 成為課長。

20 | すすむ【進む】
(自五) 進展，前進；上升(級別等)；進步；(鐘)快；引起食慾；(程度)提高
例 仕事が進む。
譯 工作進展下去。

21 | チェック【check】
(名·他サ) 檢查
例 チェックが厳しい。
譯 檢驗嚴格。

22 ｜べつ【別】

(名·形動) 別外，別的；區別

例 別の機会に会おう。

譯 找別的機會碰面吧。

23 ｜むかえる【迎える】

(他下一) 迎接；邀請；娶，招；迎合

例 客を迎える。

譯 迎接客人。

24 ｜すむ【済む】

(自五) (事情)完結，結束；過得去，沒問題；(問題)解決，(事情)了結

例 用事が済んだ。

譯 辦完事了。

25 ｜ねぼう【寝坊】

(名·形動·自サ) 睡懶覺，貪睡晚起的人

例 寝坊して会社に遅れた。

譯 睡過頭，上班遲到。

N4 ◉ 12-4(1)

12-4 パソコン関係 (1) / 電腦相關 (1)

01 ｜ノートパソコン【notebook personal computer 之略】

(名) 筆記型電腦

例 ノートパソコンを買う。

譯 買筆電。

02 ｜デスクトップパソコン【desktop personal computer】

(名) 桌上型電腦

例 デスクトップパソコンを買う。

譯 購買桌上型電腦。

03 ｜キーボード【keyboard】

(名) 鍵盤；電腦鍵盤；電子琴

例 キーボードが壊れる。

譯 鍵盤壞掉了。

04 ｜マウス【mouse】

(名) 滑鼠；老鼠

例 マウスを動かす。

譯 移動滑鼠。

05 ｜スタートボタン【start button】

(名) (微軟作業系統的)開機鈕

例 スタートボタンを押す。

譯 按開機鈕。

06 ｜クリック【click】

(名·他サ) 喀嚓聲；按下(按鍵)

例 ボタンをクリックする。

譯 按按鍵。

07 ｜にゅうりょく【入力】

(名·他サ) 輸入；輸入數據

例 名字を平仮名で入力する。

譯 姓名以平假名鍵入。

08 ｜(インター)ネット【internet】

(名) 網際網路

例 インターネットの普及。

譯 網際網路的普及。

09 | **ホームページ【homepage】**

㊔ 網站首頁；網頁（總稱）

例 ホームページを作(つく)る。

譯 製作網頁。

10 | **ブログ【blog】**

㊔ 部落格

例 ブログに写真(しゃしん)を載(の)せる。

譯 在部落格裡貼照片。

11 | **インストール【install】**

(他サ) 安裝（電腦軟體）

例 ソフトをインストールする。

譯 安裝軟體。

12 | **じゅしん【受信】**

(名・他サ)（郵件、電報等）接收；收聽

例 ここでは受信(じゅしん)できない。

譯 這裡接收不到。

13 | **しんきさくせい【新規作成】**

(名・他サ) 新作，從頭做起；（電腦檔案）開新檔案

例 ファイルを新規作成(しんきさくせい)する。

譯 開新檔案。

14 | **とうろく【登録】**

(名・他サ) 登記；（法）登記，註冊；記錄

例 パソコンで登録(とうろく)する。

譯 用電腦註冊。

12-4 パソコン関係 (2) / 電腦相關 (2)

15 | **メール【mail】**

㊔ 電子郵件；信息；郵件

例 メールを送(おく)る。

譯 送信。

16 | **メールアドレス【mail address】**

㊔ 電子信箱地址，電子郵件地址

例 メールアドレスを教(おし)える。

譯 把電子郵件地址留給你。

17 | **アドレス【address】**

㊔ 住址，地址；（電子信箱）地址；（高爾夫）擊球前姿勢

例 アドレス帳(ちょう)を開(ひら)く。

譯 打開通訊簿。

18 | **あてさき【宛先】**

㊔ 收件人姓名地址，送件地址

例 あて先(さき)を間違(まちが)えた。

譯 寫錯收信人的地址。

19 | **けんめい【件名】**

㊔（電腦）郵件主旨；項目名稱；類別

例 件名(けんめい)をつける。

譯 寫上主旨。

20 | **そうにゅう【挿入】**

(名・他サ) 插入，裝入

例 図(ず)を挿入(そうにゅう)する。

譯 插入圖片。

21 | さしだしにん【差出人】

㊔ 發信人，寄件人

例 差出人の住所を書く。

譯 填上寄件人地址。

22 | てんぷ【添付】

(名・他サ) 添上，附上；(電子郵件)附加檔案

例 ファイルを添付する。

譯 附上文件。

23 | そうしん【送信】

(名・自サ) 發送(電子郵件)；(電)發報，播送，發射

例 メールを送信する。

譯 寄電子郵件。

24 | てんそう【転送】

(名・他サ) 轉送，轉寄，轉遞

例 お客様に転送する。

譯 轉寄給客戶。

25 | キャンセル【cancel】

(名・他サ) 取消，作廢；廢除

例 予約をキャンセルする。

譯 取消預約

26 | ファイル【file】

㊔ 文件夾；合訂本，卷宗；(電腦)檔案

例 ファイルをコピーする。

譯 影印文件；備份檔案。

27 | ほぞん【保存】

(名・他サ) 保存；儲存(電腦檔案)

例 PC に資料を保存する。

譯 把資料存在 PC裡。

28 | へんしん【返信】

(名・自サ) 回信，回電

例 返信を待つ。

譯 等待回信。

29 | コンピューター【computer】

㊔ 電腦

例 コンピューターを使う。

譯 使用電腦。

30 | スクリーン【screen】

㊔ 螢幕

例 スクリーンの前に立つ。

譯 出現在螢幕上。

31 | パソコン【personal computer 之略】

㊔ 個人電腦

例 パソコンが動かなくなってしまった。

譯 電腦當機了。

32 | ワープロ【word processor 之略】

㊔ 文字處理機

例 ワープロを打つ。

譯 打文字處理機。

パート 13 第十三章

経済、政治、法律

- 經濟、政治、法律 -

N4 13-1

13-1 経済、取引 / 經濟、交易

01 ｜けいざい【経済】

㊔ 經濟

例 経済(けいざい)をよくする。

譯 讓經濟好起來。

02 ｜ぼうえき【貿易】

㊔ 國際貿易

例 貿易(ぼうえき)を行(おこな)う。

譯 進行貿易。

03 ｜さかん【盛ん】

(形動) 繁盛，興盛

例 有機農業(ゆうきのうぎょう)が盛(さか)んに行(おこな)われている。

譯 有機農業非常盛行。

04 ｜ゆしゅつ【輸出】

(名・他サ) 出口

例 米(こめ)の輸出(ゆしゅつ)が増(ふ)えた。

譯 稻米的外銷量增加了。

05 ｜しなもの【品物】

㊔ 物品，東西；貨品

例 品物(しなもの)を紹介(しょうかい)する。

譯 介紹商品。

06 ｜とくばいひん【特売品】

㊔ 特賣商品，特價商品

例 特売品(とくばいひん)を買(か)う。

譯 買特價商品。

07 ｜バーゲン【bargain sale 之略】

㊔ 特價，出清；特賣

例 バーゲンセールで買(か)った。

譯 在特賣會購買的。

08 ｜ねだん【値段】

㊔ 價錢

例 値段(ねだん)を上(あ)げる。

譯 提高價格。

09 ｜あがる【上がる】

(自五) 登上；升高，上升；發出(聲音)；(從水中)出來；(事情)完成

例 値段(ねだん)が上(あ)がる。

譯 漲價。

10 ｜くれる【呉れる】

(他下一) 給我

例 考(かんが)える機会(きかい)をくれる。

譯 給我思考的機會。

11 | もらう【貰う】

(他五) 收到，拿到

例 いいアイディアを貰(もら)う。

譯 得到好點子。

12 | やる【遣る】

(他五) 派；給，給予；做

例 会議(かいぎ)をやる。

譯 開會。

13 | ちゅうし【中止】

(名・他サ) 中止

例 交渉(こうしょう)が中止(ちゅうし)された。

譯 交涉被停止了

N4 ◉ 13-2

13-2 金融 /
金融

01 | つうちょうきにゅう【通帳記入】

(名) 補登錄存摺

例 通帳記入(つうちょうきにゅう)をする。

譯 補登錄存摺。

02 | あんしょうばんごう【暗証番号】

(名) 密碼

例 暗証番号(あんしょうばんごう)を忘(わす)れた。

譯 忘記密碼。

03 | キャッシュカード【cash card】

(名) 金融卡，提款卡

例 キャッシュカードを拾(ひろ)う。

譯 撿到金融卡。

04 | クレジットカード【credit card】

(名) 信用卡

例 クレジットカードで支払(しはら)う。

譯 用信用卡支付。

05 | こうきょうりょうきん【公共料金】

(名) 公共費用

例 公共料金(こうきょうりょうきん)を支払(しはら)う。

譯 支付公共費用。

06 | しおくり【仕送り】

(名・自他サ) 匯寄生活費或學費

例 家(いえ)に仕送(しおく)りする。

譯 給家裡寄生活費。

07 | せいきゅうしょ【請求書】

(名) 帳單，繳費單

例 請求書(せいきゅうしょ)が届(とど)く。

譯 收到繳費通知單。

08 | おく【億】

(名) 億；數量眾多

例 1億(いちおく)を超(こ)えた。

譯 已經超過一億了。

09 | はらう【払う】

(他五) 付錢；除去；處裡；驅趕；揮去

例 お金(かね)を払(はら)う。

譯 付錢。

10 | おつり【お釣り】

(名) 找零

例 お釣りを下さい。

譯 請找我錢。

11 | せいさん【生産】

(名・他サ) 生產

例 生産が間に合わない。

譯 來不及生產。

12 | さんぎょう【産業】

(名) 產業

例 外食産業が盛んだ。

譯 外食產業蓬勃發展。

13 | わりあい【割合】

(名) 比，比例

例 割合を調べる。

譯 調查比例。

N4 13-3

13-3 政治、法律 /

政治、法律

01 | せいじ【政治】

(名) 政治

例 政治に関係する。

譯 參與政治。

02 | えらぶ【選ぶ】

(他五) 選擇

例 正しいものを選びなさい。

譯 請挑選正確的事物。

03 | しゅっせき【出席】

(名・自サ) 出席

例 出席を求める。

譯 請求出席。

04 | せんそう【戦争】

(名・自サ) 戰爭；打仗

例 戦争になる。

譯 開戰。

05 | きそく【規則】

(名) 規則，規定

例 規則を作る。

譯 訂立規則。

06 | ほうりつ【法律】

(名) 法律

例 法律を守る。

譯 守法。

07 | やくそく【約束】

(名・他サ) 約定，規定

例 約束を守る。

譯 守約。

08 | きめる【決める】

(他下一) 決定；規定；認定

例 値段を決めた。

譯 決定價錢。

09 ｜たてる【立てる】

(他下一) 立起，訂立；揚起；維持

例 1年の計画を立てる。

譯 規劃一年的計畫。

10 ｜もうひとつ【もう一つ】

(連語) 再一個；還差一點

例 もう一つ考えられる。

譯 還有一點可以思考。

N4 13-4

13-4 犯罪、トラブル / 犯罪、遇難

01 ｜ちかん【痴漢】

(名) 色狼

例 電車で痴漢にあった。

譯 在電車上遇到色狼了。

02 ｜ストーカー【stalker】

(名) 跟蹤狂

例 ストーカーにあう。

譯 遇到跟蹤事件。

03 ｜すり

(名) 扒手

例 すりに財布をやられた。

譯 錢包被扒手扒走了。

04 ｜どろぼう【泥棒】

(名) 偷竊；小偷，竊賊

例 泥棒を捕まえた。

譯 捉住了小偷。

05 ｜ぬすむ【盗む】

(他五) 偷盜，盜竊

例 お金を盗む。

譯 偷錢。

06 ｜こわす【壊す】

(他五) 弄碎；破壞

例 鍵を壊す。

譯 破壞鑰匙。

07 ｜にげる【逃げる】

(自下一) 逃走，逃跑；逃避；領先（運動競賽）

例 警察から逃げる。

譯 從警局逃出。

08 ｜つかまえる【捕まえる】

(他下一) 逮捕，抓；握住

例 犯人を捕まえる。

譯 抓犯人。

09 ｜みつかる【見付かる】

(自五) 發現了；找到

例 落とし物が見つかる。

譯 找到遺失物品。

10 ｜なくす【無くす】

(他五) 弄丟，搞丟

例 鍵をなくす。

譯 弄丟鑰匙。

11 | **おとす【落とす】**

他五 掉下；弄掉

例 財布(さいふ)を落(お)とす。

譯 錢包掉了。

12 | **かじ【火事】**

名 火災

例 火事(かじ)にあう。

譯 遇到火災。

13 | **きけん【危険】**

名・形動 危險

例 この先(さき)危険(きけん)。入(はい)るな。

譯 前方危險，禁止進入！

14 | **あんぜん【安全】**

名・形動 安全；平安

例 安全(あんぜん)な場所(ばしょ)に逃(に)げよう。

譯 逃往安全的場所吧。

Memo

パート 14
第十四章

数量、図形、大小

- 數量、圖形、大小 -

N4 ◎ 14

01 | いか【以下】

名 以下，不到…；在…以下；以後

例 重（おも）さは10（じゅっ）キロ以下（いか）にする。

譯 重量調整在10公斤以下。

02 | いない【以内】

名 不超過…；以內

例 1時間以内（いちじかんいない）で行（い）ける。

譯 一小時內可以到。

03 | いじょう【以上】

名 以上，不止，超過，以外；上述

例 20分以上（にじゅっぷんいじょう）遅（おく）れた。

譯 遲到超過 20分鐘。

04 | たす【足す】

他五 補足，增加

例 すこし塩（しお）を足（た）してください。

譯 請再加一點鹽巴。

05 | たりる【足りる】

自上一 足夠；可湊合

例 お金（かね）は十分（じゅうぶん）足（た）りる。

譯 錢很充裕。

06 | おおい【多い】

形 多的

例 宿題（しゅくだい）が多（おお）い。

譯 功課很多。

07 | すくない【少ない】

形 少

例 休（やす）みが少（すく）ない。

譯 休假不多。

08 | ふえる【増える】

自下一 增加

例 お金（かね）が増（ふ）える。

譯 錢增加了。

09 | かたち【形】

名 形狀；形，樣子；形式上的；形式

例 形（かたち）が変（か）わる。

譯 變形。

10 | おおきな【大きな】

連體 大，大的

例 学校（がっこう）に大（おお）きな木（き）がある。

譯 學校有一棵大樹。

11 | ちいさな【小さな】

連體 小，小的；年齡幼小

例 小（ちい）さな子供（こども）がいる。

譯 有小孩。

パート 15 第十五章

心理、思考、言語

- 心理、思考、語言 -

N4 ⊙ 15-1

15-1 心理、感情 / 心理、感情

01 | こころ【心】

㊔ 內心；心情

例 心(こころ)が痛(いた)む。

譯 感到痛心難過。

02 | き【気】

㊔ 氣，氣息；心思；意識；性質

例 気(き)に入(い)る。

譯 喜歡、中意。

03 | きぶん【気分】

㊔ 情緒；氣氛；身體狀況

例 気分(きぶん)がいい。

譯 好心情。

04 | きもち【気持ち】

㊔ 心情；感覺；身體狀況

例 気持(きも)ちが悪(わる)い。

譯 感到噁心。

05 | きょうみ【興味】

㊔ 興趣

例 興味(きょうみ)がない。

譯 沒興趣。

06 | あんしん【安心】

名・自サ 放心，安心

例 彼(かれ)と一緒(いっしょ)だと安心(あんしん)する。

譯 和他一起，便感到安心。

07 | すごい【凄い】

㊎ 厲害，很棒；非常

例 すごい人気(にんき)だった。

譯 超人氣。

08 | すばらしい【素晴らしい】

㊎ 出色，很好

例 素晴(すば)らしい景色(けしき)。

譯 景色優美。

09 | こわい【怖い】

㊎ 可怕，害怕

例 怖(こわ)い夢(ゆめ)を見(み)た。

譯 做了一個非常可怕的夢。

10 | じゃま【邪魔】

名・形動・他サ 妨礙，阻擾；拜訪

例 ビルが邪魔(じゃま)で花火(はなび)が見(み)えない。

譯 大樓擋到了，看不道煙火。

11 | しんぱい【心配】

名·自他サ 擔心，操心

例 ご心配をお掛けしました。

譯 讓各位擔心了。

12 | はずかしい【恥ずかしい】

形 丟臉，害羞；難為情

例 恥ずかしくなる。

譯 感到害羞。

13 | ふくざつ【複雑】

名·形動 複雜

例 複雑になる。

譯 變得複雜。

14 | もてる【持てる】

自下一 能拿，能保持；受歡迎，吃香

例 学生にもてる。

譯 受學生歡迎。

15 | ラブラブ【lovelove】

形動 (情侶，愛人等)甜蜜，如膠似漆

例 彼氏とラブラブです。

譯 與男朋友甜甜密密。

N4 15-2

15-2 喜怒哀楽 / 喜怒哀樂

01 | うれしい【嬉しい】

形 高興，喜悅

例 孫たちが訪ねてきて嬉しい。

譯 孫兒來探望很開心！

02 | たのしみ【楽しみ】

名·形動 期待，快樂

例 釣りを楽しみとする。

譯 以釣魚為樂。

03 | よろこぶ【喜ぶ】

自五 高興

例 卒業を喜ぶ。

譯 為畢業而喜悅。

04 | わらう【笑う】

自五 笑；譏笑

例 テレビを見て笑っている。

譯 一邊看電視一邊笑。

05 | ユーモア【humor】

名 幽默，滑稽，詼諧

例 ユーモアのある人が好きだ。

譯 我喜歡具有幽默感的人。

06 | うるさい【煩い】

形 吵鬧；煩人的；囉唆；厭惡

例 電車の音がうるさい。

譯 電車聲很吵。

07 | おこる【怒る】

自五 生氣；斥責

例 母に怒られる。

譯 挨了媽媽的責罵。

08 | おどろく【驚く】

自五 驚嚇，吃驚，驚奇

例 肩(かた)をたたかれて驚(おどろ)いた。

譯 有人拍我肩膀，嚇了我一跳。

09 | かなしい【悲しい】

形 悲傷，悲哀

例 悲(かな)しい思(おも)いをする。

譯 感到悲傷。

10 | さびしい【寂しい】

形 孤單；寂寞；荒涼，冷清；空虛

例 一人(ひとり)で寂(さび)しい。

譯 一個人很寂寞。

11 | ざんねん【残念】

名・形動 遺憾，可惜，懊悔

例 残念(ざんねん)に思(おも)う。

譯 感到遺憾。

12 | なく【泣く】

自五 哭泣

例 大(おお)きな声(こえ)で泣(な)く。

譯 大聲哭泣。

13 | びっくり

副・自サ 驚嚇，吃驚

例 びっくりして起(お)きた。

譯 嚇醒過來。

N4 15-3

15-3 伝達、通知、報道 / 傳達、通知、報導

01 | でんぽう【電報】

名 電報

例 電報(でんぽう)が来(く)る。

譯 打來電報。

02 | とどける【届ける】

他下一 送達；送交；申報，報告

例 荷物(にもつ)を届(とど)ける。

譯 把行李送到。

03 | おくる【送る】

他五 寄送；派；送行；度過；標上（假名）

例 お礼(れい)の手紙(てがみ)を送(おく)る。

譯 寄了信道謝。

04 | しらせる【知らせる】

他下一 通知，讓對方知道

例 警察(けいさつ)に知(し)らせる。

譯 報警。

05 | つたえる【伝える】

他下一 傳達，轉告；傳導

例 孫(まご)の代(だい)まで伝(つた)える。

譯 傳承到子孫這一代。

06 | れんらく【連絡】

名・自他サ 聯繫，聯絡；通知

例 連絡(れんらく)を取(と)る。

譯 取得連繫。

07 | たずねる【尋ねる】

他下一 問，打聽；詢問

例 道(みち)を尋(たず)ねる。

譯 問路。

08 | へんじ【返事】

(名・自サ) 回答，回覆

例 返事(へんじ)をしなさい。

譯 回答我啊。

---

09 | てんきよほう【天気予報】

(名) 天氣預報

例 ラジオの天気予報(てんきよほう)を聞(き)く。

譯 聽收音機的氣象預報。

---

10 | ほうそう【放送】

(名・他サ) 播映，播放

例 有料放送(ゆうりょうほうそう)を見(み)る。

譯 收看收費節目。

N4 ◉ 15-4

15-4 思考、判断 /

思考、判斷

01 | おもいだす【思い出す】

(他五) 想起來，回想

例 幼(おさな)い頃(ころ)を思(おも)い出(だ)す。

譯 回想起小時候。

---

02 | おもう【思う】

(他五) 想，思考；覺得，認為；相信；猜想；感覺；希望；掛念，懷念

例 仕事(しごと)を探(さが)そうと思(おも)う。

譯 我想去找工作。

---

03 | かんがえる【考える】

(他下一) 想，思考；考慮；認為

例 深(ふか)く考(かんが)える。

譯 深思，思索。

04 | はず

(形式名詞) 應該；會；確實

例 明日(あした)きっと来(く)るはずだ。

譯 明天一定會來。

---

05 | いけん【意見】

(名・自他サ) 意見；勸告；提意見

例 意見(いけん)が合(あ)う。

譯 意見一致。

---

06 | しかた【仕方】

(名) 方法，做法

例 料理(りょうり)の仕方(しかた)がわからない。

譯 不知道如何做菜。

---

07 | しらべる【調べる】

(他下一) 查閱，調查；檢查；搜查

例 辞書(じしょ)で調(しら)べる。

譯 查字典。

---

08 | まま

(名) 如實，照舊，…就…；隨意

例 思(おも)ったままを書(か)く。

譯 照心中所想寫出。

---

09 | くらべる【比べる】

(他下一) 比較

例 値段(ねだん)を比(くら)べる。

譯 比較價格。

---

10 | ばあい【場合】

(名) 時候；狀況，情形

例 遅(おく)れた場合(ばあい)はどうなりますか。

譯 遲到的時候怎麼辦呢？

11 ｜へん【変】

(名・形動) 奇怪，怪異；變化；事變

例 変(へん)な味(あじ)がする。

譯 味道怪怪的。

12 ｜とくべつ【特別】

(名・形動) 特別，特殊

例 今日(きょう)だけ特別(とくべつ)に寝坊(ねぼう)を許(ゆる)す。

譯 今天破例允許睡晚一點。

13 ｜だいじ【大事】

(名・形動) 大事；保重，重要(「大事さ」為形容動詞的名詞形)

例 大事(だいじ)なことはメモしておく。

譯 重要的事會寫下來。

14 ｜そうだん【相談】

(名・自他サ) 商量

例 相談(そうだん)して決(き)める。

譯 通過商討決定。

15 ｜によると【に拠ると】

(連語) 根據，依據

例 天気予報(てんきよほう)によると、雨(あめ)らしい。

譯 根據氣象預報，可能會下雨。

16 ｜あんな

(連體) 那樣地

例 あんな家(いえ)に住(す)みたい。

譯 想住那種房子。

17 ｜そんな

(連體) 那樣的

例 そんなことはない。

譯 不會，哪裡。

N4 15-5

15-5 理由、決定 /
理由、決定

01 ｜ため

(名) (表目的)為了；(表原因)因為

例 病気(びょうき)のために休(やす)む。

譯 因為有病而休息。

02 ｜なぜ【何故】

(副) 為什麼

例 何故(なぜ)わからないのですか。

譯 為什麼不懂？

03 ｜げんいん【原因】

(名) 原因

例 原因(げんいん)はまだわからない。

譯 原因目前尚未查明。

04 ｜りゆう【理由】

(名) 理由，原因

例 理由(りゆう)がある。

譯 有理由。

05 ｜わけ【訳】

(名) 原因，理由；意思

例 訳(わけ)が分(わ)かる。

譯 知道意思；知道原因；明白事理。

06 ｜ただしい【正しい】

㊋ 正確；端正

例 正しい答えを選ぶ。

譯 選擇正確的答案。

07 ｜あう【合う】

自五 合；一致，合適；相配；符合；正確

例 話しが合う。

譯 談話很投機。

08 ｜ひつよう【必要】

名・形動 需要

例 必要がある。

譯 有必要。

09 ｜よろしい【宜しい】

㊋ 好，可以

例 どちらでもよろしい。

譯 哪一個都好，怎樣都行。

10 ｜むり【無理】

形動 勉強；不講理；逞強；強求；無法辦到

例 無理を言うな。

譯 別無理取鬧。

11 ｜だめ【駄目】

㊔ 不行；沒用；無用

例 英語はだめだ。

譯 英語很差。

12 ｜つもり

㊔ 打算；當作

例 彼に会うつもりはありません。

譯 不打算跟他見面。

13 ｜きまる【決まる】

自五 決定；規定；決定勝負

例 会議は十日に決まった。

譯 會議訂在 10 號。

14 ｜はんたい【反対】

名・自サ 相反；反對

例 彼の意見に反対する。

譯 反對他的看法。

N4 15-6

15-6 理解 / 理解

01 ｜けいけん【経験】

名・他サ 經驗，經歷

例 経験から学ぶ。

譯 從經驗中學習。

02 ｜やくにたつ【役に立つ】

㊖ 有幫助，有用

例 日本語が役に立つ。

譯 會日語很有幫助。

03 ｜こと【事】

㊔ 事情

例 一番大事な事は何ですか。

譯 最重要的是什麼事呢？

04 ｜せつめい【説明】

名・他サ 説明

例 説明がたりない。
譯 解釋不夠充分。

05 | しょうち【承知】
名・他サ 知道，了解，同意；接受
例 キャンセルを承知しました。
譯 您要取消，我知道了。

06 | うける【受ける】
自他下一 接受，承接；受到；得到；遭受；接受；應考
例 検査を受ける。
譯 接受檢查。

07 | かまう【構う】
自他五 在意，理會；逗弄
例 どうぞおかまいなく。
譯 請別那麼張羅。

08 | うそ【嘘】
名 謊話；不正確
例 嘘をつく。
譯 説謊。

09 | なるほど
感・副 的確，果然；原來如此
例 なるほど、面白い本だ。
譯 果然是本有趣的書。

10 | かえる【変える】
他下一 改變；變更
例 主張を変える。
譯 改變主張。

11 | かわる【変わる】
自五 變化，改變；奇怪；與眾不同
例 いつも変わらない。
譯 永不改變。

12 | あっ
感 啊（突然想起、吃驚的樣子）哎呀
例 あっ、わかった。
譯 啊！我懂了。

13 | おや
感 哎呀
例 おや、こういうことか。
譯 哎呀！原來是這個意思！

14 | うん
感 嗯；對，是；喔
例 うんと返事する。
譯 嗯了一聲作為回答。

15 | そう
感・副 那樣，這樣；是
例 本当にそうでしょうか。
譯 真的是那樣嗎？

16 | について
連語 關於
例 日本の風俗についての本を書く。
譯 撰寫有關日本的風俗。

15-7 言語、出版物 /
語言、出版品

01 ｜かいわ【会話】

(名・自サ) 會話，對話

例 会話（かいわ）が下手（へた）だ。

譯 不擅長與人對話。

02 ｜はつおん【発音】

(名) 發音

例 発音（はつおん）がはっきりしている。

譯 發音清楚。

03 ｜じ【字】

(名) 字，文字

例 字（じ）が見（み）にくい。

譯 字看不清楚；字寫得難看

04 ｜ぶんぽう【文法】

(名) 文法

例 文法（ぶんぽう）に合（あ）う。

譯 合乎語法。

05 ｜にっき【日記】

(名) 日記

例 日記（にっき）に書（か）く。

譯 寫入日記。

06 ｜ぶんか【文化】

(名) 文化；文明

例 日本（にほん）の文化（ぶんか）を紹介（しょうかい）する。

譯 介紹日本文化。

07 ｜ぶんがく【文学】

(名) 文學

例 文学（ぶんがく）を味（あじ）わう。

譯 鑑賞文學。

08 ｜しょうせつ【小説】

(名) 小説

例 小説（しょうせつ）を書（か）く。

譯 寫小說。

09 ｜テキスト【text】

(名) 教科書

例 英語（えいご）のテキストを探（さが）す。

譯 找英文教科書。

10 ｜まんが【漫画】

(名) 漫畫

例 全（ぜん） 2 8（にじゅうはっ） 巻（かん）の漫画（まんが）を読（よ）む。

譯 看全套共 28 集的漫畫。

11 ｜ほんやく【翻訳】

(名・他サ) 翻譯

例 作品（さくひん）を翻訳（ほんやく）する。

譯 翻譯作品。

パート
16
第十六章

副詞、その他の品詞

- 副詞與其他品詞 -

N4 16-1

16-1 時間副詞 / 時間副詞

01 | きゅうに【急に】

副 突然

例 温度(おんど)が急(きゅう)に下(さ)がった。

譯 溫度突然下降。

02 | これから

連語 接下來，現在起

例 これからどうしようか。

譯 接下來該怎麼辦呢？

03 | しばらく【暫く】

副 暫時，一會兒；好久

例 暫(しばら)くお待(ま)ちください。

譯 請稍候。

04 | ずっと

副 更；一直

例 ずっと家(いえ)にいる。

譯 一直待在家。

05 | そろそろ

副 快要；逐漸；緩慢

例 そろそろ帰(かえ)ろう。

譯 差不多回家了吧。

06 | たまに【偶に】

副 偶爾

例 偶(たま)にゴルフをする。

譯 偶爾打高爾夫球。

07 | とうとう【到頭】

副 終於

例 とうとう読(よ)み終(お)わった。

譯 終於讀完了。

08 | ひさしぶり【久しぶり】

名·形動 許久，隔了好久

例 久(ひさ)しぶりに食(た)べた。

譯 過了許久才吃到了。

09 | まず【先ず】

副 首先，總之；大約；姑且

例 痛(いた)くなったら、まず薬(くすり)を飲(の)んでください。

譯 感覺疼痛的話，請先服藥。

10 | もうすぐ【もう直ぐ】

副 不久，馬上

例 もうすぐ春(はる)が来(く)る。

譯 春天馬上就要到來。

11 | やっと

㊒ 終於，好不容易

例 やっと問題が分かる。

譯 終於知道問題所在了。

12 | きゅう【急】

(名・形動) 急迫；突然；陡

例 急な用事で休む。

譯 因急事請假。

N4 16-2

16-2 程度副詞 / 程度副詞

01 | いくら…ても【幾ら…ても】

(名・副) 無論…也不…

例 いくら説明してもわからない。

譯 無論怎麼說也不明白。

02 | いっぱい【一杯】

(名・副) 一碗，一杯；充滿，很多

例 お腹いっぱい食べた。

譯 吃得肚子飽飽的。

03 | ずいぶん【随分】

(副・形動) 相當地，超越一般程度；不像話

例 随分よくなった。

譯 好很多。

04 | すっかり

㊒ 完全，全部

例 すっかり変わる。

譯 徹底改變。

05 | ぜんぜん【全然】

㊒ (接否定)完全不…，一點也不…；非常

例 全然気にしていない。

譯 一點也不在乎。

06 | そんなに

㊒ 那麼，那樣

例 そんなに騒ぐな。

譯 別鬧成那樣。

07 | それほど【それ程】

㊒ 那麼地

例 それ程寒くない。

譯 沒有那麼冷。

08 | だいたい【大体】

㊒ 大部分；大致，大概

例 大体分かる。

譯 大致理解。

09 | だいぶ【大分】

㊒ 相當地

例 大分暖かくなった。

譯 相當暖和了。

10 | ちっとも

㊒ 一點也不…

例 ちっとも疲れていない。

譯 一點也不累。

11 | できるだけ【出来るだけ】

㊒ 盡可能地

例 できるだけ自分（じぶん）のことは自分（じぶん）でする。
譯 盡量自己的事情自己做。

12 | なかなか【中々】

副・形動 超出想像；頗，非常；(不)容易；(後接否定)總是無法
例 なかなか面白（おもしろ）い。
譯 很有趣。

13 | なるべく

副 盡量，盡可能
例 なるべく邪魔（じゃま）をしない。
譯 盡量不打擾別人。

14 | ばかり

副助 大約；光，淨；僅只；幾乎要
例 テレビばかり見（み）ている。
譯 老愛看電視。

15 | ひじょうに【非常に】

副 非常，很
例 非常（ひじょう）に疲（つか）れている。
譯 累極了。

16 | べつに【別に】

副 分開；額外；除外；(後接否定)(不)特別，(不)特殊
例 別（べつ）に予定（よてい）はない。
譯 沒甚麼特別的行程。

17 | ほど【程】

名·副助 …的程度；限度；越…越…
例 3日（みっか）ほど高（たか）い熱（ねつ）が続（つづ）く。
譯 連續高燒約三天。

18 | ほとんど【殆ど】

名·副 大部份；幾乎
例 殆（ほとん）ど意味（いみ）がない。
譯 幾乎沒有意義。

19 | わりあいに【割合に】

副 比較地
例 値段（ねだん）の割合（わりあい）にものが良（よ）い。
譯 照價錢來看東西相對是不錯的。

20 | じゅうぶん【十分】

副・形動 充分，足夠
例 十分（じゅうぶん）に休（やす）む。
譯 充分休息。

21 | もちろん

副 當然
例 もちろんあなたは正（ただ）しい。
譯 當然你是對的。

22 | やはり

副 依然，仍然
例 子供（こども）はやはり子供（こども）だ。
譯 小孩終究是小孩。

N4 16-3

16-3 思考、狀態副詞 /
思考、狀態副詞

01 | ああ

副 那樣
例 ああ言（い）えばこう言（い）う。
譯 強詞奪理。

02 | たしか【確か】

(形動・副) 確實，可靠；大概

例 確(たし)かな数(かず)を言(い)う。

譯 說出確切的數字。

03 | かならず【必ず】

(副) 一定，務必，必須

例 かならず来(く)る。

譯 一定會來。

04 | かわり【代わり】

(名) 代替，替代；補償，報答；續(碗、杯等)

例 代(か)わりの物(もの)を使(つか)う。

譯 使用替代物品。

05 | きっと

(副) 一定，務必

例 きっと来(き)てください。

譯 請務必前來。

06 | けっして【決して】

(副) (後接否定)絕對(不)

例 彼(かれ)は決(けっ)して悪(わる)い人(ひと)ではない。

譯 他絕不是個壞人。

07 | こう

(副) 如此；這樣，這麼

例 こうなるとは思(おも)わなかった。

譯 沒想到會變成這樣。

08 | しっかり【確り】

(副・自サ) 紮實；堅固；可靠；穩固

例 しっかり覚(おぼ)える。

譯 牢牢地記住。

09 | ぜひ【是非】

(副) 務必；好與壞

例 ぜひおいでください。

譯 請一定要來。

10 | たとえば【例えば】

(副) 例如

例 これは例(たと)えばの話(はなし)だ。

譯 這只是個比喻而已。

11 | とくに【特に】

(副) 特地，特別

例 特(とく)に用事(ようじ)はない。

譯 沒有特別的事。

12 | はっきり

(副) 清楚；明確；爽快；直接

例 はっきり(と)見(み)える。

譯 清晰可見。

13 | もし【若し】

(副) 如果，假如

例 もし雨(あめ)が降(ふ)ったら中止(ちゅうし)する。

譯 如果下雨的話就中止。

16-4 接続詞、接続助詞、接尾詞、接頭詞 / 接續詞、接助詞、接尾詞、接頭詞

01 | すると

(接續) 於是；這樣一來

例 すると急(きゅう)にまっ暗(くら)になった。

譯 突然整個變暗。

02 | それで

(接續) 後來，那麼

例 それでどうした。

譯 然後呢？

03 | それに

(接續) 而且，再者

例 晴(は)れだし、それに風(かぜ)もない。

譯 晴朗而且無風。

04 | だから

(接續) 所以，因此

例 だから友達(ともたち)がたくさんいる。

譯 正因為那樣才有許多朋友。

05 | または【又は】

(接續) 或者

例 鉛筆(えんぴつ)またはボールペンを使(つか)う。

譯 使用鉛筆或原子筆。

06 | けれど・けれども

(接助) 但是

例 読(よ)めるけれども書(か)けません。

譯 可以讀但是不會寫。

07 | おき【置き】

(接尾) 每隔…

例 1ヶ月(いっかげつ)おきに来(く)る。

譯 每隔一個月會來。

08 | がつ【月】

(接尾) …月

例 7月(しちがつ)に日本(にほん)へ行(い)く。

譯 七月要去日本。

09 | かい【会】

(名) …會，會議

例 音楽会(おんがくかい)へ行(い)く。

譯 去聽音樂會。

10 | ばい【倍】

(名・接尾) 倍，加倍

例 3倍(さんばい)になる。

譯 成為三倍。

11 | けん・げん【軒】

(接尾) …間，…家

例 右(みぎ)から3軒目(さんげんめ)がホテルです。

譯 從右數來第三間是飯店。

12 | ちゃん

(接尾) (表親暱稱謂)小…

例 健(けん)ちゃん、ここに来(き)て。

譯 小健，過來這邊。

13 | くん【君】

(接尾) 君

例 山田君(やまだくん)が来(く)る。

譯 山田君來了。

14 | さま【様】

(接尾) 先生，小姐

例 こちらが木村様(きむらさま)です。

譯 這位是木村先生。

15 | め【目】

(接尾) 第…

例 2行目(にぎょうめ)を見(み)てください。

譯 請看第二行。

16 | か【家】

(名・接尾) …家；家族，家庭；從事…的人

例 立派(りっぱ)な音楽家(おんがくか)になった。

譯 成了一位出色的音樂家。

17 | しき【式】

(名・接尾) 儀式，典禮；…典禮　；方式；樣式；算式，公式

例 卒業式(そつぎょうしき)へ行(い)く。

譯 去參加畢業典禮。

18 | せい【製】

(名・接尾) …製

例 台湾製(タイワンせい)の靴(くつ)を買(か)う。

譯 買台灣製的鞋子。

19 | だい【代】

(名・接尾) 世代；(年齡範圍)…多歲；費用

例 十代(じゅうだい)の若者(わかもの)が多(おお)い。

譯 有許多十幾歲的年輕人。

20 | だす【出す】

(接尾) 開始…

例 彼女(かのじょ)が泣(な)き出(だ)す。

譯 她哭了起來。

21 | にくい【難い】

(接尾) 難以，不容易

例 薬(くすり)は苦(にが)くて飲(の)みにくい。

譯 藥很苦很難吞嚥。

22 | やすい

(接尾) 容易…

例 わかりやすく話(はな)す。

譯 說得簡單易懂。

23 | すぎる【過ぎる】

(自上一) 超過；過於；經過 (接尾) 過於…

例 50歳(ごじゅっさい)を過(す)ぎる。

譯 過了50歲。

24 | ご【御】

(接頭) 貴(接在跟對方有關的事物、動作的漢字詞前)表示尊敬語、謙讓語

例 ご主人(しゅじん)によろしく。

譯 請代我向您先生問好。

25 | ながら

(接助) 一邊…，同時…

例 ご飯(はん)を食(た)べながらテレビを見(み)る。

譯 邊吃飯邊看電視。

26 | かた【方】

接尾 …方法

例 作り方を学ぶ。

譯 學習做法。

N4 16-5

16-5 尊敬語、謙讓語 /

尊敬語、謙讓語

01 | いらっしゃる

自五 來，去，在（尊敬語）

例 先生がいらっしゃった。

譯 老師來了。

02 | おいでになる

他五 來，去，在，光臨，駕臨（尊敬語）

例 よくおいでになりました。

譯 難得您來，歡迎歡迎。

03 | ごぞんじ【ご存知】

名 您知道（尊敬語）

例 いくらかかるかご存知ですか。

譯 您知道要花費多少錢嗎？

04 | ごらんになる【ご覧になる】

他五 看，閱讀（尊敬語）

例 展覧会をごらんになりましたか。

譯 您看過展覽會了嗎？

05 | なさる

他五 做（「する」的尊敬語）

例 高橋様ご結婚なさるのですか。

譯 高橋小姐要結婚了嗎？

06 | めしあがる【召し上がる】

他五 吃，喝（「食べる」、「飲む」的尊敬語）

例 コーヒーを召し上がってください。

譯 請喝咖啡。

07 | いたす【致す】

自他五・補動 （「する」的謙恭説法）做，辦；致；有…，感覺…

例 私がいたします。

譯 由我來做。

08 | いただく【頂く・戴く】

他五 領受；領取；吃，喝；頂

例 遠慮なくいただきます。

譯 那我就不客氣拜領了。

09 | うかがう【伺う】

他五 拜訪；請教，打聽（謙讓語）

例 明日お宅に伺います。

譯 明天到府上拜訪您。

10 | おっしゃる

他五 説，講，叫

例 先生がおっしゃいました。

譯 老師説了。

11 | くださる【下さる】

他五 給，給予（「くれる」的尊敬語）

例 先生が来てくださった。

譯 老師特地前來。

12 | さしあげる【差し上げる】

(他下一) 給(「あげる」的謙讓語)

例 これをあなたに差し上げます。

譯 這個奉送給您。

13 | はいけん【拝見】

(名・他サ) 看，拜讀

例 お手紙拝見しました。

譯 已拜讀貴函。

14 | まいる【参る】

(自五) 來，去(「行く」、「来る」的謙讓語)；認輸；參拜

例 ただいま参ります。

譯 我馬上就去。

15 | もうしあげる【申し上げる】

(他下一) 說(「言う」的謙讓語)

例 お礼を申し上げます。

譯 向您致謝。

16 | もうす【申す】

(他五) 說，叫(「言う」的謙讓語)

例 私は山田と申します。

譯 我叫山田。

17 | ございます

(特殊形) 是，在(「ある」、「あります」的鄭重說法表示尊敬)

例 おめでとうございます。

譯 恭喜恭喜。

18 | でございます

(自・特殊形) 是(「だ」、「です」、「である」的鄭重說法)

例 山田産業の加藤でございます。

譯 我是山田產業的加藤。

19 | おる【居る】

(自五) 在，存在；有(「いる」的謙讓語)

例 社長は今おりません。

譯 社長現在不在。

20 | ぞんじあげる【存じ上げる】

(他下一) 知道(自謙語)

例 お名前は存じ上げております。

譯 久仰大名。

必　勝

N3

情境分類單字

パート 1 第一章

時間

- 時間 -

N3 ◉ 1-1

1-1 時、時間、時刻 / 時候、時間、時刻

01 | あける【明ける】

(自下一) (天)明，亮；過年；(期間)結束，期滿

例 夜(よ)が明(あ)ける。

譯 天亮。

02 | あっというま(に)【あっという間(に)】

(感) 一眨眼的功夫

例 休日(きゅうじつ)はあっという間(ま)に終(お)わった。

譯 假日一眨眼就結束了。

03 | いそぎ【急ぎ】

(名·副) 急忙，匆忙，緊急

例 急(いそ)ぎの旅(たび)になる。

譯 成為一趟匆忙的旅程。

04 | うつる【移る】

(自五) 移動；推移；沾到

例 時(とき)が移(うつ)る。

譯 時間推移；時代變遷。

05 | おくれ【遅れ】

(名) 落後，晚；畏縮，怯懦

例 郵便(ゆうびん)に二日(ふつか)の遅(おく)れが出(で)ている。

譯 郵件延遲兩天送達。

06 | ぎりぎり

(名·副·他サ) (容量等)最大限度，極限；(摩擦的)嘎吱聲

例 期限(きげん)ぎりぎりまで待(ま)つ。

譯 等到最後的期限。

07 | こうはん【後半】

(名) 後半，後一半

例 後半(こうはん)はミスが多(おお)くて負(ま)けた。

譯 後半因失誤過多而輸掉了。

08 | しばらく

(副) 好久；暫時

例 しばらく会社(かいしゃ)を休(やす)む。

譯 暫時向公司請假。

09 | しょうご【正午】

(名) 正午

例 正午(しょうご)になった。

譯 到了中午。

10 | しんや【深夜】

(名) 深夜

例 試合が深夜まで続く。

譯 比賽打到深夜。

11 | ずっと

㊓ 更；一直

例 ずっと待っている。

譯 一直等待著。

12 | せいき【世紀】

㊔ 世紀，百代；時代，年代；百年一現，絕世

例 世紀の大発見になる。

譯 成為世紀的大發現。

13 | ぜんはん【前半】

㊔ 前半，前半部

例 前半の戦いが終わった。

譯 上半場比賽結束。

14 | そうちょう【早朝】

㊔ 早晨，清晨

例 早朝に勉強する。

譯 在早晨讀書。

15 | たつ【経つ】

(自五) 經，過；(炭火等)燒盡

例 時間が経つのが早い。

譯 時間過得真快。

16 | ちこく【遅刻】

(名·自サ) 遲到，晚到

例 待ち合わせに遅刻する。

譯 約會遲到。

17 | てつや【徹夜】

(名·自サ) 通宵，熬夜

例 徹夜で仕事する。

譯 徹夜工作。

18 | どうじに【同時に】

㊓ 同時，一次；馬上，立刻

例 発売と同時に大ヒットした。

譯 一出售立即暢銷熱賣。

19 | とつぜん【突然】

㊓ 突然

例 突然怒り出す。

譯 突然生氣。

20 | はじまり【始まり】

㊔ 開始，開端；起源

例 近代医学の始まりである。

譯 為近代醫學的起源。

21 | はじめ【始め】

(名·接尾) 開始，開頭；起因，起源；以…為首

例 始めから終わりまで全部読む。

譯 從頭到尾全部閱讀。

22 ｜ふける【更ける】

自下一 (秋)深；(夜)闌

例 夜(よ)が更(ふ)ける。

譯 三更半夜。

23 ｜ぶり【振り】

造語 相隔

例 5年(ねん)振(ぶ)りに会(あ)った。

譯 相隔五年之後又見面。

24 ｜へる【経る】

自下一 (時間、空間、事物)經過，通過

例 3年(ねん)を経(へ)た。

譯 經過了三年。

25 ｜まい【毎】

接頭 每

例 毎朝(まいあさ)、牛乳(ぎゅうにゅう)を飲(の)む。

譯 每天早上，喝牛奶。

26 ｜まえもって【前もって】

副 預先，事先

例 前(まえ)もって知(し)らせる。

譯 事先知會。

27 ｜まよなか【真夜中】

名 三更半夜，深夜

例 真夜中(まよなか)に目(め)が覚(さ)めた。

譯 深夜醒來。

28 ｜やかん【夜間】

名 夜間，夜晚

例 夜間(やかん)の勤務(きんむ)はきついなぁ。

譯 夜勤太累啦！

N3 ● 1-2

1-2 季節、年、月、週、日 /

季節、年、月、週、日

01 ｜いっさくじつ【一昨日】

名 前一天，前天

例 一昨日(いっさくじつ)アメリカから帰(かえ)ってきた。

譯 前天從美國回來了。

02 ｜いっさくねん【一昨年】

造語 前年

例 一昨年(いっさくねん)は雪(ゆき)が多(おお)かった。

譯 前年下了很多雪。

03 ｜か【日】

漢造 表示日期或天數

例 事故(じこ)は三月(さんがつ)二十日(はつか)に起(お)こった。

譯 事故發在三月二十日。

04 ｜きゅうじつ【休日】

名 假日，休息日

例 休日(きゅうじつ)が続(つづ)く。

譯 連續休假。

05 ｜げじゅん【下旬】

名 下旬

例 5月(がつ)の下旬(げじゅん)になる。

譯 在五月下旬。

N3
1
時間

06 | げつまつ【月末】
㊔ 月末、月底
例 料金は月末に払う。
譯 費用於月底支付。

07 | さく【昨】
(漢造) 昨天；前一年，前一季；以前，過去
例 昨晩日本から帰ってきた。
譯 昨晚從日本回來了。

08 | さくじつ【昨日】
㊔ (「きのう」的鄭重説法)昨日，昨天
例 昨日母から手紙が届いた。
譯 昨天收到了母親寫來的信。

09 | さくねん【昨年】
(名·副) 去年
例 昨年と比べる。
譯 跟去年相比。

10 | じつ【日】
(漢造) 太陽；日，一天，白天；每天
例 翌日にお届けします。
譯 隔日幫您送達。

11 | しゅう【週】
(名·漢造) 星期；一圈
例 週に1回運動する。
譯 每周運動一次。

12 | しゅうまつ【週末】
㊔ 週末
例 週末に運動する。
譯 每逢週末就會去運動。

13 | じょうじゅん【上旬】
㊔ 上旬
例 来月上旬に旅行する。
譯 下個月的上旬要去旅行。

14 | せんじつ【先日】
㊔ 前天；前些日子
例 先日、田中さんに会った。
譯 前些日子，遇到了田中小姐。

15 | ぜんじつ【前日】
㊔ 前一天
例 入学式の前日は緊張した。
譯 參加入學典禮的前一天非常緊張。

16 | ちゅうじゅん【中旬】
㊔ (一個月中的)中旬
例 6月の中旬に戻る。
譯 在6月中旬回來。

17 | ねんし【年始】
㊔ 年初；賀年，拜年
例 年始のご挨拶に伺う。
譯 歲暮年初時節前往拜訪。

18 | ねんまつねんし【年末年始】

㊔ 年底與新年

例 年末年始(ねんまつねんし)はハワイに行(い)く。

譯 去夏威夷跨年。

19 | へいじつ【平日】

㊔ (星期日、節假日以外)平日；平常，平素

例 平日(へいじつ)ダイヤで運行(うんこう)する。

譯 以平日的火車時刻表行駛。

20 | ほんじつ【本日】

㊔ 本日，今日

例 本日(ほんじつ)のお薦(すす)めメニューはこちらです。

譯 這是今日的推薦菜單。

21 | ほんねん【本年】

㊔ 本年，今年

例 本年(ほんねん)もよろしく。

譯 今年還望您繼續關照。

22 | みょう【明】

[接頭] (相對於「今」而言的)明

例 明日(みょうにち)のご予定(よてい)は。

譯 你明天的行程是？

23 | みょうごにち【明後日】

㊔ 後天

例 明後日(みょうごにち)に延期(えんき)する。

譯 延到後天。

24 | ようび【曜日】

㊔ 星期

例 曜日(ようび)によって色(いろ)を変(か)える。

譯 根據禮拜幾的不同而改變顏色。

25 | よく【翌】

[漢造] 次，翌，第二

例 翌日(よくじつ)は休日(きゅうじつ)だ。

譯 隔天是假日。

26 | よくじつ【翌日】

㊔ 隔天，第二天

例 翌日(よくじつ)の準備(じゅんび)ができている。

譯 隔天的準備已完成。

N3 ● 1-3

1-3 過去、現在、未来 / 過去、現在、未來

01 | いご【以後】

㊔ 今後，以後，將來；(接尾語用法)(在某時期)以後

例 以後(いご)気(き)をつけます。

譯 以後會多加小心一點。

02 | いぜん【以前】

㊔ 以前；更低階段(程度)的；(某時期)以前

例 以前(いぜん)の通(とお)りだ。

譯 和以前一樣。

03 | げんだい【現代】

㊔ 現代，當代；(歷史)現代(日本史上指二次世界大戰後)

例 現代の社会が求める。

譯 現代社會所要求的。

04 | こんご【今後】

名 今後，以後，將來

例 今後のことを考える。

譯 為今後作打算。

05 | じご【事後】

名 事後

例 事後の計画を立てる。

譯 制訂事後計畫。

06 | じぜん【事前】

名 事前

例 事前に話し合う。

譯 事前討論。

07 | すぎる【過ぎる】

自上一 超過；過於；經過

例 5 時を過ぎた。

譯 已經五點多了。

08 | ぜん【前】

漢造 前方，前面；(時間)早；預先；從前

例 前首相が韓国を訪問する。

譯 前首相訪韓。

09 | ちょくご【直後】

名·副 (時間，距離)緊接著，剛…之後，…之後不久

例 犯人は事件直後に逮捕された。

譯 犯人在事件發生後不久便遭逮捕。

10 | ちょくぜん【直前】

名 即將…之前，眼看就要…的時候；(時間，距離)之前，跟前，眼前

例 テストの直前に頑張って勉強する。

譯 在考前用功讀書。

11 | のち【後】

名 後，之後；今後，未來；死後，身後

例 晴れのち曇りが続く。

譯 天氣持續晴後陰。

12 | ふる【古】

名·漢造 舊東西；舊，舊的

例 読んだ本を古本屋に売った。

譯 把看過的書賣給二手書店。

13 | みらい【未来】

名 將來，未來；(佛)來世

例 未来を予測する。

譯 預測未來。

14 | らい【来】

接尾 以來

例 彼とは 10 年来の付き合いだ。

譯 我和他已經認識十年了。

N3 ◉ 1-4

1-4 期間、期限 /
期間、期限

01 ｜かん【間】

名·接尾 間，機會，間隙

例 五日間の京都旅行も終わった。

譯 五天的京都之旅已經結束。

02 ｜き【期】

漢造 時期；時機；季節；(預定的)時日

例 入学の時期が近い。

譯 開學時期將近。

03 ｜きかん【期間】

名 期間，期限內

例 期間が過ぎる。

譯 過期。

04 ｜きげん【期限】

名 期限

例 期限になる。

譯 到期。

05 ｜シーズン【season】

名 (盛行的)季節，時期

例 受験シーズンが始まった。

譯 考季開始了。

06 ｜しめきり【締め切り】

名 (時間、期限等)截止，屆滿；封死，封閉；截斷，斷流

例 締め切りが近づく。

譯 臨近截稿日期。

07 ｜ていき【定期】

名 定期，一定的期限

例 エレベーターは定期的に調べる。

譯 定期維修電梯。

08 ｜まにあわせる【間に合わせる】

連語 臨時湊合，就將；使來得及，趕出來

例 締切に間に合わせる。

譯 在截止期限之前繳交。

パート 2 第二章

住居

- 住房 -

N3 2-1

2-1 家、住む / 住家、居住

01 | うつす【移す】

(他五) 移，搬；使傳染；度過時間

例 住(す)まいを移(うつ)す。

譯 遷移住所。

02 | きたく【帰宅】

(名·自サ) 回家

例 会社(かいしゃ)から帰宅(きたく)する。

譯 從公司回家。

03 | くらす【暮らす】

(自他五) 生活，度日

例 楽(たの)しく暮(く)らす。

譯 過著快樂的生活。

04 | けん・げん【軒】

(漢造) 軒昂，高昂；屋簷；表房屋數量，書齋，商店等雅號

例 薬屋(くすりや)が 3 軒(げん)ある。

譯 有三家藥局。

05 | じょう【畳】

(接尾·漢造) (計算草蓆、席墊)塊，疊；重疊

例 6 畳(じょう)のアパートに住(す)んでいる。

譯 住在一間六鋪席大的公寓裡。

06 | すごす【過ごす】

(他五·接尾) 度(日子、時間)，過生活；過渡過量；放過，不管

例 休日(きゅうじつ)は家(いえ)で過(す)ごす。

譯 假日在家過。

07 | せいけつ【清潔】

(名·形動) 乾淨的，清潔的；廉潔；純潔

例 清潔(せいけつ)に保(たも)つ。

譯 保持乾淨。

08 | ひっこし【引っ越し】

(名) 搬家，遷居

例 引(ひ)っ越(こ)しをする。

譯 搬家。

09 | マンション【mansion】

(名) 公寓大廈；(高級)公寓

例 高級(こうきゅう)マンションに住(す)む。

譯 住高級大廈。

10 | るすばん【留守番】

(名) 看家，看家人

例 留守番(るすばん)をする。

譯 看家。

11 | わ【和】

(名) 日本

例 和室(わしつ)と洋室(ようしつ)、どちらがいい。

譯 和室跟洋室哪個好呢？

12 | わが【我が】

(連體) 我的，自己的，我們的

例 我(わ)が家(や)へ、ようこそ。

譯 歡迎來到我家。

N3 ● 2-2

2-2 家の外側 / 住家的外側

01 | とじる【閉じる】

(自上一) 閉，關閉；結束

例 戸(と)が閉(と)じた。

譯 門關上了。

02 | ノック【knock】

(名·他サ) 敲打；(來訪者)敲門；打球

例 ノックの音(おと)が聞(き)こえる。

譯 聽見敲門聲。

03 | ベランダ【veranda】

(名) 陽台；走廊

例 ベランダの花(はな)が次々(つぎつぎ)に咲(さ)く。

譯 陽台上的花接二連三的綻放。

04 | やね【屋根】

(名) 屋頂

例 屋根(やね)から落(お)ちる。

譯 從屋頂掉下來。

05 | やぶる【破る】

(他五) 弄破；破壞；違反；打敗；打破(記錄)

例 ドアを破(やぶ)って入(はい)った。

譯 破門而入。

06 | ロック【lock】

(名·他サ) 鎖，鎖上，閉鎖

例 ロックが壊(こわ)れた。

譯 門鎖壞掉了。

N3 ● 2-3

2-3 部屋、設備 / 房間、設備

01 | あたたまる【暖まる】

(自五) 暖，暖和；感到溫暖；手頭寬裕

例 部屋(へや)が暖(あたた)まる。

譯 房間暖和起來。

02 | いま【居間】

(名) 起居室

例 居間(いま)を掃除(そうじ)する。

譯 清掃客廳。

03 | かざり【飾り】

(名) 裝飾(品)

例 飾(かざ)りをつける。

譯 加上裝飾。

04 | きく【効く】

(自五) 有效，奏效；好用，能幹；可以，能夠；起作用；(交通工具等)通，有

例 停電(ていでん)で冷房(れいぼう)が効(き)かない。

譯 停電了冷氣無法運轉。

05 | キッチン【kitchen】

(名) 廚房

例 ダイニングキッチンが人気(にんき)だ。

譯 廚房兼飯廳裝潢很受歡迎。

06 | しんしつ【寝室】

㊔ 寝室

例 寝室で休んだ。

譯 在臥房休息。

07 | せんめんじょ【洗面所】

㊔ 化妝室，廁所

例 洗面所で顔を洗った。

譯 在化妝室洗臉。

08 | ダイニング【dining】

㊔ 餐廳(「ダイニングルーム」之略稱)；吃飯，用餐；西式餐館

例 ダイニングルームで食事をする。

譯 在西式餐廳用餐。

09 | たな【棚】

㊔ (放置東西的)隔板，架子，棚

例 お菓子を棚に置く。

譯 把糕點放在架子上。

10 | つまる【詰まる】

自五 擠滿，塞滿；堵塞，不通；窘困，窘迫；縮短，緊小；停頓，擱淺

例 トイレが詰まった。

譯 廁所排水管塞住了。

11 | てんじょう【天井】

㊔ 天花板

例 天井の高い家がいい。

譯 我要天花板高的房子。

12 | はしら【柱】

名·接尾 (建)柱子；支柱；(轉)靠山

例 柱が倒れた。

譯 柱子倒下。

13 | ブラインド【blind】

㊔ 百葉窗，窗簾，遮光物

例 ブラインドを下ろす。

譯 拉下百葉窗。

14 | ふろ(ば)【風呂(場)】

㊔ 浴室，洗澡間，浴池

例 風呂に入る。

譯 泡澡。

15 | まどり【間取り】

㊔ (房子的)房間佈局，採間，平面佈局

例 間取りがいい。

譯 隔間還不錯。

16 | もうふ【毛布】

㊔ 毛毯，毯子

例 毛布をかける。

譯 蓋上毛毯。

17 | ゆか【床】

㊔ 地板

例 床を拭く。

譯 擦地板。

18 | よわめる【弱める】

他下一 減弱，削弱

例 冷房を少し弱められますか。

譯 冷氣可以稍微轉弱嗎？

19 | リビング【living】

㊔ 起居間，生活間

例 リビングには家具が並んでいる。

譯 客廳擺放著家具。

パート
3
第三章

食事

- 用餐 -

N3 ◎ 3-1

3-1 食事、味 /
用餐、味道

01 | あぶら【脂】

㊔ 脂肪，油脂；(喻)活動力，幹勁

例 脂(あぶら)があるからおいしい。

譯 富含油質所以好吃。

02 | うまい

㊒ 味道好，好吃；想法或做法巧妙，擅於；非常適宜，順利

例 空気(くうき)がうまい。

譯 空氣新鮮。

03 | さげる【下げる】

(他下一) 向下；掛；收走

例 コップを下(さ)げる。

譯 收走杯子。

04 | さめる【冷める】

(自下一) (熱的東西)變冷，涼；(熱情、興趣等)降低，減退

例 スープが冷(さ)めてしまった。

譯 湯冷掉了。

05 | しょくご【食後】

㊔ 飯後，食後

例 食後(しょくご)に薬(くすり)を飲(の)む。

譯 藥必須在飯後服用。

06 | しょくぜん【食前】

㊔ 飯前

例 食前(しょくぜん)にちゃんと手(て)を洗(あら)う。

譯 飯前把手洗乾淨。

07 | すっぱい【酸っぱい】

㊒ 酸，酸的

例 梅干(うめぼ)しはすっぱいに決(き)まっている。

譯 梅乾當然是酸的。

08 | マナー【manner】

㊔ 禮貌，規矩；態度舉止，風格

例 食事(しょくじ)のマナーが悪(わる)い。

譯 用餐禮儀不好。

09 | メニュー【menu】

㊔ 菜單

例 ディナーのメニューをご覧(らん)ください。

譯 這是餐點的菜單，您請過目。

10 | ランチ【lunch】

㊔ 午餐

例 ランチタイムにラーメンを食(た)べる。

譯 午餐時間吃拉麵。

3-2 食べ物 / 食物

01 | アイスクリーム【ice cream】
㊔ 冰淇淋

例 アイスクリームを食(た)べる。

譯 吃冰淇淋。

02 | あぶら【油】
㊔ 脂肪，油脂

例 魚(さかな)を油(あぶら)で揚(あ)げる。

譯 用油炸魚。

03 | インスタント【instant】
(名·形動) 即席，稍加工即可的，速成

例 インスタントコーヒーを飲(の)む。

譯 喝即溶咖啡。

04 | うどん【饂飩】
㊔ 烏龍麵條，烏龍麵

例 うどんをゆでて食(た)べる。

譯 煮烏龍麵吃。

05 | オレンジ【orange】
㊔ 柳橙，柳丁；橙色

例 オレンジは全部(ぜんぶ)食(た)べた。

譯 橘子全都吃光了。

06 | ガム【(英) gum】
㊔ 口香糖；樹膠

例 ガムを噛(か)む。

譯 嚼口香糖。

07 | かゆ【粥】
㊔ 粥，稀飯

例 粥(かゆ)を炊(た)く。

譯 煮粥。

08 | かわ【皮】
㊔ 皮，表皮；皮革

例 皮(かわ)をむく。

譯 剝皮。

09 | くさる【腐る】
(自五) 腐臭，腐爛；金屬鏽，爛；墮落，腐敗；消沉，氣餒

例 味噌(みそ)が腐(くさ)る。

譯 味噌發臭。

10 | ケチャップ【ketchup】
㊔ 蕃茄醬

例 ケチャップをつける。

譯 沾番茄醬。

11 | こしょう【胡椒】
㊔ 胡椒

例 胡椒(こしょう)を入(い)れる。

譯 灑上胡椒粉。

12 | さけ【酒】
㊔ 酒(的總稱)，日本酒，清酒

例 酒(さけ)を杯(さかずき)に入(い)れる。

譯 將酒倒入杯子裡。

13 | しゅ【酒】

漢造 酒

例 葡萄酒を飲む。

譯 喝葡萄酒。

14 | ジュース【juice】

名 果汁，汁液，糖汁，肉汁

例 ジュースを飲む。

譯 喝果汁。

15 | しょくりょう【食料】

名 食品，食物

例 食料を保存する。

譯 保存食物。

16 | しょくりょう【食糧】

名 食糧，糧食

例 食糧を輸入する。

譯 輸入糧食。

17 | しんせん【新鮮】

名·形動 (食物)新鮮；清新乾淨；新穎，全新

例 新鮮な果物を食べる。

譯 吃新鮮的水果。

18 | す【酢】

名 醋

例 酢を入れる。

譯 加入醋。

19 | スープ【soup】

名 湯(多指西餐的湯)

例 スープを飲む。

譯 喝湯。

20 | ソース【sauce】

名 (西餐用)調味醬

例 ソースを作る。

譯 調製醬料。

21 | チーズ【cheese】

名 起司，乳酪

例 チーズを買う。

譯 買起司。

22 | チップ【chip】

名 (削木所留下的)片削；洋芋片

例 ポテトチップスを食べる。

譯 吃洋芋片。

23 | ちゃ【茶】

名·漢造 茶；茶樹；茶葉；茶水

例 茶を入れる。

譯 泡茶。

24 | デザート【dessert】

名 餐後點心，甜點(大多泛指較西式的甜點)

例 デザートを食べる。

譯 吃甜點。

25 | ドレッシング【dressing】

名 調味料，醬汁；服裝，裝飾

例 サラダにドレッシングをかける。

譯 把醬汁淋到沙拉上。

26 | どんぶり【丼】

㊔ 大碗公；大碗蓋飯

例 500円(えん)で鰻丼(うなぎどんぶり)が食(た)べられる。

譯 500圓就可以吃到鰻魚蓋飯。

27 | なま【生】

(名·形動) (食物沒有煮過、烤過)生的；直接的，不加修飾的；不熟練，不到火候

例 生(なま)で食(た)べる。

譯 生吃。

28 | ビール【(荷) bier】

㊔ 啤酒

例 ビールを飲(の)む。

譯 喝啤酒。

29 | ファストフード【fast food】

㊔ 速食

例 ファストフードを食(た)べすぎた。

譯 吃太多速食。

30 | べんとう【弁当】

㊔ 便當，飯盒

例 弁当(べんとう)を作(つく)る。

譯 做便當。

31 | まぜる【混ぜる】

(他下一) 混入；加上，加進；攪，攪拌

例 ビールとジュースを混(ま)ぜる。

譯 將啤酒和果汁加在一起。

32 | マヨネーズ【mayonnaise】

㊔ 美乃滋，蛋黃醬

例 パンにマヨネーズを塗(ぬ)る。

譯 在土司上塗抹美奶滋。

33 | みそしる【味噌汁】

㊔ 味噌湯

例 私(わたし)の母(はは)は毎朝(まいあさ)味噌汁(みそしる)を作(つく)る。

譯 我母親每天早上煮味噌湯。

34 | ミルク【milk】

㊔ 牛奶；煉乳

例 紅茶(こうちゃ)にはミルクを入(い)れる。

譯 在紅茶裡加上牛奶。

35 | ワイン【wine】

㊔ 葡萄酒；水果酒；洋酒

例 白(しろ)ワインが合(あ)います。

譯 白酒很搭。

N3 ◉ 3-3

3-3 調理、料理、クッキング / 調理、菜餚、烹調

01 | あげる【揚げる】

(他下一) 炸，油炸；舉，抬；提高；進步

例 天(てん)ぷらを揚(あ)げる。

譯 炸天婦羅。

02 | あたためる【温める】

(他下一) 溫，熱；擱置不發表

例 ご飯(はん)を温(あたた)める。

譯 熱飯菜。

03 | こぼす【溢す】

(他五) 灑，漏，溢(液體)，落(粉末)；發牢騷，抱怨

例 コーヒーを溢(こぼ)す。

譯 咖啡溢出來了。

04 | たく【炊く】

(他五) 點火，燒著；燃燒；煮飯，燒菜

例 ご飯(はん)を炊(た)く。

譯 煮飯。

05 | たける【炊ける】

(自下一) 燒成飯，做成飯

例 ご飯(はん)が炊(た)けた。

譯 飯已經煮熟了。

06 | つよめる【強める】

(他下一) 加強，增強

例 火(ひ)を強(つよ)める。

譯 把火力調大。

07 | てい【低】

(名·漢造) (位置)低；(價格等)低；變低

例 低温(ていおん)でゆっくり焼(や)く。

譯 用低溫慢烤。

08 | にえる【煮える】

(自下一) 煮熟，煮爛；水燒開；固體融化(成泥狀)；發怒，非常氣憤

例 芋(いも)は煮(に)えました。

譯 芋頭已經煮熟了。

09 | にる【煮る】

(自五) 煮，燉，熬

例 豆(まめ)を煮(に)る。

譯 煮豆子。

10 | ひやす【冷やす】

(他五) 使變涼，冰鎮；(喻)使冷靜

例 冷蔵庫(れいぞうこ)で冷(ひ)やす。

譯 放在冰箱冷藏。

11 | むく【剥く】

(他五) 剝，削

例 りんごを剥(む)く。

譯 削蘋果皮。

12 | むす【蒸す】

(他五·自五) 蒸，熱(涼的食品)；(天氣)悶熱

例 肉(にく)まんを蒸(む)す。

譯 蒸肉包。

13 | ゆでる【茹でる】

(他下一) (用開水)煮，燙

例 よく茹(ゆ)でる。

譯 煮熟。

14 | わく【沸く】

(自五) 煮沸，煮開；興奮

例 お湯(ゆ)が沸(わ)く。

譯 開水滾開。

15 | わる【割る】

(他五) 打，劈開；用除法計算

例 卵(たまご)を割(わ)る。

譯 打破蛋。

パート
4
第四章

衣服

- 衣服 -

N3 ⊙ 4-1

4-1 衣服、洋服、和服 / 衣服、西服、和服

01 | えり【襟】

㊔（衣服的）領子；脖頸，後頸；（西裝的）硬領

例 襟（えり）を立（た）てる。

譯 立起領子。

02 | オーバー（コート）【overcoat】

㊔ 大衣，外套，外衣

例 オーバーを着（き）る。

譯 穿大衣。

03 | ジーンズ【jeans】

㊔ 牛仔褲

例 ジーンズをはく。

譯 穿牛仔褲。

04 | ジャケット【jacket】

㊔ 外套，短上衣；唱片封面

例 ジャケットを着（き）る。

譯 穿外套。

05 | すそ【裾】

㊔ 下擺，下襟；山腳；（靠近頸部的）頭髮

例 ジーンズの裾（すそ）が汚（よご）れた。

譯 牛仔褲的褲腳髒了。

06 | せいふく【制服】

㊔ 制服

例 制服（せいふく）を着（き）る。

譯 穿制服。

07 | そで【袖】

㊔ 衣袖；（桌子）兩側抽屜，（大門）兩側的廳房，舞台的兩側，飛機（兩翼）

例 半袖（はんそで）を着（き）る。

譯 穿短袖。

08 | タイプ【type】

㊔·他サ 型，形式，類型；典型，榜樣，樣本，標本；（印）鉛字，活字；打字（機）

例 このタイプの服（ふく）にする。

譯 決定穿這種樣式的服裝。

09 | ティーシャツ【T-shirt】

㊔ 圓領衫，T 恤

例 ティーシャツを着（き）る。

譯 穿 T 恤。

10 | パンツ【pants】

㊔ 內褲；短褲；運動短褲

例 パンツをはく。

譯 穿褲子。

11 | パンプス【pumps】
㊔ 女用的高跟皮鞋，淑女包鞋

例 パンプスをはく。

譯 穿淑女包鞋。

12 | ぴったり
(副·自サ) 緊緊地，嚴實地；恰好，正適合；説中，猜中

例 体にぴったりした背広をつくる。

譯 製作合身的西裝。

13 | ブラウス【blouse】
㊔（多半為女性穿的）罩衫，襯衫

例 ブラウスを洗濯する。

譯 洗襯衫。

14 | ぼろぼろ
(名·副·形動)（衣服等）破爛不堪；（粒狀物）散落貌

例 今でもぼろぼろの洋服を着ている。

譯 破破爛爛的衣服現在還在穿。

N3 ◉ 4-2

4-2 着る、装身具 / 穿戴、服飾用品

01 | きがえ【着替え】
(名·自サ) 換衣服；換洗衣物

例 急いで着替えを済ませる。

譯 急急忙忙地換好衣服。

02 | きがえる·きかえる【着替える】
(他下一) 換衣服

例 着物を着替える。

譯 換衣服。

03 | スカーフ【scarf】
㊔ 圍巾，披肩；領結

例 スカーフを巻く。

譯 圍上圍巾。

04 | ストッキング【stocking】
㊔ 褲襪；長筒襪

例 ナイロンのストッキングを履く。

譯 穿尼龍絲襪。

05 | スニーカー【sneakers】
㊔ 球鞋，運動鞋

例 スニーカーで通勤する。

譯 穿球鞋上下班。

06 | ぞうり【草履】
㊔ 草履，草鞋

例 草履を履く。

譯 穿草鞋。

07 | ソックス【socks】
㊔ 短襪

例 ソックスを履く。

譯 穿襪子。

08 | とおす【通す】
(他五·接尾) 穿通，貫穿；滲透，透過；連續，貫徹；（把客人）讓到裡邊；一直，連續，…到底

例 そでに手を通す。

譯 把手伸進袖筒。

09 ｜ネックレス【necklace】
㊔ 項鍊

例 ネックレスをつける。

譯 戴上項鍊。

10 ｜ハイヒール【high heel】
㊔ 高跟鞋

例 ハイヒールをはく。

譯 穿高跟鞋。

11 ｜バッグ【bag】
㊔ 手提包

例 バッグに財布を入れる。

譯 把錢包放入包包裡。

12 ｜ベルト【belt】
㊔ 皮帶；(機)傳送帶；(地)地帶

例 ベルトの締め方を動画で解説する。

譯 以動畫解説繫皮帶的方式。

13 ｜ヘルメット【helmet】
㊔ 安全帽；頭盔，鋼盔

例 ヘルメットをかぶる。

譯 戴安全帽。

14 ｜マフラー【muffler】
㊔ 圍巾；(汽車等的)滅音器

例 暖かいマフラーをくれた。

譯 人家送了我暖和的圍巾。

Memo

パート
5
第五章

人体

- 人體 -

N3 ⊙ 5-1

5-1 身体、体 / 胴體、身體

01 | あたたまる【温まる】

(自五) 暖，暖和；感到心情溫暖

例 体(からだ)が温(あたた)まる。

譯 身體暖和。

02 | あたためる【暖める】

(他下一) 使溫暖；重溫，恢復

例 手(て)を暖(あたた)める。

譯 焐手取暖。

03 | うごかす【動かす】

(他五) 移動，挪動，活動；搖動，搖撼；給予影響，使其變化，感動

例 体(からだ)を動(うご)かす。

譯 活動身體。

04 | かける【掛ける】

(他下一·接尾) 坐；懸掛；蓋上，放上；放在…之上；提交；澆；開動；花費；寄託；鎖上；(數學)乘

例 椅子(いす)に掛(か)ける。

譯 坐下。

05 | かた【肩】

(名) 肩，肩膀；(衣服的)肩

例 肩(かた)を揉(も)む。

譯 按摩肩膀。

06 | こし【腰】

(名·接尾) 腰；(衣服、裙子等的)腰身

例 腰(こし)が痛(いた)い。

譯 腰痛。

07 | しり【尻】

(名) 屁股，臀部；(移動物體的)後方，後面；末尾，最後；(長物的)末端

例 しりが痛(いた)くなった。

譯 屁股痛了起來。

08 | バランス【balance】

(名) 平衡，均衡，均等

例 バランスを取(と)る。

譯 保持平衡。

09 | ひふ【皮膚】

(名) 皮膚

例 冬(ふゆ)は皮膚(ひふ)が弱(よわ)くなる。

譯 皮膚在冬天比較脆弱。

10 | へそ【臍】

(名) 肚臍；物體中心突起部分

例 へそを曲(ま)げる。

譯 不聽話。

11 | ほね【骨】

㊔ 骨頭；費力氣的事

例 骨(ほね)が折(お)れる。

譯 費力氣。

12 | むける【剥ける】

自下一 剝落，脫落

例 鼻(はな)の皮(かわ)がむけた。

譯 鼻子的皮脫落了。

13 | むね【胸】

㊔ 胸部；內心

例 胸(むね)が痛(いた)む。

譯 胸痛；痛心。

14 | もむ【揉む】

他五 搓，揉；捏，按摩；(很多人)互相推擠；爭辯；(被動式型態)錘鍊，受磨練

例 肩(かた)をもんであげる。

譯 我幫你按摩肩膀。

N3 ⦿ 5-2

5-2 顔 / 臉

01 | あご【顎】

㊔ (上、下)顎；下巴

例 二重(にじゅう)あごになる。

譯 長出雙下巴。

02 | うつる【映る】

自五 映，照；顯得，映入；相配，相稱；照相，映現

例 目(め)に映(うつ)る。

譯 映入眼簾。

03 | おでこ

㊔ 凸額，額頭突出(的人)；額頭，額骨

例 おでこを出(だ)す。

譯 露出額頭。

04 | かぐ【嗅ぐ】

他五 (用鼻子)聞，嗅

例 花(はな)の香(かお)りをかぐ。

譯 聞花香。

05 | かみのけ【髪の毛】

㊔ 頭髮

例 髪(かみ)の毛(け)を切(き)る。

譯 剪髮。

06 | くちびる【唇】

㊔ 嘴唇

例 唇(くちびる)が青(あお)い。

譯 嘴唇發青。

07 | くび【首】

㊔ 頸部

例 首(くび)が痛(いた)い。

譯 脖子痛。

08 | した【舌】

㊔ 舌頭；說話；舌狀物

例 舌(した)が長(なが)い。

譯 愛說話。

09 | だまる【默る】

自五 沉默，不說話；不理，不聞不問

例 默(だま)って命令(めいれい)に従(したが)う。

譯 默默地服從命令。

10 | はなす【離す】

他五 使…離開，使…分開；隔開，拉開距離

例 目(め)を離(はな)す。

譯 轉移視線。

11 | ひたい【額】

名 前額，額頭；物體突出部分

例 額(ひたい)に汗(あせ)して働(はたら)く。

譯 汗流滿面地工作。

12 | ひょうじょう【表情】

名 表情

例 表情(ひょうじょう)が暗(くら)い。

譯 神情陰鬱。

13 | ほお【頬】

名 頰，臉蛋

例 ほおが赤(あか)い。

譯 臉蛋紅通通的。

14 | まつげ【まつ毛】

名 睫毛

例 まつ毛(げ)が抜(ぬ)ける。

譯 掉睫毛。

15 | まぶた【瞼】

名 眼瞼，眼皮

例 瞼(まぶた)を閉(と)じる。

譯 闔上眼瞼。

16 | まゆげ【眉毛】

名 眉毛

例 まゆげが長(なが)い。

譯 眉毛很長。

17 | みかける【見掛ける】

他下一 看到，看出，看見；開始看

例 彼女(かのじょ)をよく駅(えき)で見(み)かけます。

譯 經常在車站看到她。

N3 ◉ 5-3(1)

5-3 手足 (1) / 手腳 (1)

01 | あくしゅ【握手】

名·自サ 握手；和解，言和；合作，妥協；會師，會合

例 握手(あくしゅ)をする。

譯 握手合作。

02 | あしくび【足首】

名 腳踝

例 足首(あしくび)を温(あたた)める。

譯 暖和腳踝。

03 | うめる【埋める】

他下一 埋，掩埋；填補，彌補；佔滿

例 金(かね)を埋(う)める。

譯 把錢埋起來。

N3 5 人體

04 ｜おさえる【押さえる】

(他下一) 按，壓；扣住，勒住；控制，阻止；捉住；扣留；超群出眾

例 耳(みみ)を押(お)さえる。

譯 摀住耳朵。

05 ｜おやゆび【親指】

(名) (手腳的)的拇指

例 手(て)の親指(おやゆび)が痛(いた)い。

譯 手的大拇指會痛。

06 ｜かかと【踵】

(名) 腳後跟

例 踵(かかと)の高(たか)い靴(くつ)を履(は)く。

譯 穿高跟鞋。

07 ｜かく【掻く】

(他五) (用手或爪)搔，撥；拔，推；攪拌，攪和

例 頭(あたま)を掻(か)く。

譯 搔起頭來。

08 ｜くすりゆび【薬指】

(名) 無名指

例 薬指(くすりゆび)に指輪(ゆびわ)をしている。

譯 在無名指上戴戒指。

09 ｜こゆび【小指】

(名) 小指頭

例 小指(こゆび)に指輪(ゆびわ)をつける。

譯 小指戴上戒指。

10 ｜だく【抱く】

(他五) 抱；孵卵；心懷，懷抱

例 赤(あか)ちゃんを抱(だ)く。

譯 抱小嬰兒。

11 ｜たたく【叩く】

(他五) 敲，叩；打；詢問，徵求；拍，鼓掌；攻擊，駁斥；花完，用光

例 ドアをたたく。

譯 敲打門。

12 ｜つかむ【掴む】

(他五) 抓，抓住，揪住，握住；掌握到，瞭解到

例 手首(てくび)を掴(つか)んだ。

譯 抓住了手腕。

13 ｜つつむ【包む】

(他五) 包裹，打包，包上；蒙蔽，遮蔽，籠罩；藏在心中，隱瞞；包圍

例 プレゼントを包(つつ)む。

譯 包裝禮物。

14 ｜つなぐ【繋ぐ】

(他五) 拴結，繫；連起，接上；延續，維繫(生命等)

例 手(て)を繋(つな)ぐ。

譯 手牽手。

15 ｜つまさき【爪先】

(名) 腳指甲尖端

例 爪先(つまさき)で立(た)つ。

譯 用腳尖站立。

16 | つめ【爪】

㊔（人的）指甲，腳指甲；（動物的）爪；指尖；（用具的）鉤子

例 爪(つめ)を伸(の)ばす。

譯 指甲長長。

17 | てくび【手首】

㊔ 手腕

例 手首(てくび)を怪我(けが)した。

譯 手腕受傷了。

18 | てのこう【手の甲】

㊔ 手背

例 手(て)の甲(こう)にキスする。

譯 在手背上親吻。

19 | てのひら【手の平・掌】

㊔ 手掌

例 掌(てのひら)に載(の)せて持(も)つ。

譯 放在手掌上托著。

20 | なおす【直す】

他五 修理；改正；治療

例 自転車(じてんしゃ)を直(なお)す。

譯 修理腳踏車。

N3 ◉ 5-3(2)

5-3 手足 (2) / 手腳 (2)

21 | なかゆび【中指】

㊔ 中指

例 中指(なかゆび)でさすな。

譯 別用中指指人。

22 | なぐる【殴る】

他五 毆打，揍；草草了事

例 人(ひと)を殴(なぐ)る。

譯 打人。

23 | ならす【鳴らす】

他五 鳴，啼，叫；（使）出名；嘮叨；放響屁

例 鐘(かね)を鳴(な)らす。

譯 敲鐘。

24 | にぎる【握る】

他五 握，抓；握飯團或壽司；掌握，抓住；（圍棋中決定誰先下）抓棋子

例 手(て)を握(にぎ)る。

譯 握拳。

25 | ぬく【抜く】

自他五·接尾 抽出，拔去；選出，摘引；消除，排除；省去，減少；超越

例 空気(くうき)を抜(ぬ)いた。

譯 放了氣。

26 | ぬらす【濡らす】

他五 浸濕，淋濕，沾濕

例 濡(ぬ)らすと壊(こわ)れる。

譯 碰到水，就會故障。

27 | のばす【伸ばす】

他五 伸展，擴展，放長；延緩（日期），推遲；發展，發揮；擴大，增加；稀釋；打倒

例 手(て)を伸(の)ばす。

譯 伸手。

N3 5 人體

28 | はくしゅ【拍手】

(名・自サ) 拍手，鼓掌

例 拍手を送った。

譯 一起報以掌聲。

29 | はずす【外す】

(他五) 摘下，解開，取下；錯過，錯開；落後，失掉；避開，躲過

例 眼鏡を外す。

譯 摘下眼鏡。

30 | はら【腹】

(名) 肚子；心思，內心活動；心情，情緒；心胸，度量；胎內，母體內

例 腹がいっぱい。

譯 肚子很飽。

31 | ばらばら（な）

(副) 分散貌；凌亂，支離破碎的

例 時計をばらばらにする。

譯 把表拆開。

32 | ひざ【膝】

(名) 膝，膝蓋

例 膝を曲げる。

譯 曲膝。

33 | ひじ【肘】

(名) 肘，手肘

例 肘つきのいす。

譯 帶扶手的椅子。

34 | ひとさしゆび【人差し指】

(名) 食指

例 人差し指を立てる。

譯 豎起食指。

35 | ふる【振る】

(他五) 揮，搖；撒，丟；(俗)放棄，犧牲(地位等)；謝絕，拒絕；派分；在漢字上註假名；(使方向)偏於

例 手を振る。

譯 揮手。

36 | ほ・ぽ【歩】

(名・漢造) 步，步行；(距離單位)步

例 前へ、一歩進む。

譯 往前一步。

37 | まげる【曲げる】

(他下一) 彎，曲；歪，傾斜；扭曲，歪曲；改變，放棄；(當舖裡的)典當；偷，竊

例 腰を曲げる。

譯 彎腰。

38 | もも【股・腿】

(名) 股，大腿

例 腿の裏側が痛い。

譯 腿部內側會痛。

パート
6
第六章

生理

- 生理（現象）-

N3 ◉ 6-1

6-1 誕生、生命 /
誕生、生命

01 | いっしょう【一生】
㊔ 一生，終生，一輩子
例 私（わたし）は一生結婚（いっしょうけっこん）しません。
譯 終生不結婚。

02 | いのち【命】
㊔ 生命，命；壽命
例 命（いのち）が危（あぶ）ない。
譯 性命垂危。

03 | うむ【産む】
他五 生，產
例 女（おんな）の子（こ）を産（う）む。
譯 生女兒。

04 | せい【性】
名·漢造 性別；性慾；本性
例 性（せい）に目覚（めざ）める。
譯 情竇初開。

05 | せいねんがっぴ【生年月日】
㊔ 出生年月日，生日
例 生年月日（せいねんがっぴ）を書（か）く。
譯 填上出生年月日。

06 | たんじょう【誕生】
名·自サ 誕生，出生；成立，創立，創辦
例 誕生日（たんじょうび）のお祝（いわ）いをする。
譯 慶祝生日。

N3 ◉ 6-2

6-2 老い、死 /
老年、死亡

01 | おい【老い】
㊔ 老；老人
例 体（からだ）の老（お）いを感（かん）じる。
譯 感到身體衰老。

02 | こうれい【高齢】
㊔ 高齡
例 彼（かれ）は百歳（ひゃくさい）の高齢（こうれい）まで生（い）きた。
譯 他活到百歲的高齡。

03 | しご【死後】
㊔ 死後；後事
例 死後（しご）の世界（せかい）を見（み）た。
譯 看到冥界。

04 | しぼう【死亡】
名·他サ 死亡
例 事故（じこ）で死亡（しぼう）する。
譯 死於意外事故。

05 | せいぜん【生前】
㊔ 生前
例 父（ちち）が生前可愛（せいぜんかわい）がっていた猫（ねこ）がいる。
譯 有一隻貓是父親生前最喜歡的。

06 ｜なくなる【亡くなる】

自五 去世，死亡

例 おじいさんが亡(な)くなった。

譯 爺爺過世了。

N3 6-3

6-3 発育、健康 / 發育、健康

01 ｜えいよう【栄養】

名 營養

例 栄養(えいよう)が足(た)りない。

譯 營養不足。

02 ｜おきる【起きる】

自上一 (倒著的東西)起來，立起來；起床；不睡；發生

例 ずっと起(お)きている。

譯 一直都是醒著。

03 ｜おこす【起こす】

他五 扶起；叫醒；引起

例 子(こ)どもを起(お)こす。

譯 把小孩叫醒。

04 ｜けんこう【健康】

形動 健康的，健全的

例 健康(けんこう)に役立(やくだ)つ。

譯 有益健康。

05 ｜しんちょう【身長】

名 身高

例 身長(しんちょう)が伸(の)びる。

譯 長高。

06 ｜せいちょう【成長】

名·自サ (經濟、生產)成長，增長，發展；(人、動物)生長，發育

例 子供(こども)が成長(せいちょう)した。

譯 孩子長大成人了。

07 ｜せわ【世話】

名·他サ 援助，幫助；介紹，推薦；照顧，照料；俗語，常言

例 子(こ)どもの世話(せわ)をする。

譯 照顧小孩。

08 ｜そだつ【育つ】

自五 成長，長大，發育

例 元気(げんき)に育(そだ)っている。

譯 健康地成長著。

09 ｜たいじゅう【体重】

名 體重

例 体重(たいじゅう)が落(お)ちる。

譯 體重減輕。

10 ｜のびる【伸びる】

自上一 (長度等)變長，伸長；(皺摺等)伸展；擴展，到達；(勢力、才能等)擴大，增加，發展

例 背(せ)が伸(の)びる。

譯 長高了。

11 ｜はみがき【歯磨き】

名 刷牙；牙膏，牙膏粉；牙刷

例 食後(しょくご)に歯(は)みがきをする。

譯 每餐飯後刷牙。

12 | はやす【生やす】

(他五) 使生長；留(鬍子)

例 髭を生やす。

譯 留鬍鬚。

N3 ◉ 6-4

6-4 体調、体質 /
身體狀況、體質

01 | おかしい【可笑しい】

(形) 奇怪，可笑；不正常

例 胃の調子がおかしい。

譯 胃不太舒服。

02 | かゆい【痒い】

(形) 癢的

例 頭が痒い。

譯 頭部發癢。

03 | かわく【渇く】

(自五) 渴，乾渴；渴望，內心的要求

例 のどが渇く。

譯 口渴。

04 | ぐっすり

(副) 熟睡，酣睡

例 ぐっすり寝る。

譯 睡得很熟。

05 | けんさ【検査】

(名·他サ) 檢查，檢驗

例 検査に通る。

譯 通過檢查。

06 | さます【覚ます】

(他五) (從睡夢中)弄醒，喚醒；(從迷惑、錯誤中)清醒，醒酒；使清醒，使覺醒

例 目を覚ました。

譯 醒了。

07 | さめる【覚める】

(自下一) (從睡夢中)醒，醒過來；(從迷惑、錯誤、沉醉中)醒悟，清醒

例 目が覚めた。

譯 醒過來了。

08 | しゃっくり

(名·自サ) 打嗝

例 しゃっくりが出る。

譯 打嗝。

09 | たいりょく【体力】

(名) 體力

例 体力がない。

譯 沒有體力。

10 | ちょうし【調子】

(名) (音樂)調子，音調；語調，聲調，口氣；格調，風格；情況，狀況

例 体の調子が悪い。

譯 身體情況不好。

11 | つかれ【疲れ】

(名) 疲勞，疲乏，疲倦

例 疲れが出る。

譯 感到疲勞。

12 | どきどき

(副·自サ) (心臟)撲通撲通地跳，七上八下

例 心臟がどきどきする。

譯 心臟撲通撲通地跳。

13 | ぬける【抜ける】

自下一 脱落，掉落；遺漏；脱；離，離開，消失，散掉；溜走，逃脱

例 髪(かみ)がよく抜(ぬ)ける。

譯 髮絲經常掉落。

14 | ねむる【眠る】

自五 睡覺；埋藏

例 薬(くすり)で眠(ねむ)らせた。

譯 用藥讓他入睡。

15 | はったつ【発達】

名・自サ （身心）成熟，發達；擴展，進步；（機能）發達，發展

例 全身(ぜんしん)の筋肉(きんにく)が発達(はったつ)している。

譯 全身肌肉發達。

16 | へんか【変化】

名・自サ 變化，改變；（語法）變形，活用

例 変化(へんか)に強(つよ)い。

譯 很善於應變。

17 | よわまる【弱まる】

自五 變弱，衰弱

例 体(からだ)が弱(よわ)まっている。

譯 身體變弱。

N3 6-5

6-5 病気、治療 / 疾病、治療

01 | いためる【傷める・痛める】

他下一 使（身體）疼痛，損傷；使（心裡）痛苦

例 足(あし)を痛(いた)める。

譯 把腳弄痛。

02 | ウイルス【virus】

名 病毒，濾過性病毒

例 ウイルスにかかる。

譯 被病毒感染。

03 | かかる

自五 生病；遭受災難

例 病気(びょうき)にかかる。

譯 生病。

04 | さます【冷ます】

他五 冷卻，弄涼；（使熱情、興趣）降低，減低

例 熱(ねつ)を冷(さ)ます。

譯 退燒。

05 | しゅじゅつ【手術】

名・他サ 手術

例 手術(しゅじゅつ)して治(なお)す。

譯 進行手術治療。

06 | しょうじょう【症状】

名 症狀

例 どんな症状(しょうじょう)か医者(いしゃ)に説明(せつめい)する。

譯 告訴醫師有哪些症狀。

07 | じょうたい【状態】

名 狀態，情況

例 手術後(しゅじゅつご)の状態(じょうたい)はとてもいいです。

譯 手術後狀況良好。

08 | ダウン【down】

名・自他サ 下，倒下，向下，落下；下降，減退；（棒）出局；（拳擊）擊倒

例 風邪(かぜ)でダウンする。

譯 因感冒而倒下。

09 | ちりょう【治療】

(名・他サ) 治療，醫療，醫治

例 治療計画(ちりょうけいかく)が決(き)まった。

譯 決定治療計畫。

10 | なおす【治す】

(他五) 醫治，治療

例 虫歯(むしば)を治(なお)す。

譯 治療蛀牙。

11 | ぼう【防】

(漢造) 防備，防止；堤防

例 予防(よぼう)は治療(ちりょう)に勝(か)つ。

譯 預防勝於治療。

12 | ほうたい【包帯】

(名・他サ) (醫)繃帶

例 包帯(ほうたい)を換(か)える。

譯 更換包紮帶。

13 | まく【巻く】

(自五・他五) 形成漩渦；喘不上氣來；捲；纏繞；上發條；捲起；包圍；(登山)迂迴繞過險處；(連歌，俳諧)連吟

例 足(あし)に包帯(ほうたい)を巻(ま)く。

譯 腳用繃帶包紮。

14 | みる【診る】

(他上一) 診察

例 患者(かんじゃ)を診(み)る。

譯 看診。

15 | よぼう【予防】

(名・他サ) 預防

例 病気(びょうき)は予防(よぼう)が大切(たいせつ)だ。

譯 預防疾病非常重要。

6-6 体の器官の働き / 身體器官功能

01 | くさい【臭い】

(形) 臭

例 臭(くさ)い匂(にお)いがする。

譯 有臭味。

02 | けつえき【血液】

(名) 血，血液

例 血液(けつえき)を採(と)る。

譯 抽血。

03 | こぼれる【零れる】

(自下一) 灑落，流出；溢出，漾出；(花)掉落

例 涙(なみだ)が零(こぼ)れる。

譯 灑淚。

04 | さそう【誘う】

(他五) 約，邀請；勸誘，會同；誘惑，勾引；引誘，引起

例 涙(なみだ)を誘(さそ)う。

譯 引人落淚。

05 | なみだ【涙】

(名) 淚，眼淚；哭泣；同情

例 涙(なみだ)があふれる。

譯 淚如泉湧。

06 | ふくむ【含む】

(他五・自四) 含(在嘴裡)；帶有，包含；瞭解，知道；含蓄；懷(恨)；鼓起；(花)含苞

例 目(め)に涙(なみだ)を含(ふく)む。

譯 眼裡含淚。

パート
7
第七章

人物

- 人物 -

N3 ◉ 7-1

7-1 人物、老若男女 / 人物、男女老少

01 | あらわす【現す】

(他五) 現，顯現，顯露

例 彼(かれ)が姿(すがた)を現(あらわ)す。

譯 他露了臉。

02 | しょうじょ【少女】

(名) 少女，小姑娘

例 少女(しょうじょ)のころは漫画家(まんがか)を目指(めざ)していた。

譯 少女時代曾以當漫畫家為目標。

03 | しょうねん【少年】

(名) 少年

例 少年(しょうねん)の頃(ころ)に戻(もど)る。

譯 回到年少時期。

04 | せいじん【成人】

(名·自サ) 成年人；成長，(長大)成人

例 成人(せいじん)して働(はたら)きに出(で)る。

譯 長大後外出工作。

05 | せいねん【青年】

(名) 青年，年輕人

例 息子(むすこ)は立派(りっぱ)な青年(せいねん)になった。

譯 兒子成為一個優秀的好青年了。

06 | ちゅうこうねん【中高年】

(名) 中年和老年，中老年

例 中高年(ちゅうこうねん)に人気(にんき)だ。

譯 受到中高年齡層觀眾的喜愛。

07 | ちゅうねん【中年】

(名) 中年

例 中年(ちゅうねん)になった。

譯 已經是中年人了。

08 | としうえ【年上】

(名) 年長，年歲大(的人)

例 年上(としうえ)の人(ひと)に敬語(けいご)を使(つか)う。

譯 對長輩要使用敬語。

09 | としより【年寄り】

(名) 老人；(史)重臣，家老；(史)村長；(史)女管家；(相撲)退休的力士，顧問

例 お年寄(としよ)りに席(せき)を譲(ゆず)った。

譯 讓了座給長輩。

10 | ミス【Miss】

(名) 小姐，姑娘

例 ミス日本(にほん)に輝(かがや)いた。

譯 榮獲為日本小姐。

11 | めうえ【目上】

㊔ 上司；長輩

例 目上(めうえ)の人(ひと)を立(た)てる。

譯 尊敬長輩。

12 | ろうじん【老人】

㊔ 老人，老年人

例 老人(ろうじん)になる。

譯 老了。

13 | わかもの【若者】

㊔ 年輕人，青年

例 若者(わかもの)たちの間(あいだ)で有名(ゆうめい)になった。

譯 在年輕人間頗負盛名。

N3 ⊙ 7-2

7-2 いろいろな人を表すことば / 各種人物的稱呼

01 | アマチュア【amateur】

㊔ 業餘愛好者；外行

例 アマチュア選手(せんしゅ)もレベルが高(たか)い。

譯 業餘選手的水準也很高。

02 | いもうとさん【妹さん】

㊔ 妹妹，令妹（「妹」的鄭重說法）

例 妹(いもうと)さんはおいくつですか。

譯 你妹妹多大年紀？

03 | おまごさん【お孫さん】

㊔ 孫子，孫女，令孫（「孫」的鄭重說法）

例 お孫(まご)さんは何人(なんにん)いますか。

譯 您孫子（女）有幾位？

04 | か【家】

漢造 家庭；家族；專家

例 芸術家(げいじゅつか)になって食(た)べていく。

譯 當藝術家餬口過日。

05 | グループ【group】

㊔（共同行動的）集團，夥伴；組，幫，群

例 グループを作(つく)る。

譯 分組。

06 | こいびと【恋人】

㊔ 情人，意中人

例 恋人(こいびと)ができた。

譯 有了情人。

07 | こうはい【後輩】

㊔ 後來的同事，（同一學校）後班生；晚輩，後生

例 後輩(こうはい)を叱(しか)る。

譯 責罵後生晚輩。

08 | こうれいしゃ【高齢者】

㊔ 高齡者，年高者

例 高齢者(こうれいしゃ)の人数(にんずう)が増(ふ)える。

譯 高齡人口不斷增加。

09 | こじん【個人】

㊔ 個人

例 個人的(こじんてき)な問題(もんだい)になる。

譯 成為私人的問題。

10 | しじん【詩人】

㊔ 詩人

例 詩人(しじん)になる。

譯 成為詩人。

---

11 | しゃ【者】

(漢造) 者，人；(特定的)事物，場所

例 けが人(にん)はいるが､死亡者(しぼうしゃ)はいない。

譯 雖然有人受傷，但沒有人死亡。

---

12 | しゅ【手】

(漢造) 手；親手；專家；有技藝或資格的人

例 助手(じょしゅ)を呼(よ)んでくる。

譯 請助手過來。

---

13 | しゅじん【主人】

(名) 家長，一家之主；丈夫，外子；主人；東家，老闆，店主

例 お隣(となり)のご主人(しゅじん)はよく手伝(てつだ)ってくれる。

譯 鄰居的男主人經常幫我忙。

---

14 | じょ【女】

(名·漢造) (文)女兒；女人，婦女

例 かわいい少女(しょうじょ)を見(み)た。

譯 看見一位可愛的少女。

---

15 | しょくにん【職人】

(名) 工匠

例 職人(しょくにん)になる。

譯 成為工匠。

---

16 | しりあい【知り合い】

(名) 熟人，朋友

例 知(し)り合(あ)いになる。

譯 相識。

---

17 | スター【star】

(名) (影劇)明星，主角；星狀物，星

例 スーパースターになる。

譯 成為超級巨星。

---

18 | だん【団】

(漢造) 團，圓團；團體

例 団体(だんたい)で旅行(りょこう)へ行(い)く。

譯 跟團旅行。

---

19 | だんたい【団体】

(名) 團體，集體

例 団体(だんたい)で動(うご)く。

譯 團體行動。

---

20 | ちょう【長】

(名·漢造) 長，首領；長輩；長處

例 一家(いっか)の長(ちょう)として頑張(がんば)る。

譯 以身為一家之主而努力。

---

21 | どくしん【独身】

(名) 單身

例 独身(どくしん)の生活(せいかつ)を楽(たの)しむ。

譯 享受單身生活。

---

22 | どの【殿】

(接尾) (前接姓名等)表示尊重(書信用，多用於公文)

例 PTA会長殿(かいちょうどの)がお見(み)えになりました。

譯 家長教師會會長蒞臨了。

23 | ベテラン【veteran】
名 老手，內行
例 ベテラン選手(せんしゅ)がやめる。
譯 老將辭去了。

24 | ボランティア【volunteer】
名 志願者，志工
例 ボランティアで道路(どうろ)のごみ拾(ひろ)いをしている。
譯 義務撿拾馬路上的垃圾。

25 | ほんにん【本人】
名 本人
例 本人(ほんにん)が現(あらわ)れた。
譯 當事人現身了。

26 | むすこさん【息子さん】
名 (尊稱他人的)令郎
例 息子(むすこ)さんのお名前(なまえ)は。
譯 請教令郎的大名是？

27 | やぬし【家主】
名 房東，房主；戶主
例 家主(やぬし)に家賃(やちん)を払(はら)う。
譯 付房東房租。

28 | ゆうじん【友人】
名 友人，朋友
例 友人(ゆうじん)と付(つ)き合(あ)う。
譯 和友人交往。

29 | ようじ【幼児】
名 學齡前兒童，幼兒
例 幼児教育(ようじきょういく)を研究(けんきゅう)する。
譯 研究幼兒教育。

30 | ら【等】
接尾 (表示複數)們；(同類型的人或物)等
例 君(きみ)らは何年生(なんねんせい)。
譯 你們是幾年級？

31 | リーダー【leader】
名 領袖，指導者，隊長
例 登山隊(とざんたい)のリーダーになる。
譯 成為登山隊的領隊。

N3 ● 7-3

7-3 容姿 / 姿容

01 | イメージ【image】
名 影像，形象，印象
例 イメージが変(か)わった。
譯 變得跟印象中不同了。

02 | おしゃれ【お洒落】
名·形動 打扮漂亮，愛漂亮的人
例 お洒落(しゃれ)をする。
譯 打扮。

03 | かっこういい【格好いい】
連語·形 (俗)真棒，真帥，酷(口語用「かっこいい」)
例 かっこういい人(ひと)が苦手(にがて)だ。
譯 在帥哥面前我往往會不知所措。

04 | けしょう【化粧】

(名·自サ) 化妝，打扮；修飾，裝飾，裝潢

例 化粧を直す。

譯 補妝。

05 | そっくり

(形動·副) 一模一樣，極其相似；全部，完全，原封不動

例 私と母はそっくりだ。

譯 我和媽媽長得幾乎一模一樣。

06 | にあう【似合う】

(自五) 合適，相稱，調和

例 君によく似合う。

譯 很適合你。

07 | はで【派手】

(名·形動) (服裝等)鮮艷的，華麗的；(為引人注目而動作)誇張，做作

例 派手な服を着る。

譯 穿華麗的衣服。

08 | びじん【美人】

(名) 美人，美女

例 やっぱり美人は得だね。

譯 果然美女就是佔便宜。

N3 ● 7-4

7-4 態度、性格 /
態度、性格

01 | あわてる【慌てる】

(自下一) 驚慌，急急忙忙，匆忙，不穩定

例 慌てて逃げる。

譯 驚慌逃走。

02 | いじわる【意地悪】

(名·形動) 使壞，刁難，作弄

例 意地悪な人に苦しめられている。

譯 被壞心眼的人所苦。

03 | いたずら【悪戯】

(名·形動) 淘氣，惡作劇；玩笑，消遣

例 いたずらがすぎる。

譯 惡作劇過度。

04 | いらいら【苛々】

(名·副·他サ) 情緒急躁、不安；焦急，急躁

例 連絡がとれずいらいらする。

譯 聯絡不到對方焦躁不安。

05 | うっかり

(副·自サ) 不注意，不留神；發呆，茫然

例 うっかりと秘密をしゃべる。

譯 不小心把秘密說出來。

06 | おじぎ【お辞儀】

(名·自サ) 行禮，鞠躬，敬禮；客氣

例 お辞儀をする。

譯 行禮。

07 | おとなしい【大人しい】

(形) 老實，溫順；(顏色等)樸素，雅致

例 おとなしい娘がいい。

譯 我喜歡溫順的女孩。

08 | かたい【固い・硬い・堅い】

㊊ 硬的，堅固的；堅決的；生硬的；嚴謹的，頑固的；一定，包准；可靠的

例 頭が固い。

譯 死腦筋。

09 | きちんと

㊍ 整齊，乾乾淨淨；恰好，洽當；如期，準時；好好地，牢牢地

例 沢山の本をきちんと片付けた。

譯 把一堆書收拾得整整齊齊的。

10 | けいい【敬意】

㊔ 尊敬對方的心情，敬意

例 敬意を表する。

譯 表達敬意。

11 | けち

(名·形動) 吝嗇、小氣(的人)；卑賤，簡陋，心胸狹窄，不值錢

例 けちな性格になる。

譯 變成小氣的人。

12 | しょうきょくてき【消極的】

(形動) 消極的

例 消極的な態度をとる。

譯 採取消極的態度。

13 | しょうじき【正直】

(名·形動·副) 正直，老實

例 正直な人が得をする。

譯 正直的人好處多多。

14 | せいかく【性格】

㊔ (人的)性格，性情；(事物的)性質，特性

例 性格が悪い。

譯 性格惡劣。

15 | せいしつ【性質】

㊔ 性格，性情；(事物)性質，特性

例 性質がよい。

譯 性質很好。

16 | せっきょくてき【積極的】

(形動) 積極的

例 積極的に仕事を探す。

譯 積極地找工作。

17 | そっと

㊍ 悄悄地，安靜的；輕輕的；偷偷地；照原樣不動的

例 そっと教えてくれた。

譯 偷偷地告訴了我。

18 | たいど【態度】

㊔ 態度，表現；舉止，神情，作風

例 態度が悪い。

譯 態度惡劣。

19 | つう【通】

(名·形動·接尾·漢造) 精通，內行，專家；通曉人情世故，通情達理；暢通；(助數詞)封，件，紙；穿過；往返；告知；貫徹始終

例 彼は日本通だ。

譯 他是個日本通。

20 | どりょく【努力】

(名·自サ) 努力

例 努力が結果につながる。

譯 因努力而取得成果。

21 | なやむ【悩む】

(自五) 煩惱，苦惱，憂愁；感到痛苦

例 進路のことで悩んでいる。

譯 煩惱不知道以後做什麼好。

22 | にがて【苦手】

(名·形動) 棘手的人或事；不擅長的事物

例 勉強が苦手だ。

譯 不喜歡讀書。

23 | のうりょく【能力】

(名) 能力；(法)行為能力

例 能力を伸ばす。

譯 施展才能。

24 | ばか【馬鹿】

(名·接頭) 愚蠢，糊塗

例 ばかなまねはするな。

譯 別做傻事。

25 | はっきり

(副·自サ) 清楚；直接了當

例 はっきり言いすぎた。

譯 說得太露骨了。

26 | ぶり【振り】

(造語) 樣子，狀態

例 勉強振りを評価する。

譯 對學習狀況給予評價。

27 | やるき【やる気】

(名) 幹勁，想做的念頭

例 やる気はある。

譯 幹勁十足。

28 | ゆうしゅう【優秀】

(名·形動) 優秀

例 優秀な人材を得る。

譯 獲得優秀的人才。

29 | よう【様】

(造語·漢造) 樣子，方式；風格；形狀

例 彼の様子がおかしい。

譯 他的樣子有些怪異。

30 | らんぼう【乱暴】

(名·形動·自サ) 粗暴，粗魯；蠻橫，不講理；胡來，胡亂，亂打人

例 言い方が乱暴だ。

譯 說話方式很粗魯。

31 | わがまま

(名·形動) 任性，放肆，肆意

例 わがままを言う。

譯 說任性的話。

7-5 人間関係 / 人際關係

01 | あいて【相手】

㊔ 夥伴，共事者；對方，敵手；對象

例 テニスの相手(あいて)をする。

譯 做打網球的對手。

02 | あわせる【合わせる】

(他下一) 合併；核對，對照；加在一起，混合；配合，調合

例 力(ちから)を合(あ)わせる。

譯 聯手，合力。

03 | おたがい【お互い】

㊔ 彼此，互相

例 お互(たが)いに頑張(がんば)ろう。

譯 彼此加油吧！

04 | カップル【couple】

㊔ 一對，一對男女，一對情人，一對夫婦

例 お似合(にあ)いなカップルですね。

譯 真是相配的一對啊！

05 | きょうつう【共通】

(名·形動·自サ) 共同，通用

例 共通(きょうつう)の趣味(しゅみ)がある。

譯 有同樣的嗜好。

06 | きょうりょく【協力】

(名·自サ) 協力，合作，共同努力，配合

例 みんなで協力(きょうりょく)する。

譯 大家通力合作。

07 | コミュニケーション【communication】

㊔ (語言、思想、精神上的)交流，溝通；通訊，報導，信息

例 コミュニケーションを大切(たいせつ)にする。

譯 注重溝通。

08 | したしい【親しい】

㊎ (血緣)近；親近，親密；不稀奇

例 親(した)しい友達(ともだち)になる。

譯 成為密友。

09 | すれちがう【擦れ違う】

(自五) 交錯，錯過去；不一致，不吻合，互相分歧；錯車

例 彼女(かのじょ)と擦(す)れ違(ちが)った。

譯 與她擦身而過。

10 | たがい【互い】

(名·形動) 互相，彼此；雙方；彼此相同

例 互(たが)いに協力(きょうりょく)する。

譯 互相協助。

11 | たすける【助ける】

(他下一) 幫助，援助；救，救助；輔佐；救濟，資助

例 命(いのち)を助(たす)ける。

譯 救人一命。

12 | ちかづける【近付ける】

(他五) 使…接近，使…靠近

例 人(ひと)との関係(かんけい)を近(ちか)づける。

譯 與人的關係更緊密。

13 ｜ちょくせつ【直接】

(名·副·自サ) 直接

例 会(あ)って直接話(ちょくせつはな)す。

譯 見面直接談。

14 ｜つきあう【付き合う】

(自五) 交際，往來；陪伴，奉陪，應酬

例 彼女(かのじょ)と付(つ)き合(あ)う。

譯 與她交往。

15 ｜デート【date】

(名·自サ) 日期，年月日；約會，幽會

例 私(わたし)とデートする。

譯 跟我約會。

16 ｜であう【出会う】

(自五) 遇見，碰見，偶遇；約會，幽會；(顏色等)協調，相稱

例 彼女(かのじょ)に出会(であ)った。

譯 與她相遇了。

17 ｜なか【仲】

(名) 交情；(人和人之間的)聯繫

例 あの二人(ふたり)は仲(なか)がいい。

譯 那兩位交情很好。

18 ｜パートナー【partner】

(名) 伙伴，合作者，合夥人；舞伴

例 いいパートナーになる。

譯 成為很好的工作伙伴。

19 ｜はなしあう【話し合う】

(自五) 對話，談話；商量，協商，談判

例 楽(たの)しく話(はな)し合(あ)う。

譯 相談甚歡。

20 ｜みおくり【見送り】

(名) 送行；靜觀，觀望；(棒球)放著好球不打

例 盛大(せいだい)な見送(みおく)りを受(う)けた。

譯 獲得盛大的送行。

21 ｜みおくる【見送る】

(他五) 目送；送行，送別；送終；觀望，等待(機會)

例 姉(あね)を見送(みおく)る。

譯 目送姐姐。

22 ｜みかた【味方】

(名·自サ) 我方，自己的這一方；夥伴

例 いつも君(きみ)の味方(みかた)だ。

譯 我永遠站在你這邊。

パート
8
第八章

親族

- 親屬 -

01 | いったい【一体】 N3 ⊙ 8

名·副 一體，同心合力；一種體裁；根本，本來；大致上；到底，究竟

例 夫婦(ふうふ)一体(いったい)となって働(はたら)く。

譯 夫妻同心協力工作。

02 | いとこ【従兄弟・従姉妹】

名 堂表兄弟姊妹

例 従兄弟(いとこ)同士(どうし)仲(なか)がいい。

譯 堂表兄弟姊妹感情良好。

03 | け【家】

接尾 家，家族

例 将軍家(しょうぐんけ)の生活(せいかつ)を紹介(しょうかい)する。

譯 介紹將軍一家(普通指德川一家)的生活狀況。

04 | だい【代】

名·漢造 代，輩；一生，一世；代價

例 代(だい)がかわる。

譯 世代交替。

05 | ちょうじょ【長女】

名 長女，大女兒

例 長女(ちょうじょ)が生(う)まれる。

譯 長女出生。

06 | ちょうなん【長男】

名 長子，大兒子

例 長男(ちょうなん)が生(う)まれる。

譯 長男出生。

07 | ふうふ【夫婦】

名 夫婦，夫妻

例 夫婦(ふうふ)になる。

譯 成為夫妻。

08 | まご【孫】

名·造語 孫子；隔代，間接

例 孫(まご)ができた。

譯 抱孫子了。

09 | みょうじ【名字・苗字】

名 姓，姓氏

例 結婚(けっこん)して名字(みょうじ)が変(か)わる。

譯 結婚後更改姓氏。

10 | めい【姪】

名 姪女，外甥女

例 今日(きょう)は姪(めい)の誕生日(たんじょうび)だ。

譯 今天是姪子的生日。

11 | もち【持ち】

接尾 負擔，持有，持久性

例 彼(かれ)は妻子(さいし)持(も)ちだ。
譯 他有家室。

12 ｜ゆらす【揺らす】

他五 搖擺，搖動
例 揺(ゆ)りかごを揺(ゆ)らす。
譯 推晃搖籃。

13 ｜りこん【離婚】

名·自サ （法）離婚
例 二人(ふたり)は離婚(りこん)した。
譯 兩個人離婚了。

Memo

パート
9
第九章

動物

- 動物 -

01 | うし【牛】 N3 9

㊔ 牛

例 牛(うし)を飼(か)う。

譯 養牛。

02 | うま【馬】

㊔ 馬

例 馬(うま)に乗(の)る。

譯 騎馬。

03 | かう【飼う】

(他五) 飼養(動物等)

例 豚(ぶた)を飼(か)う。

譯 養豬。

04 | せいぶつ【生物】

㊔ 生物

例 生物(せいぶつ)がいる。

譯 有生物生存。

05 | とう【頭】

(接尾) (牛、馬等)頭

例 動物園(どうぶつえん)には牛(うし)が1頭(いっとう)いる。

譯 動物園有一隻牛。

06 | わ【羽】

(接尾) (數鳥或兔子)隻

例 鶏(にわとり)が1羽(いちわ)いる。

譯 有一隻雞。

パート
10
第十章

植物

- 植物 -

01 ｜さくら【桜】 N3 ◎ 10

名 (植)櫻花，櫻花樹；淡紅色

例 桜(さくら)が咲(さ)く。

譯 櫻花開了。

02 ｜そば【蕎麦】

名 蕎麥；蕎麥麵

例 蕎麦(そば)を植(う)える。

譯 種植蕎麥。

03 ｜はえる【生える】

自下一 (草，木)等生長

例 雑草(ざっそう)が生(は)えてきた。

譯 雜草長出來了。

04 ｜ひょうほん【標本】

名 標本；(統計)樣本；典型

例 植物(しょくぶつ)の標本(ひょうほん)を作(つく)る。

譯 製作植物的標本。

05 ｜ひらく【開く】

自五・他五 綻放；開，拉開

例 花(はな)が開(ひら)く。

譯 花兒綻放開來。

06 ｜フルーツ【fruits】

名 水果

例 フルーツジュースをよく飲(の)んでいる。

譯 我常喝果汁。

パート 11 第十一章 物質

- 物質 -

N3 ⊙ 11-1

11-1 物、物質 / 物、物質

01 | かがくはんのう【化学反応】

㊔ 化學反應

例 化学反応(かがくはんのう)が起(お)こる。

譯 起化學反應。

02 | こおり【氷】

㊔ 冰

例 氷(こおり)が溶(と)ける。

譯 冰融化。

03 | ダイヤモンド【diamond】

㊔ 鑽石

例 ダイヤモンドを買(か)う。

譯 買鑽石。

04 | とかす【溶かす】

(他五) 溶解，化開，溶入

例 完全(かんぜん)に溶(と)かす。

譯 完全溶解。

05 | はい【灰】

㊔ 灰

例 タバコの灰(はい)が飛(と)んできた。

譯 煙灰飄過來了。

06 | リサイクル【recycle】

(名・サ変) 回收，(廢物)再利用

例 牛乳(ぎゅうにゅう)パックをリサイクルする。

譯 回收牛奶盒。

N3 ⊙ 11-2

11-2 エネルギー、燃料 / 能源、燃料

01 | エネルギー【(徳) energie】

㊔ 能量，能源，精力，氣力

例 エネルギーが不足(ふそく)する。

譯 能源不足。

02 | かわる【替わる】

(自五) 更換，交替

例 石油(せきゆ)に替(か)わる燃料(ねんりょう)を作(つく)る。

譯 製作替代石油的燃料。

03 | けむり【煙】

㊔ 煙

例 工場(こうじょう)から煙(けむり)が出(で)ている。

譯 煙正從工廠冒出來。

04 | しげん【資源】

㊔ 資源

例 資源(しげん)が少(すく)ない。

譯 資源不足。

05 | もやす【燃やす】

(他五) 燃燒；(把某種情感)燃燒起來，激起

例 落(お)ち葉(ば)を燃(も)やす。

譯 燒落葉。

N3 ● 11-3

11-3 原料、材料 /
原料、材料

01 | あさ【麻】

(名) (植物)麻，大麻；麻紗，麻布，麻纖維

例 麻(あさ)の布(ぬの)で拭(ふ)く。

譯 用麻布擦拭。

02 | ウール【wool】

(名) 羊毛，毛線，毛織品

例 ウールのセーターを出(だ)す。

譯 取出毛料的毛衣。

03 | きれる【切れる】

(自下一) 斷；用盡

例 糸(いと)が切(き)れる。

譯 線斷掉。

04 | コットン【cotton】

(名) 棉，棉花；木棉，棉織品

例 下着(したぎ)はコットンしか着(き)られない。

譯 內衣只能穿純棉製品。

05 | しつ【質】

(名) 質量；品質，素質；質地，實質；抵押品；真誠，樸實

例 質(しつ)がいい。

譯 品質良好。

06 | シルク【silk】

(名) 絲，絲綢；生絲

例 シルクのドレスを買(か)った。

譯 買了一件絲綢的洋裝。

07 | てっこう【鉄鋼】

(名) 鋼鐵

例 鉄鋼業(てっこうぎょう)が盛(さか)んだ。

譯 鋼鐵業興盛。

08 | ビニール【vinyl】

(名) (化)乙烯基；乙烯基樹脂；塑膠

例 野菜(やさい)をビニール袋(ぶくろ)に入れた。

譯 把蔬菜放進了塑膠袋裡。

09 | プラスチック【plastic・plastics】

(名) (化)塑膠，塑料

例 プラスチック製(せい)の車(くるま)を発表(はっぴょう)する。

譯 發表塑膠製的車子。

10 | ポリエステル【polyethylene】

(名) (化學)聚乙稀，人工纖維

例 ポリエステルの服(ふく)を洗濯機(せんたくき)に入(い)れる。

譯 把人造纖維的衣服放入洗衣機。

11 | めん【綿】

(名・漢造) 棉，棉線；棉織品；綿長；詳盡；棉，棉花

例 綿(めん)のシャツを着(き)る。

譯 穿棉襯衫。

パート
12
第十二章

天体、気象

- 天體、氣象 -

N3 ⦿ 12-1

12-1 天体、気象、気候 /
天體、氣象、氣候

01 | あたる【当たる】

(自五·他五) 碰撞；擊中；合適；太陽照射；取暖， 吹(風)；接觸；(大致)位於；當…時候；(粗暴)對待

例 日が当たる。

譯 陽光照射。

02 | いじょうきしょう【異常気象】

㊔ 氣候異常

例 異常気象が続いている。

譯 氣候異常正持續著。

03 | いんりょく【引力】

㊔ 物體互相吸引的力量

例 引力が働く。

譯 引力產生作用。

04 | おんど【温度】

㊔ (空氣等)溫度，熱度

例 温度が下がる。

譯 溫度下降。

05 | くれ【暮れ】

㊔ 日暮，傍晚；季末，年末

例 日の暮れが早くなる。

譯 日落得早。

06 | しっけ【湿気】

㊔ 濕氣

例 部屋の湿気が酷い。

譯 房間濕氣非常嚴重。

07 | しつど【湿度】

㊔ 濕度

例 湿度が高い。

譯 濕度很高。

08 | たいよう【太陽】

㊔ 太陽

例 太陽の光を浴びる。

譯 沐浴在陽光下。

09 | ちきゅう【地球】

㊔ 地球

例 地球は 46 億年前に誕生した。

譯 地球誕生於四十六億年前。

10 | つゆ【梅雨】

㊔ 梅雨；梅雨季

例 梅雨が明ける。

譯 梅雨期結束。

11 | のぼる【昇る】

(自五) 上升

例 太陽が昇る。

譯 太陽升起。

12 | ふかまる【深まる】

(自五) 加深，變深

例 秋(あき)が深(ふか)まる。

譯 秋深。

13 | まっくら【真っ暗】

(名·形動) 漆黑；(前途)黯淡

例 真(ま)っ暗(くら)になる。

譯 變得漆黑。

14 | まぶしい【眩しい】

(形) 耀眼，刺眼的；華麗奪目的，鮮豔的，刺目

例 太陽(たいよう)が眩(まぶ)しかった。

譯 太陽很刺眼。

15 | むしあつい【蒸し暑い】

(形) 悶熱的

例 昼間(ひるま)は蒸(む)し暑(あつ)い。

譯 白天很悶熱。

16 | よ【夜】

(名) 夜、夜晚

例 夏(なつ)の夜(よ)は短(みじか)い。

譯 夏夜很短。

N3 ● 12-2

12-2 さまざまな自然現象 / 各種自然現象

01 | うまる【埋まる】

(自五) 被埋上；填滿，堵住；彌補，補齊

例 雪(ゆき)に埋(う)まる。

譯 被雪覆蓋住。

02 | かび

(名) 霉

例 かびが生(は)える。

譯 發霉。

03 | かわく【乾く】

(自五) 乾，乾燥

例 土(つち)が乾(かわ)く。

譯 地面乾。

04 | すいてき【水滴】

(名) 水滴；(注水研墨用的)硯水壺

例 水滴(すいてき)が落(お)ちた。

譯 水滴落下來。

05 | たえず【絶えず】

(副) 不斷地，經常地，不停地，連續

例 絶(た)えず水(みず)が流(なが)れる。

譯 水源源不絕流出。

06 | ちらす【散らす】

(他五·接尾) 把…分散開，驅散；吹散，灑散；散佈，傳播；消腫

例 火花(ひばな)を散(ち)らす。

譯 吹散煙火。

07 | ちる【散る】

(自五) 凋謝，散漫，落；離散，分散；遍佈；消腫；渙散

例 桜(さくら)が散(ち)った。

譯 櫻花飄落了。

08 | つもる【積もる】

(自五·他五) 積，堆積；累積；估計；計算；推測

例 雪(ゆき)が積(つ)もる。

譯 積雪。

09 | つよまる【強まる】

(自五) 強起來，加強，增強

例 風(かぜ)が強(つよ)まった。

譯 風勢逐漸增強。

10 | とく【溶く】

(他五) 溶解，化開，溶入

例 お湯(ゆ)に溶(と)く。

譯 用熱開水沖泡。

11 | とける【溶ける】

(自下一) 溶解，融化

例 水(みず)に溶(と)けません。

譯 不溶於水。

12 | ながす【流す】

(他五) 使流動，沖走；使漂走；流(出)；放逐；使流產；傳播；洗掉(汙垢)；不放在心上

例 水(みず)を流(なが)す。

譯 沖水。

13 | ながれる【流れる】

(自下一) 流動；漂流；飄動；傳布；流逝；流浪；(壞的)傾向；流產；作罷；偏離目標；瀰漫；降落

例 汗(あせ)が流(なが)れる。

譯 流汗。

14 | なる【鳴る】

(自五) 響，叫；聞名

例 ベルが鳴(な)る。

譯 鈴聲響起。

15 | はずれる【外れる】

(自下一) 脱落，掉下；(希望)落空，不合(道理)；離開(某一範圍)

例 ボタンが外(はず)れる。

譯 鈕釦脱落。

16 | はる【張る】

(自五·他五) 延伸，伸展；覆蓋；膨脹，負擔過重；展平，擴張；設置，布置

例 池(いけ)に氷(こおり)が張(は)る。

譯 池塘都結了一層薄冰。

17 | ひがい【被害】

(名) 受害，損失

例 被害(ひがい)がひどい。

譯 受災嚴重。

18 | まわり【回り】

(名·接尾) 轉動；走訪，巡迴；周圍；周，圈

例 火(ひ)の回(まわ)りが速(はや)い。

譯 火蔓延得快。

19 | もえる【燃える】

(自下一) 燃燒，起火；(轉)熱情洋溢，滿懷希望；(轉)顏色鮮明

例 怒(いか)りに燃(も)える。

譯 怒火中燒。

20 | やぶれる【破れる】

(自下一) 破損，損傷；破壞，破裂，被打破；失敗

例 紙(かみ)が破(やぶ)れる。

譯 紙破了。

21 | ゆれる【揺れる】

(自下一) 搖晃，搖動；躊躇

例 船(ふね)が揺(ゆ)れる。

譯 船在搖晃。

パート 13 第十三章

地理、場所

- 地理、地方 -

N3 13-1

13-1 地理 / 地理

01 | あな【穴】

名 孔，洞，窟窿；坑；穴，窩；礦井；藏匿處；缺點；虧空

例 穴(あな)に入(はい)る。

譯 鑽進洞裡。

02 | きゅうりょう【丘陵】

名 丘陵

例 丘陵(きゅうりょう)を歩(ある)く。

譯 走在山岡上。

03 | こ【湖】

接尾 湖

例 琵琶湖(びわこ)に張(は)っていた氷(こおり)が溶(と)けた。

譯 在琵琶湖面上凍結的冰層融解了。

04 | こう【港】

漢造 港口

例 神戸港(こうべこう)まで 30 分(ぷん)で着(つ)く。

譯 三十分鐘就可以抵達神戶港。

05 | こきょう【故鄉】

名 故鄉，家鄉，出生地

例 故郷(こきょう)を離(はな)れる。

譯 離開故鄉。

06 | さか【坂】

名 斜面，坡道；(比喻人生或工作的關鍵時刻)大關，陡坡

例 坂(さか)を上(のぼ)る。

譯 爬上坡。

07 | さん【山】

接尾 山；寺院，寺院的山號

例 富士山(ふじさん)に登(のぼ)る。

譯 爬富士山。

08 | しぜん【自然】

名·形動·副 自然，天然；大自然，自然界；自然地

例 自然(しぜん)が豊(ゆた)かだ。

譯 擁有豐富的自然資源。

09 | じばん【地盤】

名 地基，地面；地盤，勢力範圍

例 地盤(じばん)が強(つよ)い。

譯 地基強固。

10 | わん【湾】

名 灣，海灣

例 東京湾(とうきょうわん)にもたくさんの魚(さかな)がいる。

譯 東京灣也有很多魚。

N3 13-2

13-2 場所、空間 / 地方、空間

01 | あける【空ける】
(他下一) 倒出，空出；騰出(時間)

例 会議室(かいぎしつ)を空(あ)ける。

譯 空出會議室。

02 | くう【空】
(名·形動·漢造) 空中，空間；空虛

例 空(くう)に消(き)える。

譯 消失在空中。

03 | そこ【底】
(名) 底，底子；最低處，限度；底層，深處；邊際，極限

例 海(うみ)の底(そこ)に沈(しず)んだ。

譯 沉入海底。

04 | ちほう【地方】
(名) 地方，地區；(相對首都與大城市而言的)地方，外地

例 地方(ちほう)から全国(ぜんこく)へ広(ひろ)がる。

譯 從地方蔓延到全國。

05 | どこか
(連語) 哪裡是，豈止，非但

例 どこか暖(あたた)かい国(くに)へ行(い)きたい。

譯 想去暖活的國家。

06 | はたけ【畑】
(名) 田地，旱田；專業的領域

例 畑(はたけ)の野菜(やさい)を採(と)る。

譯 採收田裡的蔬菜。

N3 13-3

13-3 地域、範囲 / 地域、範圍

01 | あたり【辺り】
(名·造語) 附近，一帶；之類，左右

例 あたりを見回(みまわ)す。

譯 環視周圍。

02 | かこむ【囲む】
(他五) 圍上，包圍；圍攻

例 自然(しぜん)に囲(かこ)まれる。

譯 沐浴在大自然之中。

03 | かんきょう【環境】
(名) 環境

例 環境(かんきょう)が変(か)わる。

譯 環境改變。

04 | きこく【帰国】
(名·自サ) 回國，歸國；回到家鄉

例 夏(なつ)に帰国(きこく)する。

譯 夏天回國。

05 | きんじょ【近所】
(名) 附近，左近，近郊

例 近所(きんじょ)で工事(こうじ)が行(おこな)われる。

譯 這附近將會施工。

06 | コース【course】
(名) 路線，(前進的)路徑；跑道；課程，學程；程序；套餐

例 コースを変(か)える。

譯 改變路線。

07 | しゅう【州】

㊔ 大陸，州

例 州によって法律が違う。

譯 每一州的法律各自不同。

08 | しゅっしん【出身】

㊔ 出生(地)，籍貫；出身；畢業於…

例 彼女は東京の出身だ。

譯 她出生於東京。

09 | しょ【所】

(漢造) 處所，地點；特定地

例 次の場所へ行く。

譯 前往到下一個地方。

10 | しょ【諸】

(漢造) 諸

例 欧米諸国を旅行する。

譯 旅行歐美各國。

11 | せけん【世間】

㊔ 世上，社會上；世人；社會輿論；(交際活動的)範圍

例 世間を広げる。

譯 交遊廣闊。

12 | ちか【地下】

㊔ 地下；陰間；(政府或組織)地下，秘密(組織)

例 地下に眠る。

譯 沉睡在地底下。

13 | ちく【地区】

㊔ 地區

例 この地区は古い家が残っている。

譯 此地區留存著許多老房子。

14 | ちゅうしん【中心】

㊔ 中心，當中；中心，重點，焦點；中心地，中心人物

例 Aを中心とする。

譯 以A為中心。

15 | とうよう【東洋】

㊔ (地)亞洲；東洋，東方(亞洲東部和東南部的總稱)

例 東洋文化を研究する。

譯 研究東洋文化。

16 | ところどころ【所々】

㊔ 處處，各處，到處都是

例 所々に間違いがある。

譯 有些地方錯了。

17 | とし【都市】

㊔ 都市，城市

例 東京は日本で一番大きい都市だ。

譯 東京是日本最大的都市。

18 | ない【内】

(漢造) 內，裡頭；家裡；內部

例 校内で走るな。

譯 校內嚴禁奔跑。

19 | はなれる【離れる】

(自下一) 離開，分開；離去；距離，相隔；脱離(關係)，背離

例 故郷を離れる。

譯 離開家鄉。

20 | はんい【範囲】

(名) 範圍，界線

例 広い範囲に渡る。

譯 範圍遍佈極廣。

21 | ひろまる【広まる】

(自五) (範圍)擴大；傳播，遍及

例 話が広まる。

譯 事情漸漸傳開。

22 | ひろめる【広める】

(他下一) 擴大，增廣；普及，推廣；披漏，宣揚

例 知識を広める。

譯 普及知識。

23 | ぶ【部】

(名·漢造) 部分；部門；冊

例 一部の人だけが悩んでいる。

譯 只有部分的人在煩惱。

24 | ふうぞく【風俗】

(名) 風俗；服裝，打扮；社會道德

例 地方の風俗を紹介する。

譯 介紹地方的風俗。

25 | ふもと【麓】

(名) 山腳

例 富士山の麓に広がる。

譯 蔓延到富士山下。

26 | まわり【周り】

(名) 周圍，周邊

例 周りの人が驚いた。

譯 周圍的人嚇了一跳。

27 | よのなか【世の中】

(名) 人世間，社會；時代，時期；男女之情

例 世の中の動きを知る。

譯 知曉社會的變化。

28 | りょう【領】

(名·接尾·漢造) 領土；脖領；首領

例 日本領を犯す。

譯 侵犯日本領土。

N3 ◉ 13-4

13-4 方向、位置 /
方向、位置

01 | か【下】

(漢造) 下面；屬下；低下；下，降

例 上学年と下学年に分ける。

譯 分為上半學跟下半學年。

02 | かしょ【箇所】

(名·接尾) (特定的)地方；(助數詞)處

例 1箇所間違える。

譯 一個地方錯了。

03 | くだり【下り】

㊔ 下降的；東京往各地的列車

例 下(くだ)りの列車(れっしゃ)に乗(の)る。

譯 搭乘南下的列車。

04 | くだる【下る】

(自五) 下降，下去；下野，脱離公職；由中央到地方；下達；往河的下游去

例 川(かわ)を下(くだ)る。

譯 順流而下。

05 | しょうめん【正面】

㊔ 正面；對面；直接，面對面

例 建物(たてもの)の正面(しょうめん)から入(はい)る。

譯 從建築物的正面進入。

06 | しるし【印】

㊔ 記號，符號；象徵(物)，標記；徽章；(心意的)表示；紀念(品)；商標

例 大事(だいじ)な所(ところ)に印(しるし)をつける。

譯 重要處蓋上印章。

07 | すすむ【進む】

(自五·接尾) 進，前進；進步，先進；進展；升級，進級；升入，進入，到達；繼續下去

例 ゆっくりと進(すす)んだ。

譯 緩慢地前進。

08 | すすめる【進める】

(他下一) 使向前推進，使前進；推進，發展，開展；進行，舉行；提升，晉級；增進，使旺盛

例 計画(けいかく)を進(すす)める。

譯 進行計畫。

09 | ちかづく【近づく】

(自五) 臨近，靠近；接近，交往；幾乎，近似

例 目的地(もくてきち)に近付(ちかづ)く。

譯 接近目的地。

10 | つきあたり【突き当たり】

㊔ (道路的)盡頭

例 廊下(ろうか)の突(つ)き当(あ)たりまで歩(ある)く。

譯 走到走廊的盡頭。

11 | てん【点】

㊔ 點；方面；(得)分

例 その点(てん)について説明(せつめい)する。

譯 關於那一點容我進行説明。

12 | とじょう【途上】

㊔ (文)路上；中途

例 通学(つうがく)の途上(とじょう)、祖母(そぼ)に会(あ)った。

譯 去學校的途中遇到奶奶。

13 | ななめ【斜め】

(名·形動) 斜，傾斜；不一般，不同往常

例 斜(なな)めになっていた。

譯 歪了。

14 | のぼる【上る】

(自五) 進京；晉級，高昇；(數量)達到，高達

例 階段(かいだん)を上(のぼ)る。

譯 爬樓梯。

15 | はし【端】

㊔ 開端，開始；邊緣；零頭，片段；開始，盡頭

例 道(みち)の端(はし)を歩(ある)く。

譯 走在路的兩旁。

16 | ふたて【二手】

㊔ 兩路

例 二手(ふたて)に分(わ)かれる。

譯 兵分兩路。

17 | むかい【向かい】

㊔ 正對面

例 駅(えき)の向(む)かいにある。

譯 在車站的對面。

18 | むき【向き】

㊔ 方向；適合，合乎；認真，慎重其事；傾向，趨向；(該方面的)人，人們

例 向(む)きが変(か)わる。

譯 轉變方向。

19 | むく【向く】

(自五·他五) 朝，向，面；傾向，趨向；適合；面向，著

例 気(き)の向(む)くままにやる。

譯 隨心所欲地做。

20 | むける【向ける】

(自他下一) 向，朝，對；差遣，派遣；撥用，用在

例 銃(じゅう)を男(おとこ)に向(む)けた。

譯 槍指向男人。

21 | もくてきち【目的地】

㊔ 目的地

例 目的地(もくてきち)に着(つ)く。

譯 抵達目的地。

22 | よる【寄る】

(自五) 順道去…；接近

例 喫茶店(きっさてん)に寄(よ)る。

譯 順道去咖啡店。

23 | りょう【両】

(漢造) 雙，兩

例 川(かわ)の両岸(りょうぎし)に桜(さくら)が咲(さ)く。

譯 河川的兩岸櫻花綻放著。

24 | りょうがわ【両側】

㊔ 兩邊，兩側，兩方面

例 道(みち)の両側(りょうがわ)に寄(よ)せる。

譯 使靠道路兩旁。

パート 14 第十四章

施設、機関

- 設施、機關單位 -

N3 14-1

14-1 施設、機関 / 設施、機關單位

01 | かん【館】

漢造 旅館；大建築物或商店

例 博物館（はくぶつかん）を見学（けんがく）する。

譯 參觀博物館。

02 | くやくしょ【区役所】

名（東京都特別區與政令指定都市所屬的）區公所

例 区役所（くやくしょ）で働（はたら）く。

譯 在區公所工作。

03 | けいさつしょ【警察署】

名 警察署

例 警察署（けいさつしょ）に連（つ）れて行（い）かれる。

譯 被帶去警局。

04 | こうみんかん【公民館】

名（市町村等的）文化館，活動中心

例 公民館（こうみんかん）で茶道（さどう）の教室（きょうしつ）がある。

譯 公民活動中心裡設有茶道的課程。

05 | しやくしょ【市役所】

名 市政府，市政廳

例 市役所（しやくしょ）に勤（つと）めている。

譯 在市公所工作。

06 | じょう【場】

名·漢造 場，場所；場面

例 会場（かいじょう）を片付（かたづ）ける。

譯 整理會場。

07 | しょうぼうしょ【消防署】

名 消防局，消防署

例 消防署（しょうぼうしょ）に連絡（れんらく）する。

譯 聯絡消防局。

08 | にゅうこくかんりきょく【入国管理局】

名 入國管理局

例 入国管理局（にゅうこくかんりきょく）にビザを申請（しんせい）する。

譯 在入國管理局申請了簽證。

09 | ほけんじょ【保健所】

名 保健所，衛生所

例 保健所（ほけんじょ）で健康診断（けんこうしんだん）を受（う）ける。

譯 在衛生所做健康檢查。

N3 14-2

14-2 いろいろな施設 / 各種設施

01 | えん【園】

接尾 園

例 弟（おとうと）は幼稚園（ようちえん）に通（かよ）っている。

譯 弟弟上幼稚園。

02 | げきじょう【劇場】

㊔ 劇院，劇場，電影院

例 劇場(げきじょう)へ行(い)く。

譯 去劇場。

03 | じ【寺】

(漢造) 寺

例 金閣寺(きんかくじ)には金閣(きんかく)、銀閣寺(ぎんかくじ)には銀閣(ぎんかく)がある。

譯 金閣寺有金閣，銀閣寺有銀閣。

04 | はくぶつかん【博物館】

㊔ 博物館，博物院

例 博物館(はくぶつかん)を楽(たの)しむ。

譯 到博物館欣賞。

05 | ふろや【風呂屋】

㊔ 浴池，澡堂

例 風呂屋(ふろや)に行(い)く。

譯 去澡堂。

06 | ホール【hall】

㊔ 大廳；舞廳；(有舞台與觀眾席的)會場

例 新(あたら)しいホールをオープンする。

譯 新的禮堂開幕了。

07 | ほいくえん【保育園】

㊔ 幼稚園，保育園

例 2歳(さい)から保育園(ほいくえん)に行(い)く。

譯 從兩歲起就讀育幼園。

14-3 店 / 商店

01 | あつまり【集まり】

㊔ 集會，會合；收集(的情況)

例 客(きゃく)の集(あつ)まりが悪(わる)い。

譯 上門顧客不多。

02 | オープン【open】

(名·自他サ·形動) 開放，公開；無蓋，敞篷；露天，野外

例 3月(がつ)にオープンする。

譯 於三月開幕。

03 | コンビニ(エンスストア)【convenience store】

㊔ 便利商店

例 コンビニで買(か)う。

譯 在便利商店買。

04 | (じどう)けんばいき【(自動)券売機】

㊔ (門票、車票等)自動售票機

例 自動券売機(じどうけんばいき)で買(か)う。

譯 於自動販賣機購買。

05 | しょうばい【商売】

(名·自サ) 經商，買賣，生意；職業，行業

例 商売(しょうばい)がうまくいく。

譯 生意順利。

06 | チケット【ticket】

名 票，券；車票；入場券；機票

例 コンサートのチケットを買（か）う。

譯 買票。

07 | ちゅうもん【注文】

名・他サ 點餐，訂貨，訂購；希望，要求，願望

例 パスタを注文（ちゅうもん）した。

譯 點了義大利麵。

08 | バーゲンセール【bargain sale】

名 廉價出售，大拍賣

例 バーゲンセールが始（はじ）まった。

譯 開始大拍賣囉。

09 | ばいてん【売店】

名 （車站等）小賣店

例 駅（えき）の売店（ばいてん）で新聞（しんぶん）を買（か）う。

譯 在車站的小賣店買報紙。

10 | ばん【番】

名・接尾・漢造 輪班；看守，守衛；（表順序與號碼）第…號；（交替）順序，次序

例 店（みせ）の番（ばん）をする。

譯 照看店鋪。

N3 14-4

14-4 団体、会社 / 團體、公司行號

01 | かい【会】

名 會，會議，集會

例 会（かい）に入（はい）る。

譯 入會。

02 | しゃ【社】

名・漢造 公司，報社(的簡稱)；社會團體；組織；寺院

例 新聞社（しんぶんしゃ）に就職（しゅうしょく）する。

譯 在報社上班。

03 | つぶす【潰す】

他五 毀壞，弄碎；熔毀，熔化；消磨，消耗；宰殺；堵死，填滿

例 会社（かいしゃ）を潰（つぶ）す。

譯 讓公司倒閉。

04 | とうさん【倒産】

名・自サ 破產，倒閉

例 激（はげ）しい競争（きょうそう）に負（ま）けて倒産（とうさん）した。

譯 在激烈競爭裡落敗而倒閉了。

05 | ほうもん【訪問】

名・他サ 訪問，拜訪

例 会社（かいしゃ）を訪問（ほうもん）する。

譯 訪問公司。

パート
15
第十五章

交通

- 交通 -

N3 ◉ 15-1

15-1 交通、運輸 /

交通、運輸

01 | いき・ゆき【行き】

㊔ 去，往

例 東京(とうきょう)行(い)きの列車(れっしゃ)が来(き)た。

譯 開往東京的列車進站了。

02 | おろす【下ろす・降ろす】

(他五)(從高處)取下，拿下，降下，弄下；開始使用(新東西)；砍下

例 車(くるま)から荷物(にもつ)を降(お)ろす。

譯 從卡車上卸下貨。

03 | かたみち【片道】

㊔ 單程，單方面

例 片道(かたみち)の電車賃(でんしゃちん)をもらう。

譯 取得單程的電車費。

04 | けいゆ【経由】

(名·自サ) 經過，經由

例 新宿経由(しんじゅくけいゆ)で東京(とうきょう)へ行(い)く。

譯 經新宿到東京。

05 | しゃ【車】

(名·接尾·漢造) 車；(助數詞)車，輛，車廂

例 電車(でんしゃ)に乗(の)る。

譯 搭電車。

06 | じゅうたい【渋滞】

(名·自サ) 停滯不前，遲滯，阻塞

例 道(みち)が渋滞(じゅうたい)している。

譯 路上塞車。

07 | しょうとつ【衝突】

(名·自サ) 撞，衝撞，碰上；矛盾，不一致；衝突

例 車(くるま)が壁(かべ)に衝突(しょうとつ)した。

譯 車子撞上了牆壁。

08 | しんごう【信号】

(名·自サ) 信號，燈號；(鐵路、道路等的)號誌；暗號

例 信号(しんごう)が変(か)わる。

譯 燈號改變。

09 | スピード【speed】

㊔ 快速，迅速；速度

例 スピードを上(あ)げる。

譯 加速，加快。

10 | そくど【速度】

㊔ 速度

例 速度(そくど)を上(あ)げる。

譯 加快速度。

11 | ダイヤ【diamond・diagram之略】

㊔ 鑽石(「ダイヤモンド」之略稱)；列車時刻表；圖表，圖解(「ダイヤグラム」之略稱)

例 大雪でダイヤが乱れる。

譯 交通因大雪而陷入混亂。

12 | たかめる【高める】

(他下一) 提高，抬高，加高

例 安全性を高める。

譯 加強安全性。

13 | たつ【発つ】

(自五) 立，站；冒，升；離開；出發；奮起；飛，飛走

例 9時の列車で発つ。

譯 坐九點的火車離開。

14 | ちかみち【近道】

㊔ 捷徑，近路

例 学問に近道はない。

譯 學問沒有捷徑。

15 | ていきけん【定期券】

㊔ 定期車票；月票

例 定期券を申し込む。

譯 申請定期車票。

16 | ていりゅうじょ【停留所】

㊔ 公車站；電車站

例 バスの停留所で待つ。

譯 在公車站等車。

17 | とおりこす【通り越す】

(自五) 通過，越過

例 バス停を通り越す。

譯 錯過了下車的公車站牌。

18 | とおる【通る】

(自五) 經過；穿過；合格

例 左側を通る。

譯 往左側走路。

19 | とっきゅう【特急】

㊔ 火速；特急列車(「特別急行」之略稱)

例 特急で東京へたつ。

譯 坐特快車前往東京。

20 | とばす【飛ばす】

(他五・接尾) 使…飛，使飛起；(風等)吹起，吹跑；飛濺，濺起

例 バイクを飛ばす。

譯 飆摩托車。

21 | ドライブ【drive】

(名・自サ) 開車遊玩；兜風

例 ドライブに出かける。

譯 開車出去兜風。

22 | のせる【乗せる】

(他下一) 放在高處，放到…；裝載；使搭乘；使參加；騙人，誘拐；記載，刊登；合著音樂的拍子或節奏

例 子供を車に乗せる。

譯 讓小孩上車。

23 | ブレーキ【brake】
㊔ 煞車；制止，控制，潑冷水

例 ブレーキをかける。

譯 踩煞車。

24 | めんきょ【免許】
(名·他サ) (政府機關)批准，許可；許可證，執照；傳授秘訣

例 車(くるま)の免許(めんきょ)を取(と)る。

譯 考到汽車駕照。

25 | ラッシュ【rush】
㊔ (眾人往同一處)湧現；蜂擁，熱潮

例 帰省(きせい)ラッシュで込(こ)んでいる。

譯 因返鄉人潮而擁擠。

26 | ラッシュアワー【rushhour】
㊔ 尖峰時刻，擁擠時段

例 ラッシュアワーに遇(あ)う。

譯 遇上交通尖峰。

27 | ロケット【rocket】
㊔ 火箭發動機；(軍)火箭彈；狼煙火箭

例 ロケットで飛(と)ぶ。

譯 乘火箭飛行。

N3 ● 15-2

15-2 鉄道、船、飛行機 /
鐵路、船隻、飛機

01 | かいさつぐち【改札口】
㊔ (火車站等)剪票口

例 改札口(かいさつぐち)を出(で)る。

譯 出剪票口。

02 | かいそく【快速】
(名·形動) 快速，高速度

例 快速電車(かいそくでんしゃ)に乗(の)る。

譯 搭乘快速電車。

03 | かくえきていしゃ【各駅停車】
㊔ 指電車各站都停車，普通車

例 各駅停車(かくえきていしゃ)の電車(でんしゃ)に乗(の)る。

譯 搭乘各站停車的列車。

04 | きゅうこう【急行】
(名·自サ) 急忙前往，急趕；急行列車

例 急行(きゅうこう)に乗(の)る。

譯 搭急行電車。

05 | こむ【込む・混む】
(自五·接尾) 擁擠，混雜；費事，精緻，複雜；表進入的意思；表深入或持續到極限

例 電車(でんしゃ)が込(こ)む。

譯 電車擁擠。

06 | こんざつ【混雑】
(名·自サ) 混亂，混雜，混染

例 混雑(こんざつ)を避(さ)ける。

譯 避免混亂。

07 | ジェットき【jet 機】
㊔ 噴氣式飛機，噴射機

例 ジェット機(き)に乗(の)る。

譯 乘坐噴射機。

08 | しんかんせん【新幹線】

㊔ 日本鐵道新幹線

例 新幹線に乗る。

譯 搭新幹線。

09 | つなげる【繋げる】

(他五) 連接，維繫

例 船を港に繋げる。

譯 把船綁在港口。

10 | とくべつきゅうこう【特別急行】

㊔ 特別快車，特快車

例 特別急行が遅れた。

譯 特快車誤點了。

11 | のぼり【上り】

㊔（「のぼる」的名詞形）登上，攀登；上坡（路）；上行列車（從地方往首都方向的列車）；進京

例 上り電車が到着した。

譯 上行的電車已抵達。

12 | のりかえ【乗り換え】

㊔ 換乘，改乘，改搭

例 次の駅で乗り換える。

譯 在下一站轉乘。

13 | のりこし【乗り越し】

(名・自サ)（車）坐過站

例 乗り越した分を払う。

譯 支付坐過站的份。

14 | ふみきり【踏切】

㊔（鐵路的）平交道，道口；（轉）決心

例 踏切を渡る。

譯 過平交道。

15 | プラットホーム【platform】

㊔ 月台

例 プラットホームを出る。

譯 走出月台。

16 | ホーム【platform 之略】

㊔ 月台

例 ホームから手を振る。

譯 在月台招手。

17 | まにあう【間に合う】

(自五) 來得及，趕得上；夠用

例 終電に間に合う。

譯 趕上末班車。

18 | むかえ【迎え】

㊔ 迎接；去迎接的人；接，請

例 空港まで迎えに行く。

譯 迎接機。

19 | れっしゃ【列車】

㊔ 列車，火車

例 列車が着く。

譯 列車到站。

15-3 自動車、道路 / 汽車、道路

01 | かわる【代わる】

(自五) 代替，代理，代理

例 運転(うんてん)を代(か)わる。

譯 交替駕駛。

02 | つむ【積む】

(自五・他五) 累積，堆積；裝載；積蓄，積累

例 トラックに積(つ)んだ。

譯 裝到卡車上。

03 | どうろ【道路】

(名) 道路

例 道路(どうろ)が混雑(こんざつ)する。

譯 道路擁擠。

04 | とおり【通り】

(名) 大街，馬路；通行，流通

例 広(ひろ)い通(とお)りに出(で)る。

譯 走到大馬路。

05 | バイク【bike】

(名) 腳踏車；摩托車（「モーターバイク」之略稱）

例 バイクで旅行(りょこう)したい。

譯 想騎機車旅行。

06 | バン【van】

(名) 大篷貨車

例 新型(しんがた)のバンがほしい。

譯 想要有一台新型貨車。

07 | ぶつける

(他下一) 扔，投；碰，撞，(偶然)碰上，遇上；正當，恰逢；衝突，矛盾

例 車(くるま)をぶつける。

譯 撞上了車。

08 | レンタル【rental】

(名・サ変) 出租，出賃；租金

例 車(くるま)をレンタルする。

譯 租車。

パート
16
第十六章

通信、報道

- 通訊、報導 -

N3 ◉ 16-1

16-1 通信、電話、郵便 /
通訊、電話、郵件

01 | あてな【宛名】

㊔ 收信(件)人的姓名住址

例 手紙(てがみ)の宛名(あてな)を書(か)く。

譯 寫收件人姓名。

02 | インターネット【internet】

㊔ 網路

例 インターネットに繋(つな)がる。

譯 連接網路。

03 | かきとめ【書留】

㊔ 掛號郵件

例 書留(かきとめ)で郵送(ゆうそう)する。

譯 用掛號信郵寄。

04 | こうくうびん【航空便】

㊔ 航空郵件；空運

例 航空便(こうくうびん)で送(おく)る。

譯 用空運運送。

05 | こづつみ【小包】

㊔ 小包裹；包裹

例 小包(こづつみ)を出(だ)す。

譯 寄包裹。

06 | そくたつ【速達】

(名·自他サ) 快速信件

例 速達(そくたつ)で送(おく)る。

譯 寄快遞。

07 | たくはいびん【宅配便】

㊔ 宅急便

例 宅配便(たくはいびん)が届(とど)く。

譯 收到宅配包裹。

08 | つうじる・つうずる【通じる・通ずる】

(自上一・他上一) 通；通到，通往；通曉，精通；明白，理解；使…通；在整個期間內

例 電話(でんわ)が通(つう)じる。

譯 通電話。

09 | つながる【繋がる】

(自五) 相連，連接，聯繫；(人)排隊，排列；有(血緣、親屬)關係，牽連

例 電話(でんわ)が繋(つな)がった。

譯 電話接通了。

10 | とどく【届く】

(自五) 及，達到；(送東西)到達；周到；達到(希望)

例 手紙(てがみ)が届(とど)いた。

譯 收到信。

11 | ふなびん【船便】

㊔ 船運

例 船便(ふなびん)で送(おく)る。

譯 用船運過去。

12 | やりとり【やり取り】

(名·他サ) 交換，互換，授受

例 手紙(てがみ)のやり取(と)りをする。

譯 書信來往。

13 | ゆうそう【郵送】

(名·他サ) 郵寄

例 原稿(げんこう)を郵送(ゆうそう)する。

譯 郵寄稿件。

14 | ゆうびん【郵便】

㊔ 郵政；郵件

例 郵便(ゆうびん)が来(く)る。

譯 寄來郵件。

N3 ⊙ 16-2

16-2 伝達、通知、情報 / 傳達、告知、信息

01 | アンケート【(法) enquête】

㊔ (以同樣內容對多數人的)問卷調查，民意測驗

例 アンケートをとる。

譯 問卷調查。

02 | こうこく【広告】

(名·他サ) 廣告；作廣告，廣告宣傳

例 広告(こうこく)を出(だ)す。

譯 拍廣告。

03 | しらせ【知らせ】

㊔ 通知；預兆，前兆

例 知(し)らせが来(き)た。

譯 通知送來了。

04 | せんでん【宣伝】

(名·自他サ) 宣傳，廣告；吹噓，鼓吹，誇大其詞

例 製品(せいひん)を宣伝(せんでん)する。

譯 宣傳產品。

05 | のせる【載せる】

(他下一) 放在…上，放在高處；裝載，裝運；納入，使參加；欺騙；刊登，刊載

例 新聞(しんぶん)に公告(こうこく)を載(の)せる。

譯 在報上刊登廣告。

06 | はやる【流行る】

(自五) 流行，時興；興旺，時運佳

例 ヨガダイエットが流行(はや)っている。

譯 流行瑜珈減肥。

07 | ふきゅう【普及】

(名·自サ) 普及

例 テレビが普及(ふきゅう)している。

譯 電視普及。

08 | ブログ【blog】

㊔ 部落格

例 ブログを作(つく)る。

譯 架設部落格。

09 | ホームページ【homepage】

㊔ 網站，網站首頁

例 ホームページを作る。

譯 架設網站。

10 | よせる【寄せる】

(自下一・他下一) 靠近，移近；聚集，匯集，集中；加；投靠，寄身

例 意見をお寄せください。

譯 集中大家的意見。

N3 ⊙ 16-3

16-3 報道、放送 / 報導、廣播

01 | アナウンス【announce】

(名・他サ) 廣播；報告；通知

例 選手の名前をアナウンスする。

譯 廣播選手的名字。

02 | インタビュー【interview】

(名・自サ) 會面，接見；訪問，採訪

例 インタビューを始める。

譯 開始採訪。

03 | きじ【記事】

㊔ 報導，記事

例 新聞記事に載る。

譯 報導刊登在報上。

04 | じょうほう【情報】

㊔ 情報，信息

例 情報を得る。

譯 獲得情報。

05 | スポーツちゅうけい【スポーツ中継】

㊔ 體育(競賽)直播，轉播

例 スポーツ中継を見た。

譯 看了現場直播的運動比賽。

06 | ちょうかん【朝刊】

㊔ 早報

例 毎朝朝刊を読む。

譯 每天早上讀早報。

07 | テレビばんぐみ【television 番組】

㊔ 電視節目

例 テレビ番組を録画する。

譯 錄下電視節目。

08 | ドキュメンタリー【documentary】

㊔ 紀錄，紀實；紀錄片

例 ドキュメンタリー映画が作られていた。

譯 拍攝成紀錄片。

09 | マスコミ【mass communication 之略】

㊔ (透過報紙、廣告、電視或電影等向群眾進行的)大規模宣傳；媒體(「マスコミュニケーション」之略稱)

例 マスコミに追われている。

譯 蜂擁而上的採訪媒體。

10 | ゆうかん【夕刊】

㊔ 晚報

例 夕刊を取る。

譯 訂閱晚報。

パート
17
第十七章

スポーツ

- 體育運動 -

N3 ◎ 17-1

17-1 スポーツ / 體育運動

01 | オリンピック【Olympics】
㊔ 奥林匹克
例 オリンピックに出(で)る。
譯 參加奧運。

02 | きろく【記録】
(名・他サ) 記錄，記載，(體育比賽的)紀錄
例 記録(きろく)をとる。
譯 做記錄。

03 | しょうひ【消費】
(名・他サ) 消費，耗費
例 カロリーを消費(しょうひ)する。
譯 消耗卡路理。

04 | スキー【ski】
㊔ 滑雪；滑雪橇，滑雪板
例 スキーに行(い)く。
譯 去滑雪。

05 | チーム【team】
㊔ 組，團隊；(體育)隊
例 チームを作(つく)る。
譯 組織團隊。

06 | とぶ【跳ぶ】
(自五) 跳，跳起；跳過(順序、號碼等)
例 跳(と)び箱(ばこ)を跳(と)ぶ。
譯 跳過跳箱。

07 | トレーニング【training】
(名・他サ) 訓練，練習
例 週(しゅう)二(ふつ)日(か)トレーニングをしている。
譯 每週鍛鍊身體兩次。

08 | バレエ【ballet】
㊔ 芭蕾舞
例 バレエを習(なら)う。
譯 學習芭蕾舞。

N3 ◎ 17-2

17-2 試合 / 比賽

01 | あらそう【争う】
(他五) 爭奪；爭辯；奮鬥，對抗，競爭
例 相手(あいて)チームと1位(いちい)を争(あらそ)う。
譯 與競爭隊伍爭奪冠軍。

02 | おうえん【応援】
(名・他サ) 援助，支援；聲援，助威
例 試合(しあい)を応援(おうえん)する。
譯 為比賽加油。

03 | かち【勝ち】

㊔ 勝利

例 勝(か)ちを得(え)る。

譯 獲勝。

04 | かつやく【活躍】

(名·自サ) 活躍

例 試合(しあい)で活躍(かつやく)する。

譯 在比賽中很活躍。

05 | かんぜん【完全】

(名·形動) 完全，完整；完美，圓滿

例 完全(かんぜん)な勝利(しょうり)を信(しん)じる。

譯 相信將能得到完美的獲勝。

06 | きん【金】

(名·漢造) 黃金，金子；金錢

例 金(きん)メダルを取(と)る。

譯 獲得金牌。

07 | しょう【勝】

(漢造) 勝利；名勝

例 勝利(しょうり)を得(え)た。

譯 獲勝。

08 | たい【対】

(名·漢造) 對比，對方；同等，對等；相對，相向；(比賽)比；面對

例 3対(たい)1で、白組(しろぐみ)の勝(か)ちだ。

譯 以三比一的結果由白隊獲勝。

09 | はげしい【激しい】

㊊ 激烈，劇烈；(程度上)很高，厲害；熱烈

例 競争(きょうそう)が激(はげ)しい。

譯 競爭激烈。

N3 ● 17-3

17-3 球技、陸上競技 /
球類、田徑賽

01 | ける【蹴る】

(他五) 踢；沖破(浪等)；拒絕，駁回

例 ボールを蹴(け)る。

譯 踢球。

02 | たま【球】

㊔ 球

例 球(たま)を打(う)つ。

譯 打球。

03 | トラック【track】

㊔ (操場、運動場、賽馬場的)跑道

例 トラックを1周(いっしゅう)する。

譯 繞跑道跑一圈。

04 | ボール【ball】

㊔ 球；(棒球)壞球

例 サッカーボールを追(お)いかける。

譯 追足球。

05 | ラケット【racket】

㊔ (網球、乒乓球等的)球拍

例 ラケットを張(は)りかえた。

譯 重換網球拍。

パート 18 第十八章

趣味、娯楽

- 愛好、嗜好、娛樂 -

01 | アニメ【animation】 N3 ◉ 18

㊔ 卡通，動畫片

例 アニメが放送（ほうそう）される。

譯 播映卡通。

02 | かるた【carta・歌留多】

㊔ 紙牌；寫有日本和歌的紙牌

例 歌留多（かるた）で遊（あそ）ぶ。

譯 玩日本紙牌。

03 | かんこう【観光】

名・他サ 觀光，遊覽，旅遊

例 観光（かんこう）の名所（めいしょ）を紹介（しょうかい）する。

譯 介紹觀光勝地。

04 | クイズ【quiz】

㊔ 回答比賽，猜謎；考試

例 クイズ番組（ばんぐみ）に参加（さんか）する。

譯 參加益智節目。

05 | くじ【籤】

㊔ 籤；抽籤

例 籤（くじ）で決（き）める。

譯 用抽籤方式決定。

06 | ゲーム【game】

㊔ 遊戲，娛樂；比賽

例 ゲームで負（ま）ける。

譯 遊戲比賽比輸。

07 | ドラマ【drama】

㊔ 劇；連戲劇；戲劇；劇本；戲劇文學；（轉）戲劇性的事件

例 大河（たいが）ドラマを放送（ほうそう）する。

譯 播放大河劇。

08 | トランプ【trump】

㊔ 撲克牌

例 トランプを切（き）る。

譯 洗牌。

09 | ハイキング【hiking】

㊔ 健行，遠足

例 鎌倉（かまくら）へハイキングに行（い）く。

譯 到鐮倉去健行。

10 | はく・ぱく【泊】

接尾 宿，過夜；停泊

例 京都（きょうと）に1泊（いっぱく）する。

譯 在京都住一晚。

11 | バラエティー【variety】

㊔ 多樣化，豐富多變；綜藝節目（「バラエティーショー」之略稱）

例 バラエティーに富（と）んだ。

譯 豐富多樣。

12 | ピクニック【picnic】

㊔ 郊遊，野餐

例 ピクニックに行（い）く。

譯 去野餐。

パート 19 第十九章

芸術

\- 藝術 -

N3 19-1

19-1 芸術、絵画、彫刻 / 藝術、繪畫、雕刻

01 | えがく【描く】

(他五) 畫，描繪；以…為形式，描寫；想像

例 人物（じんぶつ）を描（えが）く。

譯 畫人物。

02 | かい【会】

(接尾) …會

例 展覧会（てんらんかい）が終（お）わる。

譯 展覽會結束。

03 | げいじゅつ【芸術】

(名) 藝術

例 芸術（げいじゅつ）がわからない。

譯 不懂藝術。

04 | さくひん【作品】

(名) 製成品；(藝術)作品，(特指文藝方面)創作

例 作品（さくひん）に題（だい）をつける。

譯 取作品的名稱。

05 | し【詩】

(名·漢造) 詩，詩歌

例 詩（し）を作（つく）る。

譯 作詩。

06 | しゅつじょう【出場】

(名·自サ) (參加比賽)上場，入場；出站，走出場

例 コンクールに出場（しゅつじょう）する。

譯 參加比賽。

07 | デザイン【design】

(名·自他サ) 設計(圖)；(製作)圖案

例 制服（せいふく）をデザインする。

譯 設計制服。

08 | びじゅつ【美術】

(名) 美術

例 美術（びじゅつ）の研究（けんきゅう）を深（ふか）める。

譯 深入研究美術。

N3 19-2

19-2 音楽 / 音樂

01 | えんか【演歌】

(名) 演歌(現多指日本民間特有曲調哀愁的民謠)

例 演歌歌手（えんかかしゅ）になる。

譯 成為演歌歌手。

02 | えんそう【演奏】

(名·他サ) 演奏

例 音楽（おんがく）を演奏（えんそう）する。

譯 演奏音樂。

03 | か【歌】

漢造 唱歌；歌詞

例 演歌(えんか)を歌(うた)う。

譯 唱傳統歌謠。

04 | きょく【曲】

名·漢造 曲調；歌曲；彎曲

例 歌詞(かし)に曲(きょく)をつける。

譯 為歌詞譜曲。

05 | クラシック【classic】

名 經典作品，古典作品，古典音樂；古典的

例 クラシックのレコードを聴(き)く。

譯 聽古典音樂唱片。

06 | ジャズ【jazz】

名·自サ (樂)爵士音樂

例 ジャズのレコードを集(あつ)める。

譯 收集爵士唱片。

07 | バイオリン【violin】

名 (樂)小提琴

例 バイオリンを弾(ひ)く。

譯 拉小提琴。

08 | ポップス【pops】

名 流行歌，通俗歌曲(「ポピュラーミュージック」之略稱)

例 80 年代(ねんだい)のポップスが懐(なつ)かしい。

譯 八〇年代的流行歌很叫人懷念。

19-3 演劇、舞踊、映画 / 戲劇、舞蹈、電影

01 | アクション【action】

名 行動，動作；(劇)格鬥等演技

例 アクションドラマが人気(にんき)だ。

譯 動作片很紅。

02 | エスエフ (SF)【science fiction】

名 科學幻想

例 SF 映画(えいが)を見(み)る。

譯 看科幻電影。

03 | えんげき【演劇】

名 演劇，戲劇

例 演劇(えんげき)の練習(れんしゅう)をする。

譯 排演戲劇。

04 | オペラ【opera】

名 歌劇

例 妻(つま)とオペラを観(み)る。

譯 與妻子觀看歌劇。

05 | か【化】

漢造 化學的簡稱；變化

例 小説(しょうせつ)を映画化(えいがか)する。

譯 把小說改成電影。

06 | かげき【歌劇】

名 歌劇

例 歌劇(かげき)に夢中(むちゅう)になる。

譯 沈迷於歌劇。

07 | コメディー【comedy】

㊔ 喜劇

例 コメディー映画（えいが）が好（す）きだ。

譯 喜歡看喜劇電影。

08 | ストーリー【story】

㊔ 故事，小說；(小說、劇本等的)劇情，結構

例 このドラマは俳優（はいゆう）に加（くわ）えてストーリーもいい。

譯 這部影集不但演員好，故事情節也精彩。

09 | ばめん【場面】

㊔ 場面，場所；情景，(戲劇、電影等)場景，鏡頭；市場的情況，行情

例 場面（ばめん）が変（か）わる。

譯 轉換場景。

10 | ぶたい【舞台】

㊔ 舞台；大顯身手的地方

例 舞台（ぶたい）に立（た）つ。

譯 站上舞台。

11 | ホラー【horror】

㊔ 恐怖，戰慄

例 ホラー映画（えいが）のせいで眠（ねむ）れなかった。

譯 因為恐怖電影而睡不著。

12 | ミュージカル【musical】

㊔ 音樂劇；音樂的，配樂的

例 ミュージカルが好（す）きだ。

譯 喜歡看歌舞劇。

Memo

パート 20 第二十章

数量、図形、色彩

- 數量、圖形、色彩 -

N3 20-1

20-1 数 / 數目

01 かく【各】

(接頭) 各，每人，每個，各個

例 各（かく）クラスから一人（ひとり）出（だ）してください。

譯 請每個班級選出一名。

02 かず【数】

(名) 數，數目；多數，種種

例 数（かず）が多（おお）い。

譯 數目多。

03 きすう【奇数】

(名) (數)奇數

例 奇数（きすう）を使（つか）う。

譯 使用奇數。

04 けた【桁】

(名) (房屋、橋樑的)橫樑，桁架；算盤的主柱；數字的位數

例 桁（けた）を間違（まちが）える。

譯 弄錯位數。

05 すうじ【数字】

(名) 數字；各個數字

例 数字（すうじ）で示（しめ）す。

譯 用數字表示。

06 せいすう【整数】

(名) (數)整數

例 答（こた）えは整数（せいすう）だ。

譯 答案為整數。

07 ちょう【兆】

(名·漢造) 徵兆；(數)兆

例 国（くに）の借金（しゃっきん）は 1000 兆円（ちょうえん）だ。

譯 國家的債務有1000兆圓。

08 ど【度】

(名·漢造) 尺度；程度；溫度；次數，回數；規則，規定；氣量，氣度

例 昨日（きのう）より 5 度（ど）ぐらい高（たか）い。

譯 溫度比昨天高五度。

09 ナンバー【number】

(名) 數字，號碼；(汽車等的)牌照

例 自動車（じどうしゃ）のナンバーを変更（へんこう）したい。

譯 想換汽車號碼牌。

10 パーセント【percent】

(名) 百分率

例 手数料（てすうりょう）が 3 パーセントかかる。

譯 手續費要三個百分比。

11 びょう【秒】

(名·漢造) (時間單位)秒

例 タイム を秒(びょう)まで計(はか)る。
譯 以秒計算。

12 | プラス【plus】

名·他サ (數)加號，正號；正數；有好處，利益；加(法)；陽性

例 プラスになる。
譯 有好處。

13 | マイナス【minus】

名·他サ (數)減，減法；減號，負數；負極；(溫度)零下

例 マイナスになる。
譯 變得不好。

N3 20-2

20-2 計算 / 計算

01 | あう【合う】

自五 正確，適合；一致，符合；對，準；合得來；合算

例 計算(けいさん)が合(あ)う。
譯 計算符合。

02 | イコール【equal】

名 相等；(數學)等號

例 A イコール B だ。
譯 A等於B。

03 | かけざん【掛け算】

名 乘法

例 まだ 5 歳(さい)だが掛(か)け算(ざん)もできる。
譯 雖然才五歲連乘法也會。

04 | かぞえる【数える】

他下一 數，計算；列舉，枚舉

例 羊(ひつじ)の数(かず)を 1,000 匹(びき)まで数(かぞ)えた。
譯 數羊數到了一千隻。

05 | けい【計】

名 總計，合計；計畫，計

例 1 年(いちねん)の計(けい)は春(はる)にあり。
譯 一年之計在於春。

06 | けいさん【計算】

名·他サ 計算，演算；估計，算計，考慮

例 計算(けいさん)が早(はや)い。
譯 計算得快。

07 | ししゃごにゅう【四捨五入】

名·他サ 四捨五入

例 小数点第三位(しょうすうてんだいさんい)を四捨五入(ししゃごにゅう)する。
譯 四捨五入取到小數點後第二位。

08 | しょうすう【小数】

名 (數)小數

例 小数点以下(しょうすうてんいか)は、四捨五入(ししゃごにゅう)する。
譯 小數點以下，要四捨五入。

09 | しょうすうてん【小数点】

名 小數點

例 小数点以下(しょうすうてんいか)は、書(か)かなくてもいい。
譯 小數點以下的數字可以不必寫出來。

10 | たしざん【足し算】

㊔ 加法，加算

た　ざん　きょうざい　さつ
例 足し算の教材を 10 冊やる。

譯 做了十本加法的教材。

11 | でんたく【電卓】

㊔ 電子計算機(「電子式卓上計算機(でんししきたくじょうけいさんき)」之略稱)

でんたく　けいさん
例 電卓で計算する。

譯 用計算機計算。

12 | ひきざん【引き算】

㊔ 減法

ひ　ざん　なら
例 引き算を習う。

譯 學習減法。

13 | ぶんすう【分数】

㊔ (數學的)分數

ぶんすう　なら
例 分数を習う。

譯 學分數。

14 | わり【割り・割】

(造語) 分配;(助數詞用)十分之一，一成;比例;得失

わり び
例 4 割引きにする。

譯 給你打了四折。

15 | わりあい【割合】

㊔ 比例;比較起來

くうき　せいぶん　わりあい　もと
例 空気の成分の割合を求める。

譯 算出空氣中的成分的比例。

16 | わりざん【割り算】

㊔ (算)除法

わ　ざん　むずか
例 割り算は難しい。

譯 除法很難。

N3 ● 20-3 (1)

20-3 量、長さ、広さ、重さなど(1) /

量、容量、長度、面積、重量等(1)

01 | あさい【浅い】

㊒ (水等)淺的;(顏色)淡的;(程度)膚淺的，少的，輕的;(時間)短的

かんが　あさ
例 考えが浅い。

譯 思慮不周到。

02 | アップ【up】

(名·他サ) 增高，提高;上傳(檔案至網路)

きゅうりょう　のぞ
例 給料アップを望む。

譯 希望提高薪水。

03 | いちどに【一度に】

㊀ 同時地，一塊地，一下子

たまご　ぎゅうにゅう　いちど　い
例 卵と牛乳を一度に入れる。

譯 蛋跟牛奶一齊下鍋。

04 | おおく【多く】

(名·副) 多數，許多;多半，大多

ひと　おお
例 人がどんどん多くなる。

譯 愈來愈多人。

05 | おく【奥】

㊔ 裡頭，深處;裡院;盡頭

おく　さかな　ほね　ひ
例 のどの奥に魚の骨が引っかかった。

譯 喉嚨深處鯁到魚刺了。

06 | かさねる【重ねる】

(他下一) 重疊堆放；再加上，蓋上；反覆，重複，屢次

例 本(ほん)を 3 冊(さつ)重(かさ)ねる。

譯 把三本書疊起來。

---

07 | きょり【距離】

(名) 距離，間隔，差距

例 距離(きょり)が遠(とお)い。

譯 距離遙遠。

---

08 | きらす【切らす】

(他五) 用盡，用光

例 名刺(めいし)を切(き)らす。

譯 名片用完。

---

09 | こ【小】

(接頭) 小，少；稍微

例 小雨(こさめ)が降(ふ)る。

譯 下小雨。

---

10 | こい【濃い】

(形) 色或味濃深；濃稠，密

例 化粧(けしょう)が濃(こ)い。

譯 化著濃妝。

---

11 | こう【高】

(名·漢造) 高；高處，高度；(地位等)高

例 高層(こうそう)ビルを建築(けんちく)する。

譯 蓋摩天大樓。

---

12 | こえる【越える・超える】

(自下一) 越過；度過；超出，超過

例 山(やま)を越(こ)える。

譯 翻過山頭。

---

13 | ごと

(接尾) (表示包含在內)一共，連同

例 リンゴを皮(かわ)ごと食(た)べる。

譯 蘋果帶皮一起吃。

---

14 | ごと【毎】

(接尾) 每

例 月(つき)ごとの支払(しはら)いになる。

譯 規定每月支付。

---

15 | さい【最】

(漢造·接頭) 最

例 学年(がくねん)で最優秀(さいゆうしゅう)の成績(せいせき)を取(と)った。

譯 得到了全學年第一名的成績。

---

16 | さまざま【様々】

(名·形動) 種種，各式各樣的，形形色色的

例 様々(さまざま)な原因(げんいん)を考(かんが)えた。

譯 想到了各種原因。

---

17 | しゅるい【種類】

(名) 種類

例 種類(しゅるい)が多(おお)い。

譯 種類繁多。

---

18 | しょ【初】

(漢造) 初，始；首次，最初

例 初級(しょきゅう)から上級(じょうきゅう)までレベルが揃(そろ)っている。

譯 從初級到高級等各種程度都有。

19 ｜しょうすう【少数】

名 少數

例 少数の意見を大事にする。

譯 尊重少數的意見。

20 ｜すくなくとも【少なくとも】

副 至少，對低，最低限度

例 少なくとも 3 時間はかかる。

譯 至少要花三個小時。

21 ｜すこしも【少しも】

副 （下接否定）一點也不，絲毫也不

例 お金には、少しも興味がない。

譯 金錢這東西，我一點都不感興趣。

22 ｜ぜん【全】

漢造 全部，完全；整個；完整無缺

例 全科目の成績が上がる。

譯 全科成績都進步。

23 ｜センチ【centimeter】

名 厘米，公分

例 1 センチ右に動かす。

譯 往右移動了一公分。

24 ｜そう【総】

漢造 總括；總覽；總，全體；全部

例 総員 50 名だ。

譯 總共有五十人。

25 ｜そく【足】

接尾・漢造 （助數詞）雙；足；足夠；添

例 靴下を 2 足買った。

譯 買了兩雙襪子。

26 ｜そろう【揃う】

自五 （成套的東西）備齊；成套；一致，（全部）一樣，整齊；（人）到齊，齊聚

例 色々な商品が揃った。

譯 各種商品一應備齊。

27 ｜そろえる【揃える】

他下一 使…備齊；使…一致；湊齊，弄齊，使成對

例 必要なものを揃える。

譯 準備好必需品。

28 ｜たてなが【縦長】

名 矩形，長形

例 縦長の封筒が多く使われている。

譯 有許多人使用長方形的信封。

29 ｜たん【短】

名・漢造 短；不足，缺點

例 LINE と Facebook、それぞれの短所は何ですか。

譯 LINE和臉書的缺點各是什麼？

30 ｜ちぢめる【縮める】

他下一 縮小，縮短，縮減；縮回，捲縮，起皺紋

例 亀が驚いて首を縮めた。

譯 烏龜受了驚嚇把頭縮了起來。

20-3 量、長さ、広さ、重さなど(2) / 量、容量、長度、面積、重量等(2)

31 つき【付き】

(接尾)(前接某些名詞)樣子；附屬

例 デザート付き(つ)の定食(ていしょく)を注文(ちゅうもん)する。

譯 點附甜點的套餐。

32 つく【付く】

(自五)附著，沾上；長，添增；跟隨；隨從，聽隨；偏坦；設有；連接著

例 ご飯粒(はんつぶ)が付(つ)く。

譯 沾到飯粒。

33 つづき【続き】

(名)接續，繼續；接續部分，下文；接連不斷

例 続(つづ)きがある。

譯 有後續。

34 つづく【続く】

(自五)繼續，延續，連續；接連發生，接連不斷；隨後發生，接著；連著，通到，與…接連；接得上，夠用；後繼，跟上；次於，居次位

例 暖(あたた)かい日(ひ)が続(つづ)いた。

譯 一連好幾天都很暖和。

35 とう【等】

(接尾)等等；(助數詞用法，計算階級或順位的單位)等(級)

例 フランス、ドイツ等(とう)の EU 諸国(しょこく)が対象(たいしょう)になる。

譯 以法、德等歐盟各國為對象。

36 トン【ton】

(名)(重量單位)噸，公噸，一千公斤

例 1万(いちまん)トンの船(ふね)が入(はい)ってきた。

譯 一萬噸的船隻開進來了。

37 なかみ【中身】

(名)裝在容器裡的內容物，內容；刀身

例 中身(なかみ)がない。

譯 沒有內容。

38 のうど【濃度】

(名)濃度

例 放射能濃度(ほうしゃのうのうど)が高(たか)い。

譯 輻射線濃度高。

39 ばい【倍】

(名・漢造・接尾)倍，加倍；(數助詞的用法)倍

例 賞金(しょうきん)を倍(ばい)にする。

譯 獎金加倍。

40 はば【幅】

(名)寬度，幅面；幅度，範圍；勢力；伸縮空間

例 幅(はば)を広(ひろ)げる。

譯 拓寬。

41 ひょうめん【表面】

(名)表面

例 表面(ひょうめん)だけ飾(かざ)る。

譯 只裝飾表面。

42 | ひろがる【広がる】

(自五) 開放，展開；(面積、規模、範圍)擴大，蔓延，傳播

例 事業(じぎょう)が広(ひろ)がる。

譯 擴大事業。

43 | ひろげる【広げる】

(他下一) 打開，展開；(面積、規模、範圍)擴張，發展

例 趣味(しゅみ)の範囲(はんい)を広(ひろ)げる。

譯 擴大嗜好的範圍。

44 | ひろさ【広さ】

(名) 寬度，幅度，廣度

例 広(ひろ)さは 3 万坪(まんつぼ)ある。

譯 有三萬坪的寬度。

45 | ぶ【無】

(接頭・漢造) 無，沒有，缺乏

例 店員(てんいん)が無愛想(ぶあいそう)で不親切(ふしんせつ)だ。

譯 店員不和氣又不親切。

46 | ふくめる【含める】

(他下一) 包含，含括；囑咐，告知，指導

例 子供(こども)を含(ふく)めて 300 人(さんびゃくにん)だ。

譯 包括小孩在內共三百人。

47 | ふそく【不足】

(名・形動・自サ) 不足，不夠，短缺；缺乏，不充分；不滿意，不平

例 不足(ふそく)を補(おぎな)う。

譯 彌補不足。

48 | ふやす【増やす】

(他五) 繁殖；增加，添加

例 人手(ひとで)を増(ふ)やす。

譯 增加人手。

49 | ぶん【分】

(名・漢造) 部分；份；本分；地位

例 減(へ)った分(ぶん)を補(おぎな)う。

譯 補充減少部分。

50 | へいきん【平均】

(名・自サ・他サ) 平均；(數)平均值；平衡，均衡

例 1 月(がつ)の平均(へいきん)気温(きおん)は氷点下(ひょうてんか)だ。

譯 一月的平均氣溫在冰點以下。

51 | へらす【減らす】

(他五) 減，減少；削減，縮減；空(腹)

例 体重(たいじゅう)を減(へ)らす。

譯 減輕體重。

52 | へる【減る】

(自五) 減，減少；磨損；(肚子)餓

例 収入(しゅうにゅう)が減(へ)る。

譯 收入減少。

53 | ほんの

(連體) 不過，僅僅，一點點

例 ほんの少(すこ)し残(のこ)っている。

譯 只有留下一點點。

54 | ますます【益々】

(副) 越發，益發，更加

例 ますます強（つよ）くなる。
譯 更加強大了。

55 ｜ミリ【(法) millimetre 之略】
造語·名 毫，千分之一；毫米，公厘
例 1時間（じかん）100ミリの豪雨（ごうう）を記録（きろく）する。
譯 一小時達到下100毫米雨的記錄。

56 ｜むすう【無数】
名·形動 無數
例 無数（むすう）の星（ほし）が空（そら）に輝（かがや）いていた。
譯 有無數的星星在天空閃爍。

57 ｜めい【名】
接尾 (計算人數)名，人
例 3名一組（さんめいひとくみ）になる。
譯 三個人一組。

58 ｜やや
副 稍微，略；片刻，一會兒
例 やや短（みじか）すぎる。
譯 有點太短。

59 ｜わずか【僅か】
副·形動 (數量、程度、價值、時間等)很少，僅僅；一點也(後加否定)
例 わずかに覚（おぼ）えている。
譯 略微記得。

20-4 回数、順番 / 次數、順序

01 ｜い【位】
接尾 位；身分，地位
例 学年（がくねん）で1位（いちい）になる。
譯 年度中取得第一。

02 ｜いちれつ【一列】
名 一列，一排
例 一列（いちれつ）に並（なら）ぶ。
譯 排成一列。

03 ｜おいこす【追い越す】
他五 超過，趕過去
例 前（まえ）の人（ひと）を追（お）い越（こ）す。
譯 趕過前面的人。

04 ｜くりかえす【繰り返す】
他五 反覆，重覆
例 失敗（しっぱい）を繰（く）り返（かえ）す。
譯 重蹈覆轍。

05 ｜じゅんばん【順番】
名 輪班(的次序)，輪流，依次交替
例 順番（じゅんばん）を待（ま）つ。
譯 依序等待。

06 ｜だい【第】
漢造·接頭 順序；考試及格，錄取
例 相手（あいて）のことを第一（だいいち）に考（かんが）える。
譯 以對方為第一優先考慮。

07 | ちゃく【着】

名·接尾·漢造 到達，抵達；(計算衣服的單位)套；(記數順序或到達順序)著，名；穿衣；黏貼；沉著；著手

例 3着以内に入った。

譯 進入前三名。

08 | つぎつぎ・つぎつぎに・つぎつぎと【次々・次々に・次々と】

副 一個接一個，接二連三地，絡繹不絕的，紛紛；按著順序，依次

例 次々と事件が起こる。

譯 案件接二連三發生。

09 | トップ【top】

名 尖端；(接力賽)第一棒；領頭，率先；第一位，首位，首席

例 成績がトップまで伸びる。

譯 成績前進到第一名。

10 | ふたたび【再び】

副 再一次，又，重新

例 再びやってきた。

譯 捲土重來。

11 | れつ【列】

名·漢造 列，隊列，隊；排列；行，列，級，排

例 列に並ぶ。

譯 排成一排。

12 | れんぞく【連続】

名·他サ·自サ 連續，接連

例 3年連続黒字になる。

譯 連續了三年的盈餘。

N3 20-5

20-5 図形、模様、色彩 /
圖形、花紋、色彩

01 | かた【型】

名 模子，形，模式；樣式

例 型をとる。

譯 模壓成型。

02 | カラー【color】

名 色，彩色；(繪畫用)顏料；特色

例 カラーは白と黒がある。

譯 顏色有白的跟黑的。

03 | くろ【黒】

名 黑，黑色；犯罪，罪犯

例 黒に染める。

譯 染成黑色。

04 | さんかく【三角】

名 三角形

例 三角にする。

譯 畫成三角。

05 | しかく【四角】

名 四角形，四方形，方形

例 四角の所の数字を求める。

譯 請算出方形處的數字。

06 | しま【縞】

名 條紋，格紋，條紋布

例 縞模様（しまもよう）を描（えが）く。
譯 織出條紋。

07 | しまがら【縞柄】
㊔ 條紋花樣
例 この縞柄（しまがら）が気（き）に入（い）った。
譯 喜歡這種條紋花樣。

08 | しまもよう【縞模様】
㊔ 條紋花樣
例 縞模様（しまもよう）のシャツを持（も）つ。
譯 有條紋襯衫。

09 | じみ【地味】
形動 素氣，樸素，不華美；保守
例 色（いろ）は地味（じみ）だがデザインがいい。
譯 顏色雖樸素但設計很凸出。

10 | しょく【色】
漢造 顏色；臉色，容貌；色情；景象
例 顔色（がんしょく）を失（うしな）う。
譯 花容失色。

11 | しろ【白】
㊔ 白，皎白，白色；清白
例 雪（ゆき）で辺（あた）りは一面（いちめん）真（ま）っ白（しろ）になった。
譯 雪把這裡變成了一片純白的天地。

12 | ストライプ【strip】
㊔ 條紋；條紋布
例 制服（せいふく）は白（しろ）と青（あお）のストライプです。
譯 制服上面印有白和藍條紋圖案。

13 | ずひょう【図表】
㊔ 圖表
例 実験（じっけん）の結果（けっか）を図表（ずひょう）にする。
譯 將實驗結果以圖表呈現。

14 | ちゃいろい【茶色い】
㊎ 茶色
例 茶色（ちゃいろ）い紙（かみ）で折（お）る。
譯 用茶色的紙張摺紙。

15 | はいいろ【灰色】
㊔ 灰色
例 空（そら）が灰色（はいいろ）だ。
譯 天空是灰色的。

16 | はながら【花柄】
㊔ 花的圖樣
例 花柄（はながら）のワンピースに合（あ）う。
譯 跟有花紋圖樣的連身洋裝很搭配。

17 | はなもよう【花模様】
㊔ 花的圖樣
例 花模様（はなもよう）のハンカチを取（と）り出（だ）した。
譯 取出綴有花樣的手帕。

18 | ピンク【pink】
㊔ 桃紅色，粉紅色；桃色
例 ピンク色（いろ）のセーターを貸（か）す。
譯 借出粉紅色的毛衣。

19 | まじる【混じる・交じる】

㉂五 夾雜，混雜；加入，交往，交際

例 色々な色が混じっている。

譯 加入各種顏色。

20 | まっくろ【真っ黒】

名·形動 漆黑，烏黑

例 日差しで真っ黒になった。

譯 被太陽晒得黑黑的。

21 | まっさお【真っ青】

名·形動 蔚藍，深藍；(臉色)蒼白

例 真っ青な顔をしている。

譯 變成鐵青的臉。

22 | まっしろ【真っ白】

名·形動 雪白，淨白，皓白

例 頭の中が真っ白になる。

譯 腦中一片空白。

23 | まっしろい【真っ白い】

形 雪白的，淨白的，皓白的

例 真っ白い雪が降ってきた。

譯 下起雪白的雪來了。

24 | まる【丸】

名·造語·接頭·接尾 圓形，球狀；句點；完全

例 丸を書く。

譯 畫圈圈。

25 | みずたまもよう【水玉模様】

名 小圓點圖案

例 水玉模様の洋服がかわいらしい。

譯 圓點圖案的衣服可愛極了。

26 | むじ【無地】

名 素色

例 ワイシャツは無地がいい。

譯 襯衫以素色的為佳。

27 | むらさき【紫】

名 紫，紫色；醬油；紫丁香

例 好みの色は紫です。

譯 喜歡紫色。

パート
21
第二十一章

教育

- 教育 -

N3
21
教育

N3 21-1

21-1 教育、学習 /
教育、學習

01 | おしえ【教え】
㊔ 教導，指教，教誨；教義
例 先生(せんせい)の教(おし)えを守(まも)る。
譯 謹守老師的教誨。

---

02 | おそわる【教わる】
(他五) 受教，跟…學習
例 パソコンの使(つか)い方(かた)を教(おそ)わる。
譯 學習電腦的操作方式。

---

03 | か【科】
(名·漢造) （大專院校）科系；（區分種類）科
例 英文科(えいぶんか)だから英語(えいご)を勉強(べんきょう)する。
譯 因為是英文系所以讀英語。

---

04 | かがく【化学】
㊔ 化學
例 化学(かがく)を知(し)る。
譯 認識化學。

---

05 | かていか【家庭科】
㊔ （學校學科之一）家事，家政
例 家庭科(かていか)を学(まな)ぶ。
譯 學家政課。

---

06 | きほん【基本】
㊔ 基本，基礎，根本
例 基本(きほん)をゼロから学(まな)ぶ。
譯 學習基礎東西。

---

07 | きほんてき(な)【基本的(な)】
(形動) 基本的
例 基本的(きほんてき)な単語(たんご)から教(おし)える。
譯 教授基本單字。

---

08 | きょう【教】
(漢造) 教，教導；宗教
例 仏教(ぶっきょう)が伝(つた)わる。
譯 佛教流傳。

---

09 | きょうかしょ【教科書】
㊔ 教科書，教材
例 歴史(れきし)の教科書(きょうかしょ)を使(つか)う。
譯 使用歷史教科書。

---

10 | こうか【効果】
㊔ 效果，成效，成績；（劇）效果
例 効果(こうか)が上(あ)がる。
譯 效果提升。

11 | こうみん【公民】

㊔ 公民

例 公民(こうみん)の授業(じゅぎょう)で政治(せいじ)を学(まな)んだ。

譯 在公民課上學了政治。

12 | さんすう【算数】

㊔ 算數，初等數學；計算數量

例 算数(さんすう)が苦手(にがて)だ。

譯 不擅長算數。

13 | しかく【資格】

㊔ 資格，身份；水準

例 資格(しかく)を持(も)つ。

譯 擁有資格。

14 | どくしょ【読書】

(名·自サ) 讀書

例 読書(どくしょ)だけで人(ひと)は変(か)わる。

譯 光是讀書就能改變人生。

15 | ぶつり【物理】

㊔ (文)事物的道理；物理(學)

例 物理(ぶつり)に強(つよ)い。

譯 物理學科很強。

16 | ほけんたいいく【保健体育】

㊔ (國高中學科之一)保健體育

例 保健体育(ほけんたいいく)の授業(じゅぎょう)を見学(けんがく)する。

譯 參觀健康體育課。

17 | マスター【master】

(名·他サ) 老闆；精通

例 日本語(にほんご)をマスターしたい。

譯 我想精通日語。

18 | りか【理科】

㊔ 理科(自然科學的學科總稱)

例 理科系(りかけい)に進(すす)むつもりだ。

譯 準備考理科。

19 | りゅうがく【留学】

(名·自サ) 留學

例 アメリカに留学(りゅうがく)する。

譯 去美國留學。

N3 ◉ 21-2

21-2 学校 /
學校

01 | がくれき【学歴】

㊔ 學歷

例 学歴(がくれき)が高(たか)い。

譯 學歷高。

02 | こう【校】

(漢造) 學校；校對；(軍銜)校；學校

例 校則(こうそく)を守(まも)る。

譯 遵守校規。

03 | ごうかく【合格】

(名·自サ) 及格；合格

例 試験(しけん)に合格(ごうかく)する。

譯 考試及格。

04 | しょうがくせい【小学生】

㊔ 小學生

例 小学生(しょうがくせい)になる。
譯 上小學。

05 | しん【新】
(名·漢造) 新；剛收穫的；新曆
例 新学期(しんがっき)が始(はじ)まった。
譯 新學期開始了。

06 | しんがく【進学】
(名·自サ) 升學；進修學問
例 大学(だいがく)に進学(しんがく)する。
譯 念大學。

07 | しんがくりつ【進学率】
(名) 升學率
例 あの高校(こうこう)は進学率(しんがくりつ)が高(たか)い。
譯 那所高中升學率很高。

08 | せんもんがっこう【専門学校】
(名) 專科學校
例 専門学校(せんもんがっこう)に行(い)く。
譯 進入專科學校就讀。

09 | たいがく【退学】
(名·自サ) 退學
例 退学(たいがく)して仕事(しごと)を探(さが)す。
譯 退學後去找工作。

10 | だいがくいん【大学院】
(名) (大學的)研究所
例 大学院(だいがくいん)に進(すす)む。
譯 進研究所唸書。

11 | たんきだいがく【短期大学】
(名) (兩年或三年制的)短期大學
例 短期大学(たんきだいがく)で勉強(べんきょう)する。
譯 在短期大學裡就讀。

12 | ちゅうがく【中学】
(名) 中學，初中
例 中学生(ちゅうがくせい)になった。
譯 上了國中。

N3 ● 21-3

21-3 学生生活 / 學生生活

01 | うつす【写す】
(他五) 抄襲，抄寫：照相；摹寫
例 ノートを写(うつ)す。
譯 抄寫筆記。

02 | か【課】
(名·漢造) (教材的)課；課業；(公司等)課，科
例 第(だい)3課(さんか)を練習(れんしゅう)する。
譯 練習第三課。

03 | かきとり【書き取り】
(名·自サ) 抄寫，記錄； 聽寫，默寫
例 書(か)き取(と)りのテストを行(おこな)う。
譯 進行聽寫測驗。

04 | かだい【課題】
(名) 提出的題目；課題，任務
例 課題(かだい)を解決(かいけつ)する。
譯 解決課題。

05 | かわる【換わる】

(自五) 更換，更替

例 教室が換わる。

譯 換教室。

06 | クラスメート【classmate】

(名) 同班同學

例 クラスメートに会う。

譯 與同班同學見面。

07 | けっせき【欠席】

(名·自サ) 缺席

例 授業を欠席する。

譯 上課缺席。

08 | さい【祭】

(漢造) 祭祀，祭禮；節日，節日的狂歡

例 文化祭が行われる。

譯 舉辦文化祭。

09 | ざいがく【在学】

(名·自サ) 在校學習，上學

例 在学中のことを思い出す。

譯 想起求學時的種種。

10 | じかんめ【時間目】

(接尾) 第…小時

例 2時間目の授業を受ける。

譯 上第二節課。

11 | チャイム【chime】

(名) 組鐘；門鈴

例 チャイムが鳴った。

譯 鈴聲響了。

12 | てんすう【点数】

(名) (評分的)分數

例 読解の点数はまあまあだった。

譯 閱讀理解項目的分數還算可以。

13 | とどける【届ける】

(他下一) 送達；送交；報告

例 忘れ物を届ける。

譯 把遺失物送回來。

14 | ねんせい【年生】

(接尾) …年級生

例 3年生に上がる。

譯 升為三年級。

15 | もん【問】

(接尾) (計算問題數量)題

例 5問のうち4問は正解だ。

譯 五題中對四題。

16 | らくだい【落第】

(名·自サ) 不及格，落榜，沒考中；留級

例 彼は落第した。

譯 他落榜了。

パート
22
第二十二章

行事、一生の出来事

- 儀式活動、一輩子會遇到的事情 -

01 | いわう【祝う】 N3 ◎ 22

(他五) 祝賀，慶祝；祝福；送賀禮；致賀詞

例 成人（せいじん）を祝（いわ）う。

譯 慶祝長大成人。

02 | きせい【帰省】

(名·自サ) 歸省，回家（省親），探親

例 お正月（しょうがつ）に帰省（きせい）する。

譯 元月新年回家探親。

03 | クリスマス【christmas】

(名) 聖誕節

例 メリークリスマス。

譯 聖誕節快樂！

04 | まつり【祭り】

(名) 祭祀；祭日，廟會祭典

例 お祭（まつ）りを楽（たの）しむ。

譯 觀賞節日活動。

05 | まねく【招く】

(他五) （搖手、點頭）招呼；招待，宴請；招聘，聘請；招惹，招致

例 パーティーに招（まね）かれた。

譯 受邀參加派對。

パート 23 第二十三章

道具

- 工具 -

N3 ⦿ 23-1(1)

23-1 道具 (1) / 工具 (1)

01 | おたまじゃくし【お玉杓子】

㊔ 圓杓，湯杓；蝌蚪

例 お玉（たま）じゃくしを持（も）つ。

譯 拿湯杓。

02 | かん【缶】

㊔ 罐子

例 缶詰（かんづめ）にする。

譯 做成罐頭。

03 | かんづめ【缶詰】

㊔ 罐頭；關起來，隔離起來；擁擠的狀態

例 缶詰（かんづめ）を開（あ）ける。

譯 打開罐頭。

04 | くし【櫛】

㊔ 梳子

例 櫛（くし）を髪（かみ）に挿（さ）す。

譯 頭髮插上梳子。

05 | こくばん【黒板】

㊔ 黑板

例 黒板（こくばん）を拭（ふ）く。

譯 擦黑板。

06 | ゴム【(荷) gom】

㊔ 樹膠，橡皮，橡膠

例 輪（わ）ゴムで結（むす）んでください。

譯 請用橡皮筋綁起來。

07 | ささる【刺さる】

自五 刺在…在，扎進，刺入

例 布団（ふとん）に針（はり）が刺（さ）さっている。

譯 被子有針插著。

08 | しゃもじ【杓文字】

㊔ 杓子，飯杓

例 しゃもじにご飯（はん）がついている。

譯 飯匙上沾著飯。

09 | しゅうり【修理】

名・他サ 修理，修繕

例 車（くるま）を修理（しゅうり）する。

譯 修繕車子。

10 | せいのう【性能】

㊔ 性能，機能，效能

例 性能（せいのう）が悪（わる）い。

譯 性能不好。

11 | せいひん【製品】

㊔ 製品，產品

例 製品のデザインを決める。
譯 決定把新產品的設計定案。

12 | せんざい【洗剤】
㊔ 洗滌劑，洗衣粉(精)
例 洗剤で洗う。
譯 用洗滌劑清洗。

13 | タオル【towel】
㊔ 毛巾；毛巾布
例 タオルを洗う。
譯 洗毛巾。

14 | ちゅうかなべ【中華なべ】
㊔ 中華鍋(炒菜用的中式淺底鍋)
例 中華なべで野菜を炒める。
譯 用中式淺底鍋炒菜。

15 | でんち【電池】
㊔ (理)電池
例 電池がいる。
譯 需要電池。

16 | テント【tent】
㊔ 帳篷
例 テントを張る。
譯 搭帳篷。

17 | なべ【鍋】
㊔ 鍋子；火鍋
例 鍋で野菜を炒める。
譯 用鍋炒菜。

18 | のこぎり【鋸】
㊔ 鋸子
例 のこぎりで板を引く。
譯 用鋸子鋸木板。

19 | はぐるま【歯車】
㊔ 齒輪
例 機械の歯車に油を差した。
譯 往機器的齒輪裡注了油。

20 | はた【旗】
㊔ 旗，旗幟；(佛)幡
例 旗をかかげる。
譯 掛上旗子。

N3 ◉ 23-1(2)

23-1 道具 (2) /
工具 (2)

21 | ひも【紐】
㊔ (布、皮革等的)細繩，帶
例 靴ひもを結ぶ。
譯 繫鞋帶。

22 | ファスナー【fastener】
㊔ (提包、皮包與衣服上的)拉鍊
例 ファスナーがついている。
譯 有附拉鍊。

23 | ふくろ・～ぶくろ【袋】
㊔ 袋子；口袋：囊
例 袋に入れる。
譯 裝入袋子。

24 | ふた【蓋】

㊔（瓶、箱、鍋等）的蓋子；（貝類的）蓋

例 蓋(ふた)をする。

譯 蓋上。

25 | ぶつ【物】

（名·漢造）大人物；物，東西

例 危険物(きけんぶつ)の持(も)ち込(こ)みはやめましょう。

譯 請勿帶入危險物品。

26 | フライがえし【fry 返し】

㊔（把平底鍋裡煎的東西翻面的用具）鍋鏟

例 使(つか)いやすいフライ返(がえ)しを選(えら)ぶ。

譯 選擇好用的炒菜鏟。

27 | フライパン【frypan】

㊔ 平底鍋

例 フライパンで焼(や)く。

譯 用平底鍋烤。

28 | ペンキ【（荷）pek】

㊔ 油漆

例 ペンキが乾(かわ)いた。

譯 油漆乾了。

29 | ベンチ【bench】

㊔ 長凳，長椅；（棒球）教練、選手席

例 ベンチに腰掛(こしか)ける。

譯 坐到長椅上。

30 | ほうちょう【包丁】

㊔ 菜刀；廚師；烹調手藝

例 包丁(ほうちょう)で切(き)る。

譯 用菜刀切。

31 | マイク【mike】

㊔ 麥克風

例 マイクを通(つう)じて話(はな)す。

譯 透過麥克風說話。

32 | まないた【まな板】

㊔ 切菜板

例 まな板(いた)の上(うえ)で野菜(やさい)を切(き)る。

譯 在砧板切菜。

33 | ゆのみ【湯飲み】

㊔ 茶杯，茶碗

例 湯飲(ゆの)み茶碗(ちゃわん)を手(て)に入(い)れる。

譯 得到茶杯。

34 | ライター【lighter】

㊔ 打火機

例 ライターで火(ひ)をつける。

譯 用打火機點火。

35 | ラベル【label】

㊔ 標籤，籤條

例 金額(きんがく)のラベルを張(は)る。

譯 貼上金額標籤。

36 | リボン【ribbon】

㊔ 緞帶，絲帶；髮帶；蝴蝶結

例 リボンを付(つ)ける。

譯 繫上緞帶。

37 | レインコート【raincoat】

㊔ 雨衣

例 レインコートを忘(わす)れた。

譯 忘了帶雨衣。

38 | ロボット【robot】

㊔ 機器人；自動裝置；傀儡

例 家事(かじ)をしてくれるロボットが人気(にんき)だ。

譯 會幫忙做家事的機器人很受歡迎。

39 | わん【椀・碗】

㊔ 碗，木碗；(計算數量)碗

例 一碗(いちわん)のお茶(ちゃ)を頂(いただ)く。

譯 喝一碗茶。

N3 ● 23-2

23-2 家具、工具、文房具 / 傢俱、工作器具、文具

01 | アイロン【iron】

㊔ 熨斗、烙鐵

例 アイロンをかける。

譯 用熨斗燙。

02 | アルバム【album】

㊔ 相簿，記念冊

例 スマホの写真(しゃしん)でアルバムを作(つく)る。

譯 把手機裡的照片編作相簿。

03 | インキ【ink】

㊔ 墨水

例 万年筆(まんねんひつ)のインキがなくなる。

譯 鋼筆的墨水用完。

04 | インク【ink】

㊔ 墨水，油墨(也寫作「インキ」)

例 インクをつける。

譯 醮墨水。

05 | エアコン【air conditioning】

㊔ 空調；溫度調節器

例 エアコンつきの部屋(へや)を探(さが)す。

譯 找附有冷氣的房子。

06 | カード【card】

㊔ 卡片；撲克牌

例 カードを切(き)る。

譯 洗牌。

07 | カーペット【carpet】

㊔ 地毯

例 カーペットにコーヒーをこぼした。

譯 把咖啡灑到地毯上了。

08 | かぐ【家具】

㊔ 家具

例 家具(かぐ)を置(お)く。

譯 放家具。

09 | かでんせいひん【家電製品】

㊔ 家用電器

例 家電製品(かでんせいひん)を安全(あんぜん)に使(つか)う。

譯 安全使用家電用品。

10 | かなづち【金槌】

㊔ 釘錘，榔頭；旱鴨子

例 金槌(かなづち)で釘(くぎ)を打(う)つ。

譯 用榔頭敲打釘子。

11 | き【機】

(名·接尾·漢造) 機器；時機；飛機；(助數詞用法)架

例 洗濯機(せんたくき)が壊(こわ)れた。

譯 洗衣機壞了。

12 | クーラー【cooler】

㊔ 冷氣設備

例 クーラーをつける。

譯 開冷氣。

13 | さす【指す】

(他五) 指，指示；使，叫，令，命令做…

例 時計(とけい)が２時(じ)を指(さ)している。

譯 時鐘指著兩點。

14 | じゅうたん【絨毯】

㊔ 地毯

例 絨毯(じゅうたん)を織(お)ってみた。

譯 試著編地毯。

15 | じょうぎ【定規】

㊔ (木工使用)尺，規尺；標準

例 定規(じょうぎ)で線(せん)を引(ひ)く。

譯 用尺畫線。

16 | しょっきだな【食器棚】

㊔ 餐具櫃，碗廚

例 食器棚(しょっきだな)に皿(さら)を置(お)く。

譯 把盤子放入餐具櫃裡。

17 | すいはんき【炊飯器】

㊔ 電子鍋

例 炊飯器(すいはんき)でご飯(はん)を炊(た)く。

譯 用電鍋煮飯。

18 | せき【席】

(名·漢造) 席，坐墊；席位，坐位

例 席(せき)を譲(ゆず)る。

譯 讓座。

19 | せともの【瀬戸物】

㊔ 陶瓷品

例 瀬戸物(せともの)の茶碗(ちゃわん)を大事(だいじ)にしている。

譯 非常珍惜陶瓷碗。

20 | せんたくき【洗濯機】

㊔ 洗衣機

例 洗濯機(せんたくき)で洗(あら)う。

譯 用洗衣機洗。

21 | せんぷうき【扇風機】

㊔ 風扇，電扇

例 扇風機(せんぷうき)を止(と)める。

譯 關上電扇。

22 | そうじき【掃除機】

㊔ 除塵機，吸塵器

例 掃除機(そうじき)をかける。

譯 用吸塵器清掃。

23 | ソファー【sofa】

㊔ 沙發（亦可唸作「ソファ」）

例 ソファーに座(すわ)る。

譯 坐在沙發上。

24 | たんす

㊔ 衣櫥，衣櫃，五斗櫃

例 たんすにしまった。

譯 收入衣櫃裡。

25 | チョーク【chalk】

㊔ 粉筆

例 チョークで黒板(こくばん)に書(か)く。

譯 用粉筆在黑板上寫字。

26 | てちょう【手帳】

㊔ 筆記本，雜記本

例 手帳(てちょう)で予定(よてい)を確認(かくにん)する。

譯 翻看隨身記事本確認行程。

27 | でんしレンジ【電子 range】

㊔ 電子微波爐

例 電子(でんし)レンジで温(あたた)める。

譯 用微波爐加熱。

28 | トースター【toaster】

㊔ 烤麵包機

例 トースターで焼(や)く。

譯 以烤箱加熱。

29 | ドライヤー【dryer・drier】

㊔ 乾燥機，吹風機

例 ドライヤーをかける。

譯 用吹風機吹。

30 | はさみ【鋏】

㊔ 剪刀；剪票鉗

例 はさみで切(き)る。

譯 用剪刀剪。

31 | ヒーター【heater】

㊔ 電熱器，電爐；暖氣裝置

例 ヒーターをつける。

譯 裝暖氣。

32 | びんせん【便箋】

㊔ 信紙，便箋

例 かわいい便箋(びんせん)をダウンロードする。

譯 下載可愛的信紙。

33 | ぶんぼうぐ【文房具】

㊔ 文具，文房四寶

例 文房具屋(ぶんぼうぐや)さんでペンを買(か)って来(き)た。

譯 去文具店買了筆回來。

34 | まくら【枕】

㊔ 枕頭

例 枕(まくら)につく。

譯 就寢，睡覺。

35 | ミシン【sewingmachine 之略】

㊔ 縫紉機

例 ミシンで着物(きもの)を縫(ぬ)い上(あ)げる。

譯 用縫紉機縫好一件和服。

N3 23-3

23-3 容器類 /
容器類

01 | さら【皿】
㊔ 盤子；盤形物；(助數詞)一碟等

例 料理を皿に盛る。

譯 把菜放到盤子裡。

02 | すいとう【水筒】
㊔ (旅行用)水筒，水壺

例 水筒に熱いコーヒを入れる。

譯 把熱咖啡倒入水壺。

03 | びん【瓶】
㊔ 瓶，瓶子

例 瓶を壊す。

譯 打破瓶子。

04 | メモリー・メモリ【memory】
㊔ 記憶，記憶力；懷念；紀念品；(電腦)記憶體

例 メモリーが不足している。

譯 記憶體空間不足。

05 | ロッカー【locker】
㊔ (公司、機關用可上鎖的)文件櫃；(公共場所用可上鎖的)置物櫃，置物箱，櫃子

例 ロッカーに入れる。

譯 放進置物櫃裡。

N3 23-4

23-4 照明、光学機器、音響、情報機器 /
燈光照明、光學儀器、音響、信息器具

01 | CD ドライブ【CD drive】
㊔ 光碟機

例 CDドライブが開かない。

譯 光碟機沒辦法打開。

02 | DVD デッキ【DVD tape deck】
㊔ DVD 播放機

例 DVDデッキが壊れた。

譯 DVD播映機壞了。

03 | DVD ドライブ【DVD drive】
㊔ (電腦用的)DVD 機

例 DVDドライブをパソコンにつなぐ。

譯 把DVD磁碟機接上電腦。

04 | うつる【写る】
自五 照相，映顯；顯像；(穿透某物)看到

例 私の隣に写っているのは兄です。

譯 照片中站在我隔壁的是哥哥。

05 | かいちゅうでんとう【懐中電灯】
㊔ 手電筒

例 懐中電灯が必要だ。

譯 需要手電筒。

06 | カセット【cassette】
㊔ 小暗盒：(盒式)錄音磁帶，錄音帶

例 カセットに入れる。

譯 錄進錄音帶。

07 | がめん【画面】

㊔（繪畫的）畫面；照片，相片；（電影等）畫面，鏡頭

例 画面（がめん）を見（み）る。

譯 看畫面。

08 | キーボード【keyboard】

㊔（鋼琴、打字機等）鍵盤

例 キーボードを弾（ひ）く。

譯 彈鍵盤（樂器）。

09 | けいこうとう【蛍光灯】

㊔ 螢光燈，日光燈

例 蛍光灯（けいこうとう）の調子（ちょうし）が悪（わる）い。

譯 日光燈的壞了。

10 | けいたい【携帯】

名·他サ 攜帶；手機（「携帯電話（けいたいでんわ）」的簡稱）

例 携帯電話（けいたいでんわ）を持（も）つ。

譯 攜帶手機。

11 | コピー【copy】

㊔ 抄本，謄本，副本；（廣告等的）文稿

例 書類（しょるい）をコピーする。

譯 影印文件。

12 | つける【点ける】

他下一 點燃；打開（家電類）

例 クーラーをつける。

譯 開冷氣。

13 | テープ【tape】

㊔ 窄帶，線帶，布帶；卷尺；錄音帶

例 テープに録音（ろくおん）する。

譯 在錄音帶上錄音。

14 | ディスプレイ【display】

㊔ 陳列，展覽，顯示；（電腦的）顯示器

例 ディスプレイをリサイクルに出（だ）す。

譯 把顯示器送去回收。

15 | ていでん【停電】

名·自サ 停電，停止供電

例 台風（たいふう）で停電（ていでん）した。

譯 因為颱風所以停電了。

16 | デジカメ【digital camera之略】

㊔ 數位相機（「デジタルカメラ」之略稱）

例 デジカメで撮（と）った。

譯 用數位相機拍攝。

17 | デジタル【digital】

㊔ 數位的，數字的，計量的

例 デジタル製品（せいひん）を使（つか）う。

譯 使用數位電子製品。

18 | でんきスタンド【電気stand】

㊔ 檯燈

例 電気（でんき）スタンドを点（つ）ける。

譯 打開檯燈。

19 | でんきゅう【電球】

㊔ 電燈泡

例 電球（でんきゅう）が切（き）れた。

譯 電燈泡壞了。

20 | ハードディスク【hard disk】

㊔（電腦）硬碟

例 ハードディスクが壊（こわ）れた。

譯 硬碟壞了。

21 | ビデオ【video】

㊔ 影像，錄影；錄影機；錄影帶

例 ビデオを再生（さいせい）する。

譯 播放錄影帶。

22 | ファックス【fax】

(名·サ変) 傳真

例 地図（ちず）をファックスする。

譯 傳真地圖。

23 | プリンター【printer】

㊔ 印表機；印相片機

例 プリンターのインクが切（き）れた。

譯 印表機的油墨沒了。

24 | マウス【mouse】

㊔ 滑鼠；老鼠

例 マウスを移動（いどう）する。

譯 移動滑鼠。

25 | ライト【light】

㊔ 燈，光

例 ライトを点（つ）ける。

譯 點燈。

26 | ろくおん【録音】

(名·他サ) 錄音

例 彼（かれ）は録音（ろくおん）のエンジニアだ。

譯 他是錄音工程師。

27 | ろくが【録画】

(名·他サ) 錄影

例 大河（たいが）ドラマを録画（ろくが）した。

譯 錄下大河劇了。

パート
24
第二十四章

職業、仕事

- 職業、工作 -

N3 ◉ 24-1

24-1 仕事、職場 /
工作、職場

01 | オフィス【office】

㊔ 辦公室，辦事處；公司；政府機關

例 課長(かちょう)はオフィスにいる。

譯 課長在辦公室。

02 | おめにかかる【お目に掛かる】

慣 （謙讓語）見面，拜會

例 社長(しゃちょう)にお目(め)に掛(か)かりたい。

譯 想拜會社長。

03 | かたづく【片付く】

自五 收拾，整理好；得到解決，處裡好；出嫁

例 仕事(しごと)が片付(かたづ)く。

譯 做完工作。

04 | きゅうけい【休憩】

名·自サ 休息

例 休憩(きゅうけい)する暇(ひま)もない。

譯 連休息的時間也沒有。

05 | こうかん【交換】

名·他サ 交換；交易

例 名刺(めいし)を交換(こうかん)する。

譯 交換名片。

06 | ざんぎょう【残業】

名·自サ 加班

例 残業(ざんぎょう)して仕事(しごと)を片付(かたづ)ける。

譯 加班把工作做完。

07 | じしん【自信】

㊔ 自信，自信心

例 自信(じしん)を持(も)つ。

譯 有自信。

08 | しつぎょう【失業】

名·自サ 失業

例 会社(かいしゃ)が倒産(とうさん)して失業(しつぎょう)した。

譯 公司倒閉而失業了。

09 | じつりょく【実力】

㊔ 實力，實際能力

例 実力(じつりょく)がつく。

譯 具有實力。

10 | じゅう【重】

名·漢造 （文）重大；穩重；重要

例 重要(じゅうよう)な仕事(しごと)を任(まか)せられている。

譯 接下相當重要的工作。

11 | しゅうしょく【就職】

名·自サ 就職，就業，找到工作

例 日本語(にほんご)ができれば就職(しゅうしょく)に有利(ゆうり)だ。

譯 會日文對於求職將非常有利。

12 | じゅうよう【重要】

㊔名·形動 重要，要緊

例 重要な仕事をする。

譯 從事重要的工作。

13 | じょうし【上司】

㊔名 上司，上級

例 上司に確認する。

譯 跟上司確認。

14 | すます【済ます】

他五·接尾 弄完，辦完；償還，還清；對付，將就，湊合；(接在其他動詞連用形下面)表示完全成為……

例 用事を済ました。

譯 辦完事情。

15 | すませる【済ませる】

他五·接尾 弄完，辦完；償還，還清；將就，湊合

例 手続きを済ませた。

譯 辦完手續。

16 | せいこう【成功】

名·自サ 成功，成就，勝利；功成名就，成功立業

例 仕事が成功した。

譯 工作大告成功。

17 | せきにん【責任】

名 責任，職責

例 責任を持つ。

譯 負責任。

18 | たいしょく【退職】

名·自サ 退職

例 退職してゆっくり生活したい。

譯 退休後想休閒地過生活。

19 | だいひょう【代表】

名·他サ 代表

例 代表となる。

譯 作為代表。

20 | つうきん【通勤】

名·自サ 通勤，上下班

例 マイカーで通勤する。

譯 開自己的車上班。

21 | はたらき【働き】

名 勞動，工作；作用，功效；功勞，功績；功能，機能

例 妻が働きに出る。

譯 妻子外出工作。

22 | ふく【副】

名·漢造 副本，抄件；副；附帶

例 副社長が挨拶する。

譯 副社長致詞。

23 | へんこう【変更】

名·他サ 變更，更改，改變

例 計画を変更する。

譯 變更計畫。

24 | めいし【名刺】

名 名片

例 名刺を交換する。
譯 交換名片。

25 | めいれい【命令】
(名·他サ) 命令，規定；(電腦)指令
例 命令を受ける。
譯 接受命令。

26 | めんせつ【面接】
(名·自サ) (為考察人品、能力而舉行的)面試，接見，會面
例 面接を受ける。
譯 接受面試。

27 | もどり【戻り】
(名) 恢復原狀；回家；歸途
例 部長、お戻りは何時ですか。
譯 部長，幾點回來呢？

28 | やくだつ【役立つ】
(自五) 有用，有益
例 実際に会社で役立つ。
譯 實際上對公司有益。

29 | やくだてる【役立てる】
(他下一) (供)使用，使…有用
例 何とか役立てたい。
譯 我很想幫上忙。

30 | やくにたてる【役に立てる】
(慣) (供)使用，使…有用
例 社会の役に立てる。
譯 對社會有貢獻。

31 | やめる【辞める】
(他下一) 辭職；休學
例 仕事を辞める。
譯 辭掉工作。

32 | ゆうり【有利】
(形動)有利
例 免許があると仕事に有利です。
譯 持有證照對工作較有益處。

33 | れい【例】
(名·漢造) 慣例；先例；例子
例 前例がないなら、作ればいい。
譯 如果從來沒有人做過，就由我們來當開路先鋒。

34 | れいがい【例外】
(名) 例外
例 例外として扱う。
譯 特別待遇。

35 | レベル【level】
(名) 水平，水準；水平線；水平儀
例 社員のレベルが向上する。
譯 員工的水準提高。

36 | わりあて【割り当て】
(名) 分配，分擔
例 仕事の割り当てをする。
譯 分派工作。

24-2 職業、事業 (1) /
職業、事業 (1)

01 | アナウンサー【announcer】
㊔ 廣播員，播報員
例 アナウンサーになる。
譯 成為播報員。

02 | いし【医師】
㊔ 醫師，大夫
例 心(こころ)の温(あたた)かい医師(いし)になりたい。
譯 我想成為一個有人情味的醫生。

03 | ウェーター・ウェイター【waiter】
㊔ (餐廳等的)侍者，男服務員
例 ウェーターを呼(よ)ぶ。
譯 叫服務生。

04 | ウェートレス・ウェイトレス【waitress】
㊔ (餐廳等的)女侍者，女服務生
例 ウェートレスを募集(ぼしゅう)する。
譯 招募女服務生。

05 | うんてんし【運転士】
㊔ 司機；駕駛員，船員
例 運転士(うんてんし)をしている。
譯 當司機。

06 | うんてんしゅ【運転手】
㊔ 司機
例 タクシーの運転手(うんてんしゅ)が道(みち)に詳(くわ)しい。
譯 計程車司機對道路很熟悉。

07 | えきいん【駅員】
㊔ 車站工作人員，站務員
例 駅員(えきいん)に聞(き)く。
譯 詢問站務員。

08 | エンジニア【engineer】
㊔ 工程師，技師
例 エンジニアとして働(はたら)きたい。
譯 想以工程師的身份工作。

09 | おんがくか【音楽家】
㊔ 音樂家
例 音楽家(おんがくか)になる。
譯 成為音樂家。

10 | かいごし【介護士】
㊔ 專門照顧身心障礙者日常生活的專門技術人員
例 介護士(かいごし)の資格(しかく)を取(と)る。
譯 取得看護的資格。

11 | かいしゃいん【会社員】
㊔ 公司職員
例 会社員(かいしゃいん)になる。
譯 當公司職員。

12 | がか【画家】
㊔ 畫家
例 画家(がか)になる。
譯 成為畫家。

13 | かしゅ【歌手】
㊔ 歌手，歌唱家

例 歌手になりたい。
譯 我想當歌手。

14 | カメラマン【cameraman】
名 攝影師；(報社、雜誌等)攝影記者
例 アマチュアカメラマンが増える。
譯 增加許多業餘攝影師。

15 | かんごし【看護師】
名 護士，看護
例 看護師さんが優しい。
譯 護士人很和善貼心。

16 | きしゃ【記者】
名 執筆者，筆者；(新聞)記者，編輯
例 記者が質問する。
譯 記者發問。

17 | きゃくしつじょうむいん【客室乗務員】
名 (車、飛機、輪船上)服務員
例 客室乗務員になる。
譯 成為空服人員。

18 | ぎょう【業】
名·漢造 業，職業；事業；學業
例 金融業で働く。
譯 在金融業工作。

19 | きょういん【教員】
名 教師，教員
例 教員になる。
譯 當上教職員。

20 | きょうし【教師】
名 教師，老師
例 両親とも高校の教師だ。
譯 我父母都是高中老師。

21 | ぎんこういん【銀行員】
名 銀行行員
例 銀行員になる。
譯 成為銀行行員。

22 | けいえい【経営】
名·他サ 經營，管理
例 会社を経営する。
譯 經營公司。

23 | けいさつかん【警察官】
名 警察官，警官
例 警察官を騙す。
譯 欺騙警官。

24 | けんちくか【建築家】
名 建築師
例 有名な建築家が建てた。
譯 由名建築師建造。

25 | こういん【行員】
名 銀行職員
例 銃を銀行の行員に向けた。
譯 拿槍對準了銀行職員。

26 | さっか【作家】

㊔ 作家，作者，文藝工作者；藝術家，藝術工作者

例 作家が小説を書いた。

譯 作家寫了小説。

27 | さっきょくか【作曲家】

㊔ 作曲家

例 作曲家になる。

譯 成為作曲家。

28 | サラリーマン【salariedman】

㊔ 薪水階級，職員

例 サラリーマンにはなりたくない。

譯 不想從事領薪工作。

29 | じえいぎょう【自営業】

㊔ 獨立經營，獨資

例 自営業で商売する。

譯 獨資經商。

30 | しゃしょう【車掌】

㊔ 車掌，列車員

例 車掌が特急券の確認をする。

譯 乘務員來查特快票。

N3 ◉ 24-2(2)

24-2 職業、事業 (2) /
職業、事業 (2)

31 | じゅんさ【巡査】

㊔ 巡警

例 巡査に捕まえられた。

譯 被警察逮捕。

32 | じょゆう【女優】

㊔ 女演員

例 将来は女優になる。

譯 將來成為女演員。

33 | スポーツせんしゅ【sports 選手】

㊔ 運動選手

例 スポーツ選手になりたい。

譯 想成為了運動選手。

34 | せいじか【政治家】

㊔ 政治家（多半指議員）

例 どの政治家を応援しますか。

譯 你聲援哪位政治家呢？

35 | だいく【大工】

㊔ 木匠，木工

例 大工を頼む。

譯 雇用木匠。

36 | ダンサー【dancer】

㊔ 舞者；舞女；舞蹈家

例 夢はダンサーになることだ。

譯 夢想是成為一位舞者。

37 | ちょうりし【調理師】

㊔ 烹調師，廚師

例 調理師の免許を持つ。

譯 具有廚師執照。

38 | つうやく【通訳】

名·他サ 口頭翻譯，口譯；翻譯者，譯員

例 彼は通訳をしている。

譯 他在擔任口譯。

N3
24
職業、工作

39 | デザイナー【designer】

㊔（服裝、建築等）設計師，圖案家

例 デザイナーになる。

譯 成為設計師。

40 | のうか【農家】

㊔ 農民，農戶；農民的家

例 農家(のうか)で育(そだ)つ。

譯 生長在農家。

41 | パート【part time 之略】

㊔（按時計酬）打零工

例 パートに出(で)る。

譯 出外打零工。

42 | はいゆう【俳優】

㊔（男）演員

例 夢(ゆめ)は映画(えいが)俳優(はいゆう)になることだ。

譯 我的夢想是當一位電影演員。

43 | パイロット【pilot】

㊔ 領航員；飛行駕駛員；實驗性的

例 パイロットから説明(せつめい)を受(う)ける。

譯 接受飛行員的說明。

44 | ピアニスト【pianist】

㊔ 鋼琴師，鋼琴家

例 ピアニストの方(かた)が演奏(えんそう)している。

譯 鋼琴家正在演奏。

45 | ひきうける【引き受ける】

他下一 承擔，負責；照應，照料；應付，對付；繼承

例 事業(じぎょう)を引(ひ)き受(う)ける。

譯 繼承事業。

46 | びようし【美容師】

㊔ 美容師

例 人気(にんき)の美容師(びようし)を紹介(しょうかい)する。

譯 介紹極受歡迎的美髮設計師。

47 | フライトアテンダント【flight attendant】

㊔ 空服員

例 フライトアテンダントになりたい。

譯 我想當空服員。

48 | プロ【professional 之略】

㊔ 職業選手，專家

例 プロになる。

譯 成為專家。

49 | べんごし【弁護士】

㊔ 律師

例 将来(しょうらい)は弁護士(べんごし)になりたい。

譯 將來想成為律師。

50 | ほいくし【保育士】

㊔ 保育士

例 保育士(ほいくし)の資格(しかく)を取(と)る。

譯 取得幼教老師資格。

51 | ミュージシャン【musician】

㊔ 音樂家

例 ミュージシャンになった。

譯 成為音樂家了。

52 | ゆうびんきょくいん【郵便局員】

㊔ 郵局局員

例 郵便局員として働く。

譯 從事郵差先生的工作。

53 | りょうし【漁師】

㊔ 漁夫，漁民

例 漁師の仕事はきつい。

譯 漁夫的工作很累人。

N3 ◉ 24-3

24-3 家事 / 家務

01 | かたづけ【片付け】

㊔ 整理，整頓，收拾

例 部屋の片付けをする。

譯 整理房間。

02 | かたづける【片付ける】

(他下一) 收拾，打掃；解決

例 母が台所を片付ける。

譯 母親在打掃廚房。

03 | かわかす【乾かす】

(他五) 曬乾；晾乾；烤乾

例 洗濯物を乾かす。

譯 曬衣服。

04 | さいほう【裁縫】

(名·自サ) 裁縫，縫紉

例 裁縫を習う。

譯 學習縫紉。

05 | せいり【整理】

(名·他サ) 整理，收拾，整頓；清理，處理；捨棄，淘汰，裁減

例 部屋を整理する。

譯 整理房間。

06 | たたむ【畳む】

(他五) 疊，折；闔，闔上；關閉，結束；藏在心裡

例 布団を畳む。

譯 折棉被。

07 | つめる【詰める】

(他下一·自下一) 守候，值勤；不停的工作，緊張；塞進，裝入；緊挨著，緊靠著

例 ごみを袋に詰める。

譯 將垃圾裝進袋中。

08 | ぬう【縫う】

(他五) 縫，縫補；刺繡；穿過，穿行；(醫) 縫合(傷口)

例 服を縫った。

譯 縫衣服。

09 | ふく【拭く】

(他五) 擦，抹

例 雑巾で拭く。

譯 用抹布擦拭。

パート 25 第二十五章

生産、産業

- 生産、産業 -

01 | かんせい【完成】 N3 ⦿ 25

(名·自他サ) 完成

例 正月に完成の予定だ。

譯 預定正月完成。

02 | こうじ【工事】

(名·自サ) 工程，工事

例 内装工事がうるさい。

譯 室內裝修工程很吵。

03 | さん【産】

(名·漢造) 生產，分娩；(某地方)出生；財產

例 日本産の車は質がいい。

譯 日產汽車品質良好。

04 | サンプル【sample】

(名·他サ) 樣品，樣本

例 サンプルを見て作る。

譯 依照樣品來製作。

05 | しょう【商】

(名·漢造) 商，商業；商人；(數)商；商量

例 この店の商品はプロ向けだ。

譯 這家店的商品適合專業人士使用。

06 | しんぽ【進歩】

(名·自サ) 進步

例 技術が進歩する。

譯 技術進步。

07 | せいさん【生産】

(名·他サ) 生產，製造；創作(藝術品等)；生業，生計

例 米を生産する。

譯 生產米。

08 | たつ【建つ】

(自五) 蓋，建

例 新しい家が建つ。

譯 蓋新房。

09 | たてる【建てる】

(他下一) 建造，蓋

例 家を建てる。

譯 蓋房子。

10 | のうぎょう【農業】

(名) 農耕；農業

例 日本の農業は進んでいる。

譯 日本的農業有長足的進步。

11 | まざる【交ざる】

(自五) 混雜，交雜，夾雜

例 不良品が交ざっている。

譯 摻進了不良品。

12 | まざる【混ざる】

(自五) 混雜，夾雜

例 米に砂が混ざっている。

譯 米裡面夾帶著沙。

パート
26
第二十六章

経済

- 經濟 -

N3 26-1

26-1 取り引き / 交易

01 | かいすうけん【回数券】

㊔（車票等的）回數票

例 回数券を買う。

譯 買回數票。

02 | かえる【代える・換える・替える】

(他下一) 代替，代理；改變，變更，變換

例 円をドルに替える。

譯 圓換美金。

03 | けいやく【契約】

(名·自他サ) 契約，合同

例 契約を結ぶ。

譯 立合同。

04 | じどう【自動】

㊔ 自動（不單獨使用）

例 自動販売機で野菜を買う。

譯 在自動販賣機購買蔬菜。

05 | しょうひん【商品】

㊔ 商品，貨品

例 商品が揃う。

譯 商品齊備。

06 | セット【set】

(名·他サ) 一組，一套；舞台裝置，布景；(網球等)盤，局；組裝，裝配；梳整頭髮

例 ワンセットで売る。

譯 整組來賣。

07 | ヒット【hit】

(名·自サ) 大受歡迎，最暢銷；（棒球）安打

例 今度の商品はヒットした。

譯 這回的產品取得了大成功。

08 | ブランド【brand】

㊔（商品的）牌子；商標

例 ブランドのバックが揃う。

譯 名牌包包應有盡有。

09 | プリペイドカード【prepaid card】

㊔ 預先付款的卡片（電話卡、影印卡等）

例 使い捨てのプリペイドカードを買った。

譯 購買用完就丟的預付卡。

10 | むすぶ【結ぶ】

(他五·自五) 連結，繫結；締結關係，結合，結盟；（嘴）閉緊，（手）握緊

例 契約を結ぶ。

譯 簽合約。

11 | りょうがえ【両替】

(名·他サ) 兌換，換錢，兑幣

例 円(えん)とドルの両替(りょうがえ)をする。

譯 以日圓兑換美金。

12 | レシート【receipt】

(名) 收據；發票

例 レシートをもらう。

譯 拿收據。

13 | わりこむ【割り込む】

(自五) 擠進，插隊；闖進；插嘴

例 横(よこ)から急(きゅう)に列(れつ)に割(わ)り込(こ)んできた。

譯 突然從旁邊擠進隊伍來。

N3 ● 26-2

26-2 価格、収支、貸借 / 價格、收支、借貸

01 | かえる【返る】

(自五) 復原；返回；回應

例 貸(か)したお金(かね)が返(かえ)る。

譯 收回借出去的錢。

02 | かし【貸し】

(名) 借出，貸款；貸方；給別人的恩惠

例 貸(か)しがある。

譯 有借出的錢。

03 | かしちん【貸し賃】

(名) 租金，賃費

例 貸(か)し賃(ちん)が高(たか)い。

譯 租金昂貴。

04 | かり【借り】

(名) 借，借入；借的東西；欠人情；怨恨，仇恨

例 借(か)りを返(かえ)す。

譯 還人情。

05 | きゅうりょう【給料】

(名) 工資，薪水

例 給料(きゅうりょう)が上(あ)がる。

譯 提高工資。

06 | さがる【下がる】

(自五) 後退；下降

例 給料(きゅうりょう)が下(さ)がる。

譯 降低薪水。

07 | ししゅつ【支出】

(名·他サ) 開支，支出

例 支出(ししゅつ)を抑(おさ)える。

譯 減少支出。

08 | じょ【助】

(漢造) 幫助；協助

例 お金(かね)を援助(えんじょ)する。

譯 出錢幫助。

09 | せいさん【清算】

(名·他サ) 結算，清算；清理財產；結束，了結

例 溜(た)まった家賃(やちん)を清算(せいさん)した。

譯 還清了積欠的房租。

10 | ただ

(名·副) 免費，不要錢；普通，平凡；只有，只是（促音化為「たった」）

例 ただで参加できる。

譯 能夠免費參加。

11 | とく【得】

(名·形動) 利益；便宜

例 まとめて買うと得だ。

譯 一次買更划算。

12 | ねあがり【値上がり】

(名·自サ) 價格上漲，漲價

例 土地の値上がりが始まっている。

譯 地價開始高漲了。

13 | ねあげ【値上げ】

(名·他サ) 提高價格，漲價

例 来月から入場料が値上げになる。

譯 下個月開始入場費將漲價。

14 | ぶっか【物価】

(名) 物價

例 物価が上がった。

譯 物價上漲。

15 | ボーナス【bonus】

(名) 特別紅利，花紅；獎金，額外津貼，紅利

例 ボーナスが出る。

譯 發獎金。

26-3 消費、費用(1) / 消費、費用(1)

01 | いりょうひ【衣料費】

(名) 服裝費

例 子供の衣料費は私が出す。

譯 我支付小孩的服裝費。

02 | いりょうひ【医療費】

(名) 治療費，醫療費

例 医療費を払う。

譯 支付醫療費。

03 | うんちん【運賃】

(名) 票價；運費

例 運賃を払う。

譯 付運費。

04 | おごる【奢る】

(自五·他五) 奢侈，過於講究；請客，作東

例 友人に昼飯を奢る。

譯 請朋友吃中飯。

05 | おさめる【納める】

(他下一) 交，繳納

例 授業料を納める。

譯 繳納學費。

06 | がくひ【学費】

(名) 學費

例 アルバイトで学費をためる。

譯 打工存學費。

07 | がすりょうきん【ガス料金】

㊔ 瓦斯費

例 ガス料金を払う。

譯 付瓦斯費。

08 | くすりだい【薬代】

㊔ 藥費

例 薬代が高い。

譯 醫療費昂貴。

09 | こうさいひ【交際費】

㊔ 應酬費用

例 交際費を増やす。

譯 增加應酬費用。

10 | こうつうひ【交通費】

㊔ 交通費，車馬費

例 交通費を計算する。

譯 計算交通費。

11 | こうねつひ【光熱費】

㊔ 電費和瓦斯費等

例 光熱費を払う。

譯 繳水電費。

12 | じゅうきょひ【住居費】

㊔ 住宅費，居住費

例 住居費が高い。

譯 住宿費用很高。

13 | しゅうりだい【修理代】

㊔ 修理費

例 修理代を支払う。

譯 支付修理費。

14 | じゅぎょうりょう【授業料】

㊔ 學費

例 授業料が高い。

譯 授課費用很高。

15 | しようりょう【使用料】

㊔ 使用費

例 会場の使用料を支払う。

譯 支付場地租用費。

16 | しょくじだい【食事代】

㊔ 餐費，飯錢

例 母が食事代をくれた。

譯 媽媽給了我飯錢。

17 | しょくひ【食費】

㊔ 伙食費，飯錢

例 食費を節約する。

譯 節省伙食費。

18 | すいどうだい【水道代】

㊔ 自來水費

例 水道代をカードで払う。

譯 用信用卡支付水費。

19 | すいどうりょうきん【水道料金】

㊔ 自來水費

例 コンビニで水道料金を払う。

譯 在超商支付自來水費。

20 ｜せいかつひ【生活費】

㊔ 生活費

例 息子(むすこ)に生活費(せいかつひ)を送(おく)る。

譯 寄生活費給兒子。

N3 ◉ 26-3(2)

26-3 消費、費用 (2) ／

消費、費用 (2)

21 ｜ぜいきん【税金】

㊔ 税金，税款

例 税金(ぜいきん)を納(おさ)める。

譯 繳納税金。

22 ｜そうりょう【送料】

㊔ 郵費，運費

例 送料(そうりょう)を払(はら)う。

譯 付郵資。

23 ｜タクシーだい【taxi 代】

㊔ 計程車費

例 タクシー代(だい)が上(あ)がる。

譯 計程車的車資漲價。

24 ｜タクシーりょうきん【taxi 料金】

㊔ 計程車費

例 タクシー料金(りょうきん)が値上(ねあ)げになる。

譯 計程車的費用要漲價。

25 ｜チケットだい【ticket 代】

㊔ 票錢

例 チケット代(だい)を払(はら)う。

譯 付買票的費用。

26 ｜ちりょうだい【治療代】

㊔ 治療費，診察費

例 歯(は)の治療代(ちりょうだい)が高(たか)い。

譯 治療牙齒的費用很昂貴。

27 ｜てすうりょう【手数料】

㊔ 手續費；回扣

例 手数料(てすうりょう)がかかる。

譯 要付手續費。

28 ｜でんきだい【電気代】

㊔ 電費

例 電気代(でんきだい)が高(たか)い。

譯 電費很貴。

29 ｜でんきりょうきん【電気料金】

㊔ 電費

例 電気料金(でんきりょうきん)が値上(ねあ)がりする。

譯 電費上漲。

30 ｜でんしゃだい【電車代】

㊔ (坐)電車費用

例 電車代(でんしゃだい)が安(やす)くなる。

譯 電車費更加便宜。

31 ｜でんしゃちん【電車賃】

㊔ (坐)電車費用

例 電車賃(でんしゃちん)は 250 円(えん)だ。

譯 電車費是二百五十圓。

32 ｜でんわだい【電話代】

㊔ 電話費

例 夜11時以後は電話代が安くなる。
譯 夜間十一點以後的電話費率比較便宜。

33 | にゅうじょうりょう【入場料】
㊔ 入場費，進場費
例 入場料が高い。
譯 門票很貴呀。

34 | バスだい【bus 代】
㊔ 公車(乘坐)費
例 バス代を払う。
譯 付公車費。

35 | バスりょうきん【bus 料金】
㊔ 公車(乘坐)費
例 大阪までのバス料金は安い。
譯 搭到大阪的公車費用很便宜。

36 | ひ【費】
漢造 消費，花費；費用
例 大学の学費は親が出してくれる。
譯 大學的學費是父母幫我支付的。

37 | へやだい【部屋代】
㊔ 房租；旅館住宿費
例 部屋代を払う。
譯 支付房租。

38 | ほんだい【本代】
㊔ 買書錢
例 本代がかなりかかる。
譯 買書的花費不少。

39 | やちん【家賃】
㊔ 房租
例 家賃が高い。
譯 房租貴。

40 | ゆうそうりょう【郵送料】
㊔ 郵費
例 郵送料が高い。
譯 郵資貴。

41 | ようふくだい【洋服代】
㊔ 服裝費
例 子供たちの洋服代がかからない。
譯 小孩們的衣物費用所費不多。

42 | りょう【料】
接尾 費用，代價
例 入場料は2倍に値上がる。
譯 入場費漲了兩倍。

43 | レンタルりょう【rental 料】
㊔ 租金
例 ウエディングドレスのレンタル料は10万だ。
譯 結婚禮服的租借費是十萬。

N3 ● 26-4

26-4 財産、金銭 / 財產、金錢

01 | あずかる【預かる】
他五 收存，(代人)保管；擔任，管理，負責處理；保留，暫不公開
例 お金を預かる。
譯 保管錢。

02 | あずける【預ける】

(他下一) 寄放，存放；委託，託付

例 銀行にお金を預ける。

譯 把錢存放進銀行裡。

03 | かね【金】

(名) 金屬；錢，金錢

例 金がかかる。

譯 花錢。

04 | こぜに【小銭】

(名) 零錢；零用錢；少量資金

例 1000円札を小銭に替える。

譯 將千元鈔兑換成硬幣。

05 | しょうきん【賞金】

(名) 賞金；獎金

例 賞金を手に入れた。

譯 獲得賞金。

06 | せつやく【節約】

(名·他サ) 節約，節省

例 交際費を節約する。

譯 節省應酬費用。

07 | ためる【溜める】

(他下一) 積，存，蓄；積壓，停滯

例 お金を溜める。

譯 存錢。

08 | ちょきん【貯金】

(名·自他サ) 存款，儲蓄

例 毎月決まった額を貯金する。

譯 每個月定額存錢。

Memo

パート
27
第二十七章

政治

- 政治 -

N3 ◉ 27-1

27-1 政治、行政、国際 / 政治、行政、國際

01 | けんちょう【県庁】

㊔ 縣政府

例 県庁(けんちょう)を訪問(ほうもん)する。

譯 訪問縣政府。

02 | こく【国】

漢造 國；政府；國際，國有

例 国民(こくみん)の怒(いか)りが高(たか)まる。

譯 人們的怒氣日益高漲。

03 | こくさいてき【国際的】

形動 國際的

例 国際的(こくさいてき)な会議(かいぎ)に参加(さんか)する。

譯 參加國際會議。

04 | こくせき【国籍】

㊔ 國籍

例 国籍(こくせき)を変更(へんこう)する。

譯 變更國籍。

05 | しょう【省】

名·漢造 省掉；(日本內閣的)省，部

例 新(あたら)しい省(しょう)をつくる。

譯 建立新省。

06 | せんきょ【選挙】

名·他サ 選舉，推選

例 議長(ぎちょう)を選挙(せんきょ)する。

譯 選出議長。

07 | ちょう【町】

名·漢造 (市街區劃單位)街，巷；鎮，街

例 町長(ちょうちょう)に選出(せんしゅつ)された。

譯 當上了鎮長。

08 | ちょう【庁】

漢造 官署；行政機關的外局

例 官庁(かんちょう)に勤(つと)める。

譯 在政府機關工作。

09 | どうちょう【道庁】

㊔ 北海道的地方政府(「北海道庁」之略稱)

例 道庁(どうちょう)は札幌市(さっぽろし)にある。

譯 北海道道廳(地方政府)位於札幌市。

10 | とちょう【都庁】

㊔ 東京都政府(「東京都庁」之略稱)

例 新宿都庁(しんじゅくとちょう)が目(め)の前(まえ)だ。

譯 新宿都政府就在眼前。

11 | パスポート【passport】

㊔ 護照；身分證

例 パスポートを出(だ)す。

譯 取出護照。

12 | ふちょう【府庁】

㊔ 府辦公室

例 府庁(ふちょう)に招(まね)かれる。

譯 受府辦公室的招待。

13 | みんかん【民間】

㊔ 民間；民營，私營

例 皇室(こうしつ)から民間人(みんかんじん)になる。

譯 從皇室成為民間老百姓。

14 | みんしゅ【民主】

㊔ 民主，民主主義

例 民主主義(みんしゅしゅぎ)を壊(こわ)す。

譯 破壞民主主義。

N3 27-2

27-2 軍事 / 軍事

01 | せん【戦】

(漢造) 戰爭；決勝負，體育比賽；發抖

例 博物館(はくぶつかん)で昔(むかし)の戦車(せんしゃ)を見(み)る。

譯 在博物館參觀以前的戰車。

02 | たおす【倒す】

(他五) 倒，放倒，推倒，翻倒；推翻，打倒；毀壞，拆毀；打敗，擊敗；殺死，擊斃；賴帳，不還債

例 敵(てき)を倒(たお)す。

譯 打倒敵人。

03 | だん【弾】

(漢造) 砲彈

例 弾丸(だんがん)のように速(はや)い。

譯 如彈丸一般地快。

04 | へいたい【兵隊】

㊔ 士兵，軍人；軍隊

例 兵隊(へいたい)に行(い)く。

譯 去當兵。

05 | へいわ【平和】

(名·形動) 和平，和睦

例 平和(へいわ)に暮(く)らす。

譯 過和平的生活。

パート
28
第二十八章

法律、規則、犯罪

- 法律、規則、犯罪 -

01 | おこる【起こる】 N3 28

(自五) 發生，鬧；興起，興盛；(火)著旺

例 事件(じけん)が起(お)こる。

譯 發生事件。

02 | きまり【決まり】

(名) 規定，規則；習慣，常規，慣例；終結；收拾整頓

例 決(き)まりを守(まも)る。

譯 遵守規則。

03 | きんえん【禁煙】

(名·自サ) 禁止吸菸；禁菸，戒菸

例 車内(しゃない)は禁煙(きんえん)だ。

譯 車內禁止抽煙。

04 | きんし【禁止】

(名·他サ) 禁止

例 「ながらスマホ」は禁止(きんし)だ。

譯 「走路時玩手機」是禁止的。

05 | ころす【殺す】

(他五) 殺死，致死；抑制，忍住，消除；埋沒；浪費，犧牲，典當；殺，(棒球)使出局

例 人(ひと)を殺(ころ)す。

譯 殺人。

06 | じけん【事件】

(名) 事件，案件

例 事件(じけん)が起(お)きる。

譯 發生案件。

07 | じょうけん【条件】

(名) 條件；條文，條款

例 条件(じょうけん)を決(き)める。

譯 決定條件。

08 | しょうめい【証明】

(名·他サ) 證明

例 資格(しかく)を証明(しょうめい)する。

譯 證明資格。

09 | つかまる【捕まる】

(自五) 抓住，被捉住，逮捕；抓緊，揪住

例 警察(けいさつ)に捕(つか)まった。

譯 被警察抓到了。

10 | にせ【偽】

(名) 假，假冒；贗品

例 偽(にせ)の 1 万円札(まんえんさつ)が見(み)つかった。

譯 找到萬圓偽鈔。

11 | はんにん【犯人】

(名) 犯人

例 犯人(はんにん)を探(さが)す。

譯 尋找犯人。

12 | プライバシー【privacy】

(名) 私生活，個人私密

例 プライバシーを守(まも)る。

譯 保護隱私。

13 | ルール【rule】

(名) 規章，章程；尺，界尺

例 交通(こうつう)ルールを守(まも)る。

譯 遵守交通規則。

パート
29
第二十九章

心理、感情

- 心理、感情 -

N3 ⊙ 29-1(1)

29-1 心(1) / 心、內心(1)

01 | あきる【飽きる】

自上一 夠，滿足；厭煩，煩膩

例 飽(あ)きることを知(し)らない。

譯 貪得無厭。

02 | いつのまにか【何時の間にか】

副 不知不覺地，不知什麼時候

例 いつの間(ま)にか春(はる)が来(き)た。

譯 不知不覺春天來了。

03 | いんしょう【印象】

名 印象

例 印象(いんしょう)が薄(うす)い。

譯 印象不深。

04 | うむ【生む】

他五 產生，產出

例 誤解(ごかい)を生(う)む。

譯 產生誤解。

05 | うらやましい【羨ましい】

形 羨慕，令人嫉妒，眼紅

例 あなたがうらやましい。

譯 (我)羨慕你。

06 | えいきょう【影響】

名·自サ 影響

例 影響(えいきょう)が大(おお)きい。

譯 影響很大。

07 | おもい【思い】

名 (文)思想，思考；感覺，情感；想念，思念；願望，心願

例 思(おも)いにふける。

譯 沈浸在思考中。

08 | おもいで【思い出】

名 回憶，追憶，追懷；紀念

例 思(おも)い出(で)になる。

譯 成為回憶。

09 | おもいやる【思いやる】

他五 體諒，表同情；想像，推測

例 不幸(ふこう)な人を思(おも)いやる。

譯 同情不幸的人。

10 | かまう【構う】

自他五 介意，顧忌，理睬；照顧，招待；調戲，逗弄；放逐

例 叩(たた)かれても構(かま)わない。

譯 被攻擊也無所謂。

11 | かん【感】

(名·漢造) 感覺，感動；感

例 責任感が強い。

譯 有很強的責任感。

12 | かんじる·かんずる【感じる·感ずる】

(自他上一) 感覺，感到；感動，感觸，有所感

例 痛みを感じる。

譯 感到疼痛。

13 | かんしん【感心】

(名·形動·自サ) 欽佩；贊成；(貶)令人吃驚

例 皆さんの努力に感心した。

譯 大家的努力令人欽佩。

14 | かんどう【感動】

(名·自サ) 感動，感激

例 感動を受ける。

譯 深受感動。

15 | きんちょう【緊張】

(名·自サ) 緊張

例 緊張が解けた。

譯 緊張舒緩了。

16 | くやしい【悔しい】

(形) 令人懊悔的

例 悔しい思いをする。

譯 覺得遺憾不甘。

17 | こうふく【幸福】

(名·形動) 沒有憂慮，非常滿足的狀態

例 幸福な人生を送る。

譯 過著幸福的生活。

18 | しあわせ【幸せ】

(名·形動) 運氣，機運；幸福，幸運

例 幸せになる。

譯 變得幸福、走運。

19 | しゅうきょう【宗教】

(名) 宗教

例 宗教を信じる。

譯 信仰宗教。

20 | すごい【凄い】

(形) 非常(好)；厲害；好的令人吃驚；可怕，嚇人

例 すごい嵐になった。

譯 轉變成猛烈的暴風雨了。

N3 ⊙ 29-1(2)

29-1 心 (2) /
心、內心 (2)

21 | そぼく【素朴】

(名·形動) 樸素，純樸，質樸；(思想)純樸

例 素朴な考え方が生まれる。

譯 單純的想法孕育而生。

22 | そんけい【尊敬】

(名·他サ) 尊敬

例 両親を尊敬する。

譯 尊敬雙親。

23 | たいくつ【退屈】

(名·自サ·形動) 無聊，鬱悶，寂，厭倦

例 退屈な日々が続く。

譯 無聊的生活不斷持續著。

24 | のんびり

(副·自サ) 舒適，逍遙，悠然自得

例 のんびり暮らす。

譯 悠閒度日。

25 | ひみつ【秘密】

(名·形動) 秘密，機密

例 これは二人だけの秘密だよ。

譯 這是屬於我們兩個人的秘密喔。

26 | ふこう【不幸】

(名) 不幸，倒楣；死亡，喪事

例 不幸を招く。

譯 招致不幸。

27 | ふしぎ【不思議】

(名·形動) 奇怪，難以想像，不可思議

例 不思議なことを起こす。

譯 發生不可思議的事。

28 | ふじゆう【不自由】

(名·形動·自サ) 不自由，不如意，不充裕；(手腳)不聽使喚；不方便

例 金に不自由しない。

譯 不缺錢。

29 | へいき【平気】

(名·形動) 鎮定，冷靜；不在乎，不介意，無動於衷

例 平気な顔をする。

譯 一副冷靜的表情。

30 | ほっと

(副·自サ) 嘆氣貌；放心貌

例 ほっと息をつく。

譯 鬆了一口氣。

31 | まさか

(副) (後接否定語氣)絕不…，總不會…，難道；萬一，一旦

例 まさかの時に備える。

譯 以備萬一。

32 | まんぞく【満足】

(名·自他サ·形動) 滿足，令人滿意的，心滿意足；滿足，符合要求；完全，圓滿

例 満足に暮らす。

譯 美滿地過日子。

33 | むだ【無駄】

(名·形動) 徒勞，無益；浪費，白費

例 無駄な努力はない。

譯 沒有白費力氣的。

34 | もったいない

(形) 可惜的，浪費的；過份的，惶恐的，不敢當

例 もったいないことをした。

譯 真是浪費。

35 | ゆたか【豊か】

(形動) 豐富，寬裕；豐盈；十足，足夠

例 豊かな生活を送る。

譯 過著富裕的生活。

36 | ゆめ【夢】

(名) 夢；夢想

例 甘い夢を見続けている。

譯 持續做著美夢。

37 | よい【良い】

(形) 好的，出色的；漂亮的；(同意)可以

例 良い友に恵まれる。

譯 遇到益友。

38 | らく【楽】

(名·形動·漢造) 快樂，安樂，快活；輕鬆，簡單；富足，充裕

例 楽に暮らす。

譯 輕鬆地過日子。

N3 ● 29-2

29-2 意志 / 意志

01 | あたえる【与える】

(他下一) 給與，供給；授與；使蒙受；分配

例 機会を与える。

譯 給予機會。

02 | がまん【我慢】

(名·他サ) 忍耐，克制，將就，原諒；(佛)饒恕

例 我慢ができない。

譯 不能忍受。

03 | がまんづよい【我慢強い】

(形) 忍耐性強，有忍耐力

例 本当にがまん強い。

譯 有耐性。

04 | きぼう【希望】

(名·他サ) 希望，期望，願望

例 どんな時も希望を持つ。

譯 懷抱希望。

05 | きょうちょう【強調】

(名·他サ) 強調；權力主張；(行情)看漲

例 特に強調する。

譯 特別強調。

06 | くせ【癖】

(名) 癖好，脾氣，習慣；(衣服的)摺線；頭髮亂翹

例 癖がつく。

譯 養成習慣。

07 | さける【避ける】

(他下一) 躲避，避開，逃避；避免，忌諱

例 問題を避ける。

譯 迴避問題。

08 | さす【刺す】

(他五) 刺，穿，扎；螫，咬，釘；縫綴，衲；捉住，黏捕

例 包丁で刺す。

譯 以菜刀刺入。

09 | さんか【参加】

(名·自サ) 參加，加入

例 参加(さんか)を申(もう)し込(こ)む。

譯 報名參加。

10 | じっこう【実行】

(名·他サ) 實行，落實，施行

例 実行(じっこう)に移(うつ)す。

譯 付諸實行。

11 | じっと

(副·自サ) 保持穩定，一動不動；凝神，聚精會神；一聲不響地忍住；無所做為，呆住

例 相手(あいて)の顔(かお)をじっと見(み)る。

譯 凝神注視對方的臉。

12 | じまん【自慢】

(名·他サ) 自滿，自誇，自大，驕傲

例 成績(せいせき)を自慢(じまん)する。

譯 以成績為傲。

13 | しんじる·しんずる【信じる·信ずる】

(他上一) 信，相信；確信，深信；信賴，可靠；信仰

例 あなたを信(しん)じる。

譯 信任你。

14 | しんせい【申請】

(名·他サ) 申請，聲請

例 facebookで友達申請(ともだちしんせい)が来(き)た。

譯 有人向我的臉書傳送了交友邀請。

15 | すすめる【薦める】

(他下一) 勸告，勸告，勸誘；勸，敬(煙、酒、茶、座等)

例 A大学(だいがく)を薦(すす)める。

譯 推薦A大學。

16 | すすめる【勧める】

(他下一) 勸告，勸誘；勸，進(煙茶酒等)

例 入会(にゅうかい)を勧(すす)める。

譯 勸說加入會員。

17 | だます【騙す】

(副) 騙，欺騙，誆騙，矇騙；哄

例 人(ひと)を騙(だま)す。

譯 騙人。

18 | ちょうせん【挑戦】

(名·自サ) 挑戰

例 世界記録(せかいきろく)に挑戦(ちょうせん)する。

譯 挑戰世界紀錄。

19 | つづける【続ける】

(接尾) (接在動詞連用形後，複合語用法) 繼續…，不斷地…

例 テニスを練習(れんしゅう)し続(つづ)ける。

譯 不斷地練習打網球。

20 | どうしても

(副) (後接否定)怎麼也，無論怎樣也；務必，一定，無論如何也要

例 どうしても行(い)きたい。

譯 無論如何我都要去。

21 | なおす【直す】

(接尾) (前接動詞連用形)重做…

例 もう1度(いちど)人生(じんせい)をやり直(なお)す。

譯 人生再次從零出發。

22 | ふちゅうい(な)【不注意(な)】

(形動) 不注意，疏忽，大意

例 不注意(ふちゅうい)な発言(はつげん)が多(おお)すぎる。

譯 失言之處過多。

23 | まかせる【任せる】

(他下一) 委託，託付；聽任，隨意；盡力，盡量

例 運(うん)を天(てん)に任(まか)せる。

譯 聽天由命。

24 | まもる【守る】

(他五) 保衛，守護；遵守，保守；保持(忠貞)；(文)凝視

例 秘密(ひみつ)を守(まも)る。

譯 保密。

25 | もうしこむ【申し込む】

(他五) 提議，提出；申請；報名；訂購；預約

例 結婚(けっこん)を申(もう)し込(こ)む。

譯 求婚。

26 | もくてき【目的】

(名) 目的，目標

例 目的(もくてき)を達成(たっせい)する。

譯 達到目的。

27 | ゆうき【勇気】

(形動) 勇敢

例 勇気(ゆうき)を出(だ)す。

譯 提起勇氣。

28 | ゆずる【譲る】

(他五) 讓給，轉讓；謙讓，讓步；出讓，賣給；改日，延期

例 道(みち)を譲(ゆず)る。

譯 讓路。

N3 ◎ 29-3

29-3 好き、嫌い / 喜歡、討厭

01 | あい【愛】

(名・漢造) 愛，愛情；友情，恩情；愛好，熱愛；喜愛；喜歡；愛惜

例 親(おや)の愛(あい)が伝(つた)わる。

譯 感受到父母的愛。

02 | あら【粗】

(名) 缺點，毛病

例 粗(あら)を探(さが)す。

譯 雞蛋裡挑骨頭。

03 | にんき【人気】

(名) 人緣，人望

例 あのタレントは人気(にんき)がある。

譯 那位藝人很受歡迎。

04 | ねっちゅう【熱中】

(名・自サ) 熱中，專心；酷愛，著迷於

例 ゲームに熱中(ねっちゅう)する。

譯 沈迷於電玩。

05 | ふまん【不満】

(名·形動) 不滿足，不滿，不平

例 不満(ふまん)をいだく。

譯 心懷不滿。

06 | むちゅう【夢中】

(名·形動) 夢中，在睡夢裡；不顧一切，熱中，沉醉，著迷

例 夢中(むちゅう)になる。

譯 入迷。

07 | めいわく【迷惑】

(名·自サ) 麻煩，煩擾；為難，困窘；討厭，妨礙，打擾

例 迷惑(めいわく)をかける。

譯 添麻煩。

08 | めんどう【面倒】

(名·形動) 麻煩，費事；繁瑣，棘手；照顧，照料

例 面倒(めんどう)を見(み)る。

譯 照料。

09 | りゅうこう【流行】

(名·自サ) 流行，時髦，時興；蔓延

例 去年(きょねん)はグレーが流行(りゅうこう)した。

譯 去年是流行灰色。

10 | れんあい【恋愛】

(名·自サ) 戀愛

例 恋愛(れんあい)に陥(おちい)った。

譯 墜入愛河。

29-4 喜び、笑い / 高興、笑

01 | こうふん【興奮】

(名·自サ) 興奮，激昂；情緒不穩定

例 興奮(こうふん)して眠(ねむ)れなかった。

譯 激動得睡不著覺。

02 | さけぶ【叫ぶ】

(自五) 喊叫，呼叫，大聲叫；呼喊，呼籲

例 急(きゅう)に叫(さけ)ぶ。

譯 突然大叫。

03 | たかまる【高まる】

(自五) 高漲，提高，增長；興奮

例 気分(きぶん)が高(たか)まる。

譯 情緒高漲。

04 | たのしみ【楽しみ】

(名) 期待，快樂

例 楽(たの)しみにしている。

譯 很期待。

05 | ゆかい【愉快】

(名·形動) 愉快，暢快；令人愉快，討人喜歡；令人意想不到

例 愉快(ゆかい)に楽(たの)しめる。

譯 愉快的享受。

06 | よろこび【喜び・慶び】

(名) 高興，歡喜，喜悅；喜事，喜慶事；道喜，賀喜

例 慶(よろこ)びの言葉(ことば)を述(の)べる。

譯 致賀詞。

07 | わらい【笑い】

㊔ 笑；笑聲；嘲笑，譏笑，冷笑

例 お腹が痛くなるほど笑った。

譯 笑得肚子都痛了。

N3 ◉ 29-5

29-5 悲しみ、苦しみ / 悲傷、痛苦

01 | かなしみ【悲しみ】

㊔ 悲哀，悲傷，憂愁，悲痛

例 悲しみを感じる。

譯 感到悲痛。

02 | くるしい【苦しい】

㊕ 艱苦；困難；難過；勉強

例 生活が苦しい。

譯 生活很艱苦。

03 | ストレス【stress】

㊔（語）重音；（理）壓力；（精神）緊張狀態

例 ストレスで胃が痛い。

譯 由於壓力而引起胃痛。

04 | たまる【溜まる】

(自五) 事情積壓；積存，囤積，停滯

例 ストレスが溜まっている。

譯 累積了不少壓力。

05 | まけ【負け】

㊔ 輸，失敗；減價；（商店送給客戶的）贈品

例 私の負けだ。

譯 我輸了。

06 | わかれ【別れ】

㊔ 別，離別，分離；分支，旁系

例 別れが悲しい。

譯 傷感離別。

N3 ◉ 29-6

29-6 驚き、恐れ、怒り / 驚懼、害怕、憤怒

01 | いかり【怒り】

㊔ 憤怒，生氣

例 怒りが抑えられない。

譯 怒不可遏。

02 | さわぎ【騒ぎ】

㊔ 吵鬧，吵嚷；混亂，鬧事；轟動一時（的事件），激動，振奮

例 騒ぎが起こった。

譯 引起騷動。

03 | ショック【shock】

㊔ 震動，刺激，打擊；（手術或注射後的）休克

例 ショックを受けた。

譯 受到打擊。

04 | ふあん【不安】

(名·形動) 不安，不放心，擔心；不穩定

例 不安をおぼえる。

譯 感到不安。

05 | ぼうりょく【暴力】

㊔ 暴力，武力

例 夫に暴力を振るわれる。

譯 受到丈夫家暴。

06 | もんく【文句】

㊔ 詞句，語句；不平或不滿的意見，異議

例 文句を言う。

譯 抱怨。

N3 ◉ 29-7

29-7 感謝、後悔 /
感謝、悔恨

01 | かんしゃ【感謝】

(名・自他サ) 感謝

例 心から感謝する。

譯 衷心感謝。

02 | こうかい【後悔】

(名・他サ) 後悔，懊悔

例 話を聞けばよかったと後悔している。

譯 後悔應該聽他說的才對。

03 | たすかる【助かる】

(自五) 得救，脫險；有幫助，輕鬆；節省(時間、費用、麻煩等)

例 ご協力いただけると助かります。

譯 能得到您的鼎力相助那就太好了。

04 | にくらしい【憎らしい】

(形) 可憎的，討厭的，令人憎恨的

例 あの男が憎らしい。

譯 那男人真是可恨啊。

05 | はんせい【反省】

(名・他サ) 反省，自省(思想與行為)；重新考慮

例 深く反省している。

譯 深深地反省。

06 | ひ【非】

(名・接頭) 非，不是

例 自分の非を詫びる。

譯 承認自己的錯誤。

07 | もうしわけない【申し訳ない】

(寒暄) 實在抱歉，非常對不起，十分對不起

例 申し訳ない気持ちでいっぱいだ。

譯 心中充滿歉意。

08 | ゆるす【許す】

(他五) 允許，批准；寬恕；免除；容許；承認；委託；信賴；疏忽，放鬆；釋放

例 君を許す。

譯 我原諒你。

09 | れい【礼】

(名・漢造) 禮儀，禮節，禮貌；鞠躬；道謝，致謝；敬禮；禮品

例 礼を欠く。

譯 欠缺禮貌。

10 | れいぎ【礼儀】

㊔ 禮儀，禮節，禮法，禮貌

例 礼儀正しい青年だ。

譯 有禮的青年。

11 | わび【詫び】

㊔ 賠不是，道歉，表示歉意

例 丁寧なお詫びの言葉を頂きました。

譯 得到畢恭畢敬的賠禮。

パート 30 第三十章

思考、言語

- 思考、語言 -

N3 30-1

30-1 思考 / 思考

01 | あいかわらず【相変わらず】

副 照舊，仍舊，和往常一樣

例 相変(あいか)わらずお元気(げんき)ですね。

譯 您還是那麼精神百倍啊！

02 | アイディア【idea】

名 主意，想法，構想；(哲)觀念

例 アイディアを考(かんが)える。

譯 想點子。

03 | あんがい【案外】

副·形動 意想不到，出乎意外

例 案外(あんがい)やさしかった。

譯 出乎意料的簡單。

04 | いがい【意外】

名·形動 意外，想不到，出乎意料

例 意外(いがい)に簡単(かんたん)だ。

譯 意外的簡單。

05 | おもいえがく【思い描く】

他五 在心裡描繪，想像

例 将来(しょうらい)の生活(せいかつ)を思(おも)い描(えが)く。

譯 在心裡描繪未來的生活。

06 | おもいつく【思い付く】

自他五 (忽然)想起，想起來

例 いいことを思(おも)いついた。

譯 我想到了一個好點子。

07 | かのう【可能】

名·形動 可能

例 可能(かのう)な範囲(はんい)でお願(ねが)いします。

譯 在可能的範圍內請多幫忙。

08 | かわる【変わる】

自五 變化；與眾不同；改變時間地點，遷居，調任

例 考(かんが)えが変(か)わる。

譯 改變想法。

09 | かんがえ【考え】

名 思想，想法，意見；念頭，觀念，信念；考慮，思考；期待，願望；決心

例 考(かんが)えが甘(あま)い。

譯 想法天真。

10 | かんそう【感想】

名 感想

例 感想(かんそう)を聞(き)く。

譯 聽取感想。

11 | ごかい【誤解】

(名·他サ) 誤解，誤會

例 誤解(ごかい)を招(まね)く。

譯 導致誤會。

12 | そうぞう【想像】

(名·他サ) 想像

例 想像(そうぞう)もつきません。

譯 真叫人無法想像。

13 | つい

(副) (表時間與距離)相隔不遠，就在眼前；不知不覺，無意中；不由得，不禁

例 つい傘(かさ)を間違(まちが)えた。

譯 不小心拿錯了傘。

14 | ていあん【提案】

(名·他サ) 提案，建議

例 提案(ていあん)を受(う)ける。

譯 接受建議。

15 | ねらい【狙い】

(名) 目標，目的；瞄準，對準

例 狙(ねら)いを外(はず)す。

譯 錯過目標。

16 | のぞむ【望む】

(他五) 遠望，眺望；指望，希望；仰慕，景仰

例 成功(せいこう)を望(のぞ)む。

譯 期望成功。

17 | まし(な)

(形動) (比)好些，勝過；像樣

例 ないよりましだ。

譯 有勝於無。

18 | まよう【迷う】

(自五) 迷，迷失；困惑；迷戀；(佛)執迷；(古)(毛線、線繩等)絮亂，錯亂

例 道(みち)に迷(まよ)う。

譯 迷路。

19 | もしかしたら

(連語·副) 或許，萬一，可能，說不定

例 もしかしたら優勝(ゆうしょう)するかも。

譯 也許會獲勝也說不定。

20 | もしかして

(連語·副) 或許，可能

例 もしかして伊藤(いとう)さんですか。

譯 您該不會是伊藤先生吧？

21 | もしかすると

(副) 也許，或，可能

例 もしかすると、受(う)かるかもしれない。

譯 說不定會考上。

22 | よそう【予想】

(名·自サ) 預料，預測，預計

例 予想(よそう)が当(あ)たった。

譯 預料命中。

N3 ● 30-2

30-2 判断 / 判斷

01 | あてる【当てる】

(他下一) 碰撞，接觸；命中；猜，預測；貼上，放上；測量；對著，朝向

例 年を当てる。
譯 猜中年齡。

02 | おもいきり【思い切り】
名·副 斷念，死心；果斷，下決心；狠狠地，盡情地，徹底的
例 思い切り遊びたい。
譯 想盡情地玩。

03 | おもわず【思わず】
副 禁不住，不由得，意想不到地，下意識地
例 思わず殴る。
譯 不由自主地揍了下去。

04 | かくす【隠す】
他五 藏起來，隱瞞，掩蓋
例 帽子で顔を隠す。
譯 用帽子蓋住頭。

05 | かくにん【確認】
名·他サ 證實，確認，判明
例 確認を取る。
譯 加以確認。

06 | かくれる【隠れる】
自下一 躲藏，隱藏；隱遁；不為人知，潛在的
例 親に隠れてたばこを吸っていた。
譯 以前瞞著父母偷偷抽菸。

07 | かもしれない
連語 也許，也未可知
例 あなたの言う通りかもしれない。
譯 或許如你說的。

08 | きっと
副 一定，必定；（神色等）嚴厲地，嚴肅地
例 明日はきっと晴れるでしょう。
譯 明日一定會放晴。

09 | ことわる【断る】
他五 謝絕；預先通知，事前請示
例 結婚を申し込んだが断られた。
譯 向他求婚，卻遭到了拒絕。

10 | さくじょ【削除】
名·他サ 刪掉，刪除，勾消，抹掉
例 名前を削除する。
譯 刪除姓名。

11 | さんせい【賛成】
名·自サ 贊成，同意
例 提案に賛成する。
譯 贊成這項提案。

12 | しゅだん【手段】
名 手段，方法，辦法
例 手段を選ばない。
譯 不擇手段。

13 | しょうりゃく【省略】
名·副·他サ 省略，從略
例 説明を省略する。
譯 省略說明。

14 | たしか【確か】
副 （過去的事不太記得）大概，也許
例 確か言ったことがある。
譯 好像曾經有說過。

15 | **たしかめる【確かめる】**

(他下一) 查明，確認，弄清

例 気持(きも)ちを確(たし)かめる。

譯 確認心意。

16 | **たてる【立てる】**

(他下一) 立起；訂立

例 旅行(りょこう)の計画(けいかく)を立(た)てる。

譯 訂定旅遊計畫。

17 | **たのみ【頼み】**

(名) 懇求，請求，拜託；信賴，依靠

例 頼(たの)みがある。

譯 有事想拜託你。

18 | **チェック【check】**

(名·他サ) 確認，檢查；核對，打勾；格子花紋；支票；號碼牌

例 メールをチェックする。

譯 檢查郵件。

19 | **ちがい【違い】**

(名) 不同，差別，區別；差錯，錯誤

例 違(ちが)いが出(で)る。

譯 出現差異。

20 | **ちょうさ【調査】**

(名·他サ) 調查

例 調査(ちょうさ)が行(おこな)われる。

譯 展開調查。

21 | **つける【付ける・附ける・着ける】**

(他下一·接尾) 掛上，裝上；穿上，配戴；評定，決定；寫上，記上；定(價)，出(價)；養成；分配，派；安裝；注意；抹上，塗上

例 値段(ねだん)をつける。

譯 定價。

22 | **てきとう【適当】**

(名·形動·自サ) 適當；適度；隨便

例 送別会(そうべつかい)に適当(てきとう)な店(みせ)を探(さが)す。

譯 尋找適合舉辦歡送會的店家。

23 | **できる**

(自上一) 完成；能夠

例 1週間(しゅうかん)でできる。

譯 一星期內完成。

24 | **てってい【徹底】**

(名·自サ) 徹底；傳遍，普遍，落實

例 徹底(てってい)した調査(ちょうさ)を行(おこな)う。

譯 進行徹底的調查。

25 | **とうぜん【当然】**

(形動·副) 當然，理所當然

例 夫(おっと)は家族(かぞく)を養(やしな)うのが当然(とうぜん)だ。

譯 老公養家餬口是理所當然的事。

26 | **ぬるい【温い】**

(形) 微溫，不冷不熱，不夠熱

例 考(かんが)え方(かた)が温(ぬる)い。

譯 思慮不夠周密。

27 | のこす【残す】

(他五) 留下，剩下；存留；遺留；(相撲頂住對方的進攻)開腳站穩

例 メモを残(のこ)す。

譯 留下紙條。

28 | はんたい【反対】

(名·自サ) 相反；反對

例 意見(いけん)に反対(はんたい)する。

譯 對意見給予反對。

29 | ふかのう(な)【不可能(な)】

(形動) 不可能的，做不到的

例 彼(かれ)に勝(か)つことは不可能(ふかのう)だ。

譯 不可能贏過他的。

N3 30-3

30-3 理解 /
理解

01 | かいけつ【解決】

(名·自他サ) 解決，處理

例 問題(もんだい)が解決(かいけつ)する。

譯 問題得到解決。

02 | かいしゃく【解釈】

(名·他サ) 解釋，理解，説明

例 正(ただ)しく解釈(かいしゃく)する。

譯 正確的解釋。

03 | かなり

(副·形動·名) 相當，頗

例 かなり疲(つか)れる。

譯 相當疲憊。

04 | さいこう【最高】

(名·形動) (高度、位置、程度)最高，至高無上；頂，極，最

例 最高(さいこう)に面白(おもしろ)い映画(えいが)だ。

譯 最有趣的電影。

05 | さいてい【最低】

(名·形動) 最低，最差，最壞

例 君(きみ)は最低(さいてい)の男(おとこ)だ。

譯 你真是個差勁無比的男人。

06 | そのうえ【その上】

(接續) 又，而且，加之，兼之

例 質(しつ)がいい、その上(うえ)値段(ねだん)も安(やす)い。

譯 不只品質佳，而且價錢便宜。

07 | そのうち【その内】

(副·連語) 最近，過幾天，不久；其中

例 兄(あに)はその内(うち)帰(かえ)ってくるから、暫(しばら)く待(ま)ってください。

譯 我哥哥就快要回來了，請稍等一下。

08 | それぞれ

(副) 每個(人)，分別，各自

例 それぞれの問題(もんだい)が違(ちが)う。

譯 每個人的問題不同。

09 | だいたい【大体】

(副) 大部分；大致；大概

例 この曲(きょく)はだいたい弾(ひ)けるようになった。

譯 大致會彈這首曲子了。

10 | だいぶ【大分】

(名·形動) 很，頗，相當，相當地，非常

例 だいぶ日(ひ)が長(なが)くなった。

譯 白天變得比較長了。

11 | ちゅうもく【注目】

(名·他サ·自サ) 注目，注視

例 人(ひと)に注目(ちゅうもく)される。

譯 引人注目。

12 | ついに【遂に】

(副) 終於；竟然；直到最後

例 遂(つい)に現(あらわ)れた。

譯 終於出現了。

13 | とく【特】

(漢造) 特，特別，與眾不同

例 すばらしい特等席(とくとうせき)へどうぞ。

譯 請上坐最棒的頭等座。

14 | とくちょう【特徴】

(名) 特徵，特點

例 特徴(とくちょう)のある顔(かお)をしている。

譯 長著一副別具特色的臉。

15 | なっとく【納得】

(名·他サ) 理解，領會；同意，信服

例 納得(なっとく)がいく。

譯 信服。

16 | ひじょう【非常】

(名·形動) 非常，很，特別；緊急，緊迫

例 社員(しゃいん)の提案(ていあん)を非常(ひじょう)に重視(じゅうし)する。

譯 非常重視社員的提案。

17 | べつ【別】

(名·形動·漢造) 分別，區分；分別

例 別(べつ)の方法(ほうほう)を考(かんが)える。

譯 想別的方法。

18 | べつべつ【別々】

(形動) 各自，分別

例 別々(べつべつ)に研究(けんきゅう)する。

譯 分別研究。

19 | まとまる【纏まる】

(自五) 解決，商訂，完成，談妥；湊齊，湊在一起；集中起來，概括起來，有條理

例 意見(いけん)がまとまる。

譯 意見一致。

20 | まとめる【纏める】

(他下一) 解決，結束；總結，概括；匯集，收集；整理，收拾

例 意見(いけん)をまとめる。

譯 整理意見。

21 | やはり・やっぱり

(副) 果然；還是，仍然

例 やっぱり思(おも)ったとおりだ。

譯 果然跟我想的一樣。

22 | りかい【理解】

(名·他サ) 理解，領會，明白；體諒，諒解

例 彼女(かのじょ)の考(かんが)えは理解(りかい)しがたい。

譯 我無法理解她的想法。

23 | わかれる【分かれる】

(自下一) 分裂；分離，分開；區分，劃分；區別

例 意見が分かれる。
譯 意見產生分歧。

24 | わける【分ける】

(他下一) 分，分開；區分，劃分；分配，分給；分開，排開，擠開
例 等分に分ける。
譯 均分。

N3 30-4

30-4 知識 / 知識

01 | あたりまえ【当たり前】

(名) 當然，應然；平常，普通
例 借金を返すのは当たり前だ。
譯 借錢就要還。

02 | うる【得る】

(他下二) 得到；領悟
例 得るところが多い。
譯 獲益良多。

03 | える【得る】

(他下一) 得，得到；領悟，理解；能夠
例 知識を得る。
譯 獲得知識。

04 | かん【観】

(名·漢造) 觀感，印象，樣子；觀看；觀點
例 人生観が変わる。
譯 改變人生觀。

05 | くふう【工夫】

(名·自サ) 設法
例 やりやすいように工夫する。
譯 設法讓工作更有效率。

06 | くわしい【詳しい】

(形) 詳細；精通，熟悉
例 事情に詳しい。
譯 深知詳情。

07 | けっか【結果】

(名·自他サ) 結果，結局
例 結果から見る。
譯 從結果上來看。

08 | せいかく【正確】

(名·形動) 正確，準確
例 正確に記録する。
譯 正確記錄下來。

09 | ぜったい【絶対】

(名·副) 絕對，無與倫比；堅絕，斷然，一定
例 絶対に面白いよ。
譯 一定很有趣喔。

10 | ちしき【知識】

(名) 知識
例 知識を得る。
譯 獲得知識。

11 | てき【的】

(接尾·形動) (前接名詞)關於，對於；表示狀態或性質
例 一般的な例を挙げる。
譯 舉一般性的例子。

12 | できごと【出来事】

㊔（偶發的）事件，變故

例 不思議(ふしぎ)な出来事(できごと)に遭(あ)う。

譯 遇到不可思議的事情。

13 | とおり【通り】

(接尾) 種類；套，組

例 やり方(かた)は三通(さんとお)りある。

譯 作法有三種方法。

14 | とく【解く】

(他五) 解開；拆開（衣服）；消除，解除（禁令、條約等）；解答

例 謎(なぞ)を解(と)く。

譯 解開謎題。

15 | とくい【得意】

(名·形動)（店家的）主顧；得意，滿意；自滿，得意洋洋；拿手

例 得意先(とくいさき)を回(まわ)る。

譯 拜訪老主顧。

16 | とける【解ける】

(自下一) 解開，鬆開（綁著的東西）；消，解消（怒氣等）；解除（職責、契約等）；解開（疑問等）

例 問題(もんだい)が解(と)けた。

譯 問題解決了。

17 | ないよう【內容】

㊔ 內容

例 手紙(てがみ)の内容(ないよう)を知(し)っている。

譯 知道信的內容。

18 | にせる【似せる】

(他下一) 模仿，仿效；偽造

例 本物(ほんもの)に似(に)せる。

譯 與真物非常相似。

19 | はっけん【発見】

(名·他サ) 發現

例 新(あたら)しい星(ほし)を発見(はっけん)した。

譯 發現新的行星。

20 | はつめい【発明】

(名·他サ) 發明

例 機械(きかい)を発明(はつめい)した。

譯 發明機器。

21 | ふかめる【深める】

(他下一) 加深，加強

例 知識(ちしき)を深(ふか)める。

譯 增進知識。

22 | ほうほう【方法】

㊔ 方法，辦法

例 方法(ほうほう)を考(かんが)え出(だ)す。

譯 想出辦法。

23 | まちがい【間違い】

㊔ 錯誤，過錯；不確實

例 間違(まちが)いを直(なお)す。

譯 改正錯誤。

24 | まちがう【間違う】

(他五·自五) 做錯，搞錯；錯誤

例 計算(けいさん)を間違(まちが)う。

譯 算錯了。

25 | まちがえる【間違える】

(他下一) 錯；弄錯

例 人の傘と間違える。

譯 跟別人的傘弄錯了。

26 | まったく【全く】

副 完全，全然；實在，簡直；(後接否定)絕對，完全

例 まったく違う。

譯 全然不同。

27 | ミス【miss】

(名·自サ) 失敗，錯誤，差錯

例 仕事でミスを犯す。

譯 工作上犯了錯。

28 | りょく【力】

(漢造) 力量

例 実力がある。

譯 有實力。

N3 30-5

30-5 言語 / 語言

01 | ぎょう【行】

(名·漢造) (字的)行；(佛)修行；行書

例 行をかえる。

譯 另起一行。

02 | く【句】

名 字，字句；俳句

例 俳句の季語を春に換える。

譯 俳句的季語換成春。

03 | ごがく【語学】

名 外語的學習，外語，外語課

例 語学が得意だ。

譯 在語言方面頗具長才。

04 | こくご【国語】

名 一國的語言；本國語言；(學校的)國語(課)，語文(課)

例 国語の教師になる。

譯 成為國文老師。

05 | しめい【氏名】

名 姓與名，姓名

例 解答用紙の右上に氏名を書く。

譯 在答案用紙的右上角寫上姓名。

06 | ずいひつ【随筆】

名 隨筆，小品文，散文，雜文

例 随筆を書く。

譯 寫散文。

07 | どう【同】

名 同樣，同等；(和上面的)相同

例 国同士の関係が深まる。

譯 加深國與國之間的關係。

08 | ひょうご【標語】

名 標語

例 交通安全の標語を考える。

譯 正在思索交通安全的標語。

09 ｜ふ【不】

(接頭·漢造) 不；壞；醜；笨

例 不注意でけがをした。

譯 因為不小心而受傷。

10 ｜ふごう【符号】

(名) 符號，記號；(數)符號

例 数学の符号を使う。

譯 使用數學符號。

11 ｜ぶんたい【文体】

(名) (某時代特有的)文體;(某作家特有的)風格

例 漱石の文体をまねる。

譯 模仿夏目漱石的文章風格。

12 ｜へん【偏】

(名·漢造) 漢字的(左)偏旁；偏，偏頗

例 辞典で衣偏を見る。

譯 看辭典的衣部(部首)。

13 ｜めい【名】

(名·接頭) 知名…

例 この映画は名作だ。

譯 這電影是一部傑出的名作。

14 ｜やくす【訳す】

(他五) 翻譯；解釋

例 英語を日本語に訳す。

譯 英譯日。

15 ｜よみ【読み】

(名) 唸，讀；訓讀；判斷，盤算

例 正しい読み方は別にある。

譯 有別的正確念法。

16 ｜ローマじ【Roma 字】

(名) 羅馬字

例 ローマ字で入力する。

譯 用羅馬字輸入。

N3 30-6(1)

30-6 表現 (1) /
表達 (1)

01 ｜あいず【合図】

(名·自サ) 信號，暗號

例 合図を送る。

譯 遞出信號。

02 ｜アドバイス【advice】

(名·他サ) 勸告，提意見；建議

例 アドバイスをする。

譯 提出建議。

03 ｜あらわす【表す】

(他五) 表現出，表達；象徵，代表

例 言葉で表せない。

譯 無法言喻。

04 ｜あらわれる【表れる】

(自下一) 出現，出來；表現，顯出

例 不満が顔に表れている。

譯 臉上露出不服氣的神情。

05 ｜あらわれる【現れる】

(自下一) 出現，呈現，顯露

例 彼(かれ)の能力(のうりょく)が現(あらわ)れる。
譯 他顯露出才華。

06 | あれっ・あれ
感 哎呀
例 あれ、どうしたの。
譯 哎呀，怎麼了呢？

07 | いえ
感 不，不是
例 いえ、違(ちが)います。
譯 不，不是那樣。

08 | いってきます【行ってきます】
寒暄 我出門了
例 挨拶(あいさつ)に行(い)ってきます。
譯 去打聲招呼。

09 | いや
感 不；沒什麼
例 いや、それは違(ちが)う。
譯 不，不是那樣的。

10 | うわさ【噂】
名·自サ 議論，閒談；傳說，風聲
例 噂(うわさ)を立(た)てる。
譯 散布謠言。

11 | おい
感 （主要是男性對同輩或晚輩使用）打招呼的喂，唉；（表示輕微的驚訝）呀！啊！
例 おい、大丈夫(だいじょうぶ)か。
譯 喂！你還好吧。

12 | おかえり【お帰り】
寒暄 （你）回來了
例 もう、お帰(かえ)りですか。
譯 您要回去了啊？

13 | おかえりなさい【お帰りなさい】
寒暄 回來了
例 「ただいま」「お帰(かえ)りなさい」。
譯 「我回來了」「你回來啦。」

14 | おかけください
敬 請坐
例 どうぞ、おかけください。
譯 請坐下。

15 | おかまいなく【お構いなく】
敬 不管，不在乎，不介意
例 どうぞ、お構(かま)いなく。
譯 請不必客氣。

16 | おげんきですか【お元気ですか】
寒暄 你好嗎？
例 ご両親(りょうしん)はお元気(げんき)ですか。
譯 請問令尊與令堂安好嗎？

17 | おさきに【お先に】
敬 先離開了，先告辭了
例 お先(さき)に、失礼(しつれい)します。
譯 我先告辭了。

18 | おしゃべり【お喋り】

(名·自サ·形動) 閒談，聊天；愛說話的人，健談的人

例 おしゃべりに夢中になる。

譯 熱中於閒聊。

19 | おじゃまします【お邪魔します】

(敬) 打擾了

例「いらっしゃいませ」「お邪魔します」。

譯「歡迎光臨」「打擾了」。

20 | おせわになりました【お世話になりました】

(敬) 受您照顧了

例 いろいろと、お世話になりました。

譯 感謝您多方的關照。

21 | おまちください【お待ちください】

(敬) 請等一下

例 少々、お待ちください。

譯 請等一下。

22 | おまちどおさま【お待ちどおさま】

(敬) 久等了

例 お待ちどおさま、こちらへどうぞ。

譯 久等了，這邊請。

23 | おめでとう

(寒暄) 恭喜

例 大学合格、おめでとう。

譯 恭喜你考上大學。

24 | おやすみ【お休み】

(寒暄) 休息；晚安

例「お休み」「お休みなさい」。

譯「晚安！」「晚安！」。

25 | おやすみなさい【お休みなさい】

(寒暄) 晚安

例 もう寝るよ。お休みなさい。

譯 我要睡了，晚安。

26 | おん【御】

(接頭) 表示敬意

例 御礼申し上げます。

譯 致以深深的謝意。

27 | けいご【敬語】

(名) 敬語

例 敬語を使う。

譯 使用敬語。

28 | ごえんりょなく【ご遠慮なく】

(敬) 請不用客氣

例 どうぞ、ご遠慮なく。

譯 請不用客氣。

29 | ごめんください

(名·形動·副) (道歉、叩門時)對不起，有人在嗎？

例 ごめんください、おじゃまします。

譯 對不起，打擾了。

30 | じつは【実は】

(副) 說真的，老實說，事實是，說實在的

例 実は私がやったのです。
譯 老實說是我做的。

N3 30-6(2)

30-6 表現 (2) / 表達 (2)

31 | しつれいします【失礼します】

感 (道歉)對不起；(先行離開)先走一步；(進門)不好意思打擾了；(職場用語－掛電話時)不好意思先掛了；(入座)謝謝

例 お先に失礼します。
譯 我先失陪了。

32 | じょうだん【冗談】

名 戲言，笑話，詼諧，玩笑

例 冗談を言うな。
譯 不要亂開玩笑。

33 | すなわち【即ち】

接續 即，換言之；即是，正是；則，彼時；乃，於是

例 1ポンド、すなわち100ペンスで買った。
譯 以一磅也就是100英鎊購買。

34 | すまない

連語 對不起，抱歉；(做寒暄語)對不起

例 すまないと言ってくれた。
譯 向我道了歉。

35 | すみません【済みません】

連語 抱歉，不好意思

例 お待たせしてすみません。
譯 讓您久等，真是抱歉。

36 | ぜひ【是非】

名・副 務必；好與壞

例 是非お電話ください。
譯 請一定打電話給我。

37 | そこで

接續 因此，所以；(轉換話題時)那麼，下面，於是

例 そこで、私は意見を言った。
譯 於是，我說出了我的看法。

38 | それで

接 因此；後來

例 それで、いつ終わるの。
譯 那麼，什麼時候結束呢？

39 | それとも

接續 或著，還是

例 コーヒーにしますか、それとも紅茶にしますか。
譯 您要咖啡還是紅茶？

40 | ただいま

名・副 現在；馬上；剛才；(招呼語)我回來了

例 ただいま帰りました。
譯 我回來了。

41 | つたえる【伝える】

他下一 傳達，轉告；傳導

例 部下に伝える。
譯 轉告給下屬。

42 | つまり

(名·副) 阻塞，困窘；到頭，盡頭；總之，說到底；也就是說，即…

例 つまり、こういうことです。

譯 也就是說，是這個意思。

43 | で

(接續) 那麼；(表示原因)所以

例 台風で学校が休みだ。

譯 因為颱風所以學校放假。

44 | でんごん【伝言】

(名·自他サ) 傳話，口信；帶口信

例 伝言がある。

譯 有留言。

45 | どんなに

(副) 怎樣，多麼，如何；無論如何…也

例 どんなにがんばっても、うまくいかない。

譯 不管你再怎麼努力，事情還是不能順利發展。

46 | なぜなら(ば)【何故なら(ば)】

(接續) 因為，原因是

例 もういや、なぜなら彼はひどい。

譯 我投降了，因為他太惡劣了。

47 | なにか【何か】

(連語·副) 什麼；總覺得

例 何か飲みたい。

譯 想喝點什麼。

48 | バイバイ【bye-bye】

(寒暄) 再見，拜拜

例 バイバイ、またね。

譯 掰掰，再見。

49 | ひょうろん【評論】

(名·他サ) 評論，批評

例 雑誌に映画の評論を書く。

譯 為雜誌撰寫影評。

50 | べつに【別に】

(副) (後接否定)不特別

例 別に忙しくない。

譯 不特別忙。

51 | ほうこく【報告】

(名·他サ) 報告，匯報，告知

例 事件を報告する。

譯 報告案件。

52 | まねる【真似る】

(他下一) 模效，仿效

例 上司の口ぶりを真似る。

譯 仿效上司的說話口吻。

53 | まるで

(副) (後接否定)簡直，全部，完全；好像，宛如，恰如

例 まるで夢のようだ。

譯 宛如作夢一般。

54 | メッセージ【message】

(名) 電報，消息，口信；致詞，祝詞；(美國總統)咨文

例 祝賀のメッセージを送る。
譯 寄送賀詞。

55 | よいしょ
感 (搬重物等吆喝聲)嘿咻
例「よいしょ」と立ち上がる。
譯 一聲「嘿咻」就站了起來。

56 | ろん【論】
名·漢造·接尾 論，議論
例 その論の立て方はおかしい。
譯 那一立論方法很奇怪。

57 | ろんじる·ろんずる【論じる·論ずる】
他上一 論，論述，闡述
例 事の是非を論じる。
譯 論述事情的是與非。

N3 30-7

30-7 文書、出版物 / 文章文書、出版物

01 | エッセー・エッセイ【essay】
名 小品文，隨筆；(隨筆式的)短論文
例 エッセーを読む。
譯 閱讀小品文。

02 | かん【刊】
漢造 刊，出版
例 朝刊と夕刊を取る。
譯 訂早報跟晚報。

03 | かん【巻】
名·漢造 卷，書冊；(書畫的)手卷；卷曲
例 上、中、下、全3巻ある。
譯 有上中下共三冊。

04 | ごう【号】
名·漢造 (雜誌刊物等)期號；(學者等)別名
例 雑誌の一月号を買う。
譯 買一月號的雜誌。

05 | し【紙】
漢造 報紙的簡稱；紙；文件，刊物
例 表紙を作る。
譯 製作封面。

06 | しゅう【集】
名·漢造 (詩歌等的)集；聚集
例 作品を全集にまとめる。
譯 把作品編輯成全集。

07 | じょう【状】
名·漢造 (文)書面，信件；情形，狀況
例 推薦状のおかげで就職が決まった。
譯 承蒙推薦信找到工作了。

08 | しょうせつ【小説】
名 小説
例 恋愛小説を読むのが好きです。
譯 我喜歡看言情小説。

09 | しょもつ【書物】
名 (文)書，書籍，圖書
例 書物を読む。
譯 閱讀書籍。

10 | しょるい【書類】

㊔ 文書，公文，文件

例 書類を送る。

譯 寄送文件。

11 | だい【題】

(名·自サ·漢造) 題目，標題；問題；題辭

例 作品に題をつける。

譯 給作品題上名。

12 | タイトル【title】

㊔（文章的）題目，（著述的）標題；稱號，職稱

例 タイトルを決める。

譯 決定名稱。

13 | だいめい【題名】

㊔（圖書、詩文、戲劇、電影等的）標題，題名

例 題名をつける。

譯 題名。

14 | ちょう【帳】

(漢造) 帳幕；帳本

例 銀行の預金通帳と印鑑を盗まれた。

譯 銀行存摺及印章被偷了。

15 | データ【data】

㊔ 論據，論證的事實；材料，資料；數據

例 データを集める。

譯 收集情報。

16 | テーマ【theme】

㊔（作品的）中心思想，主題；（論文、演說的）題目，課題

例 研究のテーマを考える。

譯 思考研究題目。

17 | としょ【図書】

㊔ 圖書

例 読みたい図書が見つかった。

譯 找到想看的書。

18 | パンフレット【pamphlet】

㊔ 小冊子

例 詳しいパンフレットをダウンロードできる。

譯 可以下載詳細的小冊子。

19 | びら

㊔（宣傳、廣告用的）傳單

例 ビラをまく。

譯 發傳單。

20 | へん【編】

(名·漢造) 編，編輯；（詩的）卷

例 前編と後編に分ける。

譯 分為前篇跟後篇。

21 | めくる【捲る】

(他五) 翻，翻開；揭開，掀開

例 雑誌をめくる。

譯 翻閱雜誌。

必勝 N2

情境分類單字

パート 1 第一章 時間

- 時間 -

N2 ◉ 1-1 (1)

1-1 時、時間、時刻 (1) / 時候、時間、時刻 (1)

01 | あくる【明くる】

(連體) 次，翌，明，第二

例 明(あ)くる朝(あさ)が大変(たいへん)でした。

譯 第二天早上累壞了。

02 | いっしゅん【一瞬】

(名) 一瞬間，一剎那

例 一瞬(いっしゅん)の出来事(できごと)だった。

譯 一剎那間發生的事。

03 | いったん【一旦】

(副) 一旦，既然；暫且，姑且

例 一旦(いったん)約束(やくそく)したことは必(かなら)ず守(まも)る。

譯 一旦約定了的事就應該遵守。

04 | いつでも【何時でも】

(副) 無論什麼時候，隨時，經常，總是

例 勘定(かんじょう)はいつでもよろしい。

譯 哪天付款都可以。

05 | いまに【今に】

(副) 就要，即將，馬上；至今，直到現在

例 今(いま)に追(お)い越(こ)される。

譯 即將要被超越。

06 | いまにも【今にも】

(副) 馬上，不久，眼看就要

例 今(いま)にも雨(あめ)が降(ふ)りそうだ。

譯 眼看就要下雨。

07 | いよいよ【愈々】

(副) 愈發；果真；終於；即將要；緊要關頭

例 いよいよ夏休(なつやす)みだ。

譯 終於要放暑假了。

08 | えいえん【永遠】

(名) 永遠，永恆，永久

例 永遠(えいえん)の眠(ねむ)りについた。

譯 長眠不起。

09 | えいきゅう【永久】

(名) 永遠，永久

例 永久(えいきゅう)に続(つづ)く。

譯 萬古長青。

10 | おえる【終える】

(他下一・自下一) 做完，完成，結束

例 仕事(しごと)を終(お)える。

譯 工作結束。

11 | おわる【終わる】

(自五・他五) 完畢，結束，告終；做完，完結；（接於其他動詞連用形下）…完

例 夢で終わる。

譯 以夢告終。

12 | き【機】

(名・接尾・漢造) 時機；飛機；（助數詞用法）架；機器

例 時機を待つ。

譯 等待時機。

13 | きしょう【起床】

(名・自サ) 起床

例 起床時間を設定する。

譯 設定起床時間。

14 | きゅう【旧】

(名・漢造) 陳舊；往昔，舊日；舊曆，農曆；前任者

例 旧正月に餃子を食べる。

譯 舊曆年吃水餃。

15 | じき【時期】

(名) 時期，時候；期間；季節

例 時期が重なる。

譯 時期重疊。

16 | じこく【時刻】

(名) 時刻，時候，時間

例 時刻どおりに来る。

譯 遵守時間來。

17 | してい【指定】

(名・他サ) 指定

例 時間を指定する。

譯 指定時間。

18 | しばる【縛る】

(他五) 綁，捆，縛；拘束，限制；逮捕

例 時間に縛られる。

譯 受時間限制。

19 | しゅんかん【瞬間】

(名) 瞬間，剎那間，剎那；當時，…的同時

例 決定的瞬間を捉えた。

譯 捕捉關鍵時刻。

20 | しょうしょう【少々】

(名・副) 少許，一點，稍稍，片刻

例 少々お待ちください。

譯 請稍等一下。

N2 1-1 (2)

1-1 時、時間、時刻 (2) / 時候、時間、時刻 (2)

21 | しょうみ【正味】

(名) 實質，內容，淨剩部分；淨重；實數；實價，不折不扣的價格，批發價

例 正味 1 時間かかった。

譯 實際花了整整一小時。

22 | ずらす

(他五) 挪開，錯開，差開

例 時期をずらす。

譯 錯開時期。

23 | ずれる

(自下一) (從原來或正確的位置)錯位，移動；離題，背離(主題、正路等)

例 タイミングがずれる。

譯 錯失時機。

24 | そのころ

(接) 當時，那時

例 そのころはちょうど移動中でした。

譯 那時正好在移動中。

25 | ただちに【直ちに】

(副) 立即，立刻；直接，親自

例 直ちに出動する。

譯 立刻出動。

26 | たちまち

(副) 轉眼間，一瞬間，很快，立刻；忽然，突然

例 たちまち売り切れる。

譯 一瞬間賣個精光。

27 | たったいま【たった今】

(副) 剛才；馬上

例 たった今まいります。

譯 馬上前往。

28 | たま【偶】

(名) 偶爾，偶然；難得，少有

例 たまの休日が嬉しい。

譯 難得少有的休息日真叫人高興。

29 | たらず【足らず】

(接尾) 不足…

例 10 分足らずで着く。

譯 不到十分鐘就抵達了。

30 | ちかごろ【近頃】

(名・副) 最近，近來，這些日子來；萬分，非常

例 近頃の若者が出世したがらない。

譯 最近的年輕人成功慾很低。

31 | ちかぢか【近々】

(副) 不久，近日，過幾天；靠的很近

例 近々訪れる。

譯 近日將去拜訪您。

32 | つぶす【潰す】

(他五) 毀壞，弄碎；熔毀，熔化；消磨，消耗；宰殺；堵死，填滿

例 時間を潰す。

譯 消磨時間。

33 | どうじ【同時】

(名・副・接) 同時，時間相同；同時代；同時，立刻；也，又，並且

例 同時に出発する。

譯 同時出發。

34 | とき【時】

(名) 時間；(某個)時候；時期，時節，季節；情況，時候；時機，機會

例 その時がやって来る。

譯 時候已到。

35 | とたん【途端】

(名・他サ・自サ) 正當…的時候；剛…的時候，一…就…

例 買(か)った途端(とたん)に後悔(こうかい)した。

譯 才剛買下就後悔了。

36 | とっくに

(他サ・自サ) 早就，好久以前

例 とっくに帰(かえ)った。

譯 早就回去了。

37 | ながい【永い】

(形) (時間)長，長久

例 永(なが)い眠(ねむ)りにつく。

譯 長眠。

38 | ながびく【長引く】

(自五) 拖長，延長

例 病気(びょうき)が長引(ながび)く。

譯 疾病久久不癒。

39 | のびのび【延び延び】

(名) 拖延，延緩

例 運動会(うんどうかい)が雨(あめ)で延(の)び延(の)びになる。

譯 運動會因雨勢而拖延。

40 | はつ【発】

(名・接尾) (交通工具等)開出，出發；(信、電報等)發出；(助數詞用法)(計算子彈數量)發，顆

例 6時発(じはつ)の列車(れっしゃ)が遅(おく)れる。

譯 六點發車的列車延誤了。

41 | ふきそく【不規則】

(名・形動) 不規則，無規律；不整齊，凌亂

例 不規則(ふきそく)な生活(せいかつ)をする。

譯 生活不規律。

42 | ぶさた【無沙汰】

(名・自サ) 久未通信，久違，久疏問候

例 大変(たいへん)ご無沙汰(ぶさた)致(いた)しました。

譯 久違了。

43 | ふだん【普段】

(名・副) 平常，平日

例 普段(ふだん)の状態(じょうたい)に戻(もど)る。

譯 回到平常的狀態。

44 | ま【間】

(名・接尾) 間隔，空隙；間歇；機會，時機；(音樂)節拍間歇；房間；(數量)間

例 間(ま)に合(あ)う。

譯 趕得上。

45 | まっさき【真っ先】

(名) 最前面，首先，最先

例 真(ま)っ先(さき)に駆(か)けつける。

譯 最先趕到。

46 | まもなく【間も無く】

(副) 馬上，一會兒，不久

例 間(ま)もなく試験(しけん)が始(はじ)まる。

譯 快考試了。

47 ｜やがて

㊖ 不久，馬上；幾乎，大約；歸根究柢，亦即，就是

例 やがて夜（よる）になった。

譯 不久天就黑了。

N2 1-2 (1)

1-2 季節、年、月、週、日 (1) /
季節、年、月、週、日 (1)

01 ｜おひる【お昼】

㊔ 白天；中飯，午餐

例 お昼（ひる）の献立（こんだて）を用意（ようい）した。

譯 準備了午餐的菜單。

02 ｜か【日】

(漢造) 表示日期或天數

例 二日（ふつか）かかる。

譯 需要兩天。

03 ｜がんじつ【元日】

㊔ 元旦

例 元日（がんじつ）から営業（えいぎょう）する。

譯 從元旦開始營業。

04 ｜がんたん【元旦】

㊔ 元旦

例 元旦（がんたん）に初詣（はつもうで）に行（い）く。

譯 元旦去新年參拜。

05 ｜さきおととい【一昨昨日】

㊔ 大前天，前三天

例 一昨昨日（さきおととい）の出来事（できごと）だ。

譯 大前天的事情。

06 ｜しあさって

㊔ 大後天

例 しあさっての試合（しあい）が中止（ちゅうし）になった。

譯 大後天的比賽中止了。

07 ｜しき【四季】

㊔ 四季

例 四季（しき）を味（あじ）わう。

譯 欣賞四季。

08 ｜しゅう【週】

(名・漢造) 星期；一圈

例 先週（せんしゅう）から腰痛（ようつう）が酷（ひど）い。

譯 上禮拜開始腰疼痛不已。

09 ｜じゅう【中】

(名・接尾) (舊)期間；表示整個期間或區域

例 熱帯地方（ねったいちほう）は1年中暑（いちねんじゅうあつ）い。

譯 熱帶地區整年都熱。

10 ｜しょじゅん【初旬】

㊔ 初旬，上旬

例 10月（がつ）の初旬（しょじゅん）は紅葉（こうよう）がきれいだ。

譯 十月上旬紅葉美極了。

11 ｜しんねん【新年】

㊔ 新年

例 新年（しんねん）を迎（むか）える。

譯 迎接新年。

12 | せいれき【西曆】

㊔ 西曆，西元

例 東京オリンピックが西暦 2020 年です。

譯 東京奧林匹克是在西元2020年。

13 | せんせんげつ【先々月】

(接頭) 上上個月，前兩個月

例 先々月の下旬に伊豆に行った。

譯 上上個月的下旬去了伊豆。

14 | せんせんしゅう【先々週】

(接頭) 上上週

例 先々週から痛みが強くなった。

譯 上上週開始疼痛加劇。

15 | つきひ【月日】

㊔ 日與月；歲月，時光；日月，日期

例 月日が経つ。

譯 時光流逝。

16 | とうじつ【当日】

(名・副) 當天，當日，那一天

例 大会の当日に配布される。

譯 在大會當天發送。

17 | としつき【年月】

㊔ 年和月，歲月，光陰；長期，長年累月；多年來

例 年月が流れる。

譯 歲月流逝。

18 | にちじ【日時】

㊔ (集會和出發的)日期時間

例 出発の日時が決まった。

譯 出發的時日決定了。

19 | にちじょう【日常】

㊔ 日常，平常

例 日常会話ができる。

譯 日常會話沒問題。

20 | にちや【日夜】

(名・副) 日夜；總是，經常不斷地

例 日夜研究に励む。

譯 不分晝夜努力研究。

N2 ◉ 1-2 (2)

1-2 季節、年、月、週、日 (2) / 季節、年、月、週、日(2)

21 | にっちゅう【日中】

㊔ 白天，晝間(指上午十點到下午三、四點間)；日本與中國

例 日中の一番暑い時に出かけた。

譯 在白天最熱之時出門了。

22 | にってい【日程】

㊔ (旅行、會議的)日程；每天的計畫(安排)

例 日程を変える。

譯 改變日程。

23 | ねんかん【年間】

(名・漢造) 一年間；(年號使用)期間，年間

例 年間所得が少ない。

譯 年收入低。

24 | ねんげつ【年月】

㊔ 年月，光陰，時間

例 長い年月がたつ。

譯 經年累月。

25 | ねんじゅう【年中】

(名・副) 全年，整年；一年到頭，總是，始終

例 年中無休にて営業しております。

譯 營業全年無休。

26 | ねんだい【年代】

㊔ 年代；年齡層；時代

例 1990 年代に登場した。

譯 在1990年代(90年代)登場。

27 | ねんど【年度】

㊔ (工作或學業)年度

例 年度が変わる。

譯 換年度。

28 | はやおき【早起き】

㊔ 早起

例 早起きは苦手だ。

譯 不擅長早起。

29 | はんつき【半月】

㊔ 半個月；半月形；上(下)弦月

例 半月かかる。

譯 花上半個月。

30 | はんにち【半日】

㊔ 半天

例 半日で終わる。

譯 半天就結束。

31 | ひがえり【日帰り】

(名・自サ) 當天回來

例 日帰りの旅行がおすすめです。

譯 推薦一日遊。

32 | ひづけ【日付】

㊔ (報紙、新聞上的)日期

例 日付を入れる。

譯 填上日期。

33 | ひにち【日にち】

㊔ 日子，時日；日期

例 同窓会の日にちを決める。

譯 決定同學會的日期。

34 | ひるすぎ【昼過ぎ】

㊔ 過午

例 もう昼過ぎなの。

譯 已經過中午了。

35 | ひるまえ【昼前】

㊔ 上午；接近中午時分

例 昼前なのにもうお腹がすいた。

譯 還不到中午肚子已經餓了。

36 | へいせい【平成】

㊔ 平成(日本年號)

例 平成の次は令和に決定致しました。

譯 平成之後決定為令和。

37 | まふゆ【真冬】

㊔ 隆冬，正冬天

例 真冬(まふゆ)に冷水浴(れいすいよく)をして鍛(きた)える。

譯 在嚴冬裡沖冷水澡鍛練體魄。

38 | よ【夜】

㊔ 夜，晚上，夜間

例 夜(よ)が明(あ)ける。

譯 天亮。

39 | よあけ【夜明け】

㊔ 拂曉，黎明

例 夜明(よあ)けになる。

譯 天亮。

40 | よなか【夜中】

㊔ 半夜，深夜，午夜

例 夜中(よなか)まで起(お)きている。

譯 直到半夜都還醒著。

N2 ◉ 1-3

1-3 過去、現在、未来 / 過去、現在、未來

01 | いこう【以降】

㊔ 以後，之後

例 8月(がつ)以降(いこう)はずっといる。

譯 八月以後都在。

02 | いずれ【何れ】

(代・副) 哪個，哪方；反正，早晚，歸根到底；不久，最近，改日

例 いずれまたお話(はな)ししましょう。

譯 改日我們再聊聊。

03 | いつか【何時か】

㊓ 未來的不定時間，改天；過去的不定時間，以前；不知不覺

例 願(ねが)い事(ごと)はいつかは叶(かな)う。

譯 願望總有一天會實現。

04 | いつまでも【何時までも】

㊓ 到什麼時候也…，始終，永遠

例 いつまでも忘(わす)れない。

譯 永遠不會忘記。

05 | いらい【以来】

㊔ 以來，以後；今後，將來

例 生(う)まれて以来(いらい)ずっと愛(あい)され続(つづ)けている。

譯 出生以來一直都被深愛著。

06 | かこ【過去】

㊔ 過去，往昔；(佛)前生，前世

例 過去(かこ)を顧(かえり)みる。

譯 回顧往事。

07 | きんだい【近代】

㊔ 近代，現代(日本則意指明治維新之後)

例 近代化(きんだいか)を進(すす)める。

譯 推行近代化。

08 | げん【現】

(名・漢造) 現，現在的

例 現社長(げんしゃちょう)が会長(かいちょう)に就任(しゅうにん)する。

譯 現在的社長就任為會長。

09 ｜げんざい【現在】

㊔ 現在，目前，此時

例 現在に至る。

譯 到現在。

10 ｜げんし【原始】

㊔ 原始；自然

例 原始林が広がる。

譯 原始森林展現開來。

11 ｜げんじつ【現実】

㊔ 現實，實際

例 現実に起こる。

譯 發生在現實中。

12 ｜こん【今】

(漢造) 現在；今天；今年

例 今日の日本が必要としている。

譯 如今的日本是很需要的。

13 ｜こんにち【今日】

㊔ 今天，今日；現在，當今

例 今日に至る。

譯 直到今日。

14 ｜さからう【逆らう】

(自五) 逆，反方向；違背，違抗，抗拒，違拗

例 歴史の流れに逆らう。

譯 違抗歷史的潮流。

15 ｜さきほど【先程】

(副) 剛才，方才

例 先程お見えになりました。

譯 剛才蒞臨的。

16 ｜しょうらい【将来】

(名・副・他サ) 將來，未來，前途；(從外國)傳入；帶來，拿來；招致，引起

例 将来を考える。

譯 思考將來要做什麼。

17 ｜すえ【末】

㊔ 結尾，末了；末端，盡頭；將來，未來，前途；不重要的，瑣事；(排行)最小

例 末が案じられる。

譯 前途堪憂。

18 ｜せんご【戦後】

㊔ 戰後

例 戦後の発展がめざましい。

譯 戰後的發展極為出色。

19 ｜ちゅうせい【中世】

㊔ (歷史)中世紀，古代與近代之間(在日本指鎌倉、室町時代)

例 中世のヨーロッパを舞台にした。

譯 以中世紀歐洲為舞台。

20 ｜とうじ【当時】

(名・副) 現在，目前；當時，那時

例 当時を思い出す。

譯 憶起當時。

21 | のちほど【後程】

副 過一會兒

例 後程（のちほど）またご相談（そうだん）しましょう。

譯 回頭再來和你談談。

22 | み【未】

漢造 未，沒；（地支的第八位）未

例 未知（みち）の世界（せかい）が広（ひろ）がっている。

譯 未知的世界展現在眼前。

23 | らい【来】

連體 （時間）下個，下一個

例 来年（らいねん）3月（がつ）に卒業（そつぎょう）する。

譯 明年三月畢業。

N2 1-4

1-4 期間、期限 /
期間、期限

01 | いちじ【一時】

造語・副 某時期，一段時間；那時；暫時；一點鐘；同時，一下子

例 一時（いちじ）のブームが去（さ）った。

譯 風靡一時的熱潮已過。

02 | えんちょう【延長】

名・自他サ 延長，延伸，擴展；全長

例 期間（きかん）を延長（えんちょう）する。

譯 延長期限。

03 | かぎり【限り】

名 限度，極限；（接在表示時間、範圍等名詞下）只限於…，以…為限，在…範圍內

例 限（かぎ）りある命（いのち）を楽（たの）しむ。

譯 享受有限的生命。

04 | かぎる【限る】

自他五 限定，限制；限於；以…為限；不限，不一定，未必

例 今日（きょう）に限（かぎ）る。

譯 限於今日。

05 | き【期】

名 時期；時機；季節；（預定的）時日

例 入学（にゅうがく）の時期（じき）が訪（おとず）れる。

譯 又到開學期了。

06 | きげん【期限】

名 期限

例 期限（きげん）が切（き）れる。

譯 期滿，過期。

07 | たんき【短期】

名 短期

例 短期（たんき）の留学生（りゅうがくせい）が急増（きゅうぞう）した。

譯 短期留學生急速增加。

08 | ちょうき【長期】

名 長期，長時間

例 長期（ちょうき）にわたる。

譯 經過很長一段時間。

09 | ていきてき【定期的】

形動 定期，一定的期間

例 定期的（ていきてき）に送（おく）る。

譯 定期運送。

パート
2
第二章

住居

- 住房 -

N2 ◉ 2-1

2-1 家 / 住家

01 | いしょくじゅう【衣食住】
㊔ 衣食住
例 衣食住に困らない。
譯 不愁吃穿住。

02 | いど【井戸】
㊔ 井
例 井戸を掘る。
譯 挖井。

03 | がいしゅつ【外出】
(名・自サ) 出門，外出
例 外出を控える。
譯 減少外出。

04 | かえす【帰す】
(他五) 讓…回去，打發回家
例 家に帰す。
譯 讓…回家。

05 | かおく【家屋】
㊔ 房屋，住房
例 家屋が立ち並ぶ。
譯 房屋羅列。

06 | くらし【暮らし】
㊔ 度日，生活；生計，家境
例 暮らしを立てる。
譯 謀生。

07 | じたく【自宅】
㊔ 自己家，自己的住宅
例 自宅で事務仕事をやっている。
譯 在家中做事務性工作。

08 | じゅうきょ【住居】
㊔ 住所，住宅
例 住居を移転する。
譯 移居。

09 | しゅうぜん【修繕】
(名・他サ) 修繕，修理
例 古い家屋を修繕した。
譯 整修舊房屋。

10 | じゅうたく【住宅】
㊔ 住宅
例 住宅が密集する。
譯 住宅密集。

11 | じゅうたくち【住宅地】
㊔ 住宅區
例 閑静な住宅地にある。
譯 在安靜的住宅區。

12 | スタート【start】

(名・自サ) 起動，出發，開端；開始(新事業等)

例 新生活がスタートする。

譯 開始新生活。

13 | たく【宅】

(名・漢造) 住所，自己家，宅邸；(加接頭詞「お」成為敬稱)尊處

例 先生のお宅を訪問した。

譯 拜訪了老師的尊府。

14 | ついで

(名) 順便，就便；順序，次序

例 ついでの折に立ち寄る。

譯 順便過來拜訪。

15 | でかける【出かける】

(自下一) 出門，出去，到…去；剛要走，要出去；剛要…

例 家を出かけた時に電話が鳴った。

譯 正要出門時，電話響起。

16 | とりこわす【取り壊す】

(他五) 拆除

例 古い家を取り壊す。

譯 拆除舊屋。

17 | のき【軒】

(名) 屋簷

例 軒を並べる。

譯 房屋鱗次櫛比。

18 | べっそう【別荘】

(名) 別墅

例 別荘を建てる。

譯 蓋別墅。

19 | ほうもん【訪問】

(名・他サ) 訪問，拜訪

例 お宅を訪問する。

譯 到貴宅拜訪。

N2 2-2

2-2 家の外側 / 住家的外側

01 | あまど【雨戸】

(名) (為防風防雨而罩在窗外的)木板套窗，滑窗

例 雨戸を開ける。

譯 拉開木板套窗。

02 | いしがき【石垣】

(名) 石牆

例 石垣のある家に住みたい。

譯 想住有石牆的房子。

03 | かきね【垣根】

(名) 籬笆，柵欄，圍牆

例 垣根を取り払う。

譯 拆除籬笆。

04 | かわら【瓦】

(名) 瓦

例 瓦で屋根を葺く。

譯 用瓦鋪屋頂。

05 | すきま【隙間】

㊔ 空隙，隙縫；空閒，閒暇

例 隙間（すきま）ができる。

譯 產生縫隙。

06 | すずむ【涼む】

自五 乘涼，納涼

例 縁側（えんがわ）で涼（すず）む。

譯 在走廊乘涼。

07 | へい【塀】

㊔ 圍牆，牆院，柵欄

例 塀（へい）が傾（かたむ）く。

譯 圍牆傾斜。

08 | ものおき【物置】

㊔ 庫房，倉房

例 物置（ものおき）に入（い）れる。

譯 放入倉庫。

09 | れんが【煉瓦】

㊔ 磚，紅磚

例 煉瓦（れんが）を積（つ）む。

譯 砌磚。

N2 2-3

2-3 部屋、設備 / 房間、設備

01 | あわ【泡】

㊔ 泡，沫，水花

例 泡（あわ）が立（た）つ。

譯 起泡泡。

02 | いた【板】

㊔ 木板；薄板；舞台

例 床（ゆか）に板（いた）を張（は）る。

譯 地板鋪上板子。

03 | かいてき【快適】

形動 舒適，暢快，愉快

例 快適（かいてき）な空間（くうかん）になる。

譯 成為舒適的空間。

04 | かんき【換気】

名・自他サ 換氣，通風，使空氣流通

例 窓（まど）を開（あ）けて換気（かんき）する。

譯 打開窗戶使空氣流通。

05 | きゃくま【客間】

㊔ 客廳

例 客間（きゃくま）に通（とお）す。

譯 請到客廳。

06 | きれい【綺麗・奇麗】

形 好看，美麗；乾淨；完全徹底；清白，純潔；正派，公正

例 部屋（へや）をきれいにする。

譯 把房間打掃乾淨。

07 | ざしき【座敷】

㊔ 日本式客廳；酒席，宴會，應酬；宴客的時間；接待客人

例 座敷（ざしき）に通（とお）す。

譯 到客廳。

08 | しく【敷く】

自五・他五 鋪上一層，(作接尾詞用)鋪滿，遍佈，落滿鋪墊，鋪設；布置，發佈

例 座布団を敷く。
譯 鋪坐墊。

09 | しょうじ【障子】

㊔ 日本式紙拉門，隔扇
例 壁に耳あり、障子に目あり。
譯 隔牆有耳，隔籬有眼。

10 | しょくたく【食卓】

㊔ 餐桌
例 食卓を囲む。
譯 圍著餐桌。

11 | しょさい【書斎】

㊔（個人家中的）書房，書齋
例 書斎に閉じこもる。
譯 關在書房裡。

12 | せんめん【洗面】

(名・他サ) 洗臉
例 洗面台が詰まった。
譯 洗臉台塞住了。

13 | ちらかす【散らかす】

(他五) 弄得亂七八糟；到處亂放，亂扔
例 部屋を散らかす。
譯 把房間弄得亂七八糟。

14 | ちらかる【散らかる】

(自五) 凌亂，亂七八糟，到處都是
例 部屋が散らかる。
譯 房間凌亂。

15 | てあらい【手洗い】

㊔ 洗手；洗手盆，洗手用的水；洗手間
例 手洗いに行く。
譯 去洗手間。

16 | とこのま【床の間】

㊔ 壁龕（牆身所留空間，傳統和室常有擺設插花或是貴重的藝術品之特別空間）
例 床の間に飾る。
譯 裝飾壁龕。

17 | ひっこむ【引っ込む】

(自五・他五) 引退，隱居；縮進，縮入；拉入，拉進；拉攏
例 部屋の隅に引っ込む。
譯 退往房間角落。

18 | ふう【風】

(名・漢造) 樣子，態度；風度；習慣；情況；傾向；打扮；風；風教；風景；因風得病；諷刺
例 和風に染まる。
譯 沾染上日本風味。

19 | ふすま【襖】

㊔ 隔扇，拉門
例 襖を開ける。
譯 拉開隔扇。

20 | ふわふわ

(副・自サ) 輕飄飄地；浮躁，不沈著；軟綿綿的
例 ふわふわの掛け布団が好きだ。
譯 喜歡軟綿綿的棉被。

21 | べんじょ【便所】

㊔ 廁所，便所

例 便所(べんじょ)へ行(い)く。

譯 上廁所。

22 | またぐ【跨ぐ】

(他五) 跨立，叉開腿站立；跨過，跨越

例 敷居(しきい)をまたぐ。

譯 跨過門檻。

23 | めいめい【銘々】

(名・副) 各自，每個人

例 銘々(めいめい)に部屋(へや)がある。

譯 每人都有各自的房間。

24 | ものおと【物音】

㊔ 響聲，響動，聲音

例 物音(ものおと)がする。

譯 發出聲響。

25 | やぶく【破く】

(他五) 撕破，弄破

例 障子(しょうじ)を破(やぶ)く。

譯 把紙拉門弄破。

N2 ● 2-4

2-4 住む / 居住

01 | うすぐらい【薄暗い】

㊋ 微暗的，陰暗的

例 薄暗(うすぐら)い部屋(へや)に閉(と)じ込(こ)められた。

譯 被關進微暗的房間。

02 | かしま【貸間】

㊔ 出租的房間

例 貸間(かしま)を探(さが)す。

譯 找出租房子。

03 | かしや【貸家】

㊔ 出租的房子

例 貸家(かしや)の広告(こうこく)をアップする。

譯 上傳出租房屋的廣告。

04 | かす【貸す】

(他五) 借出，出借；出租；提出策劃

例 部屋(へや)を貸(か)す。

譯 房屋租出。

05 | げしゅく【下宿】

(名・自サ) 租屋；住宿

例 おじの家(いえ)に下宿(げしゅく)している。

譯 在叔叔家裡租房間住。

06 | すまい【住まい】

㊔ 居住；住處，寓所；地址

例 一人住(ひとりず)まいが不安(ふあん)になってきた。

譯 對獨居開始感到不安。

07 | だんち【団地】

㊔ (為發展產業而成片劃出的)工業區；(有計畫的集中建立住房的)住宅區

例 団地(だんち)に住(す)む。

譯 住在住宅區。

パート
3
第三章

食事
- 用餐 -

N2 3-1

3-1 食事、食べる、味 /
用餐、吃、味道

01 | あじわう【味わう】
(他五) 品嚐；體驗，玩味，鑑賞
例 味(あじ)わって食(た)べる。
譯 邊品嚐邊吃。

02 | おうせい【旺盛】
(形動) 旺盛
例 食欲(しょくよく)が旺盛(おうせい)だ。
譯 食慾很旺盛。

03 | おかわり【お代わり】
(名・自サ) (酒、飯等)再來一杯、一碗
例 ご飯(はん)をお代(か)わりする。
譯 再來一碗飯。

04 | かじる【齧る】
(他五) 咬，啃；一知半解
例 木(き)の実(み)をかじる。
譯 啃樹木的果實。

05 | カロリー【calorie】
(名) (熱量單位)卡，卡路里；(食品營養價值單位)卡，大卡
例 カロリーが高(たか)い。
譯 熱量高。

06 | くう【食う】
(他五) (俗)吃，(蟲)咬
例 飯(めし)を食(く)う。
譯 吃飯。

07 | こうきゅう【高級】
(名・形動) (級別)高，高級；(等級程度)高
例 高級(こうきゅう)な料理(りょうり)を楽(たの)しめる。
譯 可以享受高級料理。

08 | こえる【肥える】
(自下一) 肥，胖；土地肥沃；豐富；(識別力)提高，(鑑賞力)強
例 口(くち)が肥(こ)える。
譯 講究吃。

09 | こんだて【献立】
(名) 菜單
例 献立(こんだて)を作(つく)る。
譯 安排菜單。

10 | さしみ【刺身】
(名) 生魚片
例 刺身(さしみ)は苦手(にがて)だ。
譯 不敢吃生魚片。

11 | さっぱり

(名・他サ) 整潔，俐落，瀟灑；(個性)直爽，坦率；(感覺)爽快，病癒；(味道)清淡

例 さっぱりしたものが食(た)べたい。

譯 想吃些清淡的菜。

12 | しおからい【塩辛い】

(形) 鹹的

例 味(あじ)は塩辛(しおから)い。

譯 味道很鹹。

13 | しつこい

(形) (色香味等)過於濃的，油膩；執拗，糾纏不休

例 しつこい味(あじ)がする。

譯 味道濃厚

14 | しゃぶる

(他五) (放入口中)含，吸吮

例 飴(あめ)をしゃぶる。

譯 吃糖果。

15 | じょう【上】

(名・漢造) 上等；(書籍的)上卷；上部，上面；上好的，上等的

例 うな丼(どん)の上(じょう)を頼(たの)んだ。

譯 點了上等鰻魚丼。

16 | じょうひん【上品】

(名・形動) 高級品，上等貨；莊重，高雅，優雅

例 上品(じょうひん)な味(あじ)をお楽(たの)しみください。

譯 享用口感高雅的料理。

17 | しょくせいかつ【食生活】

(名) 飲食生活

例 食生活(しょくせいかつ)が豊(ゆた)かになった。

譯 飲食生活變得豐富。

18 | しょくよく【食欲】

(名) 食慾

例 食欲(しょくよく)がない。

譯 沒有食慾。

19 | そのまま

(副) 照樣的，按照原樣；(不經過一般順序、步驟)就那樣，馬上，立刻；非常相像

例 そのまま食(た)べる。

譯 就那樣直接吃。

20 | そまつ【粗末】

(名・形動) 粗糙，不精緻；疏忽，簡慢；糟蹋

例 粗末(そまつ)な食事(しょくじ)をとる。

譯 粗茶淡飯。

21 | ちゅうしょく【昼食】

(名) 午飯，午餐，中飯，中餐

例 昼食(ちゅうしょく)をとる。

譯 吃中餐。

22 | ちょうしょく【朝食】

(名) 早餐

例 朝食(ちょうしょく)はパンとコーヒーで済(す)ませる。

譯 早餐吃麵包和咖啡解決。

23 | ついか【追加】

(名・他サ) 追加，添付，補上

例 料理(りょうり)を追加(ついか)する。

譯 追加料理。

24 | つぐ【注ぐ】

(他五) 注入，斟，倒入(茶、酒等)

例 お茶(ちゃ)を注(つ)ぐ。

譯 倒茶。

25 | のこらず【残らず】

(副) 全部，通通，一個不剩

例 残(のこ)らず食(た)べる。

譯 一個不剩全部吃完。

26 | のみかい【飲み会】

(名) 喝酒的聚會

例 飲(の)み会(かい)に誘(さそ)われる。

譯 被邀去參加聚會。

27 | バイキング【Viking】

(名) 自助式吃到飽

例 朝食(ちょうしょく)のバイキング。

譯 自助式吃到飽的早餐

28 | まかなう【賄う】

(他五) 供給飯食；供給，供應；維持

例 食事(しょくじ)を賄(まかな)う。

譯 供餐。

29 | ゆうしょく【夕食】

(名) 晚餐

例 夕食(ゆうしょく)はハンバーグだ。

譯 晚餐吃漢堡排。

30 | よう【酔う】

(自五) 醉，酒醉；暈(車、船)；(吃魚等)中毒；陶醉

例 酒(さけ)に酔(よ)う。

譯 喝醉酒。

31 | よくばる【欲張る】

(自五) 貪婪，貪心，貪得無厭

例 欲張(よくば)って食(た)べ過(す)ぎる。

譯 貪心結果吃太多了。

N2 ◎ 3-2

3-2 食べ物 / 食物

01 | あめ【飴】

(名) 糖，麥芽糖

例 飴(あめ)をしゃぶらせる。

譯 (為了討好,欺騙等而)給(對方)些甜頭。

02 | ウィスキー【whisky】

(名) 威士忌(酒)

例 スコッチウィスキーを飲(の)む。

譯 喝蘇格蘭威士忌。

03 | おかず【お数・お菜】

(名) 菜飯，菜餚

例 ご飯(はん)のおかずになる。

譯 成為配菜。

04 | おやつ
㊔（特指下午二到四點給兒童吃的）點心，零食
例 おやつを食(た)べる。
譯 吃零食。

05 | か【可】
㊔ 可，可以；及格
例 お弁当(べんとう)持(も)ち込(こ)み可(か)。
譯 可攜帶便當進入。

06 | かし【菓子】
㊔ 點心，糕點，糖果
例 和菓子(わがし)を家庭(かてい)で作(つく)る。
譯 在家裡製作日本點心。

07 | かたよる【偏る・片寄る】
(自五) 偏於，不公正，偏袒；失去平衡
例 栄養(えいよう)が偏(かたよ)る。
譯 營養不均。

08 | クリーム【cream】
㊔ 鮮奶油，奶酪；膏狀化妝品；皮鞋油；冰淇淋
例 生(なま)クリームを使(つか)う。
譯 使用鮮奶油。

09 | じさん【持参】
(名・他サ) 帶來（去），自備
例 弁当(べんとう)を持参(じさん)する。
譯 自備便當。

10 | しょくえん【食塩】
㊔ 食鹽
例 食塩(しょくえん)と砂糖(さとう)で味付(あじつ)けする。
譯 以鹽巴和砂糖調味。

11 | しょくひん【食品】
㊔ 食品
例 食品(しょくひん)売(う)り場(ば)を拡大(かくだい)する。
譯 擴大食品販賣部。

12 | しょくもつ【食物】
㊔ 食物
例 食物(しょくもつ)アレルギーをおこす。
譯 食物過敏。

13 | しる【汁】
㊔ 汁液，漿；湯；味噌湯
例 みそ汁(しる)を作(つく)る。
譯 做味噌湯。

14 | ちゃ【茶】
(名・漢造) 茶；茶樹；茶葉；茶水
例 茶(ちゃ)を入(い)れる。
譯 泡茶。

15 | チップ【chip】
㊔（削木所留下的）片削；洋芋片
例 ポテト・チップスを作(つく)る。
譯 做洋芋片。

16 | とうふ【豆腐】

㊔ 豆腐

例 豆腐は安い。

譯 豆腐很便宜。

17 | ハム【ham】

㊔ 火腿

例 ハムサンドをください。

譯 請給我火腿三明治。

18 | めし【飯】

㊔ 米飯；吃飯，用餐；生活，生計

例 飯を炊く。

譯 煮飯。

19 | もち【餅】

㊔ 年糕

例 餅をつく。

譯 搗年糕。

20 | もる【盛る】

(他五) 盛滿，裝滿；堆滿，堆高；配藥，下毒；刻劃，標刻度

例 ご飯を盛る。

譯 盛飯。

21 | れいとうしょくひん【冷凍食品】

㊔ 冷凍食品

例 冷凍食品は便利だ。

譯 冷凍食品很方便。

3-3 調理、料理、クッキング / 調理、菜餚、烹調

01 | あぶる【炙る・焙る】

(他五) 烤；烘乾；取暖

例 海苔をあぶる。

譯 烤海苔。

02 | いる【煎る・炒る】

(他五) 炒，煎

例 豆を煎る。

譯 炒豆子。

03 | うすめる【薄める】

(他下一) 稀釋，弄淡

例 水で薄める。

譯 摻水稀釋。

04 | かねつ【加熱】

(名・他サ) 加熱，高溫處理

例 牛乳を加熱する。

譯 把牛乳加熱。

05 | こがす【焦がす】

(他五) 弄糊，烤焦，燒焦；(心情)焦急，焦慮；用香薰

例 ご飯を焦がす。

譯 把飯煮糊。

06 | こげる【焦げる】

(自下一) 烤焦，燒焦，焦，糊；曬褪色

例 茶色に焦げる。

譯 燒焦成茶色。

07 | すいじ【炊事】

(名・自サ) 烹調，煮飯

例 彼は炊事当番になった。

譯 輪到他做飯。

08 | そそぐ【注ぐ】

(自五・他五) (水不斷地)注入，流入；(雨、雪等)落下；(把液體等)注入，倒入；澆，灑

例 水を注ぐ。

譯 灌入水。

09 | ちょうみりょう【調味料】

(名) 調味料，佐料

例 調味料を加える。

譯 加入調味料。

10 | できあがり【出来上がり】

(名) 做好，做完；完成的結果(手藝，質量)

例 出来上がりを待つ。

譯 等待成果。

11 | できあがる【出来上がる】

(自五) 完成，做好；天性，生來就…

例 ようやく出来上がった。

譯 好不容易才完成。

12 | ねっする【熱する】

(自サ・他サ) 加熱，變熱，發熱；熱中於，興奮，激動

例 火で熱する。

譯 用火加熱。

13 | ひをとおす【火を通す】

(慣) 加熱；烹煮

例 さっと火を通す。

譯 很快地加熱一下。

14 | ゆげ【湯気】

(名) 蒸氣，熱氣；(蒸汽凝結的)水珠，水滴

例 湯気が立つ。

譯 冒熱氣。

15 | れいとう【冷凍】

(名・他サ) 冷凍

例 肉を冷凍する。

譯 將肉冷凍。

N2 3-4

3-4 食器 / 餐廚用具

01 | かま【窯】

(名) 窯，爐；鍋爐

例 窯で焼く。

譯 在窯裡燒。

02 | かんづめ【缶詰】

(名) 罐頭；不與外界接觸的狀態；擁擠的狀態

例 缶詰にする。

譯 關起來。

03 | さじ【匙】

(名) 匙子，小杓子

例 匙ですくう。

譯 用匙舀。

04 | さら【皿】

㊔ 盤子；盤形物；(助數詞)一碟等

例 目を皿のようにする。

譯 睜大雙眼。

05 | しょっき【食器】

㊔ 餐具

例 食器を洗う。

譯 洗餐具。

06 | ずみ【済み】

㊔ 完了，完結；付清，付訖

例 使用済みの紙コップを活用できる。

譯 使用過的紙杯可以加以活用。

07 | せともの【瀬戸物】

㊔ 陶瓷品

例 瀬戸物を紹介する。

譯 介紹瓷器。

08 | ひび【罅・皹】

㊔ (陶器、玻璃等)裂紋，裂痕；(人和人之間)發生裂痕；(身體、精神)發生毛病

例 罅が入る。

譯 出現裂痕。

09 | びんづめ【瓶詰】

㊔ 瓶裝；瓶裝罐頭

例 瓶詰で売る。

譯 用瓶裝銷售。

10 | ふさぐ【塞ぐ】

(他五・自五) 塞閉；阻塞，堵；佔用；不舒服，鬱悶

例 瓶の口を塞ぐ。

譯 塞住瓶口。

11 | やかん【薬缶】

㊔ (銅、鋁製的)壺，水壺

例 やかんで湯を沸かす。

譯 用壺燒水。

パート
4
第四章

衣服

- 衣服 -

N2 ⊙ 4-1

4-1 衣服、洋服、和服 /
衣服、西服、和服

01 | いふく【衣服】

㊔ 衣服

例 衣服を整える。

譯 整裝。

02 | いりょうひん【衣料品】

㊔ 衣料；衣服

例 衣料品店を営む。

譯 經營服飾店。

03 | うつす【映す】

(他五) 映，照；放映

例 姿を映す。

譯 映照出姿態。

04 | おでかけ【お出掛け】

㊔ 出門，正要出門

例 お出かけ用の靴がない。

譯 沒有出門用的鞋子。

05 | かおり【香り】

㊔ 芳香，香氣

例 香りを付ける。

譯 讓…有香氣。

06 | きじ【生地】

㊔ 本色，素質，本來面目；布料；(陶器等)毛坏

例 ドレスの生地が粗い。

譯 洋裝布料質地粗糙。

07 | きれ【切れ】

㊔ 衣料，布頭，碎布

例 余ったきれでハンカチを作る。

譯 用剩布做手帕。

08 | けがわ【毛皮】

㊔ 毛皮

例 毛皮のコートが特売中だ。

譯 毛皮大衣特賣中。

09 | しみ【染み】

㊔ 汙垢；玷汙

例 服に醤油の染みが付く。

譯 衣服沾上醬油。

10 | つるす【吊るす】

(他五) 懸起，吊起，掛著

例 洋服を吊るす。

譯 吊起西裝。

11 | ドレス【dress】

㊔ 女西服，洋裝，女禮服

例 ドレスを脱(ぬ)ぐ。
譯 脱下洋裝。

12 | ねまき【寝間着】
㊔ 睡衣
例 寝間着(ねまき)に着替(きが)える。
譯 換穿睡衣。

13 | はだぎ【肌着】
㊔ (貼身)襯衣，汗衫
例 婦人(ふじん)の肌着(はだぎ)の品(しな)は豊富(ほうふ)です。
譯 女性的汗衫類產品很豐富。

14 | はなやか【華やか】
(形動) 華麗；輝煌；活躍；引人注目
例 華(はな)やかな服装(ふくそう)で出席(しゅっせき)する。
譯 穿著華麗的服裝出席。

15 | ふくそう【服装】
㊔ 服裝，服飾
例 服装(ふくそう)に凝(こ)る。
譯 講究服裝。

16 | ふくらむ【膨らむ】
(自五) 鼓起，膨脹；(因為不開心而)噘嘴
例 ポケットが膨(ふくら)んだ。
譯 口袋鼓起來。

17 | みずぎ【水着】
㊔ 泳裝
例 水着(みずぎ)に着替(きか)える。
譯 換上泳裝。

18 | モダン【modern】
(名・形動) 現代的，流行的，時髦的
例 モダンな服装(ふくそう)で現(あらわ)れる。
譯 穿著時髦的服裝出現。

19 | ゆかた【浴衣】
㊔ 夏季穿的單衣，浴衣
例 浴衣(ゆかた)を着(き)る。
譯 穿浴衣。

20 | ゆったり
(副・自サ) 寬敞舒適
例 ゆったりした服(ふく)が着(き)たくなる。
譯 想穿寬鬆的服裝。

21 | わふく【和服】
㊔ 日本和服，和服
例 和服姿(わふくすがた)で現(あらわ)れる。
譯 以和服打扮出場。

22 | ワンピース【one-piece】
㊔ 連身裙，洋裝
例 ワンピースを着(き)る。
譯 穿洋裝。

N2 ● 4-2

4-2 着る、装身具 /
穿戴、服飾用品

01 | うらがえす【裏返す】
(他五) 翻過來；通敵，叛變
例 靴下(くつした)を裏返(うらがえ)して履(は)く。
譯 襪子反過來穿。

02 | うわ【上】

(漢造) (位置的)上邊，上面，表面；(價值、程度)高；輕率，隨便

例 上着(うわぎ)を脱(ぬ)ぐ。

譯 脱上衣。

03 | エプロン【apron】

(名) 圍裙

例 エプロンを付(つ)ける。

譯 圍圍裙。

04 | おび【帯】

(名) (和服裝飾用的)衣帶，腰帶；「帶紙」的簡稱

例 帯(おび)を巻(ま)く。

譯 穿衣帶。

05 | かぶせる【被せる】

(他下一) 蓋上；(用水)澆沖；戴上(帽子等)；推卸

例 帽子(ぼうし)を被(かぶ)せる。

譯 戴上帽子。

06 | きがえ【着替え】

(名) 換衣服；換的衣服

例 着替(きが)えを持(も)つ。

譯 攜帶換洗衣物。

07 | げた【下駄】

(名) 木屐

例 下駄(げた)を履(は)く。

譯 穿木屐。

08 | じかに【直に】

(副) 直接地，親自地；貼身

例 肌(はだ)に直(じか)に着(き)る。

譯 貼身穿上。

09 | たび【足袋】

(名) 日式白布襪

例 足袋(たび)を履(は)く。

譯 穿日式白布襪。

10 | たれさがる【垂れ下がる】

(自五) 下垂

例 ひもが垂(た)れ下(さ)がる。

譯 帶子垂下。

11 | つける【着ける】

(他下一) 佩帶，穿上

例 服(ふく)を身(み)に付(つ)ける。

譯 穿上衣服。

12 | ながそで【長袖】

(名) 長袖

例 長袖(ながそで)の服(ふく)を着(き)る。

譯 穿長袖衣物。

13 | バンド【band】

(名) 樂團帶；狀物；皮帶，腰帶

例 バンドを締(し)める。

譯 繫皮帶。

14 | ブローチ【brooch】

(名) 胸針

例 ブローチを付(つ)ける。
譯 別上胸針。

15 | ほころびる【綻びる】
自下一 脱線；使微微地張開，綻放
例 袖口(そでぐち)が綻(ほころ)びる。
譯 袖口綻開。

16 | ほどく【解く】
他五 解開(繩結等)；拆解(縫的東西)
例 結(むす)び目(め)を解(ほど)く。
譯 把結扣解開。

N2 ⊙ 4-3

4-3 纖維 /
衣料纖維

01 | けいと【毛糸】
名 毛線
例 毛糸(けいと)で編(あ)む。
譯 以毛線編織。

02 | てぬぐい【手ぬぐい】
名 布手巾
例 手(て)ぬぐいを絞(しぼ)る。
譯 扭(乾)毛巾。

03 | ぬの【布】
名 布匹；棉布；麻布
例 布(ぬの)を織(お)る。
譯 織布。

04 | ひも【紐】
名 (布、皮革等的)細繩，帶
例 紐(ひも)がつく。
譯 帶附加條件。

05 | ようもう【羊毛】
名 羊毛
例 羊毛(ようもう)を刈(か)る。
譯 剪羊毛。

06 | わた【綿】
名 (植)棉；棉花；柳絮；絲棉
例 綿(わた)を入(い)れる。
譯 (往衣被裡)塞棉花。

パート
5
第五章

人体

- 人體 -

N2 ◎ 5-1

5-1 身体、体 /
胴體、身體

01 | あびる【浴びる】

(他上一) 洗，浴；曬，照；遭受，蒙受

例 シャワーを浴(あ)びる。

譯 淋浴。

02 | い【胃】

(名) 胃

例 胃(い)が痛(いた)い。

譯 胃痛。

03 | かつぐ【担ぐ】

(他五) 扛，挑；推舉，擁戴；受騙

例 荷物(にもつ)を担(かつ)ぐ。

譯 搬行李。

04 | きんにく【筋肉】

(名) 肌肉

例 筋肉(きんにく)を鍛(きた)える。

譯 鍛鍊肌肉。

05 | こし【腰】

(名・接尾) 腰；(衣服、裙子等的)腰身

例 腰(こし)が抜(ぬ)ける。

譯 站不起來；嚇得腿軟。

06 | こしかける【腰掛ける】

(自下一) 坐下

例 ベンチに腰掛(こしか)ける。

譯 坐長板凳。

07 | ころぶ【転ぶ】

(自五) 跌倒，倒下；滾轉；趨勢發展，事態變化

例 滑(すべ)って転(ころ)ぶ。

譯 滑倒。

08 | しせい【姿勢】

(名) (身體)姿勢；態度

例 姿勢(しせい)をとる。

譯 採取…姿態。

09 | しゃがむ

(自五) 蹲下

例 しゃがんで小石(こいし)を拾(ひろ)う。

譯 蹲下撿小石頭。

10 | しんしん【心身】

(名) 身和心；精神和肉體

例 心身(しんしん)を鍛(きた)える。

譯 鍛鍊身心。

11 | しんぞう【心臓】

㊔ 心臟；厚臉皮，勇氣

例 心臓(しんぞう)が強(つよ)い。

譯 心臟很強。

12 | ぜんしん【全身】

㊔ 全身

例 症状(しょうじょう)が全身(ぜんしん)に広(ひろ)がる。

譯 症狀擴散到全身。

13 | だらり(と)

㊓ 無力地(下垂著)

例 だらりとぶら下(さ)がる。

譯 無力地垂吊。

14 | ていれ【手入れ】

(名・他サ) 收拾，修整；檢舉，搜捕

例 肌(はだ)の手入(てい)れをする。

譯 保養肌膚。

15 | どうさ【動作】

(名・自サ) 動作

例 動作(どうさ)が速(はや)い。

譯 動作迅速。

16 | とびはねる【飛び跳ねる】

(自下一) 跳躍

例 飛(と)び跳(は)ねて喜(よろこ)ぶ。

譯 欣喜而跳躍。

17 | にぶい【鈍い】

㊎ (刀劍等)鈍，不鋒利；(理解、反應)慢，遲鈍，動作緩慢；(光)朦朧，(聲音)渾濁

例 動作(どうさ)が鈍(にぶ)い。

譯 動作遲鈍。

18 | はだ【肌】

㊔ 肌膚，皮膚；物體表面；氣質，風度；木紋

例 肌(はだ)が白(しろ)い。

譯 皮膚很白。

19 | はだか【裸】

㊔ 裸體；沒有外皮的東西；精光，身無分文；不存先入之見，不裝飾門面

例 裸(はだか)になる。

譯 裸體。

20 | みあげる【見上げる】

(他下一) 仰視，仰望；欽佩，尊敬，景仰

例 空(そら)を見上(みあ)げる。

譯 仰望天空。

21 | もたれる【凭れる・靠れる】

(自下一) 依靠，憑靠；消化不良

例 ドアに凭(もた)れる。

譯 靠在門上。

22 | もむ【揉む】

(他五) 搓，揉；捏，按摩；(很多人)互相推擠；爭辯；(被動式型態)錘鍊，受磨練

例 肩(かた)を揉(も)む。

譯 按摩肩膀。

23 ｜わき【脇】

㊔ 腋下，夾肢窩；(衣服的)旁側；旁邊，附近，身旁；旁處，別的地方；(演員)配角

例 脇に抱える。

譯 夾在腋下。

N2 ◉ 5-2 (1)

5-2 顔 (1) / 臉 (1)

01 ｜あむ【編む】

(他五) 編，織；編輯，編纂

例 お下げを編む。

譯 編髮辮。

02 ｜いき【息】

㊔ 呼吸，氣息；步調

例 息をつく。

譯 喘口氣。

03 ｜うがい【嗽】

(名・自サ) 漱口

例 うがい薬が苦手だ。

譯 漱口水我最怕了。

04 ｜うなずく【頷く】

(自五) 點頭同意，首肯

例 軽くうなずく。

譯 輕輕地點頭。

05 ｜えがお【笑顔】

㊔ 笑臉，笑容

例 笑顔を作る。

譯 強顏歡笑。

06 ｜おおう【覆う】

(他五) 覆蓋，籠罩；掩飾；籠罩，充滿；包含，蓋擴

例 顔を覆う。

譯 蒙面。

07 ｜おもなが【面長】

(名・形動) 長臉，橢圓臉

例 面長の人に合う。

譯 適合臉長的人。

08 ｜くち【口】

(名・接尾) 口，嘴；用嘴說話；口味；人口，人數；出入或存取物品的地方；口，放進口中或動口的次數；股，份

例 口がうまい。

譯 花言巧語，善於言詞。

09 ｜くぼむ【窪む・凹む】

(自五) 凹下，塌陷

例 目がくぼむ。

譯 眼窩深陷。

10 ｜くわえる【銜える】

(他一) 叼，銜

例 楊枝をくわえる。

譯 叼著牙籤。

11 ｜けむい【煙い】

㊎ 煙撲到臉上使人無法呼吸，嗆人

例 煙草が煙い。

譯 菸薰嗆人。

12 | こきゅう【呼吸】

(名・自他サ) 呼吸，吐納；(合作時)步調，拍子，節奏；竅門，訣竅

例 呼吸(こきゅう)がとまる。

譯 停止呼吸。

13 | さぐる【探る】

(他五) (用手腳等)探，摸；探聽，試探，偵查；探索，探求，探訪

例 手(て)で探(さぐ)る。

譯 用手摸索。

14 | ささやく【囁く】

(自五) 低聲自語，小聲說話，耳語

例 耳元(みみもと)でささやく。

譯 附耳私語。

15 | しょうてん【焦点】

(名) 焦點；(問題的)中心，目標

例 焦点(しょうてん)が合(あ)う。

譯 對準目標。

16 | しらが【白髪】

(名) 白頭髮

例 白髪(しらが)が増(ふ)える。

譯 白髮增多。

17 | すきとおる【透き通る】

(自五) 通明，透亮，透過去；清澈；清脆(的聲音)

例 透(す)き通(とお)った声(こえ)で話(はな)す。

譯 以清脆的聲音說話。

18 | するどい【鋭い】

(形) 尖的；(刀子)鋒利的；(視線)尖銳的；激烈，強烈；(頭腦)敏銳，聰明

例 鋭(するど)い目(め)つきで見(み)つめる。

譯 以銳利的目光注視著。

19 | そる【剃る】

(他五) 剃(頭)，刮(臉)

例 ひげを剃(そ)る。

譯 刮鬍子。

20 | ためいき【ため息】

(名) 嘆氣，長吁短嘆

例 ため息(いき)をつく。

譯 嘆氣。

N2 ◉ 5-2 (2)

5-2 顔 (2) /
臉 (2)

21 | たらす【垂らす】

(名) 滴；垂

例 よだれを垂(た)らす。

譯 流口水。

22 | ちぢれる【縮れる】

(自下一) 捲曲；起皺，出摺

例 毛(け)が縮(ちぢ)れる。

譯 毛卷曲。

23 | つき【付き】

(接尾) (前接某些名詞)樣子；附屬

例 顔(かお)つきが変(か)わる。

譯 神情變了。

24 | つっこむ【突っ込む】

(他五・自五) 衝入，闖入；深入；塞進，插入；沒入；深入追究

例 首(くび)を突(つ)っ込(こ)む。

譯 一頭栽入。

25 | つや【艶】

(名) 光澤，潤澤；興趣，精彩；豔事，風流事

例 艶(つや)が出(で)る。

譯 顯出光澤。

26 | のぞく【覗く】

(自五・他五) 露出（物體的一部份）；窺視，探視；往下看；晃一眼；窺探他人秘密

例 隙間(すきま)から覗(のぞ)く。

譯 從縫隙窺看。

27 | はさまる【挟まる】

(自五) 夾，（物體）夾在中間；夾在（對立雙方中間）

例 歯(は)に挟(はさ)まる。

譯 卡牙縫，塞牙縫。

28 | ぱっちり

(副・自サ) 眼大而水汪汪；睜大眼睛

例 目(め)がぱっちりとしている。

譯 眼兒水汪汪。

29 | ひとみ【瞳】

(名) 瞳孔，眼睛

例 瞳(ひとみ)を輝(かがや)かせる。

譯 目光炯炯。

30 | ふと

(副) 忽然，偶然，突然；立即，馬上

例 ふと見(み)ると何(なに)かが落(お)ちている。

譯 猛然一看好像有東西掉落。

31 | ほほえむ【微笑む】

(自五) 微笑，含笑；（花）微開，乍開

例 にっこりと微笑(ほほえ)む。

譯 嫣然一笑。

32 | ぼんやり

(名・副・自サ) 模糊，不清楚；迷糊，傻楞楞；心不在焉；笨蛋，呆子

例 ぼんやりと見(み)える。

譯 模糊的看見。

33 | まえがみ【前髪】

(名) 瀏海

例 前髪(まえがみ)を切(き)る。

譯 剪瀏海。

34 | みおろす【見下ろす】

(他五) 俯視，往下看；輕視，藐視，看不起；視線從上往下移動

例 下(した)を見下(みお)ろす。

譯 往下看。

35 | みつめる【見詰める】

(他下一) 凝視，注視，盯著

例 顔(かお)を見(み)つめる。

譯 凝視對方的臉孔。

36 | めだつ【目立つ】

(自五) 顯眼，引人注目，明顯

例 ニキビが目(め)立(だ)ってきた。

譯 痘痘越來越多了。

N2 ◉ 5-3

5-3 手足 / 手腳

01 | あおぐ【扇ぐ】

(自・他五) (用扇子)搧(風)

例 うちわで扇(あお)ぐ。

譯 用團扇搧。

02 | あしあと【足跡】

(名) 腳印；(逃走的)蹤跡；事蹟，業績

例 足跡(あしあと)を残(のこ)す。

譯 留下足跡。

03 | あしもと【足元】

(名) 腳下；腳步；身旁，附近

例 足下(あしもと)にも及(およ)ばない。

譯 望塵莫及。

04 | あしをはこぶ【足を運ぶ】

(慣) 去，前往拜訪

例 何度(なんど)も足(あし)を運(はこ)ぶ。

譯 多次前往拜訪。

05 | きよう【器用】

(名・形動) 靈巧，精巧；手藝巧妙；精明

例 彼(かれ)は手先(てさき)が器用(きよう)だ。

譯 他手很巧。

06 | くむ【汲む】

(他五) 打水，取水

例 バケツに水(みず)を汲(く)む。

譯 用水桶打水。

07 | くむ【組む】

(自五) 聯合，組織起來

例 足(あし)を組(く)む。

譯 蹺腳。

08 | こぐ【漕ぐ】

(他五) 划船，搖櫓，蕩槳；蹬(自行車)，打(鞦韆)

例 自転車(じてんしゃ)をこぐ。

譯 踩自行車。

09 | こする【擦る】

(他五) 擦，揉，搓；摩擦

例 目(め)を擦(こす)る。

譯 揉眼睛。

10 | しびれる【痺れる】

(自下一) 麻木；(俗)因強烈刺激而興奮

例 足(あし)がしびれる。

譯 腳痲。

11 | しぼる【絞る】

(他五) 扭，擠；引人(流淚)；拚命發出(高聲)，絞盡(腦汁)；剝削，勒索；拉開(幕)

例 タオルを絞(しぼ)る。

譯 擰毛巾。

12 | しまう【仕舞う】

(自五・他五・補動) 結束，完了，收拾；收拾起來；關閉；表不能恢復原狀

例 ナイフをしまう。

譯 把刀子收拾起來。

13 | すっと

(副・自サ) 動作迅速地，飛快，輕快；(心中)輕鬆，痛快，輕鬆

例 すっと手を出す。

譯 敏捷地伸出手。

14 | たちどまる【立ち止まる】

(自五) 站住，停步，停下

例 呼ばれて立ち止まる。

譯 被叫住而停下腳步。

15 | ちぎる

(他五・接尾) 撕碎(成小段)；摘取，揪下；(接動詞連用形後加強語氣)非常，極力

例 花びらをちぎる。

譯 摘下花瓣。

16 | のろい【鈍い】

(形) (行動)緩慢的，慢吞吞的；(頭腦)遲鈍的，笨的；對女人軟弱，唯命是從的人

例 足が鈍い。

譯 走路慢。

17 | のろのろ

(副・自サ) 遲緩，慢吞吞地

例 のろのろ(と)歩く。

譯 慢吞吞地走。

18 | はがす【剥がす】

(他五) 剝下

例 ポスターをはがす。

譯 拿下海報。

19 | ひっぱる【引っ張る】

(他五) (用力)拉；拉上，拉緊；強拉走；引誘；拖長；拖延；拉(電線等)；(棒球向左面或右面)打球

例 綱を引っ張る。

譯 拉緊繩索。

20 | ふさがる【塞がる】

(自五) 阻塞；關閉；佔用，佔滿

例 手が塞がっている。

譯 騰不出手來。

21 | ふし【節】

(名) (竹、葦的)節；關節，骨節；(線、繩的)繩結；曲調

例 指の節を鳴らす。

譯 折手指關節。

22 | ぶつ【打つ】

(他五) (「うつ」的強調説法)打，敲

例 平手で打つ。

譯 打一巴掌。

23 | ぶらさげる【ぶら下げる】

(他下一) 佩帶，懸掛；手提，拎

例 バケツをぶら下げる。

譯 提水桶。

24 ｜ふるえる【震える】

(自下一) 顫抖，發抖，震動

例 手(て)が震(ふる)える。

譯 手顫抖。

25 ｜ふれる【触れる】

(他下一・自下一) 接觸，觸摸(身體)；涉及，提到；感觸到；抵觸，觸犯；通知

例 電気(でんき)に触(ふ)れる。

譯 觸電。

26 ｜ほ【歩】

(名・漢造) 步，步行；(距離單位)步

例 歩(ほ)を進(すす)める。

譯 邁步向前。

27 ｜もちあげる【持ち上げる】

(他下一) (用手)舉起，抬起；阿諛奉承，吹捧；抬頭

例 荷物(にもつ)を持(も)ち上(あ)げる。

譯 舉起行李。

28 ｜ゆっくり

(副・自サ) 慢慢地，不著急的，從容地；安適的，舒適的；充分的，充裕的

例 ゆっくり歩(ある)く。

譯 慢慢地走。

Memo

パート
6
第六章

生理

- 生理(現象)-

N2 ● 6-1

6-1 誕生、生命 /
誕生、生命

01 | いでん【遺伝】

(名・自サ) 遺傳

例 ハゲは遺伝(いでん)するの。

譯 禿頭會遺傳嗎？

02 | いでんし【遺伝子】

(名) 基因

例 遺伝子(いでんし)が存在(そんざい)する。

譯 存有遺傳基因。

03 | うまれ【生まれ】

(名) 出生；出生地；門第，出生

例 生(う)まれ変(か)わる。

譯 脱胎換骨。

04 | さん【産】

(名) 生產，分娩；(某地方)出生；財產

例 お産(さん)をする。

譯 生產。

05 | じんめい【人命】

(名) 人命

例 人命(じんめい)にかかわる。

譯 攸關人命。

06 | せい【生】

(名・漢造) 生命，生活；生業，營生；出生，生長；活著，生存

例 生(せい)は死(し)の始(はじ)めだ。

譯 生為死的開始。

07 | せいめい【生命】

(名) 生命，壽命；重要的東西，關鍵，命根子

例 生命(せいめい)を維持(いじ)する。

譯 維持生命。

N2 ● 6-2

6-2 老い、死 /
老年、死亡

01 | いたい【遺体】

(名) 遺體

例 遺体(いたい)を埋葬(まいそう)する。

譯 埋葬遺體。

02 | かかわる【係わる】

(自五) 關係到，涉及到；有牽連，有瓜葛；拘泥

例 命(いのち)に係(かか)わる。

譯 攸關性命。

03 ｜さる【去る】

(自五・他五・連體) 離開；經過，結束；（空間、時間）距離；消除，去掉

例 世（よ）を去（さ）る。

譯 逝世。

04 ｜じさつ【自殺】

(名・自サ) 自殺，尋死

例 自殺（じさつ）を図（はか）る。

譯 企圖自殺。

05 ｜ししゃ【死者】

(名) 死者，死人

例 災害（さいがい）で死者（ししゃ）が出（で）る。

譯 災害導致有人死亡。

06 ｜したい【死体】

(名) 屍體

例 白骨死体（はっこつしたい）が発見（はっけん）された。

譯 骨骸被發現了。

07 ｜じゅみょう【寿命】

(名) 壽命；（物）耐用期限

例 寿命（じゅみょう）が尽（つ）きる。

譯 壽命已盡。

08 ｜しわ

(名) （皮膚的）皺紋；（紙或布的）綴折，摺子

例 しわが増（ふ）える。

譯 皺紋增加。

09 ｜せいぞん【生存】

(名・自サ) 生存

例 事故（じこ）の生存者（せいぞんしゃ）を収容（しゅうよう）した。

譯 收容事故的倖存者。

10 ｜たつ【絶つ】

(他五) 切，斷；絕，斷絕；斷絕，消滅；斷，切斷

例 命（いのち）を絶（た）つ。

譯 自殺。

11 ｜ちぢめる【縮める】

(他下一) 縮小，縮短，縮減；縮回，捲縮，起皺紋

例 命（いのち）を縮（ちぢ）める。

譯 縮短壽命。

12 ｜つる【吊る】

(他五) 吊，懸掛，佩帶

例 首（くび）を吊（つ）る。

譯 上吊。

13 ｜ふける【老ける】

(自下一) 上年紀，老

例 年（とし）の割（わり）には老（ふ）けてみえる。

譯 顯得比實際年齡還老。

N2 ● 6-3

6-3 発育、健康 / 發育、健康

01 ｜いくじ【育児】

(名) 養育兒女

例 育児（いくじ）に追（お）われる。

譯 忙於撫育兒女。

02 | いけない

(形・連語) 不好，糟糕；沒希望，不行；不能喝酒，不能喝酒的人；不許，不可以

例 いけない子に育ってほしくない。

譯 不想培育出壞孩子。

03 | いじ【維持】

(名・他サ) 維持，維護

例 健康を維持する。

譯 維持健康。

04 | こんなに

(副) 這樣，如此

例 こんなに大きくなったよ。

譯 長這麼大了喔！

05 | さほう【作法】

(名) 禮法，禮節，禮貌，規矩；(詩、小說等文藝作品的)作法

例 作法をしつける。

譯 進行禮節教育。

06 | しょうがい【障害】

(名) 障礙，妨礙；(醫)損害，毛病；(障礙賽中的)欄，障礙物

例 障害を乗り越える。

譯 跨過障礙。

07 | せいちょう【生長】

(名・自サ) (植物、草木等)生長，發育

例 生長が早い。

譯 長得快，發育得快。

08 | そくてい【測定】

(名・他サ) 測定，測量

例 体力を測定する。

譯 測量體力。

09 | ちぢむ【縮む】

(自五) 縮，縮小，抽縮；起皺紋，出摺；畏縮，退縮，惶恐；縮回去，縮進去

例 背が縮む。

譯 縮著身體。

10 | のびのび(と)【伸び伸び(と)】

(副・自サ) 生長茂盛；輕鬆愉快

例 子供が伸び伸びと育つ。

譯 讓小孩在自由開放的環境下成長。

11 | はついく【発育】

(名・自サ) 發育，成長

例 発育を妨げる。

譯 阻擾發育。

12 | ひるね【昼寝】

(名・自サ) 午睡

例 昼寝(を)する。

譯 睡午覺。

13 | わかわかしい【若々しい】

(形) 年輕有朝氣的，年輕輕的，富有朝氣的

例 色つやが若々しい。

譯 色澤鮮艷。

6-4 体調、体質 / 身體狀況、體質

01 | あくび【欠伸】
(名・自サ) 哈欠
例 あくびが出(で)る。
譯 打哈欠。

02 | あらい【荒い】
(形) 凶猛的；粗野的，粗暴的；濫用
例 呼吸(こきゅう)が荒(あら)い。
譯 呼吸急促。

03 | あれる【荒れる】
(自下一) 天氣變壞；(皮膚)變粗糙；荒廢，荒蕪；暴戾，胡鬧；秩序混亂
例 肌(はだ)が荒(あ)れる。
譯 皮膚變粗糙。

04 | いしき【意識】
(名・他サ) (哲學的)意識；知覺，神智；自覺，意識到
例 意識(いしき)を失(うしな)う。
譯 失去意識。

05 | いじょう【異常】
(名・形動) 異常，反常，不尋常
例 異常(いじょう)が見(み)られる。
譯 發現有異常。

06 | いねむり【居眠り】
(名・自サ) 打瞌睡，打盹兒
例 居眠(いねむ)り運転(うんてん)をする。
譯 開車打瞌睡。

07 | うしなう【失う】
(他五) 失去，喪失；改變常態；喪，亡；迷失；錯過
例 気(き)を失(うしな)う。
譯 意識不清。

08 | きる【切る】
(接尾) (接助詞運用形)表示達到極限；表示完結
例 疲(つか)れきる。
譯 疲乏至極。

09 | くずす【崩す】
(他五) 拆毀，粉碎
例 体調(たいちょう)を崩(くず)す。
譯 把身體搞壞。

10 | しょうもう【消耗】
(名・自他サ) 消費，消耗；(體力)耗盡，疲勞；磨損
例 体力(たいりょく)を消耗(しょうもう)する。
譯 消耗體力。

11 | しんたい【身体】
(名) 身體，人體
例 身体検査(しんたいけんさ)を受(う)ける。
譯 接受身體檢查。

12 | すっきり
(副・自サ) 舒暢，暢快，輕鬆；流暢，通暢；乾淨整潔，俐落
例 頭(あたま)がすっきりする。
譯 神清氣爽。

13 | たいおん【体温】

㊔ 體溫

例 体温(たいおん)を測(はか)る。

譯 測量體溫。

14 | とれる【取れる】

(自下一) (附著物)脱落，掉下；需要，花費(時間等)；去掉，刪除；協調，均衡

例 疲(つか)れが取(と)れる。

譯 去除疲勞。

15 | はかる【計る】

(他五) 測量；計量；推測，揣測；徵詢，諮詢

例 心拍数(しんぱくすう)をはかる。

譯 計算心跳次數。

16 | はきけ【吐き気】

㊔ 噁心，作嘔

例 吐(は)き気(け)がする。

譯 令人作嘔，想要嘔吐。

17 | まわす【回す】

(他五・接尾) 轉，轉動；(依次)傳遞；傳送；調職；各處活動奔走；想辦法；運用；投資；(前接某些動詞連用形)表示遍布四周

例 目(め)を回(まわ)す。

譯 吃驚。

18 | めまい【目眩・眩暈】

㊔ 頭暈眼花

例 めまいを感(かん)じる。

譯 感到頭暈。

19 | よみがえる【蘇る】

(自五) 甦醒，復活；復興，復甦，回復；重新想起

例 記憶(きおく)が蘇(よみがえ)る。

譯 重新憶起。

N2 ● 6-5

6-5 痛み / 痛疼

01 | いたみ【痛み】

㊔ 痛，疼；悲傷，難過；損壞；(水果因碰撞而)腐爛

例 痛(いた)みを訴(うった)える。

譯 訴說痛苦。

02 | いたむ【痛む】

(自五) 疼痛；苦惱；損壞

例 心(こころ)が痛(いた)む。

譯 傷心。

03 | うなる【唸る】

(自五) 呻吟；(野獸)吼叫；發出嗚聲；吟，哼；贊同，喝彩

例 うなり声(ごえ)を上(あ)げる。

譯 發出呻吟聲。

04 | きず【傷】

㊔ 傷口，創傷；缺陷，瑕疵

例 傷(きず)を負(お)う。

譯 受傷。

05 ｜**こる【凝る】**

(自五) 凝固，凝集；(因血行不周、肌肉僵硬等)痠痛；狂熱，入迷；講究，精緻

例 肩が凝る。

譯 肩膀痠痛。

06 ｜**ずつう【頭痛】**

(名) 頭痛

例 頭痛が治まる。

譯 頭痛止住。

07 ｜**ていど【程度】**

(名・接尾) (高低大小)程度，水平；(適當的)程度，適度，限度

例 軽い程度でした。

譯 程度輕。

08 ｜**むしば【虫歯】**

(名) 齲齒，蛀牙

例 虫歯が痛む。

譯 蛀牙疼。

09 ｜**やけど【火傷】**

(名・自サ) 燙傷，燒傷；(轉)遭殃，吃虧

例 手に火傷をする。

譯 手燙傷。

10 ｜**よる【因る】**

(自五) 由於，因為；任憑，取決於；依靠，依賴；按照，根據

例 不注意によって怪我する。

譯 由於疏忽受傷。

6-6 病気、治療 / 疾病、治療

01 ｜**あそこ**

(代) 那裡；那種程度；那種地步

例 彼の病気があそこまで悪いとは思わなかった。

譯 沒想到他的病會那麼嚴重。

02 ｜**がい【害】**

(名・漢造) 為害，損害；災害；妨礙

例 健康に害がある。

譯 對健康有害。

03 ｜**かぜぐすり【風邪薬】**

(名) 感冒藥

例 風邪薬を飲む。

譯 吃感冒藥。

04 ｜**がち【勝ち】**

(接尾) 往往，容易，動輒；大部分是

例 病気がちな人が多い。

譯 很多人常常感冒。

05 ｜**かんびょう【看病】**

(名・他サ) 看護，護理病人

例 病人を看病する。

譯 護理病人。

06 ｜**きみ・ぎみ【気味】**

(名・接尾) 感觸，感受，心情；有一點兒，稍稍

例 風邪気味に効く。

譯 對感冒初期有效。

07 | くるしめる【苦しめる】

(他下一) 使痛苦，欺負

例 持病(じびょう)に苦(くる)しめられる。

譯 受宿疾折磨。

08 | こうかてき【効果的】

(形動) 有效的

例 効果的(こうかてき)な治療(ちりょう)を求(もと)める。

譯 尋求有效的醫治方法。

09 | こうりょく【効力】

(名) 效力，效果，效應

例 効力(こうりょく)を生(しょう)じる。

譯 生效。

10 | こくふく【克服】

(名・他サ) 克服

例 病(やまい)を克服(こくふく)する。

譯 戰勝病魔。

11 | こっせつ【骨折】

(名・自サ) 骨折

例 足(あし)を骨折(こっせつ)する。

譯 腳骨折。

12 | さしつかえ【差し支え】

(名) 不方便，障礙，妨礙

例 日常生活(にちじょうせいかつ)に差(さ)し支(つか)えありません。

譯 生活上沒有妨礙。

13 | じゅうしょう【重傷】

(名) 重傷

例 重傷(じゅうしょう)を負(お)う。

譯 受重傷。

14 | じゅうたい【重体】

(名) 病危，病篤

例 重体(じゅうたい)に陥(おちい)る。

譯 病危。

15 | じゅんちょう【順調】

(名・形動) 順利，順暢；（天氣、病情等）良好

例 順調(じゅんちょう)に回復(かいふく)する。

譯 （病情）恢復良好。

16 | しょうどく【消毒】

(名・他サ) 消毒，殺菌

例 傷口(きずぐち)を消毒(しょうどく)する。

譯 消毒傷口。

17 | せいかつしゅうかんびょう【生活習慣病】

(名) 文明病

例 糖尿病(とうにょうびょう)は生活習慣病(せいかつしゅうかんびょう)の一(ひと)つだ。

譯 糖尿病是文明病之一。

18 | たたかう【戦う・闘う】

(自五) （進行）作戰，戰爭；鬥爭；競賽

例 病気(びょうき)と闘(たたか)う。

譯 和病魔抗戰。

19 | ていか【低下】

(名・自サ) 降低，低落；(力量、技術等)下降

例 機能(きのう)が急(きゅう)に低下(ていか)する。

譯 機能急遽下降。

20 | てきせつ【適切】

(名・形動) 適當，恰當，妥切

例 適切(てきせつ)な処置(しょち)をする。

譯 適當的處理。

21 | でんせん【伝染】

(名・自サ) (病菌的)傳染；(惡習的)傳染，感染

例 麻疹(はしか)が伝染(でんせん)する。

譯 傳染痲疹。

22 | びょう【病】

(漢造) 病，患病；毛病，缺點

例 仮病(けびょう)をつかう。

譯 裝病。

23 | やむ【病む】

(自他五) 得病，患病；煩惱，憂慮

例 肺(はい)を病(や)む。

譯 得了肺病。

24 | ゆけつ【輸血】

(名・自サ) (醫)輸血

例 輸血(ゆけつ)を受(う)ける。

譯 接受輸血。

6-7 体の器官の働き / 身體器官功能

01 | あせ【汗】

(名) 汗

例 汗(あせ)をかく。

譯 流汗。

02 | あふれる【溢れる】

(自下一) 溢出，漾出，充滿

例 涙(なみだ)があふれる。

譯 涙眼盈眶。

03 | きゅうそく【休息】

(名・自サ) 休息

例 休息(きゅうそく)を取(と)る。

譯 休息。

04 | きゅうよう【休養】

(名・自サ) 休養

例 休養(きゅうよう)を取(と)る。

譯 休養。

05 | くしゃみ【嚔】

(名) 噴嚏

例 くしゃみが出(で)る。

譯 打噴嚏。

06 | けつあつ【血圧】

(名) 血壓

例 血圧(けつあつ)が上(あ)がる。

譯 血壓上升。

07 | じゅんかん【循環】

(名・自サ) 循環

例 血液(けつえき)が循環(じゅんかん)する。

譯 血液循環。

08 | しょうか【消化】

(名・他サ) 消化（食物）；掌握，理解，記牢（知識等）；容納，吸收，處理

例 消化(しょうか)に良(よ)い。

譯 有益消化。

09 | しょうべん【小便】

(名・自サ) 小便，尿；(俗)終止合同，食言，毀約

例 立(た)ち小便(しょうべん)をする。

譯 站著小便。

10 | しんけい【神経】

(名) 神經；察覺力，感覺，神經作用

例 神経(しんけい)が太(ふと)い。

譯 神經大條，感覺遲鈍。

11 | すいみん【睡眠】

(名・自サ) 睡眠，休眠，停止活動

例 睡眠(すいみん)を取(と)る。

譯 睡覺。

12 | はく【吐く】

(他五) 吐，吐出；說出，吐露出；冒出，噴出

例 息(いき)を吐(は)く。

譯 呼氣，吐氣。

Memo

パート
7
第七章

人物

- 人物 -

N2 7-1

7-1 人物 / 人物

01 | いだい【偉大】

(形動) 偉大的，魁梧的

例 偉大な人物が登場する。

譯 偉人上台。

02 | えんじ【園児】

(名) 幼園童

例 園児が多い。

譯 有很多幼園童。

03 | おんなのひと【女の人】

(名) 女人

例 女の人に嫌われる。

譯 被女人討厭。

04 | かくう【架空】

(名) 空中架設；虛構的，空想的

例 架空の人物がいる。

譯 有虛擬人物。

05 | かくじ【各自】

(名) 每個人，各自

例 各自で用意する。

譯 每人各自準備。

06 | かげ【影】

(名) 影子；倒影；蹤影，形跡

例 影が薄い。

譯 不受重視。

07 | かねそなえる【兼ね備える】

(他下一) 兩者兼備

例 知性と美貌を兼ね備える。

譯 兼具智慧與美貌。

08 | けはい【気配】

(名) 跡象，苗頭，氣息

例 気配がない。

譯 沒有跡象。

09 | さいのう【才能】

(名) 才能，才幹

例 才能に恵まれる。

譯 很有才幹。

10 | じしん【自身】

(名・接尾) 自己，本人；本身

例 扉は自分自身で開ける。

譯 門要自己開。

11 | じつに【実に】

(副) 確實，實在，的確；(驚訝或感慨時)實在是，非常，很

例 実(じつ)に頼(たの)もしい。

譯 實在很可靠。

12 | じつぶつ【実物】

(名) 實物，實在的東西，原物；(經)現貨

例 実物(じつぶつ)そっくりに描(えが)く。

譯 照原物一樣地畫。

13 | じんぶつ【人物】

(名) 人物；人品，為人；人材；人物(繪畫的)，人物(畫)

例 危険人物(きけんじんぶつ)を追放(ついほう)する。

譯 逐出危險人物。

14 | たま【玉】

(名) 玉，寶石，珍珠；球，珠；眼鏡鏡片；燈泡；子彈

例 玉(たま)にきず。

譯 美中不足

15 | たん【短】

(名・漢造) 短；不足，缺點

例 長(ちょう)をのばし、短(たん)を補(おぎな)う。

譯 取長補短。

16 | な【名】

(名) 名字，姓名；名稱；名分；名譽，名聲；名義，藉口

例 名(な)を売(う)る。

譯 提高聲望。

17 | にんげん【人間】

(名) 人，人類；人品，為人；(文)人間，社會，世上

例 人間味(にんげんみ)に欠(か)ける。

譯 缺乏人情味。

18 | ねんれい【年齢】

(名) 年齡，歲數

例 年齢(ねんれい)が高(たか)い。

譯 年紀大。

19 | ひとめ【人目】

(名) 世人的眼光；旁人看見；一眼望盡，一眼看穿

例 人目(ひとめ)に立(た)つ。

譯 顯眼。

20 | ひとりひとり【一人一人】

(名) 逐個地，依次的；人人，每個人，各自

例 一人一人(ひとりひとり)診察(しんさつ)する。

譯 一一診察。

21 | みぶん【身分】

(名) 身份，社會地位；(諷刺)生活狀況，境遇

例 身分(みぶん)が高(たか)い。

譯 地位高。

22 | よっぱらい【酔っ払い】

(名) 醉鬼，喝醉酒的人

例 酔(よ)っぱらい運転(うんてん)をするな。

譯 請勿酒醉駕駛。

23 | よびかける【呼び掛ける】
(他下一) 招呼，呼喚；號召，呼籲
例 人に呼びかける。
譯 呼喚他人。

N2 ⊙ 7-2

7-2 老若男女 / 男女老少

01 | ウーマン【woman】
(名) 婦女，女人
例 キャリアウーマンになる。
譯 成為職業婦女。

02 | おとこのひと【男の人】
(名) 男人，男性
例 男の人に会う。
譯 跟男性會面。

03 | じどう【児童】
(名) 兒童
例 児童虐待があとを絶たない。
譯 虐待兒童問題不斷的發生。

04 | じょし【女子】
(名) 女孩子，女子，女人
例 女子学生が行方不明になった。
譯 女學生行蹤不明。

05 | せいしょうねん【青少年】
(名) 青少年
例 青少年の犯罪をなくす。
譯 消滅青少年的犯罪。

06 | せいべつ【性別】
(名) 性別
例 性別を記入する。
譯 填寫性別。

07 | たいしょう【対象】
(名) 對象
例 子供を対象とした。
譯 以小孩為對象。

08 | だんし【男子】
(名) 男子，男孩，男人，男子漢
例 男子だけのクラスが設けられる。
譯 設立只有男生的班級。

09 | としした【年下】
(名) 年幼，年紀小
例 年下なのに生意気だ。
譯 明明年紀小還那麼囂張。

10 | びょうどう【平等】
(名・形動) 平等，同等
例 男女平等が進んでいる。
譯 男女平等很先進。

11 | ぼうや【坊や】
(名) 對男孩的親切稱呼；未見過世面的男青年；對別人男孩的敬稱
例 坊やは今年いくつ。
譯 小弟弟，你今年幾歲？

12 ｜ぼっちゃん【坊ちゃん】

㊔（對別人男孩的稱呼）公子，令郎；少爺，不通事故的人，少爺作風的人

例 坊(ぼっ)ちゃん育(そだ)ち。

譯 嬌生慣養。

13 ｜めした【目下】

㊔ 部下，下屬，晚輩

例 目下(めした)の者(もの)を可愛(かわい)がる。

譯 愛護晚輩。

N2 ◉ 7-3 (1)

7-3 いろいろな人を表すことば (1) / 各種人物的稱呼 (1)

01 ｜おう【王】

㊔ 帝王，君王，國王；首領，大王；（象棋）王將

例 ライオンは百獣(ひゃくじゅう)の王(おう)だ。

譯 獅子是百獸之王。

02 ｜おうさま【王様】

㊔ 國王，大王

例 裸(はだか)の王様(おうさま)。

譯 國王的新衣。

03 ｜おうじ【王子】

㊔ 王子；王族的男子

例 第二王子(だいにおうじ)が成人(せいじん)を迎(むか)える。

譯 二王子迎接成年。

04 ｜おうじょ【王女】

㊔ 公主；王族的女子

例 王女(おうじょ)に仕(つか)える。

譯 侍奉公主。

05 ｜おおや【大家】

㊔ 房東；正房，上房，主房

例 大家(おおや)さんと相談(そうだん)する。

譯 與房東商量。

06 ｜おてつだいさん【お手伝いさん】

㊔ 佣人

例 お手伝(てつだ)いさんを雇(やと)う。

譯 雇傭人。

07 ｜おまえ【お前】

（代・名）你（用在交情好的對象或同輩以下。較為高姿態説話）；神前，佛前

例 お前(まえ)の彼女(かのじょ)が見(み)てるぞ。

譯 你的女友睜著眼睛在看喔！

08 ｜か【家】

（漢造）專家

例 専門家(せんもんか)もびっくりする。

譯 專家都嚇一跳。

09 ｜ガールフレンド【girl friend】

㊔ 女友

例 ガールフレンドとデートに行(い)く。

譯 和女友去約會。

10 ｜がくしゃ【学者】

㊔ 學者；科學家

例 著名(ちょめい)な学者(がくしゃ)を育成(いくせい)した。

譯 培育了著名的學者。

11 | かたがた【方々】

(名・代・副) (敬)大家；您們；這個那個，種種；各處；總之

例 父兄の方々が応援に来られる。

譯 各位父兄長輩前來支援。

12 | かんじゃ【患者】

㊔ 病人，患者

例 患者を診る。

譯 診察患者。

13 | ぎいん【議員】

㊔ (國會，地方議會的)議員

例 議員を辞する。

譯 辭去議員職位。

14 | ぎし【技師】

㊔ 技師，工程師，專業技術人員

例 レントゲン技師が行う。

譯 X光技師著手進行。

15 | ぎちょう【議長】

㊔ 會議主席，主持人；(聯合國等)主席

例 議長を務める。

譯 擔任會議主席。

16 | キャプテン【captain】

㊔ 團體的首領；船長；隊長；主任

例 キャプテンに従う。

譯 服從隊長。

17 | ギャング【gang】

㊔ 持槍強盜團體，盜伙

例 ギャングに襲われる。

譯 被盜匪搶劫。

18 | きょうじゅ【教授】

(名・他サ) 教授；講授，教

例 書道を教授する。

譯 教書法。

19 | コーチ【coach】

(名・他サ) 教練，技術指導；教練員

例 ピッチングをコーチする。

譯 指導投球的技巧。

20 | こうし【講師】

㊔ (高等院校的)講師；演講者

例 講師を務める。

譯 擔任講師。

21 | こくおう【国王】

㊔ 國王，國君

例 国王に会う。

譯 謁見國王。

22 | コック【cook】

㊔ 廚師

例 コックになる。

譯 成為廚師。

23 | さくしゃ【作者】

㊔ 作者

例 本の作者が登場する。

譯 書的作者上場。

24 | し【氏】

(代・接尾・漢造) (做代詞用)這位，他；(接人姓名表示敬稱)先生；氏，姓氏；家族

例 トランプ氏が大統領になる。

譯 川普成為總統。

25 | しかい【司会】

(名・自他サ) 司儀，主持會議(的人)

例 司会を務める。

譯 擔任司儀。

26 | ジャーナリスト【journalist】

㊔ 記者

例 ジャーナリストを目指す。

譯 想當記者。

27 | しゅしょう【首相】

㊔ 首相，內閣總理大臣

例 首相に指名される。

譯 被指名為首相。

28 | しゅふ【主婦】

㊔ 主婦，女主人

例 専業主婦がブログで稼ぐ。

譯 專業的家庭主婦在部落格上賺錢。

29 | じゅんきょうじゅ【准教授】

㊔ (大學的)副教授

例 准教授に就任しました。

譯 擔任副教授。

30 | じょうきゃく【乗客】

㊔ 乘客，旅客

例 乗客を降ろす。

譯 讓乘客下車。

N2 ⊙ 7-3 (2)

7-3 いろいろな人を表すことば (2) / 各種人物的稱呼 (2)

31 | しょうにん【商人】

㊔ 商人

例 大阪商人は商売が上手い。

譯 大阪商人很會做生意。

32 | じょおう【女王】

㊔ 女王，王后；皇女，王女

例 新しい女王が誕生した。

譯 新的女王誕生了。

33 | じょきょう【助教】

㊔ 助理教員；代理教員

例 助教に内定した。

譯 已內定採用為助教。

34 | じょしゅ【助手】

㊔ 助手，幫手；(大學)助教

例 助手を雇う。

譯 雇用助手。

35 | しろうと【素人】

㊔ 外行，門外漢；業餘愛好者，非專業人員；良家婦女

例 素人向きの本を読んだ。

譯 閱讀給非專業人士看的書。

36 | しんゆう【親友】
㊔ 知心朋友
例 親友を守る。
譯 守護知心好友。

37 | たいし【大使】
㊔ 大使
例 大使に任命する。
譯 任命為大使。

38 | ちしきじん【知識人】
㊔ 知識份子
例 知識人の意見が一致した。
譯 知識分子的意見一致。

39 | ちじん【知人】
㊔ 熟人，認識的人
例 知人を訪れる。
譯 拜訪熟人。

40 | ちょしゃ【著者】
㊔ 作者
例 著者の素顔が知りたい。
譯 想知道作者的真面目。

41 | でし【弟子】
㊔ 弟子，徒弟，門生，學徒
例 弟子を取る。
譯 收徒弟。

42 | てんのう【天皇】
㊔ 日本天皇
例 天皇陛下が 30 日に退位する。
譯 天皇陛下在30日退位。

43 | はかせ【博士】
㊔ 博士；博學之人
例 物知り博士が説明してくれる。
譯 知識淵博的人為我們進行說明。

44 | はんじ【判事】
㊔ 審判員，法官
例 裁判所の判事が参加する。
譯 加入法院的審判員。

45 | ひっしゃ【筆者】
㊔ 作者，筆者
例 本文の筆者をお呼びしました。
譯 邀請本文的作者。

46 | ぶし【武士】
㊔ 武士
例 武士に二言なし。
譯 武士言必有信。

47 | ふじん【婦人】
㊔ 婦女，女子
例 婦人警官が現れた。
譯 女警出現了。

48 | ふりょう【不良】
(名・形動) 不舒服，不適；壞，不良；（道德、品質）敗壞；流氓，小混混
例 不良少年がパクリをする。
譯 不良少年偷東西。

49 ｜ボーイフレンド【boy friend】

㊔ 男朋友

例 ボーイフレンドと映画を見る。

譯 和男朋友看電影。

50 ｜ぼうさん【坊さん】

㊔ 和尚

例 坊さんがお経を上げる。

譯 和尚念經。

51 ｜まいご【迷子】

㊔ 迷路的孩子，走失的孩子

例 迷子になる。

譯 迷路。

52 ｜ママ【mama】

㊔ (兒童對母親的愛稱)媽媽；(酒店的)老闆娘

例 スナックのママがきれいだ。

譯 小酒館的老闆娘很漂亮。

53 ｜めいじん【名人】

㊔ 名人，名家，大師，專家

例 料理の名人が手がける。

譯 料理專家親自烹煮。

54 ｜もの【者】

㊔ (特定情況之下的)人，者

例 家の者が車で迎えに来る。

譯 家裡人會開車來接我。

55 ｜やくしゃ【役者】

㊔ 演員；善於做戲的人，手段高明的人

例 役者が揃う。

譯 人才聚集。

N2 ◉ 7-4

7-4 人の集まりを表すことば／各種人物相關團體的稱呼

01 ｜こくみん【国民】

㊔ 國民

例 国民の義務を果たす。

譯 竭盡國民的義務。

02 ｜じゅうみん【住民】

㊔ 居民

例 都市の住民を襲う。

譯 襲擊城市的居民。

03 ｜じんるい【人類】

㊔ 人類

例 人類の進化を導く。

譯 導向人類的進化。

04 ｜のうみん【農民】

㊔ 農民

例 農民人口が増える。

譯 農民人口增多。

05 ｜われわれ【我々】

㋹ (人稱代名詞)我們；(謙卑說法的)我；每個人

例 我々の仲間を紹介致します。

譯 我來介紹我們的夥伴。

7-5 容姿 / 姿容

01 | げひん【下品】

(形動) 卑鄙，下流，低俗，低級

例 笑(わら)い方(かた)が下品(げひん)だ。

譯 笑得很粗俗。

02 | さま【様】

(名・代・接尾) 樣子，狀態；姿態；表示尊敬

例 様(さま)になる。

譯 像樣。

03 | スタイル【style】

(名) 文體；(服裝、美術、工藝、建築等）樣式；風格，姿態，體態

例 映画(えいが)から流行(りゅうこう)のスタイルが生(う)まれる。

譯 從電影產生流行的款式。

04 | すてき【素敵】

(形動) 絕妙的，極好的，極漂亮；很多

例 素敵(すてき)な服装(ふくそう)をする。

譯 穿著美麗的服裝。

05 | スマート【smart】

(形動) 瀟灑，時髦，漂亮；苗條；智能型，智慧型

例 スマートな体型(たいけい)がいい。

譯 我喜歡苗條的身材。

06 | せんれん【洗練】

(名・他サ) 精鍊，講究

例 あの人(ひと)の服装(ふくそう)は洗練(せんれん)されている。

譯 那個人的衣著很講究。

07 | ちゅうにくちゅうぜい【中肉中背】

(名) 中等身材

例 中肉中背(ちゅうにくちゅうぜい)の男(おとこ)が歩(ある)いていた。

譯 體型中等的男人在路上走著。

08 | ハンサム【handsome】

(名・形動) 帥，英俊，美男子

例 ハンサムな少年(しょうねん)が踊(おど)っている。

譯 英俊的少年跳著舞。

09 | びよう【美容】

(名) 美容

例 美容整形(びようせいけい)した。

譯 做了整形美容。

10 | ひん【品】

(名・漢造)（東西的）品味，風度；辨別好壞；品質；種類

例 品(ひん)がない。

譯 沒有風度。

11 | へいぼん【平凡】

(名・形動) 平凡的

例 平凡(へいぼん)な顔(かお)こそが美(うつく)しい。

譯 平凡的臉才美。

12 | ほっそり

(副・自サ) 纖細，苗條

例 体(からだ)つきがほっそりしている。

譯 身材苗條。

13 | ぽっちゃり

(副・自サ) 豐滿，胖

例 ぽっちゃりして可愛い。

譯 胖嘟嘟的很可愛。

14 | みかけ【見掛け】

(名) 外貌，外觀，外表

例 人は見掛けによらない。

譯 人不可貌相。

15 | みっともない【見っとも無い】

(形) 難看的，不像樣的，不體面的，不成體統；醜

例 みっともない服装をしている。

譯 穿著難看的服裝。

16 | みにくい【醜い】

(形) 難看的，醜的；醜陋，醜惡

例 醜いアヒルの子が生まれた。

譯 生出醜小鴨。

17 | みりょく【魅力】

(名) 魅力，吸引力

例 魅力がある。

譯 有魅力。

N2 7-6 (1)

7-6 態度、性格 (1) /

態度、性格 (1)

01 | あいまい【曖昧】

(形動) 含糊，不明確，曖昧，模稜兩可；可疑，不正經

例 曖昧な態度をとる。

譯 採取模稜兩可的態度。

02 | あつかましい【厚かましい】

(形) 厚臉皮的，無恥

例 厚かましいお願いですが。

譯 真是不情之請，不過……。

03 | あやしい【怪しい】

(形) 奇怪的，可疑的；靠不住的，難以置信；奇異，特別；笨拙；關係曖昧的

例 動きが怪しい。

譯 行徑可疑的。

04 | あわただしい【慌ただしい】

(形) 匆匆忙忙的，慌慌張張的

例 あわただしい毎日がやってくる。

譯 匆匆忙忙的每一天即將到來。

05 | いきいき【生き生き】

(副・自サ) 活潑，生氣勃勃，栩栩如生

例 生き生きとした表情をしている。

譯 一副生動的表情。

06 | いさましい【勇ましい】

(形) 勇敢的，振奮人心的；活潑的；(俗) 有勇無謀

例 勇ましく立ち向かう。

譯 勇往直前。

07 | いちだんと【一段と】

(副) 更加，越發

例 一段と美しくなった。

譯 變得更加美麗。

08 | いばる【威張る】

(自五) 誇耀，逞威風

例 部下に威張る。
譯 對部下擺架子。

09 | うろうろ

(副・自サ) 徘徊；不知所措，張慌失措
例 慌ててうろうろする。
譯 慌張得不知所措。

10 | おおざっぱ【大雑把】

(形動) 草率，粗枝大葉；粗略，大致
例 大雑把な見積もりを出す。
譯 拿出大致的估計。

11 | おちつく【落ち着く】

(自五) (心神，情緒等)穩靜；鎮靜，安祥；穩坐，穩當；(長時間)定居；有頭緒；淡雅，協調
例 落ち着いた人になりたい。
譯 想成為穩重沈著的人。

12 | かしこい【賢い】

(形) 聰明的，周到，賢明的
例 賢いやり方があった。
譯 有聰明的作法。

13 | かっき【活気】

(名) 活力，生氣；興旺
例 活気にあふれる。
譯 充滿活力。

14 | かって【勝手】

(形動) 任意，任性，隨便
例 勝手な行動を取る。
譯 採取專斷的行動。

15 | からかう

(他五) 逗弄，調戲
例 子供をからかう。
譯 逗小孩。

16 | かわいがる【可愛がる】

(他五) 喜愛，疼愛；嚴加管教，教訓
例 子供を可愛がる。
譯 疼愛小孩。

17 | かわいらしい【可愛らしい】

(形) 可愛的，討人喜歡；小巧玲瓏
例 可愛らしい猫が出迎えてくれる。
譯 可愛的貓出來迎接我。

18 | かんげい【歓迎】

(名・他サ) 歡迎
例 歓迎を受ける。
譯 受歡迎。

19 | きげん【機嫌】

(名) 心情，情緒
例 機嫌を取る。
譯 討好，取悅。

20 | ぎょうぎ【行儀】

(名) 禮儀，禮節，舉止
例 行儀が悪い。
譯 沒有禮貌。

21 | くどい

㊎ 冗長乏味的，(味道)過於膩的

例 表現がくどい。

譯 表現過於繁複。

22 | けってん【欠点】

㊔ 缺點，欠缺，毛病

例 欠点を改める。

譯 改正缺點。

23 | けんきょ【謙虚】

(形動) 謙虛

例 謙虚に反省する。

譯 虛心地反省。

24 | けんそん【謙遜】

(名・形動・自サ) 謙遜，謙虛

例 謙遜の文化を持つ。

譯 擁有謙虛文化。

25 | けんめい【懸命】

(形動) 拼命，奮不顧身，竭盡全力

例 懸命にこらえる。

譯 拼命忍耐。

26 | ごういん【強引】

(形動) 強行，強制，強勢

例 強引なやり方が批判される。

譯 強勢的做法深受批評。

27 | じぶんかって【自分勝手】

(形動) 任性，恣意妄為

例 あの人は自分勝手だ。

譯 那個人很任性。

28 | じゅんじょう【純情】

(名・形動) 純真，天真

例 純情な青年を騙す。

譯 欺騙純真的少年。

29 | じゅんすい【純粋】

(名・形動) 純粹的，道地；純真，純潔，無雜念的

例 純粋な動機を持つ。

譯 擁有純正的動機。

30 | じょうしき【常識】

㊔ 常識

例 常識がない。

譯 沒有常識。

N2 ◉ 7-6 (2)

7-6 態度、性格 (2) /
態度、性格 (2)

31 | しんちょう【慎重】

(名・形動) 慎重，穩重，小心謹慎

例 慎重な態度をとる。

譯 採取慎重的態度。

32 | ずうずうしい【図々しい】

㊎ 厚顏，厚皮臉，無恥

例 ずうずうしい人が溢れている。

譯 到處都是厚臉皮的人。

33 | すなお【素直】

(形動) 純真，天真的，誠摯的，坦率的；大方，工整，不矯飾的；(沒有毛病)完美的，無暇的

例 素直(すなお)な女性(じょせい)がタイプだ。

譯 我喜歡純真的女性。

34 | せきにんかん【責任感】

(名) 責任感

例 責任感(せきにんかん)が強(つよ)い。

譯 責任感很強。

35 | そそっかしい

(形) 冒失的，輕率的，毛手毛腳的，粗心大意的

例 そそっかしい人(ひと)に忘(わす)れ物(もの)が多(おお)い。

譯 冒失鬼經常忘東忘西的。

36 | たいそう【大層】

(形動・副) 很，非常，了不起；過份的，誇張的

例 たいそうな口(くち)をきく。

譯 誇大其詞。

37 | たっぷり

(副・自サ) 足夠，充份，多；寬綽，綽綽有餘；(接名詞後)充滿(某表情、語氣等)

例 自信(じしん)たっぷりだ。

譯 充滿自信。

38 | たのもしい【頼もしい】

(形) 靠得住的；前途有為的，有出息的

例 頼(たの)もしい人(ひと)が好(す)きだ。

譯 我喜歡可靠的人。

39 | だらしない

(形) 散慢的，邋遢的，不檢點的；不爭氣的，沒出息的，沒志氣

例 金(かね)にだらしない。

譯 用錢沒計畫。

40 | たんじゅん【単純】

(名・形動) 單純，簡單；無條件

例 単純(たんじゅん)な計算(けいさん)ができない。

譯 無法做到簡單的計算。

41 | たんしょ【短所】

(名) 缺點，短處

例 短所(たんしょ)を直(なお)す。

譯 改正缺點。

42 | ちょうしょ【長所】

(名) 長處，優點

例 長所(ちょうしょ)を生(い)かす。

譯 發揮長處。

43 | つよき【強気】

(名・形動) (態度)強硬，(意志)堅決；(行情)看漲

例 強気(つよき)で談判(だんぱん)する。

譯 以強硬的態度進行談判。

44 | とくしょく【特色】

(名) 特色，特徵，特點，特長

例 特色(とくしょく)を生(い)かす。

譯 發揮特長。

45 | とくちょう【特長】

㊔ 專長

例 特長(とくちょう)を生(い)かす。

譯 活用專長。

46 | なまいき【生意気】

(名・形動) 驕傲，狂妄；自大，逞能，臭美，神氣活現

例 生意気(なまいき)を言(い)う。

譯 說大話。

47 | なまける【怠ける】

(自他下一) 懶惰，怠惰

例 仕事(しごと)を怠(なま)ける。

譯 工作怠惰。

48 | にこにこ

(副・自サ) 笑嘻嘻，笑容滿面

例 にこにこする。

譯 笑嘻嘻。

49 | にっこり

(副・自サ) 微笑貌，莞爾，嫣然一笑，微微一笑

例 にっこりと笑(わら)う。

譯 莞爾一笑。

50 | のんき【呑気】

(名・形動) 悠閑，無憂無慮；不拘小節，不慌不忙；蠻不在乎，漫不經心

例 呑気(のんき)に暮(く)らす。

譯 悠閒度日。

7-6 態度、性格 (3) / 態度、性格 (3)

51 | パターン【pattern】

㊔ 形式，樣式，模型；紙樣；圖案，花樣

例 行動(こうどう)のパターンが変(か)わった。

譯 行動模式改變了。

52 | はんこう【反抗】

(名・自サ) 反抗，違抗，反擊

例 命令(めいれい)に反抗(はんこう)する。

譯 違抗命令。

53 | ひきょう【卑怯】

(名・形動) 怯懦，卑怯；卑鄙，無恥

例 卑怯(ひきょう)なやり方(かた)だ。

譯 卑鄙的作法。

54 | ふけつ【不潔】

(名・形動) 不乾淨，骯髒；(思想)不純潔

例 不潔(ふけつ)な心(こころ)を起(お)こす。

譯 生起骯髒的心。

55 | ふざける【巫山戯る】

(自下一) 開玩笑，戲謔；愚弄人，戲弄人；(男女)調情，調戲；(小孩)吵鬧

例 謝罪(しゃざい)しないだと、ふざけるな。

譯 說不謝罪，開什麼玩笑。

56 | ふとい【太い】

㊋ 粗的；肥胖；膽子大；無恥，不要臉；聲音粗

例 神経(しんけい)が太(ふと)い。

譯 粗枝大葉。

57 | ふるまう【振舞う】

(自五・他五)（在人面前的）行為，動作；請客，招待，款待

例 愛想よく振舞う。

譯 舉止和藹可親。

58 | ふんいき【雰囲気】

(名) 氣氛，空氣

例 雰囲気が明るい。

譯 愉快的氣氛。

59 | ほがらか【朗らか】

(形動)（天氣）晴朗，萬里無雲；明朗，開朗；（聲音）嘹亮；（心情）快活

例 朗らかな顔が印象的でした。

譯 愉快的神色令人印象深刻。

60 | まごまご

(名・自サ) 不知如何是好，惶張失措，手忙腳亂；閒蕩，遊蕩，懶散

例 出口が分からずまごまごしている。

譯 找不到出口，不知如何是好。

61 | もともと

(名・副) 與原來一樣，不增不減；從來，本來，根本

例 彼は元々親切な人だ。

譯 他原本就是熱心的人。

62 | ゆうじゅうふだん【優柔不断】

(名・形動) 優柔寡斷

例 優柔不断な性格でも可愛い。

譯 優柔寡斷的個性也很可愛。

63 | ゆうゆう【悠々】

(副・形動) 悠然，不慌不忙；綽綽有餘，充分；（時間）悠久，久遠；（空間）浩瀚無垠

例 悠々と歩く。

譯 不慌不忙地走。

64 | よう【様】

(名・形動) 樣子，方式；風格；形狀

例 話し様が悪い。

譯 說的方式不好。

65 | ようき【陽気】

(名・形動) 季節，氣候；陽氣（萬物發育之氣）；爽朗，快活；熱鬧，活躍

例 陽気になる。

譯 變得爽朗快活。

66 | ようじん【用心】

(名・自サ) 注意，留神，警惕，小心

例 用心深い人だ。

譯 非常謹慎自保的人。

67 | ようち【幼稚】

(名・形動) 年幼的；不成熟的，幼稚的

例 幼稚な議論が続いている。

譯 幼稚的爭論持續著。

68 | よくばり【欲張り】

(名・形動) 貪婪，貪得無厭（的人）

例 欲張りな人に悩まされている。

譯 因貪得無厭的人而感到頭痛。

69 | **よゆう【余裕】**

名 富餘，剩餘；寬裕，充裕

例 余裕がある。

譯 綽綽有餘。

70 | **らくてんてき【楽天的】**

形動 樂觀的

例 楽天的な性格が裏目に出る。

譯 因樂天的性格而起反效果。

71 | **りこしゅぎ【利己主義】**

名 利己主義

例 利己主義はよくない。

譯 利己主義是不好的。

72 | **れいせい【冷静】**

名・形動 冷靜，鎮靜，沉著，清醒

例 冷静を保つ。

譯 保持冷靜。

N2 ⊙ 7-7 (1)

7-7 人間関係 (1) / 人際關係 (1)

01 | **おたがいさま【お互い様】**

名・形動 彼此，互相

例 お互い様です。

譯 彼此彼此。

02 | **かんせつ【間接】**

名 間接

例 間接的に影響する。

譯 間接影響。

03 | **きょうりょく【強力】**

名・形動 力量大，強力，強大

例 強力な味方になる。

譯 成為強大的夥伴。

04 | **こうさい【交際】**

名・自サ 交際，交往，應酬

例 交際がひろい。

譯 交際廣。

05 | **こうりゅう【交流】**

名・自サ 交流，往來；交流電

例 交流を深める。

譯 深入交流。

06 | **さく【裂く】**

他五 撕開，切開；扯散；分出，擠出，勻出；破裂，分裂

例 二人の仲を裂く。

譯 兩人關係破裂。

07 | **じょうげ【上下】**

名・自他サ （身分、地位的）高低，上下，低賤

例 上下関係にうるさい。

譯 非常注重上下關係。

08 | **すき【隙】**

名 空隙，縫；空暇，功夫，餘地；漏洞，可乘之機

例 隙に付け込む。

譯 鑽漏洞。

09 | せっする【接する】

(自他サ) 接觸；連接，靠近；接待，應酬；連結，接上；遇上，碰上

例 多くの人に接する。

譯 認識許多人。

10 | そうご【相互】

(名) 相互，彼此；輪流，輪班；交替，交互

例 相互に依存する。

譯 互相依賴。

11 | そんざい【存在】

(名・自サ) 存在，有；人物，存在的事物；存在的理由，存在的意義

例 級友から存在を無視された。

譯 同學無視他的存在。

12 | そんちょう【尊重】

(名・他サ) 尊重，重視

例 人権を尊重する。

譯 尊重人權。

13 | たちば【立場】

(名) 立腳點，站立的場所；處境；立場，觀點

例 立場が変わる。

譯 立場改變。

14 | たにん【他人】

(名) 別人，他人；（無血緣的）陌生人，外人；局外人

例 赤の他人を家族だと思えるのか。

譯 能否把毫無關係的人當作家人呢？

15 | たまたま【偶々】

(副) 偶然，碰巧，無意間；偶爾，有時

例 たまたま出会う。

譯 偶然遇見。

16 | たより【便り】

(名) 音信，消息，信

例 便りが絶える。

譯 音信中斷。

17 | たよる【頼る】

(自他五) 依靠，依賴，仰仗；拄著；投靠，找門路

例 兄を頼りにする。

譯 依靠哥哥。

18 | つきあい【付き合い】

(名・自サ) 交際，交往，打交道；應酬，作陪

例 付き合いがある。

譯 有交往。

19 | であい【出会い】

(名) 相遇，不期而遇，會合；幽會；河流會合處

例 別れと出会い。

譯 分離及相遇。

20 | てき【敵】

(名・漢造) 敵人，仇敵；（競爭的）對手；障礙，大敵；敵對，敵方

例 敵に回す。

譯 與…為敵。

7-7 人間関係 (2) / 人際關係 (2)

21 | どういつ【同一】

(名・形動) 同樣，相同；相等，同等

例 同一(どういつ)歩調(ほちょう)を取(と)る。

譯 採取同一步調。

22 | とけこむ【溶け込む】

(自五) (理、化)融化，溶解，熔化；融合，融

例 チームに溶(と)け込(こ)む。

譯 融入團隊。

23 | とも【友】

(名) 友人，朋友；良師益友

例 友(とも)となる。

譯 成為朋友。

24 | なかなおり【仲直り】

(名・自サ) 和好，言歸於好

例 弟(おとうと)と仲直(なかなお)りする。

譯 與弟弟和好。

25 | なかま【仲間】

(名) 伙伴，同事，朋友；同類

例 仲間(なかま)に入(はい)る。

譯 加入夥伴。

26 | なかよし【仲良し】

(名) 好朋友；友好，相好

例 仲良(なかよ)しになる。

譯 成為好友。

27 | ばったり

(副) 物體突然倒下(跌落)貌；突然相遇貌；突然終止貌

例 ばったり(と)会(あ)う。

譯 突然遇到。

28 | はなしあう【話し合う】

(自五) 對話，談話；商量，協商，談判

例 楽(たの)しく話(はな)し合(あ)う。

譯 相談甚歡。

29 | はなしかける【話しかける】

(自下一) (主動)跟人說話，攀談；開始談，開始說

例 子供(こども)に話(はな)しかける。

譯 跟小孩說話。

30 | はなはだしい【甚だしい】

(形) (不好的狀態)非常，很，甚

例 甚(はなは)だしい誤解(ごかい)がある。

譯 有很大的誤會。

31 | ひっかかる【引っ掛かる】

(自五) 掛起來，掛上，卡住；連累，牽累；受騙，上當；心裡不痛快

例 甘(あま)い言葉(ことば)に引(ひ)っ掛(か)かる。

譯 被花言巧語騙過去。

32 | へだてる【隔てる】

(他下一) 隔開，分開；(時間)相隔；遮檔；離間；不同，有差別

例 友達(ともだち)の仲(なか)を隔(へだ)てる。

譯 離間朋友之間的關係。

33 | ぼろ【襤褸】

㊔ 破布，破爛衣服；破爛的狀態；破綻，缺點

例 ぼろが出（で）る。

譯 露出破綻。

34 | まさつ【摩擦】

(名・自他サ) 摩擦；不和睦，意見紛歧，不合

例 摩擦（まさつ）が起（お）こる。

譯 產生分歧。

35 | まちあわせる【待ち合わせる】

(自他下一) (事先約定的時間、地點)等候，會面，碰頭

例 駅（えき）で 4 時（じ）に待（ま）ち合（あ）わせる。

譯 四點在車站見面。

36 | みおくる【見送る】

(他五) 目送；送別；(把人)送到(某的地方)；觀望，擱置，暫緩考慮；送葬

例 友達（ともだち）を見送（みおく）る。

譯 送朋友。

37 | みかた【味方】

(名・自サ) 我方，自己的這一方；夥伴

例 味方（みかた）に引（ひ）き込（こ）む。

譯 拉入自己一夥。

38 | ゆうこう【友好】

㊔ 友好

例 友好（ゆうこう）を深（ふか）める。

譯 加深友好關係。

39 | ゆうじょう【友情】

㊔ 友情

例 友情（ゆうじょう）を結（むす）ぶ。

譯 結交朋友。

40 | りょう【両】

(漢造) 雙，兩

例 両者（りょうしゃ）の合意（ごうい）が必要（ひつよう）だ。

譯 需要雙方的同意。

41 | わ【和】

㊔ 和，人和；停止戰爭，和好

例 和（わ）を保（たも）つ。

譯 保持和諧。

42 | わるくち・わるぐち【悪口】

㊔ 壞話，誹謗人的話；罵人

例 悪口（わるくち）を言（い）う。

譯 說壞話。

N2 ⊙ 7-8

7-8 神仏、化け物 / 神佛、怪物

01 | あくま【悪魔】

㊔ 惡魔，魔鬼

例 悪魔（あくま）を払（はら）う。

譯 驅逐魔鬼。

02 | おがむ【拝む】

(他五) 叩拜；合掌作揖；懇求，央求；瞻仰，見識

例 神様（かみさま）を拝（おが）む。

譯 拜神。

03 | おに【鬼】

(名・接頭) 鬼：人們想像中的怪物，具有人的形狀，有角和獠牙。也指沒有人的感情的冷酷的人。熱衷於一件事的人。也引申為大型的，突出的意思。

例 鬼(おに)に金棒(かなぼう)。

譯 如虎添翼。

04 | おばけ【お化け】

(名) 鬼；怪物

例 お化(ば)け屋敷(やしき)に入(はい)る。

譯 進到鬼屋。

05 | おまいり【お参り】

(名・自サ) 參拜神佛或祖墳

例 神社(じんじゃ)にお参(まい)りする。

譯 到神社參拜。

06 | おみこし【お神輿・お御輿】

(名) 神轎；(俗)腰

例 お神輿(みこし)を担(かつ)ぐ。

譯 扛神轎。

07 | かみ【神】

(名) 神，神明，上帝，造物主；(死者的)靈魂

例 神(かみ)に祈(いの)る。

譯 向神禱告。

08 | かみさま【神様】

(名) (神的敬稱)上帝，神；(某方面的)專家，活神仙，(接在某方面技能後)…之神

例 神様(かみさま)を信(しん)じる。

譯 信神。

09 | しんこう【信仰】

(名・他サ) 信仰，信奉

例 信仰(しんこう)を持(も)つ。

譯 有信仰。

10 | しんわ【神話】

(名) 神話

例 神話(しんわ)になる。

譯 成為神話。

11 | せい【精】

(名) 精，精靈；精力

例 森(もり)の精(せい)が宿(やど)る。

譯 存有森林的精靈。

12 | ほとけ【仏】

(名) 佛，佛像；(佛一般)溫厚，仁慈的人；死者，亡魂

例 仏(ほとけ)に祈(いの)る。

譯 向佛祈禱。

パート 8 第八章 親族

- 親屬 -

N2 ◉ 8-1

8-1 家族 / 家族

01 | あまやかす【甘やかす】

(他五) 嬌生慣養，縱容放任；嬌養，嬌寵

例 甘(あま)やかして育(そだ)てる。

譯 嬌生慣養。

02 | いっか【一家】

(名) 一所房子；一家人；一個團體；一派

例 一家(いっか)の主(あるじ)が亡(な)くなった。

譯 一家之主去世。

03 | おい【甥】

(名) 姪子，外甥

例 叔父(おじ)甥(おい)の間柄(あいだがら)だけだった。

譯 僅只是叔姪的關係。

04 | おやこ【親子】

(名) 父母和子女

例 仲(なか)の良(い)い親子(おやこ)だ。

譯 感情融洽的親子。

05 | ぎゃくたい【虐待】

(名・他サ) 虐待

例 児童虐待(じどうぎゃくたい)は深刻(しんこく)な問題(もんだい)だ。

譯 虐待兒童是很嚴重的問題。

06 | こうこう【孝行】

(名・自サ・形動) 孝敬，孝順

例 孝行(こうこう)を尽(つ)くす。

譯 盡孝心。

07 | ささえる【支える】

(他下一) 支撐；維持，支持；阻止，防止

例 暮(く)らしを支(ささ)える。

譯 維持生活。

08 | しまい【姉妹】

(名) 姊妹

例 三人姉妹(さんにんしまい)が 100 円(えん)ショップを営(いとな)んでいる。

譯 姊妹三人經營著百元商店。

09 | しんせき【親戚】

(名) 親戚，親屬

例 親戚(しんせき)のおじさんがかっこいい。

譯 我叔叔很帥氣。

10 | しんるい【親類】

(名) 親戚，親屬；同類，類似

例 親類(しんるい)づきあい。

譯 像親戚一樣往來

11 | せい【姓】

(名・漢造) 姓氏；族，血族；（日本古代的）氏族姓，稱號

例 姓(せい)が変(か)わる。

譯 改姓。

12 | ぜんぱん【全般】

(名) 全面，全盤，通盤

例 生活全般(せいかつぜんぱん)にわたる。

譯 遍及所有生活的方方面面。

13 | つれ【連れ】

(名・接尾) 同伴，伙伴；（能劇，狂言的）配角

例 子供連(こどもづ)れの客(きゃく)が多(おお)い。

譯 有許多帶小孩的客人。

14 | どくしん【独身】

(名) 單身

例 独身(どくしん)で暮(く)らしている。

譯 獨自一人過生活。

15 | ははおや【母親】

(名) 母親

例 母親(ははおや)のいない子(こ)になってしまう。

譯 成為無母之子。

16 | ぶじ【無事】

(名・形動) 平安無事，無變故；健康；最好，沒毛病；沒有過失

例 無事(ぶじ)を知(し)らせる。

譯 報平安。

8-2 夫婦 /

夫婦

01 | おくさま【奥様】

(名) 尊夫人，太太

例 奥様(おくさま)はお元気(げんき)ですか。

譯 尊夫人別來無恙？

02 | こんやく【婚約】

(名・自サ) 訂婚，婚約

例 婚約(こんやく)を発表(はっぴょう)する。

譯 宣佈訂婚訊息。

03 | ともに【共に】

(副) 共同，一起，都；隨著，隨同；全，都，均

例 一生(いっしょう)を共(とも)にする。

譯 終生在一起。

04 | にょうぼう【女房】

(名) （自己的）太太，老婆

例 世話女房(せわにょうぼう)が付(つ)いている。

譯 有位對丈夫照顧周到的妻子。

05 | はなよめ【花嫁】

(名) 新娘

例 花嫁(はなよめ)の姿(すがた)がひときわ映(は)える。

譯 新娘的打扮格外耀眼奪目。

06 | ふさい【夫妻】

(名) 夫妻

例 林氏夫妻(リンしふさい)を招(まね)く。

譯 邀請林氏夫婦。

07 ｜ふじん【夫人】

㊔ 夫人

例 夫人(ふじん)同伴(どうはん)で出席(しゅっせき)する。

譯 與夫人一同出席。

08 ｜よめ【嫁】

㊔ 兒媳婦，妻，新娘

例 嫁(よめ)にいく。

譯 嫁人。

N2 ● 8-3

8-3 先祖、親 /

祖先、父母

01 ｜せんぞ【先祖】

㊔ 始祖；祖先，先人

例 先祖(せんぞ)の墓(はか)がある。

譯 祖先的墳墓。

02 ｜そせん【祖先】

㊔ 祖先

例 祖先(そせん)から伝(つた)わる。

譯 從祖先代代流傳下來。

03 ｜だい【代】

(名・漢造) 代，輩；一生，一世；代價

例 代(だい)が変(か)わる。

譯 換代。

04 ｜ちちおや【父親】

㊔ 父親

例 父親(ちちおや)に似(に)る。

譯 和父親相像。

05 ｜つとめ【務め】

㊔ 本分，義務，責任

例 親(おや)の務(つと)めを果(は)たす。

譯 完成父母的義務。

06 ｜どくりつ【独立】

(名・自サ) 孤立，單獨存在；自立，獨立，不受他人援助

例 親(おや)から独立(どくりつ)する。

譯 脱離父母獨立。

07 ｜はか【墓】

㊔ 墓地，墳墓

例 墓(はか)まいりする。

譯 上墳祭拜。

08 ｜ふぼ【父母】

㊔ 父母，雙親

例 父母(ふぼ)の膝下(ひざもと)を離(はな)れる。

譯 離開父母。

09 ｜まいる【参る】

(自五・他五) (敬)去，來；參拜(神佛)；認輸；受不了，吃不消；(俗)死；(文)(從前婦女寫信，在收件人的名字右下方寫的敬語)鈞啟；(古)獻上；吃，喝；做

例 お墓(はか)に参(まい)る。

譯 去墓地參拜。

10 ｜まつる【祭る】

(他五) 祭祀，祭奠；供奉

例 先祖(せんぞ)をまつる。

譯 祭祀先祖。

8-4 子、子孫 / 孩子、子孫

01 | おさない【幼い】
㊔ 幼小的，年幼的；孩子氣，幼稚的
例 幼い子供がいる。
譯 有幼小的孩子。

02 | しそん【子孫】
㊔ 子孫；後代
例 子孫の繁栄を願う。
譯 祈求多子多孫。

03 | すえっこ【末っ子】
㊔ 最小的孩子
例 末っ子に生まれる。
譯 我是么兒。

04 | すがた【姿】
(名・接尾) 身姿，身段；裝束，風采；形跡，身影；面貌，狀態；姿勢，形象
例 姿が消える。
譯 消失蹤跡。

05 | てきする【適する】
(自サ) (天氣、飲食、水土等)適宜，適合；適當，適宜於(某情況)；具有做某事的資格與能力
例 子供に適した映画を紹介する。
譯 介紹適合兒童觀賞的電影。

06 | ふたご【双子】
㊔ 雙胞胎，孿生；雙
例 双子を生んだ。
譯 生了雙胞胎。

07 | むけ【向け】
(造語) 向，對
例 子供向けの番組が減った。
譯 以小孩為對象的節目減少了。

パート 9 第九章

動物

- 動物 -

N2 9-1

9-1 動物の仲間 / 動物類

01 | いきもの【生き物】

㊔ 生物，動物；有生命力的東西，活的東西

例 生(い)き物(もの)を殺(ころ)す。

譯 殺生。

02 | うお【魚】

㊔ 魚

例 うお座(ざ)に入(はい)る。

譯 進入雙魚座。

03 | うさぎ【兎】

㊔ 兔子

例 ウサギの登(のぼ)り坂(ざか)だ。

譯 事情順利進行。

04 | えさ【餌】

㊔ 飼料，飼食

例 鳥(とり)に餌(えさ)をやる。

譯 餵鳥飼料。

05 | か【蚊】

㊔ 蚊子

例 蚊(か)に刺(さ)される。

譯 被蚊子咬。

06 | きんぎょ【金魚】

㊔ 金魚

例 金魚(きんぎょ)すくいが楽(たの)しい。

譯 撈金魚很有趣。

07 | さる【猿】

㊔ 猴子，猿猴

例 猿(さる)も木(き)から落(お)ちる。

譯 智者千慮必有一失。

08 | す【巣】

㊔ 巢，窩，穴；賊窩，老巢；家庭；蜘蛛網

例 巣(す)離(ばな)れをする。

譯 離巢，出窩。

09 | ぜつめつ【絶滅】

(名・自他サ) 滅絕，消滅，根除

例 絶滅(ぜつめつ)の危機(きき)に瀕(ひん)する。

譯 瀕臨絕種。

10 | ぞう【象】

㊔ 大象

例 アフリカ象(ぞう)は絶滅(ぜつめつ)の危機(きき)にある。

譯 非洲象面臨滅亡的危機。

11 | ぞくする【属する】

(自サ) 屬於，歸於，從屬於；隸屬，附屬

例 虎はネコ科に属する。

譯 老虎屬於貓科。

12 | つばさ【翼】

(名) 翼，翅膀；(飛機)機翼；(風車)翼板；使者，使節

例 想像の翼が広がる。

譯 想像的翅膀擴展開來。

13 | とら【虎】

(名) 老虎

例 虎の尾を踏む。

譯 若蹈虎尾。

14 | とる【捕る】

(他五) 抓，捕捉，逮捕

例 鼠を捕る。

譯 捉老鼠。

15 | なでる【撫でる】

(他下一) 摸，撫摸；梳理(頭髮)；撫慰，安撫

例 犬の頭を撫でる。

譯 撫摸狗的頭。

16 | なれる【馴れる】

(自下一) 馴熟

例 この馬は人に馴れている。

譯 這匹馬很親人。

17 | にわとり【鶏】

(名) 雞

例 鶏を飼う。

譯 養雞。

18 | ねずみ

(名) 老鼠

例 ねずみが出る。

譯 有老鼠。

19 | むれ【群れ】

(名) 群，伙，幫；伙伴

例 群れになる。

譯 結成群。

N2 ◉ 9-2

9-2 動物の動作、部位 / 動物的動作、部位

01 | かけまわる【駆け回る】

(自五) 到處亂跑

例 子犬が駆け回る。

譯 小狗到處亂跑。

02 | きば【牙】

(名) 犬齒，獠牙

例 ライオンの牙が獲物を噛み砕く。

譯 獅子的尖牙咬碎獵物。

03 | しっぽ【尻尾】

(名) 尾巴；末端，末尾；尾狀物

例 しっぽを出す。

譯 露出馬腳。

04 | はう【這う】

(自五) 爬,爬行;(植物)攀纏,緊貼;(趴)下

例 蛇(へび)が這(は)う。

譯 蛇在爬行。

05 | はね【羽】

(名) 羽毛;(鳥與昆蟲等的)翅膀;(機器等)翼,葉片;箭翎

例 羽(はね)を伸(の)ばす。

譯 無所顧慮,無拘無束。

06 | はねる【跳ねる】

(自下一) 跳,蹦起;飛濺;散開,散場;爆,裂開

例 馬(うま)がはねる。

譯 馬騰躍。

07 | ほえる【吠える】

(自下一) (狗、犬獸等)吠,吼;(人)大聲哭喊,喊叫

例 犬(いぬ)が吠(ほ)える。

譯 狗吠叫。

Memo

パート
10
第十章

植物

- 植物 -

N2 ⊙ 10-1

10-1 野菜、果物 / 蔬菜、水果

01 | いちご【苺】

㊔ 草莓

例 苺(いちご)を栽培(さいばい)する。

譯 種植草莓。

02 | うめ【梅】

㊔ 梅花，梅樹；梅子

例 梅(うめ)の実(み)をたくさんつける。

譯 梅樹結了許多梅子。

03 | かじつ【果実】

㊔ 果實，水果

例 果実(かじつ)が実(みの)る。

譯 結出果實。

04 | じゃがいも【じゃが芋】

㊔ 馬鈴薯

例 じゃが芋(いも)を茹(ゆ)でる。

譯 用水煮馬鈴薯。

05 | すいか【西瓜】

㊔ 西瓜

例 西瓜(すいか)を冷(ひ)やす。

譯 冰鎮西瓜。

06 | たね【種】

㊔ (植物的)種子，果核；(動物的)品種；原因，起因；素材，原料

例 種(たね)を吐(は)き出(だ)す。

譯 吐出種子。

07 | まめ【豆】

(名・接頭) (總稱)豆；大豆；小的，小型；(手腳上磨出的)水泡

例 豆(まめ)を撒(ま)く。

譯 撒豆子。

08 | み【実】

㊔ (植物的)果實；(植物的)種子；成功，成果；內容，實質

例 実(み)がなる。

譯 結果。

09 | みのる【実る】

(自五) (植物)成熟，結果；取得成績，獲得成果，結果實

例 柿(かき)が実(みの)る。

譯 結柿子。

10 | もも【桃】

㊔ 桃子

例 桃(もも)のおいしい季節(きせつ)がやってきた。

譯 到了桃子的盛產期。

10-2 草、木、樹木 /
草木、樹木

01 | いね【稲】
㊔ 水稻，稻子
例 稲を刈る。
譯 割稻。

02 | うえき【植木】
㊔ 植種的樹；盆景
例 植木を植える。
譯 種樹。

03 | がいろじゅ【街路樹】
㊔ 行道樹
例 街路樹がきれいだ。
譯 行道樹很漂亮。

04 | こうよう【紅葉】
(名・自サ) 紅葉；變成紅葉
例 紅葉を見る。
譯 賞楓葉。

05 | こくもつ【穀物】
㊔ 五穀，糧食
例 穀物を輸入する。
譯 進口五穀。

06 | こむぎ【小麦】
㊔ 小麥
例 小麦粉をこねる。
譯 揉麵粉糰。

07 | しなやか
(形動) 柔軟，和軟；巍巍顫顫，有彈性；優美，柔和，溫柔
例 しなやかな竹は美しい。
譯 柔軟的竹子美極了。

08 | しばふ【芝生】
㊔ 草皮，草地
例 芝生に寝転ぶ。
譯 睡在草地上。

09 | しょくぶつ【植物】
㊔ 植物
例 植物を育てる。
譯 種植植物。

10 | すぎ【杉】
㊔ 杉樹，杉木
例 杉の花粉が飛び始めた。
譯 杉樹的花粉開始飛散。

11 | たいぼく【大木】
㊔ 大樹，巨樹
例 百年を超える大木がある。
譯 有百年以上的大樹。

12 | たけ【竹】
㊔ 竹子
例 竹が茂る。
譯 竹林繁茂。

13 | なみき【並木】

㊔ 街樹，路樹；並排的樹木

例 並木道(なみきみち)がきれいでした。

譯 蔭林大道美極了。

14 | まつ【松】

㊔ 松樹，松木；新年裝飾正門的松枝，裝飾松枝的期間

例 松(まつ)を植(う)える。

譯 種植松樹。

15 | もみじ【紅葉】

㊔ 紅葉；楓樹

例 紅葉(もみじ)を楽(たの)しむ。

譯 觀賞紅葉。

N2 ⊙ 10-3

10-3 植物関連のことば / 植物相關用語

01 | うわる【植わる】

(自五) 栽上，栽植

例 桃(もも)が植(う)わっている。

譯 種著桃樹。

02 | えんげい【園芸】

㊔ 園藝

例 園芸(えんげい)を楽(たの)しむ。

譯 享受園藝。

03 | おんしつ【温室】

㊔ 溫室，暖房

例 温室(おんしつ)で苺(いちご)を作(つく)る。

譯 在溫室栽培草莓。

04 | から【殻】

㊔ 外皮，外殼

例 殻(から)を脱(ぬ)ぐ。

譯 脫殼，脫皮。

05 | かる【刈る】

(他五) 割，剪，剃

例 草(くさ)を刈(か)る。

譯 割草。

06 | かれる【枯れる】

(自上一) 枯萎，乾枯；老練，造詣精深；(身材)枯瘦

例 作物(さくもつ)が枯(か)れる。

譯 作物枯萎。

07 | かんさつ【観察】

(名・他サ) 觀察

例 植物(しょくぶつ)を観察(かんさつ)する。

譯 觀察植物。

08 | さくもつ【作物】

㊔ 農作物；莊稼

例 園芸作物(えんげいさくもつ)を栽培(さいばい)する。

譯 栽培園藝作物。

09 | しげる【茂る】

(自五) (草木)繁茂，茂密

例 雑草(ざっそう)が茂(しげ)る。

譯 雜草茂密。

10 | しぼむ【萎む・凋む】

(自五) 枯萎，凋謝；扁掉

例 花がしぼむ。
譯 花兒凋謝。

11 | ちらばる【散らばる】

自五 分散；散亂

例 花びらが散らばる。
譯 花瓣散落。

12 | なる【生る】

自五 （植物）結果；生，產出

例 柿が生る。
譯 長出柿子。

13 | におう【匂う】

自五 散發香味，有香味；（顏色）鮮豔美麗；隱約發出，使人感到似乎…

例 花が匂う。
譯 花散發出香味。

14 | ね【根】

名 （植物的）根；根底；根源，根據；天性，根本

例 根がつく。
譯 生根。

15 | はち【鉢】

名 缽盆；大碗；花盆；頭蓋骨

例 バラを鉢に植える。
譯 玫瑰花種在花盆裡。

16 | はちうえ【鉢植え】

名 盆栽

例 鉢植えの手入れをする。
譯 照顧盆栽。

17 | まく【蒔く】

他五 播種；（在漆器上）畫泥金畫

例 種を蒔く。
譯 播種。

18 | みつ【蜜】

名 蜜；花蜜；蜂蜜

例 花の蜜を吸う。
譯 吸花蜜。

19 | め【芽】

名 （植）芽

例 芽が出る。
譯 發芽。

20 | ようぶん【養分】

名 養分

例 養分を吸収する。
譯 吸收養分。

21 | わかば【若葉】

名 嫩葉、新葉

例 若葉が萌える。
譯 長出新葉。

パート
11
第十一章

物質

- 物質 -

N2 ● 11-1

11-1 物、物質 /
物、物質

01 | えきたい【液体】

㊔ 液體

例 液体に浸す。

譯 浸泡在液體之中。

02 | かたまり【塊】

名・接尾 塊狀，疙瘩；集團；極端…的人

例 欲の塊が踊っている。

譯 貪得無厭的人上竄下跳。

03 | かたまる【固まる】

自五 (粉末、顆粒、黏液等)變硬，凝固；固定，成形；集在一起，成群；熱中，篤信(宗教等)

例 粘土が固まる。

譯 把黏土捏成一塊。

04 | きたい【気体】

㊔ (理)氣體

例 気体は通すが水は通さない。

譯 氣體可通過，但水無法通過。

05 | きんぞく【金属】

㊔ 金屬，五金

例 金属は熱で溶ける。

譯 金屬被熱熔化。

06 | くず【屑】

㊔ 碎片；廢物，廢料(人)；(挑選後剩下的)爛貨

例 人間のくずだ。

譯 無用的人。

07 | げすい【下水】

㊔ 污水，髒水，下水；下水道的簡稱

例 下水処理場に届く。

譯 抵達污水處理場。

08 | こうぶつ【鉱物】

㊔ 礦物

例 豊かな鉱物資源に恵まれる。

譯 豐富的礦資源。

09 | こたい【固体】

㊔ 固體

例 固体に変わる。

譯 變成固體。

10 | こな【粉】

㊔ 粉，粉末，麵粉

例 粉になる。

譯 變成粉末。

11 | こんごう【混合】

(名・自他サ) 混合

例 砂(すな)と小石(こいし)を混合(こんごう)する。

譯 混合砂和小石子。

12 | さび【錆】

㊔（金屬表面因氧化而生的）鏽；（轉）惡果

例 金属(きんぞく)が錆付(さびつ)く。

譯 金屬生鏽。

13 | さんせい【酸性】

㊔（化）酸性

例 尿(にょう)が酸性(さんせい)になる。

譯 尿變成酸性的。

14 | さんそ【酸素】

㊔（理）氧氣

例 酸素(さんそ)マスクをつける。

譯 戴上氧氣面具。

15 | すいそ【水素】

㊔ 氫

例 水素(すいそ)を含(ふく)む。

譯 含氫。

16 | せいぶん【成分】

㊔（物質）成分，元素；（句子）成分；（數）成分

例 成分(せいぶん)を分析(ぶんせき)する。

譯 分析成分。

17 | ダイヤモンド【diamond】

㊔ 鑽石

例 大(おお)きなダイヤモンドをずらりと並(なら)べる。

譯 大顆鑽石排成一排。

18 | たから【宝】

㊔ 財寶，珍寶；寶貝，金錢

例 国(くに)の宝(たから)に指定(してい)された。

譯 被指定為國寶。

19 | ちしつ【地質】

㊔（地）地質

例 地質(ちしつ)を調(しら)べる。

譯 調查地質。

20 | つち【土】

㊔ 土地，大地；土壤，土質；地面，地表；地面土，泥土

例 土(つち)が乾(かわ)く。

譯 土地乾旱。

21 | つぶ【粒】

(名・接尾)（穀物的）穀粒；粒，丸，珠；（數小而圓的東西）粒，滴，丸

例 麦(むぎ)の粒(つぶ)が大(おお)きい。

譯 麥粒很大。

22 | てつ【鉄】

㊔ 鐵

例 鉄(てつ)の意志(いし)が生(う)んだ。

譯 產生如鋼鐵般的意志。

23 | どう【銅】

㊔ 銅

例 銅(どう)を含(ふく)む。

譯 含銅。

24 | とうめい【透明】

(名・形動) 透明；純潔，單純

例 透明（とうめい）なガラスで仕切（しき）られた。

譯 被透明的玻璃隔開。

25 | どく【毒】

(名・自サ・漢造) 毒，毒藥；毒害，有害；惡毒，毒辣

例 毒（どく）にあたる。

譯 中毒。

26 | はなび【花火】

(名) 煙火

例 花火（はなび）を打（う）ち上（あ）げる。

譯 放煙火。

27 | はへん【破片】

(名) 破片，碎片

例 ガラスの破片（はへん）が飛（と）び散（ち）る。

譯 玻璃碎片飛散開來。

28 | はめる【嵌める】

(他下一) 嵌上，鑲上；使陷入，欺騙；擲入，使沈入

例 指輪（ゆびわ）にダイヤをはめる。

譯 在戒指上鑲入鑽石。

29 | ぶっしつ【物質】

(名) 物質；(哲)物體，實體

例 物質文明（ぶっしつぶんめい）が発達（はったつ）した。

譯 物質文明進步發展。

30 | ふる【古】

(名・漢造) 舊東西；舊，舊的

例 古新聞（ふるしんぶん）をリサイクルする。

譯 舊報紙資源回收。

31 | ほうせき【宝石】

(名) 寶石

例 宝石（ほうせき）で飾（かざ）る。

譯 用寶石裝飾。

32 | ほこり【埃】

(名) 灰塵，塵埃

例 埃（ほこり）を払（はら）う。

譯 擦灰塵。

33 | む【無】

(名・接頭・漢造) 無，沒有；徒勞，白費；無…，不…；欠缺，無

例 無（む）から有（ゆう）を生（しょう）ずる。

譯 無中生有。

34 | やくひん【薬品】

(名) 藥品；化學試劑

例 化学薬品（かがくやくひん）を取（と）り扱（あつか）っている。

譯 管理化學藥品。

N2 ● 11-2

11-2 エネルギー、燃料 / 能源、燃料

01 | あげる【上げる】

(他下一・自下一) 舉起，抬起，揚起，懸掛；(從船上)卸貨；增加；升遷；送入；表示做完；表示自謙

例 温度（おんど）を上（あ）げる。

譯 提高溫度。

02 | オイル【oil】

㊔ 油，油類；油畫，油畫顏料；石油

例 オイル漏れがひどい。

譯 嚴重漏油。

03 | すいじょうき【水蒸気】

㊔ 水蒸氣；霧氣，水霧

例 水蒸気がふき出す。

譯 噴出水蒸汽。

04 | すいぶん【水分】

㊔ 物體中的含水量；（蔬菜水果中的）液體，含水量，汁

例 水分をとる。

譯 攝取水分。

05 | すいめん【水面】

㊔ 水面

例 水面に浮かべる。

譯 浮出水面。

06 | せきたん【石炭】

㊔ 煤炭

例 石炭を燃やす。

譯 燒煤炭。

07 | せきゆ【石油】

㊔ 石油

例 石油を採掘する。

譯 開採石油。

08 | だんすい【断水】

（名・他サ・自サ） 斷水，停水

例 夜間断水する。

譯 夜間限時停水。

09 | ちかすい【地下水】

㊔ 地下水

例 地下水を蓄える。

譯 儲存地下水。

10 | ちょくりゅう【直流】

（名・自サ） 直流電；（河水）直流，沒有彎曲的河流；嫡系

例 直流に変換する。

譯 變換成直流電。

11 | でんりゅう【電流】

㊔（理）電流

例 電流が通じる。

譯 通電。

12 | でんりょく【電力】

㊔ 電力

例 電力を供給する。

譯 供電。

13 | とうゆ【灯油】

㊔ 燈油；煤油

例 灯油で動く。

譯 以燈油啟動。

14 | ばくはつ【爆発】

（名・自サ） 爆炸，爆發

例 火薬が爆発する。

譯 火藥爆炸。

15 | はつでん【発電】

(名・他サ) 發電

例 川(かわ)を発電(はつでん)に利用(りよう)する。

譯 利用河川發電。

16 | ひ【灯】

(名) 燈光，燈火

例 灯(ひ)をともす。

譯 點燈。

17 | ほのお【炎】

(名) 火焰，火苗

例 炎(ほのお)に包(つつ)まれる。

譯 被火焰包圍。

18 | ようがん【溶岩】

(名) (地)溶岩

例 溶岩(ようがん)が流(なが)れる。

譯 熔岩流動。

N2 ◉ 11-3

11-3 原料、材料 /
原料、材料

01 | げんりょう【原料】

(名) 原料

例 石油(せきゆ)を原料(げんりょう)とするプラスチック。

譯 塑膠是以石油為原料做出來的。

02 | コンクリート【concrete】

(名・形動) 混凝土；具體的

例 コンクリートが固(かた)まる。

譯 水泥凝固。

03 | ざいもく【材木】

(名) 木材，木料

例 材木(ざいもく)を選(えら)ぶ。

譯 選擇木材。

04 | ざいりょう【材料】

(名) 材料，原料；研究資料，數據

例 材料(ざいりょう)がそろう。

譯 備齊材料。

05 | セメント【cement】

(名) 水泥

例 セメントを塗(ぬ)る。

譯 抹水泥。

06 | どろ【泥】

(名・造語) 泥土；小偷

例 泥(どろ)がつく。

譯 沾上泥土。

07 | ビタミン【vitamin】

(名) (醫)維他命，維生素

例 ビタミンC(シー)に富(と)む。

譯 富含維他命C。

08 | もくざい【木材】

(名) 木材，木料

例 建築用(けんちくよう)の木材(もくざい)を事前(じぜん)にカットする。

譯 事先裁切建築用木材。

パート
12
第十二章

天体、気象

- 天體、氣象 -

N2 ⊙ 12-1

12-1 天体 / 天體

01 | うちゅう【宇宙】

㊔ 宇宙；（哲）天地空間；天地古今

例 宇宙旅行(うちゅうりょこう)に申(もう)し込(こ)む。

譯 申請太空旅行。

02 | おせん【汚染】

（名・自他サ）污染

例 大気汚染(たいきおせん)が問題(もんだい)となった。

譯 大氣污染成為問題。

03 | かがやく【輝く】

（自五）閃光，閃耀；洋溢；光榮，顯赫

例 太陽(たいよう)が空(そら)に輝(かがや)く。

譯 太陽在天空照耀。

04 | かんそく【観測】

（名・他サ）觀察（事物），（天體，天氣等）觀測

例 天体(てんたい)を観測(かんそく)する。

譯 觀測天體。

05 | きあつ【気圧】

㊔ 氣壓；（壓力單位）大氣壓

例 高気圧(こうきあつ)が張(は)り出(だ)す。

譯 高氣壓伸展開來。

06 | きらきら

（副・自サ）閃耀

例 星(ほし)がきらきら光(ひか)る。

譯 星光閃耀。

07 | ぎらぎら

（副・自サ）閃耀（程度比きらきら還強）

例 太陽(たいよう)がぎらぎら照(て)りつける。

譯 陽光照得刺眼。

08 | こうきあつ【高気圧】

㊔ 高氣壓

例 南(みなみ)の海上(かいじょう)に高気圧(こうきあつ)が発生(はっせい)した。

譯 南方海面上形成高氣壓。

09 | こうせん【光線】

㊔ 光線

例 太陽(たいよう)の光線(こうせん)が反射(はんしゃ)される。

譯 太陽光線反射。

10 | たいき【大気】

㊔ 大氣；空氣

例 大気(たいき)が地球(ちきゅう)を包(つつ)んでいる。

譯 大氣將地球包圍。

11 | みかづき【三日月】

㊔ 新月，月牙；新月形

例 三日月のパンが可愛い。

譯 月牙形的麵包很可愛。

12 | みちる【満ちる】

自上一 充滿；月盈，月圓；(期限)滿，到期；潮漲

例 月が満ちる。

譯 滿月。

N2 12-2(1)

12-2 気象、天気、気候 (1) / 氣象、天氣、氣候 (1)

01 | あけがた【明け方】

㊔ 黎明，拂曉

例 明け方まで勉強する。

譯 開夜車通宵讀書。

02 | あたたかい【暖かい】

㊋ 溫暖，暖和；熱情，熱心；和睦；充裕，手頭寬裕

例 懐が暖かい。

譯 手頭寬裕。

03 | あらし【嵐】

㊔ 風暴，暴風雨

例 嵐の前の静けさが漂う。

譯 籠罩著暴風雨前寧靜的氣氛。

04 | いきおい【勢い】

㊔ 勢，勢力；氣勢，氣焰

例 勢いを増す。

譯 勢頭增強。

05 | いっそう【一層】

㊫ 更，越發

例 一層寒くなった。

譯 更冷了。

06 | おだやか【穏やか】

形動 平穩；溫和，安詳；穩妥，穩當

例 穏やかな天気に恵まれた。

譯 遇到溫和的好天氣。

07 | おとる【劣る】

自五 劣，不如，不及，比不上

例 昨日に劣らず暑い。

譯 不亞於昨天的熱。

08 | おんだん【温暖】

名・形動 溫暖

例 地球温暖化を防ぐ。

譯 防止地球暖化。

09 | かいせい【快晴】

㊔ 晴朗，晴朗無雲

例 天気は快晴だ。

譯 天氣晴朗無雲。

10 | かくべつ【格別】

㊫ 特別，顯著，格外；姑且不論

例 今日の寒さは格別だ。

譯 今天格外寒冷。

11 | かみなり【雷】

㊔ 雷；雷神；大發雷霆的人

例 雷(かみなり)が鳴(な)る。

譯 雷鳴。

12 | きおん【気温】

㊔ 氣溫

例 気温(きおん)が下(さ)がる。

譯 氣溫下降。

13 | きこう【気候】

㊔ 氣候

例 気候(きこう)が暖(あたた)かい。

譯 天氣溫暖。

14 | きょうふう【強風】

㊔ 強風

例 強風(きょうふう)が吹(ふ)く。

譯 強風吹拂。

15 | ぐずつく【愚図つく】

(自五) 陰天；動作遲緩拖延

例 天気(てんき)が愚図(ぐず)つく。

譯 天氣總不放晴。

16 | くずれる【崩れる】

(自下一) 崩潰；散去；潰敗，粉碎

例 天気(てんき)が崩(くず)れる。

譯 天氣變天。

17 | こごえる【凍える】

(自下一) 凍僵

例 手足(てあし)が凍(こご)える。

譯 手腳凍僵。

18 | さす【差す】

(他五・助動・五型) 指，指示；使，叫，令，命令做…

例 西日(にしび)が差(さ)す。

譯 夕陽照射。

19 | さむさ【寒さ】

㊔ 寒冷

例 寒(さむ)さで震(ふる)える。

譯 冷得發抖。

20 | さわやか【爽やか】

(形動) (心情、天氣)爽朗的，清爽的；(聲音、口齒)鮮明的，清楚的，巧妙的

例 爽(さわ)やかな朝(あさ)が迎(むか)えられる。

譯 迎接清爽的早晨。

N2 ● 12-2(2)

12-2 気象、天気、気候 (2) /
氣象、天氣、氣候 (2)

21 | じき【直】

(名・副) 直接；(距離)很近，就在眼前；(時間)立即，馬上

例 雨(あめ)が直(じき)にやむ。

譯 雨馬上會停。

22 | しずまる【静まる】

(自五) 變平靜；平靜，平息；減弱；平靜的(存在)

例 風(かぜ)が静(しず)まる。

譯 風平息下來。

23 | しずむ【沈む】

(自五) 沉沒，沈入；西沈，下山；消沈，落魄，氣餒；沈淪

例 太陽が沈む。

譯 日落。

24 | てる【照る】

(自五) 照耀，曬，晴天

例 日が照る。

譯 太陽照射。

25 | てんこう【天候】

(名) 天氣，天候

例 天候が変わる。

譯 天氣轉變。

26 | にっこう【日光】

(名) 日光，陽光；日光市

例 洗濯物を日光で乾かす。

譯 陽光把衣服曬乾。

27 | にわか

(名・形動) 突然，驟然；立刻，馬上；一陣子，臨時，暫時

例 天候がにわかに変化する。

譯 天候忽然起變化。

28 | ばいう【梅雨】

(名) 梅雨

例 梅雨前線が停滞する。

譯 梅雨鋒面停滯不前。

29 | はれ【晴れ】

(名) 晴天；隆重；消除嫌疑

例 さわやかな晴れの日だ。

譯 舒爽的晴天。

30 | ひあたり【日当たり】

(名) 採光，向陽處

例 日当りがいい。

譯 採光佳。

31 | ひかげ【日陰】

(名) 陰涼處，背陽處；埋沒人間；見不得人

例 日陰で休む。

譯 在陰涼處休息。

32 | ひざし【日差し】

(名) 陽光照射，光線

例 日差しを浴びる。

譯 曬太陽。

33 | ひのいり【日の入り】

(名) 日暮時分，日落，黃昏

例 夏の日の入りは午後6時30分だ。

譯 夏天的日落時刻是下午6點30分。

34 | ひので【日の出】

(名) 日出（時分）

例 初日の出が見られる。

譯 可以看到元旦的日出。

35 | ひよけ【日除け】

(名) 遮日；遮陽光的遮棚

例 日除けに帽子をかぶる。
譯 戴上帽子遮陽。

36 | ふぶき【吹雪】
名 暴風雪
例 吹雪に遭う。
譯 遇到暴風雪。

37 | ふわっと
副・自サ 輕軟蓬鬆貌；輕飄貌
例 ふわっとした雪を見る。
譯 仰望輕飄飄的雲朵。

38 | まう【舞う】
自五 飛舞；舞蹈
例 雪が舞う。
譯 雪花飛舞。

39 | めっきり
副 變化明顯，顯著的，突然，劇烈
例 めっきり寒くなる。
譯 明顯地變冷。

40 | ものすごい【物凄い】
形 可怕的，恐怖的，令人恐懼的；猛烈的，驚人的
例 ものすごく寒い。
譯 冷得要命。

41 | ゆうだち【夕立】
名 雷陣雨
例 夕立が上がる。
譯 驟雨停了。

42 | ゆうひ【夕日】
名 夕陽
例 夕日が沈む。
譯 夕陽西下。

43 | よほう【予報】
名・他サ 預報
例 予報が当たる。
譯 預報說中。

44 | らくらい【落雷】
名・自サ 打雷，雷擊
例 落雷で火事になる。
譯 打雷引起火災。

N2 ⊙ 12-3

12-3 さまざまな自然現象 / 各種自然現象

01 | あかるい【明るい】
形 明亮的，光明的；開朗的，快活的；精通，熟悉
例 明るくなる。
譯 發亮。

02 | およぼす【及ぼす】
他五 波及到，影響到，使遭到，帶來
例 被害を及ぼす。
譯 帶來危害。

03 | かさい【火災】
名 火災
例 火災に遭う。
譯 遭遇火災。

04 | かんそう【乾燥】

(名・自他サ) 乾燥；枯燥無味

例 空気(くうき)が乾燥(かんそう)している。

譯 空氣乾燥。

05 | きよい【清い】

(形) 清澈的，清潔的；(內心)暢快的，問心無愧的；正派的，光明磊落；乾脆

例 清(きよ)い水(みず)を湧(わ)き出(だ)させる。

譯 湧出清水。

06 | きり【霧】

(名) 霧，霧氣；噴霧

例 霧(きり)が晴(は)れる。

譯 霧散。

07 | くだける【砕ける】

(自下一) 破碎，粉碎

例 コップが粉々(こなごな)に砕(くだ)ける。

譯 杯子摔成碎片。

08 | くもる【曇る】

(自五) 天氣陰，朦朧

例 鏡(かがみ)が曇(くも)る。

譯 鏡子模糊。

09 | げんしょう【現象】

(名) 現象

例 自然現象(しぜんげんしょう)が発生(はっせい)する。

譯 發生自然現象。

10 | さびる【錆びる】

(自上一) 生鏽，長鏽；(聲音)蒼老

例 包丁(ほうちょう)が錆(さ)びる。

譯 菜刀生鏽。

11 | しめる【湿る】

(自五) 受潮，濡濕；(火)熄滅，(勢頭)漸消

例 のりが湿(しめ)る。

譯 紫菜受潮變軟了。

12 | しも【霜】

(名) 霜；白髮

例 霜(しも)が降(お)りる。

譯 降霜。

13 | じゅうりょく【重力】

(名) (理)重力

例 重力(じゅうりょく)が加(くわ)わる。

譯 加上重力。

14 | じょうき【蒸気】

(名) 蒸汽

例 蒸気(じょうき)が立(た)ち上(のぼ)る。

譯 蒸氣冉冉升起。

15 | じょうはつ【蒸発】

(名・自サ) 蒸發，汽化；(俗)失蹤，出走，去向不明，逃之夭夭

例 水分(すいぶん)が蒸発(じょうはつ)する。

譯 水分蒸發。

16 | せっきん【接近】

(名・自サ) 接近，靠近；親密，親近，密切

例 台風(たいふう)が接近(せっきん)する。

譯 颱風靠近。

17 | ぞうすい【増水】

(名・自サ) 氾濫，漲水

例 川が増水して危ない。

譯 河川暴漲十分危險。

18 | そなえる【備える】

(他下一) 準備，防備；配置，裝置；天生具備

例 地震に備える。

譯 地震災害防範。

19 | てんねん【天然】

(名) 天然，自然

例 天然の良港に恵まれている。

譯 天然的良港得天獨厚。

20 | どしゃくずれ【土砂崩れ】

(名) 土石流

例 土砂崩れで通行止めだ。

譯 因土石流而禁止通行。

21 | とっぷう【突風】

(名) 突然颳起的暴風

例 突風に帽子を飛ばされる。

譯 帽子被突然颳起的風給吹走了。

22 | なる【成る】

(自五) 成功，完成；組成，構成；允許，能忍受

例 氷が水に成る。

譯 冰變成水。

23 | にごる【濁る】

(自五) 混濁，不清晰；(聲音)嘶啞；(顏色)不鮮明；(心靈)污濁，起邪念

例 空気が濁る。

譯 空氣混濁。

24 | にじ【虹】

(名) 虹，彩虹

例 七色の虹が出る。

譯 出現七色彩虹。

25 | はんえい【反映】

(名・自サ・他サ) (光)反射；反映

例 湖面に反映する。

譯 反射在湖面。

26 | ぴかぴか

(副・自サ) 雪亮地；閃閃發亮的

例 ぴかぴか光る。

譯 閃閃發光。

27 | ひとりでに【独りでに】

(副) 自行地，自動地，自然而然地

例 窓が独りでに開いた。

譯 窗戶自動打開了。

28 | ふせぐ【防ぐ】

(他五) 防禦，防守，防止；預防，防備

例 火を防ぐ。

譯 防火。

29 ｜ふんか【噴火】

(名・自サ) 噴火

例 噴火口(ふんかこう)が残(のこ)っている。

譯 留下火山口。

30 ｜ほうそく【法則】

(名) 規律，定律；規定，規則

例 法則(ほうそく)に合(あ)う。

譯 合乎規律。

31 ｜まんいち【万一】

(名・副) 萬一

例 万一(まんいち)に備(そな)える。

譯 以備萬一。

32 ｜わく【湧く】

(自五) 湧出；產生(某種感情)；大量湧現

例 清水(しみず)が湧(わ)く。

譯 清水泉湧。

Memo

パート
13
第十三章

地理、場所

- 地理、地方 -

N2 ◉ 13-1(1)

13-1 地理（1）/
地理（1）

01 | いずみ【泉】

㊔ 泉，泉水；泉源；話題

例 本(ほん)は知識(ちしき)の泉(いずみ)だ。

譯 書籍是知識之泉源。

02 | いど【緯度】

㊔ 緯度

例 緯度(いど)が高(たか)い。

譯 緯度高。

03 | うんが【運河】

㊔ 運河

例 運河(うんが)を開(ひら)く。

譯 開運河。

04 | おか【丘】

㊔ 丘陵，山崗，小山

例 丘(おか)を越(こ)える。

譯 越過山崗。

05 | おぼれる【溺れる】

(自下一) 溺水，淹死；沉溺於，迷戀於

例 川(かわ)で溺(おぼ)れる。

譯 在河裡溺水。

06 | おんせん【温泉】

㊔ 溫泉

例 温泉(おんせん)に入(はい)る。

譯 泡溫泉。

07 | かい【貝】

㊔ 貝類

例 貝(かい)を拾(ひろ)う。

譯 撿貝殼。

08 | かいよう【海洋】

㊔ 海洋

例 海洋公園(かいようこうえん)に行(い)く。

譯 去海洋公園。

09 | かこう【火口】

㊔（火山）噴火口；（爐灶等）爐口

例 火口(かこう)からマグマが噴出(ふんしゅつ)する。

譯 從火山口噴出岩漿。

10 | かざん【火山】

㊔ 火山

例 火山(かざん)が噴火(ふんか)する。

譯 火山噴火。

11 | きし【岸】

㊔ 岸，岸邊；崖

例 岸(きし)を離(はな)れる。

譯 離岸。

12 | きゅうせき【旧跡】

㊔ 古蹟

例 京都(きょうと)の名所旧跡(めいしょきゅうせき)を訪(たず)ねる。

譯 造訪京都的名勝古蹟。

13 | けいど【経度】

㊔ (地)經度

例 経度(けいど)を調(しら)べる。

譯 查詢經度。

14 | けわしい【険しい】

㊮ 陡峭，險峻；險惡，危險；(表情等)嚴肅，可怕，粗暴

例 険(けわ)しい山道(やまみち)が続(つづ)く。

譯 山路綿延崎嶇。

15 | こうち【耕地】

㊔ 耕地

例 耕地面積(こうちめんせき)を知(し)りたい。

譯 想知道耕地面積。

16 | こす【越す・超す】

(自他五) 越過，跨越，渡過；超越，勝於；過，度過；遷居，轉移

例 山(やま)を越(こ)す。

譯 翻越山嶺。

17 | さばく【砂漠】

㊔ 沙漠

例 砂漠(さばく)に生(い)きる。

譯 在沙漠生活。

18 | さんりん【山林】

㊔ 山上的樹林；山和樹林

例 山林(さんりん)に交(まじ)わる。

譯 出家。

19 | じばん【地盤】

㊔ 地基，地面；地盤，勢力範圍

例 地盤(じばん)を固(かた)める。

譯 堅固地基。

20 | じめん【地面】

㊔ 地面，地表；土地，地皮，地段

例 地面(じめん)がぬれる。

譯 地面溼滑。

21 | しんりん【森林】

㊔ 森林

例 森林(しんりん)を守(まも)る。

譯 守護森林。

22 | すいへいせん【水平線】

㊔ 水平線；地平線

例 太陽(たいよう)が水平線(すいへいせん)から昇(のぼ)る。

譯 太陽從地平線升起。

23 | せきどう【赤道】

㊔ 赤道

例 赤道を横切る。
譯 穿過赤道。

24 ｜ぜんこく【全国】
㊔ 全國
例 全国を巡る。
譯 巡迴全國。

25 ｜たいりく【大陸】
㊔ 大陸，大洲；(日本指)中國；(英國指)歐洲大陸
例 新大陸を発見した。
譯 發現新大陸。

26 ｜たき【滝】
㊔ 瀑布
例 滝のように汗が流れる。
譯 汗流如注。

27 ｜たに【谷】
㊔ 山谷，山澗，山洞
例 人生山あり谷あり。
譯 人生有高有低，有起有落。

28 ｜たにぞこ【谷底】
㊔ 谷底
例 谷底に転落する。
譯 跌到谷底。

29 ｜ダム【dam】
㊔ 水壩，水庫，攔河壩，堰堤
例 ダムを造る。
譯 建造水庫。

30 ｜たんすい【淡水】
㊔ 淡水
例 淡水魚が見られる。
譯 可以看到淡水魚。

N2 13-1(2)

13-1 地理 (2) /
地理 (2)

31 ｜ち【地】
㊔ 大地，地球，地面；土壤，土地；地表；場所；立場，地位
例 地に落ちる。
譯 落到地上。

32 ｜ちへいせん【地平線】
㊔ (地)地平線
例 地平線が見える。
譯 看得見地平線。

33 ｜ちめい【地名】
㊔ 地名
例 地名を調べる。
譯 調查地名。

34 ｜ちょうじょう【頂上】
㊔ 山頂，峰頂；極點，頂點
例 頂上を目指す。
譯 以山頂為目標。

35 ｜ちょうてん【頂点】
㊔ (數)頂點；頂峰，最高處；極點，絕頂
例 頂点に立つ。
譯 立於頂峰。

36 | つりばし【釣り橋・吊り橋】

㊔ 吊橋

例 吊(つ)り橋(ばし)を渡(わた)る。

譯 過吊橋。

37 | とう【島】

㊔ 島嶼

例 離島(りとう)が数多(かずおお)くある。

譯 有許多離島。

38 | とうげ【峠】

㊔ 山路最高點（從此點開始下坡），山巔；頂部，危險期，關頭

例 峠(とうげ)に着(つ)く。

譯 到達山頂。

39 | とうだい【灯台】

㊔ 燈塔

例 灯台守(とうだいもり)が住(す)んでいる。

譯 住守著燈塔守衛。

40 | とびこむ【飛び込む】

（自五）跳進；飛入；突然闖入；（主動）投入，加入

例 川(かわ)に飛(と)び込(こ)む。

譯 跳進河裡。

41 | ながめ【眺め】

㊔ 眺望，瞭望；（眺望的）視野，景致，景色

例 眺(なが)めが良(よ)い。

譯 視野好。

42 | ながめる【眺める】

（他下一）眺望；凝視，注意看；（商）觀望

例 星(ほし)を眺(なが)める。

譯 眺望星星。

43 | ながれ【流れ】

㊔ 水流，流動；河流，流水；潮流，趨勢；血統；派系，（藝術的）風格

例 流(なが)れを下(くだ)る。

譯 順流而下。

44 | なみ【波】

㊔ 波浪，波濤；波瀾，風波；聲波；電波；潮流，浪潮；起伏，波動

例 波(なみ)に乗(の)る。

譯 趁著浪頭，趁勢。

45 | の【野】

（名・漢造）原野；田地，田野；野生的

例 野(の)の花(はな)が飾(かざ)られている。

譯 擺飾著野花。

46 | のはら【野原】

㊔ 原野

例 野原(のはら)で遊(あそ)ぶ。

譯 在原野玩耍。

47 | はら【原】

㊔ 平原，平地；荒原，荒地

例 野原(のはら)の花(はな)が咲(さ)く。

譯 野地的小花綻放著。

48 | はんとう【半島】
㊔ 半島
例 伊豆半島を１周する。
譯 繞伊豆半島一周。

49 | ふうけい【風景】
㊔ 風景，景致；情景，光景，狀況；(美術)風景
例 風景を楽しむ。
譯 觀賞風景。

50 | ふるさと【故郷】
㊔ 老家，故鄉
例 故郷に帰る。
譯 回故鄉。

51 | へいや【平野】
㊔ 平原
例 関東平野が見える。
譯 可眺望關東平原。

52 | ぼんち【盆地】
㊔ (地)盆地
例 山の間が盆地になっている。
譯 山中間形成盆地。

53 | みさき【岬】
㊔ (地)海角，岬
例 岬には燈台がある。
譯 海角上有燈塔。

54 | みなれる【見慣れる】
(自下一) 看慣，眼熟，熟識
例 景色が見慣れる。
譯 看慣景色。

55 | りく【陸】
(名・漢造) 陸地，旱地；陸軍的通稱
例 陸が見える。
譯 看見陸地。

56 | りゅういき【流域】
㊔ 流域
例 長江流域が水稲の生産地である。
譯 長江流域是生產水稻的中心區域。

57 | れっとう【列島】
㊔ (地)列島，群島
例 日本列島を横断する。
譯 橫越日本列島。

N2 ● 13-2

13-2 場所、空間 /
地方、空間

01 | あき【空き】
㊔ 空隙，空白；閒暇；空額
例 空きを作る。
譯 騰出空間。

02 | したまち【下町】
㊔ (普通百姓居住的)小工商業區；(都市中)低窪地區
例 下町で町工場を営む。
譯 於庶民(工商業者)居住區開工廠。

03 | しんくう【真空】

㊔ 真空；(作用、勢力達不到的)空白，真空狀態

例 真空(しんくう)パックをして保存(ほぞん)する。

譯 真空包裝後保存起來。

04 | てんてん【転々】

(副・自サ) 轉來轉去，輾轉，不斷移動；滾轉貌，嘰哩咕嚕

例 各地(かくち)を転々(てんてん)とする。

譯 輾轉各地。

05 | とうざい【東西】

㊔ (方向)東和西；(國家)東方和西方；方向；事理，道理

例 東西(とうざい)に分(わ)ける。

譯 分為東西。

06 | どこか

(連語) 某處，某個地方

例 どこか遠(とお)くへ行(い)きたい。

譯 想要去某個遙遠的地方。

07 | とち【土地】

㊔ 土地，耕地；土壤，土質；某地區，當地；地面；地區

例 土地(とち)が肥(こ)える。

譯 土地肥沃。

08 | なつかしい【懐かしい】

㊒ 懷念的，思慕的，令人懷念的；眷戀，親近的

例 故郷(こきょう)が懐(なつ)かしい。

譯 懷念故鄉。

09 | ば【場】

㊔ 場所，地方；座位；(戲劇)場次；場合

例 その場(ば)で断(ことわ)った。

譯 當場推絕了。

10 | バック【back】

(名・自サ) 後面，背後；背景；後退，倒車；金錢的後備，援助；靠山

例 綺麗(きれい)な景色(けしき)をバックにする。

譯 以美麗的風景為背景。

11 | ひろば【広場】

㊔ 廣場；場所

例 広場(ひろば)で行(おこな)う。

譯 於廣場進行。

12 | ひろびろ【広々】

(副・自サ) 寬闊的，遼闊的

例 広々(ひろびろ)とした庭(にわ)だ。

譯 寬敞的院子。

13 | ほうぼう【方々】

(名・副) 各處，到處

例 方々(ほうぼう)でもてはやされる。

譯 到處受歡迎。

14 | ほうめん【方面】

㊔ 方面，方向；領域

例 大阪方面(おおさかほうめん)へ出張(しゅっちょう)する。

譯 到大阪方向出差。

15 | まちかど【街角】

㊔ 街角，街口，拐角

例 街角(まちかど)に佇(たたず)む。

譯 佇立於街角。

16 | むげん【無限】

名・形動 無限，無止境

例 無限(むげん)の空間(くうかん)がある。

譯 有無限的空間。

17 | むこうがわ【向こう側】

㊔ 對面；對方

例 川(かわ)の向(む)こう側(がわ)にいる。

譯 在河川的另一側。

18 | めいしょ【名所】

㊔ 名勝地，古蹟

例 名所(めいしょ)を見物(けんぶつ)する。

譯 參觀名勝。

19 | よそ【他所】

㊔ 別處，他處；遠方；別的，他的；不顧，無視，漠不關心

例 よそを向(む)く。

譯 看別的地方。

20 | りょうめん【両面】

㊔ (表裡或內外)兩面；兩個方面

例 物事(ものごと)を両面(りょうめん)から見(み)る。

譯 從正反兩面來看事情。

13-3 地域、範囲 (1) / 地域、範圍 (1)

01 | あちこち

㊹ 這兒那兒，到處

例 あちこちにある。

譯 到處都有。

02 | あちらこちら

㊹ 到處，四處；相反，顛倒

例 あちらこちらに散(ち)らばっている。

譯 四處散亂著。

03 | いたる【至る】

自五 到，來臨；達到；周到

例 至(いた)る所(ところ)が音楽(おんがく)であふれる。

譯 到處充滿音樂。

04 | おうべい【欧米】

㊔ 歐美

例 欧米諸国(おうべいしょこく)が対立(たいりつ)する。

譯 歐美各國相互對立。

05 | おき【沖】

㊔ (離岸較遠的)海面，海上；湖心；(日本中部方言)寬闊的田地、原野

例 沖(おき)に出(で)る。

譯 出海。

06 | おくがい【屋外】

㊔ 戶外

例 屋外運動靴(おくがいうんどうぐつ)が必要(ひつよう)だ。

譯 戶外需要運動鞋。

07 | おんたい【温帯】

㊔ 溫帶

例 温帯気候に属す。

譯 屬於溫帶氣候。

08 | がい【外】

(接尾・漢造) 以外，之外；外側，外面，外部；妻方親戚；除外

例 予想外の答えを出す。

譯 做出意料之外的答案。

09 | かいがい【海外】

㊔ 海外，國外

例 海外で暮らす。

譯 居住海外。

10 | かくじゅう【拡充】

(名・他サ) 擴充

例 工場を拡充する。

譯 擴大工廠。

11 | かくだい【拡大】

(名・自他サ) 擴大，放大

例 規模が拡大する。

譯 擴大規模。

12 | かくち【各地】

㊔ 各地

例 各地を巡る。

譯 巡迴各地。

13 | かくちょう【拡張】

(名・他サ) 擴大，擴張

例 領土を拡張する。

譯 擴大領土。

14 | かしょ【箇所】

(名・接尾) (特定的)地方；(助數詞)處

例 訛りのある箇所。

譯 糾正錯誤的地方。

15 | かんさい【関西】

㊔ 日本關西地區(以京都、大阪為中心的地帶)

例 関西地方を襲った。

譯 襲擊關西地區。

16 | かんたい【寒帯】

㊔ 寒帶

例 寒帯の動物が南下した。

譯 寒帶動物向南而去。

17 | かんとう【関東】

㊔ 日本關東地區(以東京為中心的地帶)

例 関東地方が強く揺れる。

譯 關東地區強烈搖晃。

18 | きょうかい【境界】

㊔ 境界，疆界，邊界

例 境界線を引く。

譯 劃上界線。

19 | くいき【区域】

㊔ 區域

例 危険区域に入った。

譯 進入危險地區。

20 | くうちゅう【空中】

㊔ 空中，天空

例 ロボットが空中を飛ぶ。

譯 機器人飛在空中。

21 | ぐん【郡】

㊔ (地方行政區之一)郡

例 国の下に郡を置く。

譯 國下面設郡。

22 | こっきょう【国境】

㊔ 國境，邊境，邊界

例 国境を越える。

譯 越過國境。

23 | さい【際】

(名・漢造) 時候，時機，在…的狀況下；彼此之間，交接；會晤；邊際

例 この際にお伝え致します。

譯 在這個時候通知您

24 | さかい【境】

㊔ 界線，疆界，交界；境界，境地；分界線，分水嶺

例 生死の境をさまよう。

譯 在生死之間徘徊。

25 | しきち【敷地】

㊔ 建築用地，地皮；房屋地基

例 学校の敷地を図にした。

譯 把學校用地繪製成圖。

26 | しゅう【州】

(漢造) 大陸，州

例 世界は五大州に分かれている。

譯 世界分五大洲。

27 | しゅうい【周囲】

㊔ 周圍，四周；周圍的人，環境

例 周囲を森に囲まれている。

譯 被周圍的森林圍繞著。

28 | しゅうへん【周辺】

㊔ 周邊，四周，外圍

例 都市の周辺に住んでいる。

譯 住在城市的四周。

29 | しゅと【首都】

㊔ 首都

例 首都が変わる。

譯 改首都。

30 | しゅとけん【首都圏】

㊔ 首都圈

例 首都圏の人口が減り始める。

譯 首都圈人口開始減少。

N2 13-3(2)

13-3 地域、範囲 (2) / 地域、範圍 (2)

31 | じょうきょう【上京】

(名・自サ) 進京，到東京去

例 18 歳で上京する。

譯 十八歲到東京。

32 | ちいき【地域】

㊔ 地區

例 周辺(しゅうへん)の地域(ちいき)が緑(みどり)であふれる。

譯 周圍地區綠意盎然。

33 | ちたい【地帯】

㊔ 地帶，地區

例 安全地帯(あんぜんちたい)を求(もと)める。

譯 尋找安全地帶。

34 | ちょうめ【丁目】

(結尾) (街巷區劃單位)段，巷，條

例 田中町三丁目(たなかまちさんちょうめ)に住(す)む。

譯 住在田中町三段。

35 | と【都】

(名・漢造) 首都；「都道府縣」之一的行政單位，都市；東京都

例 東京都水道局(とうきょうとすいどうきょく)が管理(かんり)する。

譯 東京都水利局進行管理。

36 | とかい【都会】

㊔ 都會，城市，都市

例 彼(かれ)は都会育(とかいそだ)ちだ。

譯 他在城市長大的。

37 | とくてい【特定】

(名・他サ) 特定；明確指定，特別指定

例 特定(とくてい)の店(みせ)しか扱(あつか)わない。

譯 只有特定的店家使用。

38 | としん【都心】

㊔ 市中心

例 都心(としん)から5キロ離(はな)れている。

譯 離市中心五公里。

39 | なんきょく【南極】

㊔ (地)南極；(理)南極(磁針指南的一端)

例 南極海(なんきょくかい)が凍(こお)る。

譯 南極海結冰。

40 | なんべい【南米】

㊔ 南美洲

例 南米大陸(なんべいたいりく)をわたる。

譯 橫越南美洲。

41 | なんぼく【南北】

㊔ (方向)南與北；南北

例 南北(なんぼく)に縦断(じゅうだん)する。

譯 縱貫南北。

42 | にほん【日本】

㊔ 日本

例 日本語(にほんご)で話(はな)す。

譯 用日語交談。

43 | ねったい【熱帯】

㊔ (地)熱帶

例 熱帯気候(ねったいきこう)がない。

譯 沒有熱帶氣候。

44 | ばんち【番地】

㊔ 門牌號；住址

例 番地(ばんち)を記入(きにゅう)する。

譯 填寫地址。

45 | ひとごみ【人込み・人混み】

㊔ 人潮擁擠(的地方)，人山人海

例 人込みを避ける。

譯 避開人群。

46 | ふきん【付近】

㊔ 附近，一帶

例 付近の商店街が変わりつつある。

譯 附近的店家逐漸改變樣貌。

47 | ぶぶん【部分】

㊔ 部分

例 部分的には優れている。

譯 一部份還不錯。

48 | ぶんぷ【分布】

(名・自サ) 分布，散布

例 分布区域が拡大する。

譯 擴大分布區域。

49 | ぶんや【分野】

㊔ 範圍，領域，崗位，戰線

例 分野が違う。

譯 不同領域。

50 | ほっきょく【北極】

㊔ 北極

例 北極星を見る。

譯 看見北極星。

51 | みやこ【都】

㊔ 京城，首都；大都市，繁華的都市

例 ウィーンは音楽の都だ。

譯 維也納是音樂之都。

52 | ヨーロッパ【Europe】

㊔ 歐洲

例 ヨーロッパへ行く。

譯 去歐洲。

N2 13-4(1)

13-4 方向、位置 (1) /
方向、位置 (1)

01 | あがる【上がる】

(自五・他五・接尾) (效果， 地位， 價格等) 上升，提高；上，登，進入；上漲；提高；加薪；吃，喝，吸(煙)；表示完了

例 値段が上がる。

譯 漲價。

02 | あと【後】

㊔ (地點、位置)後面，後方；(時間上)以後；(距現在)以前；(次序)之後，其後；以後的事；結果，後果；其餘，此外；子孫，後人

例 後を付ける。

譯 跟蹤。

03 | いち【位置】

(名・自サ) 位置，場所；立場，遭遇；位於

例 位置を占める。

譯 占據位置。

04 | かこう【下降】

(名・自サ) 下降，下沉

例 パラシュートが下降する。

譯 降落傘下降。

05 | かみ【上】

(名・漢造) 上邊，上方，上游，上半身；以前，過去；開始，起源於；統治者，主人；京都；上座；(從觀眾看)舞台右側

例 上座に座る。

譯 坐上位。

06 | ぎゃく【逆】

(名・漢造) 反，相反，倒；叛逆

例 逆にする。

譯 弄反過來。

07 | げ【下】

(名) 下等；(書籍的)下卷

例 状況は下の下だ。

譯 狀況為下下等。

08 | さかさ【逆さ】

(名) (「さかさま」的略語)逆，倒，顛倒，相反

例 上下が逆さになる。

譯 上下顛倒。

09 | さかさま【逆様】

(名・形動) 逆，倒，顛倒，相反

例 裏表を逆さまに着る。

譯 穿反。

10 | さかのぼる【遡る】

(自五) 溯，逆流而上；追溯，回溯

例 流れをさかのぼる。

譯 回溯。

11 | さゆう【左右】

(名・他サ) 左右方；身邊，旁邊；左右其詞，支支吾吾；(年齡)大約，上下；掌握，支配，操縱

例 命運を左右する。

譯 支配命運。

12 | すいへい【水平】

(名・形動) 水平；平衡，穩定，不升也不降

例 水平に置く。

譯 水平放置。

13 | ぜんご【前後】

(名・自サ・接尾) (空間與時間)前和後，前後；相繼，先後；前因後果

例 前後を見回す。

譯 環顧前後。

14 | せんたん【先端】

(名) 頂端，尖端；時代的尖端，時髦，流行，前衛

例 流行の先端を行く。

譯 走在流行尖端。

15 | せんとう【先頭】

(名) 前頭，排頭，最前列

例 先頭に立つ。

譯 站在先鋒。

16 | そい【沿い】

(造語) 順，延

例 線路沿いに歩く。

譯 沿著鐵路走路。

17 | それる【逸れる】

(自下一) 偏離正軌，歪向一旁；不合調，走調；走向一邊，轉過去

例 話がそれる。

譯 話離題了。

18 | たいら【平ら】

(名・形動) 平，平坦；(山區的)平原，平地；(非正坐的)隨意坐，盤腿作；平靜，坦然

例 平らな土地が少ない。

譯 平坦的大地較少。

19 | ちてん【地点】

㊔ 地點

例 通過地点をライトアップする。

譯 點亮通過的地點。

20 | ちゅうおう【中央】

㊔ 中心，正中；中心，中樞；中央，首都

例 中央に置く。

譯 放在中間。

N2 ◉ 13-4(2)

13-4 方向、位置 (2) / 方向、位置 (2)

21 | ちゅうかん【中間】

㊔ 中間，兩者之間；(事物進行的)中途，半路

例 中間を取る。

譯 折衷。

22 | ちょくせん【直線】

㊔ 直線

例 一直線に進む。

譯 直線前進。

23 | つうか【通過】

(名・自サ) 通過，經過；(電車等)駛過；(議案、考試等)通過，過關，合格

例 列車が通過する。

譯 列車通過。

24 | とうちゃく【到着】

(名・自サ) 到達，抵達

例 目的地に到着する。

譯 到達目的地。

25 | どく【退く】

(自五) 讓開，離開，躲開

例 早く退いてくれ。

譯 快點讓開。

26 | どける【退ける】

(他下一) 移開

例 石を退ける。

譯 移開石頭。

27 | なだらか

(形動) 平緩，坡度小，平滑；平穩，順利；順利，流暢

例 なだらかな坂をくだる。

譯 走下平緩的斜坡。

28 | はす【斜】

㊔ (方向)斜的，歪斜

例 道を斜に横切る。

譯 斜行走過馬路。

29 | はん【反】

(名・漢造) 反，反對；(哲)反對命題；犯規；反覆

例 靴(くつ)を反対(はんたい)に履(は)く。

譯 鞋子穿反了。

30 | ひだりがわ【左側】

(名) 左邊，左側

例 左側(ひだりがわ)に並(なら)ぶ。

譯 排在左側。

31 | ひっくりかえる【引っくり返る】

(自五) 翻倒，顛倒，翻過來；逆轉，顛倒過來

例 コップが引(ひ)っくり返(かえ)る。

譯 翻倒杯子。

32 | ふち【縁】

(名) 邊緣，框，檐，旁側

例 眼鏡(めがね)の縁(ふち)がない。

譯 沒有鏡框。

33 | ふりむく【振り向く】

(自五) (向後)回頭過去看；回顧，理睬

例 彼女(かのじょ)は自分(じぶん)の方(ほう)を振(ふ)り向(む)いた。

譯 她往我這裡看。

34 | へいこう【平行】

(名・自サ) (數)平行；並行

例 平行線(へいこうせん)に終(お)わる。

譯 以平行線告終。

35 | ほうがく【方角】

(名) 方向，方位

例 方角(ほうがく)を表(あらわ)す。

譯 表示方向。

36 | ほうこう【方向】

(名) 方向；方針

例 方向(ほうこう)が変(か)わる。

譯 方向改變。

37 | まがりかど【曲がり角】

(名) 街角；轉折點

例 曲(ま)がり角(かど)で別(わか)れる。

譯 在街角道別。

38 | まんまえ【真ん前】

(名) 正前方

例 銀行(ぎんこう)は駅(えき)の真(ま)ん前(まえ)にある。

譯 車站正前方有銀行。

39 | みぎがわ【右側】

(名) 右側，右方

例 右側(みぎがわ)に郵便局(ゆうびんきょく)が見(み)える。

譯 右手邊能看到郵局。

40 | むかう【向かう】

(自五) 向著，朝著；面向；往…去，向…去；趨向，轉向

例 鏡(かがみ)に向(む)かう。

譯 對著鏡子。

41 | むき【向き】

㊔ 方向；適合，合乎；認真，慎重其事；傾向，趨向；(該方面的)人，人們

例 向きが変わる。

譯 轉變方向。

42 | めじるし【目印】

㊔ 目標，標記，記號

例 目印をつける。

譯 留記號。

43 | もどす【戻す】

(自五・他五) 退還，歸還；送回，退回；使倒退；(經)市場價格急遽回升

例 本を戻す。

譯 歸還書。

44 | やじるし【矢印】

㊔ (標示去向、方向的)箭頭，箭形符號

例 矢印の方向に進む。

譯 沿箭頭方向前進。

45 | りょうたん【両端】

㊔ 兩端

例 ケーブルの両端に挿入する。

譯 插入電線兩端。

Memo

パート
14
第十四章

施設、機関

- 設施、機關單位 -

N2 14-1

14-1 施設、機関 / 設施、機關單位

01 | かいいん【会員】

㊔ 會員

例 会員制（かいいんせい）になっております。

譯 為會員制。

02 | かいかん【会館】

㊔ 會館

例 市民会館（しみんかいかん）を作（つく）る。

譯 建造市民會館。

03 | かかり【係・係り】

㊔ 負責擔任某工作的人；關聯，牽聯

例 案内係（あんないがかり）がゲートを開（あ）ける。

譯 招待員打開大門。

04 | かしだし【貸し出し】

㊔（物品的）出借，出租；（金錢的）貸放，借出

例 本（ほん）の貸（か）し出（だ）しを行（おこな）う。

譯 進行書籍出租。

05 | かんちょう【官庁】

㊔ 政府機關

例 官庁（かんちょう）に勤（つと）める。

譯 在政府機關工作。

06 | きかん【機関】

㊔（組織機構的）機關，單位；（動力裝置）機關

例 行政機関（ぎょうせいきかん）が定（さだ）める。

譯 行政機關規定。

07 | きぎょう【企業】

㊔ 企業；籌辦事業

例 企業（きぎょう）を起（お）こす。

譯 創辦企業。

08 | けんがく【見学】

（名・他サ）參觀

例 工場見学（こうじょうけんがく）を始（はじ）める。

譯 開始參觀工廠。

09 | けんちく【建築】

（名・他サ）建築，建造

例 立派（りっぱ）な建築（けんちく）を残（のこ）す。

譯 留下漂亮的建築。

10 | こうそう【高層】

㊔ 高空，高氣層；高層

例 高層（こうそう）ビルが立（た）ち並（なら）ぶ。

譯 高樓大廈林立。

11 | こくりつ【国立】

㊔ 國立

例 国立公園(こくりつこうえん)を訪(たず)ねる。

譯 尋訪國家公園。

12 | こや【小屋】

㊔ 簡陋的小房，茅舍；(演劇、馬戲等的)棚子；畜舍

例 小屋(こや)を建(た)てる。

譯 蓋小屋。

13 | せつび【設備】

(名・他サ) 設備，裝設，裝設

例 設備(せつび)が整(ととの)う。

譯 設備完善。

14 | センター【center】

㊔ 中心機構；中心區；(棒球)中場

例 国際交流(こくさいこうりゅう)センターが設置(せっち)される。

譯 設立國際交流中心。

15 | そうこ【倉庫】

㊔ 倉庫，貨棧

例 倉庫(そうこ)にしまう。

譯 存入倉庫。

16 | でいりぐち【出入り口】

㊔ 出入口

例 出入り口(でいりぐち)に立(た)つ。

譯 站在出入口。

17 | はしら【柱】

(名・接尾) (建)柱子；支柱；(轉)靠山

例 柱(はしら)が倒(たお)れる。

譯 柱子倒下。

18 | ふんすい【噴水】

㊔ 噴水；(人工)噴泉

例 噴水(ふんすい)を設(もう)ける。

譯 架設噴泉。

19 | やくしょ【役所】

㊔ 官署，政府機關

例 役所(やくしょ)に勤(つと)める。

譯 在政府機關工作。

N2 ◉ 14-2

14-2 いろいろな施設 / 各種設施

01 | おとしもの【落とし物】

㊔ 不慎遺失的東西

例 落(お)とし物(もの)を届(とど)ける。

譯 送交遺失物。

02 | きょく【局】

(名・接尾) 房間，屋子；(官署，報社)局，室；特指郵局，廣播電臺；局面，局勢；(事物的)結局

例 郵便局(ゆうびんきょく)が近(ちか)い。

譯 郵局很近。

03 | クラブ【club】

㊔ 俱樂部，夜店；(學校)課外活動，社團活動

例 ナイトクラブが増加(ぞうか)している。

譯 夜總會增多。

04 | こうしゃ【校舍】

㊔ 校舍

例 校舎を建て替える。

譯 改建校舍。

05 | さかば【酒場】

㊔ 酒館，酒家，酒吧

例 酒場で喧嘩が始まった。

譯 酒吧裡開始吵起架了。

06 | じいん【寺院】

㊔ 寺院

例 寺院に参拝する。

譯 參拜寺院。

07 | してん【支店】

㊔ 分店

例 支店を出す。

譯 開分店。

08 | しゅくはく【宿泊】

(名・自サ) 投宿，住宿

例 ホテルに宿泊する。

譯 投宿旅館。

09 | しょてん【書店】

㊔ 書店；出版社，書局

例 書店を回る。

譯 尋遍書店。

10 | しろ【城】

㊔ 城，城堡；(自己的)權力範圍，勢力範圍

例 城が落ちる。

譯 城池陷落。

11 | すいしゃ【水車】

㊔ 水車

例 水車が回る。

譯 水車轉動。

12 | たいざい【滞在】

(名・自サ) 旅居，逗留，停留

例 ホテルに滞在する。

譯 住在旅館。

13 | てんじかい【展示会】

㊔ 展示會

例 着物の展示会に行った。

譯 去參加和服展示會。

14 | てんぼうだい【展望台】

㊔ 瞭望台

例 展望台からの眺め。

譯 從瞭望台看到的風景。

15 | とう【塔】

(名・漢造) 塔

例 宝塔に登る。

譯 登上寶塔。

16 | とめる【泊める】

(他下一) (讓…)住，過夜；(讓旅客)投宿；(讓船隻)停泊

例 観光客を泊める。

譯 讓觀光客投宿。

17 | びよういん【美容院】

㊔ 美容院，美髮沙龍

例 美容院に行く。

譯 去美容院。

18 | ビルディング【building】

㊔ 建築物

例 朝日ビルディングを賃貸する。

譯 朝日大樓出租。

19 | ボーイ【boy】

㊔ 少年，男孩；男服務員

例 ホテルのボーイを呼ぶ。

譯 叫喚旅館的男服務員。

20 | ほり【堀】

㊔ 溝渠，壕溝；護城河

例 堀で囲む。

譯 以城壕圍著。

21 | まちあいしつ【待合室】

㊔ 候車室，候診室，等候室

例 駅の待合室で待つ。

譯 在候車室等候。

22 | まどぐち【窓口】

㊔（銀行，郵局，機關等）窗口；（與外界交涉的）管道，窗口

例 3番の窓口へどうぞ。

譯 請至三號窗口。

23 | やど【宿】

㊔ 家，住處，房屋；旅館，旅店；下榻處，過夜

例 宿に泊まる。

譯 住旅店。

24 | ゆうえんち【遊園地】

㊔ 遊樂場

例 遊園地で遊ぶ。

譯 在遊樂園玩

25 | ようちえん【幼稚園】

㊔ 幼稚園

例 幼稚園に入る。

譯 上幼稚園。

26 | りょう【寮】

(名・漢造) 宿舍（狹指學生、公司宿舍）；茶室；別墅

例 寮生活をする。

譯 過著宿舍生活。

27 | ロビー【lobby】

㊔（飯店、電影院等人潮出入頻繁的建築物的）大廳，門廳；接待室，休息室，走廊

例 ホテルのロビーで待ち合わせる。

譯 在飯店的大廳碰面。

N2 14-3

14-3 病院 / 醫院

01 | いりょう【医療】

㊔ 醫療

例 医療が提供される。

譯 提供醫療。

02 | えいせい【衛生】

㊔ 衛生

例 環境衛生を維持する。

譯 維護環境衛生。

03 | きゅうしん【休診】

(名・他サ) 停診

例 日曜休診が多い。

譯 週日大多停診。

04 | げか【外科】

㊔ (醫)外科

例 外科医を育てる。

譯 培育外科醫生。

05 | しんさつ【診察】

(名・他サ) (醫)診察，診斷

例 診察を受ける。

譯 接受診斷。

06 | しんだん【診断】

(名・他サ) (醫)診斷；判斷

例 診断が出る。

譯 診斷書出來了。

07 | せいけい【整形】

㊔ 整形

例 整形外科で診てもらう。

譯 看整形外科。

08 | ないか【内科】

㊔ (醫)內科

例 内科医になる。

譯 成為內科醫生。

09 | フリー【free】

(名・形動) 自由，無拘束，不受限制；免費；無所屬；自由業

例 検査はフリーパスだった。

譯 不用檢查。

10 | みまい【見舞い】

㊔ 探望，慰問；蒙受，挨(打)，遭受(不幸)

例 見舞いにいく。

譯 去探望。

11 | みまう【見舞う】

(他五) 訪問，看望；問候，探望；遭受，蒙受(災害等)

例 病人を見舞う。

譯 探望病人。

N2 ◉ 14-4

14-4 店 /
商店

01 | いちば【市場】

㊔ 市場，商場

例 魚市場が大変混雑している。

譯 魚市場擁擠不堪。

02 | いてん【移転】

(名・自他サ) 轉移位置；搬家；(權力等)轉交，轉移

例 今月末に移転する。

譯 這個月底搬遷。

03 | **えいぎょう【営業】**

(名・自他サ) 營業，經商

例 営業(えいぎょう)を開始(かいし)。

譯 開始營業。

04 | **かんばん【看板】**

(名) 招牌；牌子，幌子；(店舖)關門，停止營業時間

例 看板(かんばん)にする。

譯 打著招牌；以…為榮；商店打烊。

05 | **きっさ【喫茶】**

(名) 喝茶，喫茶，飲茶

例 喫茶店(きっさてん)で待(ま)ち合(あ)わせ。

譯 在咖啡店碰面。

06 | **きょうどう【共同】**

(名・自サ) 共同

例 共同(きょうどう)で経営(けいえい)する。

譯 一起經營。

07 | **ぎょうれつ【行列】**

(名・自サ) 行列，隊伍，列隊；(數)矩陣

例 行列(ぎょうれつ)のできる店(みせ)などがある。

譯 有排隊人潮的店家等等。

08 | **クリーニング【cleaning】**

(名・他サ) (洗衣店)洗滌

例 クリーニングに出(だ)す。

譯 送去洗衣店洗。

09 | **これら**

(代) 這些

例 これらの商品(しょうひん)を扱(あつか)っている。

譯 銷售這些商品。

10 | **サービス【service】**

(名・自他サ) 售後服務；服務，接待，侍候；(商店)廉價出售，附帶贈品出售

例 サービスをしてくれる。

譯 得到(減價)服務。

11 | **しな【品】**

(名・接尾) 物品，東西；商品，貨物；(物品的)質量，品質；品種，種類；情況，情形

例 よい品(しな)を揃(そろ)えた。

譯 好貨一應俱全。

12 | **しまい【仕舞い】**

(名) 終了，末尾；停止，休止；閉店；賣光；化妝，打扮

例 おしまいにする。

譯 打烊；結束。

13 | **シャッター【shutter】**

(名) 鐵捲門；照相機快門

例 シャッターを下(お)ろす。

譯 放下鐵捲門。

14 | **しょうてん【商店】**

(名) 商店

例 商店(しょうてん)が立(た)ち並(なら)ぶ。

譯 商店林立。

15 | じょうとう【上等】

(名・形動) 上等，優質；很好，令人滿意

例 上等(じょうとう)な品(しな)を使(つか)っている。

譯 用的是高級品。

16 | ショップ【shop】

(接尾) (一般不單獨使用)店舖，商店

例 ショップを開店(かいてん)する。

譯 店舖開張。

17 | ずらり(と)

(副) 一排排，一大排，一長排

例 石(いし)をずらりと並(なら)べる。

譯 把石頭排成一排。

18 | そばや【蕎麦屋】

(名) 蕎麥麵店

例 蕎麦屋(そばや)で昼食(ちゅうしょく)を取(と)る。

譯 在蕎麥麵店吃中餐。

19 | つとめる【努める】

(他下一) 努力，為…奮鬥，盡力；勉強忍住

例 サービスに努(つと)める。

譯 努力服務。

20 | ていきゅうび【定休日】

(名) (商店、機關等)定期公休日

例 定休日(ていきゅうび)が変(か)わる。

譯 改變公休日。

21 | でむかえる【出迎える】

(他下一) 迎接

例 客(きゃく)を駅(えき)に出迎(でむか)える。

譯 到車站接客人。

22 | てん【店】

(名) 店家，店

例 店員(てんいん)になる。

譯 成為店員。

23 | とうじょう【登場】

(名・自サ) (劇)出場，登台，上場演出；(新的作品、人物、產品)登場，出現

例 新製品(しんせいひん)が登場(とうじょう)する。

譯 新商品登場。

24 | ひきとめる【引き止める】

(他下一) 留，挽留；制止，拉住

例 客(きゃく)を引(ひ)き止(と)める。

譯 挽留客人。

25 | ひとまず【一先ず】

(副) (不管怎樣)暫且，姑且

例 ひとまず閉店(へいてん)する。

譯 暫且停止營業。

26 | ひょうばん【評判】

(名) (社會上的)評價，評論；名聲，名譽；受到注目，聞名；傳說，風聞

例 評判(ひょうばん)が広(ひろ)がる。

譯 風聲傳開。

27 | へいてん【閉店】

(名・自サ)（商店）關門；倒閉

例 あの店は７時閉店だ。

譯 那間店七點打烊。

28 | みせや【店屋】

(名) 店鋪，商店

例 店屋が並ぶ。

譯 商店林立。

29 | や【屋】

(接尾)（前接名詞，表示經營某家店或從事某種工作的人）店，舖；（前接表示個性、特質）帶點輕蔑的稱呼；（寫作「舎」）表示堂號，房舍的雅號

例 ケーキ屋がある。

譯 有蛋糕店。

30 | やっきょく【薬局】

(名)（醫院的）藥局；藥鋪，藥店

例 薬局に処方箋を出す。

譯 在藥局開立了處方箋。

31 | ようひんてん【洋品店】

(名) 舶來品店，精品店，西裝店

例 洋品店を開く。

譯 開精品店。

Memo

パート
15
第十五章

交通

- 交通 -

N2 ◉ 15-1

15-1 交通、運輸 /
交通、運輸

01 | あう【遭う】

(自五) 遭遇，碰上

例 事故に遭う。

譯 碰上事故。

02 | いどう【移動】

(名・自他サ) 移動，轉移

例 部隊を移動する。

譯 部隊轉移。

03 | うんぱん【運搬】

(名・他サ) 搬運，運輸

例 木材を運搬する。

譯 搬運木材。

04 | エンジン【engine】

(名) 發動機，引擎

例 エンジンがかかる。

譯 引擎啟動。

05 | かそく【加速】

(名・自他サ) 加速

例 アクセルを踏んで加速する。

譯 踩油門加速。

06 | かそくど【加速度】

(名) 加速度；加速

例 進歩に加速度がつく。

譯 加快速度進步。

07 | かもつ【貨物】

(名) 貨物；貨車

例 貨物を輸送する。

譯 送貨。

08 | げしゃ【下車】

(名・自サ) 下車

例 途中下車する。

譯 中途下車。

09 | こうつうきかん【交通機関】

(名) 交通機關，交通設施

例 交通機関を利用する。

譯 乘坐交通工具。

10 | さいかい【再開】

(名・自他サ) 重新進行

例 電車が運転を再開する。

譯 電車重新運駛。

11 | ざせき【座席】

(名) 座位，座席，乘坐，席位

例 座席に着く。

譯 就座。

12 | さまたげる【妨げる】

(他下一) 阻礙，防礙，阻攔，阻撓

例 交通を妨げる。

譯 妨礙交通。

13 | じそく【時速】

㊔ 時速

例 平均時速は 15 キロです。

譯 時速15公里。

14 | しゃりん【車輪】

㊔ 車輪；(演員)拼命，努力表現；拼命於，盡力於

例 車輪の下敷きになる。

譯 被車輪輾過去。

15 | せいげん【制限】

(名・他サ) 限制，限度，極限

例 制限を越える。

譯 超過限度。

16 | そくりょく【速力】

㊔ 速率，速度

例 速力を上げる。

譯 加快速度。

17 | でむかえ【出迎え】

㊔ 迎接；迎接的人

例 出迎えに上がる。

譯 去迎接。

18 | トンネル【tunnel】

㊔ 隧道

例 トンネルを掘る。

譯 挖隧道。

19 | はいたつ【配達】

(名・他サ) 送，投遞

例 新聞を配達する。

譯 送報紙。

20 | はっしゃ【発車】

(名・自サ) 發車，開車

例 発車が遅れる。

譯 逾時發車。

21 | ハンドル【handle】

㊔ (門等)把手；(汽車、輪船)方向盤

例 ハンドルを回す。

譯 轉動方向盤。

22 | ひょうしき【標識】

㊔ 標誌，標記，記號，信號

例 交通標識が曲がっている。

譯 交通標誌彎曲了。

23 | ぶつかる

(自五) 碰，撞；偶然遇上；起衝突

例 自転車にぶつかる。

譯 撞上腳踏車。

24 | べん【便】

(名・形動・漢造) 便利，方便；大小便；信息，音信；郵遞；隨便，平常

例 便がいい。

譯 很方便。

25 ｜めんきょしょう【免許証】

㊔（政府機關）批准；許可證，執照

例 運転免許証（うんてんめんきょしょう）を見（み）せてください。

譯 駕照讓我看一下。

26 ｜モノレール【monorail】

㊔ 單軌電車，單軌鐵路

例 モノレールが走（はし）る。

譯 單軌電車行駛著。

27 ｜ゆそう【輸送】

（名・他サ） 輸送，傳送

例 貨物（かもつ）を輸送（ゆそう）する。

譯 輸送貨物。

28 ｜ヨット【yacht】

㊔ 遊艇，快艇

例 ヨットに乗（の）る。

譯 乘遊艇。

N2 ● 15-2

15-2 鉄道、船、飛行機 / 鐵路、船隻、飛機

01 ｜おうふく【往復】

（名・自サ） 往返，來往；通行量

例 往復切符（おうふくきっぷ）を買（か）う。

譯 購買來回車票。

02 ｜かいさつ【改札】

（名・自サ） （車站等）的驗票

例 改札（かいさつ）を抜（ぬ）ける。

譯 通過驗票口。

03 ｜きかんしゃ【機関車】

㊔ 機車，火車

例 蒸気機関車（じょうききかんしゃ）を運転（うんてん）する。

譯 駕駛蒸汽火車。

04 ｜こうくう【航空】

㊔ 航空；「航空公司」的簡稱

例 航空会社（こうくうがいしゃ）を利用（りよう）する。

譯 使用航空公司。

05 ｜こうど【高度】

（名・形動） （地）高度，海拔；（地平線到天體的）仰角；（事物的水平）高度，高級

例 高度（こうど）を下（さ）げる。

譯 降低高度。

06 ｜さいしゅう【最終】

㊔ 最後，最終，最末；（略）末班車

例 最終（さいしゅう）に間（ま）に合（あ）う。

譯 趕上末班車。

07 ｜してつ【私鉄】

㊔ 私營鐵路

例 私鉄（してつ）に乗（の）る。

譯 搭乘私鐵。

08 ｜しゅうてん【終点】

㊔ 終點

例 終点（しゅうてん）で降（お）りる。

譯 在終點站下車。

09 ｜じょうしゃ【乗車】

（名・自サ） 乘車，上車；乘坐的車

例 乗車の手配をする。
譯 安排乘車。

10 | じょうしゃけん【乗車券】
㊔ 車票
例 乗車券を拝見する。
譯 檢查車票。

11 | しんだい【寝台】
㊔ 床，床鋪，(火車)臥鋪
例 寝台列車が利用される。
譯 臥鋪列車被使用。

12 | せき【隻】
(接尾) (助數詞用法)計算船，箭，鳥的單位
例 船が 2 隻停泊している。
譯 兩艘船停靠著。

13 | せん【船】
(漢造) 船
例 旅客船が沈没した。
譯 客船沉沒了。

14 | せんろ【線路】
㊔ (火車、電車、公車等)線路；(火車、有軌電車的)軌道
例 線路を敷く。
譯 鋪軌道。

15 | そうさ【操作】
(名・他サ) 操作(機器等)，駕駛；(設法)安排，(背後)操縱
例 ハンドルを操作する。
譯 操作方向盤。

16 | だっせん【脱線】
(名・他サ) (火車、電車等)脫軌，出軌；(言語、行動)脫離常規，偏離本題
例 列車が脱線する。
譯 火車脫軌。

17 | ていしゃ【停車】
(名・他サ・自サ) 停車，剎車
例 各駅に停車する。
譯 各站皆停。

18 | てつどう【鉄道】
㊔ 鐵道，鐵路
例 鉄道を利用する。
譯 乘坐鐵路。

19 | とおりかかる【通りかかる】
(自五) 碰巧路過
例 通りかかった船に救助された。
譯 被經過的船隻救了。

20 | とおりすぎる【通り過ぎる】
(自上一) 走過，越過
例 うっかりして駅を通り過ぎてしまった。
譯 一不小心車站就走過頭了。

21 | ひこう【飛行】
(名・自サ) 飛行，航空
例 宇宙飛行士にあこがれる。
譯 憧憬成為太空人。

22 | びん【便】

(名・漢造) 書信；郵寄，郵遞；(交通設施等)班機，班車；機會，方便

例 定期便に乗る。

譯 搭乘定期班車(機)。

23 | ふみきり【踏切】

(名) (鐵路的)平交道，道口；(轉)決心

例 踏切を渡る。

譯 過平交道。

24 | ヘリコプター【helicopter】

(名) 直昇機

例 ヘリコプターが飛んでいる。

譯 直升飛機飛翔著。

25 | ボート【boat】

(名) 小船，小艇

例 ボートに乗る。

譯 搭乘小船。

26 | まんいん【満員】

(名) (規定的名額)額滿；(車、船等)擠滿乘客，滿座；(會場等)塞滿觀眾

例 満員の電車が走る。

譯 滿載乘客的電車在路上跑著。

27 | やこう【夜行】

(名・接頭) 夜行；夜間列車；夜間活動

例 夜行列車が出る。

譯 夜間列車發車。

28 | ゆうらんせん【遊覧船】

(名) 渡輪

例 遊覧船に乗る。

譯 搭乘渡輪。

N2 15-3

15-3 自動車、道路 / 汽車、道路

01 | いっぽう【一方】

(名・副助・接) 一個方向；一個角度；一面，同時；(兩個中的)一個；只顧，愈來愈…；從另一方面説

例 この道路が一方通行になっている。

譯 前方為單向通行道路。

02 | おうだん【横断】

(名・他サ) 橫斷；橫渡，橫越

例 道路を横断する。

譯 橫越馬路。

03 | おうとつ【凹凸】

(名) 凹凸，高低不平

例 凹凸が激しい。

譯 非常崎嶇不平。

04 | おおどおり【大通り】

(名) 大街，大馬路

例 大通りを横切る。

譯 橫過馬路。

05 | カー【car】

(名) 車，車的總稱，狹義指汽車

例 マイカー通勤が減った。

譯 開自用車上班的人減少了。

06 | カーブ【curve】

名・自サ 轉彎處；彎曲；(棒球、曲棍球)曲線球

例 急カーブを曲がる。

譯 急轉彎。

07 | かいつう【開通】

名・自他サ （鐵路、電話線等）開通，通車，通話

例 トンネルが開通する。

譯 隧道通車。

08 | こうさ【交差】

名・自他サ 交叉

例 道路が交差する。

譯 道路交叉。

09 | こうそく【高速】

名 高速

例 高速道路が建設された。

譯 建設高速公路。

10 | しめす【示す】

他五 出示，拿出來給對方看；表示，表明；指示，指點，開導；呈現，顯示

例 道を示す。

譯 指路。

11 | しゃこ【車庫】

名 車庫

例 車庫に入れる。

譯 開車入庫。

12 | しゃどう【車道】

名 車道

例 車道に飛び出す。

譯 衝到車道上。

13 | じょうようしゃ【乗用車】

名 自小客車

例 乗用車を買う。

譯 買汽車。

14 | せいび【整備】

名・自他サ 配備，整備；整理，修配；擴充，加強；組裝；保養

例 車のエンジンを整備する。

譯 保養車子的引擎。

15 | ちゅうしゃ【駐車】

名・自サ 停車

例 路上に駐車する。

譯 在路邊停車。

16 | つうこう【通行】

名・自サ 通行，交通，往來；廣泛使用，一般通用

例 通行止めになる。

譯 停止通行。

17 | つうろ【通路】

名 （人們通行的）通路，人行道；（出入通行的）空間，通道

例 通路を通る。

譯 過人行道。

18 | とびだす【飛び出す】

(自五) 飛出，飛起來，起飛；跑出；(猛然) 跳出；突然出現

例 子供がとび出す。

譯 小孩突然跑出來。

19 | パンク【puncture 之略】

(名・自サ) 爆胎；脹破，爆破

例 タイヤがパンクする。

譯 爆胎。

20 | ひきかえす【引き返す】

(自五) 返回，折回

例 途中で引き返す。

譯 半路上折回。

21 | ひく【轢く】

(他五) (車)壓，軋(人等)

例 自動車が人を轢いた。

譯 汽車壓了人。

22 | ひとどおり【人通り】

(名) 人來人往，通行；來往行人

例 人通りが激しい。

譯 來往行人頻繁。

23 | へこむ【凹む】

(自五) 凹下，潰下；屈服，認輸；虧空，赤字

例 道が凹む。

譯 路面凹下。

24 | ほそう【舗装】

(名・他サ) (用柏油等)鋪路

例 舗装した道路が壊れた。

譯 鋪過的路崩壞了。

25 | ほどう【歩道】

(名) 人行道

例 歩道を歩く。

譯 走人行道。

26 | まわりみち【回り道】

(名) 繞道，繞遠路

例 回り道をしてくる。

譯 繞道而來。

27 | みちじゅん【道順】

(名) 順路，路線；步驟，程序

例 道順を聞く。

譯 問路。

28 | ゆるい【緩い】

(形) 鬆，不緊；徐緩，不陡；不急；不嚴格；稀薄

例 緩いカーブ。

譯 慢彎。

29 | よこぎる【横切る】

(他五) 横越，横跨

例 通りを横切る。

譯 穿越馬路。

パート 16 第十六章

通信、報道

- 通訊、報導 -

N2 16-1

16-1 通信、電話、郵便 / 通訊、電話、郵件

01 | いちおう【一応】

副 大略做了一次，暫，先，姑且

例 一応目を通す。

譯 大略看過。

02 | いんさつ【印刷】

名・自他サ 印刷

例 チラシを印刷してもらう。

譯 請他印製宣傳單。

03 | えはがき【絵葉書】

名 圖畫明信片，照片明信片

例 絵葉書を出す。

譯 寄明信片。

04 | おうたい【応対】

名・他サ 應對，接待，應酬

例 電話の応対が丁寧になった。

譯 電話的應對變得很有禮貌。

05 | ざつおん【雑音】

名 雜音，噪音

例 電話に雑音が入る。

譯 電話裡有雜音。

06 | じゅわき【受話器】

名 聽筒

例 受話器を使う。

譯 使用聽筒。

07 | ちょくつう【直通】

名・自サ 直達（中途不停）；直通

例 直通の電話番号ができた。

譯 有了直通的電話號碼。

08 | つうしん【通信】

名・自サ 通信，通音信；通訊，聯絡；報導消息的稿件，通訊稿

例 無線で通信する。

譯 以無線電聯絡。

09 | つつみ【包み】

名 包袱，包裹

例 包みが届く。

譯 包裹送到。

10 | でんせん【電線】

名 電線，電纜

例 電線を張る。

譯 架設電線。

11 | でんちゅう【電柱】

㊔ 電線桿

例 電柱を立てる。

譯 立電線桿。

12 | でんぱ【電波】

㊔ (理)電波

例 電波を出す。

譯 發出電波。

13 | といあわせ【問い合わせ】

㊔ 詢問，打聽，查詢

例 問い合わせが殺到する。

譯 詢問人潮不斷湧來。

14 | とりあげる【取り上げる】

(他下一) 拿起，舉起；採納，受理；奪取，剝奪；沒收(財產)，徵收(稅金)

例 受話器を取り上げる。

譯 拿起話筒。

15 | ないせん【内線】

㊔ 內線；(電話)內線分機

例 内線番号にかける。

譯 撥打內線分機號碼。

16 | ねんがじょう【年賀状】

㊔ 賀年卡

例 年賀状を書く。

譯 寫賀年卡。

17 | はなしちゅう【話し中】

㊔ 通話中

例 お話し中失礼ですが…。

譯 不好意思打擾您了…。

18 | よびだす【呼び出す】

(他五) 喚出，叫出；叫來，喚來，邀請；傳訊

例 電話で呼び出す。

譯 用電話叫人來。

N2 16-2

16-2 伝達、通知、情報 / 傳達、告知、信息

01 | あと【跡】

㊔ 印，痕跡；遺跡；跡象；行蹤下落；家業；後任，後繼者

例 跡を絶つ。

譯 絕跡。

02 | おしらせ【お知らせ】

㊔ 通知，訊息

例 お知らせが届く。

譯 消息到達。

03 | けいじ【掲示】

(名・他サ) 牌示，佈告欄；公佈

例 掲示が出る。

譯 貼出告示。

04 | ごらん【ご覧】

㊔ (敬)看，觀覽；(親切的)請看；(接動詞連用形)試試看

例 ご覧に入れる。

譯 請看…。

05 | つうち【通知】

(名・他サ) 通知，告知

例 通知が届く。

譯 接到通知。

06 | ふつう【不通】

(名) (聯絡、交通等)不通，斷絕；沒有音信

例 音信不通になる。

譯 音訊不通。

07 | ぼしゅう【募集】

(名・他サ) 募集，征募

例 募集を行う。

譯 進行招募。

08 | ポスター【poster】

(名) 海報

例 ポスターを張る。

譯 張貼海報。

N2 16-3

16-3 報道、放送 / 報導、廣播

01 | アンテナ【antenna】

(名) 天線

例 アンテナを張る。

譯 搜集情報。

02 | かいせつ【解説】

(名・他サ) 解說，說明

例 ニュース解説が群を抜く。

譯 新聞解說出類拔萃。

03 | こうせい【構成】

(名・他サ) 構成，組成，結構

例 番組を構成する。

譯 組織節目。

04 | こうひょう【公表】

(名・他サ) 公布，發表，宣布

例 公表をはばかる。

譯 害怕被公布。

05 | さつえい【撮影】

(名・他サ) 攝影，拍照；拍電影

例 屋外で撮影する。

譯 在屋外攝影。

06 | スピーチ【speech】

(名・自サ) (正式場合的)簡短演說，致詞，講話

例 スピーチをする。

譯 致詞，演講。

07 | せろん・よろん【世論】

(名) 世間一般人的意見，民意，輿論

例 世論を反映させる。

譯 反應民意。

08 | そうぞうしい【騒々しい】

(形) 吵鬧的，喧囂的，宣嚷的；(社會上)動盪不安的

例 世間が騒々しい。

譯 世上騷亂。

09 | のる【載る】

(他五) 登上，放上；乘，坐，騎；參與；上當，受騙；刊載，刊登

例 新聞(しんぶん)に載(の)る。

譯 登在報上，上報。

10 | ほうそう【放送】

(名・他サ) 廣播；(用擴音器)傳播，散佈(小道消息、流言蜚語等)

例 放送(ほうそう)が中断(ちゅうだん)する。

譯 廣播中斷。

11 | ろんそう【論争】

(名・自サ) 爭論，爭辯，論戰

例 論争(ろんそう)が起(お)こる。

譯 引起爭論。

Memo

パート 17 第十七章 スポーツ

- 體育運動 -

N2 ⊙ 17-1

17-1 スポーツ / 體育運動

01 | いんたい【引退】

(名・自サ) 隱退，退職

例 引退声明(いんたいせいめい)を発表(はっぴょう)する。

譯 宣布退休。

02 | およぎ【泳ぎ】

(名) 游泳

例 泳(およ)ぎを習(なら)う。

譯 學習游泳。

03 | からて【空手】

(名) 空手道

例 空手(からて)を習(なら)う。

譯 練習空手道。

04 | かんとく【監督】

(名・他サ) 監督，督促；監督者，管理人；(影劇)導演；(體育)教練

例 野球(やきゅう)チームの監督(かんとく)になる。

譯 成為棒球隊教練。

05 | くわえる【加える】

(他下一) 加，加上

例 メンバーに新人(しんじん)を加(くわ)える。

譯 會員有新人加入。

06 | こうせき【功績】

(名) 功績

例 功績(こうせき)を残(のこ)す。

譯 留下功績。

07 | スケート【skate】

(名) 冰鞋，冰刀；溜冰，滑冰

例 アイススケートに行(い)こう。

譯 我們去溜冰吧！

08 | すもう【相撲】

(名) 相撲

例 相撲(すもう)にならない。

譯 力量懸殊。

09 | せいしき【正式】

(名・形動) 正式的，正規的

例 正式(せいしき)に引退(いんたい)を表明(ひょうめい)した。

譯 正式表明引退之意。

10 | たいそう【体操】

(名) 體操；體育課

例 体操(たいそう)をする。

譯 做體操。

11 | てきど【適度】

(名・形動) 適度，適當的程度

例 適度(てきど)な運動(うんどう)をする。

譯 適度的運動。

12 | もぐる【潜る】

(自五) 潛入(水中)；鑽進，藏入，躲入；潛伏活動，違法從事活動

例 水中に潜る。

譯 潛入水中。

13 | ランニング【running】

(名) 賽跑，跑步

例 公園でランニングする。

譯 在公園跑步。

N2 17-2

17-2 試合 / 比賽

01 | アウト【out】

(名) 外，外邊；出界；出局

例 アウトになる。

譯 出局。

02 | おぎなう【補う】

(他五) 補償，彌補，貼補

例 欠員を補う。

譯 補足缺額。

03 | おさめる【収める】

(他下一) 接受；取得；收藏，收存；收集，集中；繳納；供應，賣給；結束

例 勝利を手中に収める。

譯 勝券在握。

04 | おどりでる【躍り出る】

(自下一) 躍進到，跳到

例 トップに躍り出る。

譯 一躍而居冠。

05 | かいし【開始】

(名・自他サ) 開始

例 試合開始を待つ。

譯 等待比賽開始。

06 | かえって【却って】

(副) 反倒，相反地，反而

例 かえって足手まといだ。

譯 反而礙手礙腳。

07 | かせぐ【稼ぐ】

(名・他五) (為賺錢而)拼命的勞動；(靠工作、勞動)賺錢；爭取，獲得

例 点数を稼ぐ。

譯 爭取(優勝)分數。

08 | きょうぎ【競技】

(名・自サ) 競賽，體育比賽

例 競技に出る。

譯 參加比賽。

09 | くみあわせ【組み合わせ】

(名) 組合，配合，編配

例 組み合わせが決まる。

譯 決定編組。

10 | けいば【競馬】

(名) 賽馬

例 競馬場に行く。

譯 去賽馬場。

11 | けん【券】

(名) 票，証，券

例 入場券(にゅうじょうけん)を求(もと)める。

譯 購買入場券。

---

12 | こうけん【貢献】

(名・自サ) 貢獻

例 優勝(ゆうしょう)に貢献(こうけん)する。

譯 對獲勝做出貢獻。

---

13 | さいちゅう【最中】

(名) 動作進行中，最頂點，活動中

例 試合(しあい)の最中(さいちゅう)に雨(あめ)が降(ふ)って来(き)た。

譯 正在比賽的時候下起雨來了。

---

14 | じゃくてん【弱点】

(名) 弱點，痛處；缺點

例 弱点(じゃくてん)をつかむ。

譯 抓住弱點。

---

15 | しゅうりょう【終了】

(名・自他サ) 終了，結束；作完；期滿，屆滿

例 試合(しあい)が終了(しゅうりょう)する。

譯 比賽終了。

---

16 | じゅん【準】

(接頭) 準，次

例 準優勝(じゅんゆうしょう)が一番(いちばん)悔(くや)しい。

譯 亞軍最叫人心有不甘。

---

17 | しょうはい【勝敗】

(名) 勝負，勝敗

例 勝敗(しょうはい)が決(き)まる。

譯 決定勝負。

---

18 | しょうぶ【勝負】

(名・自サ) 勝敗，輸贏；比賽，競賽

例 勝負(しょうぶ)をする。

譯 比賽。

---

19 | スタンド【stand】

(結尾・名) 站立；台，托，架；檯燈，桌燈；看台，觀眾席；(攤販式的)小酒吧

例 観衆(かんしゅう)がスタンドを埋(う)めた。

譯 觀眾席坐滿了人。

---

20 | せんしゅ【選手】

(名) 選拔出來的人；選手，運動員

例 代表選手(だいひょうせんしゅ)に選(えら)ばれる。

譯 被選為代表選手。

---

21 | ぜんりょく【全力】

(名) 全部力量，全力；(機器等)最大出力，全力

例 全力(ぜんりょく)を挙(あ)げる。

譯 不遺餘力。

---

22 | たいかい【大会】

(名) 大會；全體會議

例 大会(たいかい)で優勝(ゆうしょう)する。

譯 在大會上取得冠軍。

---

23 | チャンス【chance】

(名) 機會，時機，良機

例 チャンスが来(く)る。

譯 機會到來。

24 | にゅうじょう【入場】

(名・自サ) 入場

例 関係者以外の入場を禁ず。

譯 相關人員以外，請勿入場。

25 | にゅうじょうけん【入場券】

(名) 門票，入場券

例 入場券売場がある。

譯 有門票販售處。

26 | ねらう【狙う】

(他五) 看準，把…當做目標；把…弄到手；伺機而動

例 優勝を狙う。

譯 想取得優勝。

27 | ひきわけ【引き分け】

(名) (比賽)平局，不分勝負

例 引き分けになる。

譯 打成平局。

28 | へいかい【閉会】

(名・自サ・他サ) 閉幕，會議結束

例 閉会式が開かれた。

譯 舉辦閉幕式。

29 | めざす【目指す】

(他五) 指向，以…為努力目標，瞄準

例 優勝を目指す。

譯 以優勝為目標。

30 | メンバー【member】

(名) 成員，一份子；(體育)隊員

例 メンバーを揃える。

譯 湊齊成員。

31 | ゆうしょう【優勝】

(名・自サ) 優勝，取得冠軍

例 優勝を狙う。

譯 以冠軍為目標。

32 | ようす【様子】

(名) 情況，狀態；容貌，樣子；緣故；光景，徵兆

例 様子を窺う。

譯 暗中觀察狀況。

N2 17-3

17-3 球技、陸上競技 / 球類、田徑賽

01 | かいさん【解散】

(名・自他サ) 散開，解散，(集合等)散會

例 野球部を解散する。

譯 就地解散棒球隊。

02 | グラウンド【ground】

(造語) 運動場，球場，廣場，操場

例 グラウンドで走る。

譯 在操場跑步。

03 | ゴール【goal】

(名) (體)決勝點，終點；球門；跑進決勝點，射進球門；奮鬥的目標

例 ゴールに到達する。

譯 抵達終點。

04 ｜ころがす【転がす】

(他五) 滾動，轉動；開動(車)，推進；轉賣；弄倒，搬倒

例 ボールを転(ころ)がす。

譯 滾動球。

05 ｜サイン【sign】

(名・自サ) 簽名，署名，簽字；記號，暗號，信號，作記號

例 サインを送(おく)る。

譯 送暗號。

06 ｜すじ【筋】

(名・接尾) 筋；血管；線，條；紋絡，條紋；素質，血統；條理，道理

例 筋(すじ)がいい。

譯 有天分，有才能。

07 ｜トラック【track】

(名) (操場、運動場、賽馬場的)跑道

例 トラックを１周(いっしゅう)する。

譯 繞跑道一圈。

08 ｜にげきる【逃げ切る】

(自五) (成功地)逃跑

例 危(あぶ)なかったが、逃(に)げ切(き)った。

譯 雖然危險但脫逃成功。

09 ｜のう【能】

(名・漢造) 能力，才能，本領；功效；(日本古典戲劇)能樂

例 野球(やきゅう)しか能(のう)がない。

譯 除了棒球以外沒別的本事。

10 ｜マラソン【marathon】

(名) 馬拉松長跑

例 マラソンに出(で)る。

譯 參加馬拉松大賽。

パート
18
第十八章

趣味、娯楽

- 愛好、嗜好、娯樂 -

N2 18-1

18-1 娯楽 / 娯樂

01 | かいすいよく【海水浴】

(名) 海水浴場

例 海水浴場（かいすいよくじょう）が近（ちか）い。

譯 海水浴場很近。

02 | かんしょう【鑑賞】

(名・他サ) 鑑賞，欣賞

例 映画（えいが）を鑑賞（かんしょう）する。

譯 鑑賞電影。

03 | キャンプ【camp】

(名・自サ) 露營，野營；兵營，軍營；登山隊基地；(棒球等)集訓

例 渓谷（けいこく）でキャンプする。

譯 在溪谷露營。

04 | ごらく【娯楽】

(名) 娛樂，文娛

例 ここは娯楽（ごらく）が少（すく）ない。

譯 這裡娛樂很少。

05 | たび【旅】

(名・他サ) 旅行，遠行

例 旅（たび）をする。

譯 去旅行。

06 | とざん【登山】

(名・自サ) 登山；到山上寺廟修行

例 家族（かぞく）を連（つ）れて登山（とざん）する。

譯 帶著家族一同爬山。

07 | ぼうけん【冒険】

(名・自サ) 冒險

例 冒険（ぼうけん）をする。

譯 冒險。

08 | めぐる【巡る】

(自五) 循環，轉回，旋轉；巡遊；環繞，圍繞

例 湖（みずうみ）を巡（めぐ）る。

譯 沿湖巡行。

09 | レクリエーション【recreation】

(名) (身心)休養；娛樂，消遣

例 レクリエーションの施設（しせつ）が整（ととの）っている。

譯 休閒設施完善。

10 | レジャー【leisure】

(名) 空閒，閒暇，休閒時間；休閒時間的娛樂

例 レジャーを楽（たの）しむ。

譯 享受休閒時光。

18-2 趣味 / 嗜好

01 | あたり【当（た）り】

㊔ 命中；感覺，觸感；味道；猜中；中獎；待人態度；如願；（接尾）每，平均

例 当(あ)たりが出(で)る。

譯 中獎了。

02 | あみもの【編み物】

㊔ 編織；編織品

例 編(あ)み物(もの)をする。

譯 編織。

03 | いけばな【生け花】

㊔ 生花，插花

例 生(い)け花(ばな)を習(なら)う。

譯 學插花。

04 | うらなう【占う】

(他五) 占卜，占卦，算命

例 身(み)の上(うえ)を占(うらな)う。

譯 算命。

05 | くみたてる【組み立てる】

(他下一) 組織，組裝

例 模型(もけい)を組(く)み立(た)てる。

譯 組裝模型。

06 | ご【碁】

㊔ 圍棋

例 碁(ご)を打(う)つ。

譯 下圍棋。

07 | じゃんけん【じゃん拳】

㊔ 猜拳，划拳

例 じゃんけんをする。

譯 猜拳。

08 | しょうぎ【将棋】

㊔ 日本象棋，將棋

例 将棋(しょうぎ)を指(さ)す。

譯 下日本象棋。

09 | てじな【手品】

㊔ 戲法，魔術；騙術，奸計

例 手品(てじな)を使(つか)う。

譯 變魔術。

10 | どうわ【童話】

㊔ 童話

例 童話(どうわ)に引(ひ)かれる。

譯 被童話吸引住。

11 | なぞなぞ【謎々】

㊔ 謎語

例 謎々(なぞなぞ)遊(あそ)びをする。

譯 玩猜謎遊戲。

12 | ふうせん【風船】

㊔ 氣球，氫氣球

例 風船(ふうせん)を飛(と)ばす。

譯 放氣球。

パート
19
第十九章

芸術

- 藝術 -

N2 19-1

19-1 芸術、絵画、彫刻 / 藝術、繪畫、雕刻

01 ｜えがく【描く】

(他五) 畫，描繪；以…為形式，描寫；想像

例 夢(ゆめ)を描(えが)く。

譯 描繪夢想。

02 ｜えのぐ【絵の具】

(名) 顏料

例 絵(え)の具(ぐ)を塗(ぬ)る。

譯 著色。

03 ｜かいが【絵画】

(名) 繪畫，畫

例 抽象絵画(ちゅうしょうかいが)を飾(かざ)る。

譯 掛上抽象畫擺飾。

04 ｜きざむ【刻む】

(他五) 切碎；雕刻；分成段；銘記，牢記

例 文字(もじ)を刻(きざ)む。

譯 刻上文字。

05 ｜げいのう【芸能】

(名) （戲劇，電影，音樂，舞蹈等的總稱）演藝，文藝，文娛

例 芸能人(げいのうじん)が集(つど)う。

譯 聚集了演藝圈人士。

06 ｜こうげい【工芸】

(名) 工藝

例 工芸品(こうげいひん)を販売(はんばい)する。

譯 賣工藝品。

07 ｜しゃせい【写生】

(名・他サ) 寫生，速寫；短篇作品，散記

例 花(はな)を写生(しゃせい)する。

譯 花卉寫生。

08 ｜しゅうじ【習字】

(名) 習字，練毛筆字

例 習字(しゅうじ)を習(なら)う。

譯 學書法。

09 ｜しょどう【書道】

(名) 書法

例 書道(しょどう)を習(なら)う。

譯 學習書法。

10 ｜せいさく【制作】

(名・他サ) 創作（藝術品等），製作；作品

例 芸術作品(げいじゅつさくひん)を制作(せいさく)する。

譯 創作藝術品。

11 ｜そうさく【創作】

(名・他サ) （文學作品）創作；捏造（謊言）；創新，創造

例 創作(そうさく)に専念(せんねん)する。

譯 專心從事創作。

12 | そしつ【素質】

(名) 素質，本質，天分，天資

例 素質に恵まれる。

譯 具備天分。

13 | ちかよる【近寄る】

(自五) 走進，靠近，接近

例 近寄ってよく見る。

譯 靠近仔細看。

14 | ちょうこく【彫刻】

(名・他サ) 雕刻

例 仏像を彫刻する。

譯 雕刻佛像。

15 | はいく【俳句】

(名) 俳句

例 俳句を読む。

譯 吟詠俳句。

16 | ぶんげい【文芸】

(名) 文藝，學術和藝術；(詩、小説、戲劇等)語言藝術

例 文芸映画が生まれた。

譯 誕生文藝電影。

17 | ほり【彫り】

(名) 雕刻

例 彫りの深い顔立ち。

譯 五官深邃。

18 | ほる【彫る】

(他五) 雕刻；紋身

例 像を彫る。

譯 刻雕像。

19-2 音楽 / 音樂

01 | オーケストラ【orchestra】

(名) 管絃樂(團)；樂池，樂隊席

例 オーケストラを結成する。

譯 組成管弦樂團。

02 | オルガン【organ】

(名) 風琴

例 電子オルガンが広まる。

譯 電子風琴普及。

03 | おん【音】

(名) 聲音，響聲；發音

例 ノイズ音を低減する。

譯 減低噪音。

04 | か【歌】

(漢造) 唱歌；歌詞

例 和歌を一首詠んだ。

譯 朗誦了一首和歌。

05 | がっき【楽器】

(名) 樂器

例 楽器を奏でる。

譯 演奏樂器。

06 | がっしょう【合唱】

(名・他サ) 合唱，一齊唱；同聲高呼

例 合唱部に入る。

譯 參加合唱團。

07 | かよう【歌謡】

㊔ 歌謠，歌曲

例 歌謡曲(かようきょく)を歌(うた)う。

譯 唱歌謠。

08 | からから

(副・自サ) 乾的、硬的東西相碰的聲音(擬音)

例 からから音(おと)がする。

譯 鏗鏗作響。

09 | がらがら

(名・副・自サ・形動) 手搖鈴玩具；硬物相撞聲；直爽；很空

例 がらがらとシャッターを開(あ)ける。

譯 嘎啦嘎啦地把鐵門打開。

10 | きょく【曲】

(名・漢造) 曲調；歌曲；彎曲

例 曲(きょく)を演奏(えんそう)する。

譯 演奏曲子。

11 | コーラス【chorus】

㊔ 合唱；合唱團；合唱曲

例 コーラス部(ぶ)に入(はい)る。

譯 參加合唱團。

12 | こてん【古典】

㊔ 古書，古籍；古典作品

例 古典音楽(こてんおんがく)を楽(たの)しむ。

譯 欣賞古典音樂。

13 | コンクール【concours】

㊔ 競賽會，競演會，會演

例 合唱(がっしょう)コンクールに出(で)る。

譯 出席合唱比賽。

14 | さっきょく【作曲】

(名・他サ) 作曲，譜曲，配曲

例 交響曲(こうきょうきょく)を作曲(さっきょく)する。

譯 作交響曲。

15 | たいこ【太鼓】

㊔ (大)鼓

例 太鼓(たいこ)を叩(たた)く。

譯 打鼓。

16 | テンポ【tempo】

㊔ (樂曲的)速度，拍子；(局勢、對話或動作的)速度

例 テンポが落(お)ちる。

譯 節奏變慢。

17 | どうよう【童謡】

㊔ 童謠；兒童詩歌

例 童謡(どうよう)を作曲(さっきょく)する。

譯 創作童謠歌曲。

18 | ひびき【響き】

㊔ 聲響，餘音；回音，迴響，震動；傳播振動；影響，波及

例 鐘(かね)の響(ひび)きが時(とき)を告(つ)げる。

譯 鐘聲的餘音宣報時刻。

19 | ひびく【響く】

(自五) 響，發出聲音；發出回音，震響；傳播震動；波及；出名

例 天下(てんか)に名(な)が響(ひび)く。

譯 名震天下。

20 | みんよう【民謡】

㊔ 民謠，民歌

例 民謡を歌う。

譯 唱民謠。

21 | リズム【rhythm】

㊔ 節奏，旋律，格調，格律

例 リズムを取る。

譯 打節拍。

N2 ● 19-3

19-3 演劇、舞踊、映画 / 戲劇、舞蹈、電影

01 | あく【開く】

(自五) 開，打開；(店舖)開始營業

例 幕が開く。

譯 開幕。

02 | あらすじ【粗筋】

㊔ 概略，梗概，概要

例 物語のあらすじが見えない。

譯 看不清故事大概。

03 | えんぎ【演技】

(名・自サ) (演員的)演技，表演；做戲

例 演技派の俳優が演じる。

譯 由演技派演員出演。

04 | かいえん【開演】

(名・自他サ) 開演

例 7時に開演する。

譯 七點開演。

05 | かいかい【開会】

(名・自他サ) 開會

例 司会者のあいさつで開会する。

譯 司儀致詞宣布會議開始。

06 | かんきゃく【観客】

㊔ 觀眾

例 観客層を広げる。

譯 擴大觀眾層。

07 | きゃくせき【客席】

㊔ 觀賞席；宴席，來賓席

例 客席を見渡す。

譯 遠望觀眾席。

08 | けいこ【稽古】

(名・自他サ) (學問、武藝等的)練習，學習；(演劇、電影、廣播等的)排演，排練

例 けいこをつける。

譯 訓練。

09 | げき【劇】

(名・接尾) 劇，戲劇；引人注意的事件

例 劇を演じる。

譯 演戲。

10 | けっさく【傑作】

㊔ 傑作

例 傑作が生まれる。

譯 創作出傑作。

11 | しばい【芝居】

㊔ 戲劇，話劇；假裝，花招；劇場

例 芝居がうまい。

譯 演技好。

12 | しゅやく【主役】

㊔（戲劇）主角；（事件或工作的）中心人物

例 主役が決まる。

譯 決定主角。

13 | ステージ【stage】

㊔ 舞台，講台；階段，等級，步驟

例 ステージに立つ。

譯 站在舞台上。

14 | せりふ

㊔ 台詞，念白；（貶）使人不快的說法，說辭

例 せりふをとちる。

譯 念錯台詞。

15 | だい【題】

（名・自サ・漢造）題目，標題；問題；題辭

例 題が決まる。

譯 訂題。

16 | ダンス【dance】

（名・自サ）跳舞，交際舞

例 ダンスを習う。

譯 學習跳舞。

17 | びみょう【微妙】

（形動）微妙的

例 微妙な言い回しが面白い。

譯 微妙的說法很耐人尋味。

18 | プログラム【program】

㊔ 節目（單），說明書；計畫（表），程序（表）；編制（電腦）程式

例 プログラムを組む。

譯 編制程序。

19 | まく【幕】

（名・漢造）幕，布幕；（戲劇）幕；場合，場面；螢幕

例 幕を開ける。

譯 揭幕。

20 | みごと【見事】

（形動）漂亮，好看；卓越，出色，巧妙；整個，完全

例 見事に成功する。

譯 成功得漂亮。

21 | めいさく【名作】

㊔ 名作，傑作

例 不朽の名作だ。

譯 不朽的名作。

22 | ものがたり【物語】

㊔ 談話，事件；傳說；故事，傳奇；（平安時代後散文式的文學作品）物語

例 物語を語る。

譯 說故事。

パート
20
第二十章

数量、図形、色彩

- 數量、圖形、色彩 -

N2 ⦿ 20-1

20-1 数 /
數目

01 | いっしゅ【一種】

㊔ 一種；獨特的；(説不出的)某種，稍許

例 彼は一種の天才だ。

譯 他是某種天才。

02 | おのおの【各々】

(名・副) 各自，各，諸位

例 各々の考えがまとまらず。

譯 各自的想法無法一致。

03 | きじゅん【基準】

㊔ 基礎，根基；規格，準則

例 基準に達する。

譯 達到基準。

04 | きゅうげき【急激】

(形動) 急遽

例 急激な変化に耐える。

譯 忍受急遽的變化。

05 | きゅうそく【急速】

(名・形動) 迅速，快速

例 急速な変化が予測される。

譯 預測將有迅速的變化。

06 | くらい【位】

㊔ (數)位數；皇位，王位；官職，地位；(人或藝術作品的)品味，風格

例 位が上がる。

譯 升級。

07 | ぐうすう【偶数】

㊔ 偶數，雙數

例 偶数の部屋にいすがある。

譯 偶數的房間有椅子。

08 | ごく【極】

㊓ 非常，最，極，至，頂

例 極親しい関係を持つ。

譯 保持極親關係。

09 | しめる【占める】

(他下一) 占有，佔據，佔領；(只用於特殊形)表得到(重要的位置)

例 過半数を占める。

譯 佔有半數以上。

10 | しょうしか【少子化】

㊔ 少子化

例 少子化が進んでいる。

譯 少子化日趨嚴重。

11 | すう【数】

(名・接頭) 數，數目，數量；定數，天命；(數學中泛指的)數；數量

例 端数(はすう)を切(き)り捨(す)てる。

譯 去掉尾數。

12 | たいはん【大半】

(名) 大半，多半，大部分

例 大半(たいはん)を占(し)める。

譯 佔大半。

13 | だいぶぶん【大部分】

(名・副) 大部分，多半

例 出席者(しゅっせきしゃ)の大部分(だいぶぶん)が賛成(さんせい)する。

譯 大部分的出席者都贊成。

14 | たっする【達する】

(他サ・自サ) 到達；精通，通過；完成，達成；實現；下達(指示、通知等)

例 義援金(ぎえんきん)が 200 億円(おくえん)に達(たっ)する。

譯 捐款達二百億日圓。

15 | たんすう【単数】

(名) (數)單數，(語)單數

例 一人(ひとり)は単数(たんすう)である。

譯 一個人是單數。

16 | ちょうか【超過】

(名・自サ) 超過

例 時間(じかん)を超過(ちょうか)する。

譯 超過時間。

17 | とおり【通り】

(接尾) 種類；套，組

例 方法(ほうほう)は二通(ふたとお)りある。

譯 辦法有兩種。

18 | なかば【半ば】

(名・副) 一半，半數；中間，中央；半途；(大約)一半，一半(左右)

例 半(なか)ばの月(つき)を眺(なが)める。

譯 眺望仲秋之月。

19 | なし【無し】

(名) 無，沒有

例 何(なに)も言(い)うことなし。

譯 無話可說。

20 | なんびゃく【何百】

(名) (數量)上百

例 蚊(か)が何百匹(なんびゃっぴき)もいる。

譯 有上百隻的蚊子。

21 | ひと【一】

(接頭) 一個；一回；稍微；以前

例 一勝負(ひとしょうぶ)しようぜ。

譯 比賽一回吧！

22 | ひとしい【等しい】

(形) (性質、數量、狀態、條件等)相等的，一樣的；相似的

例 A は B に等(ひと)しい。

譯 A 等於 B。

23 | ひとすじ【一筋】

(名) 一條，一根；(常用「一筋に」)一心一意，一個勁兒

例 一筋(ひとすじ)の光(ひかり)が差(さ)し込(こ)む。

譯 一道曙光照射進來。

24 | ひととおり【一通り】

副 大概，大略；(下接否定)普通，一般；一套；全部

例 一通り読む。

譯 略讀。

25 | ひょうじゅん【標準】

名 標準，水準，基準

例 標準的なサイズが1番売れる。

譯 一般的尺寸賣最好。

26 | ぶ【分】

名・接尾 (優劣的)形勢，(有利的)程度；厚度；十分之一；百分之一

例 二割三分の手数料がかかる。

譯 要23%的手續費。

27 | ふくすう【複数】

名 複數

例 複数形がない。

譯 沒有複數形。

28 | ほぼ【略・粗】

副 大約，大致，大概

例 仕事がほぼ完成した。

譯 工作大略完成了。

29 | まいすう【枚数】

名 (紙、衣、版等薄物)張數，件數

例 枚数を数える。

譯 數張數。

30 | まれ【稀】

形動 稀少，稀奇，希罕

例 稀なでき事だ。

譯 罕見的事。

31 | メーター【meter】

名 米，公尺；儀表，測量器

例 水道のメーターが回っている。

譯 自來水錶運轉著。

32 | めやす【目安】

名 (大致的)目標，大致的推測，基準；標示

例 目安を立てる。

譯 確定標準。

33 | もっとも【最も】

副 最，頂

例 世界で最も高い山。

譯 世界最高的山。

34 | やく【約】

名・副・漢造 約定，商定；縮寫，略語；大約，大概；簡約，節約

例 約 10 キロ走った。

譯 跑了大約十公里。

35 | よび【予備】

名 預備，準備

例 予備の電池を買う。

譯 買預備電池。

20-2 計算 /
計算

01 | えんしゅう【円周】
㊔ (數) 圓周
例 円周率(えんしゅうりつ)を求(もと)める。
譯 計算出圓周率。

02 | かくりつ【確率】
㊔ 機率，概率
例 確率(かくりつ)が高(たか)い。
譯 機率高。

03 | かげん【加減】
(名・他サ) 加法與減法；調整，斟酌；程度，狀態；(天氣等) 影響；身體狀況
例 手加減(てかげん)がわからない。
譯 不知道斟酌力道。

04 | かじょう【過剰】
(名・形動) 過剩，過量
例 過剰(かじょう)な反応(はんのう)が起(お)こる。
譯 發生過度的反應。

05 | くわわる【加わる】
(自五) 加上，添上
例 新(あたら)しい要素(ようそ)が加(くわ)わる。
譯 增添新的因素。

06 | げきぞう【激増】
(名・自サ) 激增，劇增
例 人口(じんこう)が激増(げきぞう)する。
譯 人口激增。

07 | ごうけい【合計】
(名・他サ) 共計，合計，總計
例 合計(ごうけい)を求(もと)める。
譯 算出總計。

08 | ぞうか【増加】
(名・自他サ) 增加，增多，增進
例 人口(じんこう)が増加(ぞうか)する。
譯 人口增加。

09 | ぞうげん【増減】
(名・自他サ) 增減，增加
例 売(う)り上(あ)げは月(つき)によって増減(ぞうげん)がある。
譯 銷售因月份有所增減。

10 | とうけい【統計】
(名・他サ) 統計
例 統計(とうけい)を出(だ)す。
譯 做出統計數字。

11 | ぴたり
㊓ 突然停止；緊貼地，緊緊地；正好，正合適，正對
例 計算(けいさん)がぴたりと合(あ)う。
譯 計算的數字正確。

12 | ほうていしき【方程式】
㊔ (數學) 方程式
例 方程式(ほうていしき)を解(と)く。
譯 解方程式。

13 | まし
(名・形動) 增，增加；勝過，強

例 一割増(いちわりまし)になる。

譯 增加一成。

14 | りつ【率】

(名) 率，比率，成數；有力或報酬等的程度

例 能率(のうりつ)を上(あ)げる。

譯 提高效率。

15 | わる【割る】

(他五) 打，劈開；用除法計算

例 6を2で割(わ)る。

譯 6除以2。

N2 20-3

20-3 量 /
量、容量

01 | あまる【余る】

(自五) 剩餘；超過，過分，承擔不了

例 目(め)に余(あま)る。

譯 令人看不下去。

02 | ある【或る】

(連體) (動詞「あり」的連體形轉變，表示不明確、不肯定)某，有

例 ある程度(ていど)の時間(じかん)がかかる。

譯 要花費某種程度上的時間。

03 | ある【有る・在る】

(自五) 有；持有，具有；舉行，發生；有過；在

例 二度(にど)あることは三度(さんど)ある。

譯 禍不單行。

04 | いく【幾】

(接頭) 表數量不定，幾，多少，如「幾日」(幾天)；表數量、程度很大，如「幾千万」(幾千萬)

例 幾千万(いくせんまん)の星(ほし)を見上(みあ)げた。

譯 抬頭仰望幾千萬星星。

05 | いくぶん【幾分】

(副・名) 一點，少許，多少；(分成)幾分；(分成幾分中的)一部分

例 寒(さむ)さがいくぶん和(やわ)らいだ。

譯 寒氣緩和了一些。

06 | いってい【一定】

(名・自他サ) 一定；規定，固定

例 一定(いってい)の収入(しゅうにゅう)が保証(ほしょう)される。

譯 保證有一定程度的收入。

07 | うんと

(副) 多，大大地；用力，使勁地

例 うんと殴(なぐ)る。

譯 狠揍。

08 | おお【大】

(造語) (形狀、數量)大，多；(程度)非常，很；大體，大概

例 大騒(おおさわ)ぎになっている。

譯 變成大混亂的局面。

09 | おおいに【大いに】

(副) 很，頗，大大地，非常地

例 大(おお)いに感謝(かんしゃ)している。

譯 非常感謝。

10 | おもに【主に】

副 主要，重要；(轉)大部分，多半

例 バイクを主(おも)に取(と)り扱(あつか)う。

譯 以機車為重點處理。

11 | かはんすう【過半数】

名 過半數，半數以上

例 過半数(かはんすう)に達(たっ)する。

譯 超過半數。

12 | きょだい【巨大】

形動 巨大，雄偉

例 巨大(きょだい)な船(ふね)が浮(う)かんでいる。

譯 巨大的船漂浮著。

13 | げんど【限度】

名 限度，界限

例 限度(げんど)を超(こ)える。

譯 超過限度。

14 | すべて【全て】

名・副 全部，一切，通通；總計，共計

例 全(すべ)てを語(かた)る。

譯 說出一切詳情。

15 | たしょう【多少】

名・副 多少，多寡；一點，稍微

例 多少(たしょう)の貯金(ちょきん)はある。

譯 有一點積蓄。

16 | だらけ

接尾 (接名詞後)滿，淨，全；多，很多

例 借金(しゃっきん)だらけになる。

譯 一身債務。

17 | たりょう【多量】

名・形動 大量

例 多量(たりょう)の出血(しゅっけつ)を防(ふせ)ぐ。

譯 預防大量出血。

18 | たる【足る】

自五 足夠，充足；值得，滿足

例 読(よ)むに足(た)りない本(ほん)。

譯 不值得看的書。

19 | だん【段】

名・形名 層，格，節；(印刷品的)排，段；樓梯；文章的段落

例 段差(だんさ)がある。

譯 有高低落差。

20 | ちゅう【中】

名・接尾・漢造 中央，當中；中間；中等；…之中；正在…當中

例 中(ちゅう)ジョッキを持(も)つ。

譯 手拿中杯。

21 | ていいん【定員】

名 (機關，團體的)編制的名額；(車輛的)定員，規定的人數

例 定員(ていいん)に達(たっ)する。

譯 達到規定人數。

22 | どっと

副 (許多人)一齊(突然發聲)，哄堂；(人、物)湧來，雲集；(突然)病重，病倒

例 人(ひと)がどっと押(お)し寄(よ)せる。

譯 人群湧至。

23 ｜ばくだい【莫大】

(名・形動) 莫大，無尚，龐大

例 莫大な損失を被った。

譯 遭受莫大的損失。

24 ｜ぶん【分】

(名・漢造) 部分；份；本分；地位

例 これはあなたの分です。

譯 這是你的份。

25 ｜ぶんりょう【分量】

(名) 分量，重量，數量

例 分量が足りない。

譯 份量不足。

26 ｜ぼうだい【膨大】

(名・形動) 龐大的，臃腫的，膨脹

例 膨大な予算をかける。

譯 花費龐大的預算。

27 ｜ほうふ【豊富】

(形動) 豊富

例 天然資源が豊富な国だ。

譯 擁有豐富天然資源的國家。

28 ｜みまん【未満】

(接尾) 未滿，不足

例 二十歳未満の少年がいる。

譯 有未滿二十歲的少年。

29 ｜ゆいいつ【唯一】

(名) 唯一，獨一

例 唯一無二の友がいた。

譯 有獨一無二的朋友。

30 ｜よけい【余計】

(形動・副) 多餘的，無用的，用不著的；過多的；更多，格外，更加，越發

例 余計な事をするな。

譯 別多管閒事。

31 ｜よぶん【余分】

(名・形動) 剩餘，多餘的；超量的，額外的

例 人より余分に働く。

譯 比別人格外辛勤。

32 ｜りょう【量】

(名・漢造) 數量，份量，重量；推量；器量

例 量をはかる。

譯 測數量。

33 ｜わずか【僅か】

(副・形動) （數量、程度、價值、時間等）很少，僅僅；一點也（後加否定）

例 わずかにずれる。

譯 稍稍偏離。

N2 20-4

20-4 長さ、広さ、重さなど / 長度、面積、重量等

01 ｜いちぶ【一部】

(名) 一部分，（書籍、印刷物等）一冊，一份，一套

例 一部始終を話す。

譯 述說（不好的）事情來龍去脈。

02 ｜おもたい【重たい】

(形) （份量）重的，沉的；心情沉重

例 重たい荷物を持つ。

譯 抬帶沈重的行李。

03｜かんかく【間隔】

(名) 間隔，距離

例 間隔を取る。

譯 保持距離。

04｜さ【差】

(名) 差別，區別，差異；差額，差數

例 差が著しい。

譯 差別明顯。

05｜じゅうりょう【重量】

(名) 重量，分量；沈重，有份量

例 重量を測る。

譯 秤重。

06｜しょう【小】

(名) 小(型)，(尺寸，體積)小的；小月；謙稱

例 大は小を兼ねる。

譯 大能兼小。

07｜すいちょく【垂直】

(名・形動) (數)垂直；(與地心)垂直

例 垂直に立てる。

譯 垂直站立。

08｜すんぽう【寸法】

(名) 長短，尺寸；(預定的)計畫，順序，步驟；情況

例 寸法を測る。

譯 量尺寸。

09｜そくりょう【測量】

(名・他サ) 測量，測繪

例 土地を測量する。

譯 測量土地。

10｜だい【大】

(名・漢造) (事物、體積)大的；量多的；優越，好；宏大，大量；宏偉，超群

例 1月は大の月だ。

譯 一月是大月。

11｜だいしょう【大小】

(名) (尺寸)大小；大和小

例 大小にかかわらず。

譯 不論大小。

12｜たいせき【体積】

(名) (數)體積，容積

例 体積を測る。

譯 測量體積。

13｜たば【束】

(名) 把，捆

例 束を作る。

譯 打成一捆。

14｜ちょう【長】

(名・漢造) 長，首領；長輩；長處

例 長幼の別をわきまえる。

譯 懂得長幼有序。

15｜ちょうたん【長短】

(名) 長和短；長度；優缺點，長處和短處；多和不足

例 長短を計る。

譯 測量長短。

16 ｜ちょっけい【直径】

㊔（數）直徑

例 円の直径が４である。

譯 圓形直徑有４。

17 ｜とうぶん【等分】

(名・他サ) 等分，均分；相等的份量

例 3 等分する。

譯 分成三等分。

18 ｜はんけい【半径】

㊔ 半徑

例 半径５センチの円になる。

譯 成為半徑５公分的圓。

19 ｜めんせき【面積】

㊔ 面積

例 面積を測る。

譯 測量面積。

20 ｜ようせき【容積】

㊔ 容積，容量，體積

例 容積が小さい。

譯 容量很小。

21 ｜リットル【liter】

㊔ 升，公升

例 1 リットルの牛乳がスーパーで並んでいる。

譯 一公升的牛奶擺在超市裡。

20-5 回数、順番 / 次數、順序

01 ｜かいすう【回数】

㊔ 次數，回數

例 回数を重ねる。

譯 三番五次。

02 ｜かさなる【重なる】

(自五) 重疊，重複；（事情、日子）趕在一起

例 用事が重なる。

譯 很多事情趕在一起。

03 ｜きゅう【級】

(名・漢造) 等級，階段；班級，年級；頭

例 英検１級に合格する。

譯 英檢一級合格。

04 ｜こうしゃ【後者】

㊔ 後來的人；（兩者中的）後者

例 後者が特に重要だ。

譯 後者特別重要。

05 ｜こんかい【今回】

㊔ 這回，這次，此番

例 今回が２回目です。

譯 這次是第二次。

06 ｜さい【再】

(漢造) 再，又一次

例 再チャレンジする。

譯 再挑戰一次。

07 | さいさん【再三】

副 屢次，再三

例 再三注意する。

譯 屢次叮嚀。

08 | しばしば

副 常常，每每，屢次，再三

例 しばしば起こる。

譯 屢次發生。

09 | じゅう【重】

接尾 (助數詞用法)層，重

例 五重の塔に登る。

譯 登上五重塔。

10 | じゅんじゅん【順々】

副 按順序，依次；一點點，漸漸地，逐漸

例 順々に席を立つ。

譯 依序離開座位。

11 | じゅんじょ【順序】

名 順序，次序，先後；手續，過程，經過

例 順序が違う。

譯 次序不對。

12 | ぜんしゃ【前者】

名 前者

例 前者を選ぶ。

譯 選擇前者。

13 | ぞくぞく【続々】

副 連續，紛紛，連續不斷地

例 続々と入場する。

譯 紛紛入場。

14 | だい【第】

漢造 順序；考試及格，錄取；住宅，宅邸

例 第五回大会を開催する。

譯 召開第五次大會。

15 | たび【度】

名・接尾 次，回，度；(反覆)每當，每次；(接數詞後)回，次

例 この度はおめでとう。

譯 這次向你祝賀。

16 | たびたび【度々】

副 屢次，常常，再三

例 たびたびの警告も無視された。

譯 多次的警告都被忽視。

17 | ダブる

自五 重複；撞期

例 おもかげがダブる。

譯 雙影。

18 | つぐ【次ぐ】

自五 緊接著，繼…之後；次於，並於

例 不幸に次ぐ不幸に見舞われた。

譯 遭逢接二連三的不幸。

19 | ばんめ【番目】

接尾 (助數詞用法，計算事物順序的單位)第

例 四番目の姉が来られない。

譯 四姊無法來。

20 | ひっくりかえす【引っくり返す】

他五 推倒，弄倒，碰倒；顛倒過來；推翻，否決

例 順序を引っ繰り返す。
譯 順序弄反了。

21 | まいど【毎度】

㊔ 曾經，常常，屢次；每次
例 毎度ありがとうございます。
譯 屢蒙關照，萬分感謝。

22 | やたらに

(形動・副) 胡亂的，隨便的，任意的，馬虎的；過份，非常，大膽
例 やたらに金を使う。
譯 胡亂花錢。

N2 ◉ 20-6

20-6 図形、模様、色彩 / 圖形、花紋、色彩

01 | あおじろい【青白い】

㊇ (臉色)蒼白的；青白色的
例 青白い月の光が射す。
譯 映照著青白色的月光。

02 | えん【円】

㊔ (幾何)圓，圓形；(明治後日本貨幣單位)日元
例 円を描く。
譯 畫圓。

03 | かくど【角度】

㊔ (數學)角度；(觀察事物的)立場
例 あらゆる角度から分析する。
譯 從各種角度來分析。

04 | かっこ【括弧】

㊔ 括號；括起來
例 括弧でくくる。
譯 括在括弧裡。

05 | がら【柄】

(名・接尾) 身材；花紋，花樣；性格，人品，身分；表示性格，身分，適合性
例 柄に合わない。
譯 不合身分。

06 | カラー【color】

㊔ 色，彩色；(繪畫用)顏料
例 カラーコピーをとる。
譯 彩色影印。

07 | きごう【記号】

㊔ 符號，記號
例 記号をつける。
譯 標上記號。

08 | きゅう【球】

(名・漢造) 球；(數)球體，球形
例 球の体積を求める。
譯 解出球的體積。

09 | きょくせん【曲線】

㊔ 曲線
例 曲線を描く。
譯 畫曲線。

10 | ぎん【銀】

㊔ 銀，白銀；銀色
例 銀の世界が広がる。
譯 展現一片銀白的雪景。

11 | グラフ【graph】

㊔ 圖表，圖解，座標圖；畫報

例 グラフを書く。

譯 畫圖表。

12 | けい【形・型】

(漢造) 型，模型；樣版，典型，模範；樣式；形成，形容

例 模型を作る。

譯 製作模型。

13 | こん【紺】

㊔ 深藍，深青

例 紺色のズボンがピンク色になった。

譯 深藍色的褲子變成粉紅色的。

14 | しかくい【四角い】

㊅ 四角的，四方的

例 四角い窓からのぞく。

譯 從四角窗窺視。

15 | ず【図】

㊔ 圖，圖表；地圖；設計圖；圖畫

例 図で説明する。

譯 用圖說明。

16 | ずけい【図形】

㊔ 圖形，圖樣；(數)圖形

例 図形を描く。

譯 描繪圖形。

17 | せい【正】

(名・漢造) 正直；(數)正號；正確，正當；更正，糾正；主要的，正的

例 正三角形でいろんな形を作る。

譯 以正三角形做出各種形狀。

18 | せいほうけい【正方形】

㊔ 正方形

例 正方形の用紙を使う。

譯 使用正方形的紙張。

19 | たいかくせん【対角線】

㊔ 對角線

例 対角線を引く。

譯 畫對角線。

20 | だえん【楕円】

㊔ 橢圓

例 楕円形になる。

譯 成為橢圓形。

21 | ちょうほうけい【長方形】

㊔ 長方形，矩形

例 長方形の箱が用意されている。

譯 準備了長方形的箱子。

22 | ちょっかく【直角】

(名・形動) (數)直角

例 直角に曲がる。

譯 彎成直角。

23 | でこぼこ【凸凹】

(名・自サ) 凹凸不平，坑坑窪窪；不平衡，不均匀

例 でこぼこな地面をならす。

譯 坑坑洞洞的地面整平。

24 | てんてん【点々】

㊖ 點點，分散在；(液體)點點地，滴滴地往下落

例 点々と滴る。

譯 滴滴答答地滴落下來。

25 | ひょう【表】

(名・漢造) 表，表格；奏章；表面，外表；表現；代表；表率

例 表で示す。

譯 用表格標明。

26 | ましかく【真四角】

㊔ 正方形

例 真四角の机が置いてある。

譯 放著正方形的桌子。

27 | まっか【真っ赤】

(名・形) 鮮紅；完全

例 真っ赤になる。

譯 變紅。

28 | まる【丸】

(名・接尾) 圓形，球狀；句點；完全

例 丸を書く。

譯 畫圈圈。

29 | まんまるい【真ん丸い】

㊎ 溜圓，圓溜溜

例 真ん丸い月が出る。

譯 圓月出來了。

30 | もよう【模様】

㊔ 花紋，圖案；情形，狀況；徵兆，趨勢

例 模様をつける。

譯 描繪圖案。

31 | よこなが【横長】

(名・形動) 長方形的，橫寬的

例 横長の鞄を背負っている。

譯 背著橫長的包包。

32 | よつかど【四つ角】

㊔ 十字路口；四個犄角

例 四つ角に交番がある。

譯 十字路口有派出所。

33 | らせん【螺旋】

㊔ 螺旋狀物；螺旋

例 螺旋階段が登りにくい。

譯 螺旋梯難以攀登。

34 | りょくおうしょく【緑黄色】

㊔ 黃綠色

例 緑黄色野菜を毎日十分取っている。

譯 每天充分攝取黃綠色蔬菜。

35 | わ【輪】

㊔ 圈，環，箍；環節；車輪

例 輪を描く。

譯 圍成圈子。

パート
21
第二十一章

教育

- 教育 -

N2 21-1

21-1 教育、学習 / 教育、學習

01 | がく【学】

(名・漢造) 學校；知識，學問，學識

例 学がある。

譯 有學問。

02 | がくしゅう【学習】

(名・他サ) 學習

例 英語を学習する。

譯 學習英文。

03 | がくじゅつ【学術】

(名) 學術

例 学術雑誌に論文を掲載する。

譯 將論文刊登在學術雜誌上。

04 | がくもん【学問】

(名・自サ) 學業，學問；科學，學術；見識，知識

例 学問を修める。

譯 求學。

05 | がっかい【学会】

(名) 學會，學社

例 学会に出席する。

譯 出席學會。

06 | かてい【課程】

(名) 課程

例 教育課程が重視される。

譯 教育課程深受重視。

07 | きそ【基礎】

(名) 基石，基礎，根基；地基

例 基礎を固める。

譯 鞏固基礎。

08 | きょうよう【教養】

(名) 教育，教養，修養；（專業以外的）知識學問

例 教養を身につける。

譯 提高素養。

09 | こうえん【講演】

(名・自サ) 演説，講演

例 環境問題について講演する。

譯 演講有關環境問題。

10 | さんこう【参考】

(名・他サ) 參考，借鑑

例 参考になる。

譯 可供參考。

11 | しくじる

(他五) 失敗，失策；(俗)被解雇

例 試験(しけん)にしくじる。

譯 考壞了。

12 | じしゅう【自習】

(名・他サ) 自習，自學

例 家(いえ)で自習(じしゅう)する。

譯 在家自習。

13 | しぜんかがく【自然科学】

(名) 自然科學

例 自然科学(しぜんかがく)を研究(けんきゅう)する。

譯 研究自然科學。

14 | じっけん【実験】

(名・他サ) 實驗，實地試驗；經驗

例 実験(じっけん)が失敗(しっぱい)する。

譯 實驗失敗。

15 | じっしゅう【実習】

(名・他サ) 實習

例 病院(びょういん)で実習(じっしゅう)する。

譯 在醫院實習。

16 | しどう【指導】

(名・他サ) 指導；領導，教導

例 指導(しどう)を受(う)ける。

譯 接受指導。

17 | しゃかいかがく【社会科学】

(名) 社會科學

例 社会科学(しゃかいかがく)を学(まな)ぶ。

譯 學習社會科學。

18 | じょうきゅう【上級】

(名) (層次、水平高的)上級，高級

例 上級(じょうきゅう)になる。

譯 升上高級。

19 | じょうたつ【上達】

(名・自他サ) (學術、技藝等)進步，長進；上呈，向上傳達

例 上達(じょうたつ)が見(み)られる。

譯 看出進步。

20 | しょきゅう【初級】

(名) 初級

例 初級(しょきゅう)コースを学(まな)ぶ。

譯 學習初級課程。

21 | しょほ【初歩】

(名) 初學，初步，入門

例 初歩(しょほ)から学(まな)ぶ。

譯 從入門開始學起。

22 | じんぶんかがく【人文科学】

(名) 人文科學，文化科學(哲學、語言學、文藝學、歷史學領域)

例 人文科学(じんぶんかがく)を学(まな)ぶ。

譯 學習人文科學。

23 | せんこう【専攻】

(名・他サ) 專門研究，專修，專門

例 社会学(しゃかいがく)を専攻(せんこう)する。

譯 專修社會學。

24 | たいいく【体育】

㊔ 體育；體育課

例 体育の授業で走る。

譯 在體育課上跑步。

25 | てつがく【哲学】

㊔ 哲學；人生觀，世界觀

例 それは僕の哲学だ。

譯 那是我的人生觀。

26 | どうとく【道徳】

㊔ 道德

例 道徳に反する。

譯 違反道德。

27 | ならう【倣う】

(自五) 仿效，學

例 先例に倣う。

譯 仿照前例。

28 | ほうしん【方針】

㊔ 方針；(羅盤的)磁針

例 方針が定まる。

譯 定下方針。

29 | ほけん【保健】

㊔ 保健，保護健康

例 保健体育が始まった。

譯 開始保健體育。

30 | まなぶ【学ぶ】

(他五) 學習；掌握，體會

例 日本語を学ぶ。

譯 學日語。

31 | み【身】

㊔ 身體；自身，自己；身份，處境；心，精神；肉；力量，能力

例 身に付く。

譯 掌握要領。

N2 21-2

21-2 学校 / 學校

01 | うらぐち【裏口】

㊔ 後門，便門；走後門

例 裏口入学をさせる。

譯 讓他走後門入學。

02 | がっか【学科】

㊔ 科系

例 建築学科を第一志望にする。

譯 以建築系為第一志願。

03 | がっき【学期】

㊔ 學期

例 学期末試験を受ける。

譯 考期末考試。

04 | キャンパス【campus】

㊔ (大學)校園，校內

例 大学のキャンパスがある。

譯 有大學校園。

05 | きゅうこう【休校】

(名・自サ) 停課

例 地震(じしん)で休校(きゅうこう)になる。

譯 因地震而停課。

06 | こうか【校歌】

(名) 校歌

例 校歌(こうか)を歌(うた)う。

譯 唱校歌。

07 | こうとう【高等】

(名・形動) 高等，上等，高級

例 高等学校(こうとうがっこう)を卒業(そつぎょう)する。

譯 高中畢業。

08 | ざいこう【在校】

(名・自サ) 在校

例 在校生代表(ざいこうせいだいひょう)が祝辞(しゅくじ)を述(の)べる。

譯 在校生代表致祝賀詞。

09 | しつ【室】

(名・漢造) 房屋，房間；(文)夫人，妻室；家族；窖，洞；鞘

例 職員室(しょくいんしつ)を改装(かいそう)した。

譯 改換職員室的裝潢。

10 | じつぎ【実技】

(名) 實際操作

例 実技試験(じつぎしけん)で不合格(ふごうかく)になる。

譯 實際操作測驗不合格。

11 | じゅけん【受験】

(名・他サ) 參加考試，應試，投考

例 大学(だいがく)を受験(じゅけん)する。

譯 參加大學考試。

12 | しりつ【私立】

(名) 私立，私營

例 私立(しりつ)(学校(がっこう))に進学(しんがく)する。

譯 到私立學校讀書。

13 | しんろ【進路】

(名) 前進的道路

例 進路(しんろ)が決(き)まる。

譯 決定出路問題。

14 | すいせん【推薦】

(名・他サ) 推薦，舉薦，介紹

例 代表(だいひょう)に推薦(すいせん)する。

譯 推薦為代表。

15 | スクール【school】

(名・造) 學校；學派；花式滑冰規定動作

例 英会話(えいかいわ)スクールに通(かよ)う。

譯 上英語會話課。

16 | せいもん【正門】

(名) 大門，正門

例 正門(せいもん)から入(はい)る。

譯 從正門進去。

17 | ひきだす【引き出す】

(他五) 抽出，拉出；引誘出，誘騙；(從銀行)提取，提出

例 生徒(せいと)の能力(のうりょく)を引(ひ)き出(だ)す。

譯 引導出學生的能力。

18 | ふぞく【付属】

(名・自サ) 附屬

例 大学付属小学校に通う。

譯 上大學附屬小學。

N2 ◉ 21-3(1)

21-3 学生生活 (1) / 學生生活 (1)

01 | あらわれ【現れ・表れ】

(名)（為「あらわれる」的名詞形）表現；現象；結果

例 努力の現れが結果となっている。

譯 努力所得的結果。

02 | あんき【暗記】

(名・他サ) 記住，背誦，熟記

例 丸暗記を防ぐ。

譯 防止死記硬背。

03 | いいん【委員】

(名) 委員

例 学級委員に選ばれた。

譯 被選為班級幹部。

04 | いっせいに【一斉に】

(副) 一齊，一同

例 一斉に立ち上がる。

譯 一同起立。

05 | うけもつ【受け持つ】

(他五) 擔任，擔當，掌管

例 1年A組を受け持つ。

譯 擔任一年A班的導師。

06 | えんそく【遠足】

(名・自サ) 遠足，郊遊

例 遠足に行く。

譯 去遠足。

07 | おいつく【追い付く】

(自五) 追上，趕上；達到；來得及

例 成績が追いつく。

譯 追上成績。

08 | おうよう【応用】

(名・他サ) 應用，運用

例 応用がきかない。

譯 無法應用。

09 | か【課】

(名・漢造)（教材的）課；課業；（公司等）科

例 第3課を予習する。

譯 預習第三課。

10 | かいてん【回転】

(名・自サ) 旋轉，轉動，迴轉；轉彎，轉換（方向）；（表次數）周，圈；（資金）週轉

例 頭の回転が速い。

譯 腦筋轉動靈活。

11 | かいとう【解答】

(名・自サ) 解答

例 数学の問題に解答する。

譯 解答數學問題。

12 | がくねん【学年】

㊔ 學年(度)；年級

例 学年末試験(がくねんまつしけん)が終了(しゅうりょう)した。

譯 學期末考試結束了。

13 | がくりょく【学力】

㊔ 學習實力

例 学力(がくりょく)が高(たか)まる。

譯 提高學習實力。

14 | かせん【下線】

㊔ 下線，字下畫的線，底線

例 下線(かせん)を引(ひ)く。

譯 畫底線。

15 | がっきゅう【学級】

㊔ 班級，學級

例 学級担任(がっきゅうたんにん)を生(い)かす。

譯 使班導發揮作用。

16 | かつどう【活動】

(名・自サ) 活動，行動

例 野外行動(やがいかつどう)を行(おこな)う。

譯 舉辦野外活動。

17 | かもく【科目】

㊔ 科目，項目；(學校的)學科，課程

例 試験科目(しけんかもく)が９科目(かもく)ある。

譯 考試科目有九科。

18 | きゅうこう【休講】

(名・自サ) 停課

例 授業(じゅぎょう)が休講(きゅうこう)になる。

譯 停課。

19 | くみ【組】

㊔ 套，組，隊；班，班級；(黑道)幫

例 組(くみ)に分(わ)ける。

譯 分成組。

20 | こうてい【校庭】

㊔ 學校的庭園，操場

例 校庭(こうてい)で遊(あそ)ぶ。

譯 在操場玩。

21 | サークル【circle】

㊔ 伙伴，小組；周圍，範圍

例 文学(ぶんがく)のサークルに入(はい)った。

譯 參加文學研究社。

22 | さいてん【採点】

(名・他サ) 評分數

例 採点(さいてん)が甘(あま)い。

譯 給分寬鬆。

23 | さわがしい【騒がしい】

㊫ 吵鬧的，吵雜的，喧鬧的；(社會輿論)議論紛紛的，動盪不安的

例 教室(きょうしつ)が騒(さわ)がしい。

譯 教室吵雜。

24 | しいんと

(副・自サ) 安靜，肅靜，平靜，寂靜

例 教室(きょうしつ)がシーンとなる。

譯 教室安靜無聲。

25 | じかんわり【時間割】

㊔ 時間表

例 時間割(じかんわり)を組(く)む。

譯 安排課表。

26 | しゅうかい【集会】

(名・自サ) 集會

例 集会(しゅうかい)を開(ひら)く。

譯 舉行集會。

27 | しゅうごう【集合】

(名・自他サ) 集合；群體，集群；(數)集合

例 9時(じ)に集合(しゅうごう)する。

譯 九點集合。

28 | しゅうだん【集団】

㊔ 集體，集團

例 集団生活(しゅうだんせいかつ)になじめない。

譯 無法習慣集體生活。

29 | しょう【賞】

(名・漢造) 獎賞，獎品，獎金；欣賞

例 賞(しょう)を受(う)ける。

譯 獲獎。

30 | せいしょ【清書】

(名・他サ) 謄寫清楚，抄寫清楚

例 ノートを清書(せいしょ)する。

譯 抄寫筆記。

21-3 学生生活 (2) /
學生生活 (2)

31 | せいせき【成績】

㊔ 成績，效果，成果

例 成績(せいせき)が上(あ)がる。

譯 成績進步。

32 | ゼミ【seminar】

㊔ (跟著大學裡教授的指導)課堂討論；研究小組，研究班

例 ゼミの論文(ろんぶん)が掲載(けいさい)された。

譯 登載研究小組的論文。

33 | ぜんいん【全員】

㊔ 全體人員

例 全員参加(ぜんいんさんか)する。

譯 全體人員都參加。

34 | せんたく【選択】

(名・他サ) 選擇，挑選

例 選択(せんたく)に迷(まよ)う。

譯 不知選哪個好。

35 | そつぎょうしょうしょ【卒業証書】

㊔ 畢業證書

例 卒業証書(そつぎょうしょうしょ)を受(う)け取(と)る。

譯 領取畢業證書。

36 | たんい【単位】

㊔ 學分；單位

例 単位(たんい)を取(と)る。

譯 取得學分。

37 | ちゅうたい【中退】

(名・自サ) 中途退學

例 大学を中退する。

譯 大學中輟。

38 | つうがく【通学】

(名・自サ) 上學

例 電車で通学する。

譯 搭電車上學。

39 | とい【問い】

(名) 問，詢問，提問；問題

例 問いに答える。

譯 回答問題。

40 | とうあん【答案】

(名) 試卷，卷子

例 答案を出す。

譯 交卷。

41 | とうばん【当番】

(名・自サ) 值班(的人)

例 当番が回ってくる。

譯 輪到值班。

42 | としょしつ【図書室】

(名) 閱覽室

例 図書室で宿題をする。

譯 在閱覽室做功課。

43 | とりだす【取り出す】

(他五) (用手從裡面)取出，拿出；(從許多東西中)挑出，抽出

例 かばんからノートを取り出す。

譯 從包包裡拿出筆記本。

44 | パス【pass】

(名・自サ) 免票，免費；定期票，月票；合格，通過

例 試験にパスする。

譯 通過測驗。

45 | ばつ

(名) (表否定的)叉號

例 ばつを付ける。

譯 打叉。

46 | ひっき【筆記】

(名・他サ) 筆記；記筆記

例 講義を筆記する。

譯 做講義的筆記。

47 | ひっきしけん【筆記試験】

(名) 筆試

例 筆記試験を受ける。

譯 參加筆試。

48 | ふゆやすみ【冬休み】

(名) 寒假

例 冬休みは短い。

譯 寒假很短。

49 | まんてん【満点】

㊔ 滿分；最好，完美無缺，登峰造極

例 満点（まんてん）を取（と）る。

譯 取得滿分。

50 | みなおす【見直す】

(自他五) (見)起色，(病情)轉好；重看，重新看；重新評估，重新認識

例 答案（とうあん）を見直（みなお）す。

譯 把答案再檢查一次。

51 | やくわり【役割】

㊔ 分配任務(的人)；(分配的)任務，角色，作用

例 役割（やくわり）を決（き）める。

譯 決定角色。

52 | らん【欄】

(名・漢造) (表格等)欄目；欄杆；(書籍、刊物、版報等的)專欄

例 欄（らん）に記入（きにゅう）する。

譯 寫入欄內。

53 | れいてん【零点】

㊔ 零分；毫無價值，不夠格；零度，冰點

例 零点（れいてん）を取（と）る。

譯 得到零分。

Memo

パート 22 第二十二章

行事、一生の出来事

- 儀式活動、一輩子會遇到的事情 -

01 | ぎしき【儀式】 N2 22

㊔ 儀式，典禮

例 儀式(ぎしき)を行(おこな)う。

譯 舉行儀式。

02 | きちょう【貴重】

(形動) 貴重，寶貴，珍貴

例 貴重(きちょう)な体験(たいけん)ができた。

譯 得到寶貴的經驗。

03 | きねん【記念】

(名・他サ) 紀念

例 記念品(きねんひん)をもらう。

譯 收到紀念品。

04 | きねんしゃしん【記念写真】

㊔ 紀念照

例 七五三(しちごさん)の記念写真(きねんしゃしん)を撮(と)る。

譯 拍攝七五三的紀念照。

05 | ぎょうじ【行事】

㊔ (按慣例舉行的)儀式，活動

例 行事(ぎょうじ)を行(おこな)う。

譯 舉行儀式。

06 | さいじつ【祭日】

㊔ 節日；日本神社祭祀日；宮中舉行重要祭祀活動日；祭靈日

例 日曜祭日(にちようさいじつ)は会社(かいしゃ)が休(やす)み。

譯 節假日公司休息。

07 | しき【式】

(名・漢造) 儀式，典禮，(特指)婚禮；方式；樣式，類型，風格；做法；算式，公式

例 式(しき)を挙(あ)げる。

譯 舉行儀式(婚禮)。

08 | しきたり

㊔ 慣例，常規，成規，老規矩

例 古(ふる)い仕来(しきた)りを捨(す)てる。

譯 捨棄古老成規。

09 | しゅくじつ【祝日】

㊔ (政府規定的)節日

例 祝日(しゅくじつ)を祝(いわ)う。

譯 慶祝國定假日。

10 | じんせい【人生】

㊔ 人的一生；生涯，人的生活

例 人生(じんせい)が変(か)わる。

譯 改變人生。

11 | そうしき【葬式】

㊔ 葬禮

例 葬式(そうしき)を出(だ)す。

譯 舉行葬禮。

12 | そんぞく【存続】

(名・自他サ) 繼續存在，永存，長存

例 存続を図る。

譯 謀求永存。

13 | つく【突く】

(他五) 扎，刺，戳；撞，頂；支撐；冒著，不顧；沖，撲(鼻)；攻擊，打中

例 鐘を突く。

譯 敲鐘。

14 | でんとう【伝統】

(名) 傳統

例 伝統を守る。

譯 遵守傳統。

15 | はなばなしい【華々しい】

(形) 華麗，豪華；輝煌；壯烈

例 華々しい結婚式が話題になっている。

譯 豪華的婚禮成為話題。

16 | ぼん【盆】

(名・漢造) 拖盤，盆子；中元節略語

例 盆が来る。

譯 盂蘭盆會要到來。

17 | めでたい【目出度い】

(形) 可喜可賀，喜慶的；順利，幸運，圓滿；頭腦簡單，傻氣；表恭喜慶祝

例 めでたく入学する。

譯 順利地入學。

Memo

パート
23
第二十三章

道具

- 工具 -

N2 ⊙ 23-1(1)

23-1 道具 (1) / 工具 (1)

01 ｜あつかう【扱う】

(他五) 操作，使用；對待，待遇；調停，仲裁

例 大切(たいせつ)に扱(あつか)う。

譯 認真的對待。

02 ｜あらい【粗い】

(形) 大；粗糙

例 目(め)の粗(あら)い籠(かご)を使(つか)う。

譯 使用縫大的簍子。

03 ｜かたな【刀】

(名) 刀的總稱

例 腰(こし)に刀(かたな)を差(さ)す。

譯 刀插在腰間。

04 ｜かね【鐘】

(名) 鐘，吊鐘

例 鐘(かね)をつく。

譯 敲鐘。

05 ｜かみくず【紙くず】

(名) 廢紙，沒用的紙

例 紙(かみ)くずを拾(ひろ)う。

譯 撿廢紙。

06 ｜かみそり【剃刀】

(名) 剃刀，刮鬍刀；頭腦敏銳(的人)

例 剃刀(かみそり)でひげをそる。

譯 用剃刀刮鬍子。

07 ｜かんでんち【乾電池】

(名) 乾電池

例 乾電池(かんでんち)を入(い)れ換(か)える。

譯 換電池。

08 ｜かんむり【冠】

(名) 冠，冠冕；字頭，字蓋；有點生氣

例 草(くさ)かんむりになっている。

譯 為草字頭。

09 ｜きかい【器械】

(名) 機械，機器

例 医療器械(いりょうきかい)を開発(かいはつ)する。

譯 開發醫療器械。

10 ｜きぐ【器具】

(名) 器具，用具，器械

例 器具(きぐ)を使(つか)う。

譯 使用工具。

11 | くさり【鎖】

㊔ 鎖鏈，鎖條；連結，聯繫；(喻)段，段落

例 鎖(くさり)につなぐ。

譯 拴在鎖鏈上。

12 | くだ【管】

㊔ 細長的筒，管

例 管(くだ)を通(とお)す。

譯 疏通管子。

13 | くちべに【口紅】

㊔ 口紅，脣膏

例 口紅(くちべに)をつける。

譯 擦口紅。

14 | くるむ【包む】

(他五) 包，裹

例 風呂敷(ふろしき)でくるむ。

譯 以方巾包覆。

15 | コード【cord】

㊔ (電)軟線

例 テレビのコードを差(さ)し込(こ)む。

譯 插入電視的電線。

16 | こうすい【香水】

㊔ 香水

例 香水(こうすい)をつける。

譯 擦香水。

17 | こと【琴】

㊔ 古琴，箏

例 琴(こと)を習(なら)う。

譯 學琴。

18 | コレクション【collection】

㊔ 蒐集，收藏；收藏品

例 切手(きって)のコレクションを趣味(しゅみ)とする。

譯 以郵票收藏做為嗜好。

19 | コンセント【consent】

㊔ 電線插座

例 コンセントを差(さ)す。

譯 插插座。

20 | シーツ【sheet】

㊔ 床單

例 シーツを洗(あら)う。

譯 洗床單。

21 | じしゃく【磁石】

㊔ 磁鐵；指南針

例 磁石(じしゃく)で紙(かみ)を固定(こてい)する。

譯 用磁鐵固定紙張。

22 | じゃぐち【蛇口】

㊔ 水龍頭

例 蛇口(じゃぐち)をひねる。

譯 轉開水龍頭。

23 | じゅう【銃】

(名・漢造) 槍，槍形物；有槍作用的物品

例 銃(じゅう)を撃(う)つ。

譯 開槍。

24 | すず【鈴】

㊔ 鈴鐺，鈴

例 鈴が鳴る。

譯 鈴響。

25 | せん【栓】

㊔ 栓，塞子；閥門，龍頭，開關；阻塞物

例 栓を抜く。

譯 拔起塞子。

26 | せんす【扇子】

㊔ 扇子

例 扇子であおぐ。

譯 用扇子搧風。

27 | ぞうきん【雑巾】

㊔ 抹布

例 雑巾で拭く。

譯 用抹布擦拭。

28 | タイプライター【typewriter】

㊔ 打字機

例 タイプライターで印字する。

譯 用打字機打字。

29 | タイヤ【tire】

㊔ 輪胎

例 タイヤがパンクする。

譯 輪胎爆胎。

30 | ためし【試し】

㊔ 嘗試，試驗；驗算

例 試しに使ってみる。

譯 試用看看。

N2 23-1(2)

23-1 道具 (2) / 工具 (2)

31 | ちゅうこ【中古】

㊔ (歷史)中古(日本一般是指平安時代，或包含鎌倉時代)；半新不舊

例 中古のカメラが並んでいる。

譯 陣列半新的照相機。

32 | ちゅうせい【中性】

㊔ (化學)非鹼非酸，中性；(特徵)不男不女，中性；(語法)中性詞

例 中性洗剤がおすすめ。

譯 推薦中性洗滌劑。

33 | ちょうせつ【調節】

(名・他サ) 調節，調整

例 調節ができる。

譯 可以調節。

34 | ちりがみ【ちり紙】

㊔ 衛生紙；粗草紙

例 ちり紙で拭く。

譯 用衛生紙擦拭。

35 | つな【綱】

㊔ 粗繩，繩索，纜繩；命脈，依靠，保障

例 命綱が 2 本付いている。

譯 附有兩條救命繩。

36 | トイレットペーパー【toilet paper】

㊔ 衛生紙，廁紙

例 トイレットペーパーがない。

譯 沒有衛生紙。

37 | なわ【縄】

㊔ 繩子，繩索

例 縄(なわ)にかかる。

譯 (犯人)被捕，落網。

38 | にちようひん【日用品】

㊔ 日用品

例 日用品(にちようひん)を揃(そろ)える。

譯 備齊了日用品。

39 | ねじ

㊔ 螺絲，螺釘

例 ねじが緩(ゆる)む。

譯 螺絲鬆動；精神鬆懈。

40 | パイプ【pipe】

㊔ 管，導管；煙斗；煙嘴；管樂器

例 パイプが詰(つ)まる。

譯 管子堵塞。

41 | はぐるま【歯車】

㊔ 齒輪

例 歯車(はぐるま)がかみ合(あ)う。

譯 齒輪咬合；協調。

42 | バケツ【bucket】

㊔ 木桶

例 バケツに水(みず)を入(い)れる。

譯 把水裝入木桶裡。

43 | はしご

㊔ 梯子；挨家挨戶

例 はしごを上(のぼ)る。

譯 爬梯子。

44 | ばね

㊔ 彈簧，發條；(腰、腿的)彈力，彈跳力

例 ばねがきく。

譯 有彈性。

45 | はり【針】

㊔ 縫衣針；針狀物；(動植物的)針，刺

例 針(はり)に糸(いと)を通(とお)す。

譯 把線穿過針頭。

46 | はりがね【針金】

㊔ 金屬絲，(鉛、銅、鋼)線；電線

例 針金細工(はりがねざいく)が素晴(すば)らしい。

譯 金屬絲工藝品真別緻。

47 | ひつじゅひん【必需品】

㊔ 必需品，日常必須用品

例 生活必需品(せいかつひつじゅひん)を詰(つ)める。

譯 塞滿生活必需品。

48 | ピン【pin】

㊔ 大頭針，別針；(機)拴，樞

例 ピンで止(と)める。

譯 用大頭針釘住。

49 ｜ふえ【笛】
㊔ 橫笛；哨子
例 笛が鳴る。
譯 笛聲響起。

50 ｜ブラシ【brush】
㊔ 刷子
例 ブラシを掛ける。
譯 用刷子刷。

51 ｜ふろしき【風呂敷】
㊔ 包巾
例 風呂敷を広げる。
譯 打開包袱。

52 ｜ぼう【棒】
(名・漢造) 棒，棍子；(音樂)指揮；(畫的)直線，粗線
例 足を棒にする。
譯 腳瘦得硬邦邦的。

53 ｜ほうき【箒】
㊔ 掃帚
例 箒で掃く。
譯 用掃帚打掃。

54 ｜マスク【mask】
㊔ 面罩，假面；防護面具；口罩；防毒面具；面相，面貌
例 マスクを掛ける。
譯 戴口罩。

55 ｜めざまし【目覚まし】
㊔ 叫醒，喚醒；小孩睡醒後的點心；醒後為打起精神吃東西；鬧鐘
例 目覚ましをセットする。
譯 設定鬧鐘。

56 ｜めざましどけい【目覚まし時計】
㊔ 鬧鐘
例 目覚まし時計を掛ける。
譯 設定鬧鐘。

57 ｜めん【面】
(名・接尾・漢造) 臉，面；面具，假面；防護面具；用以計算平面的東西；會面
例 面をかぶる。
譯 戴上面具。

58 ｜モーター【motor】
㊔ 發動機；電動機；馬達
例 モーターを動かす。
譯 開動電動機。

59 ｜ようと【用途】
㊔ 用途，用處
例 用途が広い。
譯 用途廣泛。

60 ｜ろうそく【蝋燭】
㊔ 蠟燭
例 蝋燭を吹き消す。
譯 吹滅蠟燭。

23-2 家具、工具、文房具 / 傢俱、工作器具、文具

01 ｜くぎ【釘】

㊔ 釘子

例 釘（くぎ）を刺（さ）す。

譯 再三叮嚀。

02 ｜くっつける【くっ付ける】

（他下一）把…粘上，把…貼上，使靠近

例 のりでくっ付（つ）ける。

譯 用膠水黏上。

03 ｜けずる【削る】

（他五）削，刨，刮；刪減，削去，削減

例 鉛筆（えんぴつ）を削（けず）る。

譯 削鉛筆。

04 ｜ざぶとん【座布団】

㊔（舖在席子上的）棉坐墊

例 座布団（ざぶとん）を敷（し）く。

譯 舖上坐墊。

05 ｜シャープペンシル【（和）sharp + pencil】

㊔ 自動鉛筆

例 シャープペンシルで書（か）く。

譯 用自動鉛筆寫。

06 ｜しん【芯】

㊔ 蕊；核；枝條的頂芽

例 鉛筆（えんぴつ）の芯（しん）が折（お）れる。

譯 鉛筆芯斷了。

07 ｜すみ【墨】

㊔ 墨；墨汁，墨水；墨狀物；（章魚、烏賊體內的）墨狀物

例 タコが墨（すみ）を吐（は）く。

譯 章魚吐出墨汁。

08 ｜そうち【装置】

（名・他サ）裝置，配備，安裝；舞台裝置

例 暖房（だんぼう）を装置（そうち）する。

譯 安裝暖氣。

09 ｜そろばん

㊔ 算盤，珠算

例 そろばんを弾（はじ）く。

譯 打算盤；計較個人利益。

10 ｜とだな【戸棚】

㊔ 壁櫥，櫃櫥

例 戸棚（とだな）から取（と）り出（だ）す。

譯 從櫃櫥中拿出。

11 ｜のり【糊】

㊔ 膠水，漿糊

例 糊（のり）をつける。

譯 塗上膠水。

12 ｜はんこ

㊔ 印章，印鑑

例 はんこを押（お）す。

譯 蓋章。

13 ｜ふで【筆】
(名・接尾) 毛筆;(用毛筆)寫的字，畫的畫；(接數詞)表蘸筆次數

例 筆(ふで)が立(た)つ。

譯 文章寫得好。

14 ｜ぶひん【部品】
(名) (機械等)零件

例 部品(ぶひん)が揃(そろ)う。

譯 零件齊備。

15 ｜ぶんかい【分解】
(名・他サ・自サ) 拆開，拆卸；(化)分解；解剖；分析(事物)

例 時計(とけい)を分解(ぶんかい)する。

譯 拆開時鐘。

16 ｜ペンチ【pinchers】
(名) 鉗子

例 ペンチを使(つか)う。

譯 使用鉗子。

17 ｜ほうそう【包装】
(名・他サ) 包裝，包捆

例 包装紙(ほうそうし)が新(あたら)しく変(か)わる。

譯 包裝紙改換新裝。

18 ｜ほんばこ【本箱】
(名) 書箱

例 本箱(ほんばこ)がもういっぱいだ。

譯 書箱已滿了。

19 ｜メモ【memo】
(名・他サ) 筆記；備忘錄，便條；紀錄

例 メモに書(か)く。

譯 寫在便條上。

N2 ⊙ 23-3

23-3 計器、容器、入れ物、衛生器具 /
測量儀器、容器、器皿、衛生用具

01 ｜いれもの【入れ物】
(名) 容器，器皿

例 ポテトの入(い)れ物(もの)が変(か)わった。

譯 馬鈴薯外裝改變了。

02 ｜かご【籠】
(名) 籠子，筐，籃

例 かごの鳥(とり)になる。

譯 成為籠中鳥(喻失去自由的人)。

03 ｜から【空】
(名) 空的；空，假，虛

例 空(から)にする。

譯 騰出；花淨。

04 ｜からっぽ【空っぽ】
(名・形動) 空，空洞無一物

例 頭(あたま)の中(なか)が空(から)っぽだ。

譯 腦袋空空。

05 ｜き【器】
(名・漢造) 有才能，有某種才能的人；器具，器皿；起作用的，才幹

例 食器(しょっき)を片付(かたづ)ける。

譯 收拾碗筷。

06 | ぎっしり

㊓（裝或擠的）滿滿的

例 ぎっしりと詰める。

譯 塞滿，排滿。

07 | きんこ【金庫】

㊔ 保險櫃；（國家或公共團體的）金融機關，國庫

例 金を金庫にしまう。

譯 錢收在金庫裡。

08 | ケース【case】

㊔ 盒，箱，袋；場合，情形，事例

例 ケースに入れる。

譯 裝入盒裡。

09 | しゅうのう【収納】

(名・他サ) 收納，收藏

例 収納スペースが足りない。

譯 收納空間不夠用。

10 | つりあう【釣り合う】

(自五) 平衡，均衡；勻稱，相稱

例 左右が釣り合う。

譯 左右勻稱。

11 | はかり【計り】

㊔ 秤，量，計量；份量；限度

例 計りをごまかす。

譯 偷斤減兩。

12 | はかり【秤】

㊔ 秤，天平

例 秤で量る。

譯 秤重。

13 | びん【瓶】

㊔ 瓶，瓶子

例 花瓶に花を挿す。

譯 把花插入花瓶。

14 | ものさし【物差し】

㊔ 尺；尺度，基準

例 物差しにする。

譯 作為尺度。

15 | ようき【容器】

㊔ 容器

例 容器に納める。

譯 收進容器。

N2 23-4

23-4 照明、光学機器、音響、情報機器 / 燈光照明、光學儀器、音響、信息器具

01 | あかり【明かり】

㊔ 燈，燈火；光，光亮；消除嫌疑的證據，證明清白的證據

例 明かりをつける。

譯 點燈。

02 | あっしゅく【圧縮】

(名・他サ) 壓縮；（把文章等）縮短

例 大きいファイルを圧縮する。

譯 壓縮大的檔案。

03 | けんびきょう【顕微鏡】
㊔ 顯微鏡
例 顕微鏡で見る。
譯 用電子顯微鏡觀察。

04 | しょうめい【照明】
(名・他サ) 照明，照亮，光亮，燈光；舞台燈光
例 照明の明るい部屋だ。
譯 燈光明亮的房間。

05 | スイッチ【switch】
(名・他サ) 開關；接通電路；(喻)轉換(為另一種事物或方法)
例 スイッチを入れる。
譯 打開開關。

06 | スピーカー【speaker】
㊔ 談話者，發言人；揚聲器；喇叭；散播流言的人
例 スピーカーから音声が流れる。
譯 從擴音器中傳出聲音。

07 | スライド【slide】
(名・自サ) 滑動；幻燈機，放映裝置；(棒球)滑進(壘)；按物價指數調整工資
例 スライドに映す。
譯 映在幻燈片上。

08 | たちあがる【立ち上がる】
(自五) 站起，起來；升起，冒起；重振，恢復；著手，開始行動
例 コンピューターが立ち上がる。
譯 電腦開機。

09 | ビデオ【video】
㊔ 影像，錄影；錄影機；錄影帶
例 ビデオ化する。
譯 影像化。

10 | ふくしゃ【複写】
(名・他サ) 複印，複制；抄寫，繕寫
例 原稿を複写する。
譯 抄寫原稿。

11 | プリント【print】
(名・他サ) 印刷(品)；油印(講義)；印花，印染
例 楽譜をプリントする。
譯 印刷樂譜。

12 | ぼうえんきょう【望遠鏡】
㊔ 望遠鏡
例 望遠鏡で月を見る。
譯 用望遠鏡賞月。

13 | レンズ【(荷) lens】
㊔ (理)透鏡，凹凸鏡片；照相機的鏡頭
例 レンズを磨く。
譯 磨鏡片。

パート
24
第二十四章

職業、仕事

- 職業、工作 -

N2 ◎ 24-1(1)

24-1 仕事、職場 (1) /
工作、職場 (1)

01 | いちりゅう【一流】

㊔ 一流，頭等；一個流派；獨特

例 一流（いちりゅう）になる。

譯 成為第一流。

02 | うちあわせ【打ち合わせ】

(名・他サ) 事先商量，碰頭

例 打（う）ち合（あ）わせをする。

譯 事先商量。

03 | うちあわせる【打ち合わせる】

(他下一) 使…相碰，(預先)商量

例 出発時間（しゅっぱつじかん）を打（う）ち合（あ）わせる。

譯 商量出發時間。

04 | うむ【有無】

㊔ 有無；可否，願意與否

例 欠席者（けっせきしゃ）の有無（うむ）を確（たし）かめる。

譯 確認有無缺席者。

05 | えんき【延期】

(名・他サ) 延期

例 会議（かいぎ）を延期（えんき）する。

譯 會議延期。

06 | おうせつ【応接】

(名・自サ) 接待，應接

例 客（きゃく）に応接（おうせつ）する。

譯 接見客人。

07 | かつりょく【活力】

㊔ 活力，精力

例 活力（かつりょく）を与（あた）える。

譯 給予活力。

08 | かねる【兼ねる】

(他下一・接尾) 兼備；不能，無法

例 趣味（しゅみ）と実益（じつえき）を兼（か）ねる。

譯 興趣與實利兼具。

09 | きにゅう【記入】

(名・他サ) 填寫，寫入，記上

例 必要事項（ひつようじこう）を記入（きにゅう）する。

譯 記上必要事項。

10 | きばん【基盤】

㊔ 基礎，底座，底子；基岩

例 基盤（きばん）を固（かた）める。

譯 鞏固基礎。

11 | きゅうか【休暇】

㊔ (節假日以外的)休假

例 休暇(きゅうか)を取(と)る。
譯 請假。

12 | きゅうぎょう【休業】
(名・自サ) 停課
例 都合(つごう)により本日休業(ほんじつきゅうぎょう)します。
譯 由於私人因素，本日休息。

13 | きゅうじょ【救助】
(名・他サ) 救助，搭救，救援，救濟
例 人命救助(じんめいきゅうじょ)につながる。
譯 關係到救命問題。

14 | くみあい【組合】
(名) (同業)工會，合作社
例 労働組合(ろうどうくみあい)がない。
譯 沒有工會。

15 | けんしゅう【研修】
(名・他サ) 進修，培訓
例 研修(けんしゅう)を受(う)ける。
譯 接受培訓。

16 | こうぞう【構造】
(名) 構造，結構
例 構造(こうぞう)を分析(ぶんせき)する。
譯 分析結構。

17 | こうたい【交替】
(名・自サ) 換班，輪流，替換，輪換
例 当番(とうばん)を交替(こうたい)する。
譯 輪流值班。

18 | こうどう【行動】
(名・自サ) 行動，行為
例 行動(こうどう)を起(お)こす。
譯 採取行動。

19 | こしかけ【腰掛け】
(名) 凳子；暫時棲身之處，一時落腳處
例 腰掛(こしか)けＯＬ(オーエル)がやっぱり多(おお)い。
譯 (婚前)暫時於此工作的女性果然很多。

20 | ころがる【転がる】
(自五) 滾動，轉動；倒下，躺下；擺著，放著，有
例 機会(きかい)が転(ころ)がる。
譯 機會降臨。

N2 ● 24-1(2)

24-1 仕事、職場 (2) /
工作、職場 (2)

21 | さいしゅうてき【最終的】
(形動) 最後
例 最終的(さいしゅうてき)にやめることにした。
譯 最後決定不做。

22 | さいそく【催促】
(名・他サ) 催促，催討
例 返事(へんじ)を催促(さいそく)する。
譯 催促答覆。

23 | さぎょう【作業】
(名・自サ) 工作，操作，作業，勞動
例 作業(さぎょう)を進(すす)める。
譯 進行作業。

24 | しきゅう【至急】

(名・副) 火速，緊急；急速，加速

例 至急の用件がございます。

譯 有緊急事件。

25 | しじ【指示】

(名・他サ) 指示，指點

例 指示に従う。

譯 聽從指示。

26 | じっせき【実績】

(名) 實績，實際成績

例 実績が上がる。

譯 提高實際成績。

27 | じむ【事務】

(名) 事務(多為處理文件、行政等庶務工作)

例 事務に追われる。

譯 忙於處理事務。

28 | しめきる【締切る】

(他五) (期限)屆滿，截止，結束

例 今日で締め切る。

譯 今日截止。

29 | じゅうし【重視】

(名・他サ) 重視，認為重要

例 実績を重視する。

譯 重視實際成績。

30 | しゅっきん【出勤】

(名・自サ) 上班，出勤

例 9時に出勤する。

譯 九點上班。

31 | しゅっちょう【出張】

(名・自サ) 因公前往，出差

例 米国に出張する。

譯 到美國出差。

32 | しよう【使用】

(名・他サ) 使用，利用，用(人)

例 会議室を使用する。

譯 使用會議室。

33 | しょうしゃ【商社】

(名) 商社，貿易商行，貿易公司

例 商社に勤める。

譯 在貿易公司上班。

34 | じんじ【人事】

(名) 人事，人力能做的事；人事(工作)；世間的事，人情世故

例 人事異動が行われる。

譯 進行人事異動。

35 | すぐれる【優れる】

(自下一) (才能、價值等)出色，優越，傑出，精湛；(身體、精神、天氣)好，爽朗，舒暢

例 優れた人材を招く。

譯 招聘傑出的人才。

36 | せいそう【清掃】

(名・他サ) 清掃，打掃

例 公園を清掃する。

譯 打掃公園。

37 | **せっせと**

副 拼命地，不停的，一個勁兒地，孜孜不倦的

例 せっせと運ぶ。

譯 拼命地搬運。

38 | **そうべつ【送別】**

名・自サ 送行，送別

例 同僚の送別会を開く。

譯 幫同事舉辦送別派對。

39 | **そしき【組織】**

名・他サ 組織，組成；構造，構成；(生)組織；系統，體系

例 労働組合を組織する。

譯 組織勞動公會。

40 | **たいする【対する】**

自サ 面對，面向；對於，關於；對立，相對，對比；對待，招待

例 政治に対する関心が高まる。

譯 提高對政治的關心。

N2 24-1(3)

24-1 仕事、職場 (3) / 工作、職場 (3)

41 | **たんとう【担当】**

名・他サ 擔任，擔當，擔負

例 担当が決まる。

譯 決定由…負責。

42 | **ちゅうと【中途】**

名 中途，半路

例 中途でやめる。

譯 中途放棄。

43 | **ちょうせい【調整】**

名・他サ 調整，調節

例 調整を行う。

譯 進行調整。

44 | **つとめ【勤め】**

名 工作，職務，差事

例 勤めに出かける。

譯 出門上班。

45 | **つとめる【務める】**

他下一 任職，工作；擔任(職務)；扮演(角色)

例 司会役を務める。

譯 擔任司儀。

46 | **つぶれる【潰れる】**

自下一 壓壞，壓碎；坍塌，倒塌；倒產，破產；磨損，磨鈍；(耳)聾，(眼)瞎

例 会社が潰れる。

譯 公司破產。

47 | **でいり【出入り】**

名・自サ 出入，進出；(因有買賣關係而)常往來；收支；(數量的)出入；糾紛，爭吵

例 出入りがはげしい。

譯 進出頻繁。

48 | どうりょう【同僚】

名 同事，同僚

例 昔(むかし)の同僚(どうりょう)に会(あ)った。

譯 遇見以前的同事。

49 | どくとく【独特】

名・形動 獨特

例 独特(どくとく)なやり方(かた)である。

譯 是獨特的做法。

50 | とる【採る】

他五 採取，採用，錄取；採集；採光

例 新卒者(しんそつしゃ)を採(と)る。

譯 錄取畢業生。

51 | にがす【逃がす】

他五 放掉，放跑；使跑掉，沒抓住；錯過，丟失

例 チャンスを逃(に)がす。

譯 錯失機會。

52 | にゅうしゃ【入社】

名・自サ 進公司工作，入社

例 企業(きぎょう)に入社(にゅうしゃ)する。

譯 進企業上班。

53 | のうりつ【能率】

名 效率

例 能率(のうりつ)を高(たか)める。

譯 提高效率。

54 | はっき【発揮】

名・他サ 發揮，施展

例 才能(さいのう)を発揮(はっき)する。

譯 發揮才能。

55 | ひとやすみ【一休み】

名・自サ 休息一會兒

例 そろそろ一休(ひとやす)みしよう。

譯 休息一下吧！

56 | ぶ【部】

名・漢造 部分；部門；冊

例 五(いつ)つの部(ぶ)に分(わ)ける。

譯 分成五個部門。

57 | ふせい【不正】

名・形動 不正當，不正派，非法；壞行為，壞事

例 不正(ふせい)を働(はたら)く。

譯 做壞事；犯規；違法。

58 | プラン【plan】

名 計畫，方案；設計圖，平面圖；方式

例 プランを立(た)てる。

譯 訂計畫。

59 | ほうる【放る】

他五 拋，扔；中途放棄，棄置不顧，不加理睬

例 仕事(しごと)を放(ほう)っておく。

譯 放下工作不做。

60 | ほんらい【本来】

名 本來，天生，原本；按道理，本應

例 本来の使命を忘れた。

譯 忘了本來的使命。

61 | やくめ【役目】

㊔ 責任，任務，使命，職務

例 役目を果たす。

譯 完成任務。

62 | やっかい【厄介】

(名・形動) 麻煩，難為，難應付的；照料，照顧，幫助；寄食，寄宿(的人)

例 厄介な仕事が迫っている。

譯 因麻煩的工作而入困境。

63 | やとう【雇う】

(他五) 雇用

例 船を雇う。

譯 租船。

64 | ようじ【用事】

㊔ (應辦的)事情，工作

例 用事が済んだ。

譯 事情辦完了。

65 | りゅう【流】

(名・接尾) (表特有的方式、派系)流，流派

例 一流企業に就職する。

譯 在一流企業上班。

66 | ろうどう【労働】

(名・自サ) 勞動，體力勞動，工作；(經)勞動力

例 労働を強制する。

譯 強制勞動。

24-2 職業、事業 /
職業、事業

01 | がいぶ【外部】

㊔ 外面，外部

例 外部に漏らす。

譯 洩漏出去。

02 | けいび【警備】

(名・他サ) 警備，戒備

例 警備に当たる。

譯 負責戒備。

03 | しほん【資本】

㊔ 資本

例 資本を増やす。

譯 增資。

04 | しょうぎょう【商業】

㊔ 商業

例 商業振興をはかる。

譯 計畫振興商業。

05 | しょうぼう【消防】

㊔ 消防；消防隊員，消防車

例 消防士になる。

譯 成為消防隊員。

06 | しょく【職】

(名・漢造) 職業，工作；職務；手藝，技能；官署名

例 職に就く。

譯 就職。

07｜しょくぎょう【職業】

㊔ 職業

例 教師を職業とする。

譯 以教師為職業。

08｜しょくば【職場】

㊔ 工作崗位，工作單位

例 職場を守る。

譯 堅守工作崗位。

09｜ちゃんと

㊫ 端正地，規矩地；按期，如期；整潔，整齊；完全，老早；的確，確鑿

例 ちゃんとした職業を持っていない。

譯 沒有正當職業。

10｜つまずく【躓く】

(自五) 跌倒，絆倒；(中途遇障礙而)失敗，受挫

例 事業に躓く。

譯 在事業上受挫折。

11｜はってん【発展】

(名・自サ) 擴展，發展；活躍，活動

例 発展が目覚ましい。

譯 發展顯著。

N2 ● 24-3

24-3 地位 /
地位職稱

01｜い【位】

(漢造) 位；身分，地位；(對人的敬稱)位

例 高い地位に就く。

譯 坐上高位。

02｜しゅうにん【就任】

(名・自サ) 就職，就任

例 社長に就任する。

譯 就任社長。

03｜じゅうやく【重役】

㊔ 擔任重要職務的人；重要職位，重任者；(公司的)董事與監事的通稱

例 会社の重役になった。

譯 成為公司董事。

04｜そうとう【相当】

(名・自サ・形動) 相當，適合，相稱；相當於，相等於；值得，應該；過得去，相當好；很，頗

例 能力相当の地位を与える。

譯 授予和能力相稱的地位。

05｜ちい【地位】

㊔ 地位，職位，身份，級別

例 地位に就く。

譯 擔任職位。

06｜つく【就く】

(自五) 就位；登上；就職；跟…學習；起程

例 王位に就く。

譯 登上王位。

07｜どうかく【同格】

㊔ 同級，同等資格，等級相同；同級的(品牌)；(語法)同格語

例 課長職と同格に扱う。

譯 以課長同等地位看待。

08 | とどまる【留まる】

(自五) 停留，停頓；留下，停留；止於，限於

例 現職（げんしょく）に留（とど）まる。

譯 留職。

09 | めいじる・めいずる【命じる・命ずる】

(他上一・他サ) 命令，吩咐；任命，委派；命名

例 局長（きょくちょう）を命（めい）じられる。

譯 被任命為局長。

10 | ゆうのう【有能】

(名・形動) 有才能的，能幹的

例 有能（ゆうのう）な部下（ぶか）に脅威（きょうい）を感（かん）じる。

譯 對能幹的部屬頗感威脅。

11 | リード【lead】

(名・自他サ) 領導，帶領；(比賽)領先，贏；(新聞報導文章的)內容提要

例 人（ひと）をリードする。

譯 帶領人。

N2 ● 24-4

24-4 家事 / 家務

01 | かじ【家事】

(名) 家事，家務；家裡(發生)的事

例 家事（かじ）の手伝（てつだ）いをする。

譯 幫忙做家務。

02 | つかい【使い】

(名) 使用；派去的人；派人出去(買東西、辦事)，跑腿；(迷)(神仙的)侍者；(前接某些名詞)使用的方法，使用的人

例 母親（ははおや）の使（つか）いで出（で）かける。

譯 被母親派出去辦事。

03 | てま【手間】

(名) (工作所需的)勞力、時間與功夫；(手藝人的)計件工作，工錢

例 手間（てま）がかかる。

譯 費工夫，費事。

04 | にっか【日課】

(名) (規定好)每天要做的事情，每天習慣的活動；日課

例 日課（にっか）を書（か）きつける。

譯 寫上每天要做的事情。

05 | はく【掃く】

(他五) 掃，打掃；(拿刷子)輕塗

例 道路（どうろ）を掃（は）く。

譯 清掃道路。

06 | ほす【干す】

(他五) 曬乾；把(池)水弄乾；乾杯

例 洗濯物（せんたくもの）を干（ほ）す。

譯 曬衣服。

パート
25
第二十五章

生産、産業

- 生產、產業 -

N2 ● 25-1

25-1 生産、産業 /
生產、產業

01 | オートメーション【automation】

㊔ 自動化，自動控制裝置，自動操縱法

例 オートメーションに切り替える。

譯 改為自動化。

02 | かんり【管理】

(名・他サ) 管理，管轄；經營，保管

例 品質を管理する。

譯 品質管理。

03 | きのう【機能】

(名・自サ) 機能，功能，作用

例 機能を果たす。

譯 發揮作用。

04 | けっかん【欠陥】

㊔ 缺陷，致命的缺點

例 欠陥商品に悩まされる。

譯 深受瑕疵商品所苦惱。

05 | げんさん【原産】

㊔ 原產

例 原産地が表示される。

譯 標示原產地。

06 | こういん【工員】

㊔ 工廠的工人，(產業)工人

例 工員が丁寧に作る。

譯 工人仔細製造。

07 | こうば【工場】

㊔ 工廠，作坊

例 工場で働く。

譯 在工廠工作。

08 | さかり【盛り】

(名・接尾) 最旺盛時期，全盛狀態；壯年；(動物)發情；(接動詞連用形)表正在最盛的時候

例 盛りを過ぎる。

譯 全盛時期已過。

09 | じんこう【人工】

㊔ 人工，人造

例 人工衛星を打ち上げる。

譯 發射人造衛星。

10 | じんぞう【人造】

㊔ 人造，人工合成

例 人造湖が出現した。

譯 出現了人造湖。

11 | ストップ【stop】

(名・自他サ) 停止，中止；停止信號；(口令)站住，不得前進，止住；停車站

例 ストップを掛ける。

譯 命令停止。

12 | せいぞう【製造】

(名・他サ) 製造，加工

例 紙を製造する。

譯 造紙。

13 | だいいち【第一】

(名・副) 第一，第一位，首先；首屈一指的，首要，最重要

例 安全第一だ。

譯 安全第一。

14 | ていし【停止】

(名・他サ・自サ) 禁止，停止；停住，停下；(事物、動作等)停頓

例 作業を停止する。

譯 停止作業。

15 | でんし【電子】

(名) (理)電子

例 電子オルガンを弾く。

譯 演奏電子琴。

16 | へる【経る】

(自下一) (時間、空間、事物)經過、通過

例 手を経る。

譯 經手。

17 | みやげ【土産】

(名) (贈送他人的)禮品，禮物；(出門帶回的)土產

例 お土産をもらう。

譯 收到禮品。

N2 ⊙ 25-2

25-2 農業、漁業、林業 /
農業、漁業、林業

01 | ぎょぎょう【漁業】

(名) 漁業，水產業

例 漁業が盛んである。

譯 漁業興盛。

02 | さんち【産地】

(名) 產地；出生地

例 産地直送にこだわる。

譯 嚴選產地直送。

03 | しゅうかく【収穫】

(名・他サ) 收獲(農作物)；成果，收穫；獵獲物

例 収穫が多い。

譯 收穫很多。

04 | すいさん【水産】

(名) 水產(品)，漁業

例 水産業を営む。

譯 經營水產業，漁業。

05 | た【田】

(名) 田地；水稻，水田

例 田を耕す。

譯 耕種稻田。

06 | たうえ【田植え】

㊔名・他サ (農)插秧

例 田植えをする。

譯 插秧。

07 | たがやす【耕す】

㊔他五 耕作，耕田

例 荒れ地を耕す。

譯 開墾荒地。

08 | たんぼ【田んぼ】

㊔名 米田，田地

例 田んぼに水を張る。

譯 放水至田。

09 | のうさんぶつ【農産物】

㊔名 農產品

例 農産物に富む。

譯 農產品豐富。

10 | のうそん【農村】

㊔名 農村，鄉村

例 農村の生活が長寿につながっている。

譯 農村的生活與長壽息息相關。

11 | のうやく【農薬】

㊔名 農藥

例 農薬の汚染がひどい。

譯 農藥污染很嚴重。

12 | はたけ【畑】

㊔名 田地，旱田；專業的領域

例 畑で働いている。

譯 在田地工作。

13 | ほかく【捕獲】

㊔名・他サ (文)捕獲

例 鯨を捕獲する。

譯 捕獲鯨魚。

14 | ぼくじょう【牧場】

㊔名 牧場

例 牧場を経営する。

譯 經營牧場。

15 | ぼくちく【牧畜】

㊔名 畜牧

例 牧畜を営む。

譯 經營畜牧業。

16 | めいぶつ【名物】

㊔名 名產，特產；(因形動奇特而)有名的人

例 青森名物のリンゴを買う。

譯 買青森名產的蘋果。

N2 25-3

25-3 工業、鉱業、商業 / 工業、礦業、商業

01 | えんとつ【煙突】

㊔名 煙囪

例 煙突が立ち並ぶ。

譯 煙囪林立。

02 | かいぞう【改造】

(名・他サ) 改造，改組，改建

例 ホテルを刑務所(けいむしょ)に改造(かいぞう)する。

譯 把飯店改建成監獄。

03 | かんりょう【完了】

(名・自他サ) 完了，完畢；(語法)完了，完成

例 工事(こうじ)が完了(かんりょう)する。

譯 結束工程。

04 | けんせつ【建設】

(名・他サ) 建設

例 建設(けんせつ)が進(すす)む。

譯 工程有進展。

05 | げんば【現場】

(名) (事故等的)現場；(工程等的)現場，工地

例 工事現場(こうじげんば)を囲(かこ)む。

譯 圍繞工地現場。

06 | こうがい【公害】

(名) (污水、噪音等造成的)公害

例 公害(こうがい)を出(だ)す。

譯 造成公害。

07 | せいさく【製作】

(名・他サ) (物品等)製造，製作，生產

例 精密機械(せいみつきかい)を製作(せいさく)する。

譯 製造精密儀器。

08 | せっけい【設計】

(名・他サ) (機械、建築、工程的)設計；計畫，規則

例 ビルを設計(せっけい)する。

譯 設計高樓。

09 | そうおん【騒音】

(名) 噪音；吵雜的聲音，吵鬧聲

例 騒音(そうおん)がひどい。

譯 噪音干擾嚴重。

10 | ぞうせん【造船】

(名・自サ) 造船

例 タンカーを造船(ぞうせん)する。

譯 造油輪。

11 | たんこう【炭鉱】

(名) 煤礦，煤井

例 炭鉱(たんこう)を発見(はっけん)する。

譯 發現煤礦。

12 | ちゃくちゃく【着々】

(副) 逐步地，一步步地

例 着々(ちゃくちゃく)と進(すす)んでいる。

譯 逐步地進行。

13 | てっきょう【鉄橋】

(名) 鐵橋，鐵路橋

例 鉄橋(てっきょう)をかける。

譯 架設鐵橋。

14 | てっこう【鉄鋼】

㊔ 鋼鐵

例 鉄鋼製品(てっこうせいひん)を販売(はんばい)する。

譯 販賣鋼鐵製品。

15 | ほる【掘る】

(他五) 掘，挖，刨；挖出，掘出

例 穴(あな)を掘(ほ)る。

譯 挖洞。

16 | みぞ【溝】

㊔ 水溝；(拉門門框上的)溝槽，切口；(感情的)隔閡

例 溝(みぞ)をさらう。

譯 疏通溝渠。

17 | やかましい【喧しい】

㊑ (聲音)吵鬧的，喧擾的；囉唆的，嘮叨的；難以取悅；嚴格的，嚴厲的

例 工事(こうじ)の音(おと)が喧(やかま)しい。

譯 施工噪音很吵雜。

Memo

パート
26
第二十六章

経済
- 經濟 -

N2 26-1

26-1 経済 /
經濟

01 | あんてい【安定】
(名・自サ) 安定，穩定；(物體)安穩
例 安定(あんてい)を図(はか)る。
譯 謀求安定。

02 | かいふく【回復】
(名・自他サ) 恢復，康復；挽回，收復
例 景気(けいき)が回復(かいふく)する。
譯 景氣回升。

03 | かいほう【開放】
(名・他サ) 打開，敞開；開放，公開
例 市場(しじょう)を開放(かいほう)する。
譯 開放市場。

04 | かぜい【課税】
(名・自サ) 課税
例 輸入品(ゆにゅうひん)に課税(かぜい)する。
譯 課進口貨物稅。

05 | きんゆう【金融】
(名・自サ) 金融，通融資金
例 国際金融(こくさいきんゆう)を得意(とくい)とする。
譯 擅長國際金融。

06 | けいき【景気】
(名) (事物的)活動狀態，活潑，精力旺盛；(經濟的)景氣
例 景気(けいき)が回復(かいふく)する。
譯 景氣好轉。

07 | けいこう【傾向】
(名) (事物的)傾向，趨勢
例 傾向(けいこう)がある。
譯 有…的傾向。

08 | さんにゅう【参入】
(名・自サ) 進入；進宮
例 市場(しじょう)に参入(さんにゅう)する。
譯 投入市場。

09 | しげき【刺激】
(名・他サ) (物理的，生理的)刺激；(心理的)刺激，使興奮
例 景気(けいき)を刺激(しげき)する。
譯 刺激景氣。

10 | にち【日】
(名・漢造) 日本；星期天；日子，天，晝間；太陽
例 対日貿易赤字(たいにちぼうえきあかじ)が解消(かいしょう)される。
譯 對日貿易赤字被解除了。

11 | マーケット【market】

㊔ 商場，市場；(商品)銷售地區

例 マーケットを開拓(かいたく)する。

譯 開闢市場。

N2 ● 26-2

26-2 取り引き / 交易

01 | うけたまわる【承る】

(他五) 聽取；遵從，接受；知道，知悉；傳聞

例 ご注文(ちゅうもん)承(うけたまわ)りました。

譯 收到訂單了。

02 | うけとり【受け取り】

㊔ 收領；收據；計件工作(的工錢)

例 受(う)け取(と)りをもらう。

譯 拿收據。

03 | うけとる【受け取る】

(他五) 領，接收，理解，領會

例 給料(きゅうりょう)を受(う)け取(と)る。

譯 領薪。

04 | おろす【卸す】

(他五) 批發，批售，批賣

例 薬品(やくひん)を卸(おろ)す。

譯 批發藥品。

05 | かぶ【株】

(名・接尾) 株，顆；(樹的)殘株；股票；(職業等上)特權；擅長；地位

例 株価(かぶか)が上(あ)がる。

譯 股票上漲。

06 | かわせ【為替】

㊔ 匯款，匯兑

例 為替(かわせ)で支払(しはら)う。

譯 用匯款支付。

07 | きょうきゅう【供給】

(名・他サ) 供給，供應

例 供給(きょうきゅう)を断(た)つ。

譯 斷絕供給。

08 | しょめい【署名】

(名・自サ) 署名，簽名；簽的名字

例 契約書(けいやくしょ)に署名(しょめい)する。

譯 在契約書上簽名。

09 | てつづき【手続き】

㊔ 手續，程序

例 手続(てつづ)きをする。

譯 辦理手續。

10 | ふとう【不当】

(形動) 不正當，非法，無理

例 不当(ふとう)な取引(とりひき)だ。

譯 非法交易。

N2 ● 26-3

26-3 売買 / 買賣

01 | うりきれ【売り切れ】

㊔ 賣完

例 本日(ほんじつ)売(う)り切(き)れとなりました。

譯 今日貨已全部售完。

02 | うりきれる【売り切れる】

(自下一) 賣完，賣光

例 切符(きっぷ)が売(う)り切(き)れる。

譯 票賣光了。

03 | うれゆき【売れ行き】

㊔ (商品的)銷售狀況，銷路

例 売(う)れ行(ゆ)きが悪(わる)い。

譯 銷路不好。

04 | うれる【売れる】

(自下一) 商品賣出，暢銷；變得廣為人知，出名，聞名

例 名(な)が売(う)れる。

譯 馳名。

05 | かんじょう【勘定】

(名・他サ) 計算；算帳；(會計上的)帳目，戶頭，結帳；考慮，估計

例 勘定(かんじょう)を済(す)ます。

譯 付完款，算完帳。

06 | じゅよう【需要】

㊔ 需要，要求；需求

例 需要(じゅよう)が高(たか)まる。

譯 需求大增。

07 | だいきん【代金】

㊔ 貨款，借款

例 代金(だいきん)を請求(せいきゅう)する。

譯 索取貨款。

08 | どうよう【同様】

(形動) 同樣的，一樣的

例 同様(どうよう)の値段(ねだん)で販売(はんばい)している。

譯 同樣的價錢販售。

09 | とくばい【特売】

(名・他サ) 特賣；(公家機關不經標投)賣給特定的人

例 夏物(なつもの)を特売(とくばい)する。

譯 特價賣出夏季商品。

10 | のこり【残り】

㊔ 剩餘，殘留

例 売(う)れ残(のこ)りの商品(しょうひん)をもらえる。

譯 可以得到賣剩的商品。

11 | ばいばい【売買】

(名・他サ) 買賣，交易

例 土地(とち)を売買(ばいばい)する。

譯 土地買賣。

12 | はつばい【発売】

(名・他サ) 賣，出售

例 好評発売中(こうひょうはつばいちゅう)。

譯 暢銷中。

13 | はんばい【販売】

(名・他サ) 販賣，出售

例 古本(ふるほん)を販売(はんばい)する。

譯 販賣舊書。

14 | わりびき【割引】

(名・他サ) (價錢)打折扣，減價；(對說話內容)打折；票據兌現

例 割引(わりびき)になる。

譯 可以減價。

26-4 価格 / 價格

01 | かかく【価格】
㊔ 價格

例 商品(しょうひん)の価格(かかく)をつける。

譯 標示商品價格。

02 | がく【額】
(名・漢造) 名額，數額；匾額，畫框

例 予算(よさん)の額(がく)を超(こ)える。

譯 超過預算額度。

03 | かち【価値】
㊔ 價值

例 価値(かち)がある。

譯 有價值。

04 | こうか【高価】
(名・形動) 高價錢

例 高価(こうか)な贈(おく)り物(もの)を渡(わた)す。

譯 授與昂貴的禮物。

05 | すいじゅん【水準】
㊔ 水準，水平面；水平器；(地位、質量、價值等的)水平；(標示)高度

例 水準(すいじゅん)が高(たか)まる。

譯 水準提高。

06 | それなり
(名・副) 恰如其分；就那樣

例 良(よ)い物(もの)はそれなりに高(たか)い。

譯 一分錢一分貨。

07 | ていか【定価】
㊔ 定價

例 定価(ていか)で購入(こうにゅう)する。

譯 以定價買入。

08 | てごろ【手頃】
(名・形動) (大小輕重)合手，合適，相當；適合(自己的經濟能力、身份)

例 手頃(てごろ)なお値段(ねだん)で食(た)べられる。

譯 能以合理的價錢品嚐。

09 | ね【値】
㊔ 價錢，價格，價值

例 値(ね)をつける。

譯 訂價。

10 | むりょう【無料】
㊔ 免費；無須報酬

例 無料(むりょう)で提供(ていきょう)する。

譯 免費提供。

11 | ゆうりょう【有料】
㊔ 收費

例 有料駐車場(ゆうりょうちゅうしゃじょう)が二(ふた)つある。

譯 有兩座收費停車場。

12 | りょうきん【料金】
㊔ 費用，使用費，手續費

例 料金(りょうきん)がかかる。

譯 收費。

13 | りょうしゅう【領収】
(名・他サ) 收到

例 代金(だいきん)を領収(りょうしゅう)する。

譯 收取費用。

26-5 損得、貸借 / 損益、借貸

01 | うりあげ【売り上げ】

㊔（一定期間的）銷售額，營業額

例 売(う)り上(あ)げが伸(の)びる。

譯 銷售額增加。

02 | しゃっきん【借金】

名・自サ 借款，欠款，舉債

例 借金(しゃっきん)を抱(かか)える。

譯 負債。

03 | しょうひん【賞品】

㊔ 獎品

例 賞品(しょうひん)が当(あ)たる。

譯 中獎。

04 | せいきゅう【請求】

名・他サ 請求，要求，索取

例 請求(せいきゅう)に応(おう)じる。

譯 答應要求。

05 | せおう【背負う】

他五 背；擔負，承擔，肩負

例 借金(しゃっきん)を背負(せお)う。

譯 肩負債務。

06 | そん【損】

名・自サ・形動・漢造 虧損，賠錢；吃虧，不划算；減少；損失

例 損(そん)をする。

譯 吃虧。

07 | そんがい【損害】

名・他サ 損失，損害，損耗

例 損害(そんがい)を与(あた)える。

譯 造成損失。

08 | そんしつ【損失】

名・自サ 損害，損失

例 損失(そんしつ)を被(こうむ)る。

譯 蒙受損失。

09 | そんとく【損得】

㊔ 損益，得失，利害

例 損得(そんとく)抜(ぬ)きで付(つ)き合(あ)う。

譯 不計得失地交往。

10 | てっする【徹する】

自サ 貫徹，貫穿；通宵，徹夜；徹底，貫徹始終

例 金儲(かねもう)けに徹(てっ)する。

譯 努力賺錢。

11 | ほけん【保険】

㊔ 保險；（對於損害的）保證

例 保険(ほけん)をかける。

譯 投保。

12 | もうかる【儲かる】

自五 賺到，得利；賺得到便宜，撿便宜

例 1万円儲(まんえんもう)かった。

譯 賺了一萬日圓。

13 | もうける【儲ける】

他下一 賺錢，得利；（轉）撿便宜，賺到

例 一割儲(いちわりもう)ける。

譯 賺一成。

14 | りえき【利益】

㊔ 利益，好處；利潤，盈利

例 利益(りえき)になる。

譯 有利潤。

15 | りがい【利害】

㊔ 利害，得失，利弊，損益

例 利害(りがい)が相反(あいはん)する。

譯 與利益相反。

N2 ● 26-6

26-6 收支、賃金 / 收支、工資報酬

01 | きゅうよ【給与】

(名・他サ) 供給(品)，分發，待遇；工資，津貼

例 給与(きゅうよ)をもらう。

譯 領薪水。

02 | げっきゅう【月給】

㊔ 月薪，工資

例 月給(げっきゅう)が上(あ)がる。

譯 調漲工資。

03 | さしひく【差し引く】

(他五) 扣除，減去；抵補，相抵(的餘額)；(潮水的)漲落，(體溫的)升降

例 月給(げっきゅう)から税金(ぜいきん)を差(さ)し引(ひ)く。

譯 從月薪中扣除稅金。

04 | しきゅう【支給】

(名・他サ) 支付，發給

例 旅費(りょひ)を支給(しきゅう)する。

譯 支付旅費。

05 | しゅうにゅう【収入】

㊔ 收入，所得

例 収入(しゅうにゅう)が安定(あんてい)する。

譯 收入穩定。

06 | ただ

(名・副・接) 免費；普通，平凡；只是，僅僅；(對前面的話做出否定)但是，不過

例 ただで働(はたら)く。

譯 白幹活。

07 | ちょうだい【頂戴】

(名・他サ) (「もらう、食べる」的謙虛説法)領受，得到，吃；(女性、兒童請求別人做事)請

例 結構(けっこう)なものを頂戴(ちょうだい)した。

譯 收到了好東西。

08 | ゆうこう【有効】

(形動) 有效的

例 有効(ゆうこう)に使(つか)う。

譯 有效地使用。

N2 ● 26-7

26-7 消費、費用 / 消費、費用

01 | かいけい【会計】

(副・自サ) 會計；付款，結帳

例 会計(かいけい)を済(す)ます。

譯 結帳。

02 | きんがく【金額】

㊔ 金額

例 金額(きんがく)が大(おお)きい。

譯 金額巨大。

03 | きんせん【金銭】
(名) 錢財，錢款；金幣
例 金銭に細かい。
譯 錙銖必較。

04 | こうか【硬貨】
(名) 硬幣，金屬貨幣
例 硬貨で支払う。
譯 以硬幣支付。

05 | こうきょう【公共】
(名) 公共
例 公共料金をカードで支払う。
譯 刷卡支付公共費用。

06 | しはらい【支払い】
(名・他サ) 付款，支付(金錢)
例 支払いを済ませる。
譯 付清。

07 | しはらう【支払う】
(他五) 支付，付款
例 料金を支払う。
譯 支付費用。

08 | しゅうきん【集金】
(名・自他サ) (水電、瓦斯等)收款，催收的錢
例 集金に回る。
譯 到各處去收款。

09 | つり【釣り】
(名) 釣，釣魚；找錢，找的錢
例 お釣りを渡す。
譯 找零。

10 | はぶく【省く】
(他五) 省，省略，精簡，簡化；節省
例 経費を省く。
譯 節省經費。

11 | はらいこむ【払い込む】
(他五) 繳納
例 税金を払い込む。
譯 繳納稅金。

12 | はらいもどす【払い戻す】
(他五) 退還(多餘的錢)，退費；(銀行)付還(存戶存款)
例 税金を払い戻す。
譯 退稅。

13 | ひよう【費用】
(名) 費用，開銷
例 費用を納める。
譯 繳納費用。

14 | ぶんたん【分担】
(名・他サ) 分擔
例 費用を分担する。
譯 分擔費用。

15 | めんぜい【免税】
(名・他サ・自サ) 免稅
例 空港の免税店で買い物する。
譯 在機場免稅店購物。

26-8 財産、金銭 /
財產、金錢

01 ｜うんよう【運用】
(名・他サ) 運用，活用
例 有効（ゆうこう）に運用（うんよう）する。
譯 有效的運用。

02 ｜げんきん【現金】
(名) (手頭的)現款，現金；(經濟的)現款，現金
例 現金（げんきん）で支払（しはら）う。
譯 以現金支付。

03 ｜こしらえる【拵える】
(他下一) 做，製造；捏造，虛構；化妝，打扮；籌措，填補
例 金（かね）をこしらえる。
譯 湊錢。

04 ｜こづかい【小遣い】
(名) 零用錢
例 小遣（こづか）いをあげる。
譯 給零用錢。

05 ｜ざいさん【財産】
(名) 財產；文化遺產
例 財産（ざいさん）を継（つ）ぐ。
譯 繼承財產。

06 ｜さつ【札】
(名・漢造) 紙幣，鈔票；(寫有字的)木牌，紙片；信件；門票，車票
例 お札（さつ）を数（かぞ）える。
譯 數鈔票。

07 ｜しへい【紙幣】
(名) 紙幣
例 1万円紙幣（まんえんしへい）を両替（りょうがえ）する。
譯 將萬元鈔票換掉(成小鈔)。

08 ｜しょうがくきん【奨学金】
(名) 獎學金，助學金
例 奨学金（しょうがくきん）をもらう。
譯 得到獎學金。

09 ｜ぜい【税】
(名・漢造) 税，税金
例 税（ぜい）がかかる。
譯 課稅。

10 ｜そうぞく【相続】
(名・他サ) 承繼(財產等)
例 財産（ざいさん）を相続（そうぞく）する。
譯 繼承財產。

11 ｜たいきん【大金】
(名) 巨額金錢，巨款
例 大金（たいきん）をつかむ。
譯 獲得巨款。

12 ｜ちょぞう【貯蔵】
(名・他サ) 儲藏
例 地下室（ちかしつ）に貯蔵（ちょぞう）する。
譯 儲放在地下室。

13 ｜ちょちく【貯蓄】
(名・他サ) 儲蓄
例 貯蓄（ちょちく）を始（はじ）める。
譯 開始儲蓄。

14 | つうか【通貨】

㊔ 通貨，(法定)貨幣

例 通貨(つうか)が流通(りゅうつう)する。

譯 貨幣流通。

15 | つうちょう【通帳】

㊔ (存款、賒帳等的)折子，帳簿

例 通帳(つうちょう)を記入(きにゅう)する。

譯 記入帳本。

16 | はさん【破産】

(名・自サ) 破產

例 破産(はさん)を宣告(せんこく)する。

譯 宣告破產。

N2 26-9

26-9 貧富 /

貧富

01 | えんじょ【援助】

(名・他サ) 援助，幫助

例 援助(えんじょ)を受(う)ける。

譯 接受援助。

02 | ききん【飢饉】

㊔ 飢饉，飢荒；缺乏，…荒

例 飢饉(ききん)に見舞(みま)われる。

譯 鬧飢荒。

03 | きふ【寄付】

(名・他サ) 捐贈，捐助，捐款

例 寄付(きふ)を募(つの)る。

譯 募捐。

04 | ごうか【豪華】

(形動) 奢華的，豪華的

例 豪華(ごうか)な衣装(いしょう)をもらった。

譯 收到奢華的服裝。

05 | さべつ【差別】

(名・他サ) 輕視，區別

例 差別(さべつ)が激(はげ)しい。

譯 差別極為明顯。

06 | ぜいたく【贅沢】

(名・形動) 奢侈，奢華，浪費，鋪張；過份要求，奢望

例 ぜいたくな暮(く)らしを送(おく)った。

譯 過著奢侈的生活。

07 | まずしい【貧しい】

㊋ (生活)貧窮的，窮困的；(經驗、才能的)貧乏，淺薄

例 貧(まず)しい家(いえ)に生(う)まれた。

譯 生於貧窮人家。

08 | めぐまれる【恵まれる】

(自下一) 得天獨厚，被賦予，受益，受到恩惠

例 恵(めぐ)まれた生活(せいかつ)をする。

譯 過著富裕的生活。

パート
27
第二十七章

政治

- 政治 -

N2 27-1

27-1 政治 /
政治

01 | あん【案】

㊔ 計畫，提案，意見；預想，意料

例 案(あん)を立(た)てる。

譯 草擬計畫。

02 | うちけす【打ち消す】

(他五) 否定，否認；熄滅，消除

例 事実(じじつ)を打(う)ち消(け)す。

譯 否定事實。

03 | おさめる【治める】

(他下一) 治理；鎮壓

例 国(くに)を治(おさ)める。

譯 治國。

04 | かいかく【改革】

(名・他サ) 改革

例 改革(かいかく)を進(すす)める。

譯 進行改革。

05 | かげ【陰】

㊔ 日陰，背影處；背面；背地裡，暗中

例 陰(かげ)で糸(いと)を引(ひ)く。

譯 暗中操縱。

06 | かんする【関する】

(自サ) 關於，與…有關

例 政治(せいじ)に関(かん)する問題(もんだい)を解決(かいけつ)する。

譯 解決有關政治問題。

07 | げんじょう【現状】

㊔ 現狀

例 現状(げんじょう)を維持(いじ)する。

譯 維持現狀。

08 | こっか【国家】

㊔ 國家

例 国家試験(こっかしけん)がある。

譯 有國家考試。

09 | さらに【更に】

㊖ 更加，更進一步；並且，還；再，重新；（下接否定）一點也不，絲毫不

例 更(さら)に事態(じたい)が悪化(あっか)する。

譯 事情更進一步惡化。

10 | じじょう【事情】

㊔ 狀況，內情，情形；（局外人所不知的）原因，緣故，理由

例 事情(じじょう)が変(か)わる。

譯 情況有所變化。

11 | じつげん【実現】
(名・自他サ) 實現
例 実現(じつげん)を望(のぞ)む。
譯 期望能實現。

12 | しゅぎ【主義】
㊔ 主義，信條；作風，行動方針
例 社会主義(しゃかいしゅぎ)の国(くに)が次々(つぎつぎ)に生(う)まれた。
譯 社會主義的國家一個接一個的誕生。

13 | ずのう【頭脳】
㊔ 頭腦，判斷力，智力；(團體的)決策部門，首腦機構，領導人
例 日本(にほん)の頭脳(ずのう)が挑(いど)んでいる。
譯 對日本人才進行挑戰。

14 | せいかい【政界】
㊔ 政界，政治舞台
例 政界(せいかい)の大物(おおもの)が集(あつ)まる。
譯 集結政界的大人物。

15 | せいふ【政府】
㊔ 政府；內閣，中央政府
例 ひき逃(に)げ事故(じこ)の被害者(ひがいしゃ)に政府(せいふ)が保障(ほしょう)する。
譯 政府會保障肇事逃逸事故的被害者。

16 | せんせい【専制】
㊔ 專制，獨裁；獨斷，專斷獨行
例 専制政治(せんせいせいじ)が倒(たお)れた。
譯 獨裁政治垮台了。

17 | だんかい【段階】
㊔ 梯子，台階，樓梯；階段，時期，步驟；等級，級別
例 面接(めんせつ)の段階(だんかい)に進(すす)む。
譯 來到面試的階段。

18 | デモ【demonstration】
㊔ 抗議行動
例 デモに参加(さんか)する。
譯 參加抗議活動。

19 | にらむ【睨む】
(他五) 瞪著眼看，怒目而視；盯著，注視，仔細觀察；估計，揣測，意料；盯上
例 情勢(じょうせい)を睨(にら)む。
譯 觀察情勢。

N2 ● 27-2

27-2 行政、公務員 /
行政、公務員

01 | こうむ【公務】
㊔ 公務，國家及行政機關的事務
例 公務員(こうむいん)になりたい。
譯 想當公務員。

02 | じち【自治】
㊔ 自治，地方自治
例 地方自治(ちほうじち)を守(まも)る。
譯 守護地方自治。

03 | じゅうてん【重点】
㊔ 重點(物)作用點
例 福祉(ふくし)に重点(じゅうてん)を置(お)いた。
譯 以福利為重點。

04 | じょじょに【徐々に】

㊖ 徐徐地，慢慢地，一點點；逐漸，漸漸

例 徐々に移行する。

譯 慢慢地轉移。

05 | せいど【制度】

㊔ 制度；規定

例 社会保障制度が完備する。

譯 完善的社會保障制度。

06 | ぜんたい【全体】

(名・副) 全身，整個身體；全體，總體；根本，本來；究竟，到底

例 全体に関わる問題。

譯 和全體有關的問題。

07 | ぞうだい【増大】

(名・自他サ) 增多，增大

例 予算が増大する。

譯 預算大幅增加。

08 | たいけい【体系】

㊔ 體系，系統

例 体系をたてる。

譯 建立體系。

09 | たいさく【対策】

㊔ 對策，應付方法

例 対策をたてる。

譯 制定對策。

10 | とうしょ【投書】

(名・他サ・自サ) 投書，信訪，匿名投書；(向報紙、雜誌)投稿

例 役所に投書する。

譯 向政府機關投書。

11 | ぼうし【防止】

(名・他サ) 防止

例 火災を防止する。

譯 防止火災。

12 | ほしょう【保証】

(名・他サ) 保証，擔保

例 生活が保証されている。

譯 生活有了保證。

13 | やく【役】

(名・漢造) 職務，官職；責任，任務，(負責的)職位；角色；使用，作用

例 役に就く。

譯 就職。

14 | やくにん【役人】

㊔ 官員，公務員

例 役人になる。

譯 成為公務員。

15 | よさん【予算】

㊔ 預算

例 予算を立てる。

譯 訂立預算。

16 | りんじ【臨時】

㊔ 臨時，暫時，特別

例 臨時に雇われる。

譯 臨時雇用。

27-3 議会、選挙 / 議會、選舉

01 | えんぜつ【演説】

(名・自サ) 演説

例 演説(えんぜつ)を行(おこな)う。

譯 舉行演説。

02 | かいごう【会合】

(名・自サ) 聚會，聚餐

例 会合(かいごう)を重(かさ)ねる。

譯 多次聚會。

03 | かけつ【可決】

(名・他サ) (提案等)通過

例 法案(ほうあん)が可決(かけつ)する。

譯 通過法案。

04 | かたむく【傾く】

(自五) 傾斜；有…的傾向；(日月)偏西；衰弱，衰微

例 賛成(さんせい)に傾(かたむ)く。

譯 傾向贊成。

05 | ぎかい【議会】

(名) 議會，國會

例 議会(ぎかい)を解散(かいさん)する。

譯 解散國會。

06 | きょうさん【共産】

(名) 共產；共產主義

例 共産党(きょうさんとう)が発表(はっぴょう)した。

譯 共產黨發表了。

07 | ぎろん【議論】

(名・他サ) 爭論，討論，辯論

例 議論(ぎろん)を交(か)わす。

譯 進行辯論。

08 | ぐたい【具体】

(名) 具體

例 具体例(ぐたいれい)を示(しめ)す。

譯 以具體的例子表示。

09 | けつろん【結論】

(名・自サ) 結論

例 結論(けつろん)が出(で)る。

譯 得出結論。

10 | こうしゅう【公衆】

(名) 公眾，公共，一般人

例 公衆(こうしゅう)の前(まえ)で演説(えんぜつ)する。

譯 在大眾面前演講。

11 | こうほ【候補】

(名) 候補，候補人；候選，候選人

例 候補(こうほ)に上(あ)がる。

譯 被提名為候補。

12 | こっかい【国会】

(名) 國會，議會

例 国会(こっかい)を解散(かいさん)する。

譯 解散國會。

13 | じっさい【実際】

(名・副) 實際；事實，真面目；確實，真的，實際上

じっさい　むずか
例 実際は難しい。

譯 實際上很困難。

14 | じつれい【実例】

(名) 實例

じつれい　あ
例 実例を挙げる。

譯 舉出實例。

15 | しゅちょう【主張】

(名・他サ) 主張，主見，論點

じ せつ　しゅちょう
例 自説を主張する。

譯 堅持己見。

16 | しょうにん【承認】

(名・他サ) 批准，認可，通過；同意；承認

しょうにん　もと
例 承認を求める。

譯 請求批准。

17 | せいとう【政党】

(名) 政黨

せいとうせい じ　てんかい
例 政党政治が展開される。

譯 展開政黨政治。

18 | せいりつ【成立】

(名・自サ) 產生，完成，實現；成立，組成；達成

よ さんあん　せいりつ
例 予算案が成立する。

譯 成立預算案。

19 | そうりだいじん【総理大臣】

(名) 總理大臣，首相

ないかくそう り だいじん　にんめい
例 内閣総理大臣に任命される。

譯 任命為首相。

20 | た【他】

(名・漢造) 其他，他人，別處，別的事物；他心二意；另外

た　れい　み
例 他に例を見ない。

譯 未見他例。

21 | だいじん【大臣】

(名) (政府)部長，大臣

だいじん　にんめい
例 大臣に任命される。

譯 任命為大臣。

22 | だいとうりょう【大統領】

(名) 總統

だいとうりょう　しゅうにん
例 大統領に就任する。

譯 就任總統。

23 | だいり【代理】

(名・他サ) 代理，代替；代理人，代表

だい り　しゅっせき
例 代理で出席する。

譯 以代理身份出席。

24 | たいりつ【対立】

(名・他サ) 對立，對峙

い けん　たいりつ
例 意見が対立する。

譯 意見相對立。

25 | ちからづよい【力強い】

㊎ 強而有力的；有信心的，有依仗的

例 力強い演説が魅力だった。

譯 有力的演説深具魅力。

26 | ちじ【知事】

㊔ 日本都、道、府、縣的首長

例 知事に報告する。

譯 向知事報告。

27 | とう【党】

(名・漢造) 鄉里；黨羽，同夥；黨，政黨

例 党の決定に従う。

譯 服從黨的決定。

28 | とういつ【統一】

(名・他サ) 統一，一致，一律

例 意見を統一する。

譯 統一意見。

29 | とうひょう【投票】

(名・自サ) 投票

例 投票に行く。

譯 去投票。

30 | とりいれる【取り入れる】

(他下一) 收穫，收割；收進，拿入；採用，引進，採納

例 提案を取り入れる。

譯 採用提案。

31 | とりけす【取り消す】

(他五) 取消，撤銷，作廢

例 発言を取り消す。

譯 撤銷發言。

32 | もうける【設ける】

(他下一) 預備，準備；設立，制定；生，得(子女)

例 席を設ける。

譯 準備酒宴。

33 | もと【元・基】

㊔ 起源，本源；基礎，根源；原料；原因；本店；出身；成本

例 元首相が出席する。

譯 前首相將出席。

N2 27-4

27-4 国際、外交 / 國際、外交

01 | がいこう【外交】

㊔ 外交；對外事務，外勤人員

例 外交関係を絶つ。

譯 斷絕外交關係。

02 | かっこく【各国】

㊔ 各國

例 各国の代表が集まる。

譯 各國代表齊聚。

03 | こんらん【混乱】

(名・自サ) 混亂

例 混乱が起こる。

譯 發生混亂。

04 | さいほう【再訪】

(名・他サ) 再訪，重遊

例 大阪(おおさか)を再訪(さいほう)する。

譯 重遊大阪。

05 | じたい【事態】

(名) 事態，情形，局勢

例 事態(じたい)が悪化(あっか)する。

譯 事態惡化。

06 | じっし【実施】

(名・他サ) (法律、計畫、制度的)實施，實行

例 実施(じっし)に移(うつ)す。

譯 付諸行動。

07 | しゅよう【主要】

(名・形動) 主要的

例 四(よっ)つの主要(しゅよう)な役割(やくわり)がある。

譯 有四個主要的任務。

08 | じょうきょう【状況】

(名) 狀況，情況

例 状況(じょうきょう)が変(か)わる。

譯 狀況有所改變。

09 | しょこく【諸国】

(名) 各國

例 アフリカ諸国(しょこく)を歴訪(れきほう)した。

譯 追訪非洲各國。

10 | しんこく【深刻】

(形動) 嚴重的，重大的，莊重的；意味深長的，發人省思的，尖銳的

例 深刻(しんこく)な問題(もんだい)を抱(かか)えている。

譯 存在嚴重的問題。

11 | じんしゅ【人種】

(名) 人種，種族；(某)一類人；(俗)(生活環境、愛好等不同的)階層

例 人種(じんしゅ)による偏見(へんけん)をなくす。

譯 消除種族歧視。

12 | ぜいかん【税関】

(名) 海關

例 税関(ぜいかん)の検査(けんさ)が厳(きび)しくなる。

譯 海關的檢查更加嚴格。

13 | たいせい【体制】

(名) 體制，結構；(統治者行使權力的)方式

例 厳戒体制(げんかいたいせい)をとる。

譯 實施嚴加戒備的體制。

14 | つうよう【通用】

(名・自サ) 通用，通行；兼用，兩用；(在一定期間內)通用，有效；通常使用

例 世界(せかい)に通用(つうよう)する。

譯 在世界通用。

15 | ととのう【整う】

(自五) 齊備，完整；整齊端正，協調；(協議等)達成，談妥

例 条件(じょうけん)が整(ととの)う。

譯 條件齊備。

16 | とんでもない

(連語・形) 出乎意料，不合情理；豈有此理，不可想像；(用在堅決的反駁或表示客套)哪裡的話

例 とんでもない要求（ようきゅう）をする。

譯 做無理的要求。

17 | ふり【不利】

(名・形動) 不利

例 不利（ふり）に陥（おちい）る。

譯 陷入不利。

18 | もとめる【求める】

(他下一) 想要，渴望，需要；謀求，探求；征求，要求；購買

例 協力（きょうりょく）を求（もと）める。

譯 尋求協助。

19 | もよおし【催し】

(名) 舉辦，主辦；集會，文化娛樂活動；預兆，兆頭

例 歓迎（かんげい）の催（もよお）しを開（ひら）く。

譯 舉行歡迎派對。

20 | ようきゅう【要求】

(名・他サ) 要求，需求

例 要求（ようきゅう）に応（おう）じる。

譯 回應要求。

21 | らいにち【来日】

(名・自サ) (外國人)來日本，到日本來

例 米大統領（べいだいとうりょう）が来日（らいにち）する。

譯 美國總統來訪日本。

22 | りょうじ【領事】

(名) 領事

例 日本領事（にほんりょうじ）が発行（はっこう）する。

譯 日本領事所發行。

23 | れんごう【連合】

(名・他サ・自サ) 聯合，團結；(心)聯想

例 国際連合（こくさいれんごう）を批判（ひはん）する。

譯 批評聯合國。

N2 ● 27-5

27-5 軍事 / 軍事

01 | あまい【甘い】

(形) 甜的；淡的；寬鬆，好説話；鈍，鬆動；藐視；天真的；樂觀的；淺薄的；愚蠢的

例 敵（てき）を甘（あま）く見（み）る。

譯 小看了敵人。

02 | えんしゅう【演習】

(名・自サ) 演習，實際練習；(大學內的)課堂討論，共同研究

例 軍事演習（ぐんじえんしゅう）を中止（ちゅうし）する。

譯 中止軍事演習。

03 | かいほう【解放】

(名・他サ) 解放，解除，擺脱

例 奴隷（どれい）を解放（かいほう）する。

譯 解放奴隸。

04 | きち【基地】

(名) 基地，根據地

例 基地（きち）を建設（けんせつ）する。

譯 建設基地。

05 | きょうか【強化】

(名・他サ) 強化，加強

例 警備(けいび)を強化(きょうか)する。

譯 加強警備。

06 | くだく【砕く】

(他五) 打碎，弄碎

例 敵(てき)の野望(やぼう)を砕(くだ)く。

譯 粉碎敵人的野心。

07 | くっつく【くっ付く】

(自五) 緊貼在一起，附著

例 敵方(てきがた)にくっつく。

譯 支持敵方。

08 | ぐん【軍】

(名) 軍隊；(軍隊編排單位)軍

例 軍(ぐん)を率(ひき)いる。

譯 率領軍隊。

09 | ぐんたい【軍隊】

(名) 軍隊

例 軍隊(ぐんたい)に入(はい)る。

譯 入伍當軍人。

10 | くんれん【訓練】

(名・他サ) 訓練

例 訓練(くんれん)を受(う)ける。

譯 接受訓練。

11 | こうげき【攻撃】

(名・他サ) 攻擊，進攻；抨擊，指責，責難；(棒球)擊球

例 攻撃(こうげき)を受(う)ける。

譯 遭到攻擊。

12 | ごうどう【合同】

(名・自他サ) 合併，聯合；(數)全等

例 二国(にこく)の軍隊(ぐんたい)が合同演習(ごうどうえんしゅう)を行(おこな)う。

譯 兩國的軍隊舉行聯合演習。

13 | ごうりゅう【合流】

(名・自サ) (河流)匯合，合流；聯合，合併

例 本隊(ほんたい)に合流(ごうりゅう)する。

譯 與主力部隊會合。

14 | サイレン【siren】

(名) 警笛，汽笛

例 サイレンを鳴(な)らす。

譯 鳴放警笛。

15 | じえい【自衛】

(名・他サ) 自衛

例 自衛手段(じえいしゅだん)をとる。

譯 採取自衛手段。

16 | しはい【支配】

(名・他サ) 指使，支配；統治，控制，管轄；決定，左右

例 支配(しはい)を受(う)ける。

譯 受到控制。

17 | しゅくしょう【縮小】

(名・他サ) 縮小

例 軍備(ぐんび)を縮小(しゅくしょう)する。

譯 裁減軍備。

18 | せめる【攻める】

(他下一) 攻，攻打

例 城(しろ)を攻(せ)める。

譯 攻打城池。

19 | せんすい【潜水】

(名・自サ) 潛水

例 潜水艦(せんすいかん)が水中(すいちゅう)を潜航(せんこう)する。

譯 潛水艇在水中潛行。

20 | たいせん【大戦】

(名・自サ) 大戰，大規模戰爭；世界大戰

例 第二次世界大戦(だいにじせかいたいせん)が勃発(ぼっぱつ)した。

譯 爆發第二次世界大戰。

21 | たたかい【戦い】

(名) 戰鬥，戰鬥；鬥爭；競賽，比賽

例 戦(たたか)いに勝(か)つ。

譯 打勝仗。

22 | たま【弾】

(名) 子彈

例 弾(たま)が当(あ)たる。

譯 中彈。

23 | ていこう【抵抗】

(名・自サ) 抵抗，抗拒，反抗；(物理)電阻，阻力；(產生)抗拒心理，不願接受

例 命令(めいれい)に抵抗(ていこう)する。

譯 違抗命令。

24 | てっぽう【鉄砲】

(名) 槍，步槍

例 鉄砲(てっぽう)を向(む)ける。

譯 舉槍瞄準。

25 | はっしゃ【発射】

(名・他サ) 發射(火箭、子彈等)

例 ロケットを発射(はっしゃ)する。

譯 發射火箭。

26 | ぶき【武器】

(名) 武器，兵器；(有利的)手段，武器

例 武器(ぶき)を捨(す)てる。

譯 放下武器。

27 | ほんぶ【本部】

(名) 本部，總部

例 本部(ほんぶ)の指令(しれい)に従(したが)う。

譯 遵照總部的指令。

パート
28
第二十八章

法律

- 法律 -

N2 28-1

28-1 規則 / 規則

01 | あてはまる【当てはまる】

自五 適用，適合，合適，恰當

例 条件に当てはまる。

譯 符合條件。

02 | あてはめる【当てはめる】

他下一 適用；應用

例 規則に当てはめる。

譯 適用規則。

03 | エチケット【etiquette】

名 禮節，禮儀，(社交)規矩

例 エチケットを守る。

譯 遵守社交禮儀。

04 | おこたる【怠る】

他五 怠慢，懶惰；疏忽，大意

例 注意を怠る。

譯 疏忽大意。

05 | かいせい【改正】

名・他サ 修正，改正

例 規則を改正する。

譯 修改規定。

06 | かいぜん【改善】

名・他サ 改善，改良，改進

例 改善を図る。

譯 謀求改善。

07 | ぎむ【義務】

名 義務

例 義務を果たす。

譯 履行義務。

08 | きょか【許可】

名・他サ 許可，批准

例 許可が出る。

譯 批准。

09 | きりつ【規律】

名 規則，紀律，規章

例 規律を守る。

譯 遵守紀律。

10 | けいしき【形式】

名 形式，樣式；方式

例 正当な形式をふむ。

譯 走正當程序。

11 | けいとう【系統】

名 系統，體系

例 系統を立てる。

譯 建立系統。

12 | けん【権】

名・漢造 權力；權限

例 兵馬(へいば)の権(けん)を握(にぎ)る。

譯 握有兵權。

13 | けんり【權利】

㊔ 權利

例 権利(けんり)を持(も)つ。

譯 具有權力。

14 | こうしき【公式】

(名・形動) 正式；(數)公式

例 公式(こうしき)に認(みと)める。

譯 正式承認。

15 | したがう【従う】

(自五) 跟隨；服從，遵從；按照；順著，沿著；隨著，伴隨

例 意向(いこう)にしたがう。

譯 按照意圖。

16 | つけくわえる【付け加える】

(他下一) 添加，附帶

例 説明(せつめい)を付(つ)け加(くわ)える。

譯 附帶說明。

17 | ふ【不】

(漢造) 不；壞；醜；笨

例 飲食不可(いんしょくふか)になる。

譯 不可食用。

18 | ふか【不可】

㊔ 不可，不行；(成績評定等級)不及格

例 可(か)もなく不可(ふか)もなし。

譯 不好不壞，普普通通。

19 | ほう【法】

(名・漢造) 法律；佛法；方法，作法；禮節；道理

例 法(ほう)に従(したが)う。

譯 依法。

20 | モデル【model】

㊔ 模型；榜樣，典型，模範；(文學作品中)典型人物，原型；模特兒

例 モデルにする。

譯 作為原型。

21 | もとづく【基づく】

(自五) 根據，按照；由…而來，因為，起因

例 規則(きそく)に基(もと)づく。

譯 根據規則。

N2 ● 28-2

28-2 法律 /
法律

01 | いはん【違反】

(名・自サ) 違反，違犯

例 交通違反(こうつういはん)に問(と)われる。

譯 被控違反交通規則。

02 | きる【斬る】

(他五) 砍；切

例 人(ひと)を斬(き)る。

譯 砍人。

03 | けいこく【警告】

(名・他サ) 警告

例 警告(けいこく)を受(う)ける。

譯 受到警告。

04 | けんぽう【憲法】

㊔ 憲法

例 憲法(けんぽう)に違反(いはん)する。

譯 違反憲法。

05 | しょうじる【生じる】

(自他サ) 生，長；出生，產生；發生；出現

例 義務(ぎむ)が生(しょう)じる。

譯 具有義務。

06 | てきよう【適用】

(名・他サ) 適用，應用

例 法律(ほうりつ)に適用(てきよう)しない。

譯 不適用於法律。

N2 ◉ 28-3

28-3 犯罪 / 犯罪

01 | あやまり【誤り】

㊔ 錯誤

例 誤(あやま)りを犯(おか)す。

譯 犯錯。

02 | あやまる【誤る】

(自五・他五) 錯誤，弄錯；耽誤

例 道(みち)を誤(あやま)る。

譯 走錯路。

03 | いっち【一致】

(名・自サ) 一致，相符

例 指紋(しもん)が一致(いっち)する。

譯 指紋相符。

04 | うったえる【訴える】

(他下一) 控告，控訴，申訴；求助於；使…感動，打動

例 警察(けいさつ)に訴(うった)える。

譯 向警察控告。

05 | うばう【奪う】

(他五) 剝奪；強烈吸引；除去

例 命(いのち)を奪(うば)う。

譯 奪去性命。

06 | おおよそ【大凡】

㊓ 大體，大概，一般；大約，差不多

例 事件(じけん)のおおよそを知(し)る。

譯 得知事件的大致狀況。

07 | きせる【着せる】

(他下一) 給穿上(衣服)；鍍上；嫁禍，加罪

例 罪(つみ)を着(き)せる。

譯 嫁禍罪名。

08 | げんじゅう【厳重】

(形動) 嚴重的，嚴格的，嚴厲的

例 厳重(げんじゅう)に取(と)り締(し)まる。

譯 嚴格取締。

09 | ごうとう【強盗】

㊔ 強盜；行搶

例 強盗(ごうとう)を働(はたら)く。

譯 行搶。

10 | こっそり

㊓ 悄悄地，偷偷地，暗暗地

例 こっそりと忍(しの)び込(こ)む。

譯 悄悄地進入。

11 | じりき【自力】

㊔ 憑自己的力量

例 自力で逃げ出す。

譯 自行逃脫。

12 | しんにゅう【侵入】

(名・自サ) 浸入，侵略；(非法)闖入

例 賊が侵入する。

譯 盜賊入侵。

13 | せまる【迫る】

(自五・他五) 強迫，逼迫；臨近，迫近；變狹窄，縮短；陷於困境，窘困

例 危険が迫る。

譯 危險迫近。

14 | たいほ【逮捕】

(名・他サ) 逮捕，拘捕，捉拿

例 現行犯で逮捕する。

譯 以現行犯加以逮捕。

15 | つながり【繋がり】

(名) 相連，相關；系列；關係，聯繫

例 繋がりを調べる。

譯 調查關係。

16 | つみ【罪】

(名・形動) (法律上的)犯罪；(宗教上的)罪惡，罪孽；(道德上的)罪責，罪過

例 罪を償う。

譯 贖罪。

17 | どうか

(副) (請求他人時)請；設法，想辦法；(情況)和平時不一樣，不正常；(表示不確定的疑問，多用かどうか)是…還是怎麼樣

例 どうか見逃してください。

譯 請原諒我。

18 | とうなん【盗難】

(名) 失竊，被盜

例 盗難に遭う。

譯 遭竊。

19 | とらえる【捕らえる】

(他下一) 捕捉，逮捕；緊緊抓住；捕捉，掌握；令陷入…狀態

例 犯人を捕らえる。

譯 抓住犯人。

20 | はんざい【犯罪】

(名) 犯罪

例 犯罪を犯す。

譯 犯罪。

21 | ピストル【pistol】

(名) 手槍

例 ピストルで撃つ。

譯 用手槍打。

22 | ぶっそう【物騒】

(名・形動) 騷亂不安，不安定；危險

例 物騒な世の中だ。

譯 騷亂的世間。

23 | ぼうはん【防犯】

(名) 防止犯罪

例 防犯に協力する。

譯 齊心協力防止犯罪。

24 | みぜん【未然】

(名) 尚未發生

例 未然に防ぐ。

譯 防患未然。

25 ｜みとめる【認める】

(他下一) 看出，看到；認識，賞識，器重；承認；斷定，認為；許可，同意

例 彼の犯行と認める。

譯 確認他的犯罪行為。

26 ｜やっつける【遣っ付ける】

(他下一) （俗）幹完（工作等，「やる」的強調表現）；教訓一頓；幹掉；打敗，擊敗

例 一撃で遣っ付ける。

譯 一拳就把對方擊敗了。

27 ｜ゆくえ【行方】

(名) 去向，目的地；下落，行蹤；前途，將來

例 行方を探す。

譯 搜尋行蹤。

28 ｜ゆくえふめい【行方不明】

(名) 下落不明

例 行方不明になる。

譯 下落不明。

29 ｜ようそ【要素】

(名) 要素，因素；（理、化）要素，因子

例 犯罪要素を構成する。

譯 構成犯罪的要素。

N2 ● 28-4

28-4 裁判、刑罰 /
判決、審判、刑罰

01 ｜かしつ【過失】

(名) 過錯，過失

例 （重大な）過失を犯す。

譯 犯下（重大）過錯。

02 ｜けいじ【刑事】

(名) 刑事；刑事警察

例 刑事責任を問われる。

譯 被追究刑事責任。

03 ｜こうせい【公正】

(名・形動) 公正，公允，不偏

例 公正な立場に立つ。

譯 站在公正的立場上。

04 ｜こうへい【公平】

(名・形動) 公平，公道

例 公平に扱う。

譯 公平對待。

05 ｜さいばん【裁判】

(名・他サ) 裁判，評斷，判斷；（法）審判，審理

例 裁判を受ける。

譯 接受審判。

06 ｜しきりに【頻りに】

(副) 頻繁地，再三地，屢次；不斷地，一直地；熱心，強烈

例 警笛がしきりに鳴る。

譯 警笛不停地響。

07 ｜じじつ【事実】

(名) 事實；（作副詞用）實際上

例 事実を認める。

譯 承認事實。

08 ｜しじゅう【始終】

(名・副) 開頭和結尾；自始至終；經常，不斷，總是

例 事件の始終を語る。

譯 敘述事件的始末。

09 ｜しだい【次第】

(名・接尾) 順序，次序；依序，依次；經過，緣由；任憑，取決於

例 事の次第を話す。

譯 敘述事情的經過。

10 ｜しょり【処理】

(名・他サ) 處理，處置，辦理

例 処理を頼む。

譯 委託處理。

11 ｜しんぱん【審判】

(名・他サ) 審判，審理，判決；(體育比賽等的)裁判；(上帝的)審判

例 審判が下る。

譯 作出判決。

12 ｜ぜんしん【前進】

(名・他サ) 前進

例 解決に向けて一歩前進する。

譯 朝解決方向前進一步。

13 ｜ていしゅつ【提出】

(名・他サ) 提出，交出，提供

例 証拠物件を提出する。

譯 提出證物。

14 ｜とくしゅ【特殊】

(名・形動) 特殊，特別

例 特殊なケース。

譯 特殊的案子。

15 ｜ばつ【罰】

(名・漢造) 懲罰，處罰

例 罰を受ける。

譯 遭受報應。

16 ｜ばっする【罰する】

(他サ) 處罰，處分，責罰；(法)定罪，判罪

例 違反者を罰する。

譯 處分違反者。

17 ｜ひ【非】

(名・漢造) 非，不是

例 非を認める。

譯 認錯。

パート
29
第二十九章

心理、感情

- 心理、感情 -

N2 ⊙ 29-1(1)

29-1 心 (1) / 心、內心 (1)

01 | あきれる【呆れる】

(自下一) 吃驚，愕然，嚇呆，發愣

例 呆(あき)れて物(もの)が言(い)えない。

譯 嚇得說不出話來。

02 | あつい【熱い】

(形) 熱的，燙的；熱情的，熱烈的

例 熱(あつ)いものがこみあげてくる。

譯 激起一股熱情。

03 | うえる【飢える】

(自下一) 飢餓，渴望

例 愛情(あいじょう)に飢(う)える。

譯 渴望愛情。

04 | うたがう【疑う】

(他五) 懷疑，疑惑，不相信，猜測

例 目(め)を疑(うたが)う。

譯 感到懷疑。

05 | うやまう【敬う】

(他五) 尊敬

例 師(し)を敬(うやま)う。

譯 尊師。

06 | うらやむ【羨む】

(他五) 羨慕，嫉妒

例 人(ひと)を羨(うらや)む。

譯 羨慕別人。

07 | うん【運】

(名) 命運，運氣

例 運(うん)がいい。

譯 運氣好。

08 | おしい【惜しい】

(形) 遺憾；可惜的，捨不得；珍惜

例 時間(じかん)が惜(お)しい。

譯 珍惜時間。

09 | おもいこむ【思い込む】

(自五) 確信不疑，深信；下決心

例 できないと思(おも)い込(こ)む。

譯 一直認為無法達成。

10 | おもいやり【思い遣り】

(名) 同情心，體貼

例 思(おも)い遣(や)りのある言葉(ことば)だ。

譯 富有同情心的話語。

11 | かくご【覚悟】

(名・自他サ) 精神準備，決心；覺悟

例 覚悟(かくご)を決(き)める。
譯 堅定決心。

12 | がっかり

(副・自サ) 失望，灰心喪氣；筋疲力盡
例 がっかりさせる。
譯 令人失望。

13 | かん【感】

(名・漢造) 感覺，感動；感
例 隔世(かくせい)の感(かん)がある。
譯 有恍如隔世的感覺。

14 | かんかく【感覚】

(名・他サ) 感覺
例 感覚(かんかく)が鋭(するど)い。
譯 感覺敏銳。

15 | かんげき【感激】

(名・自サ) 感激，感動
例 感激(かんげき)を与(あた)える。
譯 使人感慨。

16 | かんじ【感じ】

(名) 知覺，感覺；印象
例 感(かん)じがいい。
譯 感覺良好。

17 | かんじょう【感情】

(名) 感情，情緒
例 感情(かんじょう)を抑(おさ)える。
譯 壓抑情緒。

18 | かんしん【関心】

(名) 關心，感興趣
例 関心(かんしん)を持(も)つ。
譯 關心，感興趣。

19 | きがする【気がする】

(慣) 好像；有心
例 見(み)たことがあるような気(き)がする。
譯 好像有看過。

20 | きたい【期待】

(名・他サ) 期待，期望，指望
例 期待(きたい)を裏切(うらぎ)る。
譯 違背期望。

21 | きにする【気にする】

(慣) 介意，在乎
例 失敗(しっぱい)を気(き)にする。
譯 對失敗耿耿於懷。

22 | きになる【気になる】

(慣) 擔心，放心不下
例 外(そと)の音(おと)が気(き)になる。
譯 在意外面的聲音。

23 | きのどく【気の毒】

(名・形動) 可憐的，可悲；可惜，遺憾；過意不去，對不起
例 気(き)の毒(どく)な境遇(きょうぐう)にあった。
譯 遭逢悲慘的處境。

24 | きぶんてんかん【気分転換】

(連語・名) 轉換心情

例 気分転換に散歩に出る。

譯 出門散步換個心情。

25 | きらく【気楽】

(名・形動) 輕鬆，安閒，無所顧慮

例 気楽に暮らす。

譯 悠閒度日。

26 | くうそう【空想】

(名・他サ) 空想，幻想

例 空想にふける。

譯 沈溺於幻想。

27 | くるう【狂う】

(自五) 發狂，發瘋，失常，不準確，有毛病；落空，錯誤；過度著迷，沉迷

例 気が狂う。

譯 發瘋。

28 | こいしい【恋しい】

(形) 思慕的，眷戀的，懷戀的

例 ふるさとが恋しい。

譯 思念故鄉。

29 | こううん【幸運】

(名・形動) 幸運，僥倖

例 幸運をつかむ。

譯 抓住機遇。

30 | こうきしん【好奇心】

(名) 好奇心

例 好奇心が強い。

譯 好奇心很強。

N2 29-1(2)

29-1 心 (2) /

心、內心 (2)

31 | こころあたり【心当たり】

(名) 想像，(估計、猜想)得到；線索，苗頭

例 心当たりがある。

譯 有線索。

32 | こらえる【堪える】

(他下一) 忍耐，忍受；忍住，抑制住；容忍，寬恕

例 怒りをこらえる。

譯 忍住怒火。

33 | さいわい【幸い】

(名・形動・副) 幸運，幸福；幸虧，好在；對…有幫助，對…有利，起好影響

例 不幸中の幸い。

譯 不幸中的大幸。

34 | しかたがない【仕方がない】

(連語) 沒有辦法；沒有用處，無濟於事，迫不得已；受不了，…得不得了；不像話

例 仕方がないと思う。

譯 覺得沒有辦法。

35 | じっかん【実感】

(名・他サ) 真實感，確實感覺到；真實的感情

例 実感がない。

譯 沒有真實感。

36 | しみじみ

副 痛切，深切地；親密，懇切；仔細，認真的

例 しみじみと感(かん)じる。

譯 痛切地感受到。

37 | しめた【占めた】

連語・感 (俗)太好了，好極了，正中下懷

例 しめたと思(おも)う。

譯 心想太好了。

38 | しんけん【真剣】

名・形動 真刀，真劍；認真，正經

例 真剣(しんけん)に考(かんが)える。

譯 認真的思考。

39 | しんじゅう【心中】

名・自サ (古)守信義；(相愛男女因不能在一起而感到悲哀)一同自殺，殉情；(轉)兩人以上同時自殺

例 無理心中(むりしんじゅう)を図(はか)る。

譯 企圖強迫對方殉情。

40 | しんり【心理】

名 心理

例 顧客(こきゃく)の心理(しんり)をつかむ。

譯 抓住顧客心理。

41 | すむ【澄む】

自五 清澈；澄清；晶瑩，光亮；(聲音)清脆悅耳；清靜，寧靜

例 心(こころ)が澄(す)む。

譯 心情平靜。

42 | ずるい

形 狡猾，奸詐，耍滑頭，花言巧語

例 ずるい手(て)を使(つか)う。

譯 使用奸詐手段。

43 | せいしん【精神】

名 (人的)精神，心；心神，精力，意志；思想，心意；(事物的)根本精神

例 精神(せいしん)が強(つよ)い。

譯 意志堅強。

44 | ぜん【善】

名・漢造 好事，善行；善良；優秀，卓越；妥善，擅長；關係良好

例 善(ぜん)は急(いそ)げ。

譯 好事不宜遲。

45 | たいした【大した】

連體 非常的，了不起的；(下接否定詞)沒什麼了不起，不怎麼樣

例 たいしたことはない。

譯 沒什麼大不了的事。

46 | たいして【大して】

副 (一般下接否定語)並不太…，並不怎麼

例 たいして面白(おもしろ)くない。

譯 並不太有趣。

47 | たまらない【堪らない】

連語・形 難堪，忍受不了；難以形容，…的不得了；按耐不住

例 たまらなく好(す)きだ。

譯 喜歡得不得了。

48 | ためらう【躊躇う】

(自五) 猶豫，躊躇，遲疑，踟躕不前

例 ためらわずに実行する。

譯 毫不猶豫地實行。

49 | ちかう【誓う】

(他五) 發誓，起誓，宣誓

例 神に誓う。

譯 對神發誓。

50 | とがる【尖る】

(自五) 尖；發怒；神經過敏，神經緊張

例 神経が尖る。

譯 神經緊張。

51 | なんとなく【何となく】

(副) (不知為何)總覺得，不由得；無意中

例 何となく心が引かれる。

譯 不由自主地被吸引。

52 | なんとも

(副・連) 真的，實在；(下接否定，表無關緊要)沒關係，沒什麼；(下接否定)怎麼也不…

例 結果はなんとも言えない。

譯 結果還不能確定。

53 | ねがい【願い】

(名) 願望，心願；請求，請願；申請書，請願書

例 願いを聞き入れる。

譯 如願所償。

54 | ふくらます【膨らます】

(他五) (使)弄鼓，吹鼓

例 胸を膨らます。

譯 鼓起胸膛；充滿希望。

55 | めんどうくさい【面倒臭い】

(形) 非常麻煩，極其費事的

例 面倒くさい問題を排除する。

譯 排除棘手的問題。

56 | ゆだん【油断】

(名・自サ) 缺乏警惕，疏忽大意

例 油断してしくじる。

譯 因大意而失敗了。

N2 ● 29-2

29-2 意志 /

意志

01 | あきらめる【諦める】

(他下一) 死心，放棄；想開

例 諦めきれない。

譯 不放棄。

02 | あくまで(も)【飽くまで(も)】

(副) 徹底，到底

例 あくまで頑張る。

譯 堅持努力到底。

03 | あらた【新た】

(形動) 重新；新的，新鮮的

例 決意を新たにする。

譯 重下決心。

04 | あらためる【改める】

(他下一) 改正，修正，革新；檢查

例 行いを改める。

譯 改正行為。

05 | いき【意気】

(名) 意氣，氣概，氣勢，氣魄

例 意気投合する。

譯 意氣相投。

06 | いし【意志】

(名) 意志，志向，心意

例 意志が弱い。

譯 意志薄弱。

07 | おいかける【追い掛ける】

(他下一) 追趕；緊接著

例 流行を追いかける。

譯 追求流行。

08 | おう【追う】

(他五) 追；趕走；逼催，忙於；趨趕；追求；遵循，按照

例 理想を追う。

譯 追尋理想。

09 | おくる【贈る】

(他五) 贈送，餽贈；授與，贈給

例 記念品を贈る。

譯 贈送紀念品。

10 | おもいっきり【思いっ切り】

(副) 死心；下決心；狠狠地，徹底的

例 思いっきり悪口を言う。

譯 痛罵一番。

11 | きをつける【気を付ける】

(慣) 當心，留意

例 忘れ物をしないように気を付ける。

譯 注意有無遺忘物品。

12 | けっしん【決心】

(名・自他サ) 決心，決意

例 決心がつく。

譯 下定決心。

13 | さっさと

(副) (毫不猶豫、毫不耽擱時間地) 趕緊地，痛快地，迅速地

例 さっさと帰る。

譯 趕快回去。

14 | さっそく【早速】

(副) 立刻，馬上，火速，趕緊

例 早速とりかかる。

譯 火速處理。

15 | しゅうちゅう【集中】

(名・自他サ) 集中；作品集

例 精神を集中する。

譯 集中精神。

16 | すくう【救う】

(他五) 拯救，搭救，救援，解救；救濟，賑災；挽救

例 信仰に救われる。

譯 因信仰得到救贖。

17 | せいぜい【精々】

㊣ 盡量，盡可能；最大限度，充其量

例 精々（せいぜい）頑張（がんば）る。

譯 盡最大努力。

18 | せめる【責める】

(他下一) 責備，責問；苛責，折磨，摧殘；嚴加催討；馴服馬匹

例 失敗（しっぱい）を責（せ）める。

譯 責備失敗。

19 | つねに【常に】

㊣ 時常，經常，總是

例 常（つね）に一貫（いっかん）している。

譯 總是貫徹到底。

20 | なす【為す】

(他五) (文)做，為

例 善（ぜん）を為（な）す。

譯 為善。

21 | ねがう【願う】

(他五) 請求，請願，懇求；願望，希望；祈禱，許願

例 復興（ふっこう）を願（ねが）う。

譯 祈禱能復興。

22 | のぞみ【望み】

㊔ 希望，願望，期望；抱負，志向；眾望

例 望（のぞ）みが叶（かな）う。

譯 實現願望。

23 | はいけん【拝見】

(名・他サ) (「みる」的自謙語)看，瞻仰

例 お宝（たから）を拝見（はいけん）しましょう。

譯 讓我們看看您收藏的珍寶吧！

24 | はりきる【張り切る】

(自五) 拉緊；緊張，幹勁十足，精神百倍

例 張（は）り切（き）って働（はたら）く。

譯 幹勁十足地工作。

25 | ひっし【必死】

(名・形動) 必死；拼命，殊死

例 必死（ひっし）に逃（に）げる。

譯 拼命逃走。

26 | ふきとばす【吹き飛ばす】

(他五) 吹跑；吹牛；趕走

例 迷（まよ）いを吹（ふ）き飛（と）ばす。

譯 拋開迷惘。

27 | みずから【自ら】

(代・名・副) 我；自己，自身；親身，親自

例 自（みずか）らを省（かえり）みる。

譯 反省自己。

28 | もくひょう【目標】

㊔ 目標，指標

例 目標（もくひょう）とする。

譯 作為目標。

29-3 好き、嫌い / 喜歡、討厭

01 | あいじょう【愛情】

(名) 愛，愛情

例 愛情を持つ。

譯 有熱情。

02 | あいする【愛する】

(他サ) 愛，愛慕；喜愛，有愛情，疼愛，愛護；喜好

例 あなたを愛している。

譯 愛著你。

03 | あこがれる【憧れる】

(自下一) 嚮往，憧憬，愛慕；眷戀

例 スターに憧れる。

譯 崇拜明星偶像。

04 | いやがる【嫌がる】

(他五) 討厭，不願意，逃避

例 嫌がる相手がいる。

譯 我有厭惡的對象。

05 | うらぎる【裏切る】

(他五) 背叛，出賣，通敵；辜負，違背

例 期待を裏切る。

譯 辜負期待。

06 | かかえる【抱える】

(他下一) (雙手)抱著，夾(在腋下)；擔當，負擔；雇佣

例 頭を抱える。

譯 抱頭(思考或發愁等)。

07 | きにいる【気に入る】

(連語) 稱心如意，喜歡，寵愛

例 プレゼントを気に入る。

譯 喜歡禮物。

08 | きらう【嫌う】

(他五) 嫌惡，厭惡；憎惡；區別

例 世間から嫌われる。

譯 被世間所厭惡。

09 | こい【恋】

(名・自他サ) 戀，戀愛；眷戀

例 恋に落ちる。

譯 墜入愛河。

10 | このみ【好み】

(名) 愛好，喜歡，願意

例 好みに合う。

譯 合口味。

11 | このむ【好む】

(他五) 愛好，喜歡，願意；挑選，希望；流行，時尚

例 甘いものを好む。

譯 喜愛甜食。

12 | しつれん【失恋】

(名・自サ) 失戀

例 失恋して落ち込む。

譯 因失戀而消沉。

13 | すききらい【好き嫌い】

(名) 好惡，喜好和厭惡；挑肥揀瘦，挑剔

例 好(す)き嫌(きら)いの激(はげ)しい性格(せいかく)。

譯 好惡分明的激烈性格。

14 | すきずき【好き好き】

(名・副・自サ) (各人)喜好不同，不同的喜好

例 蓼食(たでく)う虫(むし)も好(す)き好(ず)き。

譯 人各有所好。

15 | ひにく【皮肉】

(名・形動) 皮和肉；挖苦，諷刺，冷嘲熱諷；令人啼笑皆非

例 皮肉(ひにく)に聞(き)こえる。

譯 聽起來帶諷刺味。

16 | ひはん【批判】

(名・他サ) 批評，批判，評論

例 批判(ひはん)を受(う)ける。

譯 受到批評。

17 | ひひょう【批評】

(名・他サ) 批評，批論

例 批評(ひひょう)を受(う)け止(と)める。

譯 接受批評。

18 | ふへい【不平】

(名・形動) 不平，不滿意，牢騷

例 不平(ふへい)を言(い)う。

譯 發牢騷。

29-4 悲しみ、苦しみ / 悲傷、痛苦

01 | あわれ【哀れ】

(名・形動) 可憐，憐憫；悲哀，哀愁；情趣，風韻

例 哀(あわ)れなやつだ。

譯 可憐的傢伙。

02 | いきなり

(副) 突然，冷不防，馬上就…

例 いきなり泣(な)き出(だ)す。

譯 突然哭了起來。

03 | うかべる【浮かべる】

(他下一) 浮，泛；露出；想起

例 涙(なみだ)を浮(う)かべる。

譯 熱淚盈眶。

04 | うく【浮く】

(自五) 飄浮；動搖，鬆動；高興，愉快；結餘，剩餘；輕薄

例 浮(う)かない顔(かお)をしている。

譯 一副陰沈的臉。

05 | かなしむ【悲しむ】

(他五) 感到悲傷，痛心，可歎

例 別(わか)れを悲(かな)しむ。

譯 為離別感傷。

06 | かわいそう【可哀相・可哀想】

(形動) 可憐

例 かわいそうな子(こ)が増(ふ)える。

譯 可憐的小孩增多。

07｜きつい

㊏ 嚴厲的，嚴苛的；剛強，要強；緊的，瘦小的；強烈的；累人的，費力的

例 仕事がきつい。

譯 費力的工作。

08｜くしん【苦心】

(名・自サ) 苦心，費心

例 苦心が実る。

譯 苦心總算得到成果。

09｜くたびれる【草臥れる】

(自下一) 疲勞，疲乏

例 人生にくたびれる。

譯 對人生感到疲乏。

10｜くつう【苦痛】

㊔ 痛苦

例 苦痛を感じる。

譯 感到痛苦。

11｜くるしい【苦しい】

㊏ 艱苦；困難；難過；勉強

例 家計が苦しい。

譯 生活艱苦。

12｜くるしむ【苦しむ】

(自五) 感到痛苦，感到難受

例 理解に苦しむ。

譯 難以理解。

13｜くろう【苦労】

(名・形動・自サ) 辛苦，辛勞

例 苦労をかける。

譯 讓…擔心。

14｜こんなん【困難】

(名・形動) 困難，困境；窮困

例 困難に打ち勝つ。

譯 克服困難。

15｜しつぼう【失望】

(名・他サ) 失望

例 失望を禁じえない。

譯 感到非常失望。

16｜つきあたる【突き当たる】

(自五) 撞上，碰上；走到道路的盡頭；(轉)遇上，碰到(問題)

例 厚い壁に突き当たる。

譯 撞上厚牆。

17｜つらい【辛い】

(形・接尾) 痛苦的，難受的，吃不消；刻薄的，殘酷的；難…，不便…

例 言い辛い話を伝えた。

譯 說出難以啟齒的話。

18｜なぐさめる【慰める】

(他下一) 安慰，慰問；使舒暢；慰勞，撫慰

例 心を慰める。

譯 安撫情緒。

19｜ひげき【悲劇】

㊔ 悲劇

例 悲劇が重なる。

譯 悲劇接連發生。

20 ｜ふうん【不運】

(名・形動) 運氣不好的，倒楣的，不幸的

例 不運(ふうん)に見舞(みま)われる。

譯 遭到不幸，倒楣。

21 ｜ます【増す】

(自五・他五) (數量)增加，增長，增多；(程度)增進，增高；勝過，變的更甚

例 不安(ふあん)が増(ま)す。

譯 更為不安。

22 ｜みじめ【惨め】

(形動) 悽慘，慘痛

例 惨(みじ)めな生活(せいかつ)を送(おく)る。

譯 過著悲慘的生活。

N2 ⦿ 29-5

29-5 驚き、恐れ、怒り / 驚懼、害怕、憤怒

01 ｜あばれる【暴れる】

(自下一) 胡鬧；放蕩，橫衝直撞

例 大(おお)いに暴(あば)れる。

譯 橫衝直撞。

02 ｜あやうい【危うい】

(形) 危險的；令人擔憂，靠不住

例 危(あや)ういところを助(たす)かる。

譯 在危急之際得救了。

03 ｜えらい【偉い】

(形) 偉大，卓越，了不起；(地位)高，(身分)高貴；(出乎意料)嚴重

例 えらい目(め)にあった。

譯 吃了苦頭。

04 ｜おそれる【恐れる】

(自下一) 害怕，恐懼；擔心

例 恐(おそ)れるものがない。

譯 天不怕地不怕。

05 ｜おそろしい【恐ろしい】

(形) 可怕；驚人，非常，厲害

例 恐(おそ)ろしい経験(けいけん)をした。

譯 經歷了恐怖的經驗。

06 ｜おどかす【脅かす】

(他五) 威脅，逼迫；嚇唬

例 脅(おど)かさないで。

譯 別逼迫我。

07 ｜おどろかす【驚かす】

(他五) 使吃驚，驚動；嚇唬；驚喜；使驚覺

例 世間(せけん)を驚(おどろ)かす。

譯 震驚世人。

08 ｜おもいがけない【思い掛けない】

(形) 意想不到的，偶然的，意外的

例 思(おも)いがけない出来事(できごと)に巻(ま)き込(こ)まれる。

譯 被卷入意想不到的事。

09 ｜きみがわるい【気味が悪い】

(形) 毛骨悚然的；令人不快的

例 気味(きみ)が悪(わる)い夢(ゆめ)を見(み)た。

譯 夢到可怕的夢。

10 | きみょう【奇妙】

(形動) 奇怪，出奇，奇異，奇妙

例 奇妙(きみょう)な現象(げんしょう)に驚(おどろ)く。

譯 對奇怪的現象感到驚訝。

11 | きょうふ【恐怖】

(名・自サ) 恐怖，害怕

例 恐怖(きょうふ)に襲(おそ)われる。

譯 感到害怕、恐怖。

12 | ぐうぜん【偶然】

(名・形動・副) 偶然，偶而；(哲)偶然性

例 偶然(ぐうぜん)の一致(いっち)が起(お)きている。

譯 發生偶然的一致。

13 | くじょう【苦情】

(名) 不平，抱怨

例 苦情(くじょう)を訴(うった)える。

譯 抱怨。

14 | くだらない【下らない】

(連語・形) 無價值，無聊，不下於…

例 くだらない冗談(じょうだん)はやめろ。

譯 別淨說些無聊的笑話。

15 | こうけい【光景】

(名) 景象，情況，場面，樣子

例 恐(おそ)ろしい光景(こうけい)を見(み)てしまった。

譯 遭遇恐怖的情景。

16 | ごめん【御免】

(名・感) 原諒；表拒絕

例 御免(ごめん)なさい。

譯 對不起。

17 | こわがる【怖がる】

(自五) 害怕

例 お化(ば)けを怖(こわ)がる。

譯 懼怕妖怪。

18 | さいなん【災難】

(名) 災難，災禍

例 災難(さいなん)に遭(あ)う。

譯 遭遇災難。

19 | しまった

(連語・感) 糟糕，完了

例 しまったと気付(きづ)く。

譯 發現糟糕了。

20 | てんかい【展開】

(名・他サ・自サ) 開展，打開；展現；進展；(隊形)散開

例 思(おも)わぬ方向(ほうこう)に展開(てんかい)した。

譯 向意想不到的方向發展。

21 | どなる【怒鳴る】

(自五) 大聲喊叫，大聲申訴

例 上司(じょうし)に怒鳴(どな)られた。

譯 被上司罵。

22 | なんで【何で】

(副) 為什麼，何故

例 何(なん)で文句(もんく)ばかりいうんだ。

譯 為什麼老愛發牢騷？

23 | にくい【憎い】

㊒ 可憎，可惡；(說反話)漂亮，令人佩服

例 冷酷な犯人が憎い。

譯 冷酷的犯人真可恨。

24 | にくむ【憎む】

(他五) 憎恨，厭惡；嫉妒

例 戦争を憎む。

譯 憎恨戰爭。

25 | のぞく【除く】

(他五) 消除，刪除，除外，剷除；除了…，…除外；殺死

例 不安を除く。

譯 消除不安。

26 | はんぱつ【反発】

(名・他サ・自サ) 回彈，排斥；拒絕，不接受；反攻，反抗

例 反発を買う。

譯 遭到反對。

27 | びっくり

(副・自サ) 吃驚，嚇一跳

例 ニュースを聞いてびっくりした。

譯 看到新聞嚇了一跳。

28 | まねく【招く】

(他五) (搖手、點頭)招呼；招待，宴請；招聘，聘請；招惹，招致

例 災いを招く。

譯 惹禍。

29 | みょう【妙】

(名・形動・漢造) 奇怪的，異常的，不可思議；格外，分外；妙處，奧妙；巧妙

例 妙な話が書いてある。

譯 寫著不可思議的事。

30 | めったに【滅多に】

㊙ (後接否定語)不常，很少

例 めったに怒らない。

譯 很少生氣。

N2 ◉ 29-6

29-6 感謝、後悔 / 感謝、悔恨

01 | ありがたい【有り難い】

㊒ 難得，少有；值得感謝，感激，值得慶幸

例 ありがたく頂戴する。

譯 拜領了。

02 | いわい【祝い】

㊔ 祝賀，慶祝；賀禮；慶祝活動

例 お祝いを述べる。

譯 致賀詞。

03 | うらみ【恨み】

㊔ 恨，怨，怨恨

例 恨みを買う。

譯 招致怨恨。

04 | うらむ【恨む】

(他五) 抱怨，恨；感到遺憾，可惜；雪恨，報仇

例 敵(てき)を恨(うら)む。
譯 怨恨敵人。

---

05 | おわび【お詫び】
(名・自サ) 道歉
例 お詫(わ)びを言(い)う。
譯 道歉。

---

06 | おん【恩】
(名) 恩情，恩
例 恩(おん)を売(う)る。
譯 賣人情。

---

07 | おんけい【恩恵】
(名) 恩惠，好處，恩賜
例 恩恵(おんけい)を受(う)ける。
譯 領受恩典。

---

08 | くやむ【悔やむ】
(他五) 懊悔的，後悔的
例 過去(かこ)の過(あやま)ちを悔(く)やむ。
譯 後悔過去錯誤的作為。

---

09 | こう【請う】
(他五) 請求，希望
例 許(ゆる)しを請(こ)う。
譯 請求原諒。

---

10 | (どうも)ありがとう
(感) 謝謝
例 (どうも)ありがとうございます。
譯 非常感謝。

---

11 | ほこり【誇り】
(名) 自豪，自尊心；驕傲，引以為榮
例 誇(ほこ)りを持(も)つ。
譯 有自尊心。

---

12 | ほこる【誇る】
(自五) 誇耀，自豪
例 成功(せいこう)を誇(ほこ)る。
譯 以成功自豪。

---

13 | わびる【詫びる】
(自五) 道歉，賠不是，謝罪
例 心(こころ)から詫(わ)びる。
譯 由衷地道歉。

パート
30
第三十章

思考、言語

- 思考、語言 -

N2 30-1

30-1 思考 /
思考

01 | あるいは【或いは】
(接・副) 或者，或是，也許；有的，有時

例 父(ちち)あるいは母(はは)が出席(しゅっせき)する。

譯 父親或母親出席。

02 | あれこれ
(名) 這個那個，種種

例 あれこれと考(かんが)える。

譯 東想西想。

03 | あんい【安易】
(名・形動) 容易，輕而易舉；安逸，舒適，遊手好閒

例 安易(あんい)に考(かんが)える。

譯 想得容易。

04 | いだく【抱く】
(他五) 抱；懷有，懷抱

例 疑問(ぎもん)を抱(いだ)く。

譯 抱持疑問。

05 | うかぶ【浮かぶ】
(自五) 漂，浮起；想起，浮現，露出；(佛) 超度；出頭，擺脱困難

例 名案(めいあん)が浮(う)かぶ。

譯 想出好方法。

06 | おそらく【恐らく】
(副) 恐怕，或許，很可能

例 おそらく無理(むり)だ。

譯 恐怕沒辦法。

07 | およそ【凡そ】
(名・形動・副) 大概，概略；(一句話之開頭) 凡是，所有；大概，大約；完全，全然

例 およそ 1 トンのカバがいる。

譯 有大約一噸重的河馬。

08 | かてい【仮定】
(名・字サ) 假定，假設

例 仮定(かてい)に基(もと)づく。

譯 根據假設。

09 | かてい【過程】
(名) 過程

例 過程(かてい)を経(へ)る。

譯 經過過程。

10 | きっかけ【切っ掛け】
(名) 開端，動機，契機

例 きっかけを作(つく)る。

譯 製造機會。

11 | ぎもん【疑問】

㊔ 疑問，疑惑

例 疑問（ぎもん）に答（こた）える。

譯 回答疑問。

12 | けんとう【見当】

㊔ 推想，推測；大體上的方位，方向；(接尾)表示大致數量，大約，左右

例 見当（けんとう）がつく。

譯 推測出。

13 | こうじつ【口実】

㊔ 藉口，口實

例 口実（こうじつ）を作（つく）る。

譯 編造藉口。

14 | しそう【思想】

㊔ 思想

例 東洋思想（とうようしそう）を学（まな）ぶ。

譯 學習東洋思想。

15 | そうぞう【創造】

(名・他サ) 創造

例 創造力（そうぞうりょく）がある。

譯 很有創意。

16 | てっきり

副 一定，必然；果然

例 てっきり晴（は）れると思（おも）った。

譯 以為一定會放晴。

17 | はたして【果たして】

副 果然，果真

例 果（は）たして成功（せいこう）するのだろうか。

譯 到底真的能夠成功嗎？

18 | はっそう【発想】

(名・自他サ) 構想，主意；表達，表現；(音樂)表現

例 アメリカ人的（じんてき）な発想（はっそう）だね。

譯 很有美國人的思維邏輯嘛。

19 | りそう【理想】

㊔ 理想

例 理想（りそう）を抱（いだ）く。

譯 懷抱理想。

N2 ◉ 30-2(1)

30-2 判断 (1) / 判斷 (1)

01 | あいにく【生憎】

(副・形動) 不巧，偏偏

例 あいにく先約（せんやく）があります。

譯 不巧，我有約了。

02 | あらためて【改めて】

副 重新；再

例 改（あらた）めてお願（ねが）いします。

譯 再次請求你。

03 | いらい【依頼】

(名・自他サ) 委託，請求，依靠

例 依頼人（いらいにん）から提供（ていきょう）してもらう。

譯 委託人所提供。

04 | おうじる・おうずる【応じる・応ずる】

(自上一) 響應；答應；允應，滿足；適應

例 希望に応じる。

譯 滿足希望。

05 | かん【勘】

(名) 直覺，第六感；領悟力

例 勘が鈍い。

譯 反應遲鈍，領悟性低。

06 | きのせい【気の所為】

(連語) 神經過敏；心理作用

例 気のせいかもしれない。

譯 可能是我神經過敏吧。

07 | くべつ【区別】

(名・他サ) 區別，分清

例 区別が付く。

譯 分辨清楚。

08 | けつだん【決断】

(名・自他サ) 果斷明確地做出決定，決斷

例 決断を下す。

譯 下決定。

09 | けってい【決定】

(名・自他サ) 決定，確定

例 決定を待つ。

譯 等待決定。

10 | げんかい【限界】

(名) 界限，限度，極限

例 限界を超える。

譯 超過極限。

11 | けんとう【検討】

(名・他サ) 研討，探討；審核

例 検討を重ねる。

譯 反覆地檢討。

12 | こうりょ【考慮】

(名・他サ) 考慮

例 相手の立場を考慮する。

譯 站在對方的立場考量。

13 | ことわる【断る】

(他五) 預先通知，事前請示；謝絕

例 借金を断られる。

譯 借錢被拒絕。

14 | ざっと

(副) 粗略地，簡略地，大體上的；(估計)大概，大略；潑水狀

例 ざっと拝見します。

譯 大致上已讀過。

15 | しんよう【信用】

(名・他サ) 堅信，確信；信任，相信；信用，信譽；信用交易，非現款交易

例 彼の話は信用できる。

譯 他說的可以信任。

16 | しんらい【信頼】

(名・他サ) 信賴，相信

例 信頼が厚い。

譯 深受信賴。

17 | すいてい【推定】

(名・他サ) 推斷，判定；(法)(無反證之前的)推定，假定

例 原因を推定する。

譯 推測原因。

18 | せい

(名) 原因，緣故，由於；歸咎

例 人のせいにする。

譯 歸咎於別人。

19 | そのため

(接) (表原因)正是因為這樣…

例 そのため電話に出られませんでした。

譯 因為這樣所以沒辦法接電話。

20 | それでも

(接續) 儘管如此，雖然如此，即使這樣

例 それでもまだ続ける。

譯 即使這樣，還是持續下去。

N2 30-2(2)

30-2 判断 (2) /
判斷 (2)

21 | それなのに

(他五) 雖然那樣，儘管如此

例 それなのにこの対応はひどい。

譯 儘管如此，這樣的應對真是太差勁了。

22 | それなら

(他五) 要是那樣，那樣的話，如果那樣

例 それならこうすればいい。

譯 那樣的話，這樣做就可以了。

23 | だけど

(接續) 然而，可是，但是

例 美人だけど、好きになれない。

譯 她人雖漂亮，但我不喜歡。

24 | だって

(接・提助) 可是，但是，因為；即使是，就算是

例 あやまる必要はない。だってきみは悪くないんだから。

譯 沒有道歉的必要，再説錯不在你。

25 | だとう【妥当】

(名・形動・自サ) 妥當，穩當，妥善

例 妥当な方法を取る。

譯 採取適當的方法。

26 | たとえ

(副) 縱然，即使，那怕

例 たとえそうだとしてもぼくは行く。

譯 即使是那樣我還是要去。

27 | ためす【試す】

(他五) 試，試驗，試試

例 能力を試す。

譯 考驗一下能力。

28 | だんてい【断定】

(名・他サ) 斷定，判斷

例 断定を下す。

譯 做出判斷。

29 | ちがいない【違いない】

㊪ 一定是，肯定，沒錯，的確是

例 雨(あめ)が降(ふ)るに違(ちが)いない。

譯 一定會下雨。

30 | どうせ

㊓（表示沒有選擇餘地）反正，總歸就是，無論如何

例 どうせ勝(か)つんだ。

譯 反正怎樣都會贏。

31 | ところが

(接・接助) 然而，可是，不過；一…，剛要

例 ところがそううまくはいかない。

譯 可是，沒那麼好的事。

32 | はんだん【判断】

(名・他サ) 判斷；推斷，推測；占卜

例 判断(はんだん)がつく。

譯 做出判斷。

33 | むし【無視】

(名・他サ) 忽視，無視，不顧

例 事実(じじつ)を無視(むし)する。

譯 忽視事實。

34 | もちいる【用いる】

(自五) 使用；採用，採納；任用，錄用

例 意見(いけん)を用(もち)いる。

譯 採納意見。

35 | やむをえない【やむを得ない】

㊪ 不得已的，沒辦法的

例 やむをえない事情(じじょう)がある。

譯 有不得已的情由。

36 | よす【止す】

(他五) 停止，做罷；戒掉；辭掉

例 行(い)くのは止(よ)そう。

譯 不要去了吧。

N2 ● 30-3

30-3 理解 /

理解

01 | あらゆる【有らゆる】

(連體) 一切，所有

例 あらゆる可能性(かのうせい)を探(さぐ)る。

譯 探查所有的可能性。

02 | いけん【異見】

(名・他サ) 不同的意見，不同的見解，異議

例 異見(いけん)を唱(とな)える。

譯 持異議。

03 | かいしゃく【解釈】

(名・他サ) 解釋，理解，說明

例 解釈(かいしゃく)を間違(まちが)える。

譯 弄錯了解釋。

04 | かんねん【観念】

(名・自他サ) 觀念；決心；斷念，不抱希望

例 時間(じかん)の観念(かんねん)がない。

譯 沒有時間觀念。

05 | くぎる【区切る】

(他四) (把文章)斷句，分段

例 区切って話す。

譯 分段說。

06 | くぶん【区分】

(名・他サ) 區分，分類

例 レベルを 5 段階に区分する。

譯 將層級區分為五個階段。

07 | けっきょく【結局】

(名・副) 結果，結局；最後，最終，終究

例 結局だめになる。

譯 結果最後失敗。

08 | けんかい【見解】

(名) 見解，意見

例 見解が違う。

譯 看法不同。

09 | こうてい【肯定】

(名・他サ) 肯定，承認

例 肯定的な意見を言ってくれた。

譯 提出了肯定的意見。

10 | こうもく【項目】

(名) 文章項目，財物項目；(字典的)詞條，條目

例 項目別に分ける。

譯 以項目來分類。

11 | こころえる【心得る】

(他下一) 懂得，領會，理解；有體驗；答應，應允記在心上的

例 事情を心得る。

譯 充分理解事情。

12 | さすが【流石】

(副・形動) 真不愧是，果然名不虛傳；雖然…，不過還是；就連…也都，甚至

例 さすがに寂しい。

譯 果然很荒涼。

13 | しょうち【承知】

(名・他サ) 同意，贊成，答應；知道；許可，允許

例 ご承知の通りです。

譯 誠如您所知。

14 | そうい【相違】

(名・自サ) 不同，懸殊，互不相符

例 事実と相違がある。

譯 與事實不符。

15 | そうっと

(副) 悄悄地(同「そっと」)

例 秘密をそうっと打ち明ける。

譯 把秘密悄悄地傳出去。

16 | ぞんじる・ぞんずる【存じる・存ずる】

(自他サ) 有，存，生存；在於

例 よく存じております。

譯 完全了解。

17 | たんなる【単なる】

(連體) 僅僅，只不過

例 単なる好奇心にすぎない。

譯 只不過是好奇心罷了。

18 | たんに【単に】

(副) 單，只，僅

例 単に忘れただけだ。

譯 只是忘記了而已。

19 | ちゅうしょう【抽象】

(名・他サ) 抽象

例 抽象的な概念を理解する。

譯 理解抽象的概念。

20 | ひかく【比較】

(名・他サ) 比，比較

例 比較にならない。

譯 比不上。

21 | ひかくてき【比較的】

(副・形動) 比較地

例 比較的やさしい問題だ。

譯 相較來說簡單的問題。

22 | ぶんるい【分類】

(名・他サ) 分類，分門別類

例 分類表が作られた。

譯 製作分類表。

23 | べつ【別】

(名・形動・漢造) 分別，區分；分別

例 正邪の別を明らかにする。

譯 明白的區分正邪。

24 | まさに

(副) 真的，的確，確實

例 まさに君の言った通りだ。

譯 您說得一點都沒錯。

25 | みかた【見方】

(名) 看法，看的方法；見解，想法

例 見方が違う。

譯 看法不同。

26 | みたい

(助動・形動型) (表示和其他事物相像)像…一樣；(表示具體的例子)像…這樣；表示推斷或委婉的斷定

例 子供みたい。

譯 像小孩般。

27 | めいかく【明確】

(名・形動) 明確，準確

例 明確に答える。

譯 明確回答。

28 | もしも

(副) (強調)如果，萬一，倘若

例 もしものことがあっても安心だ。

譯 有意外之事也安心。

29 ｜もって【以って】

(連語・接續) (…をもって形式，格助詞用法)以，用，拿；因為；根據；(時間或數量)到；(加強を的語感)把；而且；因此；對此

例 身(み)をもって経験(けいけん)する。

譯 親身經驗。

30 ｜もっとも【尤も】

(連語・接續) 合理，正當，理所當有的；話雖如此，不過

例 もっともな意見(いけん)を言(い)う。

譯 提出合理的意見。

31 ｜より

(副) 更，更加

例 より深(ふか)く理解(りかい)する。

譯 更加深入地理解。

32 ｜れんそう【連想】

(名・他サ) 聯想

例 雲(くも)を見(み)て羊(ひつじ)を連想(れんそう)する。

譯 看見雲朵就聯想到綿羊。

33 ｜わりと・わりに【割と・割に】

(副) 比較；分外，格外，出乎意料

例 柿(かき)が割(わり)に甘(あま)い。

譯 柿子分外香甜。

N2 30-4(1)

30-4 知識 (1) /

知識 (1)

01 ｜あきらか【明らか】

(形動) 顯然，清楚，明確；明亮

例 明(あき)らかになる。

譯 變得清楚。

02 ｜かいとう【回答】

(名・自サ) 回答，答覆

例 読者(どくしゃ)の質問(しつもん)に回答(かいとう)する。

譯 答覆讀者的問題。

03 ｜かくじつ【確実】

(形動) 確實，準確；可靠

例 確実(かくじつ)な情報(じょうほう)を得(え)る。

譯 得到可靠的情報。

04 ｜かつよう【活用】

(名・他サ) 活用，利用，使用

例 知識(ちしき)を活用(かつよう)する。

譯 活用知識。

05 ｜カバー【cover】

(名・他サ) 罩，套；補償，補充；覆蓋

例 欠点(けってん)をカバーする。

譯 補償缺陷。

06 ｜かんちがい【勘違い】

(名・自サ) 想錯，判斷錯誤，誤會

例 君(きみ)と勘違(かんちが)いした。

譯 誤以為是你。

07 ｜きおく【記憶】

(名・他サ) 記憶，記憶力；記性

例 記憶(きおく)に新(あたら)しい。

譯 記憶猶新。

08 | きづく【気付く】

(自五) 察覺，注意到，意識到；(神志昏迷後)甦醒過來

例 誤りに気付く。

譯 意識到錯誤。

09 | きゅうしゅう【吸収】

(名・他サ) 吸收

例 知識を吸収する。

譯 吸收知識。

10 | げんに【現に】

(副) 做為不可忽略的事實，實際上，親眼

例 現にこの目で見た。

譯 親眼看到。

11 | げんり【原理】

(名) 原理；原則

例 てこの原理を使う。

譯 使用槓桿原理。

12 | ごうり【合理】

(名) 合理

例 合理性に欠ける。

譯 缺乏合理性。

13 | したがって【従って】

(他五) 因此，從而，因而，所以

例 線からはみ出ました。したがってアウトです。

譯 跑出線了，所以是出局。

14 | じつよう【実用】

(名・他サ) 實用

例 実用的なものが喜ばれる。

譯 實用的東西備受歡迎。

15 | じゅうだい【重大】

(形動) 重要的，嚴重的，重大的

例 重大な誤りにつながる。

譯 導致嚴重的錯誤。

16 | じゅん【順】

(名・漢造) 順序，次序；輪班，輪到；正當，必然，理所當然；順利

例 先着順にてご予約を承ります。

譯 按到達先後接受預約。

17 | すでに【既に】

(副) 已經，業已；即將，正值，恰好

例 すでに知っている。

譯 已經知道了。

18 | すなわち【即ち】

(接) 即，換言之；即是，正是；則，彼時；乃，於是

例 戦えば即ち勝つ。

譯 戰則勝。

19 | せつ【説】

(名・漢造) 意見，論點，見解；學說；述說

例 その原因には二つの説があります。

譯 原因有兩種說法。

20 | そっちょく【率直】

(形動) 坦率，直率

例 率直(そっちょく)な意見(いけん)を聞(き)きたい。

譯 想聽坦然直率的意見。

21 | たくわえる【蓄える・貯える】

(他下一) 儲蓄，積蓄；保存，儲備；留，留存

例 知識(ちしき)を蓄(たくわ)える。

譯 累積知識。

22 | ちえ【知恵】

(名) 智慧，智能；腦筋，主意

例 知恵(ちえ)がつく。

譯 有了主意。

23 | ちのう【知能】

(名) 智能，智力，智慧

例 知能(ちのう)を持(も)つ。

譯 具有…的智力。

24 | てきかく【的確】

(形動) 正確，準確，恰當

例 的確(てきかく)な数字(すうじ)を出(だ)す。

譯 提出正確的數字。

25 | でたらめ

(名・形動) 荒唐，胡扯，胡說八道，信口開河

例 でたらめを言(い)うな。

譯 別胡說八道。

26 | てらす【照らす】

(他五) 照耀，曬，晴天

例 先例(せんれい)に照(て)らす。

譯 參照先例。

27 | なぞ【謎】

(名) 謎語；暗示，口風；神秘，詭異，莫名其妙，不可思議，想不透(為何)

例 謎(なぞ)を解(と)く。

譯 解謎。

28 | ばか【馬鹿】

(名・形動) 愚蠢，糊塗

例 馬鹿(ばか)にする。

譯 輕視，瞧不起。

29 | ひてい【否定】

(名・他サ) 否定，否認

例 うわさを否定(ひてい)する。

譯 否認謠言。

30 | ひねる【捻る】

(他五) (用手)扭，擰；(俗)打敗，擊敗；別有風趣

例 頭(あたま)を捻(ひね)る。

譯 轉頭；左思右想。

N2 ● 30-4(2)

30-4 知識 (2) / 知識 (2)

31 | ひょうか【評価】

(名・他サ) 定價，估價；評價

例 評価(ひょうか)が上(あ)がる。

譯 評價提高。

32 ｜ぶんせき【分析】

(名・他サ) (化)分解，化驗；分析，解剖

例 分析（ぶんせき）を行（おこな）う。

譯 進行分析。

33 ｜ぶんめい【文明】

(名) 文明；物質文化

例 文明（ぶんめい）が進（すす）む。

譯 文明進步。

34 ｜へん【偏】

(名・漢造) 漢字的(左)偏旁；偏，偏頗

例 偏見（へんけん）を持（も）っている。

譯 有偏見。

35 ｜ほんと【本当】

(名・形動) 真實，真心；實在，的確；真正；本來，正常

例 ほんとに悪（わる）いと思（おも）う。

譯 實在是感到很抱歉。

36 ｜ほんもの【本物】

(名) 真貨，真的東西

例 本物（ほんもの）と偽物（にせもの）とを見分（みわ）ける。

譯 辨別真貨假貨。

37 ｜まね【真似】

(名・他サ・自サ) 模仿，裝，仿效；(愚蠢糊塗的)舉止，動作

例 まねがうまい。

譯 模仿的很好。

38 ｜みにつく【身に付く】

(慣) 學到手，掌握

例 技術（ぎじゅつ）が身（み）に付（つ）く。

譯 學技術。

39 ｜みにつける【身に付ける】

(慣) (知識、技術等)學到，掌握到

例 一芸（いちげい）を身（み）に付（つ）ける。

譯 學得一技之長。

40 ｜むじゅん【矛盾】

(名・自サ) 矛盾

例 矛盾（むじゅん）が起（お）こる。

譯 產生矛盾。

41 ｜めいしん【迷信】

(名) 迷信

例 迷信（めいしん）を信（しん）じる。

譯 相信迷信。

42 ｜めちゃくちゃ

(名・形動) 亂七八糟，胡亂，荒謬絕倫

例 めちゃくちゃなことを言（い）う。

譯 胡説八道。

43 ｜もと【元・旧・故】

(名・接尾) 原，從前；原來

例 うわさの元（もと）をただす。

譯 追究流言的起源。

44 ｜ものがたる【物語る】

(他五) 談，講述；説明，表明

例 経験（けいけん）を物語（ものがた）る。

譯 談經驗。

45 | ものごと【物事】

㊔ 事情，事物；一切事情，凡事

例 物事(ものごと)が分(わ)かる。

譯 懂事。

46 | もんどう【問答】

(名・自サ) 問答；商量，交談，爭論

例 人生(じんせい)について問答(もんどう)する。

譯 談論人生的問題。

47 | ようい【容易】

(形動) 容易，簡單

例 容易(ようい)にできる。

譯 容易完成。

48 | ようてん【要点】

㊔ 要點，要領

例 要点(ようてん)をつかむ。

譯 抓住要點。

49 | ようりょう【要領】

㊔ 要領，要點；訣竅，竅門

例 要領(ようりょう)を得(え)る。

譯 很得要領。

50 | よき【予期】

(名・自サ) 預期，預料，料想

例 予期(よき)せぬ出来事(できごと)が次々(つぎつぎ)と起(お)こった。

譯 意料之外的事件接二連三地發生。

51 | よそく【予測】

(名・他サ) 預測，預料

例 予測(よそく)がつく。

譯 可以預料。

52 | りこう【利口】

(名・形動) 聰明，伶利機靈；巧妙，周到，能言善道

例 利口(りこう)な子(こ)が揃(そろ)った。

譯 齊聚了一群機靈的小孩。

53 | わざと【態と】

㊓ 故意，有意，存心；特意地，有意識地

例 わざと意地悪(いじわる)を言(い)う。

譯 故意說話刁難。

N2 30-5(1)

30-5 言語(1) / 語言(1)

01 | アクセント【accent】

㊔ 重音；重點，強調之點；語調；(服裝或圖案設計上)突出點，著眼點

例 文章(ぶんしょう)にアクセントをつける。

譯 在文章上標示重音。

02 | いぎ【意義】

㊔ 意義，意思；價值

例 人生(じんせい)の意義(いぎ)を問(と)う。

譯 追問人生意義。

03 | えいわ【英和】

㊔ 英日辭典

例 英和辞典(えいわじてん)を使(つか)う。

譯 使用英日辭典。

04 | おくりがな【送り仮名】

㊔ 漢字訓讀時，寫在漢字下的假名；用日語讀漢文時，在漢字右下方寫的假名

例 送り仮名を付ける。

譯 寫上送假名。

05 | かつじ【活字】

㊔ 鉛字，活字

例 活字を読む。

譯 閱讀。

06 | かなづかい【仮名遣い】

㊔ 假名的拼寫方法

例 仮名遣いが簡単になった。

譯 假名拼寫方式變簡單了。

07 | かんれん【関連】

名・自サ 關聯，有關係

例 関連が深い。

譯 關係深遠。

08 | かんわ【漢和】

㊔ 漢語和日語；漢日辭典(用日文解釋古漢語的辭典)

例 漢和辞典を使いこなす。

譯 善用漢和辭典。

09 | くとうてん【句読点】

㊔ 句號，逗點；標點符號

例 句読点を打つ。

譯 標上標點符號。

10 | くん【訓】

㊔ (日語漢字的)訓讀(音)

例 訓読みを覚える。

譯 背誦訓讀(用日本固有語言讀漢字的方法)。

11 | けいようし【形容詞】

㊔ 形容詞

例 形容詞に相当する。

譯 相當於形容詞。

12 | けいようどうし【形容動詞】

㊔ 形容動詞

例 形容動詞に付く。

譯 接在形容動詞後面。

13 | げんご【言語】

㊔ 言語

例 言語に絶する。

譯 無法形容。

14 | ごじゅうおん【五十音】

㊔ 五十音

例 五十音順で並ぶ。

譯 以五十音的順序排序。

15 | ことばづかい【言葉遣い】

㊔ 説法，措辭，表達

例 丁寧な言葉遣いをする。

譯 有禮貌的言辭。

16 | ことわざ【諺】

㊔ 諺語，俗語，成語，常言

例 ことわざに曰く。

譯 俗話説…。

17 | じゅくご【熟語】

㊔ 成語，慣用語；(由兩個以上單詞組成)複合詞；(由兩個以上漢字構成的)漢語詞

例 熟語を使う。

譯 引用成語。

18 | しゅご【主語】

㊔ 主語；(邏)主詞

例 主語と述語から成り立つ。

譯 由主語跟述語所構成的。

19 | じゅつご【述語】

㊔ 謂語

例 主語の動作、性質を表わす部分を述語という。

譯 敘述主語的動作或性質部份叫述語。

20 | せつぞく【接続】

(名・自他サ) 連續，連接；(交通工具)連軌，接運

例 文と文を接続する。

譯 把句子跟句子連接起來。

N2 30-5(2)

30-5 言語 (2) /
語言 (2)

21 | だいめいし【代名詞】

㊔ 代名詞，代詞；(以某詞指某物、某事)代名詞

例 代名詞となる。

譯 成為代名詞。

22 | たんご【単語】

㊔ 單詞

例 単語がわかる。

譯 看懂單詞。

23 | ちゅう【注】

(名・漢造) 註解，注釋；注入；注目；註釋

例 注をつける。

譯 加入註解。

24 | てき【的】

(造語) …的

例 科学的に実証される。

譯 在科學上得到證實。

25 | どうし【動詞】

㊔ 動詞

例 動詞の活用が苦手だ。

譯 動詞的活用最難。

26 | なになに【何々】

(代・感) 什麼什麼，某某

例 何々会社の人。

譯 某公司的社員。

27 | ノー【no】

(名・感・造) 表否定；沒有，不；(表示禁止)不必要，禁止

例 ノースモーキング。

譯 禁止吸菸

28 | ひとこと【一言】

㊔ 一句話；三言兩語

例 一言も言わない。

譯 一言不發。

29 ｜ぶ【無】

漢造 無，沒有，缺乏

例 無愛想な返事をする。

譯 冷淡的回應。

30 ｜ふくし【副詞】

名 副詞

例 様態の副詞を使う。

譯 使用樣態副詞。

31 ｜ぶしゅ【部首】

名（漢字的）部首

例 部首索引を使ってみる。

譯 嘗試使用部首索引。

32 ｜ふりがな【振り仮名】

名（在漢字旁邊）標註假名

例 振り仮名をつける。

譯 標上假名。

33 ｜ペラペラ

副・自サ 說話流利貌（特指外語）；單薄不結實貌；連續翻紙頁貌

例 英語がペラペラだ。

譯 英語流利。

34 ｜ぽい

接尾・形型（前接名詞、動詞連用形，構成形容詞）表示有某種成分或傾向

例 忘れっぽい。

譯 健忘。

35 ｜ほうげん【方言】

名 方言，地方話，土話

例 方言で話す。

譯 說方言。

36 ｜めいし【名詞】

名（語法）名詞

例 名詞は変化が無い。

譯 名詞沒有變化。

37 ｜もじ【文字】

名 字跡，文字，漢字；文章，學問

例 文字を書く。

譯 寫字。

38 ｜やく【訳】

名・他サ・漢造 譯，翻譯；漢字的訓讀

例 訳文を付ける。

譯 加上譯文。

39 ｜ようご【用語】

名 用語，措辭；術語，專業用語

例 ＩＴ用語を解説する。

譯 解說資訊科技專門術語。

40 ｜よみ【読み】

名 唸，讀；訓讀；判斷，盤算；理解

例 この字の読みがわからない。

譯 不知道這個字的讀法。

41 ｜りゃくする【略する】

他サ 簡略；省略，略去；攻佔，奪取

例 マクドナルドを略してマック。

譯 麥當勞簡稱麥克。

42 | わえい【和英】

名 日本和英國；日語和英語；日英辭典的簡稱

例 和英辞典で調べた。

譯 查日英辭典。

N2 30-6(1)

30-6 表現 (1) / 表達 (1)

01 | あら

感（女性用語）（出乎意料或驚訝時發出的聲音）唉呀！唉唷

例 あら、大変だ。

譯 哎呀，可不得了！

02 | あれ（っ）

感（驚訝、恐怖、出乎意料等場合發出的聲音）呀！唉呀？

例 あれっ、今日どうしたの。

譯 唉呀！今天怎麼了？

03 | あんなに

副 那麼地，那樣地

例 被害があんなにひどいとは思わなかった。

譯 沒想到災害會如此嚴重。

04 | あんまり

形動・副 太，過於，過火

例 あんまりなことを言う。

譯 說過分的話。

05 | いいだす【言い出す】

他五 開始說，說出口

例 言い出しにくい。

譯 難以啟齒的。

06 | いいつける【言い付ける】

他下一 命令；告狀；說慣，常說

例 用事を言い付ける。

譯 吩咐事情。

07 | いわば【言わば】

副 譬如，打個比方，說起來，打個比方說

例 これはいわば一種の宣伝だ。

譯 這可說是一種宣傳。

08 | いわゆる【所謂】

連體 所謂，一般來說，大家所說的，常說的

例 ああいう人たちがいわゆるゲイなんだ。

譯 那樣的人就是所謂的同性戀。

09 | うんぬん【云々】

名・他サ 云云，等等；說長道短

例 理由が云々と言う。

譯 說了種種理由。

10 | えっ

感（表示驚訝、懷疑）啊！；怎麼？

例 えっ、何ですって。

譯 啊，你說甚麼？

11 | おきのどくに【お気の毒に】

(連語・感) 令人同情；過意不去，給人添麻煩

例 お気(き)の毒(どく)に思(おも)う。

譯 覺得可憐。

12 | おげんきで【お元気で】

(寒暄) 請保重

例 では、お元気(げんき)で。

譯 那麼，請您保重。

13 | おめでたい【お目出度い】

(形) 恭喜，可賀

例 おめでたい話(はなし)だ。

譯 可喜可賀的事。

14 | かたる【語る】

(他五) 說，陳述；演唱，朗讀

例 真実(しんじつ)を語(かた)る。

譯 陳述事實。

15 | かならずしも【必ずしも】

(副) 不一定，未必

例 必(かなら)ずしも正(ただ)しいとは限(かぎ)らない。

譯 未必一定正確。

16 | かまいません【構いません】

(寒暄) 沒關係，不在乎

例 私(わたし)は構(かま)いません。

譯 我沒關係。

17 | かんぱい【乾杯】

(名・自サ) 乾杯

例 乾杯(かんぱい)の音頭(おんど)を取(と)る。

譯 首先帶頭乾杯。

18 | きょうしゅく【恐縮】

(名・自サ) (對對方的厚意感覺)惶恐(表感謝或客氣)；(給對方添麻煩表示)對不起，過意不去；(感覺)不好意思，羞愧，慚愧

例 恐縮(きょうしゅく)ですが…。

譯 (給對方添麻煩，表示)對不起，過意不去。

19 | くれぐれも

(副) 反覆，周到

例 くれぐれも気(き)をつけて。

譯 請多多留意。

20 | ごくろうさま【ご苦労様】

(名・形動) (表示感謝慰問)辛苦，受累，勞駕

例 ご苦労様(くろうさま)と声(こえ)をかける。

譯 說聲「辛苦了」。

21 | ごちそうさま【ご馳走様】

(連語) 承蒙您的款待了，謝謝

例 ごちそうさまと言(い)って箸(はし)を置(お)く。

譯 說「謝謝款待」後，就放下筷子。

22 | ことづける【言付ける】

(他下一) 託帶口信，託付

例 手紙(てがみ)を言付(ことづ)ける。

譯 托付帶信。

23 | ことなる【異なる】

(自五) 不同，不一樣

例 習慣が異なる。
譯 習慣不同。

24 | ごぶさた【ご無沙汰】

(名・自サ) 久疏問候，久未拜訪，久不奉函

例 久しくご無沙汰しています。
譯 久疏問候(寫信時致歉)。

25 | こんばんは【今晩は】

(寒暄) 晚安，你好

例 こんばんは、寒くなりましたね。
譯 你好，變冷了呢。

26 | さて

(副・接・感) 一旦，果真；那麼，卻說，於是；(自言自語，表猶豫)到底，那可…

例 さて、本題に入ります。
譯 接下來，我們來進入主題。

27 | しかも

(接) 而且，並且；而，但，卻；反而，竟然，儘管如此還…

例 安くてしかも美味い。
譯 便宜又好吃。

28 | しゃれ【洒落】

(名) 俏皮話，雙關語；(服裝)亮麗，華麗，好打扮

例 洒落をとばす。
譯 說俏皮話。

29 | しようがない【仕様がない】

(慣) 沒辦法

例 負けても仕様がない。
譯 輸了也沒輒。

30 | せっかく【折角】

(名・副) 特意地；好不容易；盡力，努力，拼命的

例 せっかくの努力が水の泡になる。
譯 辛苦努力都成泡影。

N2 30-6(2)

30-6 表現 (2) / 表達 (2)

31 | ぜひとも【是非とも】

(副) (是非的強調說法)一定，無論如何，務必

例 是非ともお願いしたい。
譯 務必請您(幫忙)。

32 | せめて

(副) (雖然不夠滿意，但)那怕是，至少也，最少

例 せめてもう１度受けなさい。
譯 至少再報考一次吧！

33 | そういえば【そう言えば】

(他五) 這麼說來，這樣一說

例 そう言えばあの件はどうなった。
譯 這樣一說，那件事怎麼樣了？

34 | だが

(接) 但是，可是，然而

例 その日はひどい雨だった。だが、我々は出発した。
譯 那天雖然下大雨，但我們仍然出發前往。

35 | ただし【但し】

(接續) 但是，可是

例 ただし条件(じょうけん)がある。

譯 可是有條件。

36 | たとえる【例える】

(他下一) 比喻，比方

例 人生(じんせい)を旅(たび)に例(たと)える。

譯 把人生比喻為旅途。

37 | で

(接續) 那麼；(表示原因)所以

例 で、結果(けっか)はどうだった。

譯 那麼，結果如何。

38 | できれば

(連語) 可以的話，可能的話

例 できればもっと早(はや)く来(き)てほしい。

譯 希望能盡早來。

39 | ですから

(接續) 所以

例 ですから先(さき)ほど話(はな)したとおりです。

譯 所以，正如我剛剛說的那樣。

40 | どういたしまして【どう致しまして】

(寒暄) 不客氣，不敢當

例 「ありがとう。」「どう致(いた)しまして。」

譯 「謝謝。」「不客氣。」

41 | どうも

(副) (後接否定詞)怎麼也…；總覺得，似乎；實在是，真是

例 どうも調子(ちょうし)がおかしい。

譯 總覺得怪怪的。

42 | どころ

(接尾) (前接動詞連用形)值得…的地方，應該…的地方；生產…的地方；們

例 彼(かれ)の話(はなし)はつかみどころがない。

譯 他的話沒辦法抓到重點。

43 | ところで

(接續・接助) (用於轉變話題)可是，不過；即使，縱使，無論

例 ところであの話(はなし)はどうなりましたか。

譯 不過，那件事結果怎麼樣？

44 | とにかく

(副) 總之，無論如何，反正

例 とにかく待(ま)ってみよう。

譯 總之先等看看。

45 | ともかく

(副・接) 暫且不論，姑且不談；總之，反正；不管怎樣

例 ともかく先(さき)を急(いそ)ごう。

譯 總之，趕快先走吧！

46 | なお

(副・接) 仍然，還，尚；更，還，再；猶如，如；尚且，而且，再者

例 なお議論(ぎろん)の余地(よち)がある。

譯 還有議論的餘地。

47 | なにしろ【何しろ】

(副) 不管怎樣，總之，到底；因為，由於

例 なにしろ話してごらん。
譯 不管怎樣，你就説説看。

48 | なにぶん【何分】
(名・副) 多少；無奈…
例 何分経験不足なのでできない。
譯 無奈經驗不足故辦不到。

49 | なにも
(連語・副) (後面常接否定)什麼也…，全都…；並(不)，(不)必
例 なにも知らない。
譯 什麼也不知道。

50 | なんて
(副助) 什麼的，…之類的話；説是…；(輕視)叫什麼…來的；等等，之類；表示意外，輕視或不以為然
例 勉強なんて大嫌いだ。
譯 我最討厭讀書了。

N2 30-6(3)

30-6 表現 (3) / 表達 (3)

51 | なんでも【何でも】
(副) 什麼都，不管什麼；不管怎樣，無論怎樣；據説是，多半是
例 何でも出来る。
譯 什麼都會。

52 | なんとか【何とか】
(副) 設法，想盡辦法；好不容易，勉強；(不明確的事情、模糊概念)什麼，某事
例 何とか間に合った。
譯 勉強趕上時間了。

53 | のべる【述べる】
(他下一) 敘述，陳述，説明，談論
例 意見を述べる。
譯 陳述意見。

54 | はあ
(感) (應答聲)是，唉；(驚訝聲)嘿
例 はあ、かしこまりました。
譯 是，我知道了。

55 | ばからしい【馬鹿らしい】
(形) 愚蠢的，無聊的；划不來，不值得
例 馬鹿らしくて話にならない。
譯 荒唐得不成體統。

56 | はきはき
(副・自サ) 活潑伶俐的樣子；乾脆，爽快；(動作)俐落
例 はきはきと答える。
譯 乾脆地回答。

57 | はじめまして【初めまして】
(寒暄) 初次見面
例 初めまして、山田太郎と申します。
譯 初次見面，我叫山田太郎。

58 | はっぴょう【発表】
(名・他サ) 發表，宣布，聲明；揭曉
例 発表を行う。
譯 進行發表。

59 | はやくち【早口】

㊔ 說話快

例 早口でしゃべる。

譯 說話速度快。

60 | ばんざい【万歳】

(名・感) 萬歲；(表示高興)太好了，好極了

例 万歳を三唱する。

譯 三呼萬歲。

61 | ひとりごと【独り言】

㊔ 自言自語(的話)

例 独り言を言う。

譯 自言自語。

62 | ひょうげん【表現】

(名・他サ) 表現，表達，表示

例 言葉の表現が面白かった。

譯 言語的表現很有意思。

63 | ふく【吹く】

(他五・自五) (風)刮，吹；(用嘴)吹；吹(笛等)；吹牛，說大話

例 ほらを吹く。

譯 吹牛。

64 | ぶつぶつ

(名・副) 嘮叨，抱怨，嘟囔；煮沸貌；粒狀物，小疙瘩

例 ぶつぶつ文句を言う。

譯 嘟嚷抱怨。

65 | まあ

(副・感) (安撫、勸阻)暫且先，一會；躊躇貌；還算，勉強；制止貌；(女性表示驚訝)哎唷，哎呀

例 まあ、かわいそうに。

譯 哎呀！多麼可憐。

66 | まあまあ

(副・感) (催促、撫慰)得了，好了好了，哎哎；(表示程度中等)還算，還過得去；(女性表示驚訝)哎唷，哎呀

例 まあまあそう言うなよ。

譯 好啦好啦！別再說氣話了！

67 | むしろ【寧ろ】

㊖ 與其說…倒不如，寧可，莫如，索性

例 あの人は作家というよりむしろ評論家だ。

譯 那個人與其說是作家不如說是評論家。

68 | もうしわけ【申し訳】

(名・他サ) 申辯，辯解；道歉；敷衍塞責，有名無實

例 申し訳が立たない。

譯 沒辦法辯解。

69 | ようするに【要するに】

(副・連) 總而言之，總之

例 要するにこの話は信用できない。

譯 總而言之，此話不可信。

70 | ようやく【漸く】

㊖ 好不容易，勉勉強強，終於；漸漸

例 ようやく完成した。

譯 終於完成了。

30-7 文書、出版物 (1) / 文章文書、出版物 (1)

01 | いんよう【引用】

(名・自他サ) 引用

例 名言を引用する。

譯 引用名言。

02 | えいぶん【英文】

(名) 用英語寫的文章；「英文學」、「英文學科」的簡稱

例 英文から日本語に翻訳される。

譯 把英文翻譯成日文。

03 | おんちゅう【御中】

(名) (用於寫給公司、學校、機關團體等的書信)公啟

例 株式会社丸々商事　御中

譯 丸丸商事株式會社 敬啟

04 | がいろん【概論】

(名) 概論

例 経済学概論が刊行された。

譯 經濟學概論出版了。

05 | けいぞく【継続】

(名・自他サ) 繼續，繼承

例 連載を継続する。

譯 繼續連載。

06 | げんこう【原稿】

(名) 原稿

例 原稿を書く。

譯 撰稿。

07 | こう【校】

(名) 學校；校對

例 校を重ねる。

譯 多次校對。

08 | さくいん【索引】

(名) 索引

例 索引をつける。

譯 附加索引。

09 | さくせい【作成】

(名・他サ) 寫，作，造成(表、件、計畫、文件等)；製作，擬制

例 報告書を作成する。

譯 寫報告。

10 | さくせい【作製】

(名・他サ) 製造

例 カタログを作製する。

譯 製作型錄。

11 | しあがる【仕上がる】

(自五) 做完，完成；做成的情形

例 論文が仕上がる。

譯 完成論文。

12 | したがき【下書き】

(名・他サ) 試寫；草稿，底稿；打草稿；試畫，畫輪廓

例 下書きに手を加える。

譯 在底稿上加工。

13 | したじき【下敷き】

㊔ 墊子；墊板；範本，樣本

たいけん　したじ　か
例 体験を下敷きにして書く。

譯 根據經驗撰寫。

14 | しっぴつ【執筆】

(名・他サ) 執筆，書寫，撰稿

しっぴつ　いらい
例 執筆を依頼する。

譯 請求（某人）撰稿。

15 | しゃせつ【社説】

㊔ 社論

しゃせつ　よ
例 社説を読む。

譯 閱讀社論。

16 | しゅう【集】

(漢造) （詩歌等的）集；聚集

ぶんがくぜんしゅう　あ
例 文学全集を編む。

譯 編纂文學全集。

17 | しゅうせい【修正】

(名・他サ) 修改，修正，改正

げんこう　しゅうせい　くわ
例 原稿に修正を加える。

譯 修改原稿。

18 | しゅっぱん【出版】

(名・他サ) 出版

ほん　しゅっぱん
例 本を出版する。

譯 出版書籍。

19 | しょう【章】

㊔ （文章，樂章的）章節；紀念章，徽章

しょう　あらた
例 章を改める。

譯 換章節。

20 | しょせき【書籍】

㊔ 書籍

しょせき　けんさく
例 書籍を検索する。

譯 檢索書籍。

N2 30-7(2)

30-7 文書、出版物 (2) /
文章文書、出版物 (2)

21 | シリーズ【series】

㊔ （書籍等的）彙編，叢書，套；（影片、電影等）系列；（棒球）聯賽

ぜん　そろ
例 全シリーズを揃える。

譯 全集一次收集齊全。

22 | しりょう【資料】

㊔ 資料，材料

しりょう　あつ
例 資料を集める。

譯 收集資料。

23 | ずかん【図鑑】

㊔ 圖鑑

しょくぶつ ずかん　おく
例 植物図鑑が送られてきた。

譯 收到植物圖鑑。

24 | する【刷る】

(他五) 印刷

す
例 ポスターを刷る。

譯 印刷宣傳海報。

25 | ぜんしゅう【全集】

㊔ 全集

例 世界美術全集を揃える。
譯 搜集全世界美術史全套。

26 | ぞうさつ【増刷】

(名・他サ) 加印，增印
例 本が増刷になった。
譯 書籍加印。

27 | たいしょう【対照】

(名・他サ) 對照，對比
例 原文と対照する。
譯 跟原文比對。

28 | たてがき【縦書き】

(名) 直寫
例 縦書きのほうが読みやすい。
譯 直寫較好閱讀。

29 | たんぺん【短編】

(名) 短篇，短篇小說
例 短編小説を書く。
譯 寫短篇小說。

30 | てんけい【典型】

(名) 典型，模範
例 典型とされる作品。
譯 典型作品。

31 | のせる【載せる】

(他下一) 刊登；載運；放到高處；和著音樂拍子
例 雑誌に記事を載せる。
譯 在雜誌上刊登報導。

32 | はさむ【挟む】

(他五) 夾，夾住；隔；夾進，夾入；插
例 本にしおりを挟む。
譯 把書籤夾在書裡。

33 | はっこう【発行】

(名・自サ) (圖書、報紙、紙幣等)發行；發放，發售
例 雑誌を発行する。
譯 發行雜誌。

34 | ひゃっかじてん【百科辞典】

(名) 百科全書
例 百科事典で調べる。
譯 查閱百科全書。

35 | ひょうし【表紙】

(名) 封面，封皮，書皮
例 表紙を付ける。
譯 裝封面。

36 | ぶん【文】

(名・漢造) 文學，文章；花紋；修飾外表，華麗；文字，字體；學問和藝術
例 文に書く。
譯 寫成文章。

37 | ぶんけん【文献】

(名) 文獻，參考資料
例 文献が残る。
譯 留下文獻。

38 ｜ぶんたい【文体】

㊔（某時代特有的）文體；（某作家特有的）風格

例 夏目漱石(なつめそうせき)の文体(ぶんたい)が非常(ひじょう)に美(うつく)しかった。

譯 夏目漱石的文體極為優美。

39 ｜ぶんみゃく【文脈】

㊔ 文章的脈絡，上下文的一貫性，前後文的邏輯；（句子、文章的）表現手法

例 文脈(ぶんみゃく)がはっきりする。

譯 文章脈絡清楚。

40 ｜へんしゅう【編集】

（名・他サ）編集；（電腦）編輯

例 雑誌(ざっし)を編集(へんしゅう)する。

譯 編輯雜誌。

41 ｜みだし【見出し】

㊔（報紙等的）標題；目錄，索引；選拔，拔擢；（字典的）詞目，條目

例 見出(みだ)しを読(よ)む。

譯 讀標題。

42 ｜みほん【見本】

㊔ 樣品，貨樣；榜樣，典型

例 見本(みほん)を提供(ていきょう)する。

譯 提供樣品。

43 ｜もくじ【目次】

㊔（書籍）目錄，目次；（條目、項目）目次

例 目次(もくじ)を作(つく)る。

譯 編目次。

44 ｜ようし【要旨】

㊔ 大意，要旨，要點

例 要旨(ようし)をまとめる。

譯 彙整重點。

45 ｜ようやく【要約】

（名・他サ）摘要，歸納

例 論文(ろんぶん)を要約(ようやく)する。

譯 做論文摘要。

46 ｜よこがき【横書き】

㊔ 橫寫

例 横書(よこが)きの雑誌(ざっし)を作(つく)っている。

譯 編製橫寫編排的雜誌。

47 ｜ろんぶん【論文】

㊔ 論文；學術論文

例 論文(ろんぶん)を提出(ていしゅつ)する。

譯 提出論文。

48 ｜わだい【話題】

㊔ 話題，談話的主題、材料；引起爭論的人事物

例 話題(わだい)が変(か)わる。

譯 改變話題。

必　勝

N1

情境分類單字

パート
1
第一章

時間

- 時間 -

N1 1-1 (1)

1-1 時、時間、時刻 (1) /
時候、時間、時刻 (1)

01 | あいま【合間】

㊔（事物中間的）空隙，空閒時間；餘暇

例 仕事の合間に小説を書く。

譯 利用工作空檔寫小說。

02 | アワー【hour】

名·造 時間；小時

例 ラッシュ・アワー。

譯 尖峰時刻。

03 | いっきに【一気に】

副 一口氣地

例 一気に飲み干す。

譯 一口氣喝乾。

04 | いっこく【一刻】

名·形動 一刻；片刻；頑固；愛生氣

例 一刻も早く会いたい。

譯 迫不及待想早點相見。

05 | おくらす【遅らす】

他五 延遲，拖延；(時間)調慢，調回

例 予定を遅らす。

譯 延遲預定行程。

06 | おり【折】

名 折，折疊；折縫，折疊物；紙盒小匣；時候；機會，時機

例 折に詰める。

譯 裝進紙盒裡。

07 | きっかり

副 正，洽

例 きっかり 1 時半。

譯 正好一點半。

08 | けいか【経過】

名·自サ (時間的)經過，流逝，度過；過程，經過

例 経過は良好。

譯 過程良好。

09 | ゴールデンタイム【(和) golden + time】

名 黃金時段(晚上 7 到 10 點)

例 ゴールデンタイムのドラマ。

譯 黃金時段的連續劇。

10 | こうりつ【効率】

名 效率

例 効率が悪い。

譯 效率差。

11 | さっきゅう·そうきゅう【早急】

(名·形動) 盡量快些，趕快，趕緊

例 早急に手配する。

譯 趕緊安排。

12 | さっと

(副)(形容風雨突然到來)倏然，忽然；(形容非常迅速)忽然，一下子

例 さっと顔色が変わる。

譯 臉色突然變了。

13 | じこくひょう【時刻表】

(名) 時間表

例 電車の時刻表を検索する。

譯 上網搜尋電車時刻表。

14 | じさ【時差】

(名) (各地標準時間的)時差；錯開時間

例 時差ボケする。

譯 時差(而身體疲倦等)。

15 | じっくり

(副) 慢慢地，仔細地，不慌不忙

例 じっくり考える。

譯 仔細考慮。

16 | しまい

(名) 完了，終止，結束；完蛋，絕望

例 しまいにお茶漬けにしよう。

譯 最後來碗茶泡飯吧！

17 | しゅうし【終始】

(副·自サ) 末了和起首；從頭到尾，一貫

例 終始善戦した。

譯 始終頑強抗爭。

18 | しょっちゅう

(副) 經常，總是

例 しょっちゅう喧嘩している。

譯 總是在吵架。

19 | しろくじちゅう【四六時中】

(名) 一天到晚，一整天；經常，始終

例 四六時中気にしている。

譯 始終耿耿於懷。

20 | じんそく【迅速】

(名·形動) 迅速

例 迅速に処理する。

譯 迅速處理。

21 | すぎ【過ぎ】

(接尾) 超過；過度

例 3時過ぎにお客さんが来た。

譯 三點過後有來客。

22 | すばやい【素早い】

(形) 身體的動作與頭腦的思考很快；迅速，飛快

例 動作が素早い。

譯 動作迅速。

23 | すみやか【速やか】

(形動) 做事敏捷的樣子，迅速

例 速やかに行動する。

譯 迅速行動。

24 | スムーズ【smooth】

㊔名·形動 圓滑，順利；流暢

例 話(はなし)がスムーズに進(すす)む。

譯 協商順利進行。

25 | ずるずる

㊔副·自サ 拖拉貌；滑溜；拖拖拉拉

例 ずるずると返事(へんじ)を延(の)ばす。

譯 遲遲不回覆。

26 | ずれ

㊔名 (位置，時間意見等)不一致，分歧；偏離；背離，不吻合

例 ずれが生(しょう)じる。

譯 產生不一致。

27 | せかす【急かす】

㊔他五 催促

例 仕事(しごと)をせかす。

譯 催促工作。

28 | せん【先】

㊔名 先前，以前；先走的一方

例 先住民(せんじゅうみん)に敬意(けいい)を払(はら)う。

譯 對原住民表示敬意。

29 | そくざに【即座に】

㊔副 立即，馬上

例 即座(そくざ)に返答(へんとう)する。

譯 立刻回答。

30 | そくする【即する】

㊔自サ 就，適應，符合，結合

例 実情(じつじょう)に即(そく)して考(かんが)える。

譯 就實際情況來考量。

N1 1-1 (2)

1-1 時、時間、時刻 (2) / 時候、時間、時刻 (2)

31 | タイト【tight】

㊔名·形動 緊，緊貼(身)；緊身裙之略

例 タイトなスケジュールが懸念(けねん)される。

譯 緊湊的行程叫人擔憂。

32 | タイマー【timer】

㊔名 秒錶，計時器；定時器

例 タイマーをセットする。

譯 設定計時器。

33 | タイミング【timing】

㊔名 計時，測時；調時，使同步；時機，事實

例 タイミングが合(あ)う。

譯 合時宜。

34 | タイム【time】

㊔名 時，時間；時代，時機；(體)比賽所需時間；(體)比賽暫停

例 タイムを計(はか)る。

譯 計時。

35 | タイムリー【timely】

㊔形動 及時，適合的時機

例 タイムリーな企画(きかく)が好評(こうひょう)だ。

譯 切合時宜的企畫大受好評。

36 | たんしゅく【短縮】

(名·他サ) 縮短，縮減

例 時間(じかん)を短縮(たんしゅく)する。

譯 縮短時間。

37 | ついやす【費やす】

(他五) 用掉，耗費，花費；白費，浪費

例 歳月(さいげつ)を費(つい)やす。

譯 虛度光陰。

38 | つかのま【束の間】

(名) 一瞬間，轉眼間，轉瞬

例 束(つか)の間(ま)のできごと。

譯 瞬間發生的事。

39 | ときおり【時折】

(副) 有時，偶爾

例 時折(ときおり)思(おも)い出(だ)す。

譯 偶爾想起。

40 | とっさに

(副) 瞬間，一轉眼，轉眼之間

例 とっさに思(おも)い出(だ)す。

譯 瞬間想了起來。

41 | ながなが(と)【長々(と)】

(副) 長長地；冗長；長久

例 長々(ながなが)と話(はな)す。

譯 說話冗長。

42 | はやまる【早まる】

(自五) 倉促，輕率，貿然；過早，提前

例 予定(よてい)が早(はや)まる。

譯 預定提前。

43 | はやめる【速める・早める】

(他下一) 加速，加快；提前，提早

例 時刻(じこく)を早(はや)める。

譯 提早。

44 | ひび【日々】

(名) 天天，每天

例 日々(ひび)の暮(く)らしが楽(たの)しくなる。

譯 對日常平淡的生活感到有趣。

45 | まちあわせ【待ち合わせ】

(名)(指定的時間地點)等候會見

例 待(ま)ち合(あ)わせに遅(おく)れる。

譯 約好了卻遲到。

46 | まっき【末期】

(名) 末期，最後的時期，最後階段；臨終

例 末期癌(まっきがん)の患者(かんじゃ)を担当(たんとう)する。

譯 負責醫治癌症末期患者。

47 | まつ【末】

(接尾·漢造) 末，底；末尾；末期；末節

例 年末(ねんまつ)の行事(ぎょうじ)を終(お)わらせる。

譯 完成年底的行程。

48 | めど【目途・目処】

(名) 目標；眉目，頭緒

例 目途(めど)が立(た)たない。

譯 無法解決。

49 | もちきり【持ち切り】

㊔（某一段時期）始終談論一件事

例 その話題(わだい)で持(も)ち切(き)りだ。

譯 始終談論那個話題。

50 | よか【余暇】

㊔ 閒暇，業餘時間

例 余暇(よか)を生(い)かす。

譯 利用餘暇。

51 | ルーズ【loose】

名·形動 鬆懈，鬆弛，散漫，吊兒郎當

例 ルーズな生活(せいかつ)を送(おく)る。

譯 過著散漫的生活。

N1 ◎ 1-2

1-2 季節、年、月、週、日 /

季節、年、月、週、日

01 | かくしゅう【隔週】

㊔ 每隔一週，隔週

例 隔週(かくしゅう)で発刊(はっかん)される。

譯 隔週發行。

02 | がんねん【元年】

㊔ 元年

例 平成元年(へいせいがんねん)が始(はじ)まる。

譯 平成元年正式開始。

03 | こよみ【暦】

㊔ 曆，曆書

例 暦(こよみ)をめくる。

譯 翻閱日曆。

04 | サイクル【cycle】

㊔ 周期，循環，一轉；自行車

例 サイクル・レースに参戦(さんせん)する。

譯 參加自行車競賽。

05 | しゅうじつ【終日】

㊔ 整天，終日

例 終日(しゅうじつ)雨(あめ)が降(ふ)る。

譯 下一整天的雨。

06 | スプリング【spring】

㊔ 春天；彈簧；跳躍，彈跳

例 スプリングベッドが使(つか)われ始(はじ)めた。

譯 開始使用彈簧床。

07 | せつ【節】

名·漢造 季節，節令；時候，時期；節操；（物體的）節；（詩文歌等的）短句，段落

例 その節(せつ)はよろしく。

譯 那時請多關照。

08 | せんだって【先だって】

㊔ 前幾天，前些日子，那一天；事先

例 先(せん)だってはありがとう。

譯 前些日子謝謝了。

09 | つきなみ【月並み】

㊔ 每月，按月；平凡，平庸；每月的例會

例 月並(つきな)みな考(かんが)え。

譯 平凡的想法。

10 | ねんごう【年号】
㊔ 年號
例 年号が変わる。
譯 改年號。

11 | ばんねん【晩年】
㊔ 晚年，暮年
例 晩年を迎える。
譯 邁入晚年。

12 | ひごろ【日頃】
名·副 平素，平日，平常
例 日頃の努力が実を結んだ。
譯 平素的努力結了果。

13 | めざめる【目覚める】
自下一 醒，睡醒；覺悟，覺醒，發現
例 才能に目覚める。
譯 激發出才能。

14 | ゆうぐれ【夕暮れ】
㊔ 黃昏；傍晚
例 夕暮れの鐘が鳴る。
譯 傍晚時分鐘聲響起。

15 | ゆうやけ【夕焼け】
㊔ 晚霞
例 夕焼けを眺める。
譯 欣賞晚霞。

16 | よふかし【夜更かし】
名·自サ 熬夜
例 夜更かしをする。
譯 熬夜。

17 | よふけ【夜更け】
㊔ 深夜，深更半夜
例 夜更けに尋ねる。
譯 三更半夜來訪。

18 | れんきゅう【連休】
㊔ 連假
例 連休明けに連絡します。
譯 放完連假就聯絡。

19 | れんじつ【連日】
㊔ 連日，接連幾天
例 連日の猛練習に励んでいる。
譯 接連好幾天辛苦的練習。

N1 1-3

1-3 過去、現在、未来 /
過去、現在、未來

01 | いきさつ【経緯】
㊔ 原委，經過
例 事の経緯を説明する。
譯 說明事情始末。

02 | いぜん【依然】
副·形動 依然，仍然，依舊
例 依然として不景気だ。
譯 依然不景氣。

03 | いにしえ【古】

㊔ 古代

例 古(いにしえ)をしのぶ。

譯 思古幽情。

04 | いまだ【未だ】

副 (文)未，還(沒)，尚未(後多接否定語)

例 いまだに終(お)わらない。

譯 至今尚未結束。

05 | かつて

副 曾經，以前；(後接否定語)至今(未曾)，從來(沒有)

例 かつての名選手(めいせんしゅ)。

譯 昔日著名的選手。

06 | かねて

副 事先，早先，原先

例 かねての望(のぞ)みを達(たっ)する。

譯 達成宿願。

07 | がんらい【元来】

副 本來，原本，生來

例 これは元来外国(がんらいがいこく)の物(もの)だ。

譯 這個原本是國外的東西喔。

08 | きげん【起源】

㊔ 起源

例 起源(きげん)を探(さぐ)る。

譯 探究起源。

09 | けいい【経緯】

㊔ (事情的)經過，原委，細節；經度和緯度

例 経緯(けいい)を話(はな)す。

譯 說明原委。

10 | こだい【古代】

㊔ 古代

例 古代文明(こだいぶんめい)を紹介(しょうかい)する。

譯 介紹古代文明。

11 | さきに【先に】

副 以前，以往

例 先(さき)に述(の)べたように。

譯 如同方才所述。

12 | じきに

副 很接近，就快了

例 じきに追(お)いつくよ。

譯 就快追上了喔。

13 | じゅうらい【従来】

名·副 以來，從來，直到現在

例 従来(じゅうらい)の考(かんが)えが覆(くつがえ)される。

譯 過去的想法被加以推翻。

14 | せんこう【先行】

名·自サ 先走，走在前頭；領先，佔先；優先施行，領先施行

例 時代(じだい)に先行(せんこう)する。

譯 走在時代的尖端。

15 | ぜんれい【前例】

㊔ 前例，先例；前面舉的例子

例 前例(ぜんれい)がない。

譯 沒有前例。

16 | でんらい【伝来】

(名·自サ)（從外國）傳來，傳入；祖傳，世傳

例 先祖伝来の土地。

譯 世代相傳的土地。

17 | ニュー【new】

(名·造語) 新，新式

例 ニューカップルが誕生する。

譯 新情侶誕生了。

18 | ひさしい【久しい】

(形) 過了很久的時間，長久，好久

例 卒業して久しい。

譯 畢業很久了。

19 | ひところ【一頃】

(名) 前些日子；曾有一時

例 一頃栄えた町が崩壊した。

譯 曾經繁榮一時的城鎮已衰退。

20 | へんせん【変遷】

(名·自サ) 變遷

例 時代の変遷。

譯 時代變遷。

21 | ぼうとう【冒頭】

(名) 起首，開頭

例 交渉が冒頭から難行する。

譯 交涉一開始就不順利。

22 | みてい【未定】

(名·形動) 未定，未決定

例 日時は未定です。

譯 日期未定。

23 | もはや

(副)（事到如今）已經

例 もはやこれまでだ。

譯 事到如今只能這樣了。

24 | よ【世】

(名) 世上，人世；一生，一世；時代，年代；世界

例 世も末だ。

譯 世界末日了。

N1 ◎ 1-4

1-4 期間、期限 /

期間、期限

01 | うけつける【受け付ける】

(他下一) 受理，接受；容納（特指吃藥、東西不嘔吐）

例 リクエストを受け付ける。

譯 受理要求。

02 | おそくとも【遅くとも】

(副) 最晚，至遲

例 遅くとも 9 時には寝る。

譯 最晚九點就寢。

03 | かぎりない【限りない】

(形) 無限，無止盡；無窮無盡；無比，非常

例 限りない悲しみ。

譯 無盡的悲痛。

04 | かみつ【過密】

名·形動 過密，過於集中

例 過密(かみつ)スケジュール。

譯 行程過於集中。

05 | きじつ【期日】

名 日期；期限

例 期日(きじつ)に遅(おく)れる。

譯 過期。

06 | きり

副助 只，僅；一…(就…)；(結尾詞用法)只，全然

例 彼(かれ)とはそれっきりだった。

譯 跟他就只有那些。

07 | きり【切り】

名 切，切開；限度；段落；(能劇等的)煞尾

例 切(き)りがない。

譯 無止盡。

08 | しゅうき【周期】

名 周期

例 10年(ねん)を周期(しゅうき)として。

譯 十年為週期。

09 | ひどり【日取り】

名 規定的日期；日程

例 日取(ひど)りを決(き)める。

譯 決定日程。

10 | むこう【無効】

名·形動 無效，失效，作廢

例 割引券(わりびきけん)が無効(むこう)になる。

譯 折價券失效。

Memo

パート 2 第二章

住居

- 住房 -

N1 2-1

2-1 家 / 住家

01 いえで【家出】

名·自サ 逃出家門，逃家；出家為僧

例 娘が家出する。

譯 女兒逃家。

02 かまえる【構える】

他下一 修建，修築；(轉)自立門戶，住在(獨立的房屋)；採取某種姿勢，擺出姿態；準備好；假造，裝作，假托

例 店を構える。

譯 開店。

03 かまえ【構え】

名 (房屋等的)架構，格局；(身體的)姿勢，架勢；(精神上的)準備

例 構えの大きな家に住んでいた。

譯 住在格局大的房子。

04 きしむ【軋む】

自五 (兩物相摩擦)吱吱嘎嘎響

例 床がきしむ。

譯 地板嘎吱作響。

05 くら【蔵】

名 倉庫，庫房；穀倉，糧倉；財源

例 蔵にしまう。

譯 收進倉庫裡。

06 こうきょ【皇居】

名 皇居

例 皇居前広場。

譯 皇居前廣場。

07 こもる【籠もる】

自五 閉門不出；包含，含蓄；(煙氣等)停滯，充滿，(房間等)不通風

例 部屋にこもる。

譯 閉門不出。

08 じっか【実家】

名 娘家；親生父母家

例 実家に戻る。

譯 回到娘家。

09 しゃたく【社宅】

名 公司的員工住宅，職工宿舍

例 社宅から通勤する。

譯 從員工宿舍去上班。

10 そうしょく【装飾】

名·他サ 裝飾

例 店内を装飾する。

譯 裝飾店內。

11 | つくり【作り・造り】

㊔（建築物的）構造，樣式；製造（的樣式）；身材，體格；打扮，化妝

例 頑丈(がんじょう)な作(つく)りの建物(たてもの)。

譯 堅固結構的建物。

12 | ていたく【邸宅】

㊔ 宅邸，公館

例 大邸宅(だいていたく)が並(なら)んでいる。

譯 櫛比鱗次的大宅院並排著。

13 | どうきょ【同居】

名・自サ 同居；同住，住在一起

例 三世代(さんせだい)が同居(どうきょ)する。

譯 三代同堂。

14 | とじまり【戸締まり】

㊔ 關門窗，鎖門

例 戸締(とじま)りを忘(わす)れる。

譯 忘記鎖門。

15 | のきなみ【軒並み】

名・副 屋簷節比，成排的屋簷；家家戶戶，每家；一律

例 軒並(のきな)みの美(うつく)しい町(まち)を揃(そろ)えている。

譯 屋簷櫛比的美麗街道整齊排列著。

16 | べっきょ【別居】

名・自サ 分居

例 妻(つま)と別居(べっきょ)する。

譯 和太太分居。

17 | ようふう【洋風】

㊔ 西式，洋式；西洋風格

例 洋風(ようふう)のたたずまい。

譯 西式外觀。

N1 2-2

2-2 家の外側 / 住家的外側

01 | インターホン【interphone】

㊔（船、飛機、建築物等的）內部對講機

例 インターホンで確認(かくにん)する。

譯 用對講機確認一下。

02 | えんがわ【縁側】

㊔ 迴廊，走廊

例 縁側(えんがわ)に出(で)る。

譯 到走廊。

03 | がいかん【外観】

㊔ 外觀，外表，外型

例 外観(がいかん)を損(そこ)なう。

譯 外觀破損。

04 | かだん【花壇】

㊔ 花壇，花圃

例 花壇(かだん)に花(はな)を植(う)える。

譯 在花圃上種花。

05 | ガレージ【garage】

㊔ 車庫

例 車(くるま)をガレージに入(い)れる。

譯 把車停入車庫。

06 | がんじょう【頑丈】

(形動) (構造)堅固；(身體)健壯

例 頑丈な扉を設置した。

譯 安裝堅固的門。

07 | かん【管】

(名·漢造·接尾) 管子；(接數助詞)支；圓管；筆管；管樂器

例 ガス管が破裂する。

譯 瓦斯管破裂。

08 | さく【柵】

(名) 柵欄；城寨

例 柵で囲う。

譯 用柵欄圍住。

09 | タイル【tile】

(名) 磁磚

例 タイル張りの床が少ない。

譯 磁磚材質的地板較為稀少。

10 | だん【壇】

(名·漢造) 台，壇

例 花壇の草取りをする。

譯 拔除花園裡的雜草。

11 | とびら【扉】

(名) 門，門扇；(印刷)扉頁

例 扉を開く。

譯 開門。

12 | ブザー【buzzer】

(名) 鈴；信號器

例 ブザーを鳴らす。

譯 鳴汽笛。

13 | ほうち【放置】

(名·他サ) 放置不理，置之不顧

例 駅前の放置自転車は減った。

譯 車站前放置被人丟棄的自行車減少了。

14 | やしき【屋敷】

(名) (房屋的)建築用地，宅地；宅邸，公館

例 お化け屋敷に入る。

譯 進入鬼屋。

N1 2-3

2-3 部屋、設備 /
房間、設備

01 | こなごな【粉々】

(形動) 粉碎，粉末

例 粉々に砕ける。

譯 磨成粉末狀。

02 | すいせん【水洗】

(名·他サ) 水洗，水沖；用水沖洗

例 水洗式便所を使用する。

譯 使用沖水馬桶。

03 | すえつける【据え付ける】

(他下一) 安裝，安放，安設；裝配，配備；固定，連接

例 電話を据え付ける。

譯 裝配電話。

04 | すえる【据える】

他下一 安放，設置；擺列，擺放；使坐在…；使就…職位；沉著(不動)；針灸治療；蓋章

例 社長に据える。

譯 安排(他)當經理。

05 | ちゃのま【茶の間】

名 茶室；(家裡的)餐廳

例 茶の間で食事をする。

譯 在餐廳吃飯。

06 | ながし【流し】

名 流，沖；流理台

例 流しに下げる。

譯 收拾到流理台裡。

07 | にゅうよく【入浴】

名·自サ 沐浴，入浴，洗澡

例 入浴剤を入れる。

譯 加入入浴劑。

08 | はいすい【排水】

名·自サ 排水

例 排水工事をする。

譯 做排水工程。

09 | はいち【配置】

名·他サ 配置，安置，部署，配備；分派點

例 配置を変更する。

譯 變更配置。

10 | バス【bath】

名 浴室

例 ジャグジーバスに入る。

譯 進按摩浴缸泡澡。

11 | ぼうか【防火】

名 防火

例 防火訓練を行う。

譯 進行防火演練。

12 | ユニットバス【(和) unit + bath】

名 (包含浴缸、洗手台與馬桶的)一體成形的衛浴設備

例 最新のユニットバスが取り付けられている。

譯 附有最新型的衛浴設備。

13 | ようしき【洋式】

名 西式，洋式，西洋式

例 洋式トイレにリフォームする。

譯 改裝西式廁所。

14 | よくしつ【浴室】

名 浴室

例 サウナを完備した浴室。

譯 三溫暖設備齊全的浴室。

15 | わしき【和式】

名 日本式

例 和式のトイレ。

譯 和式廁所。

2-4 住む / 居住

01 | アットホーム【at home】

形動 舒適自在，無拘無束

例 アットホームな雰囲気(ふんいき)。

譯 舒適的氣氛。

02 | いじゅう【移住】

名·自サ 移居；(候鳥)定期遷徙

例 外国(がいこく)に移住(いじゅう)する。

譯 移居國外。

03 | きょじゅう【居住】

名·自サ 居住；住址，住處

例 居住地域(きょじゅうちいき)。

譯 居住地區。

04 | じゅう【住】

名·漢造 居住，住處；停住；住宿；住持

例 衣食住(いしょくじゅう)に事欠(ことか)く。

譯 食衣住樣樣貧困。

05 | てんきょ【転居】

名·自サ 搬家，遷居

例 転居先(てんきょさき)に転送(てんそう)する。

譯 轉寄到遷居地。

06 | ふざい【不在】

名 不在，不在家

例 不在通知(ふざいつうち)を受(う)け取(と)る。

譯 收到郵件招領通知。

Memo

パート
3
第三章

食事

- 用餐 -

N1 3-1

3-1 食事、食べる、味 / 用餐、吃、味道

01 | あじわい【味わい】

名 味，味道；趣味，妙處

例 味わいのある言葉。

譯 富饒趣味的言語。

02 | あっさり

副·自サ (口味)清淡；(樣式)樸素，不花俏；(個性)坦率，淡泊；簡單，輕鬆

例 お金にあっさりしている。

譯 對金錢淡泊。

03 | あまくち【甘口】

名 帶甜味的；好吃甜食的人；(騙人的)花言巧語，甜言蜜語

例 甘口の酒を飲む。

譯 喝帶甜味的酒。

04 | あわせ【合わせ】

名 (當造語成分用)合在一起；對照；比賽；(猛拉鉤絲)鉤住魚

例 刺身の盛り合わせを頼む。

譯 叫生魚片拼盤。

05 | えんぶん【塩分】

名 鹽分，鹽濃度

例 塩分を取り除く。

譯 除去鹽分。

06 | かけ【掛け】

接尾·造語 (前接動詞連用形)表示動作已開始而還沒結束，或是中途停了下來；(表示掛東西用的)掛

例 食べかけの饅頭。

譯 吃到一半的豆沙包。

07 | かみきる【噛み切る】

他五 咬斷，咬破

例 肉を噛み切る。

譯 咬斷肉。

08 | かみ【加味】

名·他サ 調味，添加調味料；添加，放進，採納

例 スパイスを加味する。

譯 添加辛香料。

09 | きょう【供】

漢造 供給，供應，提供

例 食事を供する。

譯 供膳。

10 | ぐっと

副 使勁；一口氣地；更加；啞口無言；(俗)深受感動

例 ぐっと飲(の)む。
譯 一口氣喝完。

11 | しゅしょく【主食】
㊔ 主食(品)
例 米(こめ)を主食(しゅしょく)とする。
譯 以米飯為主食。

12 | ていしょく【定食】
㊔ 客飯，套餐
例 定食(ていしょく)を注文(ちゅうもん)する。
譯 點套餐。

13 | なまぐさい【生臭い】
㊋ 發出生魚或生肉的氣味；腥
例 生臭(なまぐさ)い匂(にお)いがする。
譯 發出腥臭味。

14 | なめる
他下一 舔；嚐；經歷；小看，輕視；(比喻火)燒，吞沒
例 辛酸(しんさん)をなめる。
譯 飽嚐辛酸。

15 | のみこむ【飲み込む】
他五 咽下，吞下；領會，熟悉
例 コツを飲(の)み込(こ)む。
譯 掌握要領。

16 | ひるめし【昼飯】
㊔ 午飯
例 昼飯(ひるめし)を食(く)う。
譯 吃午餐。

17 | ふくれる【膨れる・脹れる】
自下一 脹，腫，鼓起來
例 お腹(なか)が膨(ふく)れる。
譯 肚子脹起來。

18 | まずい【不味い】
㊋ 難吃；笨拙，拙劣；難看；不妙
例 空腹(くうふく)にまずい物(もの)なし。
譯 餓肚子時沒有不好吃的東西。

19 | まちまち【区々】
名·形動 形形色色，各式各樣
例 噂(うわさ)がまちまちだ。
譯 傳説不一。

20 | みかく【味覚】
㊔ 味覺
例 味覚(みかく)が鋭(するど)い。
譯 味覺敏鋭。

21 | みずみずしい【瑞瑞しい】
㊋ 水嫩，嬌嫩；新鮮
例 みずみずしい果物(くだもの)が旬(しゅん)を迎(むか)えます。
譯 新鮮的水果正當季好吃。

22 | み【味】
漢造 (舌的感覺)味道；事物的內容；鑑賞，玩味；(助數詞用法)(食品、藥品、調味料的)種類
例 旨味(うまみ)がある。
譯 (食物)好滋味。

23 | めす【召す】

(他五) (敬語)召見，召喚；吃；喝；穿；乘；入浴；感冒；買

例 お召しになりますか。

譯 您要嚐一下嗎。

N1 3-2

3-2 食べ物 /
食物

01 | うめぼし【梅干し】

(名) 鹹梅，醃的梅子

例 梅干しを漬ける。

譯 醃製酸梅。

02 | おせちりょうり【お節料理】

(名) 年菜

例 お節料理を作る。

譯 煮年菜。

03 | かいとう【解凍】

(名·他サ) 解凍

例 解凍してから焼く。

譯 先解凍後烤。

04 | カクテル【cocktail】

(名) 雞尾酒

例 カクテルを飲む。

譯 喝雞尾酒。

05 | かしら【頭】

(名) 頭，腦袋；頭髮；首領，首腦人物；頭一名，頂端，最初

例 お頭つきの鯛を買った。

譯 買了頭尾俱全的鯛魚。

06 | こうしんりょう【香辛料】

(名) 香辣調味料(薑，胡椒等)

例 香辛料を入れる。

譯 加入香辣調味料。

07 | ゼリー【jelly】

(名) 果凍；膠狀物

例 ゼリー状から液状になっていく。

譯 從膠狀變成液狀。

08 | ぜん【膳】

(名·接尾·漢造) (吃飯時放飯菜的)方盤，食案，小飯桌；擺在食案上的飯菜；(助數詞用法)(飯等的)碗數；一雙(筷子)；飯菜等

例 お膳にお椀を並べる。

譯 在飯桌上擺放碗筷。

09 | ぞうに【雑煮】

(名) 日式年糕湯

例 うちのお雑煮は醤油味だ。

譯 我們家的年糕湯是醬油風味。

10 | そえる【添える】

(他下一) 添，加，附加，配上；伴隨，陪同

例 口を添える。

譯 替人美言。

11 | とろける

(自下一) 溶化，溶解；心盪神馳

例 とろけるチーズ。

譯 入口即化的起司。

12 | ねつりょう【熱量】

㊔ 熱量

例 熱量(ねつりょう)を測(はか)る。

譯 計算熱量。

13 | はいきゅう【配給】

(名·他サ) 配給，配售，定量供應

例 配給制度(はいきゅうせいど)に移行(いこう)する。

譯 更換為配給制度。

14 | はごたえ【歯応え】

㊔ 咬勁，嚼勁；有幹勁

例 この煎餅(せんべい)は歯応(はごた)えがある。

譯 這個煎餅咬起來很脆。

15 | はちみつ【蜂蜜】

㊔ 蜂蜜

例 蜂蜜(はちみつ)を塗(ぬ)る。

譯 塗蜂蜜。

16 | ぶっし【物資】

㊔ 物資

例 救援物資(きゅうえんぶっし)を送(おく)る。

譯 運送救援物資。

17 | ふんまつ【粉末】

㊔ 粉末

例 粉末状(ふんまつじょう)にする。

譯 弄成粉末狀。

18 | ほし【干し】

(造語) 乾，晒乾

例 干(ほ)しあわびを食(た)べる。

譯 吃乾鮑魚。

19 | もちこむ【持ち込む】

(他五) 攜入，帶入；提出(意見，建議，問題)

例 飲食物(いんしょくぶつ)をホテルに持(も)ち込(こ)む。

譯 將外食攜入飯店。

20 | ゆ【油】

(漢造) …油

例 ラー油(ゆ)をたらす。

譯 淋上辣油。

21 | ライス【rice】

㊔ 米飯

例 ライスを注文(ちゅうもん)する。

譯 點米飯。

22 | れいぞう【冷蔵】

(名·他サ) 冷藏，冷凍

例 肉(にく)を冷蔵(れいぞう)する。

譯 冷藏肉。

23 | わふう【和風】

㊔ 日式風格，日本風俗；和風，微風

例 和風(わふう)だしで料理(りょうり)する。

譯 用和風高湯烹調。

3-3 調理、料理、クッキング／
調理、菜餚、烹調

01 ｜いためる【炒める】
他下一 炒（菜、飯等）

例 にんにくを炒(いた)める。

譯 爆炒蒜瓣。

02 ｜うでまえ【腕前】
名 能力，本事，才幹，手藝

例 腕前(うでまえ)を披露(ひろう)する。

譯 展現才能。

03 ｜かきまわす【掻き回す】
他五 攪和，攪拌，混合；亂翻，翻弄，翻攪；攪亂，擾亂，胡作非為

例 お湯(ゆ)をかき回(まわ)す。

譯 攪拌熱水。

04 ｜きれめ【切れ目】
名 間斷處，裂縫；間斷，中斷；段落；結束

例 文(ぶん)の切(き)れ目(め)をつける。

譯 標出文章的段落來。

05 ｜けむる【煙る】
自五 冒煙；模糊不清，朦朧

例 部屋(へや)が煙(けむ)る。

譯 房間煙霧瀰漫。

06 ｜こす
他五 過濾，濾

例 濾紙(ろし)で濾(こ)す。

譯 用濾紙過濾。

07 ｜しあげ【仕上げ】
名・他サ 做完，完成；做出的結果；最後加工，潤飾

例 みごとな仕上(しあ)げだ。

譯 成果很棒。

08 ｜したあじ【下味】
名 預先調味，底味

例 下味(したあじ)をつける。

譯 事先調好底味。

09 ｜しみる【滲みる】
自上一 滲透，浸透

例 水(みず)がしみる。

譯 水滲透進去。

10 ｜すくう【掬う】
他五 抄取，撈取，掬取，舀，捧；抄起對方的腳使跌倒

例 匙(さじ)ですくう。

譯 用湯匙舀。

11 ｜せいほう【製法】
名 製法，作法

例 独特(どくとく)の製法(せいほう)を用(もち)いる。

譯 使用獨特的製造方法。

12 ｜だいよう【代用】
名・他サ 代用

例 ご飯粒(はんつぶ)を糊(のり)の代用(だいよう)にする。

譯 以飯粒代替糨糊使用。

13 | ちょうり【調理】

(名·他サ) 烹調，作菜；調理，整理，管理

例 魚を調理する。

譯 烹調魚肉。

14 | ちょうわ【調和】

(名·自サ) 調和，(顏色，聲音等)和諧，(關係)協調

例 調和を取る。

譯 取得和諧。

15 | てがる【手軽】

(名·形動) 簡便；輕易；簡單

例 手軽にできる。

譯 容易做到。

16 | デコレーション【decoration】

(名) 裝潢，裝飾

例 デコレーションケーキ。

譯 花式蛋糕。

17 | ねっとう【熱湯】

(名) 熱水，開水

例 熱湯を注ぐ。

譯 注入熱水。

18 | はぐ【剥ぐ】

(他五) 剝下；強行扒下，揭掉；剝奪

例 皮を剥ぐ。

譯 剝皮。

19 | ひたす【浸す】

(他五) 浸，泡

例 水に浸す。

譯 浸水。

20 | ほおん【保温】

(名·自サ) 保溫

例 保温効果がある。

譯 有保溫效果。

21 | みずけ【水気】

(名) 水分

例 水気をふき取る。

譯 拭去水分。

パート **4** 第四章

衣服

- 衣服 -

N1 4-1

4-1 衣服、洋服、和服 / 衣服、西服、和服

01 | いしょう【衣装】

㊔ 衣服，(外出或典禮用的)盛裝；(戲)戲服，劇裝

例 衣装(いしょう)をつけた俳優(はいゆう)たちが役(やく)に入(はい)る。

譯 穿上戲服的演員開始入戲。

02 | いりょう【衣料】

㊔ 衣服；衣料

例 衣料品(いりょうひん)を購入(こうにゅう)する。

譯 購買衣物。

03 | いるい【衣類】

㊔ 衣服，衣裳

例 衣類(いるい)をまとめる。

譯 整理衣物。

04 | おりもの【織物】

㊔ 紡織品，織品

例 織物(おりもの)の腕(うで)を磨(みが)く。

譯 磨練紡織手藝。

05 | サイズ【size】

㊔ (服裝，鞋，帽等)尺寸，大小；尺碼，號碼；(婦女的)身材

例 サイズが大(おお)きい。

譯 尺寸很大。

06 | さける【裂ける】

自下一 裂，裂開，破裂

例 袋(ふくろ)が裂(さ)ける。

譯 袋子破了。

07 | しける【湿気る】

自五 潮濕，帶潮氣，受潮

例 洗濯物(せんたくもの)が湿気(しけ)る。

譯 換洗衣物受潮。

08 | しゃれる【洒落る】

自下一 漂亮打扮，打扮得漂亮；説俏皮話，詼諧；別緻，風趣；狂妄，自傲

例 洒落(しゃれ)た格好(かっこう)で外出(がいしゅつ)する。

譯 打扮得漂漂亮亮的出門。

09 | ジャンパー【jumper】

㊔ 工作服，運動服；夾克，短上衣

例 ジャンパー姿(すがた)で散歩(さんぽ)する。

譯 穿運動服散步。

10 | スラックス【slacks】

㊔ 西裝褲，寬鬆長褲；女褲

例 スラックスをはく。

譯 穿長褲。

11 | そろい【揃い】

名·接尾 成套，成組，一樣；(多數人)聚在一起，齊全；(助數詞用法)套，副，組

例 娘とお揃いの着物を着た。

譯 與女兒穿上成套一樣的衣服。

12 | たけ【丈】

名 身高，高度；尺寸，長度；罄其所有，毫無保留

例 丈を３センチつめた。

譯 長度縮短三公分。

13 | だぶだぶ

副·自サ （衣服等）寬大，肥大；（人）肥胖，肌肉鬆弛；（液體）滿，盈

例 だぶだぶのズボンを買った。

譯 買了一件寬鬆的褲子。

14 | たるみ

名 鬆弛，鬆懈，遲緩

例 靴下のたるみ。

譯 襪子的鬆緊。

15 | ハイネック【high-necked】

名 高領

例 ハイネックのセーターが欲しかった。

譯 想要高領的毛衣。

16 | パジャマ【pajamas】

名 （分上下身的）西式睡衣

例 パジャマを着る。

譯 穿睡衣。

17 | ハンガー【hanger】

名 衣架

例 ハンガーに掛ける。

譯 掛在衣架上。

18 | ひっかける【引っ掛ける】

他下一 掛起來；披上；欺騙

例 コートを洋服掛けに引っ掛ける。

譯 將外套掛在衣架上。

19 | ほころびる

自上一 （縫接處線斷開）開線，開綻；微笑，露出笑容

例 ズボンの裾が綻びる。

譯 褲子的下擺開線了。

20 | ほしもの【干し物】

名 曬乾物；（洗後）晾曬的衣服

例 干し物をする。

譯 曬衣服。

21 | ユニフォーム【uniform】

名 制服；（統一的）運動服，工作服

例 ユニフォームを着用する。

譯 穿制服。

22 | りゅうこう【流行】

名 流行

例 流行を追う。

譯 趕流行。

23 | レース【lace】

名 花邊，蕾絲

例 レース使いがかわいい。

譯 蕾絲花邊很可愛。

4-2 着る、装身具 / 穿戴、服飾用品

01 | きかざる【着飾る】

(他五) 盛裝，打扮

例 派手(はで)に着飾(きかざ)る。

譯 盛裝打扮。

02 | キャップ【cap】

(名) 運動帽，棒球帽；筆蓋

例 万年筆(まんねんひつ)のキャップ。

譯 鋼筆筆蓋。

03 | くびかざり【首飾り】

(名) 項鍊

例 花(はな)の首飾(くびかざ)りを渡(わた)す。

譯 遞給花做的項鍊。

04 | ジーパン【(和) jeans+pants 之略】

(名) 牛仔褲

例 ジーパンを履(は)く。

譯 穿牛仔褲。

05 | せいそう【盛装】

(名·自サ) 盛裝，華麗的裝束

例 盛装(せいそう)で出(で)かける。

譯 盛裝外出。

06 | ねじれる

(自下一) 彎曲，歪扭；(個性)乖僻，彆扭

例 ネクタイがねじれる。

譯 領帶扭歪了。

07 | はえる【映える】

(自下一) 照，映照；(顯得)好看；顯眼，奪目

例 スーツに映(は)えるネクタイ。

譯 襯托西裝的領帶。

08 | はげる【剥げる】

(自下一) 剝落；褪色

例 塗装(とそう)が剥(は)げる。

譯 噴漆剝落。

09 | ブーツ【boots】

(名) 長筒鞋，長筒靴，馬鞋

例 ブーツを履(は)く。

譯 穿靴子。

10 | ぶかぶか

(副·自サ) (帽、褲)太大不合身；漂浮貌；(人)肥胖貌；(笛子、喇叭等)大吹特吹貌

例 ぶかぶかの靴(くつ)を履(は)く。

譯 穿著太大的鞋子。

11 | ほどける【解ける】

(自下一) 解開，鬆開

例 帯(おび)がほどける。

譯 鬆開和服腰帶。

12 | ゆるめる【緩める】

(他下一) 放鬆，使鬆懈；鬆弛；放慢速度

例 ベルトを緩(ゆる)める。

譯 放鬆皮帶。

パート 5 第五章 人体

- 人體 -

N1 5-1

5-1 身体、体 / 胴體、身體

01 | あおむけ【仰向け】

㊔ 向上仰

例 仰向けに寝る。

譯 仰著睡。

02 | あか【垢】

㊔（皮膚分泌的）污垢；水鏽，水漬，污點

例 垢を落とす。

譯 除掉汙垢。

03 | うつぶせ【俯せ】

㊔ 臉朝下趴著，俯臥

例 うつぶせに倒れる。

譯 臉朝下跌倒，摔了個狗吃屎。

04 | うるおう【潤う】

(自五) 潤濕；手頭寬裕；受惠，沾光

例 肌が潤う。

譯 肌膚潤澤。

05 | おおがら【大柄】

(名·形動) 身材大，骨架大；大花樣

例 大柄な女が騒ぎ出した。

譯 身材高大的女人大鬧起來。

06 | かする

(他五) 掠過，擦過；揩油，剝削；（書法中）寫出飛白；（容器中東西過少）見底

例 弾が耳をかする。

譯 砲彈擦過耳際。

07 | がっしり

(副·自サ) 健壯，堅實；嚴密，緊密

例 がっしりとした体格を生かした。

譯 運用健壯的體格。

08 | からだつき【体付き】

㊔ 體格，體型，姿態

例 体付きがよい。

譯 體格很好。

09 | きたえる【鍛える】

(他下一) 鍛，錘鍊；鍛鍊

例 体を鍛える。

譯 鍛鍊身體。

10 | きゃしゃ【華奢】

(形動) 身體或容姿纖細，高雅，柔弱；東西做得不堅固，容易壞；纖細，苗條；嬌嫩，不結實

例 華奢な体で可愛らしい。

譯 纖瘦的體格真是小巧玲瓏。

11 | くぐる

(他五) 通過，走過；潛水；猜測

例 暖簾をくぐる。

譯 從門簾底下走過。

12 | けっかん【血管】

(名) 血管

例 血管が詰まる。

譯 血管栓塞。

13 | こがら【小柄】

(名·形動) 身體短小；(布料、裝飾等的）小花樣，小碎花

例 小柄な女性が好まれる。

譯 小個子的女性比較受歡迎。

14 | じんたい【人体】

(名) 人體，人的身體

例 人体に害がある。

譯 對人體有害。

15 | スリーサイズ【(和) three + size】

(名)(女性的)三圍

例 スリーサイズを計る。

譯 測量三圍。

16 | たいかく【体格】

(名) 體格；(詩的)風格

例 体格がよい。

譯 體格很好。

17 | だっしゅつ【脱出】

(名·自サ) 逃出，逃脫，逃亡

例 危険から脱出する。

譯 逃離危險。

18 | つかる【浸かる】

(自五) 淹，泡；泡在(浴盆裡)洗澡

例 お風呂につかる。

譯 洗澡。

19 | つやつや

(副·自サ) 光潤，光亮，晶瑩剔透

例 肌がつやつやと光る。

譯 皮膚晶瑩剔透。

20 | でっぱる【出っ張る】

(自五) (向外面)突出

例 腹が出っ張る。

譯 肚子突出。

21 | デブ

(名) (俗)胖子，肥子

例 ずいぶんデブだな。

譯 好一個大胖子啊。

22 | どう【胴】

(名) (去除頭部和四肢的)驅體；腹部；(物體的)中間部分

例 胴まわりがかなり大きい。

譯 腰圍頗大。

23 | なまみ【生身】

(名) 肉身，活人，活生生；生魚，生肉

例 生身の人間。

譯 活生生的人。

24 | にくたい【肉体】

名 肉體

例 肉体労働を強いる。

譯 強迫身體勞動。

25 | ひやけ【日焼け】

名·自サ （皮膚）曬黑；（因為天旱田裡的水被）曬乾

例 日焼けした肌が元に戻る。

譯 讓曬黑的皮膚白回來。

26 | ふるわす【震わす】

他五 使哆嗦，發抖，震動

例 肩を震わして泣く。

譯 哭得渾身顫抖。

27 | ふるわせる【震わせる】

他下一 使震驚（哆嗦、發抖）

例 怒りに声を震わせる。

譯 因憤怒而聲音顫抖。

28 | ふれあう【触れ合う】

自五 相互接觸，相互靠著

例 人ごみで、体が触れ合う。

譯 在人群中身體相互擦擠。

29 | また【股】

名 開襠，褲襠

例 大股で歩く。

譯 大步走路。

30 | まるまる【丸々】

名·副 雙圈；（指隱密的事物）某某；全部，完整，整個；胖嘟嘟

例 丸々と太った豚を喰う。

譯 大啖圓胖肥美的豬肉。

31 | みがる【身軽】

名·形動 身體輕鬆，輕便；身體靈活，靈巧

例 その身軽な動作に驚いた。

譯 對那敏捷的動作感到驚歎不已。

32 | みぶり【身振り】

名 （表示意志、感情的）姿態；（身體的）動作

例 身振り手振りで示す。

譯 比手劃腳地示意。

33 | もがく

自五 （痛苦時）掙扎，折騰；焦急，著急，掙扎

例 水におぼれてもがく。

譯 溺水不斷掙扎著。

34 | やせっぽち

名 （俗）瘦小（的人），瘦皮猴

例 やせっぽちの少年。

譯 瘦小的少年。

35 | よりかかる【寄り掛かる】

自五 倚，靠；依賴，依靠

例 壁に寄り掛かる。

譯 倚靠著牆壁。

5-2 顏(1) / 臉(1)

01 | あおぐ【仰ぐ】
(他五) 仰，抬頭；尊敬；仰賴，依靠；請，求；服用

例 空(そら)を仰(あお)ぐ。

譯 仰望天空。

02 | いちべつ【一瞥】
(名・サ変) 一瞥，看一眼

例 一瞥(いちべつ)もくれない。

譯 一眼也不看。

03 | いちもく【一目】
(名・自サ) 一隻眼睛；一看，一目；(項目)一項，一款

例 一目(いちもく)してそれと分(わ)かる。

譯 一眼就看出。

04 | いっけん【一見】
(名・副・他サ) 看一次，一看；一瞥，看一眼；乍看，初看

例 百聞(ひゃくぶん)は一見(いっけん)に如(し)かず。

譯 百聞不如一見。

05 | うつむく【俯く】
(自五) 低頭，臉朝下；垂下來，向下彎

例 恥(は)ずかしそうにうつむく。

譯 害羞地低下頭。

06 | かおつき【顔付き】
(名) 相貌，臉龐；表情，神色

例 顔付(かおつ)きが変(か)わる。

譯 改變相貌。

07 | かたむける【傾ける】
(他下一) 使…傾斜，使…歪偏；飲(酒)等；傾注；傾，敗(家)，使(國家)滅亡

例 耳(みみ)を傾(かたむ)ける。

譯 傾聽。

08 | がんきゅう【眼球】
(名) 眼球

例 眼球(がんきゅう)が痛(いた)い。

譯 眼球疼痛。

09 | くちずさむ【口ずさむ】
(他五) (隨興之所致)吟，詠，誦

例 歌(うた)を口(くち)ずさむ。

譯 哼著歌。

10 | くっきり
(副・自サ) 特別鮮明，清楚

例 富士山(ふじさん)がくっきり見(み)える。

譯 清楚看到富士山。

11 | コンタクト【contact lens 之略】
(名) 隱形眼鏡

例 相手(あいて)とコンタクトをとる。

譯 與對方取得連繫。

12 | しかく【視覚】
(名) 視覺

例 視覚(しかく)に訴(うった)える。

譯 訴諸視覺。

13 | したじ【下地】

㊔ 準備，基礎，底子；素質，資質；真心；布等的底色

例 化粧下地を塗る。

譯 擦上粉底霜。

14 | すます【澄ます・清ます】

(自五·他五·接尾) 澄清（液體）；使晶瑩，使清澈；洗淨；平心靜氣；集中注意力；裝模作樣，假正經，擺架子；裝作若無其事；（接在其他動詞連用形下面）表示完全成為…

例 耳を澄まして聞く。

譯 注意聆聽。

15 | そらす【反らす】

(他五) 向後仰，（把東西）弄彎

例 体をそらす。

譯 身體向後仰。

16 | そらす【逸らす】

(他五)（把視線、方向）移開，離開，轉向別方；佚失，錯過；岔開（話題、注意力）

例 視線をそらす。

譯 移開視線。

17 | だんりょく【弾力】

㊔ 彈力，彈性

例 計画に弾力を持たせる。

譯 讓計劃保有彈性空間。

18 | ちょうかく【聴覚】

㊔ 聽覺

例 聴覚が鋭い。

譯 聽覺很敏銳。

19 | ちらっと

(副) 一閃，一晃；隱約，斷斷續續

例 ちらっと見る。

譯 稍微看了一下。

20 | つば【唾】

㊔ 唾液，口水

例 手に唾する。

譯 躍躍欲試。

21 | つぶやき【呟き】

㊔ 牢騷，嘟囔；自言自語的聲音

例 呟きをもらす。

譯 發牢騷。

N1 5-2 (2)

5-2 顔 (2) / 臉 (2)

22 | つぶやく【呟く】

(自五) 喃喃自語，嘟囔

例 ぶつぶつと呟く。

譯 喃喃自語發牢騷。

23 | つぶら

(形動) 圓而可愛的；圓圓的

例 つぶらな目が可愛い。

譯 圓溜溜的眼睛可愛極了。

24 | つぶる

(他五)（把眼睛）閉上

例 目をつぶる。

譯 閉上眼睛；對於缺點、過失裝作沒看見。

25 | できもの【でき物】

㊔ 疙瘩，腫塊；出色的人

例 足に出来物ができた。

譯 腳上長了疙瘩。

26 | なめらか

(形動) 物體的表面滑溜溜的；光滑，光潤；流暢的像流水一樣；順利，流暢

例 滑らかな肌触りに仕上げた。

譯 打造出光滑細緻的觸感。

27 | にきび

㊔ 青春痘，粉刺

例 ニキビを潰す。

譯 擠破青春痘。

28 | はつみみ【初耳】

㊔ 初聞，初次聽到，前所未聞

例 その話は初耳だ。

譯 第一次聽到這件事。

29 | はり【張り】

(名·接尾) 當力，拉力；緊張而有力；勁頭，信心

例 張りのある肌。

譯 有彈力的肌膚。

30 | ひといき【一息】

㊔ 一口氣；喘口氣；一把勁

例 一息入れる。

譯 喘一口氣；稍事休息。

31 | ほっぺた【頬っぺた】

㊔ 面頰，臉蛋

例 ほっぺたをたたく。

譯 甩耳光。

32 | ぼつぼつ

(名·副) 小斑點；漸漸，一點一點地

例 腕にぼつぼつができた。

譯 手臂長了一點一點的疹子。

33 | ぼやける

(自下一) （物體的形狀或顏色）模糊，不清楚

例 視界がぼやける。

譯 視線模糊不清。

34 | まばたき・またたき【瞬き】

(名·自サ) 瞬，眨眼

例 瞬きもせずに見つめる。

譯 不眨眼地盯著看。

35 | まゆ【眉】

㊔ 眉毛，眼眉

例 眉をひそめる。

譯 皺眉。

36 | みとどける【見届ける】

(他下一) 看到，看清；看到最後；預見

例 成長を見届ける。

譯 見證其成長。

37 | みのがす【見逃す】

(他五) 看漏；饒過，放過；錯過；沒看成

例 決定的瞬間を見逃す。
譯 錯過決定性的瞬間。

38 | みはらし【見晴らし】
名 眺望，遠望；景致
例 見晴らしのいい展望台。
譯 景致美麗的瞭望台。

39 | みわたす【見渡す】
他五 瞭望，遠望；看一遍，環視
例 見渡す限りの青空。
譯 一望無際的藍天。

40 | めつき【目付き】
名 眼神
例 目付きが悪い。
譯 眼神兇狠。

41 | もうてん【盲点】
名（眼球中的）盲點，暗點；空白點，漏洞
例 敵の盲点をつく。
譯 乘敵之虛，攻其不備。

42 | よそみ【余所見】
名·自サ 往旁處看；給他人看見的樣子
例 よそみ運転する。
譯 左顧右盼的開車。

5-3 手足 / 手腳

01 | あゆみ【歩み】
名 步行，走；腳步，步調；進度，發展
例 歩みが止まる。
譯 停下腳步。

02 | あゆむ【歩む】
自五 行走；向前進，邁進
例 苦難の道を歩む。
譯 在艱難的道路上前進。

03 | おしこむ【押し込む】
自五 闖入，硬擠；闖進去行搶 他五 塞進，硬往裡塞
例 トランクに押し込む。
譯 硬塞進行李箱裡。

04 | おてあげ【お手上げ】
名 束手無策，毫無辦法，沒輒
例 お手上げの状態になった。
譯 變成束手無策的狀況。

05 | かけあし【駆け足】
名·自サ 快跑，快步；跑步似的，急急忙忙；策馬飛奔
例 駆け足で回る。
譯 走馬看花。

06 | さす【指す】

㊀他五 (用手)指，指示；點名指名；指向；下棋；告密

例 指(ゆび)で指(さ)す。

譯 用手指指出。

07 | しのびよる【忍び寄る】

自五 偷偷接近，悄悄地靠近

例 すりが忍(しの)び寄(よ)る。

譯 扒手偷偷接近。

08 | しもん【指紋】

名 指紋

例 指紋押(しもんおう)なつが廃止(はいし)される。

譯 捺按指紋制度被廢止。

09 | ジャンプ【jump】

名·自サ (體)跳躍；(商)物價暴漲

例 ジャンプしてボールを取(と)る。

譯 跳起來接球。

10 | しょじ【所持】

名·他サ 所持，所有；攜帶

例 証明書(しょうめいしょ)を所持(しょじ)する。

譯 持有證明文件。

11 | たちさる【立ち去る】

自五 走開，離去

例 黙(だま)って立(た)ち去(さ)る。

譯 默默離去。

12 | たばねる【束ねる】

他下一 包，捆，扎，束；管理，整飭，整頓

例 札(さつ)を束(たば)ねる。

譯 把紙鈔捆成一束。

13 | ちゃくしゅ【着手】

名·自サ 著手，動手，下手；(法)(罪行的)開始

例 制作(せいさく)に着手(ちゃくしゅ)する。

譯 開始進行製作。

14 | つまむ【摘む】

他五 (用手指尖)捏，撮；(用手指尖或筷子)夾，捏

例 キツネにつままれる。

譯 被狐狸迷住了。

15 | つむ【摘む】

他五 夾取，摘，採，掐；(用剪刀等)剪，剪齊

例 花(はな)を摘(つ)む。

譯 摘花。

16 | てすう【手数】

名 費事；費心；麻煩

例 手数(てすう)をかける。

譯 費功夫。

17 | てはず【手筈】

名 程序，步驟；(事前的)準備

例 手(て)はずを整(ととの)える。

譯 準備好了。

18 | とほ【徒歩】

名·自サ 步行，徒步

例 徒歩(とほ)で行(い)く。
譯 步行前往。

19 | とりもどす【取り戻す】

他五 拿回，取回；恢復，挽回
例 元気(げんき)を取(と)り戻(もど)す。
譯 恢復精神。

20 | はたく

他五 撣；拍打；傾囊，花掉所有的金錢
例 布団(ふとん)をはたく。
譯 拍打棉被。

21 | はだし【裸足】

名 赤腳，赤足，光著腳；敵不過
例 裸足(はだし)で歩(ある)く。
譯 赤腳走路。

22 | ひっかく【引っ掻く】

他五 搔
例 引(ひ)っ掻(か)き傷(きず)をつくる。
譯 被抓傷。

23 | ふみこむ【踏み込む】

自五 陷入，走進，跨進；闖入，擅自進入
例 一歩(いっぽ)踏(ふ)み込(こ)む勇気(ゆうき)に期待(きたい)する。
譯 對向前跨進的勇氣寄予期望。

24 | ほうりこむ【放り込む】

他五 扔進，拋入
例 ごみをごみ箱(ばこ)に放(ほう)り込(こ)む。
譯 把垃圾扔進垃圾桶。

25 | むしる【毟る】

他五 揪，拔；撕，剔（骨頭）；也寫作「挘る」
例 草(くさ)をむしる。
譯 拔草。

26 | ゆびさす【指差す】

他五 (用手指)指
例 犯人(はんにん)を指差(ゆびさ)す。
譯 指出犯人。

N1 ◎ 5-4

5-4 內臟、器官 /
內臟、器官

01 | かんじん【肝心・肝腎】

名·形動 肝臟與心臟；首要，重要，要緊；感激
例 肝心要(かんじんかなめ)なとき。
譯 關鍵時刻。

02 | きかん【器官】

名 器官
例 消化器官(しょうかきかん)を休息(きゅうそく)させる。
譯 讓消化器官休息。

03 | こつ【骨】

名·漢造 骨；遺骨，骨灰；要領，祕訣；品質；身體
例 こつを覚(おぼ)える。
譯 掌握竅門。

04 | じんぞう【腎臓】

㊔ 腎臟

例 腎臓移植が行われる。

譯 進行腎臟移植。

05 | ちょう【腸】

(名·漢造) 腸，腸子

例 胃腸が弱い。

譯 胃腸虛弱。

06 | ないぞう【内臓】

㊔ 內臟

例 内臓脂肪が増える。

譯 內臟脂肪增加。

07 | のう【脳】

(名·漢造) 腦；頭腦，腦筋；腦力，記憶力；主要的東西

例 脳を働かせる。

譯 讓腦活動。

08 | はい【肺】

(名·漢造) 肺；肺腑

例 肺ガンになる。

譯 得到肺癌。

09 | はれつ【破裂】

(名·自サ) 破裂

例 内臓が破裂する。

譯 內臟破裂。

Memo

パート 6 第六章

生理

- 生理（現象）-

N1 6-1

6-1 誕生、生命 / 誕生、生命

01 | いかす【生かす】

他五 留活口；弄活，救活；活用，利用；恢復；讓食物變美味；使變生動

例 腕(うで)を生(い)かす。

譯 發揮本領。

02 | いきがい【生き甲斐】

名 生存的意義，生活的價值，活得起勁

例 生(い)き甲斐(がい)を持(も)つ。

譯 有生活目標。

03 | うまれつき【生まれつき】

名・副 天性；天生，生來

例 生(う)まれつきの才能(さいのう)に恵(めぐ)まれている。

譯 擁有天生的才能。

04 | うんめい【運命】

名 命，命運；將來

例 運命(うんめい)に導(みちび)かれる。

譯 受命運的牽引。

05 | おさん【お産】

名 生孩子，分娩

例 お産(さん)の準備(じゅんび)が整(ととの)った。

譯 分娩的準備已準備妥當。

06 | おないどし【同い年】

名 同年齡，同歲

例 同(おな)い年(どし)の子供(こども)が3人(にん)いる。

譯 有三個同齡的小孩。

07 | しゅくめい【宿命】

名 宿命，注定的命運

例 宿命(しゅくめい)のライバルに出会(であ)った。

譯 遇到宿命的敵手。

08 | しゅっさん【出産】

名・自他サ 生育，生產，分娩

例 男児(だんじ)を出産(しゅっさん)した。

譯 生了個男孩。

09 | しゅっしょう・しゅっせい【出生】

名・自サ 出生，誕生；出生地

例 出生率(しゅっしょうりつ)が低下(ていか)する。

譯 出生率降低。

10 | しんぴ【神秘】

名・形動 神秘，奧秘

例 生命(せいめい)の神秘(しんぴ)を探(さぐ)る。

譯 摸索生命的奧秘。

11 | セックス【sex】

㊔ 性，性別；性慾；性交

例 セックスに目覚(めざ)める。

譯 情竇初開。

12 | ちぢまる【縮まる】

自五 縮短，縮小；慌恐，捲曲

例 命(いのち)が縮(ちぢ)まる。

譯 壽命縮短。

13 | にんしん【妊娠】

名·自サ 懷孕

例 安定期(あんていき)は妊娠(にんしん)6ヶ月(かげつ)が目安(めやす)だ。

譯 安定期約在懷孕六個月時。

14 | はんしょく【繁殖】

名·自サ 繁殖；滋生

例 細菌(さいきん)が繁殖(はんしょく)する。

譯 滋生細菌。

N1 6-2

6-2 老い、死 / 老年、死亡

01 | あんぴ【安否】

㊔ 平安與否；起居

例 安否(あんぴ)を気遣(きづか)う。

譯 擔心是否平安。

02 | いしきふめい【意識不明】

㊔ 失去意識，意識不清

例 意識不明(いしきふめい)になる。

譯 昏迷不醒。

03 | おいる【老いる】

自上一 老，上年紀；衰老；(雅)(季節)將盡

例 老(お)いた母(はは)。

譯 年邁的母親。

04 | おとろえる【衰える】

自下一 衰落，衰退

例 体力(たいりょく)が衰(おとろ)える。

譯 體力衰退。

05 | かいご【介護】

名·他サ 照顧病人或老人

例 親(おや)を介護(かいご)する。

譯 看護照顧父母。

06 | くちる【朽ちる】

自上一 腐朽，腐爛，腐壞；默默無聞而終，埋沒一生；(轉)衰敗，衰亡

例 朽(く)ち果(は)てる。

譯 默默無聞而終。

07 | けんぜん【健全】

形動 (身心)健康，健全；(運動、制度等)健全，穩固

例 健全(けんぜん)に発達(はったつ)する。

譯 健全的發育。

08 | こ【故】

漢造 陳舊，故；本來；死去；有來由的事；特意

例 故人(こじん)を弔(とむら)う。

譯 追悼故人。

09 | しいん【死因】

㊔ 死因

例 死因(しいん)は心臓発作(しんぞうほっさ)だ。

譯 死因是心臟病發作。

10 | し【死】

㊔ 死亡；死罪；無生氣，無活力；殊死，拼命

例 死(し)を恐(おそ)れる。

譯 恐懼死亡。

11 | しょうがい【生涯】

㊔ 一生，終生，畢生；(一生中的)某一階段，生活

例 生涯(しょうがい)にわたる。

譯 終其一生。

12 | せいし【生死】

㊔ 生死；死活

例 生死(せいし)にかかわる問題(もんだい)が起(お)きる 。

譯 發生了攸關生死的問題。

13 | たえる【絶える】

自下一 斷絕，終了，停止，滅絕，消失

例 消息(しょうそく)が絶(た)える。

譯 音信斷絕。

14 | とだえる【途絶える】

自下一 斷絕，杜絕，中斷

例 息(いき)が途絶(とだ)える。

譯 呼吸中斷。

15 | としごろ【年頃】

名・副 大約的年齡；妙齡，成人年齡；幾年來，多年來

例 年頃(としごろ)の女(おんな)の子(こ)が 4 人(にん)集(あつ)まる。

譯 聚集了四位妙齡女子。

16 | はてる【果てる】

自下一 完畢，終，終；死 接尾（接在特定動詞連用形後）達到極點

例 力(ちから)が朽(く)ち果(は)てる。

譯 力量用盡。

17 | ぼける【惚ける】

自下一（上了年紀）遲鈍；（形象或顏色等）褪色，模糊

例 年(とし)とともにぼけてきた。

譯 年紀越長越遲鈍了。

18 | ろうすい【老衰】

名・自サ 衰老

例 老衰(ろうすい)で亡(な)くなる。

譯 衰老而死去。

N1 ● 6-3

6-3 発育、健康 / 發育、健康

01 | きがい【危害】

㊔ 危害，禍害；災害，災禍

例 危害(きがい)を加(くわ)える。

譯 施加危害。

02 | ししゅんき【思春期】

(名) 青春期

例 思春期(ししゅんき)の少女(しょうじょ)の心(こころ)を描(えが)く。

譯 描繪青春期的少女心。

---

03 | すこやか【健やか】

(形動) 身心健康；健全，健壯

例 健(すこ)やかな精神(せいしん)が宿(やど)る。

譯 富有健全的身心。

---

04 | せいいく【生育・成育】

(名·自他サ) 生育，成長，發育，繁殖(寫「生育」主要用於植物，寫「成育」則用於動物)

例 作物(さくもつ)が生育(せいいく)する。

譯 農作物生長。

例 稚魚(ちぎょ)が成育(せいいく)する。

譯 魚苗成長。

---

05 | せいしゅん【青春】

(名) 春季；青春，歲月

例 青春(せいしゅん)を楽(たの)しむ。

譯 享受青春。

---

06 | せいじゅく【成熟】

(名·自サ)(果實的)成熟；(植)發育成樹；(人的)發育成熟

例 心身(しんしん)ともに成熟(せいじゅく)する。

譯 身心都發育成熟。

---

07 | せいり【生理】

(名) 生理；月經

例 生理的現象(せいりてきげんしょう)。

譯 生理現象。

---

08 | そだち【育ち】

(名) 發育，生長；長進，成長

例 育(そだ)ちが早(はや)い。

譯 長得快。

---

09 | たくましい【逞しい】

(形) 身體結實，健壯的樣子，強壯；充滿力量的樣子，茁壯，旺盛，迅猛

例 たくましく成長(せいちょう)する。

譯 茁壯地成長。

---

10 | たっしゃ【達者】

(名·形動) 精通，熟練；健康；精明，圓滑

例 達者(たっしゃ)で暮(く)らす。

譯 健康地生活著。

---

11 | たもつ【保つ】

(自五·他五) 保持不變，保存住；保持，維持；保，保住，支持

例 面目(めんもく)を保(たも)つ。

譯 保住面子。

---

12 | ちち【乳】

(名) 奶水，乳汁；乳房

例 乳(ちち)を与(あた)える。

譯 餵奶。

---

13 | ねぐるしい【寝苦しい】

(他下一) 難以入睡

例 暑(あつ)くて寝苦(ねぐる)しい。

譯 熱得難以入睡。

14 | ほきゅう【補給】

(名·他サ) 補給，補充，供應

例 カルシウムを補給(ほきゅう)する。

譯 補充鈣質。

15 | みだれ【乱れ】

(名) 亂；錯亂；混亂

例 食生活(しょくせいかつ)の乱(みだ)れ。

譯 飲食不正常。

16 | みなもと【源】

(名) 水源，發源地；(事物的)起源，根源

例 水(みず)は命(いのち)の源(みなもと)だ。

譯 水是生命之源。

N1 6-4

6-4 体調、体質 / 身體狀況、體質

01 | うたたね【うたた寝】

(名·自サ) 打瞌睡，假寐

例 ソファーでうたた寝(ね)する。

譯 在沙發上假寐。

02 | かぶれる

(自下一) (由於漆、膏藥等的過敏與中毒而)發炎，起疹子；(受某種影響而)熱中，著迷

例 肌(はだ)がかぶれる。

譯 皮膚起疹子。

03 | かろう【過労】

(名) 勞累過度

例 過労死(かろうし)する。

譯 過勞死。

04 | くうふく【空腹】

(名) 空腹，空肚子，餓

例 空腹(くうふく)を満(み)たす。

譯 填飽肚子。

05 | ぐったり

(副·自サ) 虛軟無力，虛脱

例 ぐったりと横(よこ)たわる。

譯 虛脱躺平。

06 | こうしょきょうふしょう【高所恐怖症】

(名) 懼高症

例 高所恐怖症(こうしょきょうふしょう)なので観覧車(かんらんしゃ)には乗(の)りたくない。

譯 我有懼高症所以不想搭摩天輪。

07 | ぜんかい【全快】

(名·自サ) 痊癒，病全好

例 全快祝(ぜんかいいわ)いの手紙(てがみ)を贈(おく)る。

譯 寄出祝賀痊癒的信。

08 | ぞうしん【増進】

(名·自他サ) (體力，能力)增進，增加

例 食欲(しょくよく)を増進(ぞうしん)させる。

譯 增加食慾。

09 | だるい

(形) 因生病或疲勞而身子沉重不想動；懶；酸

例 体(からだ)がだるい。

譯 身體疲憊。

10 | ちくせき【蓄積】

名·他サ 積蓄，積累，儲蓄，儲備

例 これまでの蓄積。

譯 至今的積蓄。

11 | ちっそく【窒息】

名·自サ 窒息

例 酸欠で窒息する。

譯 缺乏氧氣而窒息。

12 | デリケート【delicate】

形動 美味，鮮美；精緻，精密；微妙；纖弱；纖細，敏感

例 デリケートな問題に触れられた。

譯 被提到敏感問題。

13 | ひとねむり【一眠り】

名·自サ 睡一會兒，打個盹

例 車中で一眠りする。

譯 在車上打了個盹。

14 | ひろう【疲労】

名·自サ 疲勞，疲乏

例 疲労感がぬけない。

譯 無法去除疲勞感。

15 | ひんじゃく【貧弱】

名·形動 軟弱，瘦弱；貧乏，欠缺；遜色

例 貧弱な体が逞しくなった。

譯 瘦弱的身體變得強壯結實。

16 | ふしん【不振】

名·形動 (成績)不好，不興旺，蕭條，(形勢)不利

例 最近食欲不振だ。

譯 最近感到食慾不振。

17 | ふちょう【不調】

名·形動 (談判等)破裂，失敗；不順利，萎靡

例 体の不調を訴える。

譯 訴說身體不適的狀況。

18 | ふらふら

名·自サ·形動 蹣跚，搖晃；(心情)遊蕩不定，悠悠蕩蕩；恍惚，神不守己；躑躅

例 体がふらふらする。

譯 身體搖搖晃晃。

19 | べんぴ【便秘】

名·自サ 便秘，大便不通

例 生活が不規則で便秘しがちだ。

譯 因為生活不規律有點便秘的傾向。

20 | まんせい【慢性】

名 慢性

例 慢性的な症状がある。

譯 有慢性的症狀。

21 | むかむか

副·自サ 噁心，作嘔；怒上心頭，火冒三丈

例 胸がむかむかする。

譯 感到噁心。

22 | むくむ

自五 浮腫，虛腫

例 むくんだ足が軽くなる。

譯 浮腫的腳消腫了。

23 | むせる

自下一 噎，嗆

例 煙(けむり)が立(た)ってむせてしようがない。

譯 直冒煙，嗆得厲害。

24 | やすめる【休める】

他下一 (活動等)使休息，使停歇；(身心等)使休息，使安靜

例 体(からだ)を休(やす)める。

譯 讓身體休息。

N1 6-5

6-5 痛み / 痛疼

01 | あざ【痣】

名 痣；(被打出來的)青斑，紫斑

例 全身(ぜんしん)あざだらけになる。

譯 全身上下青一塊紫一塊。

02 | がんがん

副·自サ 噹噹，震耳的鐘聲；強烈的頭痛或耳鳴聲；喋喋不休的責備貌

例 風邪(かぜ)で頭(あたま)ががんがんする。

譯 因感冒而頭痛欲裂。

03 | さする

他五 摩，擦，搓，撫摸，摩挲

例 腰(こし)をさする。

譯 撫摸腰部。

04 | しみる【染みる】

自上一 染上，沾染，感染；刺，殺，痛；銘刻(在心)，痛(感)

例 身(み)に染(し)みる。

譯 感銘在心。

05 | すれる【擦れる】

自下一 摩擦；久經世故，(失去純真)變得油滑；磨損，磨破

例 葉(は)の擦(す)れる音(おと)が聞(き)こえた。

譯 聽到樹葉沙沙作響。

06 | だぼく【打撲】

名·他サ 打，碰撞

例 手(て)を打撲(だぼく)した。

譯 手部挫傷。

07 | つねる

他五 掐，掐住

例 ほっぺたをつねる。

譯 掐臉頰。

08 | とりのぞく【取り除く】

他五 除掉，清除；拆除

例 異物(いぶつ)を取(と)り除(のぞ)く。

譯 清除異物。

09 | ふかい【不快】

名·形動 不愉快；不舒服

例 のどの不快感(ふかいかん)が残(のこ)っている。

譯 留下喉嚨的不適感。

10 | やわらげる【和らげる】

他下一 緩和；使明白

例 痛(いた)みを和(やわ)らげる薬(くすり)。

譯 緩和疼痛的藥。

6-6 病気、治療(1) / 疾病、治療(1)

01 | あっか【悪化】

名·自サ 惡化，變壞

例 急速(きゅうそく)に悪化(あっか)する。

譯 急速惡化。

02 | あっぱく【圧迫】

名·他サ 壓力；壓迫

例 圧迫(あっぱく)を受(う)ける。

譯 受壓迫。

03 | アトピーせいひふえん【atopy 性皮膚炎】

名 過敏性皮膚炎

例 アトピー性皮膚炎(せいひふえん)を改善(かいぜん)する。

譯 改善過敏性皮膚炎。

04 | アフターケア【aftercare】

名 病後調養

例 アフターケアを怠(おこた)る。

譯 疏於病後調養。

05 | アルツハイマーびょう·アルツハイマーがたにんちしょう【alzheimer 病·alzheimer 型認知症】

名 阿茲海默症

例 アルツハイマー病(びょう)を防(ふせ)ぐ。

譯 預防阿茲海默症。

06 | あんせい【安静】

名·形動 安靜；靜養

例 心身(しんしん)の安静(あんせい)を保(たも)つ。

譯 保持心身的平靜安穩。

07 | うつびょう【鬱病】

名 憂鬱症

例 うつ病(びょう)を治(なお)す。

譯 治療憂鬱症。

08 | がいする【害する】

他サ 損害，危害，傷害；殺害

例 環境(かんきょう)を害(がい)する。

譯 破壞環境。

09 | かいほう【介抱】

名·他サ 護理，服侍，照顧(病人、老人等)

例 酔(よ)っ払(ぱら)いを介抱(かいほう)する。

譯 照顧醉酒人士。

10 | かんせん【感染】

名·自サ 感染；受影響

例 感染症(かんせんしょう)にかかる。

譯 罹患傳染病。

11 | がん【癌】

名 (醫)癌；癥結

例 癌(がん)を患(わずら)う。

譯 罹患癌症。

12 | きかんしえん【気管支炎】

名 (醫)支氣管炎

例 気管支炎(きかんしえん)になる。

譯 得支氣管炎。

13 | ききめ【効き目】

㊔ 效力，效果，靈驗

例 効き目が速い。

譯 效果迅速。

14 | きんがん【近眼】

㊔ （俗）近視眼；目光短淺

例 近眼のメガネ。

譯 近視眼鏡。

15 | きんきゅう【緊急】

（名·形動） 緊急，急迫，迫不及待

例 緊急地震速報が流れる。

譯 發出緊急地震快報。

16 | きんし【近視】

㊔ 近視，近視眼

例 近視を矯正する。

譯 矯正近視。

17 | きん【菌】

（名·漢造） 細菌，病菌，霉菌；蘑菇

例 サルモネラ菌。

譯 沙門氏菌。

18 | けっかく【結核】

㊔ 結核，結核病

例 結核に罹る。

譯 罹患肺結核。

19 | げっそり

（副·自サ） 突然減少；突然消瘦很多；（突然）灰心，無精打采

例 げっそりと痩せる。

譯 突然爆瘦。

20 | けつぼう【欠乏】

（名·自サ） 缺乏，不足

例 ビタミンが欠乏する。

譯 欠缺維他命。

21 | げり【下痢】

（名·自サ）（醫）瀉肚子，腹瀉

例 下痢をする。

譯 腹瀉。

22 | げんかく【幻覚】

㊔ 幻覺，錯覺

例 幻覚を見る。

譯 產生幻覺。

23 | こうせいぶっしつ【抗生物質】

㊔ 抗生素

例 抗生物質を投与する。

譯 投藥抗生素。

24 | こじらせる【拗らせる】

（他下一） 搞壞，使複雜，使麻煩；使加重，使惡化，弄糟

例 問題をこじらせる。

譯 使問題複雜化。

25 | さいきん【細菌】

㊔ 細菌

例 細菌を培養する。

譯 培養細菌。

26 | さいはつ【再発】

(名・他サ) (疾病)復發，(事故等)又發生；(毛髮)再生

例 再発(さいはつ)を防止(ぼうし)する。

譯 預防再次發生。

27 | さいぼう【細胞】

(名) (生)細胞；(黨的)基層組織，成員

例 細胞分裂(さいぼうぶんれつ)を繰(く)り返(かえ)す。

譯 不斷的進行細胞分裂。

28 | さむけ【寒気】

(名) 寒冷，風寒，發冷；憎惡，厭惡感，極不愉快感覺

例 寒気(さむけ)がする。

譯 發冷。

29 | じかく【自覚】

(名・他サ) 自覺，自知，認識；覺悟；自我意識

例 自覚症状(じかくしょうじょう)がある。

譯 有自覺症狀。

30 | しっしん【湿疹】

(名) 濕疹

例 湿疹(しっしん)がでる。

譯 長濕疹。

31 | しっちょう【失調】

(名) 失衡，不調和；不平衡，失常

例 栄養失調(えいようしっちょう)で亡(な)くなった。

譯 因營養失調而死亡。

32 | しゃぜつ【謝絶】

(名・他サ) 謝絕，拒絕

例 面会謝絶(めんかいしゃぜつ)にする。

譯 現在謝絕會客。

33 | しょう【症】

(漢造) 病症

例 炎症(えんしょう)を起(お)こす。

譯 造成發炎。

N1 6-6 (2)

6-6 病気、治療 (2) / 疾病、治療 (2)

34 | しょち【処置】

(名・他サ) 處理，處置，措施；(傷、病的)治療

例 応急処置(おうきゅうしょち)をする。

譯 緊急處置。

35 | しんこう【進行】

(名・自他サ) 前進，行進；進展；(病情等)發展，惡化

例 進行(しんこう)が速(はや)い。

譯 進展迅速。

36 | しんぞうまひ【心臓麻痺】

(名) 心臟麻痺

例 心臓麻痺(しんぞうまひ)で亡(な)くなる。

譯 心臟麻痺死亡。

37 | じんましん【蕁麻疹】

(名) 蕁麻疹

例 じんましんが出(で)る。

譯 出蕁麻疹。

38 | せっかい【切開】

(名·他サ)(醫)切開，開刀

例 帝王切開を受ける。

譯 接受剖腹生產。

39 | ぜんそく【喘息】

(名)(醫)喘息，哮喘

例 喘息を改善する。

譯 改善哮喘病。

40 | せんてんてき【先天的】

(形動) 先天(的)，與生俱來(的)

例 先天的な病気がある。

譯 患有先天的疾病。

41 | だっすい【脱水】

(名·自サ) 脱水；(醫)脱水

例 脱水してから干す。

譯 脱水之後曬乾。

42 | ちゅうどく【中毒】

(名·自サ) 中毒

例 ガス中毒。

譯 瓦斯中毒 。

43 | つきそう【付き添う】

(自五) 跟隨左右，照料，管照，服侍，護理

例 病人に付き添う。

譯 照料病人。

44 | つきる【尽きる】

(自上一) 盡，光，沒了；到頭，窮盡

例 力が尽きる。

譯 力量耗盡。

45 | つぐ【接ぐ】

(他五) 縫補；接在一起

例 骨を接ぐ。

譯 接骨。

46 | ておくれ【手遅れ】

(名) 為時已晚，耽誤

例 措置が手遅れになる。

譯 處理延誤了。

47 | どわすれ【度忘れ】

(名·自サ) 一時記不起來，一時忘記

例 ど忘れが激しい。

譯 常常會一時記不起來。

48 | にんちしょう【認知症】

(名) 老人癡呆症

例 アルツハイマー型認知症が起こる。

譯 引起阿茲海默型老人癡呆症。

49 | ねっちゅうしょう【熱中症】

(名) 中暑

例 熱中症を予防する。

譯 預防中暑。

50 | ねんざ【捻挫】

(名·他サ) 扭傷、挫傷

例 足を捻挫する。

譯 扭傷腳。

51 | ノイローゼ【(德) Neurose】

㊔ 精神官能症，神經病；神經衰竭；神經崩潰

例 ノイローゼになる。

譯 精神崩潰。

52 | はいえん【肺炎】

㊔ 肺炎

例 肺炎を起こす。

譯 引起肺炎。

53 | はつびょう【発病】

名·自サ 病發，得病

例 ガンが発病する。

譯 癌症病發。

54 | ばてる

自下一 (俗)精疲力倦，累到不行

例 暑さでばてる。

譯 熱到疲憊不堪。

55 | はれる【腫れる】

自下一 腫，脹

例 顔が腫れる。

譯 臉腫脹。

56 | ひふえん【皮膚炎】

㊔ 皮炎

例 皮膚炎を治す。

譯 治好皮膚炎。

57 | ふしょう【負傷】

名·自サ 負傷，受傷

例 手足を負傷する。

譯 手腳受傷。

58 | ほっさ【発作】

名·自サ (醫)發作

例 発作を起こす。

譯 發作。

59 | ほよう【保養】

名·自サ 保養，(病後)修養，療養；(身心的)修養；消遣

例 保養施設で過ごす。

譯 住在療養中心。

60 | ますい【麻酔】

㊔ 麻醉，昏迷，不省人事

例 麻酔をかける。

譯 施打麻醉。

61 | まひ【麻痺】

名·自サ 麻痺，麻木；癱瘓

例 交通マヒに陥る。

譯 交通陷入癱瘓。

62 | めんえき【免疫】

㊔ 免疫；習以為常

例 免疫を高める。

譯 增強免疫。

63 | やまい【病】

㊔ 病；毛病；怪癖

例 病に倒れる。

譯 病倒。

64 | よわる【弱る】

自五 衰弱，軟弱；困窘，為難

例 体(からだ)が弱(よわ)る。

譯 身體虛弱。

---

65 | リハビリ【rehabilitation 之略】

名（為使身障人士與長期休養者能回到正常生活與工作能力的）醫療照護，心理指導，職業訓練

例 彼(かれ)は今(いま)リハビリ中(ちゅう)だ。

譯 他現在正復健中。

---

66 | りょうこう【良好】

名・形動 良好，優秀

例 日当(ひあ)たり良好(りょうこう)が嬉(うれ)しい。

譯 日照良好真叫人高興。

---

67 | レントゲン【roentgen】

名 X光線

例 レントゲンを撮(と)る。

譯 照X光。

N1 6-7

6-7 体の器官の働き / 身體器官功能

01 | いきぐるしい【息苦しい】

形 呼吸困難；苦悶，令人窒息

例 息苦(いきぐる)しく感(かん)じる。

譯 感到沈悶。

---

02 | いびき

名 鼾聲

例 いびきをかく。

譯 打呼。

---

03 | かんしょく【感触】

名 觸感，觸覺；（外界給予的）感觸，感受

例 感触(かんしょく)が伝(つた)わる。

譯 傳達出內心的感受。

---

04 | けむたい【煙たい】

形 煙氣嗆人，煙霧瀰漫；（因為自己理虧覺得對方）難以親近，使人不舒服

例 たき火(び)が煙(けむ)たい。

譯 篝火的火堆煙氣嗆人。

---

05 | しにょう【屎尿】

名 屎尿，大小便

例 し尿処理(にょうしょり)が滞(とどこお)る。

譯 大小便的處理難以進行。

---

06 | しゅっけつ【出血】

名・自サ 出血；（戰時士兵的）傷亡，死亡；虧本，犧牲血本

例 出血大(しゅっけつだい)サービスのチラシを見(み)る。

譯 看到跳樓大拍賣的傳單。

---

07 | だいべん【大便】

名 大便，糞便

例 大便(だいべん)が臭(くさ)い。

譯 大便很臭。

---

08 | にょう【尿】

名 尿，小便

例 尿検査(にょうけんさ)をする。

譯 進行尿液檢查。

N1 6 生理（現象）

09 | ひだりきき【左利き】

㊔ 左撇子；愛好喝酒的人

例 左利き（ひだりき）をなおす。

譯 改正左撇子。

10 | ひんけつ【貧血】

名·自サ （醫）貧血

例 貧血（ひんけつ）に効（き）く。

譯 對改善貧血有效。

11 | みゃく【脈】

名·漢造 脈，血管；脈搏；（山脈、礦脈、葉脈等）脈；（表面上看不出的）關連

例 脈（みゃく）をとる。

譯 看脈。

Memo

パート 7 第七章 人物

- 人物 -

N1 7-1

7-1 人物 / 人物

01 | あかのたにん【赤の他人】

連語 毫無關係的人；陌生人

あか　たにん
例 赤の他人になる。

譯 變為陌生人。

02 | あがり【上がり】

名·接尾 …出身；剛

かれ　やくにん あ
例 彼は役人上がりだ。

譯 他剛剛成為公務員。

03 | うごき【動き】

名 活動，動作；變化，動向；調動，更動

うご　　と
例 動きを止める。

譯 停止動作。

04 | えいゆう【英雄】

名 英雄

かれ　こくみんてきえいゆう
例 彼は国民的英雄だ。

譯 他是人民的英雄。

05 | かんろく【貫録】

名 尊嚴，威嚴；威信；身份

かんろく
例 貫禄がある。

譯 有威嚴。

06 | けいれき【経歴】

名 經歴，履歴；經過，體驗；周遊

けいれき　さ しょう
例 経歴を詐称する。

譯 經歴造假。

07 | こんけつ【混血】

名·自サ 混血

こんけつ じ　う
例 混血児が生まれる。

譯 生了混血兒。

08 | しょうたい【正体】

名 原形，真面目；意識，神志

しょうたい
例 正体をあらわす。

譯 現出原形。

09 | たしゃ【他者】

名 別人，其他人

た しゃ　い　まど
例 他者の言うことに惑わされる。

譯 被他人之言所迷惑。

10 | ただのひと【ただの人】

連語 平凡人，平常人，普通人

いち ど わか　ひと
例 一度別れてしまえば、ただの人になる。

譯 一旦分手之後，就變成了一介普通的人。

11 | てきせい【適性】

㊔ 適合某人的性質，資質，才能；適應性

例 適性がある。

譯 有…的條件。

12 | てんさい【天才】

㊔ 天才

例 天才的な技を繰り出す。

譯 運身解數展現出天才般的手藝。

13 | ひとかげ【人影】

㊔ 人影；人

例 人影もまばらだ。

譯 連人影也少見。

14 | ひとけ【人気】

㊔ 人的氣息

例 人気の無い場所に行かない。

譯 不到人跡罕至的地方。

15 | まるめる【丸める】

(他下一) 弄圓，糅成團；攏絡，拉攏；剃成光頭；出家

例 頭を丸める。

譯 剃光頭。

16 | みじゅく【未熟】

(名·形動) 未熟，生；不成熟，不熟練

例 未熟児が生まれる。

譯 生下早產兒。

17 | みのうえ【身の上】

㊔ 境遇，身世，經歷；命運，運氣

例 身の上話をする。

譯 談論身世境遇。

18 | みもと【身元】

㊔ (個人的)出身，來歷，經歷；身份，身世

例 身元保証人を引き受ける。

譯 答應當保證人。

19 | むのう【無能】

(名·形動) 無能，無才，無用

例 無能な連中を追い出す。

譯 把無能之輩攆出去。

20 | りれき【履歴】

㊔ 履歷，經歷

例 履歴書を送る。

譯 寄送履歷。

21 | わるもの【悪者】

㊔ 壞人，壞傢伙，惡棍

例 悪者を懲らしめる。

譯 懲治惡人。

N1 7-2

7-2 老若男女 / 男女老少

01 | いせい【異性】

㊔ 異性；不同性質

例 異性関係を持つ。

譯 有男女關係。

02 | しんし【紳士】

㊔ 紳士；（泛指）男人

例 紳士靴を履く。

譯 穿上男士鞋。

03 | じ【児】

漢造 幼兒；兒子；人；可愛的年輕人

例 新生児を抱く。

譯 抱新生兒。

04 | せいねん【成年】

㊔ 成年（日本現行法律為二十歲）

例 成年に達する。

譯 達到成年。

05 | ミセス【Mrs.】

㊔ 女士，太太，夫人；已婚婦女，主婦

例 ミセス向けの服。

譯 適合仕女的服裝。

06 | ヤング【young】

名·造語 年輕人，年輕一代；年輕的

例 ヤングとアダルトに分かれる。

譯 分開年輕人與成年人。

07 | レディー【lady】

㊔ 貴婦人；淑女；婦女

例 レディーファースト。

譯 女士優先。

7-3 いろいろな人を表すことば (1) / 各種人物的稱呼 (1)

01 | いちいん【一員】

㊔ 一員；一份子

例 あなたも家族の一員だ。

譯 你也是家族的一份子。

02 | いみん【移民】

名·自サ 移民；（移往外國的）僑民

例 ブラジルへ移民する。

譯 移民到巴西。

03 | エリート【（法）elite】

㊔ 菁英，傑出人物

例 エリート意識が強い。

譯 優越感特別強烈。

04 | がくし【学士】

㊔ 學者；（大學）學士畢業生

例 学士の学位が授与される。

譯 授予學士學位。

05 | かん【官】

名·漢造 （國家、政府的）官，官吏；國家機關，政府；官職，職位

例 官職に就く。

譯 就任官職。

06 | きぞく【貴族】

㊔ 貴族

例 独身貴族を貫く。

譯 堅持走單身貴族的路線。

07 | ぎょうしゃ【業者】

㊔ 工商業者

例 業者を集める。

譯 召集同業者。

08 | くろうと【玄人】

㊔ 內行，專家

例 玄人の腕前。

譯 專家的本事。

09 | ゲスト【guest】

㊔ 客人，旅客；客串演員

例 ゲストに招く。

譯 邀請客人。

10 | こじん【故人】

㊔ 故人，舊友；死者，亡人

例 故人を偲ぶ。

譯 緬懷故人。

11 | さむらい【侍】

㊔（古代公卿貴族的）近衛；古代的武士；有骨氣，行動果決的人

例 侍ジャパンが勝ち越す。

譯 日本武士領先。

12 | サンタクロース【Santa Claus】

㊔ 聖誕老人

例 サンタクロースがやってくる。

譯 聖誕老人來了。

13 | じつぎょうか【実業家】

㊔ 實業鉅子

例 青年実業家を目指す。

譯 以成為年輕實業家為目標。

14 | じぬし【地主】

㊔ 地主，領主

例 因業な地主に取り上げられた。

譯 被殘忍的地主給剝奪了。

15 | じゅうぎょういん【従業員】

㊔ 工作人員，員工，職工

例 従業員組合が組織される。

譯 組織工會。

16 | しゅうし【修士】

㊔ 碩士；修道士

例 修士の学位が授与される。

譯 頒授碩士學位。

17 | しゅ【主】

(名·漢造) 主人；主君；首領；主體，中心；居首者；東道主

例 主イエスキリストを信じる。

譯 信奉主耶穌基督。

18 | しようにん【使用人】

㊔ 佣人，雇工

例 使用人を雇う。

譯 雇用傭人。

19 | しょうにん【証人】

㊔（法）證人；保人，保證人

例 証人に立てる。

譯 成為證人。

20 | じょう【嬢】

(名·漢造) 姑娘，少女；(敬)小姐，女士

例 財閥のご令嬢と婚約する。

譯 與財團千金訂婚。

21 | しょくいん【職員】

(名) 職員，員工

例 大学の職員を採用する。

譯 錄用大學職員。

22 | じょしこうせい【女子高生】

(名) 女高中生

例 今どきの女子高生を集めてみた。

譯 嘗試集結了時下的女高中生。

23 | じょし【女史】

(名·代·接尾) (敬語)女士，女史

例 山田女史が独自に開発した。

譯 山田女士所獨自開發的。

24 | しんいり【新入り】

(名) 新參加(的人)，新手；新入獄(者)

例 新入りをいじめる。

譯 欺負新人。

25 | しんじゃ【信者】

(名) 信徒；…迷，崇拜者，愛好者

例 仏教信者を擁護する。

譯 擁護佛教徒。

26 | しんじん【新人】

(名) 新手，新人；新思想的人，新一代的人

例 新人が活躍する。

譯 新人大顯身手。

27 | し【士】

(漢造) 人(多指男性)，人士；武士；士宦；軍人；(日本自衛隊中最低的一級)士；有某種資格的人；對男子的美稱

例 消防士になる。

譯 當消防員。

28 | し【師】

(名) 軍隊；(軍事編制單位)師；老師；從事專業技術的人

例 師を敬う。

譯 尊敬師長。

29 | セレブ【celeb】

(名) 名人，名媛，著名人士

例 セレブな私生活に憧れる。

譯 嚮往貴婦般的私生活。

30 | せんぽう【先方】

(名) 對方；那方面，那裡，目的地

例 先方の言い分にも一理ある。

譯 對方也有一番道理。

N1 ◉ 7-3 (2)

7-3 いろいろな人を表すことば (2) / 各種人物的稱呼 (2)

31 | たいか【大家】

(名) 大房子；專家，權威者；名門，富豪，大戶人家

例 音楽の大家が奏でる。

譯 音樂大師進行演奏。

32 | タイピスト【typist】

㊔ 打字員

例 タイピストになる。

譯 成為打字員。

33 | たんしん【単身】

㊔ 單身，隻身

例 単身赴任(たんしんふにん)する。

譯 隻身赴任。

34 | ちょめい【著名】

(名·形動) 著名，有名

例 著名(ちょめい)な観光地(かんこうち)を訪(おとず)れる。

譯 遊覽知名的觀光地區。

35 | どうし【同志】

㊔ 同一政黨的人；同志，同夥，伙伴

例 同志(どうし)を募(つの)る。

譯 招募同志。

36 | とうにん【当人】

㊔ 當事人，本人

例 当人(とうにん)を調(しら)べる。

譯 調查當事者。

37 | どくしゃ【読者】

㊔ 讀者

例 読者(どくしゃ)アンケートに答(こた)える。

譯 回答讀者問卷。

38 | とのさま【殿様】

㊔ (對貴族、主君的敬稱)老爺，大人

例 殿様(とのさま)に謁見(えっけん)する。

譯 謁見大人。

39 | ドライバー【driver】

㊔ (電車、汽車的)司機

例 ドライバーを雇(やと)う。

譯 雇用司機。

40 | なこうど【仲人】

㊔ 媒人，婚姻介紹人

例 仲人(なこうど)を立(た)てる。

譯 當媒人。

41 | ぬし【主】

(名·代·接尾) (一家人的)主人，物主；丈夫；(敬稱)您；者，人

例 世帯主(せたいぬし)は父(ちち)です。

譯 戶長是父親。

42 | ばんにん【万人】

㊔ 萬人，眾人

例 万人(ばんにん)受(う)けする。

譯 老少咸宜，萬眾喜愛。

43 | ひ【被】

(漢造) 被…，蒙受；被動

例 被保険者(ひほけんしゃ)になる。

譯 成為被保險人。

44 | ファン【fan】

㊔ 電扇，風扇；(運動，戲劇，電影等)影歌迷，愛好者

例 ファンに感謝(かんしゃ)する。

譯 感謝影(歌)迷。

45 | ふごう【富豪】

㊔ 富豪，百萬富翁

例 大富豪の邸宅に忍び込んだ。

譯 悄悄潛入大富豪的宅邸。

46 | ペーパードライバー【(和) paper + driver】

㊔ 有駕照卻沒開過車的駕駛

例 ペーパードライバーから脱出する。

譯 脱離紙上駕駛身份。

47 | へいし【兵士】

㊔ 兵士，戰士

例 兵士を率いる。

譯 率領士兵。

48 | ぼくし【牧師】

㊔ 牧師

例 牧師から洗礼を受ける。

譯 請牧師為我們受洗。

49 | ほりょ【捕虜】

㊔ 俘虜

例 捕虜を捕らえる。

譯 捕捉俘虜。

50 | マニア【mania】

(名·造語) 狂熱，癖好；瘋子，愛好者，…迷，…癖

例 カメラマニア。

譯 相機迷。

51 | やつ【奴】

(名·代) (蔑)人，傢伙；(粗魯的)指某物，某事情或某狀況；(蔑)他，那小子

例 おまえみたいな奴はもう知らない。

譯 我再也不管你這傢伙了。

52 | よそのひと【よその人】

㊔ 旁人，閒雜人等

例 よその人に慣れさせる。

譯 讓…習慣旁人。

53 | りょきゃく・りょかく【旅客】

㊔ 旅客，乘客

例 旅客機に乗る。

譯 搭乘民航機。

N1 7-4

7-4 人の集まりを表すことば / 各種人物相關團體的稱呼

01 | いちどう【一同】

㊔ 大家，全體

例 一同が立ち上がる。

譯 全體都站起來。

02 | かんしゅう【観衆】

㊔ 觀眾

例 観衆が沸く。

譯 觀眾情緒沸騰。

03 | ぐんしゅう【群集】

(名·自サ) 群集，聚集；人群，群

例 アリの群集を観察する。

譯 仔細觀察螞蟻群。

04 | ぐんしゅう【群衆】

㊔ 群眾，人群

例 群衆(ぐんしゅう)が押(お)し寄(よ)せる。

譯 人群一擁而上。

05 | ぐん【群】

㊔ 群，類；成群的；數量多的

例 群(ぐん)を抜(ぬ)く。

譯 出類拔萃。

06 | げきだん【劇団】

㊔ 劇團

例 劇団(げきだん)に入(はい)る。

譯 加入劇團。

07 | けっせい【結成】

名·他サ 結成，組成

例 劇団(げきだん)を結成(けっせい)する。

譯 組劇團。

08 | げんじゅうみん【原住民】

㊔ 原住民

例 アメリカ原住民(げんじゅうみん)。

譯 美國原住民。

09 | しゅう【衆】

名·漢造 眾多，眾人；一夥人

例 烏合(うごう)の衆(しゅう)で危機(きき)を乗(の)り越(こ)える。

譯 烏合之眾化解危機。

10 | しょくん【諸君】

名·代（一般為男性用語，對長輩不用）各位，諸君

例 諸君(しょくん)によろしく。

譯 向大家問好。

11 | しょみん【庶民】

㊔ 庶民，百姓，群眾

例 庶民階級(しょみんかいきゅう)が台頭(たいとう)する。

譯 庶民階級勢力抬頭。

12 | じんみん【人民】

㊔ 人民

例 人民(じんみん)の福祉(ふくし)を追求(ついきゅう)する。

譯 追求人民的福利。

13 | じん【陣】

名·漢造 陣勢；陣地；行列；戰鬥，戰役

例 背水(はいすい)の陣(じん)が意志力(いしりょく)を高(たか)める。

譯 背水一戰讓意志力更為高漲。

14 | たいしゅう【大衆】

㊔ 大眾，群眾；眾生

例 大衆(たいしゅう)に訴(うった)える。

譯 訴諸民眾。

15 | たい【隊】

名·漢造 隊，隊伍，集體組織；（有共同目標的）幫派或及集團

例 隊(たい)を組(く)んで進(すす)む。

譯 排隊前進。

16 | どうし【同士】

名·接尾（意見、目的、理想、愛好相同者）同好；（彼此關係、性質相同的人）彼此，伙伴，們

例 気の合う者同士が友達になる。
譯 交到志同道合的好友。

---

17 | ペア【pair】

㊔ 一雙，一對，兩個一組，一隊
例 2名様ペアでご招待。
譯 兩名一組給予招待。

---

18 | ぼうりょくだん【暴力団】

㊔ 暴力組織
例 暴力団の資金源を断つ。
譯 斷絕暴力組織的資金來源。

---

19 | みんぞく【民俗】

㊔ 民俗，民間風俗
例 民俗学を研究する。
譯 研究民俗學。

---

20 | みんぞく【民族】

㊔ 民族
例 少数民族に出会う。
譯 遇見少數民族。

---

21 | れんちゅう【連中】

㊔ 伙伴，一群人，同夥；(演藝團體的)成員們
例 とんでもない連中だ。
譯 亂七八糟的一群傢伙。

7-5 容姿 / 姿容

01 | エレガント【elegant】

形動 雅致(的)，優美(的)，漂亮(的)
例 エレガントな身のこなし。
譯 優雅的姿態。

---

02 | かび【華美】

名·形動 華美，華麗
例 華美な服装で参列する。
譯 穿著華麗的衣服觀禮。

---

03 | きひん【気品】

㊔ (人的容貌、藝術作品的)品格，氣派
例 気品が高い。
譯 風度高雅。

---

04 | きらびやか

形動 鮮豔美麗到耀眼的程度；絢麗，華麗
例 きらびやかな装い。
譯 華麗的裝扮。

---

05 | こうしょう【高尚】

形動 高尚；(程度)高深
例 高尚な趣味を持つ。
譯 擁有高雅的趣味。

---

06 | しこう【志向】

名·他サ 志向；意向
例 高い志向をもつ。
譯 有很大的志向。

07 | シック【(法) chic】

形動 時髦，漂亮；精緻

例 シックに着(き)こなす。

譯 衣著時髦。

---

08 | チェンジ【change】

名·自他サ 交換，兌換；變化；(網球，排球等)交換場地

例 イメージチェンジ。

譯 改變形象。

---

09 | ひらたい【平たい】

形 沒有多少深度或廣度，少凹凸而橫向擴展；平，扁，平坦；容易，淺顯易懂

例 平(ひら)たい顔(かお)が多(おお)い。

譯 有許多扁平臉的人。

---

10 | ふくめん【覆面】

名·自サ 蒙上臉；不出面，不露面

例 覆面強盗(ふくめんごうとう)が民家(みんか)に押(お)し入(い)る。

譯 蒙面強盜闖入民宅。

---

11 | ぶさいく【不細工】

名·形動 (技巧，動作)笨拙，不靈巧；難看，醜

例 不細工(ぶさいく)な顔(かお)が歪(ゆが)んでいる。

譯 難看的臉扭曲著。

---

12 | ポーズ【pose】

名 (人在繪畫、舞蹈等)姿勢；擺樣子，擺姿勢

例 ポーズをとる。

譯 擺姿勢。

---

13 | みすぼらしい

形 外表看起來很貧窮的樣子；寒酸；難看

例 みすぼらしい格好(かっこう)が嫌(きら)いだ。

譯 不喜歡衣衫襤褸。

---

14 | みちがえる【見違える】

他下一 看錯

例 見違(みちが)えるほど変(か)わった。

譯 變得都認不出來了。

---

15 | みなり【身なり】

名 服飾，裝束，打扮

例 身(み)なりに構(かま)わない。

譯 不修邊幅。

---

16 | ゆうび【優美】

名·形動 優美

例 優美(ゆうび)なアーチを描(えが)く。

譯 描繪優美的拱門。

---

17 | りりしい【凜凜しい】

形 凜凜，威嚴可敬

例 りりしいすがたに成長(せいちょう)した。

譯 長成威風凜凜的相貌。

N1 7-6 (1)

7-6 態度、性格 (1) /

態度、性格 (1)

01 | あいそう・あいそ【愛想】

名 (接待客人的態度、表情等)親切；接待，款待；(在飲食店)算帳，客人付的錢

例 愛想（あいそう）がいい。
譯 和藹可親。

02 | あからむ【赤らむ】

自五 變紅，變紅了起來；臉紅
例 顔（かお）が赤（あか）らむ。
譯 臉紅了起來。

03 | あからめる【赤らめる】

他下一 使…變紅
例 顔（かお）を赤（あか）らめる。
譯 漲紅了臉。

04 | あさましい【浅ましい】

形（情形等悲慘而可憐的樣子）慘，悲慘；（作法或想法卑劣而下流）卑鄙，卑劣
例 浅（あさ）ましい行為（こうい）を重（かさ）ねる。
譯 一次又一次的做出卑鄙的行為。

05 | あっとう【圧倒】

名·他サ 壓倒；勝過；超過
例 相手（あいて）の勢（いきお）いに圧倒（あっとう）される。
譯 被對方的氣勢壓倒。

06 | あらっぽい【荒っぽい】

形 性情、語言行為等粗暴、粗野；對工作等粗糙、草率
例 行動（こうどう）が荒（あら）っぽい。
譯 行動粗野。

07 | いいかげん【いい加減】

連語·形動·副 適當；不認真；敷衍，馬虎；牽強，靠不住；相當，十分
例 いい加減（かげん）にしろ。
譯 你給我差不多一點。

08 | いき【粋】

名·形動 漂亮，瀟灑，俏皮，風流
例 粋（いき）な服装（ふくそう）をしている。
譯 穿著漂亮。

09 | いさぎよい【潔い】

形 勇敢，果斷，乾脆，毫不留戀，痛痛快快
例 潔（いさぎよ）く罪（つみ）を認（みと）める。
譯 痛快地認罪。

10 | いっそ

副 索性，倒不如，乾脆就
例 いっそ歩（ある）いて行（い）く。
譯 乾脆走路去。

11 | いっぺん【一変】

名·自他サ 一變，完全改變；突然改變
例 病勢（びょうせい）が一変（いっぺん）する。
譯 病情急變。

12 | いやらしい【嫌らしい】

形 使人產生不愉快的心情，令人討厭；令人不愉快，不正經，不規矩
例 いやらしい目（め）つきで見（み）る。
譯 用令人不愉快的眼神看。

13 | いんき【陰気】

(名·形動) 鬱悶，不開心；陰暗，陰森；陰鬱之氣

例 陰気(いんき)な顔(かお)つきをしている。

譯 一副愁眉苦臉的樣子。

14 | インテリ【(俄) intelligentsiya 之略】

(名) 知識份子，知識階層

例 インテリの集(あつ)まり。

譯 人才濟濟。

15 | おおまか【大まか】

(形動) 不拘小節的樣子，大方；粗略的樣子，概略，大略

例 大(おお)まかに見積(みつ)もる。

譯 粗略估計。

16 | おおらか【大らか】

(形動) 落落大方，胸襟開闊，豁達

例 おおらかな性格(せいかく)になりたい。

譯 我希望自己能落落大方的待人接物。

17 | おくびょう【臆病】

(名·形動) 戰戰兢兢的；膽怯，怯懦

例 臆病者(おくびょうもの)と呼(よ)ばれる。

譯 被稱做膽小鬼。

18 | おごそか【厳か】

(形動) 威嚴而莊重的樣子；莊嚴，嚴肅

例 厳(おごそ)かに行(おこな)われる。

譯 嚴肅的舉行。

19 | おせっかい

(名·形動) 愛管閒事，多事

例 おせっかいを焼(や)く。

譯 好管他人閒事。

20 | おちつき【落ち着き】

(名) 鎮靜，沉著，安詳；(器物等)穩當，放得穩；穩妥，協調

例 落(お)ち着(つ)きを取(と)り戻(もど)す。

譯 恢復鎮靜。

21 | おつかい【お使い】

(名) 被打發出去辦事，跑腿

例 お使(つか)いを頼(たの)む。

譯 受指派外出辦事。

22 | おっちょこちょい

(名·形動) 輕浮，冒失，不穩重；輕浮的人，輕佻的人

例 おっちょこちょいなところがある。

譯 有冒失之處。

23 | おどおど

(副·自サ) 提心吊膽，忐忑不安

例 人前(ひとまえ)ではいつもおどおどしている。

譯 在人面前總是提心吊膽。

24 | おんわ【温和】

(名·形動) (氣候等)溫和，溫暖；(性情、意見等)柔和，溫和

例 温和(おんわ)な性格(せいかく)。

譯 溫和的個性。

25 | かって【勝手】

(名·形動) 廚房；情況；任意

例 勝手にしろ。

譯 隨便你啦。

26 | かっぱつ【活発】

(形動) 動作或言談充滿活力；活潑，活躍

例 取引が活発である。

譯 交易活絡。

27 | がんこ【頑固】

(名·形動) 頑固，固執；久治不癒的病，痼疾

例 頑固親父が出演した。

譯 由頑固老爹來扮演演出。

28 | かんにさわる【癇に障る】

(慣) 觸怒，令人生氣

例 あの話し方が癇に障る。

譯 那種説話方式真令人生氣。

29 | かんよう【寛容】

(名·形動·他サ) 容許，寬容，容忍

例 寛容な態度で向き合う。

譯 以寬宏的態度對待。

30 | きがきく【気が利く】

(慣) 機伶，敏慧

例 新人なのに気が利く。

譯 雖是新人但做事機敏。

31 | きさく【気さく】

(形動) 坦率，直爽，隨和

例 気さくな人柄。

譯 隨和的性格。

7-6 態度、性格 (2) /

態度、性格 (2)

32 | きざ【気障】

(形動) 裝模作樣，做作；令人生厭，刺眼

例 気障な男が現れる。

譯 出現了一位裝模作樣的男人。

33 | きしつ【気質】

(名) 氣質，脾氣；風格

例 気質が優しい。

譯 性情溫柔。

34 | きだて【気立て】

(名) 性情，性格，脾氣

例 気立てが優しい。

譯 性情溫和。

35 | きちょうめん【几帳面】

(名·形動) 規規矩矩，一絲不苟；(自律)嚴格，(注意)周到

例 几帳面な性格。

譯 一絲不苟的個性。

36 | きなが【気長】

(名·形動) 緩慢，慢性；耐心，耐性

例 気長に待つ。

譯 耐心等待。

37 | きふう【気風】

㊔ 風氣，習氣；特性，氣質；風度，氣派

例 関西人(かんさいじん)の気風(きふう)。

譯 關西人的習性。

38 | きまぐれ【気紛れ】

(名·形動) 反覆不定，忽三忽四；反復不定，變化無常

例 気(き)まぐれな性格(せいかく)を直(なお)す。

譯 改善反復無常的個性。

39 | きまじめ【生真面目】

(名·形動)一本正經，非常認真；過於耿直

例 生真面目(きまじめ)な性格(せいかく)から脱却(だっきゃく)する。

譯 改掉一本正經的性格。

40 | きょう【強】

(名·漢造) 強者；(接尾詞用法)強，有餘；強，有力；加強；硬是，勉強

例 強弱(きょうじゃく)をつける。

譯 區分強弱。

41 | きょよう【許容】

(名·他サ) 容許，允許，寬容

例 許容範囲(きょようはんい)が広(ひろ)い。

譯 允許範圍非常廣泛。

42 | きんべん【勤勉】

(名·形動) 勤勞，勤奮

例 勤勉(きんべん)な学生(がくせい)。

譯 勤勞的學生。

43 | くっせつ【屈折】

(名·自サ) 彎曲，曲折；歪曲，不正常，不自然

例 光(ひかり)が屈折(くっせつ)する。

譯 光線折射。

44 | けいせい【形成】

(名·他サ) 形成

例 人格(じんかく)を形成(けいせい)する。

譯 人格形成。

45 | けいそつ【軽率】

(名·形動) 輕率，草率，馬虎

例 軽率(けいそつ)な発言(はつげん)は控(ひか)えたい。

譯 發言草率希望能加以節制。

46 | けんめい【賢明】

(名·形動) 賢明，英明，高明

例 賢明(けんめい)な行(おこな)い。

譯 高明的作法。

47 | こうい【行為】

㊔ 行為，行動，舉止

例 親切(しんせつ)な行為(こうい)を行(おこな)う。

譯 施行舉止親切之禮節。

48 | こせい【個性】

㊔ 個性，特性

例 個性(こせい)を出(だ)す。

譯 凸出特色。

49 | こだわる【拘る】

(自五) 拘泥；妨礙，阻礙，抵觸

例 学歴にこだわる。
譯 拘泥於學歷。

50 | こつこつ

副 孜孜不倦，堅持不懈，勤奮；(硬物相敲擊)咚咚聲

例 こつこつと勉強する。
譯 孜孜不倦的讀書。

51 | こまやか【細やか】

形動 深深關懷對方的樣子；深切，深厚

例 細やかな気配りができる。
譯 能得到深切的關注。

52 | ざつ【雑】

名·形動 雜類；(不單純的)混雜；摻雜；(非主要的)雜項；粗雜；粗糙；粗枝大葉

例 雑に扱う。
譯 隨便處理。

53 | ざんこく【残酷】

形動 殘酷，殘忍

例 残酷な仕打ちをする。
譯 殘酷對待。

54 | じが【自我】

名 我，自己，自我；(哲)意識主體

例 自我が芽生える。
譯 萌生主體意識。

55 | しっとり

副·サ変 寧靜，沈靜；濕潤，潤澤

例 しっとりした感じの女性の方が良い。
譯 我比較喜歡文靜的女子。

56 | しとやか

形動 說話與動作安靜文雅；文靜

例 しとやかな女性に惹かれる。
譯 被舉止優雅，文靜的女子所吸引。

57 | しぶとい

形 對痛苦或逆境不屈服，倔強，頑強

例 しぶとい人間が勝つ。
譯 頑強的人將獲勝。

58 | じゃく【弱】

名·接尾·漢造 (文)弱，弱者；不足；年輕

例 弱肉強食が露骨になっている。
譯 弱肉強食顯得毫不留情。

59 | しゃこう【社交】

名 社交，交際

例 社交的な人と言われる。
譯 被認為是善於社交的人。

60 | じょうねつ【情熱】

名 熱情，激情

例 情熱にあふれる。
譯 熱情洋溢。

61 | じんかく【人格】

名 人格，人品；(獨立自主的)個人

例 人格が優れる。
譯 人品出眾。

7-6 態度、性格 (3) /

態度、性格 (3)

62 | すねる【拗ねる】

[自下一] 乖戾，鬧彆扭，任性撒野

[例] 世(よ)をすねる。

[譯] 玩世不恭；憤世嫉俗。

63 | せいじつ【誠実】

[名·形動] 誠實，真誠

[例] 誠実(せいじつ)な人柄(ひとがら)を表(あらわ)している。

[譯] 呈現出誠實的人格特質。

64 | せいじゅん【清純】

[名·形動] 清純，純真，清秀

[例] 清純(せいじゅん)な少女(しょうじょ)を絵(え)に描(か)いた。

[譯] 描繪著清純可人的少女。

65 | ぜんりょう【善良】

[名·形動] 善良，正直

[例] 善良(ぜんりょう)な風俗(ふうぞく)に反(はん)する。

[譯] 違反善良風俗。

66 | そうたい【相対】

[名] 對面，相對

[例] 空間的(くうかんてき)な相対関係(そうたいかんけい)を用(もち)いた。

[譯] 使用空間上的相對關係。

67 | そっけない【素っ気ない】

[形] 不表示興趣與關心；冷淡的

[例] 素(そ)っ気(け)なく断(ことわ)る。

[譯] 冷淡地拒絕。

68 | ぞんざい

[形動] 粗率，潦草，馬虎；不禮貌，粗魯

[例] ぞんざいな扱(あつか)いを受(う)ける。

[譯] 受到粗魯無禮的對待。

69 | だいたん【大胆】

[名·形動] 大膽，有勇氣，無畏；厚顏，膽大妄為

[例] 大胆(だいたん)な行動(こうどう)を取(と)る。

[譯] 採取大膽的行動。

70 | だらだら

[副·自サ] 滴滴答答地，冗長，磨磨蹭蹭的；斜度小而長

[例] 汗(あせ)がだらだらと流(なが)れる。

[譯] 汗流浹背。

71 | たんき【短気】

[名·形動] 性情急躁，沒耐性，性急

[例] 短気(たんき)を起(お)こす。

[譯] 犯急躁。

72 | ちかよりがたい【近寄りがたい】

[形] 難以接近

[例] 近寄(ちかよ)りがたい人(ひと)。

[譯] 難以親近的人。

73 | ちっぽけ

[名] (俗)極小

[例] ちっぽけな悩(なや)みがぶっ飛(と)んだ。

[譯] 小小的煩惱被吹走了。

74 | チャーミング【charming】

形動 有魅力，迷人，可愛

例 チャーミングな目(め)をする。

譯 有迷人的眼睛。

75 | つつしむ【慎む・謹む】

他五 謹慎，慎重；控制，節制；恭，恭敬

例 お酒(さけ)を慎(つつし)む。

譯 節制飲酒。

76 | つよい【強い】

形 強，強勁；強壯，健壯；強烈，有害；堅強，堅決；對…強，有抵抗力；(在某方面)擅長

例 意志(いし)が強(つよ)い。

譯 意志堅強。

77 | つよがる【強がる】

自五 逞強，裝硬漢

例 弱(よわ)い者(もの)に限(かぎ)って強(つよ)がる。

譯 唯有弱者愛逞強。

78 | でかい

形 (俗)大的

例 態度(たいど)がでかい。

譯 態度傲慢。

79 | どうどう【堂々】

形動・副 (儀表等)堂堂；威風凜凜；冠冕堂皇，光明正大；無所顧忌，勇往直前

例 堂々(どうどう)と行進(こうしん)する。

譯 威風凜凜的前進。

80 | どきょう【度胸】

名 膽子，氣魄

例 度胸(どきょう)がある。

譯 有膽識。

81 | ドライ【dry】

名・形動 乾燥，乾旱；乾巴巴，枯燥無味；(處事)理智，冷冰冰；禁酒，(宴會上)不提供酒

例 ドライな性格(せいかく)を直(なお)したい。

譯 想改掉鐵面無私的性格。

82 | なごむ【和む】

自五 平靜下來，溫和起來

例 心(こころ)が和(なご)む。

譯 心情平靜下來。

83 | なまぬるい【生ぬるい】

形 還沒熱到熟的程度，該冰的東西尚未冷卻；溫和；不嚴格，馬馬虎虎；姑息

例 生(なま)ぬるい考(かんが)えにイライラした。

譯 被優柔寡斷的想法弄得情緒焦躁。

84 | なれなれしい

形 非常親近，完全不客氣的態度；親近，親密無間

例 馴(な)れ馴(な)れしい態度(たいど)が嫌(きら)い。

譯 不喜歡過份親暱的態度。

85 | ネガティブ・ネガ【negative】

名・形動 (照相)軟片，底片；否定的，消極的

例 ネガティブな思考(しこう)に陥(おちい)る。

譯 陷入負面思考。

86 | はいりょ【配慮】

名·他サ 關懷，照料，照顧，關照

例 住民（じゅうみん）に配慮（はいりょ）する。

譯 關懷居民。

87 | びしょう【微笑】

名·自サ 微笑

例 微笑（びしょう）を浮（う）かべる。

譯 浮上微笑。

88 | ひとがら【人柄】

名·形動 人品，人格，品質；人品好

例 人柄（ひとがら）がいい。

譯 人品好。

89 | ファザコン【（和）father + complex 之略】

名 戀父情結

例 彼女（かのじょ）はファザコンだ。

譯 她有戀父情結。

90 | ぶれい【無礼】

名·形動 沒禮貌，不恭敬，失禮

例 無礼（ぶれい）な奴（やつ）に絡（から）まれる。

譯 被無禮的傢伙糾纏住。

91 | ほうりだす【放り出す】

他五 （胡亂）扔出去，拋出去；擱置，丟開，扔下

例 仕事（しごと）を途中（とちゅう）で放（ほう）り出（だ）す。

譯 把做到一半工作丟開。

7-6 態度、性格 (4) /

態度、性格 (4)

92 | ほしゅ【保守】

名·他サ 保守；保養

例 保守主義（ほしゅしゅぎ）を導入（どうにゅう）する。

譯 導入保守主義。

93 | まえむき【前向き】

名 面像前方，面向正面；向前看，積極

例 前向（まえむ）きに考（かんが）える。

譯 積極檢討。

94 | まけずぎらい【負けず嫌い】

名·形動 不服輸，好強

例 負（ま）けず嫌（ぎら）いな人（ひと）。

譯 不服輸的人。

95 | マザコン【（和）mother + complex 之略】

名 戀母情結

例 あいつはマザコンなんだ。

譯 那傢伙有戀母情結。

96 | みえっぱり【見栄っ張り】

名 虛飾外表（的人）

例 見栄（みえ）っ張（ぱ）りなやつ。

譯 追求虛榮的人。

97 | みくだす【見下す】

他五 輕視，藐視，看不起；往下看，俯視

例 人（ひと）を見下（みくだ）した態度（たいど）。

譯 輕視別人的態度。

98 | みならう【見習う】

(他五) 學習，見習，熟習；模仿

例 見習(みなら)うべき手本(てほん)を残(のこ)した。

譯 留下值得學習的範本。

99 | むくち【無口】

(名·形動) 沈默寡言，不愛說話

例 無口(むくち)な青年(せいねん)を誘惑(ゆうわく)する。

譯 引誘沈默寡言的年輕人。

100 | むじゃき【無邪気】

(名·形動) 天真爛漫，思想單純，幼稚

例 無邪気(むじゃき)な子供(こども)。

譯 天真爛漫的孩子。

101 | むちゃくちゃ【無茶苦茶】

(名·形動) 毫無道理，豈有此理；混亂，亂七八糟；亂哄哄

例 無茶苦茶(むちゃくちゃ)忙(いそが)しい日々(ひび)を過(す)ごす。

譯 過著忙亂的生活。

102 | むちゃ【無茶】

(名·形動) 毫無道理，豈有此理；胡亂，亂來；格外，過分

例 それは無茶(むちゃ)というものです。

譯 這簡直是胡來。

103 | めいろう【明朗】

(形動) 明朗；清明，公正，光明正大，不隱諱

例 健康(けんこう)で明朗(めいろう)な少年(しょうねん)。

譯 健康開朗的少年。

104 | もはん【模範】

(名) 模範，榜樣，典型

例 模範(もはん)を示(しめ)す。

譯 作為典範。

105 | よくぼう【欲望】

(名) 慾望；欲求

例 欲望(よくぼう)を満(み)たす。

譯 滿足慾望。

106 | らっかん【楽観】

(名·他サ) 樂觀

例 楽観的(らっかんてき)な性格(せいかく)。

譯 樂觀的個性。

107 | れいこく【冷酷】

(名·形動) 冷酷無情

例 彼(かれ)は冷酷(れいこく)な人間(にんげん)だ。

譯 他是個冷酷無情的人。

108 | れいたん【冷淡】

(名·形動) 冷淡，冷漠，不熱心；不熱情，不親熱

例 冷淡(れいたん)な態度(たいど)をとる。

譯 採冷淡的態度。

109 | ろこつ【露骨】

(名·形動) 露骨，坦率，明顯；毫不客氣，毫無顧忌；赤裸裸

例 露骨(ろこつ)に悪口(わるくち)を言(い)う。

譯 毫不留情的罵。

110 | ワンパターン【(和) one + pattern】

㊔名·形動 一成不變，同樣的

例 ワンパターンな人間(にんげん)になる。

譯 成為一成不變的人。

N1 ⦿ 7-7 (1)

7-7 人間関係 (1) / 人際關係 (1)

01 | あいだがら【間柄】

名 (親屬、親戚等的)關係；來往關係，交情

例 親子(おやこ)の間柄(あいだがら)。

譯 親子關係。

02 | あらかじめ【予め】

副 預先，先

例 あらかじめアポをとる。

譯 事先預約。

03 | えん【縁】

名 廊子；關係，因緣；血緣，姻緣；邊緣；緣分，機緣

例 縁(えん)がある。

譯 有緣份。

04 | おとも【お供】

名·自サ 陪伴，陪同，跟隨；陪同的人，隨員

例 社長(しゃちょう)にお供(とも)する。

譯 陪同社長。

05 | かたとき【片時】

名 片刻

例 片時(かたとき)も忘(わす)れられない。

譯 片刻難忘。

06 | かわるがわる【代わる代わる】

副 輪流，輪換，輪班

例 代(かわ)る代(がわ)る看病(かんびょう)する。

譯 輪流看護。

07 | かんしょう【干渉】

名·自サ 干預，參與，干涉；(理)(音波，光波的)干擾

例 他人(たにん)に干渉(かんしょう)する。

譯 干涉他人。

08 | がっちり

副·自サ 嚴密吻合

例 がっちりと組(く)む。

譯 牢牢裝在一起。

09 | きずく【築く】

他五 築，建築，修建；構成，(逐步)形成，累積

例 キャリアを築(きず)く。

譯 累積工作經驗。

10 | きゅうち【旧知】

名 故知，老友

例 旧知(きゅうち)を訪(たず)ねる。

譯 拜訪老友。

11 | きゅうゆう【旧友】

名 老朋友

例 旧友と再会する。

譯 和老友重聚。

12 | きょうちょう【協調】

名·自サ 協調；合作

例 協調性がある。

譯 具有協調性。

13 | こうご【交互】

名 互相，交替

例 交互に使う。

譯 交替使用。

14 | こじれる【拗れる】

自下一 彆扭，執拗；(事物)複雜化，惡化，(病)纏綿不癒

例 風邪が拗れる。

譯 感冒越來越嚴重。

15 | コネ【connection 之略】

名 關係，門路

例 コネを頼って就職する。

譯 利用關係找工作。

16 | さいかい【再会】

名·自サ 重逢，再次見面

例 再会を約束する。

譯 約定再會。

17 | したしまれる【親しまれる】

自五 (「親しむ」的受身形)被喜歡

例 子供に親しまれる。

譯 被小孩所喜歡。

18 | したしむ【親しむ】

自五 親近，親密，接近；愛好，喜愛

例 親しみやすい人には笑顔が多い。

譯 容易接近的人經常笑容滿面。

19 | しょたいめん【初対面】

名 初次見面，第一次見面

例 初対面の挨拶を交わした。

譯 初次見面相互寒暄致意。

20 | すくい【救い】

名 救，救援；挽救，彌補；(宗)靈魂的拯救

例 救いの手をさしのべる。

譯 伸出援手。

21 | すれちがい【擦れ違い】

名 交錯，錯過去，差開

例 擦れ違いの夫婦が増えていった。

譯 沒有交集的夫妻增多。

N1 7-7 (2)

7-7 人間関係 (2) / 人際關係 (2)

22 | たいとう【対等】

形動 對等，同等，平等

例 対等な立場が理想だ。

譯 對等的立場是最為理想的。

23 | たいめん【対面】

名·自サ 會面，見面

例 初対面が苦手だ。

譯 初次見面時最為尷尬。

24 | **たすけ【助け】**

㊔ 幫助，援助；救濟，救助；救命

例 なんの助けにもならない。

譯 一點幫助也沒有。

25 | **ちゅうしょう【中傷】**

(名·他サ) 重傷，毀謗，污衊

例 人を中傷する。

譯 中傷別人。

26 | **つかえる【仕える】**

(自下一) 服侍，侍候，侍奉；(在官署等) 當官

例 神に仕える。

譯 侍奉神佛。

27 | **どうちょう【同調】**

(名·自他サ) 調整音調；同調，同一步調，同意

例 相手に同調する。

譯 贊同對方。

28 | **とも【供】**

㊔ (長輩、貴人等的)隨從，從者；伴侶；夥伴，同伴

例 供に分かち合う。

譯 與伙伴共同分享。

29 | **にあい【似合い】**

㊔ 相配，合適

例 似合いのカップル。

譯 登對的情侶。

30 | **はしわたし【橋渡し】**

㊔ 架橋；當中間人，當介紹人

例 橋渡し役になる。

譯 扮演介紹人的角色。

31 | **ひきたてる【引き立てる】**

(他下一) 提拔，關照；穀粒；使…顯眼；(強行)拉走，帶走；關門(拉門)

例 後輩を引き立てる。

譯 提拔晚輩。

32 | **ふさわしい**

㊫ 顯得均衡，使人感到相稱；適合，合適；相稱，相配

例 ふさわしい服装に仕上げる。

譯 完成了一件合身的衣服。

33 | **ペアルック【(和) pair + look】**

㊔ 情侶裝，夫妻裝

例 恋人とペアルック。

譯 與情人穿情侶裝。

34 | **ほうかい【崩壊】**

(名·自サ) 崩潰，垮台；(理)衰變，蛻變

例 家庭が崩壊する。

譯 家庭瓦解。

35 | **まじえる【交える】**

(他下一) 夾雜，摻雜；(使細長的東西)交叉；互相接觸，交

例 私情を交える。

譯 參雜私人情感。

36 | みせもの【見せ物】

㊔ 雜耍(指雜技團、馬戲團、魔術等)；被眾人耍弄的對象

例 見せ物にされる。

譯 被當作耍弄的對象。

37 | みっせつ【密接】

名·自サ·形動 密接，緊連；密切

例 密接な関係にある。

譯 有密切的關係。

38 | ムード【mood】

㊔ 心情，情緒；氣氛；(語)語氣；情趣；樣式，方式

例 ムードをぶち壊す。

譯 破壞氣氛。

39 | むすびつき【結び付き】

㊔ 聯繫，聯合，關係

例 結び付きが強い。

譯 結合得很堅固。

40 | むすびつける【結び付ける】

他下一 繫上，拴上；結合，聯繫

例 運命が彼らを結び付ける。

譯 命運把他們結合在一起。

41 | めんかい【面会】

名·自サ 會見，會面

例 面会謝絶になる。

譯 謝絕會面。

42 | もてなす【持て成す】

他五 接待，招待，款待；(請吃飯)宴請，招待

例 お客様を持て成す。

譯 宴請客人。

43 | ゆうずう【融通】

名·他サ 暢通(錢款)，通融；腦筋靈活，臨機應變

例 融通がきく。

譯 善於臨機應變。

44 | ライバル【rival】

㊔ 競爭對手；情敵

例 よきライバルを見つける。

譯 找到好的對手。

N1 7-8

7-8 神仏、化け物 / 神佛、怪物

01 | おみや【お宮】

㊔ 神社

例 お宮参りをする。

譯 去參拜神社；孩子出生後第一次參拜神社。

02 | かいじゅう【怪獣】

㊔ 怪獸

例 怪獣が火を噴く。

譯 怪獸噴火。

03 | ごくらく【極楽】

㊔ 極樂世界；安定的境界，天堂

ごくらくじょうど　おうじょう
例 極楽浄土に往生する。

譯 往生極樂世界。

04 | ささげる【捧げる】

(他下一) 雙手抱拳，捧拳；供，供奉，敬獻；獻出，貢獻

かみさま　ささ
例 神様に捧げる。

譯 供奉給神明。

05 | じごく【地獄】

㊔ 地獄；苦難；受苦的地方；(火山的)噴火口

じごくみみ　き　のが
例 地獄耳が聞き逃す。

譯 耳朵靈竟漏聽了。

06 | しゅう【宗】

㊔ (宗)宗派；宗旨

にちれんしゅう　しゅうと　はしら　きふ
例 日蓮宗の宗徒が柱を寄付する。

譯 日蓮宗的門徒捐贈柱子。

07 | しんせい【神聖】

(名·形動) 神聖

しんせい　やま　ちんざ
例 神聖な山が鎮座している。

譯 聖山在此坐鎮。

08 | しんでん【神殿】

㊔ 神殿，神社的正殿

しんでん　えいぞう
例 神殿を営造する。

譯 修建神殿。

09 | すうはい【崇拝】

(名·他サ) 崇拜；信仰

こじんすうはい　ひはん
例 個人崇拝が批判された。

譯 個人崇拜受到批判。

10 | せいしょ【聖書】

㊔ (基督教的)聖經；古聖人的著述，聖典

しんやくせいしょ　けんきゅう
例 新約聖書を研究する。

譯 研究新約聖經。

11 | せんきょう【宣教】

(名·自サ) 傳教，佈道

せんきょうし　きぼう
例 宣教師を希望する。

譯 希望成為傳教士。

12 | ぜん【禅】

(漢造) (佛)禪，靜坐默唸；禪宗的簡稱

ざぜん　く
例 座禅を組む。

譯 坐禪。

13 | たてまつる【奉る】

(他五·補動·五型) 奉，獻上；恭維，捧；(文)(接動詞連用型)表示謙遜或恭敬

かいちょう　たてまつ
例 会長に奉る。

譯 抬舉(他)做會長。

14 | たましい【魂】

㊔ 靈魂；魂魄；精神，精力，心魂

たましい　い
例 魂を入れる。

譯 注入靈魂。

15 | つりがね【釣鐘】

㊔（寺院等的）吊鐘

例 釣鐘をつき鳴らす。

譯 敲鐘。

16 | てんごく【天国】

㊔ 天國，天堂；理想境界，樂園

例 歩行者天国を守る。

譯 守住步行天國制度。

17 | でんせつ【伝説】

㊔ 傳說，口傳

例 伝説が伝わる。

譯 傳說流傳。

18 | とりい【鳥居】

㊔（神社入口處的）牌坊

例 鳥居をくぐる。

譯 穿過牌坊。

19 | ばける【化ける】

自下一 變成，化成；喬裝，扮裝；突然變成

例 白蛇が美しい娘に化ける。

譯 白蛇變成一個美麗的姑娘。

20 | ぶつぞう【仏像】

㊔ 佛像

例 仏像を拝む。

譯 參拜佛像。

21 | ぶつだん【仏壇】

㊔ 佛龕

例 仏壇に手を合わせる。

譯 對著佛龕膜拜。

22 | ゆうれい【幽霊】

㊔ 幽靈，鬼魂，亡魂；有名無實的事物

例 幽霊が出る屋敷。

譯 鬼魂出沒的屋子。

親族

- 親屬 -

N1 8-1

8-1 家族 /

。家族

01 ｜きょうぐう【境遇】

㊔ 境遇，處境，遭遇，環境

例 恵まれた境遇に生まれた。

譯 生長在得天獨厚的環境下。

02 ｜ぎり【義理】

㊔（交往上應盡的）情意，禮節，人情；緣由，道理

例 義理の兄弟。

譯 大伯，小叔，姊夫，妹夫。

03 ｜せたい【世帯】

㊔ 家庭，戶

例 三世帯住宅に建て替える。

譯 翻蓋為三代同堂的住宅。

04 ｜ふよう【扶養】

名・他サ 扶養，撫育

例 扶養控除の対象にならない。

譯 無法成為受撫養減稅的對象。

05 ｜みうち【身内】

㊔ 身體內部，全身；親屬；（俠客、賭徒等的）自家人，師兄弟

例 身内だけで晩ご飯を食べる。

譯 只有親屬共進晚餐。

06 ｜むこ【婿】

㊔ 女婿；新郎

例 婿養子をもらう。

譯 招贅。

07 ｜やしなう【養う】

他五（子女）養育，撫育；養活，扶養；餵養；培養；保養，休養

例 妻と子を養う。

譯 撫養妻子與小孩。

08 ｜ゆらぐ【揺らぐ】

自五 搖動，搖晃；意志動搖；搖搖欲墜，岌岌可危

例 決心が揺らぐ。

譯 決心產生動搖。

09 ｜よりそう【寄り添う】

自五 挨近，貼近，靠近

例 母に寄り添う。

譯 靠在母親身上。

N1 8-2

8-2 夫婦 /

夫婦

01 ｜えんまん【円満】

形動 圓滿，美滿，完美

例 円満な夫婦。

譯 幸福美滿的夫妻。

02 | だんな【旦那】

㊔ 主人；特稱別人丈夫；老公；先生，老爺

例 お宅(たく)の旦那(だんな)が悪(わる)い。

譯 是您的丈夫不對。

---

03 | なれそめ【馴れ初め】

㊔ （男女）相互親近的開端，產生戀愛的開端

例 なれそめのことを懐(なつ)かしく思(おも)い出(だ)す。

譯 想起兩人相戀的契機。

---

04 | にかよう【似通う】

自五 類似，相似

例 似通(にかよ)った感(かん)じ。

譯 類似的感覺。

---

05 | はいぐうしゃ【配偶者】

㊔ 配偶；夫婦當中的一方

例 配偶者(はいぐうしゃ)有無(うむ)の欄(らん)に書(か)く。

譯 填在配偶有無的欄位上。

N1 8-3

8-3 先祖、親 /
祖先、父母

01 | おふくろ【お袋】

㊔ （俗；男性用語）母親，媽媽

例 お袋(ふくろ)に孝行(こうこう)する。

譯 孝順媽媽。

---

02 | おやじ【親父】

㊔ （俗；男性用語）父親，我爸爸；老頭子

例 厳格(げんかく)な親父(おやじ)に育(そだ)てられた。

譯 在父親嚴格的教管下成長。

---

03 | けんざい【健在】

名·形動 健在

例 両親(りょうしん)は健在(けんざい)です。

譯 雙親健在。

---

04 | せんだい【先代】

㊔ 上一輩，上一代的主人；以前的時代；前代（的藝人）

例 先代(せんだい)の社長(しゃちょう)が倒(たお)れた。

譯 前任社長病倒了。

---

05 | にくしん【肉親】

㊔ 親骨肉，親人

例 肉親(にくしん)を探(さが)す。

譯 尋找親人。

---

06 | パパ【papa】

㊔ （兒）爸爸

例 パパに懐(なつ)く。

譯 很黏爸爸。

N1 8-4

8-4 子、子孫 /
孩子、子孫

01 | おんぶ

名·他サ （幼兒語）背，背負；（俗）讓他人負擔費用，依靠別人

例 子供(こども)をおんぶする。

譯 背小孩。

02 | こじ【孤児】

㊔ 孤兒；沒有伴兒的人，孤獨的人

例 震災孤児を支援する。

譯 支援地震孤兒。

03 | こもりうた【子守歌・子守唄】

㊔ 搖籃曲

例 子守唄を聞く。

譯 聽搖籃曲。

04 | しそく【子息】

㊔ 兒子（指他人的），令郎

例 ご子息が後を継ぐ。

譯 令郎將繼承衣缽。

05 | せがれ【倅】

㊔（對人謙稱自己的兒子）犬子；（對他人兒子，晚輩的蔑稱）小傢伙，小子

例 私のせがれです。

譯（這是）犬子。

06 | だっこ【抱っこ】

（名・他サ）抱

例 赤ちゃんを抱っこする。

譯 抱起嬰兒。

07 | ねかす【寝かす】

（他五）使睡覺

例 赤ん坊を寝かす。

譯 哄嬰兒睡覺。

08 | ねかせる【寝かせる】

（他下一）使睡覺，使躺下；使平倒；存放著，賣不出去；使發酵

例 子供を寝かせる。

譯 哄孩子睡覺。

09 | ねんちょう【年長】

（名・形動）年長，年歲大，年長的人

例 年長者を敬う。

譯 尊敬年長者。

10 | はいはい

（名・自サ）（幼兒語）爬行

例 はいはいができるようになった。

譯 小孩會爬行了。

11 | はんえい【繁栄】

（名・自サ）繁榮，昌盛，興旺

例 子孫が繁栄する。

譯 子孫興旺。

12 | ようし【養子】

㊔ 養子；繼子

例 弟の子を養子にもらう。

譯 領養弟弟的小孩。

N1 ⊙ 8-5

8-5 自分を指して言うことば／指自己的稱呼

01 | おれ【俺】

㊹（男性用語）（對平輩，晚輩的自稱）我，俺

例 俺様とは何様のつもりだ。

譯 你以為你是誰啊！

02 | じこ【自己】

㊔ 自己，自我

例 自己催眠（じこさいみん）をかける。

譯 自我催眠。

03 | どくじ【独自】

形動 獨自，獨特，個人

例 独自（どくじ）に編（あ）み出（だ）す。

譯 獨創。

04 | マイ【my】

造語 我的（只用在「自家用、自己專用」時）

例 マイホームを購入（こうにゅう）する。

譯 買了自己的房子。

05 | われ【我】

名·代 自我，自己，本身；我，吾，我方

例 我（われ）を忘（わす）れる。

譯 忘我。

Memo

パート
9
第九章

動物

- 動物 -

N1 9-1

9-1 動物の仲間 / 動物類

01 | えもの【獲物】

名 獵物；掠奪物，戰利品

例 獲物を仕留める。

譯 射死獵物。

02 | おす【雄】

名 (動物的)雄性，公；牡

例 雄の闘争心。

譯 雄性的鬥爭心。

03 | かえる【蛙】

名 青蛙

例 蛙が鳴く。

譯 蛙鳴。

04 | かり【狩り】

名 打獵；採集；遊看，觀賞；搜查，拘捕

例 狩りに出る。

譯 去打獵。

05 | くびわ【首輪】

名 狗，貓等的脖圈

例 首輪をはめる。

譯 戴上項圈。

06 | けだもの【獣】

名 獸；畜生，野獸

例 この獣め。

譯 這個畜生。

07 | けもの【獣】

名 獸；野獸

例 獣に遭遇する。

譯 遇到野獸。

08 | こんちゅう【昆虫】

名 昆蟲

例 昆虫類は苦手だ。

譯 我最怕昆蟲類了。

09 | しかけ【仕掛け】

名 開始做，著手；製作中，做到中途；找碴，挑釁；裝置，結構；規模；陷阱

例 自動的に閉まる仕掛け。

譯 自動開關裝置。

10 | しんか【進化】

名·自サ 進化，進步

例 進化を妨げる。

譯 妨礙進步。

11 | ぜんめつ【全滅】

名·自他サ 全滅，徹底消滅

例 害虫を全滅させる。
譯 徹底消滅害蟲。

12 | たいか【退化】

名·自サ (生)退化；退步，倒退
例 文明の退化が凄まじい。
譯 文明嚴重倒退。

13 | ちょう【蝶】

名 蝴蝶
例 蝶々結びにする。
譯 打蝴蝶結。

14 | つの【角】

名 (牛、羊等的)角，犄角；(蝸牛等的)觸角；角狀物
例 しかの角を川で拾った。
譯 在河裡撿到鹿角。

15 | でくわす【出くわす】

自五 碰上，碰見
例 森で熊に出くわす。
譯 在森林裡遇到熊。

16 | とうみん【冬眠】

名·自サ 冬眠；停頓
例 冬眠する動物は長寿である。
譯 冬眠的動物較為長壽。

17 | なつく

自五 親近；喜歡；馴(服)
例 犬が懐く。
譯 狗和人親近。

18 | ならす【馴らす】

他五 馴養，調馴
例 怒りの虎を飼い馴らすに至った。
譯 馴服了憤怒咆哮的老虎。

19 | はなしがい【放し飼い】

名 放養，放牧
例 猫を放し飼いにする。
譯 將貓放養。

20 | ひな【雛】

名·接頭 雛鳥，雛雞；古裝偶人；(冠於某名詞上)表小巧玲瓏
例 ヒナを育てる。
譯 飼養幼鳥。

21 | ほご【保護】

名·他サ 保護
例 自然を保護する。
譯 保護自然。

22 | めす【雌】

名 雌，母；(罵)女人
例 雌に求愛する。
譯 向雌性求愛。

23 | やせい【野生】

名·自サ·代 野生；鄙人
例 野生動物を保護する。
譯 保護野生動物。

24 | わたりどり【渡り鳥】

㊔ 候鳥；到處奔走謀生的人

例 渡(わた)り鳥(どり)が旅立(たびだ)つ。

譯 候鳥開始旅行了。

N1 9-2

9-2 動物の動作、部位 / 動物的動作、部位

01 | お【尾】

㊔（動物的）尾巴；（事物的）尾部；山腳

例 尾(お)を引(ひ)く。

譯 留下影響。

02 | くちばし【嘴】

㊔（動）鳥嘴，嘴，喙

例 くちばしでつつく。

譯 用鳥嘴啄。

03 | さえずる

自五（小鳥）婉轉地叫，嘰嘰喳喳地叫，歌唱

例 小鳥(ことり)がさえずる。

譯 小鳥歌唱。

04 | ぴんぴん

副・自サ 用力跳躍的樣子；健壯的樣子

例 魚(さかな)がぴんぴん（と）はねる。

譯 魚活蹦亂跳。

05 | むらがる【群がる】

自五 聚集，群集，密集，林立

例 アリが群(むら)がる。

譯 螞蟻群聚。

Memo

パート 10 第十章

植物

- 植物 -

N1 10-1

10-1 植物の仲間 / 植物類

01 | かふん【花粉】

名 (植)花粉

例 花粉症(かふんしょう)になる。

譯 得了花粉症。

02 | きゅうこん【球根】

名 (植)球根，鱗莖

例 球根(きゅうこん)を植(う)える。

譯 種植球根。

03 | くき【茎】

名 莖；梗；柄；稈

例 茎(くき)が折(お)れる。

譯 折斷花莖。

04 | こずえ【梢】

名 樹梢，樹枝

例 梢(こずえ)を切(き)り落(お)とす。

譯 剪去樹枝。

05 | しば【芝】

名 (植)(鋪草坪用的)矮草，短草

例 芝(しば)を刈(か)り込(こ)む。

譯 剪草坪。

06 | じゅもく【樹木】

名 樹木

例 樹木(じゅもく)に囲(かこ)まれる。

譯 四周被樹木環繞。

07 | しゅ【種】

名·漢造 種類；(生物)種；種植；種子

例 種子植物(しゅししょくぶつ)を分類(ぶんるい)する。

譯 將種子植物加以分類。

08 | ぞうき【雑木】

名 雜樹，不成材的樹木

例 雑木林(ぞうきばやし)が見(み)えてきた。

譯 看得到雜木林了。

09 | つぼみ【蕾】

名 花蕾，花苞；(前途有為而)未成年的人

例 つぼみが付(つ)く。

譯 長花苞。

10 | とげ【棘・刺】

名 (植物的)刺；(扎在身上的)刺；(轉)講話尖酸，話中帶刺

例 とげが刺(さ)さる。

譯 被刺刺到。

11 | なえ【苗】

名 苗，秧子，稻秧

例 野菜(やさい)の苗(なえ)を植(う)えた。

譯 種植菜苗。

12 | ねんりん【年輪】

㊔（樹）年輪；技藝經驗；經年累月的歷史

例 年輪(ねんりん)を重(かさ)ねる。

譯 累積經驗。

13 | はす【蓮】

㊔ 蓮花

例 蓮(はす)の花(はな)が見頃(みごろ)だ。

譯 現在正是賞蓮的時節。

14 | はなびら【花びら】

㊔ 花瓣

例 花(はな)びらが舞(ま)う。

譯 花瓣飛舞。

15 | ほ【穂】

㊔（植）稻穗；（物的）尖端

例 稲穂(いなほ)が稔(みの)る。

譯 稻穗結實。

16 | みき【幹】

㊔ 樹幹；事物的主要部分

例 木(き)の幹(みき)と枝(えだ)が絡(から)んでいる。

譯 樹幹與樹枝纏在一起。

17 | わら【藁】

㊔ 稻草，麥桿

例 藁(わら)を束(たば)ねる。

譯 綁稻草成束。

N1 10-2

10-2 植物関連のことば / 植物相關用語

01 | おちば【落ち葉】

㊔ 落葉

例 落(お)ち葉(ば)を掃(は)く。

譯 打掃落葉。

02 | かれる【涸れる・枯れる】

(自下一)（水分）乾涸；（能力、才能等）涸竭；（草木）凋零，枯萎，枯死（木材）乾燥；（修養、藝術等）純熟，老練；（身體等）枯瘦，乾癟，（機能等）衰萎

例 涙(なみだ)が涸(か)れる。

譯 淚水乾涸。

03 | しなびる【萎びる】

(自上一) 枯萎，乾癟

例 野菜(やさい)が萎(しな)びる。

譯 青菜枯萎了。

04 | はつが【発芽】

(名·自サ) 發芽

例 種(たね)が発芽(はつが)する。

譯 種子發芽。

05 | ひりょう【肥料】

㊔ 肥料

例 肥料(ひりょう)を与(あた)える。

譯 施肥。

06 | ひんしゅ【品種】

㊔ 種類；（農）品種

例 品種改良(ひんしゅかいりょう)する。

譯 改良品種。

07 | ほうさく【豊作】

㊔ 豐收

例 豊作(ほうさく)を祝(いわ)う。

譯 慶祝豐收。

パート
11
第十一章

物質

- 物質 -

N1 11-1

11-1 物、物質 /
物、物質

01 | アルカリ【alkali】

㊔ 鹼；強鹼

例 純アルカリソーダ。

譯 純鹼蘇打。

02 | アルミ【aluminium】

㊔ 鋁（「アルミニウム」的縮寫）

例 アルミ製品を一通り揃えた。

譯 鋁製品全部都備齊了。

03 | えき【液】

名·漢造 汁液，液體

例 液状化現象を起こした。

譯 引起液態化現象。

04 | おうごん【黄金】

㊔ 黃金；金錢

例 黄金の仏像。

譯 黃金佛像。

05 | かごう【化合】

名·自サ （化）化合

例 化合物が検出された。

譯 被檢驗出含有化合物。

06 | かせき【化石】

名·自サ （地）化石；變成石頭

例 アンモナイトの化石。

譯 鸚鵡螺化石。

07 | がんせき【岩石】

㊔ 岩石

例 岩石を採取する。

譯 採集岩石。

08 | けつごう【結合】

名·自他サ 結合；黏接

例 分子が結合する。

譯 結合分子。

09 | けっしょう【結晶】

名·自サ 結晶；（事物的）成果，結晶

例 雪の結晶を撮影する。

譯 拍攝雪的結晶。

10 | げんけい【原形】

㊔ 原形，舊觀，原來的形狀

例 原形を留めていない。

譯 沒有留下舊貌。

11 | げんし【原子】

㊔（理）原子；原子核

例 原子爆弾を投下する。

譯 投下原子彈。

12 | げんそ【元素】

㊔（化）元素；要素

例 元素記号を覚える。

譯 背誦元素符號。

13 | ごうせい【合成】

（名・他サ）（由兩種以上的東西合成）合成（一個東西）；（化）（元素或化合物）合成（化合物）

例 合成着色料を用いる。

譯 使用化學色素。

14 | さんか【酸化】

（名・自サ）（化）氧化

例 鉄が酸化する。

譯 鐵氧化。

15 | さん【酸】

㊔ 酸味；辛酸，痛苦；（化）酸

例 アミノ酸飲料を飲む。

譯 喝氨基酸飲料。

16 | じき【磁器】

㊔ 瓷器

例 磁器と陶器を焼き合わせた。

譯 瓷器與陶器混在一起燒。

17 | じき【磁気】

㊔（理）磁性，磁力

例 磁気で治療する。

譯 用磁力治療。

18 | しずく【滴】

㊔ 水滴，水點

例 しずくが落ちる。

譯 水滴滴落。

19 | じゃり【砂利】

㊔ 沙礫，碎石子

例 道路に砂利を敷く。

譯 在路上鋪碎石子。

20 | じょうりゅう【蒸留】

（名・他サ）蒸餾

例 海水を蒸留する。

譯 蒸餾海水。

21 | しんじゅ【真珠】

㊔ 珍珠

例 真珠を採取する。

譯 採集珍珠。

22 | せいてつ【製鉄】

㊔ 煉鐵，製鐵

例 製鉄所を新たに建設する。

譯 建設新的煉鐵廠。

23 | たれる【垂れる】

（自下一・他下一）懸垂，掛拉；滴，流，滴答；垂，使下垂，懸掛；垂飾

例 しずくが垂(た)れる。
譯 水滴滴落。

24 | たんそ【炭素】
名 (化)碳
例 二酸化炭素(にさんかたんそ)が使用(しよう)される。
譯 使用二氧化碳。

25 | ちゅうわ【中和】
名·自サ 中正溫和；(理，化)中和，平衡
例 酸(さん)とアルカリが中和(ちゅうわ)する。
譯 酸鹼中和。

26 | ちんでん【沈澱】
名·自サ 沈澱
例 沈殿物(ちんでんぶつ)を生成(せいせい)する。
譯 產生沈澱物。

27 | なまり【鉛】
名 (化)鉛
例 鉛(なまり)を含(ふく)む。
譯 含鉛。

28 | はる【張る】
自他五 伸展；覆蓋；膨脹，(負擔)過重，(價格)過高；拉；設置；盛滿(液體等)
例 湖(みずうみ)に氷(こおり)が張(は)った。
譯 湖面結冰。

29 | びりょう【微量】
名 微量，少量
例 微量(びりょう)の毒物(どくぶつ)が検出(けんしゅつ)される。
譯 檢驗出少量毒物。

30 | ぶったい【物体】
名 物體，物質
例 未確認飛行物体(みかくにんひこうぶったい)が見(み)られる。
譯 可以看到未知飛行物體(UFO)。

31 | ふっとう【沸騰】
名·自サ 沸騰；群情激昂，情緒高漲
例 お湯(ゆ)が沸騰(ふっとう)する。
譯 熱水沸騰。

32 | ぶんし【分子】
名 (理・化・數)分子；…份子
例 分子(ぶんし)を発見(はっけん)する。
譯 發現分子。

33 | ほうわ【飽和】
名·自サ (理)飽和；最大限度，極限
例 飽和状態(ほうわじょうたい)に陥(おちい)る。
譯 陷入飽和狀態。

34 | まく【膜】
名·漢造 膜；(表面)薄膜，薄皮
例 膜(まく)が張(は)る。
譯 貼上薄膜。

35 | まやく【麻薬】
名 麻藥，毒品
例 麻薬中毒(まやくちゅうどく)を治療(ちりょう)する。
譯 治療毒癮。

36 | やく【薬】

㊔·漢造 藥；化學藥品

例 弾薬を詰める。

譯 裝彈藥。

37 | ようえき【溶液】

㊔（理、化）溶液

例 溶液の濃度を測定する。

譯 測量溶液的濃度。

N1 11-2

11-2 エネルギー、燃料 / 能源、燃料

01 | げんばく【原爆】

㊔ 原子彈

例 原爆を投下する。

譯 投下原子彈。

02 | げんゆ【原油】

㊔ 原油

例 原油価格が高騰する。

譯 石油價格居高不下。

03 | こう【光】

漢造 光亮；光；風光；時光；榮譽；

例 太陽光で発電する。

譯 以太陽能發電。

04 | さかる【盛る】

自五 旺盛；繁榮；（動物）發情

例 火が盛る。

譯 火勢旺盛。

05 | さよう【作用】

㊔·自サ 作用；起作用

例 薬の副作用が心配だ。

譯 擔心藥物的副作用。

06 | ソーラーシステム【the solar system】

㊔ 太陽系；太陽能發電設備

例 ソーラーシステムを設置する。

譯 裝設太陽能發電設備。

07 | たきび【たき火】

㊔ 爐火，灶火；（用火）燒落葉

例 焚き火をする。

譯 點篝火。

08 | てんか【点火】

㊔·自サ 點火

例 ろうそくに点火する。

譯 點蠟燭。

09 | どうりょく【動力】

㊔ 動力，原動力

例 動力を供給する。

譯 供給動力。

10 | ねんしょう【燃焼】

㊔·自サ 燃燒；竭盡全力

例 石油が燃焼する。

譯 燃燒石油。

11 | ねんりょう【燃料】

㊔ 燃料

例 燃料(ねんりょう)をくう。
譯 耗費燃料。

12 | ばくは【爆破】
(名·他サ) 爆破，炸毀
例 建物(たてもの)を爆破(ばくは)する。
譯 炸毀建築物。

13 | はんしゃ【反射】
(名·自他サ) (光、電波等)折射，反射；(生理上的)反射(機能)
例 条件反射(じょうけんはんしゃ)する。
譯 條件反射。

14 | ひばな【火花】
(名) 火星；(電)火花
例 火花(ひばな)が散(ち)る。
譯 迸出火星。

15 | ふりょく【浮力】
(名) (理)浮力
例 浮力(ふりょく)が作用(さよう)する。
譯 浮力起作用。

16 | ほうしゃせん【放射線】
(名) (理)放射線
例 放射線(ほうしゃせん)を浴(あ)びる。
譯 暴露在放射線之下。

17 | ほうしゃのう【放射能】
(名) (理)放射線
例 放射能(ほうしゃのう)は怖(こわ)い。
譯 輻射很可怕。

18 | ほうしゃ【放射】
(名·他サ) 放射，輻射
例 放射性物質(ほうしゃせいぶっしつ)を垂(た)れ流(なが)す。
譯 流放出放射性物質。

19 | ほうしゅつ【放出】
(名·他サ) 放出，排出，噴出；(政府)發放，投放
例 熱(ねつ)を放出(ほうしゅつ)する。
譯 放出熱能。

20 | まんタン【満 tank】
(名) (俗)油加滿
例 ガソリンを満(まん)タンにする。
譯 加滿了油。

21 | りょうしつ【良質】
(名·形動) 質量良好，上等
例 良質(りょうしつ)のタンパク質(しつ)を摂(と)る。
譯 攝取良好的蛋白質。

N1 11-3

11-3 原料、材料 / 原料、材料

01 | エコ【ecology 之略】
(名·接頭) 環保
例 エコグッズを活用(かつよう)する。
譯 活用環保商品。

02 | かいしゅう【回収】
(名·他サ) 回收，收回
例 資源回収(しげんかいしゅう)を実施(じっし)する。
譯 施行資源回收。

03 | かせん【化繊】

㊔ 化學纖維

例 化繊(かせん)の肌着(はだぎ)。

譯 化學纖維材質的內衣。

04 | さいくつ【採掘】

(名・他サ) 採掘，開採，採礦

例 金山(きんざん)を採掘(さいくつ)する。

譯 開採金礦。

05 | しぼう【脂肪】

㊔ 脂肪

例 脂肪(しぼう)を取(と)る。

譯 去除脂肪。

06 | せんい【繊維】

㊔ 纖維

例 化学繊維(かがくせんい)が生産(せいさん)される。

譯 生產化學纖維。

07 | そざい【素材】

㊔ 素材，原材料；題材

例 素材(そざい)の味(あじ)を生(い)かした料理(りょうり)。

譯 發揮食材原味的料理。

08 | たんぱくしつ【蛋白質】

㊔ (生化)蛋白質

例 タンパク質(しつ)を取(と)る。

譯 攝取蛋白質。

09 | はいき【廃棄】

(名・他サ) 廢除

例 廃棄処分(はいきしょぶん)する。

譯 廢棄處理。

10 | ひんしつ【品質】

㊔ 品質，質量

例 品質(ひんしつ)を疑(うたが)う。

譯 對品質有疑慮。

パート
12
第十二章

天体、気象

- 天體、氣象 -

N1 12-1

12-1 天体 / 天體

01 うず【渦】

㊔ 漩渦，漩渦狀；混亂狀態，難以脫身的處境

例 渦(うず)を巻(ま)く。

譯 打轉；呈現混亂狀態。

02 えいせい【衛星】

㊔ (天)衛星；人造衛星

例 人工衛星(じんこうえいせい)を打(う)ち上(あ)げる。

譯 發射人造衛星。

03 かせい【火星】

㊔ (天)火星

例 火星人(かせいじん)と出会(であ)いました。

譯 遇到了火星人。

04 じてん【自転】

名·自サ (地球等的)自轉；自行轉動

例 地球(ちきゅう)の自転(じてん)を証明(しょうめい)した。

譯 證明地球是自轉的。

05 せいざ【星座】

㊔ 星座

例 星座占(せいざうらな)いを学(まな)ぶ。

譯 學占星術。

06 てんたい【天体】

㊔ (天)天象，天體

例 天体観測会(てんたいかんそくかい)が開(ひら)かれた。

譯 舉辦觀察天象大會。

07 てん【天】

名·漢造 天，天空；天國；天理；太空；上天；天然

例 天(てん)を仰(あお)ぐ。

譯 仰望天空。

08 ともる

自五 (燈火)亮，點著

例 明(あ)かりがともる。

譯 燈亮了。

09 にしび【西日】

㊔ 夕陽；西照的陽光，午後的陽光

例 西日(にしび)がまぶしい。

譯 夕陽炫目。

10 ひなた【日向】

㊔ 向陽處，陽光照到的地方；處於順境的人

例 日向(ひなた)ぼっこをする。

譯 曬太陽；做日光浴。

11 まんげつ【満月】

㊔ 滿月，圓月

例 満月(まんげつ)の夜(よる)が好(す)きだ。

譯 我喜歡望月之夜。

12 | わくせい【惑星】

㊔ (天)行星；前途不可限量的人

例 惑星(わくせい)に探査機(たんさき)を送(おく)り込(こ)んだ。

譯 送上行星探測器。

N1 ⊙ 12-2

12-2 気象、天気、気候 / 氣象、天氣、氣候

01 | あつくるしい【暑苦しい】

形 悶熱的

例 暑苦(あつくる)しい部屋(へや)が涼(すず)しくなった。

譯 悶熱的房間變得涼爽了。

02 | あまぐ【雨具】

㊔ 防雨的用具(雨衣、雨傘、雨鞋等)

例 雨具(あまぐ)の用意(ようい)がない 。

譯 沒有準備雨具。

03 | あられ【霰】

㊔ (較冰雹小的)霰；切成小碎塊的年糕

例 あられが降(ふ)る。

譯 下冰霰。

04 | いなびかり【稲光】

㊔ 閃電，閃光

例 稲光(いなびかり)がする。

譯 出現閃電。

05 | うてん【雨天】

㊔ 雨天

例 雨天(うてん)でも決行(けっこう)する。

譯 風雨無阻。

06 | かいじょ【解除】

名・他サ 解除；廢除

例 警報(けいほう)を解除(かいじょ)する。

譯 解除警報。

07 | かすむ【霞む】

自五 有霞，有薄霧，雲霧朦朧

例 霞(かす)んだ空(そら)が幻想的(げんそうてき)だった。

譯 雲霧朦朧的天空如同幻夢世界一般。

08 | かんき【寒気】

㊔ 寒冷，寒氣

例 寒気(かんき)がきびしい。

譯 酷冷。

09 | きざし【兆し】

㊔ 預兆，徵兆，跡象；萌芽，頭緒，端倪

例 兆(きざ)しが見(み)える。

譯 看得到徵兆。

10 | きしょう【気象】

㊔ 氣象；天性，秉性，脾氣

例 気象情報(きしょうじょうほう)を放送(ほうそう)する。

譯 播放氣象資訊。

11 | きょうれつ【強烈】

形動 強烈

例 強烈(きょうれつ)な光(ひかり)を放(はな)つ。

譯 放出刺眼的光線。

12 | きりゅう【気流】

㊔ 氣流

例 気流(きりゅう)に乗(の)る。

譯 乘著氣流。

13 | こうすい【降水】

㊔ (氣)降水(指雪雨等的)

例 降水量が多い。

譯 降雨量很高。

14 | ざあざあ

副 (大雨)嘩啦嘩啦聲；(電視等)雜音

例 雨がざあざあ降っている。

譯 雨嘩啦嘩啦地下。

15 | じょうしょう【上昇】

名·自サ 上升，上漲，提高

例 気温が上昇する。

譯 氣溫上昇。

16 | ずぶぬれ【ずぶ濡れ】

名 全身濕透

例 ずぶぬれの着物が張り付いてしまった。

譯 濕透了的衣服緊貼在身上。

17 | せいてん【晴天】

名 晴天

例 晴天に恵まれる。

譯 遇上晴天。

18 | つゆ【露】

名·副 露水；淚；短暫，無常；(下接否定)一點也不…

例 露にぬれる。

譯 被露水打濕。

19 | てりかえす【照り返す】

他五 反射

例 西日が照り返す。

譯 夕陽反射。

20 | とつじょ【突如】

副·形動 突如其來，突然

例 突如爆発する。

譯 突然爆發。

21 | ふじゅん【不順】

名·形動 不順，不調，異常

例 天候不順が続く。

譯 氣候異常持續不斷。

22 | もる【漏る】

自五 (液體、氣體、光等)漏，漏出

例 雨が漏る。

譯 漏雨。

23 | よける

他下一 躲避；防備

例 雨をよける。

譯 避雨。

N1 ◉ 12-3

12-3 さまざまな自然現象 / 各種自然現象

01 | あいつぐ【相次ぐ・相継ぐ】

自五 (文)接二連三，連續不斷

例 相次ぐ災難に見舞われる。

譯 遭受接二連三的天災人禍。

02 | おおみず【大水】

名 大水，洪水

例 大水が出る。

譯 發生大洪水。

03 | おさまる【治まる】

(自五) 安定，平息

例 嵐が治まる。

譯 暴風雨平息。

04 | おしよせる【押し寄せる】

(自下一) 湧進來；蜂擁而來(他下一) 挪到一旁

例 津波が押し寄せる。

譯 海嘯席捲而來。

05 | おそう【襲う】

(他五) 襲擊，侵襲；繼承，沿襲；衝到，闖到

例 人を襲う。

譯 襲擊他人。

06 | きょくげん【局限】

(名・他サ) 侷限，限定

例 一部に局限される。

譯 侷限於其中一部份。

07 | けいかい【警戒】

(名・他サ) 警戒，預防，防範；警惕，小心

例 警戒態勢をとる。

譯 採取警戒狀態。

08 | こうずい【洪水】

(名) 洪水，淹大水；洪流

例 洪水が起こる。

譯 引發洪水。

09 | さいがい【災害】

(名) 災害，災難，天災

例 災害を予防する。

譯 防災。

10 | しずめる【沈める】

(他下一) 把…沉入水中，使沉沒

例 ソファに身を沈める。

譯 癱坐在沙發上。

11 | しんどう【振動】

(名・自他サ) 搖動，振動；擺動

例 窓ガラスが振動する。

譯 窗戶玻璃震動。

12 | じょうりく【上陸】

(名・自サ) 登陸，上岸

例 無事に上陸する。

譯 平安登陸。

13 | せいりょく【勢力】

(名) 勢力，權勢，威力，實力；(理)力，能

例 勢力を伸ばす。

譯 擴大勢力。

14 | そうなん【遭難】

(名・自サ) 罹難，遇險

例 遭難現場に駆けつけた。

譯 急忙趕到遇難地點。

15 | ただよう【漂う】

(自五) 漂流，飄蕩；洋溢，充滿；露出

例 水面に花びらが漂う。

譯 花瓣漂在水面上。

16 | たつまき【竜巻】

(名) 龍捲風

例 竜巻が起きる。

譯 發生龍捲風。

17 つなみ【津波】

㊔ 海嘯

例 津波(つなみ)が発生(はっせい)する。

譯 發生海嘯。

18 てんさい【天災】

㊔ 天災，自然災害

例 天災(てんさい)に見舞(みま)われる。

譯 遭受天災。

19 どしゃ【土砂】

㊔ 土和沙，沙土

例 土砂災害(どしゃさいがい)が多発(たはつ)した。

譯 經常發生山崩災難。

20 なだれ【雪崩】

㊔ 雪崩；傾斜，斜坡；雪崩一般，蜂擁

例 雪崩(なだれ)を打(う)って敗走(はいそう)する。

譯 一群人落荒而逃。

21 はっせい【発生】

名·自サ 發生；(生物等)出現，蔓延

例 問題(もんだい)が発生(はっせい)する。

譯 發生問題。

22 はんらん【氾濫】

名·自サ 氾濫；充斥，過多

例 川(かわ)が氾濫(はんらん)する。

譯 河川氾濫。

23 ひなん【避難】

名·自サ 避難

例 避難訓練(ひなんくんれん)をする。

譯 執行避難訓練。

24 ふんしゅつ【噴出】

名·自他サ 噴出，射出

例 マグマが噴出(ふんしゅつ)する。

譯 炎漿噴出。

25 ぼうふう【暴風】

㊔ 暴風

例 暴風雨(ぼうふうう)になる。

譯 變成暴風雨。

26 もうれつ【猛烈】

形動 氣勢或程度非常大的樣子，猛烈；特別；厲害

例 猛烈(もうれつ)に後悔(こうかい)する。

譯 非常後悔。

27 よしん【余震】

㊔ 餘震

例 余震(よしん)が続(つづ)く。

譯 餘震不斷。

28 らっか【落下】

名·自サ 下降，落下；從高處落下

例 落下物(らっかぶつ)に注意(ちゅうい)する。

譯 小心掉落物。

パート
13
第十三章

地理、場所

- 地理、地方 -

N1 13-1

13-1 地理 / 地理

01 | あ【亜】

接頭 亞，次；(化)亞(表示無機酸中氧原子較少)；用在外語的音譯；亞細亞，亞洲

例 台湾(タイワン)の北(きた)は亜熱帯気候(あねったいきこう)だ。

譯 台灣的北邊是亞熱帶氣候。

02 | えんがん【沿岸】

名 沿岸

例 地中海沿岸(ちちゅうかいえんがん)は風(かぜ)が強(つよ)い。

譯 地中海沿岸風勢很強。

03 | おおぞら【大空】

名 太空，天空

例 晴(は)れ渡(わた)る大空(おおぞら)。

譯 萬里晴空。

04 | かいがら【貝殻】

名 貝殼

例 貝殻(かいがら)を拾(ひろ)う。

譯 撿拾貝殼。

05 | かいきょう【海峡】

名 海峽

例 海峡(かいきょう)を越(こ)える。

譯 越過海峽。

06 | かいぞく【海賊】

名 海盜

例 海賊(かいぞく)に襲(おそ)われる。

譯 被海盜襲擊。

07 | かいりゅう【海流】

名 海流

例 海流(かいりゅう)に乗(の)る。

譯 乘著海流。

08 | かい【海】

漢造 海；廣大

例 日本海(にほんかい)を眺(なが)める。

譯 眺望日本海。

09 | がけ【崖】

名 斷崖，懸崖

例 崖(がけ)から落(お)ちる。

譯 從懸崖上落下。

10 | かせん【河川】

名 河川

例 河川(かせん)が氾濫(はんらん)する。

譯 河川氾濫。

11 | ききょう【帰京】

名·自サ 回首都，回東京

例 来月(らいげつ)帰京(ききょう)する。

譯 下個月回東京。

12 | きふく【起伏】

(名·自サ) 起伏，凹凸；榮枯，盛衰，波瀾，起落

例 起伏が激しい。

譯 起伏劇烈。

13 | きょうそん·きょうぞん【共存】

(名·自サ) 共處，共存

例 自然と共存する。

譯 與自然共存。

14 | けいしゃ【傾斜】

(名·自サ) 傾斜，傾斜度；傾向

例 後方へ傾斜する。

譯 向後傾斜。

15 | こうげん【高原】

(名) (地)高原

例 チベット高原。

譯 西藏高原。

16 | こくさん【国産】

(名) 國產

例 国産自動車。

譯 國產汽車。

17 | さんがく【山岳】

(名) 山岳

例 山岳地帯に住む。

譯 住在山區。

18 | さんみゃく【山脈】

(名) 山脈

例 山脈を越える。

譯 越過山脈。

19 | しお【潮】

(名) 海潮；海水，海流；時機，機會

例 潮の満ち引き。

譯 潮氣潮落。

20 | ジャングル【jungle】

(名) 叢林

例 ジャングルを探検する。

譯 進到叢林探險。

21 | じょうくう【上空】

(名) 高空，天空；(某地點的)上空

例 上空を横切る。

譯 橫越上空。

22 | すいげん【水源】

(名) 水源

例 水源を探す。

譯 尋找水源。

23 | そびえる【聳える】

(自下一) 聳立，峙立

例 雲に聳える塔。

譯 高聳入雲的高塔。

24 | たどる【辿る】

(他五) 沿路前進，邊走邊找；走難行的路，走艱難的路；追尋，追溯，探索；(事物向某方向)發展，走向

例 記憶をたどる。

譯 追尋記憶。

25 | ちけい【地形】

㊔ 地形，地勢，地貌

例 地形が盆地だから夏は暑い。

譯 盆地地形所以夏天很熱。

26 | つらなる【連なる】

(自五) 連，連接；列，參加

例 山が連なる。

譯 山脈連綿。

27 | てんぼう【展望】

(名·他サ) 展望；眺望，瞭望

例 展望が開ける。

譯 視野開闊。

28 | とおまわり【遠回り】

(名·自サ·形動) 使其繞道，繞遠路

例 遠回りして帰る。

譯 繞遠路回家。

29 | ないりく【内陸】

㊔ 內陸，內地

例 内陸性気候に属する。

譯 屬於大陸性氣候。

30 | なぎさ【渚】

㊔ 水濱，岸邊，海濱

例 渚を駆ける。

譯 在海邊奔跑。

31 | ぬま【沼】

㊔ 池塘，池沼，沼澤

例 底無し沼につく。

譯 探到無底深淵的底部。

32 | はま【浜】

㊔ 海濱，河岸

例 浜に打ち上げられる。

譯 被海水打上岸邊。

33 | はらっぱ【原っぱ】

㊔ 雜草叢生的曠野；空地

例 原っぱを駆ける。

譯 在曠野奔跑。

34 | みかい【未開】

㊔ 不開化，未開化；未開墾；野蠻

例 未開の地に踏み入る。

譯 進入未開墾的土地。

35 | ゆるやか【緩やか】

(形動) 坡度或彎度平緩；緩慢

例 緩やかな坂に注意しよう。

譯 走慢坡要多加小心。

N1 13-2

13-2 場所、空間 / 地方、空間

01 | あらす【荒らす】

(他五) 破壞，毀掉；損傷，糟蹋；擾亂；偷竊，行搶

例 トラックが道を荒らす。

譯 卡車毀壞道路。

02 | いただき【頂】

㊔（物體的）頂部；頂峰，樹尖

例 山の頂に立つ。

譯 站在山頂上。

03 | いち【市】

㊔ 市場，集市；市街

例 蚤の市を開く。

譯 舉辦跳蚤市場。

04 | かいどう【街道】

㊔ 大道，大街

例 裏街道を歩む。

譯 走上邪道。

05 | がいとう【街頭】

㊔ 街頭，大街上

例 街頭演説が開かれる。

譯 開始街頭演講。

06 | きゅうくつ【窮屈】

名·形動 (房屋等)窄小，狹窄，(衣服等)緊；感覺拘束，不自由；死板

例 窮屈な部屋に住む。

譯 住在狹窄的房間。

07 | きょう【橋】

名·漢造 (解)腦橋；橋

例 歩道橋を渡る。

譯 走過天橋。

08 | くうかん【空間】

㊔ 空間，空隙

例 快適な空間を提案する。

譯 就舒適的空間提出議案。

09 | げんち【現地】

㊔ 現場，發生事故的地點；當地

例 現地に向かう。

譯 前往現場。

10 | コーナー【corner】

㊔ 小賣店，專櫃；角，拐角；(棒、足球)角球

例 特産品コーナーを設ける。

譯 設置特產品專櫃。

11 | こてい【固定】

名·自他サ 固定

例 足場を固定する。

譯 站穩腳步。

12 | さんばし【桟橋】

㊔ 碼頭；跳板

例 桟橋を渡る。

譯 走過碼頭。

13 | さんぷく【山腹】

㊔ 山腰，山腹

例 山腹を歩く。

譯 行走山腰。

14 | しがい【市街】

㊔ 城鎮，市街，繁華街道

例 市街地に住む。

譯 住在繁華地段。

15 | しょざい【所在】

㊔ (人的)住處，所在；(建築物的)地址；(物品的)下落

例 所在がわかる。

譯 知道所在處。

16 | スペース【space】

㊔ 空間，空地；(特指)宇宙空間；紙面的空白，行間寬度

例 スペースを取る。

譯 留出空白。

17 | たちよる【立ち寄る】

自五 靠近，走進；順便到，中途落腳

例 本屋に立ち寄る。

譯 順便去書店。

18 | たどりつく【辿り着く】

自五 好不容易走到，摸索找到，掙扎走到；到達(目的地)

例 頂上にたどり着く。

譯 終於到達山頂。

19 | たまり【溜まり】

㊔ 積存，積存處；休息室；聚集的地方

例 溜まり場ができた。

譯 有一個聚會地。

20 | ちゅうふく【中腹】

㊔ 半山腰

例 山の中腹。

譯 半山腰。

21 | でんえん【田園】

㊔ 田園；田地

例 のどかな田園風景。

譯 悠閒恬靜的田園風光。

22 | どて【土手】

㊔ (防風、浪的)堤防

例 土手を築く。

譯 築提防。

23 | どぶ

㊔ 水溝，深坑，下水道，陰溝

例 金を溝に捨てる。

譯 把錢丟到水溝裡。

24 | ぼち【墓地】

㊔ 墓地，墳地

例 墓地にお参りする。

譯 去墓地上香祭拜。

25 | よち【余地】

㊔ 空地；容地，餘地

例 考える余地を与える。

譯 給人思考的空間。

N1 13-3 (1)

13-3 地域、範囲 (1) /
地域、範圍 (1)

01 | アラブ【Arab】

㊔ 阿拉伯，阿拉伯人

例 ドバイのアラブ人と結婚した。

譯 跟杜拜的阿拉伯人結婚。

02 | いちぶぶん【一部分】

㊔ 一冊，一份，一套；一部份

例 一部分だけ切り取る。

譯 只切除一部分。

03 | いったい【一帯】

㊔ 一帶；一片；一條

例 付近一帯がお花畑になる。

譯 這附近將會變成一片花海。

04 | おいだす【追い出す】

他五 趕出，驅逐；解雇

例 家を追い出す。

譯 趕出家門。

05 | および【及び】

接續 和，與，以及

例 生徒及び保護者。

譯 學生與家長。

06 | およぶ【及ぶ】

自五 到，到達；趕上，及

例 被害が及ぶ。

譯 遭受災害。

07 | かい【界】

漢造 界限；各界；(地層的)界

例 芸能界に入る。

譯 進入演藝圈。

08 | がい【街】

漢造 街道，大街

例 商店街で買い物をする。

譯 在商店街購物。

09 | きぼ【規模】

名 規模；範圍；榜樣，典型

例 規模が大きい。

譯 規模龐大。

10 | きょうど【郷土】

名 故鄉，鄉土；鄉間，地方

例 郷土料理を食べる。

譯 吃有鄉土風味的料理。

11 | きょうり【郷里】

名 故鄉，鄉里

例 郷里を離れる。

譯 離鄉背井。

12 | ぎょそん【漁村】

名 漁村

例 漁村の漁師。

譯 漁村的漁夫。

13 | きんこう【近郊】

名 郊區，近郊

例 東京近郊に住む。

譯 住在東京近郊。

14 | くかく【区画】

名 區劃，劃區；(劃分的)區域，地區

例 土地を区画する。

譯 劃分土地。

15 | くかん【区間】

名 區間，段

例 区間快速に乗る。

譯 搭乘區間快速列車。

16 | く【区】

名 地區，區域；區

例 東京 23 区を比較してみた。

譯 嘗試比較了東京23區。

17 | けん【圏】

漢造 圓圈；區域，範圍

例 首都圏（しゅとけん）で雪（ゆき）が舞（ま）う。

譯 整個首都雪花飛舞。

18 | こうはい【荒廃】

名·自サ 荒廢，荒蕪；(房屋)失修；(精神)頹廢，散漫

例 荒廃（こうはい）した大地（だいち）。

譯 荒廢了的土地。

19 | こゆう【固有】

名 固有，特有，天生

例 固有（こゆう）の文化（ぶんか）を繁栄（はんえい）させる。

譯 使特有文化興盛繁榮。

20 | さしかかる【差し掛かる】

自五 來到，路過(某處)，靠近；(日期等)臨近，逼近，緊迫；垂掛，籠罩在…之上

例 分岐点（ぶんきてん）に差（さ）し掛（か）かる。

譯 來到分歧點。

21 | じもと【地元】

名 當地，本地；自己居住的地方，故鄉

例 地元（じもと）に帰（かえ）る。

譯 回到家鄉。

22 | じょうか【城下】

名 城下；(以諸侯的居城為中心發展起來的)城市，城邑

例 城下（じょうか）の盟（ちかい）をする。

譯 訂城下之盟。

23 | ずらっと

副 (俗)一大排，成排地

例 ずらっと並（なら）べる。

譯 排成一列。

24 | そうだい【壮大】

形動 雄壯，宏大

例 壮大（そうだい）な建築物（けんちくぶつ）に圧倒（あっとう）された。

譯 對雄偉的建築物讚嘆不已。

25 | そこら【其処ら】

代 那一代，那裡；普通，一般；那樣，那種程度，大約

例 そこら中（じゅう）にある。

譯 到處都有。

26 | その【園】

名 園，花園

例 エデンの園（その）を追（お）い出（だ）される。

譯 被逐出伊甸園。

27 | たい【帯】

漢造 帶，帶子；佩帶；具有；地區；地層

例 火山帯（かざんたい）を形成（けいせい）する。

譯 形成火山帶。

N1 13-3 (2)

13-3 地域、範囲 (2) / 地域、範圍 (2)

28 | とおざかる【遠ざかる】

自五 遠離；疏遠；不碰，節制，克制

例 危機（きき）が遠（とお）ざかる。

譯 遠離危機。

29 | とくゆう【特有】

形動 特有

例 日本人特有の性質。
譯 日本人特有性格。

30 | ないぶ【内部】

㊔ 內部，裡面；內情，內幕
例 内部を窺う。
譯 詢問內情。

31 | はてしない【果てしない】

㊋ 無止境的，無邊無際的
例 果てしない大宇宙。
譯 無邊無際的大宇宙。

32 | はて【果て】

㊔ 邊際，盡頭；最後，結局，下場；結果
例 果てのない道が広がる。
譯 無邊無際的道路展現在眼前。

33 | はまべ【浜辺】

㊔ 海濱，湖濱
例 浜辺を歩く。
譯 步行在海邊。

34 | はみだす【はみ出す】

自五 溢出；超出範圍
例 引き出しからはみ出す。
譯 滿出抽屜外。

35 | ふうしゅう【風習】

㊔ 風俗，習慣，風尚
例 風習に従う。
譯 遵從風俗習慣。

36 | ふうど【風土】

㊔ 風土，水土
例 風土になれる。
譯 服水土。

37 | ベッドタウン【(和)bed + town】

㊔ 衛星都市，郊區都市
例 ベッドタウン計画を実現する。
譯 實現衛星都市計畫。

38 | ぼこく【母国】

㊔ 祖國
例 母国に帰りたい。
譯 想回到祖國。

39 | ほとり【辺】

㊔ 邊，畔，旁邊
例 池のほとりに佇む。
譯 在池畔駐足。

40 | ほんごく【本国】

㊔ 本國，祖國；老家，故鄉
例 本国に戻る。
譯 回到祖國。

41 | ほんば【本場】

㊔ 原產地，正宗產地；發源地，本地
例 本場の料理を食べる。
譯 食用道地的菜餚。

42 | みぢか【身近】

㊔名·形動 切身；身邊，身旁

例 危険が身近に迫る。

譯 危險臨到眼前。

43 | みね【峰】

㊔名 山峰；刀背；東西突起部分

例 峰打ちする。

譯 用刀背砍。

44 | みのまわり【身の回り】

㊔名 身邊衣物（指衣履、攜帶品等）；日常生活；（工作或交際上）應由自己處裡的事情

例 身の回りを整頓する。

譯 整頓日常生活。

45 | めいさん【名産】

㊔名 名產

例 台湾の名産を買う。

譯 購買台灣名產。

46 | もう【網】

㊔漢造 網；網狀物；聯絡網

例 連絡網を作成する。

譯 制作聯絡網。

47 | やがい【野外】

㊔名 野外，郊外，原野；戶外，室外

例 野外活動をする。

譯 從事郊外活動。

48 | やみ【闇】

㊔名 （夜間的）黑暗；（心中）辨別不清，不知所措；黑暗；黑市

例 闇をさまよう。

譯 在黑暗中迷失方向。

49 | よう【洋】

㊔名·漢造 東洋和西洋；西方，西式；海洋；大而寬廣

例 洋画を見る。

譯 欣賞西畫。

50 | りょういき【領域】

㊔名 領域，範圍

例 領域が狭まる。

譯 範圍狹窄。

51 | りょうかい【領海】

㊔名 （法）領海

例 領海侵犯に反発する。

譯 反抗侵犯領海。

52 | りょうち【領地】

㊔名 領土；（封建主的）領土，領地

例 領地を保有する。

譯 保有領土。

53 | りょうど【領土】

㊔名 領土

例 北方領土問題に関心をもつ。

譯 對北方領土問題感興趣。

54 | わく【枠】

㊔名 框；（書的）邊線；範圍，界線，框線

例 枠にはまった表現。

譯 拘泥於框框的表現。

N1 13-4 (1)

13-4 方向、位置 (1) / 方向、位置 (1)

01 | いちめん【一面】

㊔ 一面；另一面；全體，滿；(報紙的)頭版

例 一面の記事が掲載された。

譯 被刊登在頭版新聞上。

02 | うらがえし【裏返し】

㊔ 表裡相反，翻裡作面

例 裏返しにして使う。

譯 裡外顛倒使用。

03 | えんぽう【遠方】

㊔ 遠方，遠處

例 遠方へ赴く。

譯 遠行。

04 | おもてむき【表向き】

名·副 表面(上)，外表(上)

例 表向きは知らんぷりをする。

譯 表面上裝作不知情。

05 | おもむく【赴く】

自五 赴，往，前往；趨向，趨於

例 現場に赴く。

譯 前往現場。

06 | おりかえす【折り返す】

他五·自五 折回；翻回；反覆；折回去

例 折り返し連絡する。

譯 再跟你聯絡。

07 | かく【核】

名·漢造 (生)(細胞)核；(植)核，果核；要害；核(武器)

例 戦争に核兵器が使われた。

譯 戰爭中使用核武器。

08 | かたわら【傍ら】

㊔ 旁邊；在…同時還…，一邊…一邊…

例 家事の傍ら小説を書く。

譯 打理家務的同時還邊寫小說。

09 | かた【片】

漢造 (表示一對中的)一個，一方；表示遠離中心而偏向一方；表示不完全；表示極少

例 片足で立つ。

譯 單腳站立。

10 | きてん【起点】

㊔ 起點，出發點

例 A点を起点とする。

譯 以A點為起點。

11 | げんてん【原点】

㊔ (丈量土地等的)基準點，原點；出發點

例 原点に戻る。

譯 回到原點。

12 | こみあげる【込み上げる】

自下一 往上湧，油然而生

例 涙(なみだ)がこみあげる。

譯 淚水盈眶。

13 | さき【先】

名 尖端，末稍；前面，前方；事先，先；優先，首先；將來，未來；後來(的情況)；以前，過去；目的地；對方

例 目(め)と鼻(はな)の先(さき)に岸壁(がんぺき)がある。

譯 碼頭近在眼前。

14 | さなか【最中】

名 最盛期，正當中，最高

例 忙(いそが)しい最中(さなか)に友達(ともだち)が訪(たず)ねて来(き)た。

譯 正忙著的時候朋友來了。

15 | ざひょう【座標】

名 (數)座標；標準，基準

例 座標(ざひょう)で示(しめ)す。

譯 用座標表示。

16 | すすみ【進み】

名 進，進展，進度；前進，進步；嚮往，心願

例 進(すす)みが遅(おそ)い。

譯 進展速度緩慢。

17 | ぜんと【前途】

名 前途，將來；(旅途的)前程，去路

例 前途(ぜんと)が開(ひら)ける。

譯 前程似錦。

18 | そう【沿う】

自五 沿著，順著；按照

例 方針(ほうしん)に沿(そ)う。

譯 按照方針的指示。

19 | そくめん【側面】

名 側面，旁邊；(具有複雜內容事物的)一面，另一面

例 側面(そくめん)から援助(えんじょ)する。

譯 從側面協助。

20 | そっぽ【外方】

名 一邊，外邊，別處

例 そっぽを向(む)く。

譯 把頭轉向一邊；恍若未聞。

21 | そる【反る】

自五 (向後或向外)彎曲，捲曲，翹；身子向後彎，挺起胸膛

例 本(ほん)の表紙(ひょうし)が反(そ)る。

譯 書的封面翹起。

22 | たほう【他方】

名·副 另一方面；其他方面

例 他方(たほう)から見(み)ると、～。

譯 從另一方面來看…。

23 | だんめん【断面】

名 斷面，剖面；側面

例 社会(しゃかい)の断面(だんめん)が見事(みごと)に描(えが)かれた。

譯 精彩地描繪出社會的一個縮影。

24 | ちゅうすう【中枢】

名 中樞，中心；樞組，關鍵

例 神経中枢(しんけいちゅうすう)を刺激(しげき)する。

譯 刺激神經中樞。

25 | ちゅうりつ【中立】

名·自サ 中立

例 中立(ちゅうりつ)を守(まも)る。

譯 保持中立。

26 | ちょくれつ【直列】

名 (電)串聯

例 直列(ちょくれつ)に接続(せつぞく)する。

譯 串聯。

27 | てぢか【手近】

形動 手邊，身旁，左近；近人皆知，常見

例 手近(てぢか)な問題(もんだい)を無視(むし)された。

譯 眼前的問題遭到忽視。

28 | てっぺん

名 頂，頂峰；頭頂上；(事物的)最高峰，頂點

例 幸福(こうふく)のてっぺんにある。

譯 在幸福的頂點。

29 | でむく【出向く】

自五 前往，前去

例 こちらから出向(でむ)きます。

譯 由我到您那裡去。

30 | てんかい【転回】

名·自他サ 回轉，轉變

例 180度(ど)転回(てんかい)する。

譯 180度迴轉。

13-4 方向、位置(2) /
方向、位置(2)

31 | てんじる【転じる】

自他上一 轉變，轉換，改變；遷居，搬家

自他サ 轉變

例 攻勢(こうせい)に転(てん)じる。

譯 轉為攻勢。

32 | てんずる【転ずる】

自五·他下一 改變(方向、狀態)；遷居；調職

例 話題(わだい)を転(てん)ずる。

譯 轉移話題。

33 | てんち【天地】

名 天和地；天地，世界；宇宙，上下

例 天地(てんち)ほどの差(さ)がある。

譯 天壤之別。

34 | とうたつ【到達】

名·自サ 到達，達到

例 山頂(さんちょう)に到達(とうたつ)する。

譯 到達山頂。

35 | とりまく【取り巻く】

他五 圍住，圍繞；奉承，奉迎

例 群集(ぐんしゅう)に取(と)り巻(ま)かれる。

譯 被群眾包圍。

36 | なかほど【中程】

名 (場所、距離的)中間；(程度)中等；(時間、事物進行的)途中，半途

例 来月(らいげつ)の中程(なかほど)までに。

譯 到下個月中旬為止。

37 | はいご【背後】

㊔ 背後；暗地，背地，幕後

例 背後(はいご)に立(た)つ。

譯 站在背後。

38 | はるか【遥か】

(副·形動) (時間、空間、程度上)遠，遙遠

例 遥(はる)かに富士山(ふじさん)を望(のぞ)む。

譯 遙望富士山。

39 | ふち【縁】

㊔ 邊；緣；框

例 ハンカチの縁取(ふちど)りがピンク色(いろ)だった。

譯 手帕的鑲邊是粉紅色的。

40 | ふりかえる【振り返る】

(他五) 回頭看，向後看；回顧

例 過去(かこ)を振(ふ)り返(かえ)る。

譯 回顧過去。

41 | ふりだし【振り出し】

㊔ 出發點；開始，開端；(經)開出(支票、匯票等)

例 振(ふ)り出(だ)しに戻(もど)る。

譯 回到出發點。

42 | へいこう【並行】

(名·自サ) 並行；並進，同時舉行

例 線路(せんろ)に並行(へいこう)して歩(ある)く。

譯 與鐵路並行走路。

43 | へり【縁】

㊔ (河岸、懸崖、桌子等)邊緣；帽簷；鑲邊

例 縁(へり)を取(と)る。

譯 鑲邊。

44 | まうえ【真上】

㊔ 正上方，正當頭

例 真上(まうえ)を仰(あお)ぐ。

譯 仰望頭頂上方。

45 | ました【真下】

㊔ 正下方，正下面

例 机(つくえ)の真下(ました)に潜(もぐ)る。

譯 躲在書桌正下方。

46 | まじわる【交わる】

(自五) (線狀物)交，交叉；(與人)交往，交際

例 線(せん)が交(まじ)わる。

譯 線條交叉。

47 | まと【的】

㊔ 標的，靶子；目標；要害，要點

例 的(まと)を外(はず)す。

譯 沒中目標；沒中要害。

48 | みぎて【右手】

㊔ 右手，右邊，右面

例 右手(みぎて)に見(み)えるのが公園(こうえん)です。

譯 右邊可看到的是公園。

49 | みちばた【道端】

㊔ 道旁，路邊

例 道端(みちばた)で喧嘩(けんか)をする。

譯 在路邊吵架。

50 | めさき【目先】

㊔ 目前，眼前；當前，現在；遇見；外觀，外貌，當場的風趣

例 目先(めさき)の利益(りえき)にとらわれる。

譯 只著重眼前利益。

51 | めんする【面する】

自サ (某物)面向，面對著，對著；(事件等)面對

例 道路(どうろ)に面(めん)する。

譯 面對著道路。

52 | もろに

副 全面，迎面，沒有不…

例 もろにぶつかる。

譯 直接撞上。

53 | ユーターン【U-turn】

名・自サ (汽車的)U字形轉彎，180度迴轉

例 この道路(どうろ)ではU(ユー)ターン禁止(きんし)だ。

譯 這條路禁止迴轉。

54 | より【寄り】

㊔ 偏，靠；聚會，集會

例 最寄(もよ)りの駅(えき)を選(えら)ぶ。

譯 選擇最近的車站。

55 | りょうきょく【両極】

㊔ 兩極，南北極，陰陽極；兩端，兩個極端

例 磁石(じしゃく)の両極(りょうきょく)に擬(なぞら)えられる。

譯 比喻為磁鐵的兩極。

Memo

パート
14
第十四章

施設、機関

- 設施、機關單位 -

N1 14-1

14-1 施設、機関 /
設施、機關單位

01 | うんえい【運営】

(名·他サ) 領導(組織或機構使其發揮作用)，經營，管理

例 運営資金(うんえいしきん)を借(か)りた。

譯 借營運資金。

02 | きこう【機構】

(名) 機構，組織；(人體、機械等)結構，構造

例 機構(きこう)を改革(かいかく)する。

譯 機構改革。

03 | しせつ【施設】

(名·他サ) 設施，設備；(兒童，老人的)福利設施

例 施設(しせつ)に入(はい)る。

譯 進入孤兒院。

04 | しゅうよう【収容】

(名·他サ) 收容，容納；拘留

例 被災者(ひさいしゃ)を収容(しゅうよう)する。

譯 收容災民。

05 | すたれる【廃れる】

(自下一) 成為廢物，變成無用，廢除；過時，不再流行；衰微，衰弱，被淘汰

例 廃(すた)れた風習(ふうしゅう)が田舎(いなか)に残(のこ)されている。

譯 已廢棄的風俗在鄉下被流傳了下來。

06 | せっち【設置】

(名·他サ) 設置，安裝；設立

例 クーラーを設置(せっち)する。

譯 安裝冷氣。

07 | せつりつ【設立】

(名·他サ) 設立，成立

例 学校(がっこう)を設立(せつりつ)する。

譯 設立學校。

08 | そうりつ【創立】

(名·他サ) 創立，創建，創辦

例 専門学校(せんもんがっこう)を創立(そうりつ)する。

譯 創辦職業學校。

09 | どだい【土台】

(名·副) (建)地基，底座；基礎；本來，根本，壓根兒

例 土台(どだい)を固(かた)める。

譯 穩固基礎。

10 | とりあつかう【取り扱う】

(他五) 對待，接待；(用手)操縱，使用；處理；管理，經辦

例 高級品(こうきゅうひん)を取(と)り扱(あつか)う。

譯 經辦高級商品。

11 | ふくごう【複合】

(名·自他サ) 複合，合成

例 複合施設を建設する。

譯 建設複合設施。

N1 ◉ 14-2

14-2 いろいろな施設 / 各種設施

01 | いせき【遺跡】

㊔ 故址，遺跡，古蹟

例 遺跡を発見する。

譯 發現遺跡。

02 | きゅうでん【宮殿】

㊔ 宮殿；祭神殿

例 バッキンガム宮殿。

譯 白金漢宮。

03 | しきじょう【式場】

㊔ 舉行儀式的場所，會場，禮堂

例 式場を予約する。

譯 預約禮堂。

04 | スタジオ【studio】

㊔ 藝術家工作室；攝影棚，照相館；播音室，錄音室

例 スタジオで撮影する。

譯 在攝影棚錄影。

05 | タワー【tower】

㊔ 塔

例 コントロールタワー。

譯 塔台。

06 | ひ【碑】

(漢造) 碑

例 記念碑を建てる。

譯 建立紀念碑。

07 | ふうしゃ【風車】

㊔ 風車

例 風車を回す。

譯 風車運轉。

08 | ほんかん【本館】

㊔（對別館、新館而言）原本的建築物，主要的樓房；此樓，本樓，本館

例 本館と別館に分かれる。

譯 分為本館與分館。

09 | みんしゅく【民宿】

(名·自サ)（觀光地的）民宿，家庭旅店；（旅客）在民家投宿

例 民宿に泊まる。

譯 住在民宿。

10 | モーテル【motel】

㊔ 汽車旅館，附車庫的簡易旅館

例 モーテルに泊まる。

譯 留宿在汽車旅館。

N1 ◉ 14-3

14-3 病院 / 醫院

01 | いいん【医院】

㊔ 醫院，診療所

例 医院の院長を務める。

譯 就任醫院的院長。

02 | うけいれる【受け入れる】

(他下一) 收，收下；收容，接納；採納，接受

例 要求を受け入れる。

譯 接受要求。

03 | うけいれ【受け入れ】

㊔（新成員或移民等的）接受，收容；（物品或材料等的）收進，收入；答應，承認

例 受け入れ計画書を作成する。

譯 製作接收計畫書。

04 | おうきゅう【応急】

㊔ 應急，救急

例 応急処置をする。

譯 進行緊急處置。

05 | おうしん【往診】

名·自サ（醫生的）出診

例 週１回の往診を頼む。

譯 請大夫一週一次出診。

06 | ガーゼ【（德）Gaze】

㊔ 紗布，藥布

例 ガーゼを傷口に当てる。

譯 把紗布蓋在傷口上。

07 | かいぼう【解剖】

名·他サ（醫）解剖；（事物、語法等）分析

例 カエルを解剖する。

譯 解剖青蛙。

08 | がいらい【外来】

㊔ 外來，舶來；（醫院的）門診

例 外来種が繁殖する。

譯 繁殖外來品種。

09 | カルテ【（德）Karte】

㊔ 病歷

例 カルテに記載する。

譯 記載在病歷裡。

10 | がんか【眼科】

㊔（醫）眼科

例 眼科を受診する。

譯 看眼科。

11 | きょうせい【矯正】

名·他サ 矯正，糾正

例 悪癖を矯正する。

譯 糾正惡習。

12 | さんふじんか【産婦人科】

㊔（醫）婦產科

例 産婦人科を受診する。

譯 到婦產科就診。

13 | しか【歯科】

㊔（醫）牙科，齒科

例 歯科検診を受ける。

譯 去牙醫檢查。

14 | じびか【耳鼻科】

㊔ 耳鼻科

例 耳鼻科医にかかる。

譯 去看耳鼻喉科醫生。

15 | しょうにか【小児科】

㊔ 小兒科，兒科

例 小児科病院に支援物資を送った。

譯 送支援物資到小兒科醫院。

16 | しょほうせん【処方箋】

㊔ 處方籤

例 処方箋をもらう。

譯 領取處方籤。

17 | しんりょう【診療】
(名·他サ) 診療，診察治療

例 診療を受ける。

譯 接受治療。

18 | ばいきん【ばい菌】
(名) 細菌，微生物

例 ばい菌を退治する。

譯 去除霉菌。

N1 14-4

14-4 店 / 商店

01 | あつかい【扱い】
(名) 使用，操作；接待，待遇；(當作…)對待；處理，調停

例 客の扱いが丁寧だ。

譯 待客周到。

02 | アフターサービス【(和) after + service】
(名) 售後服務

例 アフターサービスがいい。

譯 售後服務良好。

03 | ざいこ【在庫】
(名) 庫存，存貨；儲存

例 在庫が切れる。

譯 沒有庫存。

04 | セール【sale】
(名) 拍賣，大減價

例 閉店セールを開催する。

譯 舉辦歇業大拍賣。

05 | ちめいど【知名度】
(名) 知名度，名望

例 知名度が高い。

譯 知名度很高。

06 | ちんれつ【陳列】
(名·他サ) 陳列

例 棚に陳列する。

譯 陳列在架子上。

07 | てがける【手掛ける】
(他下一) 親自動手，親手

例 工事を手掛ける。

譯 親自施工。

08 | ドライブイン【drive-in】
(名) 免下車餐廳(銀行、郵局、加油站)；快餐車道

例 ドライブインに入る。

譯 開進快餐車道。

09 | とりかえ【取り替え】
(名) 調換，交換；退換，更換

例 取り替え時期が来る。

譯 換季的時期到來。

10 | にぎわう【賑わう】
(自五) 熱鬧，擁擠；繁榮，興盛

例 商店街が賑わう。

譯 商店街很繁榮。

11 | バー【bar】
(名) (鐵、木的)條，桿，棒；小酒吧，酒館

例 バーで飲む。

譯 在酒吧喝酒。

12 | まねき【招き】

㊔ 招待，邀請，聘請；（招攬顧客的）招牌，裝飾物

例 招き猫を飾る。

譯 用招財貓裝飾。

N1 14-5

14-5 団体、会社 / 團體、公司行號

01 | がっぺい【合併】

名·自他サ 合併

例 二社が合併する。

譯 兩家公司合併。

02 | かんゆう【勧誘】

名·他サ 勸誘，勸説；邀請

例 入会を勧誘する。

譯 勸人加入會員。

03 | きょうかい【協会】

㊔ 協會

例 協会を設立する。

譯 成立協會。

04 | じちたい【自治体】

㊔ 自治團體

例 自治体の権限を強化する。

譯 強化自治團體的權限。

05 | しょうちょう【象徴】

名·他サ 象徵

例 平和の象徴をモチーフにした。

譯 以和平的象徵為創作靈感。

06 | しょうれい【奨励】

名·他サ 獎勵，鼓勵

例 貯蓄を奨励する。

譯 獎勵儲蓄。

07 | つぐ【継ぐ】

他五 繼承，承接，承襲；添，加，續

例 家業を継ぐ。

譯 繼承家業。

08 | ていけい【提携】

名·自サ 提攜，攜手；協力，合作

例 業務提携を結ぶ。

譯 締結業務合作協議。

09 | ぬけだす【抜け出す】

自五 溜走，逃脱，擺脱；（髮、牙）開始脱落，掉落

例 迷路から抜け出す。

譯 從迷宮中找到出路（找到對的路）。

10 | ふどうさんや【不動産屋】

㊔ 房地產公司

例 不動産屋でアパートを探す。

譯 透過房地產公司找公寓。

11 | へいしゃ【弊社】

㊔ 敝公司

例 弊社の商品が紹介される。

譯 介紹敝公司的產品。

パート 15 第十五章 交通

- 交通 -

N1 15-1

15-1 交通、運輸 / 交通、運輸

01 | うんそう【運送】

名·他サ 運送，運輸，搬運

例 救援物資（きゅうえんぶっし）を運送（うんそう）する。

譯 運送救援物資。

02 | うんゆ【運輸】

名 運輸，運送，搬運

例 海上運輸（かいじょううんゆ）を担（にな）った。

譯 負責海上運輸。

03 | かいそう【回送】

名·他サ（接人、裝貨等)空車調回；轉送，轉遞；運送

例 回送車（かいそうしゃ）。

譯 空車返回總站。

04 | きりかえる【切り替える】

他下一 轉換，改換，掉換；兌換

例 レバーを切（き）り替（か）える。

譯 切換變速裝置。

05 | きりかえ【切り替え】

名 轉換，切換；兌換；(農)開闢森林成田地(過幾年後再種樹)

例 運転免許（うんてんめんきょ）の切替（きりかえ）。

譯 更換駕照。

06 | けいろ【経路】

名 路徑，路線

例 経路（けいろ）を変（か）える。

譯 改變路線。

07 | さえぎる【遮る】

他五 遮擋，遮住，遮蔽；遮斷，遮攔，阻擋

例 日差（ひざ）しを遮（さえぎ）る。

譯 遮住陽光。

08 | せっしょく【接触】

名·自サ 接觸；交往，交際

例 接触（せっしょく）を断（た）つ。

譯 斷絕來往。

09 | せんよう【専用】

名·他サ 專用，獨佔，壟斷，專門使用

例 婦人専用車両（ふじんせんようしゃりょう）に乗（の）る。

譯 搭乘女性專用車輛。

10 | ふうさ【封鎖】

名·他サ 封鎖；凍結

例 国境（こっきょう）を封鎖（ふうさ）する。

譯 封鎖國界。

11 | ゆうせん【優先】

㊔·自サ 優先

例 優先席（ゆうせんせき）に座（すわ）る。

譯 坐博愛座。

N1 15-2

15-2 鉄道、船、飛行機 / 鐵路、船隻、飛機

01 | えんせん【沿線】

㊔ 沿線

例 鉄道沿線（てつどうえんせん）の住民（じゅうみん）。

譯 鐵路沿線的居民。

02 | かいろ【海路】

㊔ 海路

例 帰（かえ）りは海路（かいろ）をとる。

譯 回程走海路。

03 | きせん【汽船】

㊔ 輪船，蒸汽船

例 汽船（きせん）で行（い）く。

譯 坐輪船前去。

04 | ぎょせん【漁船】

㊔ 漁船

例 マグロ漁船（ぎょせん）。

譯 捕鮪船。

05 | ぐんかん【軍艦】

㊔ 軍艦

例 軍艦（ぐんかん）を派遣（はけん）する。

譯 派遣軍艦。

06 | こうかい【航海】

㊔·自サ 航海

例 航海（こうかい）に出（で）る。

譯 出海航行。

07 | シート【seat】

㊔ 座位，議席；防水布

例 シートベルトを着用（ちゃくよう）しよう。

譯 請繫上安全帶吧！

08 | しはつ【始発】

㊔（最先）出發；始發（車，站）；第一班車

例 始発電車（しはつでんしゃ）に乗（の）る。

譯 搭乘首班車。

09 | じゅんきゅう【準急】

㊔（鐵）平快車，快速列車

例 準急（じゅんきゅう）に乗（の）る。

譯 搭乘快速列車。

10 | せんぱく【船舶】

㊔ 船舶，船隻

例 船舶無線局（せんぱくむせんきょく）が閉鎖（へいさ）する。

譯 關閉船隻無線電台。

11 | そうじゅう【操縦】

㊔·他サ 駕駛；操縱，駕馭，支配

例 飛行機（ひこうき）を操縦（そうじゅう）する。

譯 駕駛飛機。

12 | ちゃくりく【着陸】

㊔·自サ（空）降落，著陸

例 飛行機が着陸する。

譯 飛機降落。

13 | ちんぼつ【沈没】

名·自サ 沈沒；醉得不省人事；(東西)進了當鋪

例 船が沈没する。

譯 船沈沒。

14 | ついらく【墜落】

名·自サ 墜落，掉下

例 飛行機が墜落する。

譯 飛機墜落。

15 | つりかわ【つり革】

名 (電車等的)吊環，吊帶

例 つり革につかまる。

譯 抓住吊環。

16 | のりこむ【乗り込む】

自五 坐進，乘上(車)；開進，進入；(和大家)一起搭乘；(軍隊)開入；(劇團、體育團體等)到達

例 船に乗り込む。

譯 上船。

17 | フェリー【ferry】

名 渡口，渡船(フェリーボート之略)

例 フェリーが出航する。

譯 渡船出航。

18 | ふっきゅう【復旧】

名·自他サ 恢復原狀；修復

例 電力が復旧する。

譯 恢復電力。

19 | みうごき【身動き】

名 (下多接否定形)轉動(活動)身體；自由行動

例 満員で身動きもできない。

譯 人滿為患，擠得動彈不得。

20 | ロープウェー【ropeway】

名 空中纜車，登山纜車

例 ロープウェーで山を登る。

譯 搭乘空中纜車上山。

N1 15-3

15-3 自動車、道路 / 汽車、道路

01 | アクセル【accelerator 之略】

名 (汽車的)加速器

例 アクセルを踏む。

譯 踩油門。

02 | いかれる

自下一 破舊，(機能)衰退

例 エンジンがいかれる。

譯 引擎破舊。

03 | インターチェンジ【interchange】

名 高速公路的出入口；交流道

例 インターチェンジが閉鎖される。

譯 交流道被封鎖。

04 | オートマチック【automatic】

(名·形動·造) 自動裝置，自動機械；自動裝置的，自動式的

例 オートマチックな仕掛け。

譯 自動化設備。

05 | かんせん【幹線】

(名) 主要線路，幹線

例 幹線道路を走る。

譯 走主要幹線。

06 | じゅうじろ【十字路】

(名) 十字路，岐路

例 十字路に立つ。

譯 站在十字路口；不知所向。

07 | じょこう【徐行】

(名·自サ)(電車，汽車等)慢行，徐行

例 自動車が徐行する。

譯 汽車慢慢行駛。

08 | スポーツカー【sports car】

(名) 跑車

例 スポーツカーを買う。

譯 買跑車。

09 | そうこう【走行】

(名·自サ)(汽車等)行車，行駛

例 走行距離が短い。

譯 行車距離過短。

10 | たまつき【玉突き】

(名) 撞球；連環(車禍)

例 玉突き事故が起きた。

譯 引起連環車禍。

11 | ダンプ【dump】

(名) 傾卸卡車、翻斗車的簡稱(ダンプカー之略)

例 ダンプを運転する。

譯 駕駛傾卸卡車。

12 | みち【道】

(名) 道路；道義，道德；方法，手段；路程；專門，領域

例 道を譲る。

譯 讓路。

13 | レンタカー【rent-a-car】

(名) 出租汽車

例 レンタカーを運転する。

譯 開租來的車。

パート
16
第十六章

通信、報道

- 通訊、報導 -

N1 16-1

16-1 通信、電話、郵便 / 通訊、電話、郵件

01 | あてる【宛てる】
(他下一) 寄給

例 兄(あに)にあてたはがきを出(だ)す。

譯 寄明信片給哥哥。

02 | あて【宛】
(造語)(寄、送)給…；每(平分、平均)

例 社長(しゃちょう)あての手紙(てがみ)。

譯 寄給社長的信。

03 | エアメール【airmail】
(名) 航空郵件，航空信

例 エアメールを送(おく)る。

譯 寄送航空郵件。

04 | オンライン【on-line】
(名) (球)落在線上，壓線；(電・計)在線上

例 オンラインで検索(けんさく)する。

譯 在線上搜尋。

05 | さしだす【差し出す】
(他五) (向前)伸出，探出；(把信件等)寄出，發出；提出，交出，獻出；派出，派遣，打發

例 ハンカチを差(さ)し出(だ)す。

譯 拿出手帕。

06 | しゅうはすう【周波数】
(名) 頻率

例 ラジオの周波数(しゅうはすう)が合(あ)う。

譯 調準無線電廣播的頻率。

07 | つうわ【通話】
(名・自サ) (電話)通話

例 通話時間(つうわじかん)が長(なが)い。

譯 通話時間很長。

08 | といあわせる【問い合わせる】
(他下一) 打聽，詢問

例 発売元(はつばいもと)に問(と)い合(あ)わせる。

譯 洽詢經銷商。

09 | どうふう【同封】
(名・他サ) 隨信附寄，附在信中

例 同封(どうふう)のはがきで返事(へんじ)をする。

譯 用附在信中的明信片回覆。

10 | とぎれる【途切れる】
(自下一) 中斷，間斷

例 連絡(れんらく)が途切(とぎ)れる。

譯 聯絡中斷。

11 | とりつぐ【取り次ぐ】

(他五) 傳達；(在門口)通報，傳遞；經銷，代購，代辦；轉交

例 電話を取り次ぐ。

譯 轉接電話。

12 | ふう【封】

(名·漢造) 封口，封上；封條；封疆；封閉

例 手紙に封をする。

譯 封上信封。

13 | ぼうがい【妨害】

(名·他サ) 妨礙，干擾

例 妨害電波を出す。

譯 發出干擾電波。

14 | むせん【無線】

(名) 無線，不用電線；無線電

例 無線機で話す。

譯 用無線電說話。

N1 16-2

16-2 伝達、通知、情報 / 傳達、告知、信息

01 | インフォメーション【information】

(名) 通知，情報，消息；傳達室，服務台；見聞

例 インフォメーションセンターに問い合わせる。

譯 詢問服務中心。

02 | かいらん【回覧】

(名·他サ) 傳閱；巡視，巡覽

例 回覧板を回す。

譯 傳閱通知。

03 | かくさん【拡散】

(名·自サ) 擴散；(理)漫射

例 核拡散防止条約。

譯 禁止擴張核武條約。

04 | かんこく【勧告】

(名·他サ) 勸告，說服

例 社員に辞職を勧告する。

譯 勸員工辭職。

05 | こうかい【公開】

(名·他サ) 公開，開放

例 一般に公開する。

譯 全面公開。

06 | こくち【告知】

(名·他サ) 通知，告訴

例 患者に病名を告知する。

譯 告知患者疾病名稱。

07 | ことづける【言付ける】

(他下一) 託付，帶口信(自下一) 假託，藉口

例 月曜日来てもらうように言づける。

譯 捎個口信說請星期一來一趟。

08 | ことづて【言伝】

(名) 傳聞；帶口信

例 言伝に聞く。

譯 傳聞。

09 | コマーシャル【commercial】

㊔ 商業(的)，商務(的)；商業廣告

例 コマーシャルに出(で)る。

譯 在廣告中出現。

10 | しょうそく【消息】

㊔ 消息，信息；動靜，情況

例 消息(しょうそく)をつかむ。

譯 掌握消息。

11 | つげる【告げる】

他下一 通知，告訴，宣布，宣告

例 別(わか)れを告(つ)げる。

譯 告別。

12 | テレックス【telex】

㊔ 電報，電傳

例 テレックスを使用(しよう)する。

譯 使用電報。

13 | てんそう【転送】

名・他サ 轉寄

例 Eメールを転送(てんそう)する。

譯 轉寄e-mail。

14 | はりがみ【張り紙】

㊔ 貼紙；廣告，標語

例 張(は)り紙(がみ)をする。

譯 張貼廣告紙。

16-3 報道、放送 /
報導、廣播

01 | えいぞう【映像】

㊔ 映像，影像；(留在腦海中的)形象，印象

例 映像(えいぞう)を映(うつ)し出(だ)す。

譯 放映出影像。

02 | おおやけ【公】

㊔ 政府機關，公家，集體組織；公共，公有；公開

例 公(おおやけ)の場(ば)で披露(ひろう)した。

譯 在公開的場合宣布。

03 | かいけん【会見】

名・自サ 會見，會面，接見

例 会見(かいけん)を開(ひら)く。

譯 召開會面。

04 | さんじょう【参上】

名・自サ 拜訪，造訪

例 参上(さんじょう)いたします。

譯 登門拜訪。

05 | しゅざい【取材】

名・自他サ (藝術作品等)取材；(記者)採訪

例 現場(げんば)で取材(しゅざい)する。

譯 在現場採訪。

06 | たんぱ【短波】

㊔ 短波

例 短波(たんぱ)放送(ほうそう)が受信(じゅしん)できない。

譯 無法收聽短波廣播。

07 | チャンネル【channel】

㊔ (電視，廣播的)頻道

例 チャンネルを合(あ)わせる。

譯 調整頻道。

08 | ちゅうけい【中継】

(名·他サ) 中繼站，轉播站；轉播

例 生中継(なまちゅうけい)。

譯 現場轉播。

09 | とくしゅう【特集】

(名·他サ) 特輯，專輯

例 核問題(かくもんだい)を特集(とくしゅう)する。

譯 專題介紹核能問題。

10 | はんきょう【反響】

(名·自サ) 迴響，回音；反應，反響

例 反響(はんきょう)を呼(よ)ぶ。

譯 引起迴響。

11 | ほうじる【報じる】

(他上一) 通知，告訴，告知，報導；報答，報復

例 ニュースの報(ほう)じるところによると。

譯 根據電視新聞報導。

12 | ほうずる【報ずる】

(自他サ) 通知，告訴，告知，報導；報答，報復

例 新聞(しんぶん)が報(ほう)ずる内容(ないよう)。

譯 報紙報導的內容。

13 | ほうどう【報道】

(名·他サ) 報導

例 報道機関(ほうどうきかん)向(む)けに提供(ていきょう)する。

譯 提供給新聞媒體。

14 | メディア【media】

㊔ 手段，媒體，媒介

例 マスメディアが発(はっ)する。

譯 宣傳媒體發出訊息。

パート
17
第十七章

スポーツ

- 體育運動 -

N1 17-1

17-1 スポーツ / 體育運動

01 | あがく

(自五) 掙扎；手腳亂動

例 水中(すいちゅう)であがく。

譯 在水裡掙扎。

02 | きわめる【極める】

(他下一) 查究；到達極限

例 山頂(さんちょう)を極(きわ)める。

譯 攻頂。

03 | けっそく【結束】

(名·自他サ) 捆綁，捆束；團結；準備行裝，穿戴(衣服或盔甲)

例 結束(けっそく)して戦(たたか)う。

譯 團結抗戰。

04 | さかだち【逆立ち】

(名·自サ) (體操等)倒立，倒豎；顛倒

例 逆立(さかだ)ちで歩(ある)く。

譯 倒立行走。

05 | さらなる【更なる】

(連體) 更

例 更(さら)なるご活躍(かつやく)をお祈(いの)りします。

譯 預祝您有更好的發展。

06 | しゅぎょう【修行】

(名·自サ) 修(學)，練(武)，學習(技藝)

例 剣道(けんどう)を修行(しゅぎょう)する。

譯 修行劍道。

07 | じっとり

(副) 濕漉漉，濕淋淋

例 じっとりと汗(あせ)をかく。

譯 汗流浹背。

08 | すばしっこい

(形) 動作精確迅速，敏捷，靈敏

例 すばしっこく動(うご)き回(まわ)る。

譯 靈活地四處活動。

09 | ちゅうがえり【宙返り】

(名·自サ) (在空中)旋轉，翻筋斗

例 宙返(ちゅうがえ)り飛行(ひこう)を楽(たの)しむ。

譯 享受飛機的花式飛行。

10 | ついほう【追放】

(名·他サ) 流逐，驅逐(出境)；肅清，流放；洗清，開除

例 国外(こくがい)に追放(ついほう)する。

譯 驅逐出境。

11 | てつぼう【鉄棒】

(名) 鐵棒，鐵棍；(體)單槓

例 鉄棒運動(てつぼううんどう)を始(はじ)めた。

譯 開始做單槓運動。

12 | どうじょう【道場】

㊔ 道場，修行的地方；教授武藝的場所，練武場

例 柔道(じゅうどう)の道場(どうじょう)が建設(けんせつ)された。

譯 修建柔道的道場。

13 | どひょう【土俵】

㊔（相撲）比賽場，摔角場；緊要關頭

例 土俵(どひょう)に上(あ)がる。

譯（相撲選手）上場。

14 | ひきずる【引きずる】

(自·他五) 拖，拉；硬拉著走；拖延

例 過去(かこ)を引(ひ)きずる。

譯 耽溺於過去。

15 | びっしょり

(副) 溼透

例 汗(あせ)びっしょりになる。

譯 汗濕。

16 | フォーム【form】

㊔ 形式，樣式；（體育運動的）姿勢；月台，站台

例 フォームが崩(くず)れる。

譯 動作姿勢不對。

17 | ふっかつ【復活】

(名·自他サ) 復活，再生；恢復，復興，復辟

例 敗者復活戦(はいしゃふっかつせん)が開催(かいさい)される。

譯 進行敗部復活戰。

18 | まかす【負かす】

(他五) 打敗，戰勝

例 議論(ぎろん)で相手(あいて)を負(ま)かす。

譯 憑辯論駁倒對方。

19 | またがる【跨がる】

(自五)（分開兩腿）騎，跨；跨越，橫跨

例 馬(うま)にまたがる。

譯 騎馬。

20 | みうしなう【見失う】

(他五) 迷失，看不見，看丟

例 目標(もくひょう)を見失(みうしな)う。

譯 迷失目標。

21 | みちびく【導く】

(他五) 引路，導遊；指導，引導；導致，導向

例 勝利(しょうり)に導(みちび)く。

譯 引向勝利。

22 | めいちゅう【命中】

(名·自サ) 命中

例 彼女(かのじょ)のハートに命中(めいちゅう)する。

譯 命中她的心，得到她的心。

23 | よこづな【横綱】

㊔（相撲）冠軍選手繫在腰間標示身份的粗繩；（相撲冠軍選手稱號）橫綱；手屈一指

例 横綱(よこづな)に昇進(しょうしん)する。

譯 晉級為橫綱。

N1 ⊙ 17-2 (1)

17-2 試合 (1) /
比賽 (1)

01 | あっけない【呆気ない】

(形) 因為太簡單而不過癮；沒意思；簡單；草草

例 あっけなく終(お)わる。

譯 草草結束。

02 | かんせい【歓声】

㊔ 歡呼聲

例 歓声を上げる。

譯 發出歡呼聲。

03 | きけん【棄権】

名·他サ 棄權

例 試合を棄権する。

譯 比賽棄權。

04 | ぎゃくてん【逆転】

名·自他サ 倒轉，逆轉；反過來；惡化，倒退

例 逆転勝利で初戦を飾る。

譯 以逆轉勝讓初賽增添光彩。

05 | きゅうせん【休戦】

名·自サ 休戰，停戰

例 一時休戦する。

譯 暫時休兵。

06 | けいせい【形勢】

㊔ 形勢，局勢，趨勢

例 形勢が逆転する。

譯 形勢逆轉。

07 | けっしょう【決勝】

㊔ （比賽等）決賽，決勝負

例 決勝戦に出る。

譯 參加決賽。

08 | ゴールイン【（和）goal + in】

名·自サ 抵達終點，跑到終點；（足球）射門；結婚

例 ゴールインして夫婦になる。

譯 抵達愛情的終點，而結婚了。

09 | さくせん【作戦】

㊔ 作戰，作戰策略，戰術；軍事行動，戰役

例 作戦を練る。

譯 反覆思考作戰策略。

10 | しかける【仕掛ける】

他下一 開始做，著手；做到途中；主動地作；挑釁，尋釁；裝置，設置，布置；準備，預備

例 わなを仕掛ける。

譯 裝設陷阱。

11 | じたい【辞退】

名·他サ 辭退，謝絕

例 彼はその賞を辞退した。

譯 他謝絕了那個獎。

12 | しっかく【失格】

名·自サ 失去資格

例 失格して退場する。

譯 失去參賽資格而退場。

13 | じょうい【上位】

㊔ 上位，上座

例 上位を占める。

譯 居於上位。

14 | しょうり【勝利】

名·自サ 勝利

例 勝利をあげる。

譯 獲勝。

15 | しんてい【進呈】

(名·他サ) 贈送，奉送

例 見本(みほん)を進呈(しんてい)する。

譯 奉送樣本。

16 | せいし【静止】

(名·自サ) 靜止

例 静止状態(せいしじょうたい)に保(たも)つ。

譯 保持靜止狀態。

17 | せんじゅつ【戦術】

(名) (戰爭或鬥爭的)戰術；策略；方法

例 戦術(せんじゅつ)を練(ね)る。

譯 在戰術上下功夫。

18 | ぜんせい【全盛】

(名) 全盛，極盛

例 全盛(ぜんせい)を極(きわ)める。

譯 盛極一時。

19 | せんて【先手】

(名) (圍棋)先下；先下手

例 先手(せんて)を取(と)る。

譯 先發制人。

20 | せんりょく【戦力】

(名) 軍事力量，戰鬥力，戰爭潛力；工作能力強的人

例 戦力(せんりょく)を増強(ぞうきょう)する。

譯 加強戰鬥力。

21 | そうごう【総合】

(名·他サ) 綜合，總合，集合

例 総合(そうごう)ビタミンを摂(と)る。

譯 攝取綜合維他命。

22 | たいこう【対抗】

(名·自サ) 對抗，抵抗，相爭，對立

例 侵略(しんりゃく)に対抗(たいこう)する。

譯 抵抗侵略。

23 | たっせい【達成】

(名·他サ) 達成，成就，完成

例 目標(もくひょう)を達成(たっせい)する。

譯 達成目標。

N1 17-2 (2)

17-2 試合 (2) / 比賽 (2)

24 | だんけつ【団結】

(名·自サ) 團結

例 団結(だんけつ)を図(はか)る。

譯 謀求團結。

25 | ちゅうせん【抽選】

(名·自サ) 抽籤

例 抽選(ちゅうせん)に当(あ)たる。

譯 (抽籤)被抽中。

26 | ちゅうだん【中断】

(名·自他サ) 中斷，中輟

例 会議(かいぎ)を中断(ちゅうだん)する。

譯 使會議暫停。

27 | てんさ【点差】

(名) (比賽時)分數之差

例 点差(てんさ)が縮(ちぢ)まる。

譯 縮小比數的差距。

28 | どうてき【動的】

(形動) 動的，變動的，動態的；生動的，活潑的，積極的

例 動的な描写が見事だ。

譯 生動的描繪真是精彩。

29 | とくてん【得点】

(名) (學藝、競賽等的)得分

例 得点を稼ぐ。

譯 爭取得分。

30 | トロフィー【trophy】

(名) 獎盃

例 栄光のトロフィーを守る。

譯 守住無限殊榮的獎盃。

31 | ナイター【(和) night + er】

(名) 棒球夜場賽

例 ナイター中継を観る。

譯 觀看棒球夜場賽轉播。

32 | にゅうしょう【入賞】

(名·自サ) 得獎，受賞

例 入賞を果たす。

譯 完成得獎心願。

33 | のぞむ【臨む】

(自五) 面臨，面對；瀕臨；遭逢；蒞臨；君臨，統治

例 本番に臨む。

譯 正式上場。

34 | はいせん【敗戦】

(名·自サ) 戰敗

例 日本が敗戦する。

譯 日本戰敗。

35 | はい・ぱい【敗】

(名·漢造) 輸；失敗；腐敗；戰敗

例 1勝1敗になった。

譯 最後一勝一敗。

36 | はいぼく【敗北】

(名·自サ) (戰爭或比賽)敗北，戰敗；被擊敗；敗逃

例 敗北を喫する。

譯 吃敗仗。

37 | はんげき【反撃】

(名·自サ) 反擊，反攻，還擊

例 反撃をくらう。

譯 遭受反擊。

38 | ハンディ【handicap 之略】

(名) 讓步(給實力強者的不利條件，以使勝負機會均等的一種競賽)；障礙

例 ハンディがもらえる。

譯 取得讓步。

39 | ふんとう【奮闘】

(名·自サ) 奮鬥；奮戰

例 君の孤軍奮闘に声援を送る。

譯 給孤軍奮鬥的你熱烈的聲援。

40 | まさる【勝る】

(自五) 勝於，優於，強於

例 勝るとも劣らない。

譯 有過之而無不及。

41 | まとまり【纏まり】

㊔ 解決，結束，歸結；一貫，連貫；統一，一致

例 このクラスはまとまりがある。

譯 這個班級很團結。

42 | もてる【持てる】

(自下一) 受歡迎；能維持；能有

例 持(も)てる力(ちから)を出(だ)し切(き)る。

譯 發揮所有的力量。

43 | やっつける

(他下一) (俗)幹完；(狠狠的)教訓一頓，整一頓；打敗，擊敗

例 相手(あいて)チームをやっつける。

譯 擊敗對方隊伍。

44 | ゆうせい【優勢】

(名·形動) 優勢

例 優勢(ゆうせい)に立(た)つ。

譯 處於優勢。

45 | よせあつめる【寄せ集める】

(他下一) 收集，匯集，聚集，拼湊

例 素人(しろうと)を寄(よ)せ集(あつ)めたチーム。

譯 外行人組成的隊伍。

46 | レース【race】

㊔ 速度比賽，競速(賽車、游泳、遊艇及車輛比賽等)；競賽；競選

例 F1のレースを見(み)る。

譯 看F1賽車比賽。

47 | レギュラー【regular】

(名·造語) 正式成員；正規兵；正規的，正式的；有規律的

例 レギュラーで番組(ばんぐみ)に出(で)る。

譯 以正式成員出席電視節目。

N1 17-3

17-3 球技、陸上競技 /
球類、田徑賽

01 | うけとめる【受け止める】

(他下一) 接住，擋下；阻止，防止；理解，認識

例 忠告(ちゅうこく)を受(う)け止(と)める。

譯 接受忠告。

02 | キャッチ【catch】

(名·他サ) 捕捉，抓住；(棒球)接球

例 ボールをキャッチする。

譯 接住球。

03 | けいかい【軽快】

(形動) 輕快；輕鬆愉快；輕便；(病情)好轉

例 軽快(けいかい)な身(み)のこなし。

譯 一身輕裝。

04 | けとばす【蹴飛ばす】

(他五) 踢；踢開，踢散，踢倒；拒絕

例 布団(ふとん)を蹴飛(けと)ばす。

譯 踢被子。

05 | コントロール【control】

(名·他サ) 支配，控制，節制，調節

例 感情(かんじょう)をコントロールする。

譯 控制情感。

06 | しゅび【守備】

(名·他サ) 守備，守衛；(棒球)防守

例 守備に就く。
譯 擔任防守。

07 | せめ【攻め】
名 進攻，圍攻
例 攻めのチームを作っていく。
譯 組成一個善於進攻的隊伍。

08 | だげき【打撃】
名 打擊，衝擊
例 打撃を与える。
譯 給予打擊。

09 | チームワーク【teamwork】
名（隊員間的）團隊精神，合作，配合，默契
例 チームワークがいい。
譯 團隊合作良好。

10 | てもと【手元】
名 手邊，手頭；膝下，身邊；生計；手法，技巧
例 手元に置く。
譯 放在手邊。

11 | にぶる【鈍る】
自五 不利，變鈍；變遲鈍，減弱
例 腕が鈍る。
譯 技巧生疏。

12 | ぬかす【抜かす】
他五 遺漏，跳過，省略
例 腰を抜かす。
譯 閃了腰；嚇呆了。

13 | バット【bat】
名 球棒
例 バットを振る。
譯 揮球棒。

14 | バトンタッチ【（和）baton + touch】
名·他サ（接力賽跑中）交接接力棒；（工作、職位）交接
例 次の選手にバトンタッチする。
譯 交給下一個選手。

15 | びり
名 最後，末尾，倒數第一名
例 びりになる。
譯 拿到最後一名。

パート 18 第十八章

趣味、娯楽

- 愛好、嗜好、娛樂 -

01 | あいこ N1 ◎ 18

㊔ 不分勝負，不相上下

例 あいこになる。

譯 不分勝負。

02 | アダルトサイト【adult site】

㊔ 成人網站

例 アダルトサイトを抜(ぬ)く。

譯 去除成人網站。

03 | いじる【弄る】

(他五) (俗)(毫無目的地)玩弄，擺弄；(做為娛樂消遣)玩弄，玩賞；隨便調動，改動(機構)

例 髪(かみ)をいじる。

譯 玩弄頭髮。

04 | おとずれる【訪れる】

(自下一) 拜訪，訪問；來臨；通信問候

例 チャンスが訪(おとず)れる。

譯 機會降臨。

05 | ガイドブック【guidebook】

㊔ 指南，入門書；旅遊指南手冊

例 ガイドブックを見(み)る。

譯 閱讀導覽書。

06 | かけっこ【駆けっこ】

(名・自サ) 賽跑

例 かけっこで勝(か)つ。

譯 賽跑跑贏。

07 | かける【賭ける】

(他下一) 打賭，賭輸贏

例 お金(かね)を賭(か)ける。

譯 賭錢。

08 | かけ【賭け】

㊔ 打賭；賭(財物)

例 賭(か)けに勝(か)つ。

譯 賭贏。

09 | かざぐるま【風車】

㊔ (動力、玩具)風車

例 風車(かざぐるま)を回(まわ)す。

譯 轉動風車。

10 | かんらん【観覧】

(名・他サ) 觀覽，參觀

例 観覧車(かんらんしゃ)に乗(の)る。

譯 坐摩天輪。

11 | くうぜん【空前】

㊔ 空前

例 空前(くうぜん)の大(だい)ブーム。

譯 空前盛況。

12 | くじびき【籤引き】

(名·自サ) 抽籤

例 くじ引きで当たる。

譯 抽籤抽中。

13 | ごばん【碁盤】

(名) 圍棋盤

例 道が碁盤の目のように走っている。

譯 道路如棋盤般延伸。

14 | にづくり【荷造り】

(名·自他サ) 準備行李，捆行李，包裝

例 引っ越しの荷造り。

譯 搬家的行李。

15 | パチンコ

(名) 柏青哥，小綱珠

例 パチンコで負ける。

譯 玩小鋼珠輸了。

16 | ひきとる【引き取る】

(自五) 退出，退下；離開，回去 (他五) 取回，領取；收購；領來照顧

例 荷物を引き取る。

譯 領回行李。

17 | マッサージ【massage】

(名·他サ) 按摩，指壓，推拿

例 マッサージをする。

譯 按摩。

18 | まり【鞠】

(名) (用橡膠、皮革、布等做的)球

例 蹴鞠に熱中していた。

譯 熱衷於(平安末期以後貴族的)踢球遊戲。

19 | よきょう【余興】

(名) 餘興

例 宴会の余興に大ウケした。

譯 宴會的餘興節目大受歡迎。

20 | りょけん【旅券】

(名) 護照

例 旅券を申請する。

譯 申請護照。

パート
19
第十九章

芸術

- 藝術 -

N1 19-1

19-1 芸術、絵画、彫刻 / 藝術、繪畫、雕刻

01 | あぶらえ【油絵】

㊔ 油畫

例 油絵を描く。

譯 畫油畫。

02 | いける【生ける】

他下一 把鮮花，樹枝等插到容器裡；種植物

例 花を生ける。

譯 插花。

03 | がくげい【学芸】

㊔ 學術和藝術；文藝

例 学芸会を開く。

譯 舉辦發表會。

04 | カット【cut】

名·他サ 切，削掉，刪除；剪頭髮；插圖

例 給料をカットする。

譯 減薪。

05 | が【画】

漢造 畫；電影，影片；(讀做「かく」) 策劃，筆畫

例 洋画を見る。

譯 看西部片。

06 | げい【芸】

㊔ 武藝，技能；演技；曲藝，雜技；藝術，遊藝

例 芸を磨く。

譯 磨練技能。

07 | こっとうひん【骨董品】

㊔ 古董

例 骨董品を集める。

譯 收集古董。

08 | コンテスト【contest】

㊔ 比賽；比賽會

例 コンテストに参加する。

譯 參加競賽。

09 | さいく【細工】

名·自他サ 精細的手藝(品)，工藝品；耍花招，玩弄技巧，搞鬼

例 細工を施す。

譯 施展精巧的手藝。

10 | さく【作】

㊔ 著作，作品；耕種，耕作；收成；振作；動作

例 ピカソ作の絵画が保管されている。

譯 保管著畢卡索的畫作。

11 | しあげる【仕上げる】

㊀他下一 做完，完成，(最後)加工，潤飾，做出成就

例 作品を仕上げる。

譯 完成作品。

12 | しゅっぴん【出品】

名·自サ 展出作品，展出產品

例 展覧会に出品する。

譯 在展覽會上展出。

13 | しゅほう【手法】

名 (藝術或文學表現的)手法

例 新しい手法を取り入れる。

譯 採取新的手法。

14 | ショー【show】

名 展覽，展覽會；(表演藝術)演出，表演；展覽品

例 ショールームを巡る。

譯 巡游陳列室。

15 | すい【粋】

名·漢造 精粹，精華；通曉人情世故，圓通；瀟灑，風流；純粹

例 技術の粋を集める。

譯 集中技術的精華。

16 | せいこう【精巧】

名·形動 精巧，精密

例 精巧な細工を施した。

譯 以精巧的手工製作而成。

17 | せいてき【静的】

形動 靜的，靜態的

例 静的に描写する。

譯 靜態描寫。

18 | せんこう【選考】

名·他サ 選拔，權衡

例 作品を選考する。

譯 評選作品。

19 | ぞう【像】

名·漢造 相，像；形象，影像

例 像を建てる。

譯 立(銅)像。

20 | ちゃのゆ【茶の湯】

名 茶道，品茗會；沏茶用的開水

例 茶の湯を習う。

譯 學習茶道。

21 | デッサン【(法) dessin】

名 (繪畫、雕刻的)草圖，素描

例 木炭でデッサンする。

譯 用炭筆素描。

22 | てんじ【展示】

名·他サ 展示，展出，陳列

例 見本を展示する。

譯 展示樣品。

23 | どくそう【独創】

(名・他サ) 獨創

例 独創性にあふれる。

譯 充滿獨創性。

24 | はいけい【背景】

(名) 背景；(舞台上的)布景；後盾，靠山

例 背景を描く。

譯 描繪背景。

25 | はんが【版画】

(名) 版畫，木刻

例 版画を彫る。

譯 雕刻版畫。

26 | びょうしゃ【描写】

(名・他サ) 描寫，描繪，描述

例 情景を描写する。

譯 描寫情境。

27 | ひろう【披露】

(名・他サ) 披露；公布；發表

例 腕前を披露する。

譯 大展身手。

28 | び【美】

(漢造) 美麗；美好；讚美

例 美を演出する。

譯 詮釋美麗。

29 | ぶんかざい【文化財】

(名) 文物，文化遺產，文化財富

例 文化財に指定する。

譯 指定為文化遺產。

30 | わざ【技】

(名) 技術，技能；本領，手藝；(柔道、劍術、拳擊、摔角等)招數

例 技を磨く。

譯 磨練技能。

N1 19-2

19-2 音楽 / 音樂

01 | アンコール【encore】

(名・自サ) (要求)重演，再來(演，唱)一次；呼聲

例 アンコールを求める。

譯 安可。

02 | がくふ【楽譜】

(名) (樂)譜，樂譜

例 楽譜を読む。

譯 看樂譜。

03 | しき【指揮】

(名・他サ) 指揮

例 指揮をとる。

譯 指揮。

04 | しゃみせん【三味線】

(名) 三弦

例 三味線を弾く。

譯 彈三弦琴；說廢話來掩飾真心。

05 | ジャンル【(法) genre】

㊔ 種類，部類；(文藝作品的)風格，體裁，流派

例 ジャンル別に探す。

譯 以類別來搜尋。

06 | すいそう【吹奏】

(名·他サ) 吹奏

例 行進曲を吹奏する。

譯 吹奏進行曲。

07 | たんか【短歌】

㊔ 短歌(日本傳統和歌，由五七五七七形式組成，共三十一音)

例 短歌を嗜む。

譯 喜愛短歌。

08 | トーン【tone】

㊔ 調子，音調；色調

例 トーンを変える。

譯 變調。

09 | ねいろ【音色】

㊔ 音色

例 きれいな音色を出す。

譯 發出優美的音色。

10 | ね【音】

㊔ 聲音，音響，音色；哭聲

例 音を上げる。

譯 叫苦，發出哀鳴。

11 | ミュージック【music】

㊔ 音樂，樂曲

例 ポップミュージックを聴く。

譯 聽流行音樂。

12 | メロディー【melody】

㊔ (樂)旋律，曲調；美麗的音樂

例 メロディーを奏でる。

譯 演奏音樂。

13 | もれる【漏れる】

(自下一) (液體、氣體、光等)漏，漏出；(秘密等)洩漏；落選，被淘汰

例 声が漏れる。

譯 聲音傳出。

N1 19-3

19-3 演劇、舞踊、映画 / 戲劇、舞蹈、電影

01 | えいしゃ【映写】

(名·他サ) 放映(影片、幻燈片等)

例 アニメを映写する。

譯 播放卡通片。

02 | えんしゅつ【演出】

(名·他サ) (劇)演出，上演；導演

例 演出家が指導する。

譯 舞台劇導演給予指導。

03 | えんじる【演じる】

(他上一) 扮演，演；做出

例 ヒロインを演じる。

譯 扮演主角。

04 | ぎきょく【戯曲】

㊔ 劇本，腳本；戲劇

例 シェイクスピアの戯曲（ぎきょく）。

譯 莎士比亞的劇本。

05 | きげき【喜劇】

㊔ 喜劇，滑稽劇；滑稽的事情

例 吉本新喜劇（よしもとしんきげき）。

譯 吉本新喜劇。

06 | きゃくほん【脚本】

㊔ （戲劇、電影、廣播等）劇本；腳本

例 脚本（きゃくほん）を書（か）く。

譯 寫劇本。

07 | げんさく【原作】

㊔ 原作，原著，原文

例 原作者（げんさくしゃ）が語（かた）る。

譯 原作者進行談話。

08 | こうえん【公演】

名·自他サ 公演，演出

例 初公演（はつこうえん）を行（おこな）う。

譯 舉辦首演。

09 | シナリオ【scenario】

㊔ 電影劇本，腳本；劇情說明書；走向

例 シナリオを書（か）く。

譯 寫電影劇本。

10 | しゅえん【主演】

名·自サ 主演，主角

例 映画（えいが）に主演（しゅえん）する。

譯 電影的主角。

11 | しゅじんこう【主人公】

㊔ （小說等的）主人公，主角

例 物語（ものがたり）の主人公（しゅじんこう）が立（た）ち上（あ）がる。

譯 故事的主人翁發奮圖強。

12 | しゅつえん【出演】

名·自サ 演出，登台

例 芝居（しばい）に出演（しゅつえん）する。

譯 登台演戲。

13 | じょうえん【上演】

名·他サ 上演

例 桃太郎（ももたろう）を上演（じょうえん）する。

譯 上演《桃太郎》。

14 | ソロ【solo】

㊔ （樂）獨唱；獨奏；單獨表演

例 ソロで踊（おど）る。

譯 單獨跳舞。

15 | だいほん【台本】

㊔ （電影，戲劇，廣播等）腳本，劇本

例 台本（だいほん）どおりに物事（ものごと）が運（はこ）ぶ。

譯 事情如劇本般的進展。

パート
20
第二十章

数量、図形、色彩

- 數量、圖形、色彩 -

N1 20-1

20-1 数 / 數目

01 | ここ【個々】

㊔ 每個，各個，各自

例 個々に相談する。

譯 個別談話。

02 | こべつ【個別】

㊔ 個別

例 個別に指導する。

譯 個別指導。

03 | こ【戸】

漢造 戶

例 この地区は約 100 戸ある。

譯 這地區約有一百戶。

04 | じゃっかん【若干】

㊔ 若干；少許，一些

例 若干不審な点がある。

譯 多少有些可疑的地方。

05 | ダース【dozen】

名·接尾 (一)打，十二個

例 えんぴつ 1 ダースを買う。

譯 購買一打鉛筆。

06 | だいたすう【大多数】

㊔ 大多數，大部分

例 大多数の意見が反映される。

譯 反應出多數人的意見。

07 | たすうけつ【多数決】

㊔ 多數決定，多數表決

例 多数決で決める。

譯 以少數服從多數來決定。

08 | たんいつ【単一】

㊔ 單一，單獨；單純；(構造)簡單

例 単一の行動を取る。

譯 採取統一的行動。

09 | たん【単】

漢造 單一；單調；單位；單薄；(網球、乒乓球的)單打比賽

例 単位が取れる。

譯 得到學分。

10 | ちょう【超】

漢造 超過；超脫；(俗)最，極

例 超大型の巨人が現れる。

譯 出現了超大型巨人。

11 | つい【対】

(名·接尾) 成雙，成對；對句；(作助數詞用)一對，一雙

例 対(つい)の着物(きもの)。

譯 成對的和服。

12 | とう【棟】

(漢造) 棟梁；(建築物等)棟，一座房子

例 子ども病棟(びょうとう)を訪(おとず)れる。

譯 探訪兒童醫院大樓。

13 | とっぱ【突破】

(名·他サ) 突破；超過

例 難関(なんかん)を突破(とっぱ)する。

譯 突破難關。

14 | ないし【乃至】

(接) 至，乃至；或是，或者

例 5 名(めい)ないし 8 名(めい)。

譯 5人至8人。

15 | のべ【延べ】

(名) (金銀等)金屬壓延(的東西)；延長；共計

例 延(の)べ人数(にんずう)が 1000 名(めい)を突破(とっぱ)した。

譯 合計人數突破1000名。

16 | まっぷたつ【真っ二つ】

(名) 兩半

例 真(ま)っ二(ぷた)つに裂(さ)ける。

譯 分裂成兩半。

17 | ワット【watt】

(名) 瓦特，瓦(電力單位)

例 100 ワットの電球(でんきゅう)に交換(こうかん)したい。

譯 想換一百瓦的燈泡。

N1 20-2

20-2 計算 / 計算

01 | あわす【合わす】

(他五) 合在一起，合併；總加起來；混合，配在一起；配合，使適應；對照，核對

例 力(ちから)を合(あ)わす。

譯 合力。

02 | あんざん【暗算】

(名·他サ) 心算

例 暗算(あんざん)が苦手(にがて)だ。

譯 不善於心算。

03 | かく【欠く】

(他五) 缺，缺乏，缺少；弄壞，少(一部分)；欠，欠缺，怠慢

例 転(ころ)んで前歯(まえば)を欠(か)く。

譯 跌倒弄壞了門牙。

04 | かんさん【換算】

(名·他サ) 換算，折合

例 日本円(にほんえん)に換算(かんさん)する。

譯 折合成日圓。

05 | きっちり

(副·自サ) 正好，恰好

例 期限(きげん)にきっちりと借金(しゃっきん)を返(かえ)す。

譯 期限到來前還清借款，一分也不少。

06 | きんこう【均衡】

名·自サ 均衡，平衡，平均

例 均衡を保つ。

譯 保持平衡。

07 | げんしょう【減少】

名·自他サ 減少

例 減少傾向にある。

譯 有減少的傾向。

08 | さくげん【削減】

名·自他サ 削減，縮減；削弱，使減色

例 給料５パーセント削減。

譯 薪水縮減百分之五。

09 | しゅうけい【集計】

名·他サ 合計，總計

例 売上げを集計する。

譯 合計營業額。

10 | ダウン【down】

名·自他サ 下，倒下，向下，落下；下降，減退；(棒)出局；(拳擊)擊倒

例 コストダウンが進まない。

譯 降低成本無法推展。

11 | ばいりつ【倍率】

名 倍率，放大率；(入學考試的)競爭率

例 倍率が高い。

譯 放大倍率。

12 | ぴたり (と)

副 突然停止貌；緊貼的樣子；恰合，正對

例 計算がぴたりと合う。

譯 計算恰好符合。

13 | ひりつ【比率】

名 比率，比

例 比率を変える。

譯 改變比率。

14 | ひれい【比例】

名·自サ (數)比例；均衡，相稱，成比例關係

例 比例して大きくなる。

譯 依照比例放大。

15 | ぶんぼ【分母】

名 (數)分母

例 分子を分母で割る。

譯 分子除以分母。

16 | マイナス【minus】

名 (數)減，減號；(數)負號；(電)負，陰極；(溫度)零下；虧損，不足；不利

例 彼の将来にとってマイナスだ。

譯 對他的將來不利。

N1 20-3

20-3 量、長さ、広さ、重さなど / 量、容量、長度、面積、重量等

01 | いくた【幾多】

副 許多，多數

例 幾多の困難を乗り越える。

譯 克服無數困難。

02 | いっさい【一切】

(名·副) 一切，全部；(下接否定)完全，都

例 家財(かざい)の一切(いっさい)を失(うしな)う。

譯 失去所有財產。

03 | おおかた【大方】

(名·副) 大部分，多半，大體；一般人，大家，諸位

例 大方(おおかた)の読者(どくしゃ)が望(のぞ)んでいる。

譯 大部分的讀者都期待著。

04 | おおはば【大幅】

(名·形動) 寬幅(的布)；大幅度，廣泛

例 支出(ししゅつ)を大幅(おおはば)に削減(さくげん)する。

譯 大幅減少支出。

05 | おおむね【概ね】

(名·副) 大概，大致，大部分

例 おおむね分(わ)かった。

譯 大致上明白了。

06 | おびただしい【夥しい】

(形) 數量很多，極多，眾多；程度很大，厲害的，激烈的

例 おびただしい量(りょう)の水(みず)が噴(ふ)き出(だ)した。

譯 噴出極大量的水。

07 | おもい【重い】

(形) 重；(心情)沈重，(腳步，行動等)遲鈍；(情況，程度等)嚴重

例 何(なん)だか気(き)が重(おも)い。

譯 不知為何心情沈重。

08 | かいばつ【海拔】

(名) 海拔

例 海抜(かいばつ)3メートル以上(いじょう)ある。

譯 有海拔三公尺以上。

09 | かくしゅ【各種】

(名) 各種，各樣，每一種

例 各種(かくしゅ)取(と)り揃(そろ)える。

譯 各樣齊備。

10 | かさばる【かさ張る】

(自五)(體積、數量等)增大，體積大，增多

例 荷物(にもつ)がかさばる。

譯 行李龐大。

11 | かさむ

(自五) (體積、數量等)增多

例 経費(けいひ)がかさむ。

譯 經費增加。

12 | かすか【微か】

(形動) 微弱，些許；微暗，朦朧；貧窮，可憐

例 かすかなにおい。

譯 些微氣味。

13 | かそ【過疎】

(名) (人口)過稀，過少

例 過疎現象(かそげんしょう)が起(お)きている。

譯 發生人口過稀現象。

14 | げんてい【限定】

(名·他サ) 限定，限制(數量，範圍等)

例 100名限定(めいげんてい)で招待(しょうたい)する。
譯 限定招待一百人。

15 ｜ことごとく

副 所有，一切，全部
例 ことごとく否定(ひてい)する。
譯 全部否定。

16 ｜しゃめん【斜面】

名 斜面，傾斜面，斜坡
例 丘(おか)の斜面(しゃめん)に畑(はたけ)を作(つく)る。
譯 在山坡的斜面種田。

17 ｜ジャンボ【jumbo】

名·造 巨大的
例 ジャンボサイズを販売(はんばい)する(jumbo size)。
譯 銷售超大尺寸。

18 ｜しゅじゅ【種々】

名·副 種種，各種，多種，多方
例 種々様々(しゅじゅさまざま)ずらっと並(なら)ぶ。
譯 各種各樣排成一排。

19 ｜そこそこ

副·接尾 草草了事，慌慌張張；大約，左右
例 二十歳(はたち)そこそこの青年(せいねん)。
譯 二十歲上下的青年。

20 ｜たかが【高が】

副 （程度、數量等）不成問題，僅僅，不過是…罷了
例 たかが5,000円(えん)くらいにくよくよするな。
譯 不過是五千日幣而已不要放在心上啦。

21 ｜だけ

副助 （只限於某範圍）只，僅僅；（可能的程度或限度）盡量，儘可能；（以「…ば…だけ」等的形式，表示相應關係）越…越…；（以「…だけに」的形式）正因為…更加…；（以「…（のこと）あって」的形式）不愧，值得
例 できるだけ。
譯 盡力而為…。

22 ｜ダブル【double】

名 雙重，雙人用；二倍，加倍；雙人床；夫婦，一對
例 ダブルパンチを食(く)らう。
譯 遭到雙重的打擊。

23 ｜たよう【多様】

名·形動 各式各樣，多種多樣
例 多様(たよう)な問題(もんだい)が含(ふく)まれている。
譯 隱含各式各樣的問題。

24 ｜ちょうだい【長大】

名·形動 長大；高大；寬大
例 長大(ちょうだい)なアマゾン川(かわ)。
譯 壯闊的亞馬遜河。

25 | はんぱ【半端】

(名·形動) 零頭，零星；不徹底；零數，尾數；無用的人

例 半端(はんぱ)な意見(いけん)に左右(さゆう)される。

譯 被模稜兩可的意見所影響。

26 | ひじゅう【比重】

(名) 比重，(所占的)比例

例 比重(ひじゅう)が増大(ぞうだい)する。

譯 增加比重。

27 | ひってき【匹敵】

(名·自サ) 匹敵，比得上

例 彼(かれ)に匹敵(ひってき)する者(もの)はない。

譯 沒有人比得上他。

28 | ふんだん

(形動) 很多，大量

例 ふんだんに使(つか)う。

譯 大量使用。

29 | へいほう【平方】

(名) (數)平方，自乘；(面積單位)平方

例 平方(へいほう)メートル。

譯 平方公尺。

30 | ほどほど【程程】

(副) 適當的，恰如其分的；過得去

例 酒(さけ)はほどほどに飲(の)むのがよい。

譯 喝酒要適度。

31 | まみれ【塗れ】

(接尾) 沾污，沾滿

例 泥(どろ)まみれで遊(あそ)ぶ。

譯 玩得滿身是泥。

32 | まるごと【丸ごと】

(副) 完整，完全，全部地，整個(不切開)

例 丸(まる)ごと食(た)べる。

譯 整個直接吃。

33 | みじん【微塵】

(名) 微塵；微小(物)，極小(物)；一點，少許；切碎，碎末

例 反省(はんせい)の色(いろ)が微塵(みじん)もない。

譯 完全沒有反省的樣子。

34 | みたす【満たす】

(他五) 裝滿，填滿，倒滿；滿足

例 需要(じゅよう)を満(み)たす。

譯 滿足需要。

35 | みっしゅう【密集】

(名·自サ) 密集，雲集

例 保育園(ほいくえん)は住宅密集地帯(じゅうたくみっしゅうちたい)にある。

譯 育幼院住宅密集地區。

36 | みつど【密度】

(名) 密度

例 人口密度(じんこうみつど)が高(たか)い。

譯 人口密度高。

37 | めかた【目方】

(名) 重量，分量

例 目方(めかた)を量(はか)る。

譯 秤重。

38 | やたら（と）

副（俗）胡亂，隨便，不分好歹，沒有差別；過份，非常，大量

例 やたらと長い映画。

譯 冗長的電影。

39 | りっぽう【立方】

名（數）立方

例 立方体の箱に入れる。

譯 放進立體的箱子裡。

N1 20-4

20-4 回数、順番 / 次數、順序

01 | あべこべ

名・形動（順序、位置、關係等）顛倒，相反

例 あべこべに着る。

譯 穿反。

02 | うわまわる【上回る】

自五 超過，超出；（能力）優越

例 記録を上回る。

譯 打破記錄。

03 | おつ【乙】

名・形動（天干第二位）乙；第二（位），乙

例 甲乙つけがたい。

譯 難分軒輊。

04 | かい【下位】

名 低的地位；次級的地位

例 下位分類。

譯 下層分類。

05 | こう【甲】

名 甲冑，鎧甲；甲殼；手腳的表面；（天干的第一位）甲；第一名

例 契約書の甲と乙。

譯 契約書上的甲乙雙方。

06 | したまわる【下回る】

自五 低於，達不到

例 平年を下回る気温。

譯 低於常年的溫度。

07 | せんちゃく【先着】

名・自サ 先到達，先來到

例 先着順でご利用いただけます。

譯 請按到達的先後順序取用。

08 | ちょうふく・じゅうふく【重複】

名・自サ 重複

例 内容が重複している。

譯 內容是重複的。

09 | ちょくちょく

副（俗）往往，時常

例 ちょくちょく遊びにいく。

譯 時常去玩耍。

10 | つらねる【連ねる】

他下一 排列，連接；聯，列

例 名を連ねる。

譯 聯名。

11 | てじゅん【手順】

名 (工作的)次序，步驟，程序

例 手順に従う。

譯 按照順序。

12 | はいれつ【配列】

名·他サ 排列

例 五十音順に配列する。

譯 依照五十音順排列。

13 | はつ【初】

名 最初；首次

例 初の海外旅行にわくわくする。

譯 第一次出國旅行真叫人欣喜雀躍。

14 | ひんぱん【頻繁】

名·形動 頻繁，屢次

例 頻繁に出入りする。

譯 出入頻繁。

15 | へいれつ【並列】

名·自他サ 並列，並排

例 同じレベルの単語を並列する。

譯 把同一程度的單字並列在一起。

16 | ゆうい【優位】

名 優勢；優越地位

例 優位に立つ。

譯 處於優勢。

20-5 図形、模様、色彩 /
圖形、花紋、色彩

01 | あざやか【鮮やか】

形動 顏色或形象鮮明美麗，鮮豔；技術或動作精彩的樣子，出色

例 鮮やかな対照をなす。

譯 形成鮮明的對比。

02 | あせる【褪せる】

自下一 褪色，掉色

例 色が褪せる。

譯 褪色。

03 | あわい【淡い】

形 顏色或味道等清淡；感覺不這麼強烈，淡薄，微小；物體或光線隱約可見

例 淡いピンクのバラが好きだ。

譯 我喜歡淺粉紅色的玫瑰。

04 | いろちがい【色違い】

名 一款多色

例 色違いのブラウスを買う。

譯 購買一款多色的襯衫。

05 | かく【角】

名·漢造 角；隅角；四方形，四角形；稜角，四方；競賽

例 大根を 5cm 角に切る。

譯 把白蘿蔔切成五公分左右的四方形。

06 | くみあわせる【組み合わせる】

他下一 編在一起，交叉在一起，搭在一起；配合，編組

例 色を組み合わせる。
譯 搭配顏色。

07 | グレー【gray】

㊔ 灰色；銀髮

例 グレーゾーンになる。
譯 成為灰色地帶。

08 | こうたく【光沢】

㊔ 光澤

例 光沢がある。
譯 有光澤。

09 | こげちゃ【焦げ茶】

㊔ 濃茶色，深棕色，古銅色

例 焦げ茶色が絶妙でした。
譯 深棕色真是精彩絕妙。

10 | コントラスト【contrast】

㊔ 對比，對照；(光)反差，對比度

例 画像のコントラストを上げる。
譯 提高影像的對比度。

11 | しきさい【色彩】

㊔ 彩色，色彩；性質，傾向，特色

例 色彩感覚に優れる。
譯 色彩的敏感度非常好。

12 | ずあん【図案】

㊔ 圖案，設計，設計圖

例 図案を募集する。
譯 徵求設計圖。

13 | そまる【染まる】

(自五) 染上；受(壞)影響

例 血に染まる。
譯 被血染紅。

14 | そめる【染める】

(他下一) 染顏色；塗上(映上)顏色；(轉)沾染，著手

例 黒に染める。
譯 染成黑色。

15 | ちゃくしょく【着色】

(名·自サ) 著色，塗顏色

例 人工着色料を使用する。
譯 使用人工染料。

16 | てんせん【点線】

㊔ 點線，虛線

例 点線のところから切り取る。
譯 從虛線處剪下。

17 | ブルー【blue】

㊔ 青，藍色；情緒低落

例 ブルーの瞳に目を奪われる。
譯 深深被藍色眼睛吸引住。

18 | りったい【立体】

㊔ (數)立體

例 立体的な画像を作成できる。
譯 製作立體畫面。

パート 21 第二十一章

教育

- 教育 -

N1 21-1

21-1 教育、学習 / 教育、學習

01 | いくせい【育成】

名・他サ 培養，培育，扶植，扶育

例 エンジニアを育成(いくせい)する。

譯 培育工程師。

02 | がくせつ【学説】

名 學說

例 学説(がくせつ)を立(た)てる。

譯 建立學說。

03 | きょうざい【教材】

名 教材

例 教材(きょうざい)を作(つく)る。

譯 編寫教材。

04 | きょうしゅう【教習】

名・他サ 訓練，教習

例 教習(きょうしゅう)を受(う)ける。

譯 接受訓練。

05 | こうがく【工学】

名 工學，工程學

例 工学製図(こうがくせいず)を履修(りしゅう)する。

譯 學工程繪圖課程。

06 | こうこがく【考古学】

名 考古學

例 考古学博士(こうこがくはかせ)。

譯 考古學博士。

07 | こうさく【工作】

名・他サ （機器等）製作；（土木工程等）修理工程；（小學生的）手工；（暗中計畫性的）活動

例 工作(こうさく)の時間(じかん)。

譯 製作時間。

08 | ざだんかい【座談会】

名 座談會

例 座談会(ざだんかい)を開(ひら)く。

譯 召開座談會。

09 | しつける【躾ける】

他下一 教育，培養，管教，教養（子女）

例 子供(こども)をしつける。

譯 管教小孩。

10 | しつけ【躾】

名 （對孩子在禮貌上的）教養，管教，訓練；習慣

例 しつけに厳(きび)しい母(はは)だったが、優(やさ)しい人(ひと)だった。

譯 母親雖管教嚴格，但非常慈愛。

11 ｜しゅうとく【習得】
㊔名·他サ 學習，學會
例 日本語(にほんご)を習得(しゅうとく)する。
譯 學會日語。

12 ｜じゅく【塾】
名·漢造 補習班；私塾
例 塾(じゅく)を開(ひら)く。
譯 開私塾；開補習班。

13 ｜しんど【進度】
名 進度
例 進度(しんど)が速(はや)い。
譯 進度快。

14 ｜せっきょう【説教】
名·自サ 説教；教誨
例 先生(せんせい)に説教(せっきょう)される。
譯 被老師説教。

15 ｜てびき【手引き】
名·他サ （輔導）初學者，啟蒙；入門，初級；推薦，介紹；引路，導向
例 独学(どくがく)の手引(てび)き。
譯 自學輔導。

16 ｜てほん【手本】
名 字帖，畫帖；模範，榜樣；標準，示範
例 手本(てほん)を示(しめ)す。
譯 做出榜樣。

17 ｜ドリル【drill】
名 鑽頭；訓練，練習
例 算数(さんすう)のドリルをやる。
譯 做算數的練習題。

18 ｜ひこう【非行】
名 不正當行為，違背道德規範的行為
例 非行(ひこう)に走(はし)る。
譯 鋌而走險。

19 ｜ほいく【保育】
名·他サ 保育
例 保育園(ほいくえん)に通(かよ)う。
譯 上幼稚園。

20 ｜ほうがく【法学】
名 法學，法律學
例 法学(ほうがく)を学(まな)ぶ。
譯 學法學。

21 ｜ゆうぼう【有望】
形動 有希望，有前途
例 将来有望(しょうらいゆうぼう)な学生(がくせい)たちを支援(しえん)する。
譯 對前途有望的學生加以支援。

22 ｜ようせい【養成】
名·他サ 培養，培訓；造就
例 技術者(ぎじゅつしゃ)を養成(ようせい)する。
譯 培訓技師。

23 | レッスン【lesson】

㊔ 一課；課程，課業；學習

例 レッスンを受ける。

譯 上課。

N1 21-2

21-2 学校 /
學校

01 | うけもち【受け持ち】

㊔ 擔任，主管；主管人，主管的事情

例 受け持ちの先生。

譯 負責的老師。

02 | かがい【課外】

㊔ 課外

例 課外活動に参加する。

譯 參加課外活動。

03 | がんしょ【願書】

㊔ 申請書

例 願書を出す。

譯 提出申請書。

04 | きぞう【寄贈】

(名·他サ) 捐贈，贈送

例 本を図書館に寄贈する。

譯 把書捐贈給圖書館。

05 | きょうがく【共学】

㊔ (男女或黑白人種)同校，同班(學習)

例 男女共学を推奨する。

譯 獎勵男女共學。

06 | こうりつ【公立】

㊔ 公立(不包含國立)

例 公立の学校に通う。

譯 上公立學校。

07 | さずける【授ける】

(他下一) 授予，賦予，賜給；教授，傳授

例 学位を授ける。

譯 授予學位。

08 | しぼう【志望】

(名·他サ) 志願，希望

例 進学を志望する。

譯 志願要升學。

09 | しゅうがく【就学】

(名·自サ) 學習，求學，修學

例 就学年齢に達する。

譯 達到就學年齡。

10 | とうこう【登校】

(名·自サ) (學生)上學校，到校

例 8時前に登校する。

譯 八點前上學。

11 | へいさ【閉鎖】

(名·自他サ) 封閉，關閉，封鎖

例 学級閉鎖になった。

譯 將年級加以隔離(防止疾病蔓延，該年級學生自行在家隔離)。

12 | ぼこう【母校】

㊔ 母校

例 母校(ぼこう)を訪(たず)ねる。
譯 拜訪母校。

13 | めんじょ【免除】

名·他サ 免除(義務、責任等)
例 学費(がくひ)を免除(めんじょ)する。
譯 免除學費。

N1 ◎ 21-3

21-3 学生生活 / 學生生活

01 | いいんかい【委員会】

名 委員會
例 学級委員会(がっきゅういいんかい)に出(で)る。
譯 出席班聯會。

02 | うかる【受かる】

自五 考上，及格，上榜
例 入学試験(にゅうがくしけん)に受(う)かる。
譯 入學考試及格。

03 | オリエンテーション【orientation】

名 定向，定位，確定方針；新人教育，事前説明會
例 オリエンテーションに参加(さんか)する。
譯 參加新人教育。

04 | カンニング【cunning】

名·自サ (考試時的)作弊
例 カンニングペーパーを隠(かく)し持(も)つ。
譯 暗藏小抄。

05 | ききとり【聞き取り】

名 聽見，聽懂，聽後記住；(外語的)聽力
例 聞(き)き取(と)りのテスト。
譯 聽力考試。

06 | きじゅつ【記述】

名·他サ 描述，記述；闡明
例 記述式(きじゅつしき)のテスト。
譯 申論題考試。

07 | きまつ【期末】

名 期末
例 期末(きまつ)テストが始(はじ)まります。
譯 開始期末考。

08 | きゅうがく【休学】

名·自サ 休學
例 大学(だいがく)を休学(きゅうがく)する。
譯 大學休學。

09 | きゅうしょく【給食】

名·自サ (學校、工廠等)供餐，供給飲食
例 給食(きゅうしょく)が出(で)る。
譯 有供餐。

10 | きょうか【教科】

名 教科，學科，課程
例 教科書(きょうかしょ)が見(み)つからない。
譯 找不到教科書。

11 | げんてん【減点】

名·他サ 扣分；減少的分數

例 減点(げんてん)の対象(たいしょう)となる。

譯 成為扣分的依據。

12 | こうしゅう【講習】

名·他サ 講習，學習

例 講習(こうしゅう)を受(う)ける。

譯 聽講。

13 | サボる【sabotage 之略】

他五 (俗)怠工；偷懶，逃(學)，曠(課)

例 授業(じゅぎょう)をサボる。

譯 蹺課。

14 | しゅうりょう【修了】

名·他サ 學完(一定的課程)

例 課程(かてい)を修了(しゅうりょう)する。

譯 學完課程。

15 | しゅつだい【出題】

名·自サ (考試、詩歌)出題

例 試験(しけん)を出題(しゅつだい)する。

譯 出試題。

16 | しょう【証】

名·漢造 證明；證據；證明書；證件

例 学生証(がくせいしょう)を紛失(ふんしつ)した。

譯 遺失學生證了。

17 | しょぞく【所属】

名·自サ 所屬；附屬

例 サッカー部(ぶ)に所属(しょぞく)する。

譯 隸屬於足球部。

18 | しんにゅうせい【新入生】

名 新生

例 小学校(しょうがっこう)の新入生(しんにゅうせい)を迎(むか)える。

譯 迎接小學新生。

19 | せいれつ【整列】

名·自他サ 整隊，排隊，排列

例 一列(いちれつ)に整列(せいれつ)する。

譯 排成一列。

20 | せんしゅう【専修】

名·他サ 主修，專攻

例 芸術(げいじゅつ)を専修(せんしゅう)する。

譯 主修藝術。

21 | そうかい【総会】

名 總會，全體大會

例 生徒総会(せいとそうかい)の準備(じゅんび)をする。

譯 進行學生大會的籌備工作。

22 | たいがく【退学】

名·自サ 退學

例 退学(たいがく)を決意(けつい)した。

譯 決定休學。

23 | ちょうこう【聴講】

名·他サ 聽講，聽課；旁聽

例 聴講生(ちょうこうせい)に限(かぎ)る。

譯 只限旁聽生。

24 | てんこう【転校】

(名·自サ) 轉校，轉學

例 町の学校に転校する。

譯 轉學到鄉鎮的學校。

25 | どうきゅう【同級】

(名) 同等級，等級相同；同班，同年級

例 同級生が結婚した。

譯 同學結婚了。

26 | はん【班】

(名·漢造) 班，組；集團，行列；分配；席位，班次

例 班に分かれる。

譯 分班。

27 | ひっしゅう【必修】

(名) 必修

例 必修科目になる。

譯 變成必修科目。

28 | ヒント【hint】

(名) 啟示，暗示，提示

例 ヒントを与える。

譯 給予提示。

29 | ほそく【補足】

(名·他サ) 補足，補充

例 資料を補足する。

譯 補足資料。

30 | ぼっしゅう【没収】

(名·他サ) (法)(司法處分的)沒收，查抄，充公

例 タバコを没収された。

譯 香菸被沒收了。

31 | ゆう【優】

(名·漢造) (成績五分四級制的)優秀；優美，雅致；優異，優厚；演員；悠然自得

例 優の成績を残す。

譯 留下優異的成績。

32 | よこく【予告】

(名·他サ) 預告，事先通知

例 テストを予告する。

譯 預告考期。

パート
22
第二十二章

行事、一生の出来事

- 儀式活動、一輩子會遇到的事情 -

01 | いんきょ【隠居】 N1 ◎ 22

(名·自サ) 隱居，退休，閒居；(閒居的)老人

例 郊外(こうがい)に隠居(いんきょ)する。

譯 隱居郊外。

02 | うちあげる【打ち上げる】

(他下一) (往高處)打上去，發射

例 花火(はなび)を打(う)ち上(あ)げる。

譯 放煙火。

03 | えんだん【縁談】

(名) 親事，提親，説媒

例 縁談(えんだん)がまとまる。

譯 親事談成了。

04 | かいさい【開催】

(名·他サ) 開會，召開；舉辦

例 オリンピックを開催(かいさい)する。

譯 舉辦奧林匹克運動會。

05 | かんれき【還暦】

(名) 花甲，滿 60 周歲的別稱

例 還暦(かんれき)を迎(むか)える。

譯 迎接花甲之年。

06 | きこん【既婚】

(名) 已婚

例 既婚者(きこんしゃ)を見分(みわ)ける。

譯 如何分辨已婚者。

07 | きたる【来る】

(自五·連體) 來，到來；引起，發生；下次的

例 来(きた)る一日(ついたち)に開(ひら)く。

譯 下次的一號召開。

08 | さいこん【再婚】

(名·自サ) 再婚，改嫁

例 父(ちち)は再婚(さいこん)した。

譯 父親再婚了。

09 | さんご【産後】

(名) (婦女)分娩之後

例 産後(さんご)の肥立(ひだ)ちが悪(わる)い。

譯 產後發福恢復狀況不佳。

10 | しゅくが【祝賀】

(名·他サ) 祝賀，慶祝

例 祝賀(しゅくが)を受(う)ける。

譯 接受祝賀。

11 | しゅさい【主催】

(名·他サ) 主辦，舉辦

例 新聞社(しんぶんしゃ)が主催(しゅさい)する座談会(ざだんかい)。

譯 由報社舉辦的座談會。

12 | しんこん【新婚】

(名) 新婚(的人)

例 新婚生活(しんこんせいかつ)が羨(うらや)ましい。

譯 欣羨新婚生活。

13 | せいだい【盛大】

(形動) 盛大，規模宏大；隆重

例 盛大(せいだい)に祝(いわ)う。

譯 盛大慶祝。

14 | セレモニー【ceremony】

(名) 典禮，儀式

例 セレモニーに参加(さんか)する。

譯 參加典禮。

15 | ていねん【定年】

(名) 退休年齡

例 定年(ていねん)になる。

譯 到了退休年齡。

16 | ねんが【年賀】

(名) 賀年，拜年

例 年賀(ねんが)はがきを買(か)う。

譯 買賀年明信片。

17 | はき【破棄】

(名·他サ) (文件、契約、合同等)廢棄，廢除，撕毀

例 婚約(こんやく)を破棄(はき)する。

譯 解除婚約。

18 | バツイチ

(名) (俗)離過一次婚

例 バツイチになった。

譯 離了一次婚。

19 | ひなまつり【雛祭り】

(名) 女兒節，桃花節，偶人節

例 ひな祭(まつ)りパーティーをする。

譯 開女兒節慶祝派對。

20 | みあい【見合い】

(名) (結婚前的)相親；相抵，平衡，相稱

例 見合(みあ)い結婚(けっこん)する。

譯 相親結婚。

21 | みこん【未婚】

(名) 未婚

例 未婚(みこん)の母(はは)になる。

譯 成為未婚媽媽。

22 | もよおす【催す】

(他五) 舉行，舉辦；產生，引起

例 イベントを催(もよお)す。

譯 舉辦活動。

23 | も【喪】

(名) 服喪；喪事，葬禮

例 喪(も)に服(ふく)す。

譯 服喪。

24 | らいじょう【来場】

(名·自サ) 到場，出席

例 お車(くるま)でのご来場(らいじょう)はご遠慮(えんりょ)下(くだ)さい。

譯 請勿開車前來會場。

パート
23
第二十三章

道具

- 工具 -

N1 23-1

23-1 道具 / 工具

01 | あみ【網】

㊔（用繩、線、鐵絲等編的）網；法網

例 網（あみ）にかかった魚（さかな）を引（ひ）き上（あ）げた。

譯 打撈起落網之魚。

02 | あやつる【操る】

他五 操控，操縱；駕駛，駕馭；掌握，精通（語言）

例 機械（きかい）を操（あやつ）る。

譯 操作機器。

03 | うちわ【団扇】

㊔ 團扇；（相撲）裁判扇

例 うちわで扇（あお）ぐ。

譯 用團扇搧風。

04 | え【柄】

㊔ 柄，把

例 傘（かさ）の柄（え）を持（も）つ。

譯 拿著傘把。

05 | がんぐ【玩具】

㊔ 玩具

例 玩具（がんぐ）メーカーが集結（しゅうけつ）している。

譯 集合了玩具製造商。

06 | クレーン【crane】

㊔ 吊車，起重機

例 クレーンで引（ひ）き上（あ）げる。

譯 用起重機吊起。

07 | げんけい【原型】

㊔ 原型，模型

例 原型（げんけい）を作（つく）る。

譯 製作模型。

08 | けんよう【兼用】

名·他サ 兼用，兩用

例 晴雨兼用（せいうけんよう）の傘（かさ）。

譯 晴雨兩用傘。

09 | さお【竿】

㊔ 竿子，竹竿；釣竿；船篙；（助數詞用法）杆，根

例 物干（ものほ）し竿（ざお）を替（か）える。

譯 換了曬衣杆。

10 | ざっか【雑貨】

㊔ 生活雜貨

例 アジアン雑貨（ざっか）の店（みせ）が沢山（たくさん）ある。

譯 有許多亞洲風的雜貨店。

11 | じく【軸】

(名·接尾·漢造) 車軸；畫軸；(助數詞用法)書，畫的軸；(理)運動的中心線

例 チームの軸となって活躍する。

譯 成為隊上的中心人物而大顯身手。

12 | じぞく【持続】

(名·自他サ) 持續，繼續，堅持

例 効果を持続させる。

譯 讓效果持續。

13 | じゅうばこ【重箱】

(名) 多層方木盒，套盒

例 お節料理を重箱に詰める。

譯 將年菜裝入多層木盒中。

14 | スチーム【steam】

(名) 蒸汽，水蒸氣；暖氣(設備)

例 部屋にスチームヒーターを設置する。

譯 房間裡裝設暖氣。

15 | ストロー【straw】

(名) 吸管

例 ストローで飲む。

譯 用吸管喝。

16 | そなえつける【備え付ける】

(他下一) 設置，備置，裝置，安置，配置

例 消火器を備え付ける。

譯 設置滅火器。

17 | そり【橇】

(名) 雪橇

例 そりを引く。

譯 拉雪橇。

18 | たて【盾】

(名) 盾，擋箭牌；後盾

例 盾に取る。

譯 當擋箭牌。

19 | たんか【担架】

(名) 擔架

例 担架で運ぶ。

譯 用擔架搬運。

20 | ちょうしんき【聴診器】

(名) (醫)聽診器

例 聴診器を胸に当てる。

譯 把聽診器貼在胸口上。

21 | ちょうほう【重宝】

(名·形動·他サ) 珍寶，至寶；便利，方便；珍視，愛惜

例 重宝な道具を手にする。

譯 將珍愛的工具歸為己有。

22 | ちりとり【塵取り】

(名) 畚箕

例 ほうきとちり取りセット。

譯 掃把與畚斗組。

23 | つえ【杖】

㊔ 枴杖，手杖；依靠，靠山

例 杖を突く。

譯 拄拐杖。

24 | つかいみち【使い道】

㊔ 用法；用途，用處

例 使い道を考える。

譯 思考如何使用。

25 | つつ【筒】

㊔ 筒，管；炮筒，槍管

例 竹の筒を手で揺らす。

譯 用手搖動竹筒。

26 | つぼ【壺】

㊔ 罐，壺，甕；要點，關鍵所在

例 茶壺を取り出した。

譯 取出茶葉罐。

27 | ティッシュペーパー【tissue paper】

㊔ 衛生紙

例 ティッシュペーパーで拭き取る。

譯 用衛生紙擦拭。

28 | でんげん【電源】

㊔ 電力資源；(供電的)電源

例 電源を切る。

譯 切斷電源。

29 | とうき【陶器】

㊔ 陶器

例 陶器の花瓶が可愛らしい。

譯 陶瓷器花瓶小巧玲瓏。

30 | とって【取っ手】

㊔ 把手

例 取っ手を握る。

譯 握把手。

31 | とりあつかい【取り扱い】

㊔ 對待，待遇；(物品的)處理，使用，(機器的)操作；(事務、工作的)處理，辦理

例 取り扱いに注意する。

譯 請小心處理。

32 | とりつける【取り付ける】

他下一 安裝(機器等)；經常光顧；(商)擠兑；取得

例 アンテナを取り付ける。

譯 安裝天線。

33 | に【荷】

㊔ (攜帶、運輸的)行李，貨物；負擔，累贅

例 肩の荷が下りる。

譯 如釋重負。

34 | はた【機】

㊔ 織布機

例 機を織る。

譯 織布。

35 | バッジ【badge】

㊔ 徽章

例 弁護士バッジをつける。
譯 戴上律師徽章。

36 | バッテリー【battery】
㊔ 電池，蓄電池
例 バッテリーがあがる。
譯 電池耗盡。

37 | フィルター【filter】
㊔ 過濾網，濾紙；濾波器，濾光器
例 フィルターを取り替える。
譯 換濾紙。

38 | ホース【(荷)hoos】
㊔ (灑水用的)塑膠管，水管
例 ホースを巻く。
譯 捲起塑膠水管。

39 | ポンプ【(荷)pomp】
㊔ 抽水機，汲筒
例 ポンプで水を汲む。
譯 用抽水機汲水。

40 | もけい【模型】
㊔ (用於展覽、實驗、研究的實物或抽象的)模型
例 模型を組み立てる。
譯 組裝模型。

41 | もの【物】
(名·接頭·造語) (有形或無形的)物品，事情；所有物；加強語氣用；表回憶或希望；不由得…；值得…的東西

例 忘れ物をする。
譯 遺失物品。

42 | や【矢】
㊔ 箭；楔子；指針
例 白羽の矢が立つ。
譯 雀屏中選。

43 | ゆみ【弓】
㊔ 弓；弓形物
例 弓を引く。
譯 拉弓。

44 | ようひん【用品】
㊔ 用品，用具
例 スポーツ用品を買う。
譯 購買運動用品。

45 | ロープ【rope】
㊔ 繩索，纜繩
例 洗濯ロープをかける。
譯 掛起洗衣繩。

N1 23-2

23-2 家具、工具、文房具 /
傢俱、工作器具、文具

01 | いんかん【印鑑】
㊔ 印，圖章；印鑑
例 印鑑が必要だ。
譯 需要印章。

02 | こたつ【炬燵】

㊔（架上蓋著被，用以取暖的）被爐，暖爐

例 こたつに入(はい)る。

譯 坐進被爐。

03 | コンパス【（荷）kompas】

㊔ 圓規；羅盤，指南針；腿（的長度），腳步（的幅度）

例 コンパスで円(えん)を描(か)く。

譯 用圓規畫圓。

04 | ちゃくせき【着席】

（名・自サ）就坐，入座，入席

例 順番(じゅんばん)に着席(ちゃくせき)する。

譯 依序入座。

05 | とぐ【研ぐ・磨ぐ】

（他五）磨；擦亮，磨光；淘（米等）

例 包丁(ほうちょう)を研(と)ぐ。

譯 研磨菜刀。

06 | ドライバー【driver】

㊔（「screwdriver」之略稱）螺絲起子

例 ドライバー1本(ぽん)で組(く)み立(た)てられる。

譯 用一支螺絲起子組裝完成。

07 | にじむ【滲む】

（自五）（顏色等）滲出，滲入；（汗水、眼淚、血等）慢慢滲出來

例 インクがにじむ。

譯 墨水滲出。

08 | ねじまわし【ねじ回し】

㊔ 螺絲起子

例 ねじ回(まわ)しでねじを締(し)める。

譯 用螺絲起子拴螺絲。

09 | ばらす

㊔（把完整的東西）弄得七零八落；（俗）殺死，殺掉；賣掉，推銷出去；揭穿，洩漏（秘密等）

例 機械(きかい)をばらして修理(しゅうり)する。

譯 把機器拆得七零八落來修理。

10 | ばんのう【万能】

㊔ 萬能，全能，全才

例 万能包丁(ばんのうほうちょう)が一番好(いちばんこの)まれる。

譯（一般家庭使用的）萬用菜刀最愛不釋手。

11 | はん【判】

（名・漢造）圖章，印鑑；判斷，判定；判讀，判明；審判

例 判(はん)をつく。

譯 蓋圖章。

12 | は【刃】

㊔ 刀刃

例 刃(は)を研(と)ぐ。

譯 磨刀。

13 | ボルト【bolt】

㊔ 螺栓，螺絲

例 ボルトで締(し)める。

譯 拴上螺絲。

14 | やぐ【夜具】

㊔ 寢具，臥具，被褥

例 夜具を揃える。

譯 寢具齊備。

15 | ようし【用紙】

㊔（特定用途的）紙張，規定用紙

例 コピー用紙を補充する。

譯 補充影印紙。

16 | レンジ【range】

㊔ 微波爐（「電子レンジ」之略稱）；範圍；射程；有效距離

例 おかずをレンジで温める。

譯 菜餚用微波爐加熱。

N1 23-3

23-3 計器、容器、入れ物、衛生器具 / 測量儀器、容器、器皿、衛生用具

01 | うつわ【器】

㊔ 容器，器具；才能，人才；器量

例 器が大きい。

譯 器量大。

02 | おさまる【収まる・納まる】

自五 容納；（被）繳納；解決，結束；滿意，泰然自若；復原

例 事態が収まる。

譯 事情平息。

03 | おむつ

㊔ 尿布

例 おむつを変える。

譯 換尿布。

04 | けいき【計器】

㊔ 測量儀器，測量儀表

例 計器を取り付ける。

譯 裝設測量儀器。

05 | ナプキン【napkin】

㊔ 餐巾；擦嘴布；衛生綿

例 ナプキンを置く。

譯 擺放餐巾。

06 | さかずき【杯】

㊔ 酒杯；推杯換盞，酒宴；飲酒為盟

例 杯を交わす。

譯 觥籌交錯。

07 | はじく【弾く】

他五 彈；打算盤；防抗，排斥

例 そろばんを弾く。

譯 打算盤。

08 | ふきん【布巾】

㊔ 抹布

例 布巾を除菌する。

譯 將抹布做殺菌處理。

09 | ヘルスメーター【(和)health + meter】

㊔ (家庭用的)體重計，磅秤

例 様々な機能のヘルスメーターが並ぶ。

譯 整排都是多功能的體重計。

---

10 | ほじゅう【補充】

(名·他サ) 補充

例 調味料を補充する。

譯 補充調味料。

---

11 | ポット【pot】

㊔ 壺；熱水瓶

例 電動ポットでお湯を沸かす。

譯 用電熱水瓶燒開水。

---

12 | めもり【目盛・目盛り】

㊔ (量表上的)度數，刻度

例 目盛りを読む。

譯 看(計器的)刻度。

N1 23-4

23-4 照明、光学機器、音響、情報機器 /
燈光照明、光學儀器、音響、信息器具

01 | かいぞうど【解像度】

㊔ 解析度

例 解像度が高い。

譯 解析度很高。

---

02 | かいろ【回路】

㊔ (電)回路，線路

例 電気回路を学ぶ。

譯 學習電路。

---

03 | こうこう(と)【煌々(と)】

(副)(文)光亮，通亮

例 煌々と輝く。

譯 光輝閃耀。

---

04 | ストロボ【strobe】

㊔ 閃光燈

例 ストロボがまぶしい。

譯 閃光燈很刺目。

---

05 | トランジスタ【transistor】

㊔ 電晶體；(俗)小型

例 コンピューターのトランジスタ。

譯 電腦的電晶體。

---

06 | ぶれる

(自下一) (攝)按快門時(照相機)彈動

例 カメラがぶれて撮れない。

譯 相機晃動無法拍照。

---

07 | モニター【monitor】

㊔ 監聽器，監視器；監聽員；評論員

例 モニターで監視する。

譯 以監視器監控著。

---

08 | ランプ【(荷・英)lamp】

㊔ 燈，煤油燈；電燈

例 ランプに火を灯す。

譯 點煤油燈。

09 | げんぞう【現像】

(名・他サ) 顯影，顯像，沖洗

例 フィルムを現像(げんぞう)する。

譯 洗照片。

10 | さいせい【再生】

(名・自他サ) 重生，再生，死而復生；新生，(得到)改造；(利用廢物加工，成為新產品)再生；(已錄下的聲音影像)重新播放

例 再生(さいせい)ボタンを押(お)す。

譯 按下播放鍵。

11 | ないぞう【內藏】

(名・他サ) 裡面包藏，內部裝有；內庫，宮中的府庫

例 カメラが內蔵(ないぞう)されている。

譯 內部裝有攝影機。

12 | バージョンアップ【version up】

(名) 版本升級

例 バージョン アップができる。

譯 版本可以升級。

Memo

パート
24
第二十四章

職業、仕事

- 職業、工作 -

N1 24-1 (1)

24-1 仕事、職場 (1) / 工作、職場 (1)

01 | あっせん【斡旋】

(名・他サ) 幫助；關照；居中調解，斡旋；介紹

例 就職の斡旋を頼む。

譯 請求幫助找工作。

02 | いっきょに【一挙に】

(副) 一下子；一次

例 問題を一挙に解決する。

譯 一口氣解決問題。

03 | いどう【異動】

(名・自他サ) 異動，變動，調動

例 人事異動を行う。

譯 進行人事調動。

04 | おう【負う】

(他五) 負責；背負，遭受；多虧，借重；背

例 責任を負う。

譯 負起責任。

05 | おびる【帯びる】

(他上一) 帶，佩帶；承擔，負擔；帶有，帶著

例 重い任務を帯びる。

譯 身負重任。

06 | カムバック【comeback】

(名・自サ)（名聲、地位等）重新恢復，重回政壇；東山再起

例 芸能界にカムバックする。

譯 重回演藝圈。

07 | かんご【看護】

(名・他サ) 護理（病人），看護，看病

例 病人を看護する。

譯 看護病人。

08 | きどう【軌道】

(名)（鐵路、機械、人造衛星、天體等的）軌道；正軌

例 軌道に乗る。

譯 步上正軌。

09 | キャリア【career】

(名) 履歷，經歷；生涯，職業；（高級公務員考試及格的）公務員

例 キャリアを積む。

譯 累積經歷。

10 | ぎょうむ【業務】

(名) 業務，工作

例 業務用スーパーへ行く。

譯 前往業務超市。

11 | きんむ【勤務】

(名·自サ) 工作，勤務，職務

例 勤務形態が変わる。

譯 職務型態有了變化。

12 | きんろう【勤労】

(名·自サ) 勤勞，勞動（狹意指體力勞動）

例 勤労学生が対象になる。

譯 以勤勞的學生為對象。

13 | くぎり【区切り】

(名) 句讀；文章的段落；工作的階段

例 区切りをつける。

譯 使（工作）告一段落。

14 | くみこむ【組み込む】

(他五) 編入；入伙；（印）排入

例 予定に組み込む。

譯 排入預定行程中。

15 | こうぼ【公募】

(名·他サ) 公開招聘，公開募集

例 作品を公募する。

譯 公開徵求作品。

16 | ごえい【護衛】

(名·他サ) 護衛，保衛，警衛（員）

例 首相を護衛する。

譯 護衛首相。

17 | こよう【雇用】

(名·他サ) 雇用；就業

例 終身雇用制度が揺らぎはじめる。

譯 終身雇用制開始動搖。

18 | さいよう【採用】

(名·他サ) 採用（意見），採取；錄用（人員）

例 採用試験を受ける。

譯 參加錄用考試。

19 | さしず【指図】

(名·自サ) 指示，吩咐，派遣，發號施令；指定，指明；圖面，設計圖

例 指図を受けない。

譯 不接受命令。

20 | さしつかえる【差し支える】

(自下一) （對工作等）妨礙，妨害，有壞影響；感到不方便，發生故障，出問題

例 仕事に差し支える。

譯 妨礙工作。

21 | さんきゅう【産休】

(名) 產假

例 産休に入る。

譯 休產假。

22 | じしょく【辞職】

(名·自他サ) 辭職

例 辞職を余儀なくされる。

譯 不得不辭職。

23 | システム【system】

㊔ 組織；體系，系統；制度

例 システムを変える。

譯 改變體系。

24 | しめい【使命】

㊔ 使命，任務

例 使命を果たす。

譯 完成使命。

25 | しゅうぎょう【就業】

名·自サ 開始工作，上班；就業(有一定職業)，有工作

例 農業就業人口が減少する。

譯 農業就業人口減少。

N1 24-1 (2)

24-1 仕事、職場 (2) / 工作、職場 (2)

26 | じゅうじ【従事】

名·自サ 作，從事

例 研究に従事する人が多い。

譯 從事研究的人增多。

27 | しゅえい【守衛】

㊔ (機關等的)警衛，守衛；(國會的)警備員

例 守衛を置く。

譯 設置守衛。

28 | しゅっしゃ【出社】

名·自サ 到公司上班

例 8時に出社する。

譯 八點到公司上班。

29 | しゅつどう【出動】

名·自サ (消防隊、警察等)出動

例 警官が出動する。

譯 警察出動。

30 | しょうしん【昇進】

名·自サ 升遷，晉升，高昇

例 昇進が早い。

譯 晉升快速。

31 | しよう【私用】

名·他サ 私事；私用，個人使用；私自使用，盜用

例 私用に供する。

譯 提供給私人使用。

32 | しょくむ【職務】

㊔ 職務，任務

例 職務に就く。

譯 就任…職務。

33 | しょむ【庶務】

㊔ 總務，庶務，雜物

例 庶務課が所管する。

譯 總務課所管轄。

34 | じんざい【人材】

㊔ 人才

例 人材がそろう。

譯 人才濟濟。

35 | しんにゅう【新入】

㊔ 新加入，新來(的人)

例 新入社員が入社する。
譯 新進員工正式上班。

36 ｜スト【strike 之略】
名 罷工
例 電車がストで参った。
譯 電車罷工，真受不了。

37 ｜ストライキ【strike】
名·自サ 罷工；(學生)罷課
例 ストライキを打つ。
譯 斷然舉行罷工。

38 ｜せきむ【責務】
名 職責，任務
例 国家に対する責務。
譯 對國家的責任。

39 ｜セクション【section】
名 部分，區劃，段，區域；節，項，科；(報紙的)欄
例 セクション別に分ける。
譯 依據部門來劃分。

40 ｜たぼう【多忙】
名·形動 百忙，繁忙，忙碌
例 多忙を極める。
譯 繁忙至極。

41 ｜つとまる【務まる】
自五 勝任
例 議長の役が務まる。
譯 勝任議長的職務。

42 ｜つとまる【勤まる】
自五 勝任，能擔任
例 私には勤まりません。
譯 我無法勝任。

43 ｜つとめさき【勤め先】
名 工作地點，工作單位
例 勤め先を訪ねる。
譯 到工作地點拜訪。

44 ｜デモンストレーション·デモ【demonstration】
名 示威活動；(運動會上正式比賽項目以外的)公開表演
例 デモンストレーションを見せる。
譯 示範表演。

45 ｜てわけ【手分け】
名·自サ 分頭做，分工
例 手分けして作業する。
譯 分工作業。

46 ｜てんきん【転勤】
名·自サ 調職，調動工作
例 北京へ転勤する。
譯 調職到北京。

47 ｜てんにん【転任】
名·自サ 轉任，調職，調動工作
例 地方支店に転任する。
譯 調職到地方的分店。

48 | とくは【特派】

(名·他サ) 特派，特別派遣

例 パリ駐在(ちゅうざい)の特派員(とくはいん)に申(もう)し込(こ)んだ。

譯 提出駐巴黎特派記者的申請。

49 | ともかせぎ【共稼ぎ】

(名·自サ) 夫妻都上班

例 共稼(ともかせ)ぎで頑張(がんば)る。

譯 夫妻共同努力工作。

50 | ともなう【伴う】

(自他五) 隨同，伴隨；隨著；相符

例 リスクを伴(ともな)う。

譯 伴隨著危險。

N1 ⊙ 24-1 (3)

24-1 仕事、職場 (3) / 工作、職場 (3)

51 | ともばたらき【共働き】

(名·自サ) 夫妻都工作

例 夫婦(ふうふ)共働(ともばたら)きの方(ほう)が多(おお)い。

譯 雙薪家庭佔較多數。

52 | トラブル【trouble】

(名) 糾紛，糾葛，麻煩；故障

例 トラブルを解決(かいけつ)する。

譯 解決麻煩。

53 | とりこむ【取り込む】

(自他五)(因喪事或意外而)忙碌；拿進來；騙取，侵吞；拉攏，籠絡

例 突然(とつぜん)の不幸(ふこう)で取(と)り込(こ)んでいる。

譯 因突如其來的不幸而忙碌著。

54 | になう【担う】

(他五) 擔，挑；承擔，肩負

例 責任(せきにん)を担(にな)う。

譯 負責。

55 | にんむ【任務】

(名) 任務，職責

例 任務(にんむ)を果(は)たす。

譯 達成任務。

56 | ねまわし【根回し】

(名)（為移栽或使果樹增產的）修根，砍掉一部份樹根；事先協調，打下基礎，醞釀

例 根回(ねまわ)しが上手(うま)い。

譯 擅長事先協調。

57 | はいふ【配布】

(名·他サ) 散發

例 資料(しりょう)を配布(はいふ)する。

譯 分發資料。

58 | はかどる

(自五)（工作、工程等）有進展

例 仕事(しごと)がはかどる。

譯 工作進展。

59 | はけん【派遣】

(名·他サ) 派遣；派出

例 派遣社員(はけんしゃいん)として働(はたら)く。

譯 以派遣員工的身份工作。

60 | はっくつ【発掘】

(名·他サ) 發掘，挖掘；發現

例 遺跡を発掘する。

譯 發掘了遺跡。

61 | ひとまかせ【人任せ】

(名) 委託別人，託付他人

例 人任せにできない性分。

譯 事必躬親的個性。

62 | ふくぎょう【副業】

(名) 副業

例 民芸品作りを副業としている。

譯 以做手工藝品為副業。

63 | ふくし【福祉】

(名) 福利，福祉

例 福祉が遅れている。

譯 福祉政策落後。

64 | ぶしょ【部署】

(名) 工作崗位，職守

例 部署に付く。

譯 各就各位。

65 | ふにん【赴任】

(名·自サ) 赴任，上任

例 単身赴任する。

譯 隻身上任。

66 | ぶもん【部門】

(名) 部門，部類，方面

例 部門別に分ける。

譯 依部門分別。

67 | ぶらぶら

(副·自サ) (懸空的東西)晃動，搖晃；蹓躂；沒工作；(病)拖長，纏綿

例 街をぶらぶらする。

譯 在街上溜達。

68 | ブレイク【break】

(名·サ変) (拳擊)抱持後分開；休息；突破，爆紅

例 ティーブレイクにしましょう。

譯 稍事休息吧。

69 | フロント【front】

(名) 正面，前面；(軍)前線，戰線；櫃臺

例 フロントに電話する。

譯 打電話給服務台。

70 | ぶんぎょう【分業】

(名·他サ) 分工；專業分工

例 仕事を分業する。

譯 分工作業。

71 | ほうし【奉仕】

(名·自サ) (不計報酬而)效勞，服務；廉價賣貨

例 奉仕活動に専念する。

譯 專心於服務活動。

72 | まかす【任す】

(他五) 委託，託付

例 仕事(しごと)を任(まか)す。

譯 託付工作。

73 | むすびつく【結び付く】

(自五) 連接，結合，繫；密切相關，有聯繫，有關連

例 成功(せいこう)に結(むす)び付(つ)く。

譯 成功結合。

74 | むすび【結び】

(名) 繫，連結，打結；結束，結尾；飯糰

例 話(はなし)の結(むす)びを変(か)える。

譯 改變故事的結局。

75 | ようご【養護】

(名·他サ) 護養；扶養；保育

例 特別養護老人(とくべつようごろうじん)ホームに入(はい)る。

譯 進入特殊老人照護中心。

76 | ラフ【rough】

(形動) 粗略，大致；粗糙，毛躁；輕毛紙；簡樸的大花案

例 仕事(しごと)ぶりがラフだ。

譯 工作做得很粗糙。

77 | リストラ【restructuring 之略】

(名) 重建，改組，調整；裁員

例 リストラで首(くび)になった。

譯 在重建之中遭到裁員了。

78 | りょうりつ【両立】

(名·自サ) 兩立，並存

例 家事(かじ)と仕事(しごと)を両立(りょうりつ)させる。

譯 家事與工作相調和。

79 | れんたい【連帯】

(名·自サ) 團結，協同合作；(法)連帶，共同負責

例 連帯責任(れんたいせきにん)を負(お)う。

譯 負連帶責任。

80 | ろうりょく【労力】

(名) (經)勞動力，勞力；費力，出力

例 労力(ろうりょく)を費(つい)やす。

譯 耗費勞力。

N1 24-2

24-2 職業、事業 /
職業、事業

01 | あとつぎ【跡継ぎ】

(名) 後繼者，接班人；後代，後嗣

例 家業(かぎょう)の跡継(あとつ)ぎになる。

譯 繼承家業。

02 | うけつぐ【受け継ぐ】

(他五) 繼承，後繼

例 事業(じぎょう)を受(う)け継(つ)ぐ。

譯 繼承事業。

03 | かぎょう【家業】

(名) 家業；祖業；(謀生的)職業，行業

例 家業(かぎょう)を継(つ)ぐ。

譯 繼承家業。

04 | ガイド【guide】

(名·他サ) 導遊；指南，入門書；引導，導航

例 ガイドを務（つと）める。

譯 擔任導遊。

05 | ぎせい【犠牲】

(名) 犧牲；（為某事業付出的）代價

例 犠牲（ぎせい）を出（だ）す。

譯 付出代價。

06 | きゅうじ【給仕】

(名·自サ) 伺候（吃飯）；服務生

例 ホテルの給仕（きゅうじ）。

譯 旅館的服務生。

07 | きょうしょく【教職】

(名) 教師的職務；（宗）教導信徒的職務

例 教職（きょうしょく）に就（つ）く。

譯 擔任教師一職。

08 | けいぶ【警部】

(名) 警部（日本警察職稱之一）

例 警視庁警部（けいしちょうけいぶ）を任命（にんめい）される。

譯 被任命為警視廳警部。

09 | けらい【家来】

(名)（效忠於君主或主人的）家臣，臣下；僕人

例 家来（けらい）になる。

譯 成為家臣。

10 | サイドビジネス【（和）side+business】

(名) 副業，兼職

例 サイドビジネスを始（はじ）める。

譯 開始兼職副業。

11 | じぎょう【事業】

(名) 事業；（經）企業；功業，業績

例 事業（じぎょう）を始（はじ）める。

譯 開創事業。

12 | じつぎょう【実業】

(名) 產業，實業

例 実業（じつぎょう）に従事（じゅうじ）する。

譯 從事買賣。

13 | じにん【辞任】

(名·自サ) 辭職

例 大臣（だいじん）を辞任（じにん）する。

譯 請辭大臣職務。

14 | しんこう【振興】

(名·自他サ) 振興（使事物更為興盛）

例 産業（さんぎょう）を振興（しんこう）する。

譯 振興產業。

15 | しんしゅつ【進出】

(名·自サ) 進入，打入，擠進，參加；向…發展

例 映画界（えいがかい）に進出（しんしゅつ）する。

譯 向電影界發展。

16 | しんてん【進展】

(名·自サ) 發展，進展

例 事業(じぎょう)を進展(しんてん)させる。

譯 發展事業。

17 | そう【僧】

(漢造) 僧侶，出家人

例 僧侶(そうりょ)を目指(めざ)す。

譯 以成為僧侶為目標。

18 | たずさわる【携わる】

(自五) 參與，參加，從事，有關係

例 農業(のうぎょう)に携(たずさ)わる。

譯 從事農業。

19 | だったい【脱退】

(名·自サ) 退出，脱離

例 グループを脱退(だったい)する。

譯 退出團體。

20 | タレント【talent】

(名) (藝術，學術上的)才能；演出者，播音員；藝人

例 タレントが人気(にんき)を博(はく)す。

譯 藝人廣受歡迎。

21 | たんてい【探偵】

(名·他サ) 偵探；偵查

例 探偵(たんてい)を雇(やと)う。

譯 雇用偵探。

22 | とうごう【統合】

(名·他サ) 統一，綜合，合併，集中

例 力(ちから)を統合(とうごう)する。

譯 匯集力量。

23 | とっきょ【特許】

(名·他サ) (法)(政府的)特別許可；專利特許，專利權

例 特許(とっきょ)を申請(しんせい)する。

譯 申請專利。

24 | ひしょ【秘書】

(名) 祕書；祕藏的書籍

例 秘書(ひしょ)を目指(めざ)す。

譯 以秘書為終生職志。

25 | ほうさく【方策】

(名) 方策

例 方策(ほうさく)を立(た)てる。

譯 制訂對策。

26 | ほっそく【発足】

(名·自サ) 出發，動身；(團體、會議等)開始活動

例 新(しん)プロジェクトが発足(ほっそく)する。

譯 新企畫開始進行。

27 | ゆうびんやさん【郵便屋さん】

(名) (口語)郵差

例 郵便屋(ゆうびんや)さんが配達(はいたつ)に来(く)る。

譯 郵差來送信。

24-3 地位 / 地位職稱

01 | かいきゅう【階級】

名 (軍隊)級別；階級；(身份的)等級；階層

例 階級制度を廃止する。

譯 廢除階級制度。

02 | かく【格】

名·漢造 格調，資格，等級；規則，格式，規格

例 格が違う。

譯 等級不同。

03 | かんぶ【幹部】

名 主要部分；幹部(特指領導幹部)

例 幹部候補に選抜される。

譯 被選為候補幹部。

04 | けんい【権威】

名 權勢，權威，勢力；(具説服力的)權威，專家

例 親の権威。

譯 父母的權威。

05 | けんげん【権限】

名 權限，職權範圍

例 権限がない。

譯 沒有權限。

06 | しゅっせ【出世】

名·自サ 下凡；出家，入佛門；出生；出息，成功，發跡

例 出世を願う。

譯 祈求出人頭地。

07 | しゅにん【主任】

名 主任

例 会計主任が押印する。

譯 會計主任蓋上印章。

08 | しりぞく【退く】

自五 後退；離開；退位

例 第一線から退く。

譯 從第一線退下。

09 | とうきゅう【等級】

名 等級，等位

例 等級をつける。

譯 訂出等級。

10 | どうとう【同等】

名 同等(級)；同樣資格，相等

例 男女を同等に扱う。

譯 男女平等對待。

11 | ひく【引く】

自五 後退；辭退；(潮)退，平息

例 身を引く。

譯 引退。

12 | ぶか【部下】

名 部下，屬下

例 部下を褒める。

譯 稱讚屬下。

13 | ポジション【position】

(名) 地位，職位；(棒)守備位置

例 ポジションに就く。

譯 就任…位置。

14 | やくしょく【役職】

(名) 官職，職務；要職

例 役職に就く。

譯 就任要職。

15 | らんよう【濫用】

(名·他サ) 濫用，亂用

例 職権を濫用する。

譯 濫用職權。

N1 24-4

24-4 家事 / 家務

01 | あつらえる

(他下一) 點，訂做

例 スーツをあつらえる。

譯 訂作西裝。

02 | オーダーメイド【(和) order ＋ made】

(名) 訂做的貨，訂做的西服

例 この服はオーダーメイドだ。

譯 這件西服是訂做的。

03 | おる【織る】

(他五) 織；編

例 機を織る。

譯 織布。

04 | からむ【絡む】

(自五) 纏在…上；糾纏，無理取鬧，找碴；密切相關，緊密糾纏

例 糸が絡む。

譯 線纏繞在一起。

05 | きちっと

(副) 整潔，乾乾淨淨；恰當；準時；好好地

例 きちっと入れる。

譯 整齊放入。

06 | ごしごし

(副) 使力的，使勁的

例 床をごしごし拭く。

譯 使勁地擦洗地板。

07 | しあがり【仕上がり】

(名) 做完，完成；(迎接比賽)做好準備

例 仕上がりがいい。

譯 做得很好。

08 | ししゅう【刺繍】

(名·他サ) 刺繡

例 刺繍を施す。

譯 刺繡加工。

09 | したてる【仕立てる】

(他下一) 縫紉，製作(衣服)；培養，訓練；準備，預備；喬裝，裝扮

例 洋服を仕立てる。

譯 縫製洋裝。

10 | しゅげい【手芸】

㊔ 手工藝(刺繡、編織等)

例 手芸(しゅげい)を習(なら)う。

譯 學習手工藝。

11 | すすぐ

(他五)(用水)刷，洗滌；漱口

例 口(くち)をすすぐ。

譯 漱口。

12 | たがいちがい【互い違い】

(形動) 交互，交錯，交替

例 白黒互(しろくろたが)い違(ちが)いに編(あ)む。

譯 黑白交錯編織。

13 | ちり【塵】

㊔ 灰塵，垃圾；微小，微不足道；少許，絲毫；世俗，塵世；污點，骯髒

例 ちりも積(つ)もれば山(やま)となる。

譯 積少成多。

14 | つぎめ【継ぎ目】

㊔ 接頭，接繼；家業的繼承人；骨頭的關節

例 糸(いと)の継(つ)ぎ目(め)。

譯 線的接頭。

15 | つくろう【繕う】

(他五) 修補，修繕；修飾，裝飾，擺；掩飾，遮掩

例 屋根(やね)を繕(つくろ)う。

譯 修補屋頂。

16 | ドライクリーニング【dry cleaning】

㊔ 乾洗

例 ドライクリーニングする。

譯 乾洗。

17 | はそん【破損】

(名・自他サ) 破損，損壞

例 破損箇所(はそんかしょ)を修復(しゅうふく)する。

譯 修補破損處。

18 | ゆすぐ【濯ぐ】

(他五) 洗滌，刷洗，洗濯；漱

例 口(くち)をゆすぐ。

譯 漱口。

19 | よごれ【汚れ】

㊔ 污穢，污物，骯髒之處

例 汚(よご)れが目立(めだ)つ。

譯 污漬顯眼。

パート
25
第二十五章

生產、產業
- 生產、產業 -

N1 25-1

25-1 生產、產業 / 生產、產業

01 | あたいする【値する】
自サ 值，相當於；值得，有…的價值

例 議論に値しない。

譯 不值得討論下去。

02 | かくしん【革新】
名·他サ 革新

例 技術革新を支える。

譯 支持技術革新。

03 | かこう【加工】
名·他サ 加工

例 食品を加工する。

譯 加工食品。

04 | きかく【規格】
名 規格，標準，規範

例 規格に合う。

譯 符合規定。

05 | グレードアップ【grade-up】
名 提高水準

例 商品のグレードアップを図る。

譯 訴求提高商品的水準。

06 | こうぎょう【興業】
名 振興工業，發展事業

例 殖産興業。

譯 振興產業。

07 | さんしゅつ【產出】
名·他サ 生產；出產

例 石油を產出する。

譯 產出石油。

08 | さんぶつ【產物】
名 （某地方的）產品，產物，物產；（某種行為的結果所產生的）產物

例 時代の產物を主題にした。

譯 以時代下的產物為主題。

09 | ていたい【停滯】
名·自サ 停滯，停頓；（貨物的）滯銷

例 生產が停滯する。

譯 生產停滯。

10 | どうにゅう【導入】
名·他サ 引進，引入，輸入；（為了解決懸案）引用（材料、證據）

例 新技術の導入が必要だ。

譯 引進新科技是必須的。

11 | とくさん【特產】
名 特產，土產

例 地方の特產品を買う。

譯 購買地方特產。

12 | **バイオ【biotechnology 之略】**

㊔ 生物技術，生物工程學

例 バイオテクノロジーを用（もち）いる。

譯 運用生命科學。

13 | **ハイテク【high-tech】**

㊔（ハイテクノロジー之略）高科技

例 ハイテク産業（さんぎょう）が集中（しゅうちゅう）している。

譯 匯集著高科技產業。

14 | **へんかく【変革】**

名・自他サ 變革，改革

例 技術上（ぎじゅつじょう）の新（あたら）しい変革（へんかく）は何（なに）もなかった。

譯 沒有任何技術上的改革。

15 | **メーカー【maker】**

㊔ 製造商，製造廠，廠商

例 一流（いちりゅう）のメーカー。

譯 一流廠商。

16 | **むら【斑】**

㊔（顏色）不均勻，有斑點；（事物）不齊，不定；忽三忽四，（性情）易變

例 製品（せいひん）の出来（でき）に斑（むら）がある。

譯 成品參差不齊。

N1 25-2

25-2 農業、漁業、林業 / 農業、漁業、林業

01 | **かいりょう【改良】**

名・他サ 改良，改善

例 品種改良（ひんしゅかいりょう）が試（こころ）みられる。

譯 嘗試進行品種改良。

02 | **かちく【家畜】**

㊔ 家畜

例 家畜（かちく）を飼育（しいく）する。

譯 飼養家畜。

03 | **かんがい【灌漑】**

名・他サ 灌溉

例 灌漑水（かんがいすい）が供給（きょうきゅう）される。

譯 供應灌溉用水。

04 | **きょうさく【凶作】**

㊔ 災荒，欠收

例 作物（さくもつ）が凶作（きょうさく）だ。

譯 農作物欠收。

05 | **けんぎょう【兼業】**

名・他サ 兼營，兼業

例 兼業農家（けんぎょうのうか）の生活（せいかつ）をスタートした。

譯 開始兼做務農的生活。

06 | **こうさく【耕作】**

名・他サ 耕種

例 田畑（たはた）を耕作（こうさく）する。

譯 下田耕種。

07 | **さいばい【栽培】**

名・他サ 栽培，種植

例 野菜（やさい）を栽培（さいばい）する。

譯 種植蔬菜。

08 | **しいく【飼育】**

名・他サ 飼養（家畜）

例 家畜（かちく）を飼育（しいく）する。

譯 飼養家畜。

N1 25 生產、產業

09 | すいでん【水田】
㊔ 水田，稻田
例 畑(はたけ)を水田(すいでん)にする。
譯 旱田改為水田。

10 | ちくさん【畜産】
㊔ (農)家畜；畜產
例 畜産業(ちくさんぎょう)に携(たずさ)わる。
譯 從事畜產業。

11 | のうこう【農耕】
㊔ 農耕，耕作，種田
例 農耕生活(のうこうせいかつ)を送(おく)る。
譯 過著農耕生活。

12 | のうじょう【農場】
㊔ 農場
例 農場(のうじょう)を経営(けいえい)する。
譯 經營農場。

13 | のうち【農地】
㊔ 農地，耕地
例 農地(のうち)を開拓(かいたく)する。
譯 開發農耕地。

14 | ほげい【捕鯨】
㊔ 掠捕鯨魚
例 捕鯨(ほげい)を非難(ひなん)する。
譯 批評掠捕鯨魚。

15 | ゆうき【有機】
㊔ (化)有機；有生命力
例 有機栽培(ゆうきさいばい)の野菜(やさい)。
譯 有機蔬菜。

16 | ゆうぼく【遊牧】
名·自サ 游牧
例 遊牧民(ゆうぼくみん)の生活(せいかつ)を体験(たいけん)している。
譯 體驗游牧民族的生活。

17 | らくのう【酪農】
㊔ (農)(飼養奶牛、奶羊生產乳製品的)酪農業
例 酪農(らくのう)を経営(けいえい)する。
譯 經營酪農業。

18 | りんぎょう【林業】
㊔ 林業
例 林業(りんぎょう)が盛(さか)んである。
譯 林業興盛。

N1 25-3

25-3 工業、鉱業、商業 / 工業、礦業、商業

01 | うめたてる【埋め立てる】
他下一 填拓(海，河)，填海(河)造地
例 海(うみ)を埋(う)め立(た)てる。
譯 填海造地。

02 | かいうん【海運】
㊔ 海運，航運
例 海運業界(かいうんぎょうかい)に興味(きょうみ)がある。
譯 對航運業深感興趣。

03 | かいしゅう【改修】
名·他サ 修理，修復；修訂
例 改修工事(かいしゅうこうじ)を行(おこな)う。
譯 進行修復工程。

04 | かいたく【開拓】

名·他サ 開墾，開荒；開闢

例 市場を開拓する。

譯 開拓市場。

05 | かいはつ【開発】

名·他サ 開發，開墾；啟發；(經過研究而)實用化；開創，發展

例 新商品の開発に力を注ぐ。

譯 傾力開發新商品。

06 | こうぎょう【鉱業】

名 礦業

例 鉱業権を得る。

譯 取得採礦權。

07 | こうざん【鉱山】

名 礦山

例 鉱山の採掘。

譯 採掘礦山。

08 | さいけん【再建】

名·他サ 重新建築，重新建造；重新建設

例 焼けた校舎を再建する。

譯 重建燒毀的校舍。

09 | しんちく【新築】

名·他サ 新建，新蓋；新建的房屋

例 事務所を新築する。

譯 新建辦公室。

10 | ゼネコン【general contractor 之略】

名 承包商

例 大手ゼネコンから依頼される。

譯 來自大承包商的委託。

11 | ちゃっこう【着工】

名·自サ 開工，動工

例 工事は来月着工する。

譯 下個月動工。

12 | ていぼう【堤防】

名 堤防

例 堤防が決壊する。

譯 提防決口。

13 | どぼく【土木】

名 土木；土木工程

例 土木工事をする。

譯 進行土木工程。

14 | とんや【問屋】

名 批發商

例 そうは問屋が卸さない。

譯 事情不會那麼稱心如意。

15 | ど【土】

名·漢造 土地，地方；(五行之一)土；土壤；地區；(國)土

例 土に帰す。

譯 歸土；死亡。

16 | ぼうせき【紡績】

名 紡織，紡紗

例 紡績工場で働く。

譯 在紡織工廠工作。

17 | ほきょう【補強】

名·他サ 補強，增強，強化

例 補強工事を行う。

譯 進行強化工程。

パート
26
第二十六章

経済

- 經濟 -

N1 26-1

26-1 経済 / 經濟

01 | いとなむ【営む】

(他五) 舉辦，從事；經營；準備；建造

例 生活(せいかつ)を営(いとな)む。

譯 營生。

02 | インフレ【inflation 之略】

(名) (經)通貨膨脹

例 インフレを引(ひ)き起(お)こす。

譯 引發通貨膨脹。

03 | うわむく【上向く】

(自五) (臉)朝上，仰；(行市等)上漲

例 景気(けいき)が上向(うわむ)く。

譯 景氣回升。

04 | えい【営】

(漢造) 經營；軍營

例 私(わたし)の父(ちち)は自営業(じえいぎょう)だ。

譯 父親是獨資開業的。

05 | オーバー【over】

(名·自他サ) 超過，超越；外套

例 予算(よさん)をオーバーする。

譯 超過預算。

06 | オイルショック【(和) oil + shock】

(名) 石油危機

例 オイルショックの与(あた)えた影響(えいきょう)。

譯 石油危機帶來的影響。

07 | かけい【家計】

(名) 家計，家庭經濟狀況

例 家計(かけい)を支(ささ)える。

譯 支援家庭經濟。

08 | けいき【契機】

(名) 契機；轉機，動機，起因

例 失敗(しっぱい)を契機(けいき)にする。

譯 把危機化為轉機。

09 | こうきょう【好況】

(名) (經)繁榮，景氣，興旺

例 景気(けいき)が好況(こうきょう)に向(む)かう。

譯 景氣逐漸回升。

10 | こうたい【後退】

(名·自サ) 後退，倒退

例 景気(けいき)が後退(こうたい)する。

譯 景氣衰退。

11 | ざいせい【財政】

(名) 財政；(個人)經濟情況

例 財政(ざいせい)が破綻(はたん)する。

譯 財政出現困難。

12 | しじょう【市場】

㊔ 菜市場，集市；銷路，銷售範圍，市場；交易所

例 市場調査(しじょうちょうさ)する。

譯 進行市場調查。

13 | したび【下火】

㊔ 火勢漸弱，火將熄滅；(流行，勢力的)衰退；底火

例 人気(にんき)が下火(したび)になる。

譯 人氣減弱。

14 | せいけい【生計】

㊔ 謀生，生計，生活

例 生計(せいけい)に困(こま)る。

譯 為生計所苦。

15 | そうば【相場】

㊔ 行情，市價；投機買賣，買空賣空；常例，老規矩；評價

例 外国為替相場(がいこくかわせそうば)に変動(へんどう)がない。

譯 國外匯兌行情沒有變動。

16 | だっする【脱する】

自他サ 逃出，逃脫；脫離，離開；脫落，漏掉；脫稿；去掉，除掉

例 危機(きき)を脱(だっ)する。

譯 解除危機。

17 | どうこう【動向】

㊔ (社會、人心等)動向，趨勢

例 景気(けいき)の動向(どうこう)がわかる。

譯 得知景氣動向。

18 | とうにゅう【投入】

名・他サ 投入，扔進去；投入(資本、勞力等)

例 資金(しきん)を投入(とうにゅう)する。

譯 投入資金。

19 | はっそく・ほっそく【発足】

名・自サ 開始(活動)，成立

例 新(しん)プロジェクトが発足(ほっそく)する。

譯 開始進行新企畫。

20 | バブル【bubble】

㊔ 泡泡，泡沫；泡沫經濟的簡稱

例 バブルの崩壊(ほうかい)が始(はじ)まる。

譯 泡沫經濟開始崩解了。

21 | はんじょう【繁盛】

名・自サ 繁榮昌茂，興隆，興旺

例 商売(しょうばい)が繁盛(はんじょう)する。

譯 生意興隆。

22 | ビジネス【business】

㊔ 事務，工作；商業，生意，實務

例 ビジネスマンが集(あつ)まる。

譯 匯集了許多公司職員。

23 | ブーム【boom】

㊔ (經)突然出現的景氣，繁榮；高潮，熱潮

例 ブームが去(さ)る。

譯 熱潮消退。

24 | ふきょう【不況】

㊔（經）不景氣，蕭條

例 不況に陥る。

譯 陷入景氣不佳的境地。

25 | ふけいき【不景気】

（名·形動）不景氣，經濟停滯，蕭條；沒精神，憂鬱

例 不景気な顔に写っちゃった。

譯 拍到灰溜溜的表情。

26 | ぼうちょう【膨張】

（名·自サ）（理）膨脹；增大，增加，擴大發展

例 予算が膨張する。

譯 預算增大。

27 | ほけん【保険】

㊔ 保險；（對於損害的）保證

例 生命保険をかける。

譯 投保人壽險。

28 | みつもり【見積もり】

㊔ 估計，估量

例 見積もりを出す。

譯 提交估價單。

29 | みつもる【見積もる】

（他五）估計

例 予算を見積もる。

譯 估計預算。

30 | りゅうつう【流通】

（名·自サ）（貨幣、商品的）流通，物流

例 流通を促す。

譯 促進流通。

N1 26-2

26-2 取り引き / 交易

01 | いたく【委託】

（名·他サ）委託，託付；（法）委託，代理人

例 任務を代理人に委託する。

譯 把任務委託給代理人。

02 | うちきる【打ち切る】

（他五）（「切る」的強調說法）砍，切；停止，截止，中止；（圍棋）下完一局

例 交渉を打ち切る。

譯 停止談判。

03 | オファー【offer】

（名·他サ）提出，提供；開價，報價

例 オファーが来る。

譯 報價單來了。

04 | こうえき【交易】

（名·自サ）交易，貿易；交流

例 外国と交易する。

譯 國際貿易。

05 | こうしょう【交渉】

（名·自サ）交涉，談判；關係，聯繫

例 交渉が成立する。

譯 交涉成立。

06 | こきゃく【顧客】

㊔ 顧客

例 顧客名簿を管理する。
譯 保管顧客名冊。

07 | じょうほ【譲歩】

名·自サ 讓步
例 一歩も譲歩しない。
譯 寸步不讓。

08 | そうきん【送金】

名·自他サ 匯款，寄錢
例 大学生の息子に送金する。
譯 寄錢給唸大學的兒子。

09 | とりひき【取引】

名·自サ 交易，貿易
例 取引が成立する。
譯 交易成立。

10 | なりたつ【成り立つ】

自五 成立；談妥，達成協議；划得來，有利可圖；能維持；(古)成長
例 契約が成り立つ。
譯 契約成立。

11 | はいぶん【配分】

名·他サ 分配，分割
例 利益を配分する。
譯 分紅。

12 | ボイコット【boycott】

名 聯合抵制，拒絕交易(某貨物)，聯合排斥(某勢力)
例 ボイコットする。
譯 聯合抵制。

26-3 売買 / 買賣

01 | うりだし【売り出し】

名 開始出售；減價出售，賤賣；出名，嶄露頭角
例 売り出し中の歌手を招く。
譯 邀請開始嶄露頭角的歌手。

02 | うりだす【売り出す】

他五 上市，出售；出名，紅起來
例 新商品を売り出す。
譯 新品上市。

03 | おまけ【お負け】

名·他サ (作為贈品)另外贈送；另外附加(的東西)；算便宜
例 100 円おまけしてくれた。
譯 算我便宜一百日圓。

04 | おろしうり【卸売・卸売り】

名 批發
例 卸売業者から卸値で買う。
譯 向批發商以批發價購買。

05 | かいこむ【買い込む】

他五 (大量)買進，購買
例 食糧を買い込む。
譯 大量購買食物。

06 | かにゅう【加入】

名·自サ 加上，參加
例 保険に加入する。
譯 加入保險。

07 | こうにゅう【購入】

(名·他サ) 購入，買進，購置，採購

例 日用品を購入する。

譯 採買日用品。

08 | こうばい【購買】

(名·他サ) 買，購買

例 購買意欲。

譯 購買欲。

09 | こうり【小売り】

(名·他サ) 零售，小賣

例 小売り店に卸す。

譯 供貨給零售店。

10 | しいれる【仕入れる】

(他下一) 購入，買進，採購(商品或原料)；(喻)由他處取得，獲得

例 商品を仕入れる。

譯 採購商品。

11 | したどり【下取り】

(名·他サ) (把舊物)折價貼錢換取新物

例 車を下取りに出す。

譯 車子舊換新。

12 | そくしん【促進】

(名·他サ) 促進

例 販売促進活動をサポートする。

譯 支援特賣會。

13 | とうし【投資】

(名·他サ) 投資

例 新事業に投資する。

譯 投資新事業。

14 | どくせん【独占】

(名·他サ) 獨占，獨斷；壟斷，專營

例 独占販売する。

譯 獨家販賣。

15 | まえうり【前売り】

(名·他サ) 預售

例 前売り券を買う。

譯 買預售券。

16 | りょうしゅうしょ【領収書】

(名) 收據

例 領収書をもらう。

譯 拿收據。

N1 26-4

26-4 価格 / 價格

01 | あたい【値】

(名) 價值；價錢；(數)值

例 値がある。

譯 值得(做)…。

02 | さがく【差額】

(名) 差額

例 差額を返金する。

譯 退還差額。

03 | たんか【単価】

(名) 單價

例 単価は 100 円。

譯 單價為一百日圓。

04 | ねうち【値打ち】

㊔ 估價，定價；價錢；價值；聲價，品格

例 値打ちがある。

譯 有價值。

05 | ひきあげる【引き上げる】

他下一 吊起；打撈；撤走；提拔；提高(物價)；收回 自下一 歸還，返回

例 税金を引き上げる。

譯 提高稅金。

06 | ひきさげる【引き下げる】

他下一 降低；使後退；撤回

例 コストを引き下げる。

譯 降低成本。

07 | へんどう【変動】

名·自サ 變動，改變，變化

例 物価が変動する。

譯 物價變動。

08 | やすっぽい【安っぽい】

㊎ 很像便宜貨，品質差的樣子，廉價，不值錢；沒有品味，低俗，俗氣；沒有價值，沒有內容，不足取

例 安っぽい服を着ている。

譯 穿著廉價的衣服。

26-5 損得 / 損益

01 | あかじ【赤字】

㊔ 赤字，入不敷出；(校稿時寫的)紅字，校正的字

例 赤字を埋める。

譯 彌補虧空。

02 | かくとく【獲得】

名·他サ 獲得，取得，爭得

例 賞金を獲得する。

譯 獲得獎金。

03 | かんげん【還元】

名·自他サ (事物的)歸還，回復原樣；(化)還原

例 利益の一部を社会に還元する。

譯 把一部份的利益還原給社會。

04 | きょうじゅ【享受】

名·他サ 享受；享有

例 恩恵を享受する。

譯 享受恩惠。

05 | ぎょうせき【業績】

㊔ (工作、事業等)成就，業績

例 業績を伸ばす。

譯 提高業績。

06 | きんり【金利】

㊔ 利息；利率

例 金利を引き下げる。

譯 降低利息。

07 | くろじ【黒字】

(名) 黑色的字；(經)盈餘，賺錢

例 黒字(くろじ)に転(てん)じる。

譯 轉虧為盈。

08 | ゲット【get】

(名·他サ) (籃球、兵上曲棍球等)得分；(俗)取得，獲得

例 欲(ほ)しいものをゲットする。

譯 取得想要的東西。

09 | けんしょう【懸賞】

(名) 懸賞；賞金，獎品

例 懸賞(けんしょう)に当(あ)たる。

譯 得獎。

10 | しゅうえき【収益】

(名) 收益

例 収益(しゅうえき)が上(あ)がる。

譯 獲得利益。

11 | しょとく【所得】

(名) 所得，收入；(納稅時所報的)純收入；所有物

例 所得税(しょとくぜい)を払(はら)う。

譯 支付所得稅。

12 | そこなう【損なう】

(他五·接尾) 損壞，破損；傷害妨害(健康、感情等)；損傷，死傷；(接在其他動詞連用形下)沒成功，失敗，錯誤；失掉時機，耽誤；差一點，險些

例 健康(けんこう)を損(そこ)なう。

譯 有害健康。

13 | たまわる【賜る】

(他五) 蒙受賞賜；賜，賜予，賞賜

例 賞(しょう)を賜(たまわ)る。

譯 給我賞賜。

14 | つぐない【償い】

(名) 補償；賠償；贖罪

例 事故(じこ)の償(つぐな)いをする。

譯 事故賠償。

15 | てんらく【転落】

(名·自サ) 掉落，滾下；墜落，淪落；暴跌，突然下降

例 第(だい)5位(い)に転落(てんらく)する。

譯 突然降到第五名。

16 | とりぶん【取り分】

(名) 應得的份額

例 取(と)り分(ぶん)のお金(かね)が入(はい)ってくる。

譯 取得應得的份額。

17 | にゅうしゅ【入手】

(名·他サ) 得到，到手，取得

例 入手困難(にゅうしゅこんなん)が予想(よそう)された。

譯 估計很難取得。

18 | ねびき【値引き】

(名·他サ) 打折，減價

例 在庫品(ざいこひん)を値引(ねび)きする。

譯 庫存品打折販售。

19 | ふんしつ【紛失】

(名·自他サ) 遺失，丟失，失落

例 カードを紛失（ふんしつ）する。

譯 弄丟信用卡。

20 | べんしょう【弁償】

名·他サ 賠償

例 弁償（べんしょう）させられる。

譯 被要求賠償。

21 | ほうび【褒美】

名 褒獎，獎勵；獎品，獎賞

例 褒美（ほうび）をいただく。

譯 領獎賞。

22 | ほしょう【補償】

名·他サ 補償，賠償

例 補償（ほしょう）が受（う）けられる。

譯 接受賠償。

23 | ゆうえき【有益】

名·形動 有益，有意義，有好處

例 有益（ゆうえき）な情報（じょうほう）を得（え）る。

譯 獲得有益的情報。

24 | りじゅん【利潤】

名 利潤，紅利

例 利潤（りじゅん）を追求（ついきゅう）する。

譯 追求利潤。

25 | りそく【利息】

名 利息

例 利息（りそく）を支払（しはら）う。

譯 支付利息。

26-6 收支、賃金 /
收支、工資報酬

01 | かくほ【確保】

名·他サ 牢牢保住，確保

例 食料（しょくりょう）を確保（かくほ）する。

譯 確保糧食。

02 | かせぎ【稼ぎ】

名 做工；工資；職業

例 稼（かせ）ぎが少（すく）ない。

譯 賺得很少。

03 | ギャラ【guarantee 之略】

名（預約的）演出費，契約費

例 ギャラを支払（しはら）う。

譯 支付演出費。

04 | けっさん【決算】

名·自他サ 結帳；清算

例 決算（けっさん）セール。

譯 清倉大拍賣。

05 | げっぷ【月賦】

名 月賦，按月分配；按月分期付款

例 月賦（げっぷ）で支払（しはら）う。

譯 按月支付。

06 | さいさん【採算】

名（收支的）核算，核算盈虧

例 採算（さいさん）が合（あ）う。

譯 合算，有利潤。

07 | さしひき【差し引き】

(名·自他サ) 扣除，減去；(相抵的)餘額，結算(的結果)；(潮水的)漲落，(體溫的)升降

例 差し引き 10000 円です。

譯 餘額一萬日圓。

08 | しゅうし【收支】

(名) 收支

例 収支を合計する。

譯 統計收支。

09 | たいぐう【待遇】

(名·他サ·接尾) 接待，對待，服務；工資，報酬

例 待遇を改善する。

譯 改善待遇，提高工資。

10 | ちょうしゅう【徵收】

(名·他サ) 徵收，收費

例 税金を徴収する。

譯 徵稅。

11 | ちんぎん【賃金】

(名) 租金；工資

例 賃金を支払う。

譯 付租金。

12 | てどり【手取り】

(名) (相撲)技巧巧妙(的人；)(除去稅金與其他費用的)實收款，淨收入

例 手取りが少ない。

譯 實收款很少。

13 | にっとう【日当】

(名) 日薪

例 日当をもらう。

譯 領日薪。

14 | プラスアルファ【(和)plus＋(希臘)alpha】

(名) 加上若干，(工會與資方談判提高工資時)資方在協定外可自由支配的部分；工資附加部分，紅利

例 本給にプラスアルファの手当てがつく。

譯 在本薪外加發紅利。

15 | ほうしゅう【報酬】

(名) 報酬；收益

例 報酬を支払う。

譯 支付報酬。

16 | みいり【実入り】

(名) (五穀)飾食；收入

例 実入りがいい。

譯 收入好。

N1 26-7

26-7 貸借 / 借貸

01 | かり【借り】

(名) 借，借入；借的東西；欠人情；怨恨，仇恨

例 借りを返す。

譯 報恩，報怨。

02 | せいさん【精算】

(名·他サ) 計算，精算；結算；清理財產；結束

例 料金(りょうきん)を精算(せいさん)する。

譯 細算費用。

---

03 | たいのう【滞納】

(名·他サ) (稅款，會費等)滯納，拖欠，逾期未繳

例 会費(かいひ)を滞納(たいのう)する。

譯 拖欠會費。

---

04 | たてかえる【立て替える】

(他下一) 墊付，代付

例 電車賃(でんしゃちん)を立(た)て替(か)える。

譯 代墊電車車資。

---

05 | とどこおる【滞る】

(自五) 拖延，耽擱，遲延；拖欠

例 支払(しはら)いが滞(とどこお)る。

譯 拖延付款。

---

06 | とりたてる【取り立てる】

(他下一) 催繳，索取；提拔

例 借金(しゃっきん)を取(と)り立(た)てる。

譯 討債。

---

07 | はいしゃく【拝借】

(名·他サ) (謙)拜借

例 お手(て)を拝借(はいしゃく)。

譯 請求幫忙。

---

08 | ふさい【負債】

(名) 負債，欠債；飢荒

例 負債(ふさい)を背負(せお)う。

譯 背負債務。

09 | へんかん【返還】

(名·他サ) 退還，歸還(原主)

例 土地(とち)を返還(へんかん)する。

譯 歸還土地。

---

10 | へんきゃく【返却】

(副·他サ) 還，歸還

例 本(ほん)を返却(へんきゃく)する。

譯 還書。

---

11 | へんさい【返済】

(名·他サ) 償還，還債

例 返済(へんさい)を迫(せま)る。

譯 催促償還。

---

12 | まえがり【前借り】

(名·他サ) 借，預支

例 給料(きゅうりょう)を前借(まえが)りする。

譯 預支工錢。

---

13 | ゆうし【融資】

(名·自サ) (經)通融資金，貸款

例 融資(ゆうし)を受(う)ける。

譯 接受貸款。

---

14 | りし【利子】

(名) (經)利息，利錢

例 利子(りし)が付(つ)く。

譯 有利息。

26-8 消費、費用 / 消費、費用

01 | いっかつ【一括】
名・他サ 總括起來，全部
例 一括(いっかつ)して購入(こうにゅう)する。
譯 全部買下。

02 | うちわけ【内訳】
名 細目，明細，詳細內容
例 内訳(うちわけ)を示(しめ)す。
譯 出示明細。

03 | かんぜい【関税】
名 關稅，海關稅
例 関税(かんぜい)がかかる。
譯 課徵關稅。

04 | けいげん【軽減】
名・自他サ 減輕
例 負担(ふたん)を軽減(けいげん)する。
譯 減輕負擔。

05 | けいひ【経費】
名 經費，開銷，費用
例 経費(けいひ)を削減(さくげん)する。
譯 削減經費。

06 | げっしゃ【月謝】
名 (每月的)學費，月酬
例 月謝(げっしゃ)を支払(しはら)う。
譯 支付每月費用。

07 | けんやく【倹約】
名・他サ 節省，節約，儉省
例 倹約家(けんやくか)の奥(おく)さんに支(ささ)えられてきた。
譯 我得到了克勤克儉的妻子的支持。

08 | こうじょ【控除】
名・他サ 扣除
例 扶養控除(ふようこうじょ)に入(はい)る。
譯 加入扶養扣除。

09 | ざんきん【残金】
名 餘款，餘額；尾欠，差額
例 残金(ざんきん)を支払(しはら)う。
譯 支付尾款。

10 | じっぴ【実費】
名 實際所需費用；成本
例 実費(じっぴ)で売(う)る。
譯 按成本出售。

11 | しゅっぴ【出費】
名・自サ 費用，出支，開銷
例 出費(しゅっぴ)を節約(せつやく)する。
譯 節省開銷。

12 | てあて【手当て】
名・他サ 準備，預備；津貼；生活福利；醫療，治療；小費
例 手当(てあ)てがつく。
譯 有補助費。

13 | とりよせる【取り寄せる】
他下一 請(遠方)送來，寄來；訂貨；函購

例 品物(しなもの)を取(と)り寄(よ)せる。
譯 訂購商品。

14 | のうにゅう【納入】
名‧他サ 繳納，交納
例 納入期限(のうにゅうきげん)を守(まも)る。
譯 遵守繳納期限。

15 | ばらまく【ばら撒く】
他五 撒播，撒；到處花錢，散財
例 お金(かね)をばら撒(ま)く。
譯 散財。

16 | まえばらい【前払い】
名‧他サ 預付
例 工事費(こうじひ)の一部(いちぶ)を前払(まえばら)いする。
譯 預付一部份的施工費。

17 | むだづかい【無駄遣い】
名‧自サ 浪費，亂花錢
例 税金(ぜいきん)の無駄遣(むだづか)いをしている。
譯 浪費稅金。

18 | ろうひ【浪費】
名‧他サ 浪費；糟蹋
例 時間(じかん)の浪費(ろうひ)を招(まね)く。
譯 造成時間的浪費。

N1 26-9

26-9 財産、金銭 /
財產、金錢

01 | がいか【外貨】
名 外幣，外匯
例 外貨準備高(がいかじゅんびだか)。
譯 外匯存底。

02 | かけ【掛け】
名 賒帳；帳款，欠賬；重量
例 掛(か)けにする。
譯 記在帳上。

03 | かぶしき【株式】
名（商）股份；股票；股權
例 株式会社(かぶしきかいしゃ)を設立(せつりつ)する。
譯 設立股份公司。

04 | かへい【貨幣】
名（經）貨幣
例 貨幣経済(かへいけいざい)。
譯 貨幣經濟。

05 | カンパ【（俄）kampanija】
名‧他サ（「カンパニア」之略）勸募，募集的款項募集金；應募捐款
例 救援資金(きゅうえんしきん)をカンパする。
譯 募集救援資金。

06 | ききん【基金】
名 基金
例 基金(ききん)を募(つの)る。
譯 募集基金。

07 | こぎって【小切手】
名 支票
例 小切手(こぎって)を切(き)る。
譯 開支票。

08 | ざいげん【財源】

名 財源

例 財源を求める。

譯 尋求財源。

09 | ざい【財】

名 財產，錢財；財寶，商品，物資

例 巨額の財を築く。

譯 累積巨額的財富。

10 | ざんだか【残高】

名 餘額

例 残高を確認する。

譯 確認餘額。

11 | しきん【資金】

名 資金，資本

例 資金が底をつく。

譯 資金見底。

12 | しさん【資産】

名 資產，財產；(法)資產

例 資産を運用する。

譯 運用財產。

13 | しぶつ【私物】

名 個人私有物件

例 会社の物品を私物化する。

譯 把公司的物品佔為己有。

14 | じゅうほう【重宝】

名 貴重寶物

例 重宝を保管する。

譯 保管寶物。

15 | しゆう【私有】

名・他サ 私有

例 私有地に入ってはいけない。

譯 請勿進入私有地。

16 | しょゆう【所有】

名・他サ 所有

例 土地を所有する。

譯 擁有土地。

17 | ふどうさん【不動産】

名 不動產

例 不動産を売買する。

譯 買賣不動產。

18 | ぶんぱい【分配】

名・他サ 分配，分給，配給

例 財産の分配が行われる。

譯 進行財產分配。

19 | ほかん【保管】

名・他サ 保管

例 金庫に保管する。

譯 放在保險櫃裡保管。

20 | ぼきん【募金】

名・自サ 募捐

例 募金活動を行う。

譯 進行募款活動。

21 | ほじょ【補助】

名・他サ 補助

例 生活費を補助する。

譯 補助生活費。

22 | まいぞう【埋藏】

(名·他サ) 埋藏，蘊藏

例 埋蔵金を探す。

譯 尋找寶藏。

23 | ゆうする【有する】

(他サ) 有，擁有

例 広大な土地を有する。

譯 擁有莫大的土地。

24 | よきん【預金】

(名·自他サ) 存款

例 預金を下ろす。

譯 提領存款。

25 | わりあてる【割り当てる】

(名) 分配，分擔，分配額；分派，分擔(的任務)

例 費用を等分に割り当てる。

譯 費用均等分配。

N1 26-10

26-10 貧富 /
貧富

01 | いやしい【卑しい】

(形) 地位低下；非常貧窮，寒酸；下流，低級；貪婪

例 卑しい身なりをする。

譯 寒酸的打扮。

02 | かいそう【階層】

(名) (社會)階層；(建築物的)樓層

例 富裕な階層をますます豊かにする。

譯 富裕階層越來越富裕。

03 | かくさ【格差】

(名) (商品的)級別差別，差價，質量差別；資格差別

例 格差をつける。

譯 劃定級別。

04 | かんそ【簡素】

(名·形動) 簡單樸素，簡樸

例 簡素な結婚式。

譯 簡單的婚禮。

05 | きゅうさい【救済】

(名·他サ) 救濟

例 救済を受ける。

譯 接受救濟。

06 | きゅうぼう【窮乏】

(名·自サ) 貧窮，貧困

例 生活が窮乏する。

譯 生活窮困。

07 | しっそ【質素】

(名·形動) 素淡的，質樸的，簡陋的，樸素的

例 質素な家が並んでいる。

譯 街上整排都是簡陋的房屋。

08 | とぼしい【乏しい】

(形) 不充分，不夠，缺乏，缺少；生活貧困，貧窮

例 知識が乏しい。

譯 缺乏知識。

09 | とみ【富】

㊔ 財富，資產，錢財；資源，富源；彩券

例 富(とみ)を生(う)む。

譯 生財致富。

10 | とむ【富む】

(自五) 有錢，富裕；豐富

例 バラエティーに富(と)む。

譯 有豐富的綜藝節目。

11 | ひんこん【貧困】

(名·形動) 貧困，貧窮；（知識、思想等的）貧乏，極度缺乏

例 貧困(ひんこん)に耐(た)える。

譯 忍受貧困。

12 | びんぼう【貧乏】

(名·形動·自サ) 貧窮，貧苦

例 貧乏(びんぼう)は厭(いや)だ。

譯 討厭貧窮。

13 | ぼつらく【没落】

(名·自サ) 沒落，衰敗；破產

例 没落(ぼつらく)した貴族(きぞく)を幽閉(ゆうへい)する。

譯 幽禁沒落的貴族。

14 | ほどこす【施す】

(他五) 施，施捨，施予；施行，實施；添加；露，顯露

例 食糧(しょくりょう)を施(ほどこ)す。

譯 周濟食糧。

Memo

パート
27
第二十七章

政治

- 政治 -

N1 27-1

27-1 政治 /
政治

01 | きき【危機】

㊔ 危機，險關

例 危機(きき)を脱(だっ)する。

譯 解除危機。

02 | きょうわ【共和】

㊔ 共和

例 共和国(きょうわこく)を崩壊(ほうかい)させた。

譯 讓共和國倒台。

03 | くんしゅ【君主】

㊔ 君主，國王，皇帝

例 君主(くんしゅ)に背(そむ)く。

譯 背叛國王。

04 | けんりょく【権力】

㊔ 權力

例 権力(けんりょく)を誇示(こじ)する。

譯 炫耀權力。

05 | こうしん【行進】

名·自サ (列隊)進行，前進

例 デモ行進(こうしん)を行(おこな)った。

譯 舉行遊行示威。

06 | こうぜん【公然】

副·形動 公然，公開

例 公然(こうぜん)の秘密(ひみつ)が公(おおやけ)になる。

譯 公開的秘密被公開了。

07 | こうにん【公認】

名·他サ 公認，國家機關或政黨正式承認

例 公認会計士(こうにんかいけいし)になる。

譯 成為有執照的會計師。

08 | こうよう【公用】

㊔ 公用；公務，公事；國家或公共集團的費用

例 公用文(こうようぶん)の書(か)き方(かた)。

譯 公務文書的寫法。

09 | しっきゃく【失脚】

名·自サ 失足(落水、跌跤)；喪失立足地，下台；賠錢

例 大統領(だいとうりょう)が失脚(しっきゃく)する。

譯 總統下台。

10 | しほう【司法】

㊔ 司法

例 司法官(しほうかん)が決定(けってい)を下(くだ)す。

譯 法官作出決定。

11 | じゅりつ【樹立】

(名·自他サ) 樹立，建立

例 新党(しんとう)を樹立(じゅりつ)する。

譯 建立新黨。

12 | じょうせい【情勢】

(名) 形勢，情勢

例 情勢(じょうせい)が悪化(あっか)する。

譯 情勢惡化。

13 | せいけん【政権】

(名) 政權；參政權

例 政権(せいけん)を失(うしな)う。

譯 喪失政權。

14 | せいさく【政策】

(名) 政策，策略

例 政策(せいさく)を実施(じっし)する。

譯 實施政策。

15 | せいふく【征服】

(名·他サ) 征服，克服，戰勝

例 敵国(てきこく)を征服(せいふく)する。

譯 征服敵國。

16 | せっちゅう【折衷】

(名·他サ) 折中，折衷

例 両案(りょうあん)を折衷(せっちゅう)する。

譯 折衷兩個方案。

17 | そうどう【騒動】

(名·自サ) 騷動，風潮，鬧事，暴亂

例 騒動(そうどう)が起(お)こる。

譯 掀起風波。

18 | ちょうかん【長官】

(名) 長官，機關首長；(都道府縣的)知事

例 文化庁長官(ぶんかちょうちょうかん)。

譯 文化廳廳長。

19 | てんか【天下】

(名) 天底下，全國，世間，宇內；(幕府的)將軍

例 天下(てんか)を取(と)る。

譯 奪取政權。

20 | とうち【統治】

(名·他サ) 統治

例 国(くに)を統治(とうち)する。

譯 統治國家。

21 | どくさい【独裁】

(名·自サ) 獨斷，獨行；獨裁，專政

例 独裁政治(どくさいせいじ)をする。

譯 施行獨裁政治。

22 | はくがい【迫害】

(名·他サ) 迫害，虐待

例 異民族(いみんぞく)を迫害(はくがい)する。

譯 迫害異族。

23 | は【派】

(名·漢造) 派，派流；衍生；派出

例 反対派(はんたいは)と推進派(すいしんは)。

譯 反對派與促進派。

24 | ひきいる【率いる】

(他上一) 帶領；率領

例 部下を率いる。
譯 率領部下。

25 | ふはい【腐敗】
名·自サ 腐敗，腐壞；墮落
例 腐敗が進む。
譯 腐敗日趨嚴重。

26 | ぶんり【分離】
名·自他サ 分離，分開
例 政教分離制度が成立した。
譯 政治宗教分離制通過了。

27 | ほうけん【封建】
名 封建
例 封建的な考え方が多い。
譯 許多人思想很封建。

28 | ぼうどう【暴動】
名 暴動
例 暴動を起こす。
譯 發生暴動。

29 | ほうむる【葬る】
他五 葬，埋葬；隱瞞，掩蓋；葬送，拋棄
例 世間から葬られる。
譯 被世人遺忘。

30 | もっか【目下】
名·副 當前，當下，目前
例 目下の急務になる。
譯 成為當前緊急任務。

31 | やとう【野党】
名 在野黨
例 野党が不信任決議案を提出する。
譯 在野黨提出不信任案。

32 | ようせい【要請】
名·他サ 要求，請求
例 救助を要請する。
譯 請求幫助。

33 | よとう【与党】
名 執政黨；志同道合的伙伴
例 与党と野党の意見が分かれた。
譯 執政黨與在野黨的意見分歧了。

34 | りゃくだつ【略奪】
名·他サ 掠奪，搶奪，搶劫
例 資源を略奪する。
譯 掠奪資源。

35 | れんぽう【連邦】
名 聯邦，聯合國家
例 アラブ首長国連邦を結成した。
譯 組成阿拉伯聯合大公國。

N1 27-2

27-2 行政、公務員 /
行政、公務員

01 | がいしょう【外相】
名 外交大臣，外交部長，外相
例 外相と会談する。
譯 與外交部長會談。

02 | かいにゅう【介入】

名·自サ 介入，干預，參與，染指

例 政府(せいふ)が介入(かいにゅう)する。

譯 政府介入。

03 | かんりょう【官僚】

名 官僚，官吏

例 高級官僚(こうきゅうかんりょう)に憧(あこが)れる。

譯 嚮往高級官員的官場世界。

04 | ぎょうせい【行政】

名 (相對於立法、司法而言的)行政；(行政機關執行的)政務

例 行政改革(ぎょうせいかいかく)に取(と)り組(く)む。

譯 專心致志從事行政改革。

05 | げんしゅ【元首】

名 (國家的)元首(總統、國王、國家主席等)

例 一国(いっこく)の元首(げんしゅ)。

譯 國家元首。

06 | こうふ【交付】

名·他サ 交付，交給，發給

例 免許証(めんきょしょう)を交付(こうふ)する。

譯 發給駕照。

07 | こくてい【国定】

名 國家制訂，國家規定

例 国定公園(こくていこうえん)。

譯 國家公園。

08 | こくど【国土】

名 國土，領土，國家的土地；故鄉

例 国土(こくど)計画(けいかく)。

譯 (日本)國土開發計畫。

09 | こくゆう【国有】

名 國有

例 国有企業(こくゆうきぎょう)を民営化(みんえいか)する。

譯 國營事業民營化。　。

10 | こせき【戸籍】

名 戶籍，戶口

例 戸籍(こせき)に入(い)れる。

譯 列入戶口。

11 | さかえる【栄える】

自下一 繁榮，興盛，昌盛；榮華，顯赫

例 町(まち)が栄(さか)える。

譯 城鎮繁榮。

12 | しさつ【視察】

名·他サ 視察，考察

例 工場(こうじょう)を視察(しさつ)する。

譯 視察工廠。

13 | しゅのう【首脳】

名 首腦，領導人

例 首脳会談(しゅのうかいだん)は明日(あす)開(ひら)かれる。

譯 明天舉辦首腦會議。

14 | しんこく【申告】

名·他サ 申報，報告

例 税関(ぜいかん)に申告(しんこく)する。

譯 向海關申報。

15 | ぜいむしょ【税務署】

名 稅務局

例 税務署(ぜいむしょ)に連絡(れんらく)する。
譯 聯絡稅捐處。

16 | そち【措置】
名·他サ 措施，處理，處理方法
例 万全(ばんぜん)の措置(そち)を取(と)る。
譯 採取萬全措施。

17 | たいじ【退治】
名·他サ 打退，討伐，征服；消滅，肅清；治療
例 悪者(わるもの)を退治(たいじ)する。
譯 懲治惡人。

18 | つかさどる【司る】
他五 管理，掌管，擔任
例 会計(かいけい)を司(つかさど)る。
譯 擔任會計。

19 | とうせい【統制】
名·他サ 統治，統歸，統一管理；控制能力
例 言論(げんろん)を統制(とうせい)する。
譯 限制言論自由。

20 | とっけん【特権】
名 特權
例 特権(とっけん)を与(あた)える。
譯 給予特權。

21 | とどけ【届け】
名 (提交機關、工作單位、學校等)申報書，申請書
例 届(とど)けを出(だ)す。
譯 提出申請書。

22 | にんめい【任命】
名·他サ 任命
例 大臣(だいじん)に任命(にんめい)する。
譯 任命為大臣。

23 | ひのまる【日の丸】
名 (日本國旗)太陽旗；太陽形
例 日(ひ)の丸(まる)を揚(あ)げる。
譯 升起太陽旗。

24 | ふっこう【復興】
名·自他サ 復興，恢復原狀；重建
例 復興(ふっこう)の目途(めど)が立(た)たない。
譯 無法設立重建的目標。

25 | ぶんれつ【分裂】
名·自サ 分裂，裂變，裂開
例 細胞分裂(さいぼうぶんれつ)を繰(く)り返(かえ)す。
譯 細胞不斷地分裂。

26 | やくば【役場】
名 (町、村)鄉公所；辦事處
例 役場(やくば)に届(とど)けを出(だ)す。
譯 向區公所提出申請。

N1 27-3

27-3 議会、選挙 / 議會、選舉

01 | いちれん【一連】
名 一連串，一系列；(用細繩串著的)一串
例 一連(いちれん)の措置(そち)をとる。
譯 採一連串措施。

02 | ぎあん【議案】

㊔ 議案

例 議案を提出する。

譯 提出議案。

03 | ぎけつ【議決】

(名·他サ) 議決，表決

例 満場一致で議決する。

譯 全場一致通過。

04 | ぎじどう【議事堂】

㊔ 國會大廈；會議廳

例 国会議事堂。

譯 國會大廈。

05 | ぎだい【議題】

㊔ 議題，討論題目

例 議題にする。

譯 作為議題。

06 | きょうぎ【協議】

(名·他サ) 協議，協商，磋商

例 協議がまとまる。

譯 達成協議。

07 | けつぎ【決議】

(名·他サ) 決議，決定；議決

例 決議案を採択する。

譯 採納決議案。

08 | けつ【決】

㊔ 決定，表決；(提防)決堤；決然，毅然；(最後)決心，決定

例 多数決で決める。

譯 以多數決來表決。

09 | ごうぎ【合議】

(名·自他サ) 協議，協商，集議

例 合議のうえで決める。

譯 協商之後再決定。

10 | さいけつ【採決】

(名·自サ) 表決

例 採決に従う。

譯 遵守裁決。

11 | さいたく【採択】

(名·他サ) 採納，通過；選定，選擇

例 決議が採択される。

譯 決議被採納。

12 | さんぎいん【参議院】

㊔ 參議院，參院(日本國會的上院)

例 参議院の選挙に参加した。

譯 角逐參議院選舉。

13 | しじ【支持】

(名·他サ) 支撐；支持，擁護，贊成

例 内閣を支持する。

譯 擁護內閣。

14 | しゅうぎいん【衆議院】

㊔ (日本國會的)眾議院

例 衆議院議員に当選する。

譯 當選眾議院議員。

15 | しりぞける【退ける】

㊎他五 斥退；擊退；拒絕；撤銷

例 案を退ける。

譯 撤銷法案。

16 | しんぎ【審議】

名·他サ 審議

例 審議を打ち切る。

譯 停止審議。

17 | とうぎ【討議】

名·自他サ 討論，共同研討

例 討議に入る。

譯 開始討論。

18 | とうせん【当選】

名·自サ 當選，中選

例 当選の見込みがある。

譯 有當選希望。

19 | ないかく【内閣】

名 內閣，政府

例 内閣総理大臣に指名される。

譯 被提名為首相。

20 | はかる【諮る】

他五 商量，協商；諮詢

例 会議に諮る。

譯 在會議上商討。

21 | ばらばら

副 分散貌；凌亂的樣子，支離破碎的樣子；（雨點，子彈等）帶著聲響落下或飛過

例 意見がばらばらに割れる。

譯 意見紛歧。

22 | ひけつ【否決】

名·他サ 否決

例 議会で否決される。

譯 在會議上被否決了。

23 | ひょう【票】

名·漢造 票，選票；（用作憑證的）票；表決的票

例 票を投じる。

譯 投票。

24 | ほうあん【法案】

名 法案，法律草案

例 法案が可決される。

譯 通過法案。

25 | まんじょう【満場】

名 全場，滿場，滿堂

例 満場一致で可決される。

譯 全場一致贊成通過。

26 | ゆうりょく【有力】

形動 有勢力，有權威；有希望；有努力；有效力

例 有力者に近づく。

譯 接近有勢力者。

N1 27-4

27-4 国際、外交 / 國際、外交

01 | インターナショナル【international】

㊔名·形動 國際；國際歌；國際間的

例 インターナショナルフォーラムを開催する。

譯 舉辦國際論壇。

02 | きょうてい【協定】

名·他サ 協定

例 協定を結ぶ。

譯 締結協定。

03 | こくれん【国連】

名 聯合國

例 国連の大使。

譯 聯合國大使。

04 | こっこう【国交】

名 國交，邦交

例 国交を回復する。

譯 恢復邦交。

05 | しんぜん【親善】

名 親善，友好

例 親善訪問が始まった。

譯 友好訪問開始進行。

06 | たいがい【対外】

名 對外(國)；對外(部)

例 対外政策を討論する。

譯 討論外交政策。

07 | たつ【断つ】

他五 切，斷；絕，斷絕；消滅；截斷

例 外交関係を断つ。

譯 斷絕外交關係。

08 | ちょういん【調印】

名·自サ 簽字，蓋章，簽署

例 条約に調印する。

譯 在契約書上蓋章。

09 | どうめい【同盟】

名·自サ 同盟，聯盟，聯合

例 軍事同盟を結ぶ。

譯 結為軍事同盟。

10 | ほうべい【訪米】

名·自サ 訪美

例 首相が訪米する。

譯 首相出訪美國。

11 | れんめい【連盟】

名 聯盟；聯合會

例 連盟に加わる。

譯 加入聯盟。

N1 27-5

27-5 軍事 / 軍事

01 | あらそい【争い】

名 爭吵，糾紛，不合；爭奪

例 争いが起こる。

譯 發生糾紛。

02 | いくさ【戦】

㊔ 戰爭

例 長(なが)い戦(いくさ)となる。

譯 演變為久戰。

03 | かくめい【革命】

㊔ 革命；(某制度等的)大革新，大變革

例 革命(かくめい)を起(お)こす。

譯 掀起革命。

04 | きゅうえん【救援】

名·他サ 救援；救濟

例 救援活動(きゅうえんかつどう)が開始(かいし)された。

譯 開始進行救援活動。

05 | きょうこう【強行】

名·他サ 強行，硬幹

例 強行突破(きょうこうとっぱ)を図(はか)る。

譯 企圖強行突破。

06 | ぐんじ【軍事】

㊔ 軍事，軍務

例 軍事機密(ぐんじきみつ)を漏(も)らす。

譯 泄漏軍事機密。

07 | ぐんび【軍備】

㊔ 軍備，軍事設備；戰爭準備，備戰

例 軍備(ぐんび)が整(ととの)う。

譯 已做好備戰準備。

08 | ぐんぷく【軍服】

㊔ 軍服，軍裝

例 軍服(ぐんぷく)を着用(ちゃくよう)する。

譯 穿軍服。

09 | こうそう【抗争】

名·自サ 抗爭，對抗，反抗

例 内部抗争(ないぶこうそう)が起(お)こる。

譯 引起內部的對立。

10 | こうふく【降伏】

名·自サ 降服，投降

例 無条件降伏(むじょうけんこうふく)する。

譯 無條件投降。

11 | こくぼう【国防】

㊔ 國防

例 国防会議(こくぼうかいぎ)を開(ひら)く。

譯 召開國防會議。

12 | しゅうげき【襲撃】

名·他サ 襲擊

例 襲撃(しゅうげき)を受(う)ける。

譯 受到攻擊。

13 | しょくみんち【植民地】

㊔ 殖民地

例 植民地(しょくみんち)を開発(かいはつ)する。

譯 開發殖民地。

14 | しんりゃく【侵略】

名·他サ 侵略

例 侵略(しんりゃく)に抵抗(ていこう)する。

譯 抵禦侵略。

15 | せんさい【戦災】

㊔ 戰爭災害，戰禍

例 戦災孤児(せんさいこじ)を救(すく)う。

譯 拯救戰爭孤兒。

16 | せんとう【戦闘】

名·自サ 戰鬥

例 戦闘（せんとう）に参加（さんか）する。

譯 參加戰鬥。

17 | せんにゅう【潜入】

名·自サ 潛入，溜進；打進

例 スパイの潜入（せんにゅう）を防（ふせ）ぐ。

譯 防間諜潛入。

18 | せんりょう【占領】

名·他サ （軍）武力佔領；佔據

例 敵（てき）の占領下（せんりょうか）におかれる。

譯 在敵人的佔領之下。

19 | ぞうきょう【増強】

名·他サ （人員，設備的）增強，加強

例 兵力（へいりょく）を増強（ぞうきょう）する。

譯 增強兵力。

20 | そうび【装備】

名·他サ 裝備，配備

例 装備（そうび）を整（ととの）える。

譯 準備齊全。

21 | たいせい【態勢】

名 姿態，樣子，陣式，狀態

例 緊急態勢（きんきゅうたいせい）に入（はい）る。

譯 進入緊急情勢。

22 | ちあん【治安】

名 治安

例 治安（ちあん）を維持（いじ）する。

譯 維持治安。

23 | どういん【動員】

名·他サ 動員，調動，發動

例 軍隊（ぐんたい）を動員（どういん）する。

譯 動員軍隊。

24 | とうそつ【統率】

名·他サ 統率

例 一軍（いちぐん）を統率（とうそつ）する。

譯 統帥一軍。

25 | ないらん【内乱】

名 內亂，叛亂

例 内乱（ないらん）が起（お）こる。

譯 引起內亂。

26 | ばくだん【爆弾】

名 炸彈

例 爆弾（ばくだん）を仕掛（しか）ける。

譯 裝設炸彈。

27 | はんらん【反乱】

名 叛亂，反亂，反叛

例 反乱（はんらん）を起（お）こす。

譯 挑起叛亂。

28 | ぶそう【武装】

名·自サ 武裝，軍事裝備

例 武装兵（ぶそうへい）が待機（たいき）する。

譯 武裝兵整裝待發。

29 | ぶたい【部隊】

名 部隊；一群人

例 陸軍第一部隊（りくぐんだいいちぶたい）が攻撃（こうげき）してきた。

譯 陸軍第一部隊攻過來了。

30 | ぶりょく【武力】

㊔ 武力，兵力

例 武力(ぶりょく)を行使(こうし)する。

譯 行使武力。

31 | ふんそう【紛争】

名·自サ 紛爭，糾紛

例 紛争(ふんそう)が起(お)こる。

譯 引起紛爭。

32 | ベース【base】

㊔ 基礎，基本；基地(特指軍事基地)，根據地

例 二塁(にるい)ベースが空(あ)いている。

譯 二壘壘上無人。

33 | へいき【兵器】

㊔ 兵器，武器，軍火

例 核兵器(かくへいき)を保有(ほゆう)する。

譯 持有核子武器。

34 | ぼうえい【防衛】

名·他サ 防衛，保衛

例 防衛本能(ぼうえいほんのう)がはたらく。

譯 發揮防衛本能。

35 | ほろびる【滅びる】

自上一 滅亡，淪亡，消亡

例 国(くに)が滅(ほろ)びる。

譯 國家滅亡。

36 | ほろぶ【滅ぶ】

自五 滅亡，滅絕

例 人類(じんるい)もいつかは滅(ほろ)ぶ。

譯 人類終究會滅亡。

37 | ほろぼす【滅ぼす】

他五 消滅，毀滅

例 一族(いちぞく)を滅(ほろ)ぼす。

譯 全族滅亡。

38 | めつぼう【滅亡】

名·自サ 滅亡

例 滅亡(めつぼう)に瀕(ひん)する。

譯 瀕於滅亡。

パート
28
第二十八章

法律

- 法律 -

N1 28-1

28-1 規則 / 規則

01 | あやまち【過ち】

名 錯誤，失敗；過錯，過失

例 過ち(あやま)を犯(おか)す。

譯 犯下過錯。

02 | あらたまる【改まる】

自五 改變；更新；革新，一本正經，故裝嚴肅，鄭重其事

例 規則(きそく)が改(あらた)まる。

譯 改變規則。

03 | いこう【移行】

名·自サ 轉變，移位，過渡

例 新制度(しんせいど)に移行(いこう)する。

譯 改行新制度。

04 | おかす【犯す】

他五 犯錯；冒犯；汙辱

例 犯罪(はんざい)を犯(おか)す。

譯 犯罪。

05 | かいあく【改悪】

名·他サ 改壞了，危害，壞影響，毒害

例 憲法(けんぽう)を改悪(かいあく)する。

譯 把憲法改壞了。

06 | かいてい【改定】

名·他サ 重新規定

例 明日(あす)から運賃(うんちん)が改定(かいてい)される。

譯 明天開始調整運費。

07 | かいてい【改訂】

名·他サ 修訂

例 改訂版(かいていばん)が発行(はっこう)された。

譯 發行修訂版。

08 | かんこう【慣行】

名 例行，習慣行為；慣例，習俗

例 慣行(かんこう)に従(したが)う。

譯 遵從慣例。

09 | かんしゅう【慣習】

名 習慣，慣例

例 慣習(かんしゅう)を破(やぶ)る。

譯 打破慣例。

10 | かんれい【慣例】

名 慣例，老規矩，老習慣

例 慣例(かんれい)に従(したが)う。

譯 遵照慣例。

11 | かんわ【緩和】

名·自他サ 緩和，放寬

例 規制(きせい)を緩和(かんわ)する。

譯 放寬限制。

12 | きせい【規制】

名·他サ 規定（章則），規章；限制，控制

例 昨年、飲酒運転に対する規制が強化された。

譯 去年開始針對酒後駕駛進行嚴格取締。

13 | きてい【規定】

名·他サ 規則，規定

例 規定の書式。

譯 規定的格式。

14 | きはん【規範】

名 規範，模範

例 社会生活の規範。

譯 社會生活的規範。

15 | きやく【規約】

名 規則，規章，章程

例 規約に違反する。

譯 違反規則。

16 | きょうせい【強制】

名·他サ 強制，強迫

例 参加を強制する。

譯 強制參加。

17 | きんもつ【禁物】

名 嚴禁的事物；忌諱的事物

例 油断は禁物。

譯 大意是禁忌。

18 | げんこう【現行】

名 現行，正在實行

例 現行犯で捕まる。

譯 以現行犯逮捕。

19 | げんそく【原則】

名 原則

例 原則から外れる。

譯 偏離原則。

20 | さだまる【定まる】

自五 決定，規定；安定，穩定，固定；確定，明確；（文）安靜

例 目標が定まる。

譯 確立目標。

21 | さだめる【定める】

他下一 規定，決定，制定；平定，鎮定；奠定；評定，論定

例 憲法を定める。

譯 制定憲法。

22 | しこう・せこう【施行】

名·他サ 施行，實施；實行

例 法律を施行する。

譯 施行法律。

23 | じこう【事項】

名 事項，項目

例 注意事項を説明する。

譯 說明注意事項。

24 | しゅけん【主権】

名（法）主權

例 主権を確立する。

譯 確立主權。

25 | じゅんじる・じゅんずる【準じる・準ずる】

(自上一) 以…為標準，按照；當作…看待

例 先例に準じる。

譯 參照先例(處理)。

26 | しょてい【所定】

(名) 所定，規定

例 所定の時間を超えた。

譯 超過規定的時間。

27 | しょぶん【処分】

(名·他サ) 處理，處置；賣掉，丟掉；懲處，處罰

例 処分を与える。

譯 作出懲處。

28 | せい【制】

(名·漢造) (古)封建帝王的命令；限制；制度；支配；製造

例 4 年制大学を卒業する。

譯 畢業於四年制大學。

29 | せいき【正規】

(名) 正規，正式規定；(機)正常，標準；道義；正確的意思

例 正規の教育を受ける。

譯 接受正規教育。

30 | せいやく【制約】

(名·他サ) (必要的)條件，規定；限制，制約

例 制約を受ける。

譯 受到制約。

31 | せってい【設定】

(名·他サ) 制定，設立，確定

例 規則を設定する。

譯 訂定規則。

32 | ちつじょ【秩序】

(名) 秩序，次序

例 秩序が乱れる。

譯 秩序混亂。

33 | ノルマ【(俄) norma】

(名) 基準，定額

例 ノルマを果たす。

譯 完成銷售定額。

34 | もうける【設ける】

(他下一) 預備，準備；設立，設置，制定

例 規則を設ける。

譯 訂立規則。

N1 28-2

28-2 法律 / 法律

01 | きんじる【禁じる】

(他上一) 禁止，不准；禁忌，戒除；抑制，控制

例 私語を禁じる。

譯 禁止竊竊私語。

02 | じょうやく【条約】

(名) (法)條約

例 条約を締結する。

譯 締結條約。

03 | じょう【条】

(名·接助·接尾) 項，款；由於，所以；(計算細長物)行，條

例 条(じょう)を追(お)って討議(とうぎ)する。

譯 逐條討論。

04 | せいてい【制定】

(名·他サ) 制定

例 法律(ほうりつ)を制定(せいてい)する。

譯 制訂法律。

05 | そむく【背く】

(自五) 背著，背向；違背，不遵守；背叛，辜負；拋棄，背離，離開(家)

例 命令(めいれい)に背(そむ)く。

譯 違抗命令。

06 | とりしまり【取り締まり】

(名) 管理，管束；控制，取締；監督

例 取(と)り締(し)まりを強化(きょうか)する。

譯 加強取締。

07 | とりしまる【取り締まる】

(他五) 管束，監督，取締

例 犯罪(はんざい)を取(と)り締(し)まる。

譯 取締犯罪。

08 | はいし【廃止】

(名·他サ) 廢止，廢除，作廢

例 制度(せいど)を廃止(はいし)する。

譯 廢除制度。

09 | ほしょう【保障】

(名·他サ) 保障

例 自由(じゆう)が保障(ほしょう)される。

譯 自由受到保障。

10 | りっぽう【立法】

(名) 立法

例 立法府(りっぽうふ)で審議(しんぎ)する。

譯 經立法院審議。

N1 28-3 (1)

28-3 犯罪 (1) /

犯罪 (1)

01 | あく【悪】

(名·接頭) 惡，壞；壞人；(道德上的)惡，壞；(性質)惡劣，醜惡

例 悪(あく)を懲(こ)らす。

譯 懲惡。

02 | ありさま【有様】

(名) 樣子，光景，情況，狀態

例 事件(じけん)の有様(ありさま)を語(かた)る。

譯 敘述事情發生的情況。

03 | あんさつ【暗殺】

(名·他サ) 暗殺，行刺

例 暗殺(あんさつ)を謀(はか)る。

譯 圖謀暗殺。

04 | いっそう【一掃】

(名·他サ) 掃盡，清除

例 暴力(ぼうりょく)を一掃(いっそう)する。

譯 肅清暴力。

05 | おおごと【大事】

㊔ 重大事件，重要的事情

例 それは大事（おおごと）だ。

譯 那事情很重要。

06 | おかす【侵す】

(他五) 侵犯，侵害；侵襲；患，得(病)

例 病魔（びょうま）に侵（おか）される。

譯 遭病魔侵襲。

07 | かんし【監視】

(名・他サ) 監視；監視人

例 監視（かんし）カメラを設置（せっち）する。

譯 安裝監視攝影機。

08 | かんよ【関与】

(名・自サ) 干與，參與

例 事件（じけん）に関与（かんよ）する。

譯 參與事件。

09 | ぎぞう【偽造】

(名・他サ) 偽造，假造

例 パスポートを偽造（ぎぞう）する。

譯 偽造護照。

10 | きょうはく【脅迫】

(名・他サ) 脅迫，威脅，恐嚇

例 脅迫状（きょうはくじょう）を書（か）く。

譯 寫恐嚇信。

11 | きょう【共】

(漢造) 共同，一起

例 共犯者（きょうはんしゃ）は別（べつ）の男（おとこ）だ。

譯 共犯是另一位男性。

12 | こうそく【拘束】

(名・他サ) 約束，束縛，限制；截止

例 身（み）がらを拘束（こうそく）する。

譯 限制人身自由。

13 | さぎ【詐欺】

㊔ 詐欺，欺騙，詐騙

例 詐欺（さぎ）に遭（あ）う。

譯 遭到詐騙。

14 | さらう

(他五) 攫，奪取，拐走；(把當場所有的全部)拿走，取得，贏走

例 子供（こども）をさらう。

譯 誘拐小孩。

15 | じしゅ【自首】

(名・自サ) (法)自首

例 警察（けいさつ）に自首（じしゅ）する。

譯 向警察自首。

16 | セキュリティー【security】

㊔ 安全，防盜；擔保

例 セキュリティーシステムを備（そな）えた。

譯 設置防盜裝置。

17 | ぜんか【前科】

㊔ (法)前科，以前服過刑

例 前科一犯（ぜんかいっぱん）が知（し）られた。

譯 被知道犯有前科。

18 | セクハラ【sexual harassment 之略】

㊔ 性騷擾

例 セクハラで訴える。
譯 以性騷擾提出告訴。

19 | そうさく【捜索】

名·他サ 尋找，搜；(法)搜查(犯人、罪狀等)
例 家宅捜索を受ける。
譯 接受強行進入住宅搜查。

20 | そうさ【捜査】

名·他サ 搜查(犯人、罪狀等)；查訪，查找
例 捜査を開始する。
譯 開始搜查。

21 | ついせき【追跡】

名·他サ 追蹤，追緝，追趕
例 追跡調査を依頼する。
譯 委託跟蹤調查。

22 | つきとばす【突き飛ばす】

他五 用力撞倒，撞出很遠
例 老人を突き飛ばす。
譯 撞飛老人。

N1 28-3 (2)

28-3 犯罪 (2) /
犯罪 (2)

23 | つながる【繋がる】

自五 連接，聯繫；(人)列隊，排列；牽連，有關係；(精神)連接在一起；被繫在…上，連成一排
例 事件につながる容疑者。
譯 與事件有關的嫌疑犯。

24 | てがかり【手掛かり】

名 下手處，著力處；線索
例 手掛かりをつかむ。
譯 掌握線索。

25 | てぐち【手口】

名 (做壞事等常用的)手段，手法
例 使い古した手口。
譯 故技，老招式。

26 | てじょう【手錠】

名 手銬
例 手錠をかける。
譯 帶手銬。

27 | てはい【手配】

名·自他サ 籌備，安排；(警察逮捕犯人的)部署，布置
例 犯人を指名手配する。
譯 指名通緝犯人。

28 | どうき【動機】

名 動機；直接原因
例 犯行の動機を調べる。
譯 審問犯罪動機。

29 | とうそう【逃走】

名·自サ 逃走，逃跑
例 逃走経路が判明した。
譯 弄清了逃亡路線。

30 | とうぼう【逃亡】

(名·自サ) 逃走，逃跑，逃遁；亡命

例 外国(がいこく)へ逃亡(とうぼう)する。

譯 亡命於國外。

31 | なぐる【殴る】

(他五) 毆打，揍；(接某些動詞下面成複合動詞)草草了事

例 横面(よこつら)を殴(なぐ)る。

譯 呼巴掌。

32 | にげだす【逃げ出す】

(自五) 逃出，溜掉；拔腿就跑，開始逃跑

例 試練(しれん)から逃(に)げ出(だ)す。

譯 從考驗中逃脫。

33 | ぬすみ【盗み】

(名) 偷盜，竊盜

例 盗(ぬす)みを働(はたら)く。

譯 行竊。

34 | のがす【逃す】

(他五) 錯過，放過；(接尾詞用法)放過，漏掉

例 犯人(はんにん)を逃(のが)す。

譯 讓犯人跑掉。

35 | のがれる【逃れる】

(自下一) 逃跑，逃脫；逃避，避免，躲避

例 責任(せきにん)を逃(のが)れる。

譯 逃避責任。

36 | のっとる【乗っ取る】

(他五) (「のりとる」的音便)侵占，奪取，劫持

例 会社(かいしゃ)を乗(の)っ取(と)られる。

譯 奪取公司。

37 | パトカー【patrolcar】

(名) 警車(「パトロールカー之略」)

例 パトカーに追(お)われる。

譯 被警車追逐。

38 | ひきおこす【引き起こす】

(他五) 引起，引發；扶起，拉起

例 事件(じけん)を引(ひ)き起(お)こす。

譯 引發事件。

39 | ひとじち【人質】

(名) 人質

例 人質(ひとじち)になる。

譯 成為人質。

40 | まぬがれる【免れる】

(他下一) 免，避免，擺脫

例 責任(せきにん)を免(まぬが)れようとする。

譯 想推卸責任。

41 | もほう【模倣】

(名·他サ) 模仿，仿照，仿效

例 模倣犯(もほうはん)を防(ふせ)ぐ。

譯 防止模仿犯罪。

42 | ゆうかい【誘拐】

(名·他サ) 拐騙，誘拐，綁架

例 子供(こども)を誘拐(ゆうかい)する。

譯 拐騙兒童。

43 | ゆうどう【誘導】

(名·他サ) 引導，誘導；導航

例 誘導尋問を受ける。

譯 接受誘導問話。

44 | らち【拉致】

(名·他サ) 擄人劫持，強行帶走

例 社長が拉致される。

譯 社長被綁架。

N1 ◉ 28-4

28-4 裁判、刑罰 /
判決、審判、刑罰

01 | いぎ【異議】

(名) 異議，不同的意見

例 異議を申し立てる。

譯 提出異議。

02 | かんい【簡易】

(名·形動) 簡易，簡單，簡便

例 簡易裁判所。

譯 簡便法庭。

03 | けいばつ【刑罰】

(名) 刑罰

例 刑罰を与える。

譯 判刑。

04 | けい【刑】

(名) 徒刑，刑罰

例 刑に服す。

譯 服刑。

05 | けんじ【検事】

(名) (法)檢察官

例 検事長を務める。

譯 擔任檢察長。

06 | さつじん【殺人】

(名) 殺人，兇殺

例 殺人を犯す。

譯 犯下殺人罪。

07 | さばく【裁く】

(他五) 裁判，審判；排解，從中調停，評理

例 罪人を裁く。

譯 審判罪犯。

08 | しけい【死刑】

(名) 死刑，死罪

例 死刑を執行する。

譯 執行死刑。

09 | しっこう【執行】

(名·他サ) 執行

例 死刑を執行する。

譯 執行死刑。

10 | しょうこ【証拠】

(名) 證據，證明

例 証拠が見つかる。

譯 找到證據。

11 | しょばつ【処罰】

(名·他サ) 處罰，懲罰，處分

例 厳重に処罰する。

譯 嚴重處罰。

12 | せいさい【制裁】

㊔名·他サ 制裁，懲治

例 制裁（せいさい）を加（くわ）える。

譯 加以制裁。

13 | そしょう【訴訟】

名·自サ 訴訟，起訴

例 訴訟（そしょう）を起（お）こす。

譯 起訴。

14 | たいけつ【対決】

名·自サ 對證，對質；較量，對抗

例 対決（たいけつ）を避（さ）ける。

譯 避免交鋒。

15 | ちょうてい【調停】

名·他サ 調停

例 いさかいを調停（ちょうてい）する。

譯 調停爭論。

16 | とりしらべる【取り調べる】

他下一 調查，偵查

例 容疑者（ようぎしゃ）を取（と）り調（しら）べる。

譯 對嫌疑犯進行調查。

17 | ばいしょう【賠償】

名·他サ 賠償

例 賠償請求（ばいしょうせいきゅう）する。

譯 請求賠償。

18 | はんけつ【判決】

名·他サ （法）判決；（是非直曲的）判斷，鑑定，評價

例 判決（はんけつ）が出（で）る。

譯 做出判決。

19 | べんご【弁護】

名·他サ 辯護，辯解；（法）辯護

例 弁護（べんご）を依頼（いらい）する。

譯 請求辯護。

20 | ほうてい【法廷】

名 （法）法庭

例 法廷（ほうてい）で審理（しんり）する。

譯 在法院審理。

パート
29
第二十九章

心理、感情

- 心理、感情 -

N1 ⊙ 29-1 (1)

29-1 心 (1) /
心、內心 (1)

01 | あくどい

㊌ (顏色)太濃艷；(味道)太膩；(行為)太過份讓人討厭，惡毒

例 あくどいやり方(かた)。

譯 惡毒的作法。

02 | あせる【焦る】

自五 急躁，著急，匆忙

例 焦(あせ)って失敗(しっぱい)する。

譯 因急躁而失敗。

03 | あんじ【暗示】

名·他サ 暗示，示意，提示

例 暗示(あんじ)をかける。

譯 得到暗示。

04 | いきちがい・ゆきちがい【行き違い】

㊔ 走岔開；(聯繫)弄錯，感情失和，不睦

例 行(い)き違(ちが)いになる。

譯 走岔開，沒遇上。

05 | いじ【意地】

㊔ (不好的)心術，用心；固執，倔強，意氣用事；志氣，逞強心

例 意地(いじ)を張(は)る。

譯 堅持己見。

06 | いたわる【労る】

他五 照顧，關懷；功勞；慰勞，安慰；(文)患病

例 やさしい言葉(ことば)で病人(びょうにん)をいたわる。

譯 用溫柔的話語安慰病人。

07 | いっしんに【一心に】

副 專心，一心一意

例 一心(いっしん)に神(かみ)に祈(いの)る。

譯 一心一意向上天祈求。

08 | いっしん【一新】

名·自他サ 刷新，革新

例 気分(きぶん)を一新(いっしん)する。

譯 轉換心情。

09 | うけみ【受け身】

㊔ 被動，守勢，招架；(語法)被動式

例 受(う)け身(み)にまわる。

譯 轉為被動。

10 | うちあける【打ち明ける】

他下一 吐露，坦白，老實說

例 秘密(ひみつ)を打(う)ち明(あ)ける。

譯 吐露秘密。

11 | うわき【浮気】

(名·自サ·形動) 見異思遷，心猿意馬；外遇

例 浮気がばれる。

譯 外遇被發現。

12 | うわのそら【上の空】

(名·形動) 心不在焉，漫不經心

例 上の空でいる。

譯 發呆，心不在焉。

13 | うんざり

(副·形動·自サ) 厭膩，厭煩，(興趣)索然

例 うんざりする仕事はもう嫌だ。

譯 令人煩厭的工作，我已經受不了了。

14 | えぐる

(他五) 挖；深挖，追究；(喻)挖苦，刺痛；絞割

例 心をえぐる。

譯 心如刀絞。

15 | おいこむ【追い込む】

(他五) 趕進；逼到，迫陷入；緊要，最後關頭加把勁；緊排，縮排(文字)；讓(病毒等)內攻

例 窮地に追い込まれる。

譯 被逼到絕境。

16 | おだてる

(他下一) 慫恿，搧動；高捧，拍

例 おだてても無駄だ。

譯 拍馬屁也沒用。

17 | おもいつめる【思い詰める】

(他下一) 想不開，鑽牛角尖

例 あまり思い詰めないで。

譯 別想不開。

18 | かばう【庇う】

(他五) 庇護，袒護，保護

例 子供をかばう。

譯 袒護孩子。

19 | かんがい【感慨】

(名) 感慨

例 感慨深い。

譯 感觸很深。

20 | かんど【感度】

(名) 敏感程度，靈敏性

例 感度がよい。

譯 敏銳度高。

21 | きあい【気合い】

(名) 運氣，運氣時的聲音，吶喊；(聚精會神時的)氣勢；呼吸；情緒，性情

例 気合いを入れる。

譯 施加危害。

22 | きがおもい【気が重い】

(慣) 心情沉重

例 試験のことで気が重い。

譯 因考試而心情沉重。

23 | きがきでない【気が気でない】

(慣) 焦慮，坐立不安

例 彼女のことを思うと気が気でない。

譯 一想到她就坐立難安。

29-1 心 (2) /
心、內心 (2)

24 | きがすむ【気が済む】
慣 滿意，心情舒暢
例 謝られて気が済んだ。
譯 得到道歉後就不氣了。

25 | きがね【気兼ね】
名·自サ 多心，客氣，拘束
例 隣近所に気兼ねする。
譯 敦親睦鄰。

26 | きがむく【気が向く】
慣 心血來潮；有心
例 気が向いたら来てください。
譯 等你有意願時請過來。

27 | きがる【気軽】
形動 坦率，不受拘束；爽快；隨便
例 気軽に話しかける。
譯 隨時跟我説。

28 | きごころ【気心】
名 性情，脾氣
例 気心の知れた友人。
譯 知心朋友。

29 | きっぱり
副·自サ 乾脆，斬釘截鐵；清楚，明確
例 きっぱり断る。
譯 斬釘截鐵地拒絕。

30 | きまりわるい【きまり悪い】
形 趕不上的意思；不好意思，拉不下臉，難為情，害羞，尴尬
例 きまり悪そうな顔。
譯 尷尬的表情。

31 | きょうかん【共感】
名·自サ 同感，同情，共鳴
例 共感を覚える。
譯 產生共鳴。

32 | きょうしゅう【郷愁】
名 鄉愁，想念故鄉；懷念，思念
例 郷愁を覚える。
譯 思念故鄉。

33 | きよらか【清らか】
形動 沒有污垢；清澈秀麗；清澈
例 清らかな小川。
譯 清澈的小河。

34 | ここち【心地】
名 心情，感覺
例 心地よい風。
譯 舒服的涼風。

35 | こころえ【心得】
名 知識，經驗，體會；規章制度，須知；(下級代行上級職務)代理，暫代
例 接客の心得を学ぶ。
譯 學習待人接客的應對之道。

36 | こころがける【心掛ける】
他下一 留心，注意，記在心裡
例 健康を心掛ける。
譯 注意健康。

37 | こころがけ【心掛け】

㊔ 留心，注意；努力，用心；人品，風格

例 心掛けがよい。

譯 心地善良。

38 | こころぐるしい【心苦しい】

㊒ 感到不安，過意不去，擔心

例 辛い思いをさせて心苦しいんだ。

譯 讓您吃苦了，真過意不去。

39 | こころづかい【心遣い】

㊔ 關照，關心，照料

例 温かい心遣い。

譯 熱情關照。

40 | こころづよい【心強い】

㊒ 因為有可依靠的對象而感到安心；有信心，有把握

例 心強い話が嬉しい。

譯 鼓舞人心的消息真叫人開心。

41 | こめる【込める】

(他下一) 裝填；包括在內，計算在內；集中(精力)，貫注(全神)

例 気持ちを込める。

譯 誠心誠意。

42 | さっかく【錯覚】

(名・自サ) 錯覺；錯誤的觀念；誤會，誤認為

例 錯覚を起こす。

譯 產生錯覺。

43 | さわる【障る】

(自五) 妨礙，阻礙，障礙；有壞影響，有害

例 気に障る。

譯 讓人不開心。

44 | じざい【自在】

㊔ 自在，自如

例 自在に操る。

譯 自由操縱。

45 | じぜん【慈善】

㊔ 慈善

例 慈善団体が資金を受ける。

譯 慈善團體接受資金的贈與。

46 | じそんしん【自尊心】

㊔ 自尊心

例 自尊心が強い。

譯 自尊心很強。

47 | したごころ【下心】

㊔ 內心，本心；別有用心，企圖，(特指)壞心腸

例 下心が見え見えだ。

譯 明顯的別有居心。

48 | しゅうちゃく【執着】

(名・自サ) 迷戀，留戀，不肯捨棄，固執

例 生に執着する。

譯 貪生。

49 | じょうちょ【情緒】

㊔ 情緒，情趣，風趣

例 情緒不安定になりやすい。

譯 容易導致情緒不穩定。

50 | じょう【情】

(名·漢造) 情，情感；同情；心情；表情；情慾

例 情(じょう)に厚(あつ)い。

譯 感情深厚。

51 | じりつ【自立】

(名·自サ) 自立，獨立

例 自立(じりつ)して働(はたら)く。

譯 憑自己的力量工作。

52 | しんじょう【心情】

(名) 心情

例 心情(しんじょう)を述(の)べる。

譯 描述心情。

53 | しん【心】

(名·漢造) 心臟；內心；(燈、蠟燭的)芯；(鉛筆的)芯；(水果的)核心；(身心的)深處；精神，意識；核心

例 義侠心(ぎきょうしん)にかられる。

譯 激發俠義精神。

54 | すがすがしい【清清しい】

(形) 清爽，心情舒暢；爽快

例 すがすがしい気持(きも)ちになる。

譯 感到神清氣爽。

55 | せつじつ【切実】

(形動) 切實，迫切

例 切実(せつじつ)な願(ねが)いを込(こ)めた。

譯 懷著殷切的期望。

56 | そう【添う】

(自五) 增添，加上，添上；緊跟，不離地跟隨；結成夫妻一起生活，結婚

例 ご要望(ようぼう)に添(そ)いかねます。

譯 無法滿足您的願望。

57 | そうかい【爽快】

(名·形動) 爽快

例 気分(きぶん)が爽快(そうかい)になる。

譯 精神爽快。

58 | たるむ

(自五) 鬆，鬆弛；彎曲，下沉；(精神)不振，鬆懈

例 気持(きも)ちがたるむ。

譯 情緒鬆懈。

59 | たんちょう【単調】

(名·形動) 單調，平庸，無變化

例 単調(たんちょう)な生活(せいかつ)が始(はじ)まる。

譯 開始過著單調的生活。

60 | ちやほや

(副·他サ) 溺愛，嬌寵；捧，奉承

例 ちやほやされていい気(き)になる。

譯 一吹捧就蹺屁股了。

N1 29-1 (3)

29-1 心 (3) /
心、內心 (3)

61 | ちょっかん【直感】

(名·他サ) 直覺，直感；直接觀察到

例 直感(ちょっかん)が働(はたら)く。

譯 依靠直覺。

62 | つうかん【痛感】

(名·他サ) 痛感；深切地感受到

例 力(ちから)の差(さ)を痛感(つうかん)する。

譯 深切感到力量差距之大。

63 | つくづく

(副) 仔細；痛切，深切；(古)呆呆，呆然

例 つくづくと眺(なが)める。

譯 仔細地看。

64 | つっぱる【突っ張る】

(自他五) 堅持，固執；(用手)推頂；繃緊，板起；抽筋，劇痛

例 欲(よく)の皮(かわ)が突(つ)っ張(ぱ)っている。

譯 得寸進尺。

65 | つのる【募る】

(自他五) 加重，加劇；募集，招募，徵集

例 思(おも)いが募(つの)る。

譯 心事重重。

66 | てんかん【転換】

(名·自他サ) 轉換，轉變，調換

例 気分転換(きぶんてんかん)に釣(つ)りに行(い)く。

譯 為轉換心情去釣魚。

67 | テンション【tension】

(名) 緊張，激動緊張

例 テンションがあがる。

譯 心情興奮。

68 | どうかん【同感】

(名·自サ) 同感，同意，贊同，同一見解

例 全(まった)く同感(どうかん)です。

譯 完全同意。

69 | どうじょう【同情】

(名·自サ) 同情

例 同情(どうじょう)を寄(よ)せる。

譯 寄予同情。

70 | とうてい【到底】

(副) (下接否定，語氣強)無論如何也，怎麼也

例 到底間(とうていま)に合(あ)わない。

譯 無論如何也趕不上。

71 | とうとい【尊い】

(形) 價值高的，珍貴的，寶貴的，可貴的

例 尊(とうと)い犠牲(ぎせい)を払(はら)う。

譯 付出極大犧牲。

72 | とうとぶ【尊ぶ】

(他五) 尊敬，尊重；重視，珍重

例 神仏(しんぶつ)を尊(とうと)ぶ。

譯 敬奉神佛。

73 | とがる【尖る】

(自五) 尖；(神經)緊張；不高興，冒火

例 神経(しんけい)をとがらせる。

譯 讓神經過敏。

74 | トラウマ【trauma】

(名) 精神性上的創傷，感情創傷，情緒創傷

例 トラウマを克服(こくふく)したい。

譯 想克服感情創傷。

75 | どんかん【鈍感】

㊔名·形動 對事情的感覺或反應遲鈍；反應慢；遲鈍

例 鈍感な男はモテない。

譯 遲鈍的男人不受歡迎。

76 | ないしょ【内緒】

㊔名 瞞著別人，秘密

例 内緒話をする。

譯 講秘密。

77 | ないしん【内心】

㊔名·副 內心，心中

例 内心ほっとする。

譯 心中放下一塊大石頭。

78 | なごり【名残】

㊔名 (臨別時)難分難捨的心情，依戀；臨別紀念；殘餘，遺跡

例 名残を惜しむ。

譯 依依不捨。

79 | なさけぶかい【情け深い】

㊔形 對人熱情，有同情心的樣子；熱心腸；仁慈

例 情け深い人が多い。

譯 富有同情心的人相當多。

80 | なさけ【情け】

㊔名 仁慈，同情；人情，情義；(男女)戀情，愛情

例 情けをかける。

譯 同情。

81 | なれ【慣れ】

㊔名 習慣，熟習

例 慣れからくる油断。

譯 因習慣過頭而疏於防備。

82 | なんだかんだ

㊔連語 這樣那樣；這個那個

例 なんだかんだ言って。

譯 說東說西的。

83 | なんでもかんでも【何でもかんでも】

㊔連語 一切，什麼都…，全部…；無論如何，務必

例 何でもかんでもすぐに欲しがる。

譯 全部都想要。

84 | にんじょう【人情】

㊔名 人情味，同情心；愛情

例 人情の厚い人が多く住んでいる。

譯 住著許多富有人情濃厚的居民。

85 | ねつい【熱意】

㊔名 熱情，熱忱

例 熱意を示す。

譯 展現熱情。

86 | ねんいり【念入り】

㊔名 精心、用心

例 念入りに掃除する。

譯 用心打掃。

87 | のどか

形動 安靜悠閒；舒適，閒適；天氣晴朗，氣溫適中；和煦

例 のどかな気分が満ちあふれている。

譯 洋溢著悠閒寧靜的氣氛。

88 | はじらう【恥じらう】

他五 害羞，羞澀

例 恥じらう姿が可愛らしい。

譯 害羞的樣子真是可愛。

89 | はじる【恥じる】

自上一 害羞；慚愧

例 失態を恥じる。

譯 恥於自己的失態。

90 | はじ【恥】

名 恥辱，羞恥，丟臉

例 恥をかく。

譯 丟臉。

N1 29-1(4)

29-1 心(4) /

心、內心(4)

91 | はんのう【反応】

名·自サ （化學）反應；（對刺激的）反應；反響，效果

例 反応をうかがう。

譯 觀察反應。

92 | びんかん【敏感】

名·形動 敏感，感覺敏銳

例 敏感な肌が合わない。

譯 不適合敏感的皮膚。

93 | ファイト【fight】

名 戰鬥，搏鬥，鬥爭；鬥志，戰鬥精神

例 ファイト！

譯 大喊「加油！」。

94 | ふい【不意】

名·形動 意外，突然，想不到，出其不意

例 不意をつかれる。

譯 冷不防被襲擊。

95 | ふきつ【不吉】

名·形動 不吉利，不吉祥

例 不吉な予感がする。

譯 有不祥的預感。

96 | ふける【耽る】

自五 沉溺，耽於；埋頭，專心

例 読書に耽る。

譯 埋頭讀書。

97 | ふじゅん【不純】

名·形動 不純，不純真

例 不純な動機が隠れている。

譯 隱藏著不單純的動機。

98 | ふたん【負担】

名·他サ 背負；負擔

例 負担を軽減する。

譯 減輕負擔。

99 | ぶなん【無難】

名·形動 無災無難，平安；無可非議，說得過去

例 無難(ぶなん)な日(ひ)を送(おく)る。
譯 過著差強人意的日子。

100 | プレッシャー【pressure】
名 壓強，壓力，強制，緊迫
例 プレッシャーがかかる。
譯 有壓力。

101 | へいじょう【平常】
名 普通；平常，平素，往常
例 平常心(へいじょうしん)を失(うしな)う。
譯 失去平常心。

102 | へいぜん【平然】
形動 沉著，冷靜；不在乎；坦然
例 平然(へいぜん)としている。
譯 漫不在乎。

103 | ぼうぜん【呆然】
形動 茫然，呆然，呆呆地
例 呆然(ぼうぜん)と立(た)ち尽(つ)くす。
譯 茫然地呆站著。

104 | ほろにがい【ほろ苦い】
形 稍苦的
例 ほろ苦(にが)い思(おも)い出(で)。
譯 略為苦澀的回憶。

105 | ほんき【本気】
名·形動 真的，真實；認真
例 本気(ほんき)になって働(はたら)く。
譯 認真工作。

106 | ほんね【本音】
名 真正的音色；真話，真心話
例 本音(ほんね)で話(はな)す。
譯 推心置腹的說話。

107 | ほんのう【本能】
名 本能
例 本能(ほんのう)で動(うご)く。
譯 依本能行動。

108 | まごころ【真心】
名 真心，誠心，誠意
例 真心(まごころ)を込(こ)めて働(はたら)く。
譯 忠心耿耿地工作。

109 | まごつく
自五 慌張，驚慌失措，不知所措；徘徊，徬徨
例 初(はじ)めてのことでまごついた。
譯 因為是第一次所以慌了手腳。

110 | まめ
名·形動 勤快，勤肯；忠實，認真，表裡一致，誠懇
例 まめに働(はたら)く。
譯 認真工作。

N1 29-1 (5)

29-1 心 (5) / 心、內心 (5)

111 | マンネリ【mannerism 之略】
名 因循守舊，墨守成規，千篇一律，老套
例 マンネリに陥(おちい)る。
譯 落入俗套。

112 | みだす【乱す】

(他五) 弄亂，攪亂

例 秩序(ちつじょ)を乱(みだ)す。

譯 弄亂秩序。

113 | みだれる【乱れる】

(自下一) 亂，凌亂；紊亂，混亂

例 服装(ふくそう)が乱(みだ)れる。

譯 服裝凌亂。

114 | みれん【未練】

(名·形動) 不熟練，不成熟；依戀，戀戀不捨；不乾脆，怯懦

例 未練(みれん)が残(のこ)る。

譯 留戀。

115 | むかんしん【無関心】

(名·形動) 不關心；不感興趣

例 無関心(むかんしん)を装(よそお)う。

譯 裝作沒興趣。

116 | ものたりない【物足りない】

(形) 感覺缺少什麼而不滿足；有缺憾，不完美；美中不足

例 物足(ものた)りない説明(せつめい)。

譯 説明不夠充分。

117 | もりあがる【盛り上がる】

(自五)（向上或向外）鼓起，隆起；（情緒、要求等）沸騰，高漲

例 話(はなし)が盛(も)り上(あ)がる。

譯 聊得很開心。

118 | やけに

(副)（俗）非常，很，特別

例 表(おもて)がやけに騒(さわ)がしい。

譯 外面非常吵鬧。

119 | やしん【野心】

(名) 野心，雄心；陰謀

例 野心(やしん)に燃(も)える。

譯 野心勃勃。

120 | やわらぐ【和らぐ】

(自五) 變柔和，和緩起來

例 怒(いか)りが和(やわ)らぐ。

譯 讓憤怒的心情平靜下來。

121 | ゆうえつ【優越】

(名·自サ) 優越

例 優越感(ゆうえつかん)に浸(ひた)る。

譯 沈浸在優越感中。

122 | ゆうかん【勇敢】

(名·形動) 勇敢

例 勇敢(ゆうかん)に立(た)ち向(む)かう。

譯 勇敢前行。

123 | ゆうわく【誘惑】

(名·他サ) 誘惑；引誘

例 甘(あま)い誘惑(ゆうわく)に克(か)つ。

譯 戰勝甜美的誘惑。

124 | ゆさぶる【揺さぶる】

(他五) 搖晃；震撼

例 心(こころ)が揺(ゆ)さぶられる。

譯 內心動搖。

125 | ゆとり

㊔ 餘地，寬裕

例 ゆとりのある生活(せいかつ)。

譯 寬裕的生活。

126 | ゆるむ【緩む】

自五 鬆散，緩和，鬆弛

例 緊張感(きんちょうかん)が緩(ゆる)む。

譯 緩和緊張感。

127 | ようじんぶかい【用心深い】

形 十分小心，十分謹慎

例 用心深(ようじんぶか)く行動(こうどう)する。

譯 小心行事。

128 | りせい【理性】

㊔ 理性

例 理性(りせい)を失(うしな)う。

譯 失去理性。

129 | りょうしん【良心】

㊔ 良心

例 良心(りょうしん)の呵責(かしゃく)に耐(た)えない。

譯 無法承受良心的苛責。

130 | ロマンチック【romantic】

形動 浪漫的，傳奇的，風流的，神祕的

例 ロマンチックな考(かんが)え。

譯 浪漫的想法。

29-2 意志 (1) /
意志 (1)

01 | あきらめ【諦め】

㊔ 斷念，死心，達觀，想得開

例 あきらめがつかない。

譯 不死心。

02 | あとまわし【後回し】

㊔ 往後推，緩辦，延遲

例 それは後回(あとまわ)しにしよう。

譯 那件事稍後再辦吧。

03 | いこう【意向】

㊔ 打算，意圖，意向

例 意向(いこう)を確(たし)かめる。

譯 弄清（某人的）意圖。

04 | いざ

感（文）喂，來吧，好啦（表示催促、勸誘他人）；一旦（表示自己決心做某件事）

例 いざとなれば、やるしかない。

譯 一旦發生問題，也只有硬著頭皮幹了。

05 | いし【意思】

㊔ 意思，想法，打算

例 意思(いし)が通(つう)じる。

譯 互相了解對方的意思。

06 | いどむ【挑む】

自他五 挑戰；找碴；打破紀錄，征服；挑逗，調情

例 試合(しあい)に挑(いど)む。

譯 挑戰比賽。

N1 29 心理、感情

07 | いと【意図】

㊔名·他サ 心意，主意，企圖，打算

例 意図を隠す。

譯 隱瞞企圖。

08 | いのり【祈り】

名 祈禱，禱告

例 祈りを捧げる。

譯 祈禱。

09 | いよく【意欲】

名 意志，熱情

例 意欲を燃やす。

譯 激起熱情。

10 | うちこむ【打ち込む】

他五 打進，釘進；射進，扣殺；用力扔到；猛撲，(圍棋)攻入對方陣地；灌水泥 自五 熱衷，埋頭努力；迷戀

例 受験勉強に打ち込む。

譯 埋頭準備升學考試。

11 | おかす【冒す】

他五 冒著，不顧；冒充

例 危険を冒す。

譯 冒著危險。

12 | おしきる【押し切る】

他五 切斷；排除(困難、反對)

例 押し切ってやる。

譯 大膽地做。

13 | おもいきる【思い切る】

他五 斷念，死心

例 思い切ってやってみる。

譯 狠下心做看看。

14 | おろそか【疎か】

形動 將該做的事放置不管的樣子；忽略；草率

例 仕事をおろそかにする。

譯 工作草率。

15 | かためる【固める】

他下一 (使物質等)凝固，堅硬；堆集到一處；堅定，使鞏固；加強防守；使安定，使走上正軌；組成

例 守備を固める。

譯 加強防守。

16 | かなえる【叶える】

他下一 使…達到(目的)，滿足…的願望

例 夢をかなえる。

譯 讓夢想成真。

17 | きよ【寄与】

名·自サ 貢獻，奉獻，有助於…

例 世界平和に寄与する。

譯 為世界和平奉獻。

18 | げきれい【激励】

名·他サ 激勵，鼓勵，鞭策

例 叱咤激励。

譯 大大地激勵。

19 | けしさる【消し去る】

他五 消滅，消除

例 記憶を消し去る。

譯 消除記憶。

20 | けつい【決意】

(名·自他サ) 決心，決意；下決心

例 決意を表明する。

譯 表明決心。

21 | けっこう【決行】

(名·他サ) 斷然實行，決定實行

例 雨天決行を提言する。

譯 提議風雨無阻。

22 | こうじょう【向上】

(名·自サ) 向上，進步，提高

例 向上心が強い。

譯 很有上進心。

23 | こうちょう【好調】

(名·形動) 順利，情況良好

例 絶好調だ。

譯 非常順利。

24 | こころざし【志】

(名) 志願，志向，意圖；厚意，盛情；表達心意的禮物；略表心意

例 志が高い。

譯 志向高。

25 | こころざす【志す】

(自他五) 立志，志向，志願

例 医者を志す。

譯 立志成為醫生。

26 | こんき【根気】

(名) 耐性，毅力，精力

例 根気のいる仕事を始める。

譯 著手開始進行需要毅力的工作。

27 | しいて【強いて】

(副) 強迫；勉強；一定…

例 強いて言えば彼を好きだと思う。

譯 如果硬要說的話我覺得我喜歡他。

28 | しいる【強いる】

(他上一) 強迫，強使

例 苦戦を強いられる。

譯 陷入苦戰。

29 | じっせん【実践】

(名·他サ) 實踐，自己實行

例 実践に移す。

譯 付諸實踐。

30 | しのぐ【凌ぐ】

(他五) 忍耐，忍受，抵禦；躲避，排除；闖過，擺脫，應付，冒著；凌駕，超過

例 寒さをしのぐ。

譯 熬過寒冬。

31 | しゅどう【主導】

(名·他サ) 主導；主動

例 主導性を発揮する。

譯 發揮主導性。

32 | しょうきょ【消去】

(名·自他サ) 消失，消去，塗掉；(數)消去法

例 文字を消去する。

譯 刪除文字。

33 | しんぼう【辛抱】

(名·自サ) 忍耐，忍受；(在同一處)耐，耐心工作

例 辛抱(しんぼう)が足(た)りない。

譯 耐性不足。

34 | すんなり（と）

(副·自サ) 苗條，細長，柔軟又有彈力；順利，容易，不費力

例 議案(ぎあん)がすんなりと通(とお)る。

譯 議案順利通過。

35 | せいいっぱい【精一杯】

(形動·副) 竭盡全力

例 精一杯頑張(せいいっぱいがんば)る。

譯 拚了老命努力。

N1 29-2 (2)

29-2 意志 (2) /
意志 (2)

36 | たいぼう【待望】

(名·他サ) 期待，渴望，等待

例 待望(たいぼう)の雨(あめ)が降(ふ)った。

譯 期待已久的雨終於降落。

37 | たえる【耐える】

(自下一) 忍耐，忍受，容忍；擔負，禁得住；(堪える)(不)值得，(不)堪

例 苦痛(くつう)に耐(た)える。

譯 忍受痛苦。

38 | たんとうちょくにゅう【単刀直入】

(名·形動) 一人揮刀衝入敵陣；直截了當

例 単刀直入(たんとうちょくにゅう)に言(い)う。

譯 開門見山地説。

39 | ちゃくもく【着目】

(名·自サ) 著眼，注目；著眼點

例 未来(みらい)に着目(ちゃくもく)する。

譯 著眼於未來。

40 | ちゅうとはんぱ【中途半端】

(名·形動) 半途而廢，沒有完成，不夠徹底

例 中途半端(ちゅうとはんぱ)なやり方(かた)。

譯 模稜兩可的做法。

41 | ちょうせん【挑戦】

(名·自サ) 挑戰

例 挑戦(ちょうせん)に応(おう)じる。

譯 面對挑戰。

42 | ちょくめん【直面】

(名·自サ) 面對，面臨

例 危機(きき)に直面(ちょくめん)する。

譯 面臨危機。

43 | つくす【尽くす】

(他五) 盡，竭盡；盡力

例 力(ちから)を尽(つ)くす。

譯 盡力。

44 | つとめて【努めて】

(副) 盡力，盡可能，竭力；努力，特別注意

例 努(つと)めて元気(げんき)を出(だ)す。

譯 盡量打起精神。

45 | つらぬく【貫く】

(他五) 穿，穿透，穿過，貫穿；貫徹，達到

例 一生(いっしょう)を貫(つらぬ)く。

譯 貫穿一生。

46 | でなおし【出直し】

㊔ 回去再來，重新再來

例 原点(げんてん)から出直(でなお)しする。

譯 從原點重新再來。

47 | とどめる

他下一 停住；阻止；留下，遺留；止於(某限度)

例 心(こころ)にとどめる。

譯 遺留在心中。

48 | なげだす【投げ出す】

他五 拋出，扔下；拋棄，放棄；拿出，豁出，獻出

例 仕事(しごと)を投(な)げ出(だ)す。

譯 扔下工作。

49 | にんたい【忍耐】

㊔ 忍耐

例 忍耐強(にんたいづよ)いが恨(うら)みも忘(わす)れない。

譯 會忍耐但也會記仇。

50 | ねばり【粘り】

㊔ 黏性，黏度；堅韌頑強

例 粘(ねば)りをみせる。

譯 展現韌性。

51 | ねばる【粘る】

自五 黏；有耐性，堅持

例 最後(さいご)まで粘(ねば)る。

譯 堅持到底。

52 | ねんがん【念願】

名・他サ 願望，心願

例 長年(ながねん)の念願(ねんがん)が叶(かな)う。

譯 實現多年來的心願。

53 | のぞましい【望ましい】

形 所希望的；希望那樣；理想的；最好的…

例 望(のぞ)ましい環境(かんきょう)が整(ととの)った。

譯 理想的環境完備到位了。

54 | はいじょ【排除】

名・他サ 排除，消除

例 よそ者(もの)を排除(はいじょ)する。

譯 排除外來者。

55 | はかい【破壊】

名・自他サ 破壞

例 環境(かんきょう)を破壊(はかい)する。

譯 破壞環境。

56 | はげます【励ます】

他五 鼓勵，勉勵；激發；提高嗓門，聲音，厲聲

例 子供(こども)を励(はげ)ます。

譯 鼓勵孩子。

57 | はげむ【励む】

自五 努力，勤勉

例 勉学(べんがく)に励(はげ)む。

譯 努力唸書。

58 | はたす【果たす】

(他五) 完成，實現，履行；(接在動詞連用形後)表示完了，全部等；(宗)還願；(舊)結束生命

例 使(つか)い果(は)たす。

譯 全部用完。

59 | はんする【反する】

(自サ) 違反；相反；造反

例 予期(よき)に反(はん)する。

譯 與預期相反。

60 | ひたすら

(副) 只願，一味

例 ひたすら描(えが)き続(つづ)ける。

譯 一心一意作畫。

61 | ひとくろう【一苦労】

(名·自サ) 費一些力氣，費一些力氣，操一些心

例 説得(せっとく)するのに一苦労(ひとくろう)する。

譯 費了一番功夫說服。

62 | まちどおしい【待ち遠しい】

(形) 盼望能盡早實現而等待的樣子；期盼已久的

例 会(あ)える日(ひ)が待(ま)ち遠(どお)しい。

譯 期盼已久的會面日。

63 | まちのぞむ【待ち望む】

(他五) 期待，盼望

例 待(ま)ち望(のぞ)んだマイホームが完成(かんせい)した。

譯 期盼已久的新家終於落成了

64 | みこみ【見込み】

(名) 希望；可能性；預料，估計，預定

例 見込(みこ)みが薄(うす)い。

譯 希望不大。

65 | もたらす【齎す】

(他五) 帶來；造成；帶來(好處)

例 幸福(こうふく)をもたらす。

譯 帶來幸福。

66 | やりとおす【遣り通す】

(他五) 做完，完成

例 最後(さいご)までやり通(とお)す。

譯 做到最後。

67 | やりとげる【遣り遂げる】

(他下一) 徹底做到完，進行到底，完成

例 目標(もくひょう)を遣(や)り遂(と)げる。

譯 徹底完成目標。

68 | ようぼう【要望】

(名·他サ) 要求，迫切希望

例 要望(ようぼう)がかなう。

譯 如願以償。

69 | よくぶかい【欲深い】

(形) 貪而無厭，貪心不足的樣子

例 欲深(よくぶか)い頼(たの)み。

譯 貪而無厭的要求。

70 | よく【欲】

(名·漢造) 慾望，貪心；希求

例 欲(よく)の皮(かわ)が突(つ)っ張(ぱ)る。

譯 得寸進尺。

29-3 好き、嫌い／
喜歡、討厭

01 | あこがれ【憧れ】
㊔ 憧憬，嚮往

例 憧れの人に会えた。

譯 見到了仰慕已久的人。

02 | あざわらう【嘲笑う】
他五 嘲笑

例 人の失敗を嘲笑う。

譯 嘲笑他人的失敗。

03 | あまえる【甘える】
自下一 撒嬌；利用…的機會，既然…就順從

例 お母さんに甘える。

譯 跟媽媽撒嬌。

04 | いやいや
名·副 （小孩子搖頭表示不願意）搖頭；勉勉強強，不得已而…

例 赤ん坊がいやいやをする。

譯 小嬰兒搖頭（表示不願意）。

05 | いや（に）【嫌（に）】
形動·副 不喜歡；厭煩；不愉快；（俗）太；非常；離奇

例 今日はいやに暑い。

譯 今天真是熱。

06 | うぬぼれ【自惚れ】
㊔ 自滿，自負，自大

例 うぬぼれが強い。

譯 過於自大。

07 | かたおもい【片思い】
㊔ 單戀，單相思

例 片思いをする。

譯 單相思。

08 | きずつける【傷付ける】
他下一 弄傷；弄出瑕疵，缺陷，毛病，傷痕，損害，損傷；敗壞

例 人を傷つける。

譯 傷害他人。

09 | きにくわない【気に食わない】
慣 不稱心；看不順眼

例 気に食わない奴だ。

譯 我看他不順眼。

10 | くわずぎらい【食わず嫌い】
㊔ 沒嘗過就先說討厭，（有成見而）不喜歡；故意討厭

例 夫のジャズ嫌いは食わず嫌いだ。

譯 我丈夫對爵士樂抱有成見。

11 | けいべつ【軽蔑】
名·他サ 輕視，藐視，看不起

例 軽蔑の眼差し。

譯 輕蔑的眼神。

12 | けがす【汚す】
他五 弄髒；拌和

例 名誉を汚す。

譯 敗壞名聲。

13 | けがらわしい【汚らわしい】

㊊ 好像對方的污穢要感染到自己身上一樣骯髒，討厭，卑鄙

例 汚らわしい金なんて使いたくない。

譯 不義之財我才不用。

14 | けがれる【汚れる】

自下一 髒

例 汚れた金。

譯 髒錢。

15 | こいする【恋する】

自他サ 戀愛，愛

例 恋する乙女がかわいらしい。

譯 戀愛中的少女真是可愛迷人。

16 | こうい【好意】

㊔ 好意，善意，美意

例 好意を抱く。

譯 懷有好感。

17 | こうひょう【好評】

㊔ 好評，稱讚

例 好評発売中。

譯 好評發售中。

18 | このましい【好ましい】

㊊ 因為符合心中的愛好與期望而喜歡；理想的，滿意的

例 好ましい状態を目指す。

譯 以理想狀態為目標。

19 | しこう【嗜好】

名・他サ 嗜好，愛好，興趣

例 酒やタバコなどの嗜好品。

譯 酒或香煙等愛好品。

20 | したう【慕う】

他五 愛慕，懷念，思慕；敬慕，敬仰，景仰；追隨，跟隨

例 先生を慕う。

譯 仰慕老師。

21 | しっと【嫉妬】

名・他サ 嫉妒

例 嫉妬深い性格。

譯 善妒的性格。

22 | しぶい【渋い】

㊊ 澀的；不高興或沒興致，悶悶不樂，陰沉；吝嗇的；厚重深沉，渾厚，雅致

例 好みが渋い。

譯 興趣很典雅。

23 | たんどく【単独】

㊔ 單獨行動，獨自

例 単独行動が好きだ。

譯 喜歡單獨行動。

24 | つつく

他五 捅，叉，叼，啄；指責，挑毛病

例 人の欠点をつつく。

譯 挑人毛病。

25 | にくしみ【憎しみ】

㊔ 憎恨，憎惡

例 憎しみを消し去る。

譯 消除憎恨。

26 | ねたむ【妬む】

(他五) 忌妒，吃醋；妒恨

例 他人の幸せを妬む。

譯 嫉妒他人幸福。

27 | はまる

(他五) 吻合，嵌入；剛好合適；中計，掉進；陷入；(俗)沉迷

例 ツボにはまる。

譯 正中下懷。

28 | はんかん【反感】

(名) 反感

例 反感をかう。

譯 引起反感。

29 | ひとめぼれ【一目惚れ】

(名·自サ) (俗)一見鍾情

例 受付嬢に一目惚れする。

譯 對櫃臺小姐一見鍾情。

30 | ぶじょく【侮辱】

(名·他サ) 侮辱，凌辱

例 侮辱的な言動に激怒した。

譯 對屈辱人的言行感到極為憤怒。

31 | みぐるしい【見苦しい】

(形) 令人看不下去的；不好看，不體面；難看

例 見苦しい言い訳をする。

譯 丟人現眼的藉口。

32 | むかつく

(自五) 噁心，反胃；生氣，發怒

例 彼をみるとむかつく。

譯 一看到他就生氣。

33 | ものずき【物好き】

(名·形動) 從事或觀看古怪東西；也指喜歡這樣的人；好奇

例 物好きな人がいる。

譯 有好事之徒。

34 | もめる【揉める】

(自下一) 發生糾紛，擔心

例 兄弟間でもめる。

譯 兄弟鬩牆。

35 | れんあい【恋愛】

(名·自サ) 戀愛

例 職場恋愛に陥る。

譯 陷入辦公室戀情。

N1 29-4

29-4 喜び、笑い /
高興、笑

01 | かんむりょう【感無量】

(名·形動)(同「感慨無量」)感慨無量

例 感無量な面持ち。

譯 感慨萬千的神情。

02 | きょうじる【興じる】

(自上一)(同「興ずる」)感覺有趣，愉快，以…自娛，取樂

例 遊びに興じる。

譯 玩得很起勁。

03 | くすぐったい

㊊ 被搔癢到想發笑的感覺；發癢，癢癢的

例 首（くび）がくすぐったい。

譯 脖子發癢。

04 | こころよい【快い】

㊊ 高興，愉快，爽快；(病情)良好

例 快（こころよ）い環境（かんきょう）を創出（そうしゅつ）する。

譯 創造出愉快的環境來。

05 | こっけい【滑稽】

形動 滑稽，可笑；詼諧

例 滑稽（こっけい）な格好（かっこう）をする。

譯 打扮滑稽的模樣。

06 | じゅうじつ【充実】

名·自サ 充實，充沛

例 充実（じゅうじつ）した内容（ないよう）が盛（も）り込（こ）まれている。

譯 加入充實的內容。

07 | なごやか【和やか】

形動 心情愉快，氣氛和諧；和睦

例 和（なご）やかな雰囲気（ふんいき）。

譯 和諧的氣氛。

08 | はずむ【弾む】

自五 跳，蹦；(情緒)高漲；提高(聲音)；(呼吸)急促 他五(狠下心來)花大筆錢買

例 心（こころ）が弾（はず）む。

譯 心情雀躍。

09 | ふく【福】

名·漢造 福，幸福，幸運

例 笑（わら）う門（かど）には福来（ふくきた）る。

譯 笑口常開有福報。

N1 29-5

29-5 悲しみ、苦しみ / 悲傷、痛苦

01 | あつりょく【圧力】

㊔ (理)壓力；制伏力

例 圧力（あつりょく）を感（かん）じる。

譯 備感壓力。

02 | いたいめ【痛い目】

㊔ 痛苦的經驗

例 痛（いた）い目（め）に遭（あ）う。

譯 難堪；倒楣。

03 | うざい

俗語 陰鬱，鬱悶(「うざったい」之略)

例 うざい天気（てんき）が続（つづ）きます。

譯 接連不斷的陰霾天氣。

04 | うずめる【埋める】

他下一 掩埋，填上；充滿，擠滿

例 彼（かれ）の胸（むね）に顔（かお）をうずめて泣（な）く。

譯 臉埋在他的胸前哭了。

05 | うつろ

名·形動 空，空心，空洞；空虛，發呆

例 うつろな目（め）で見（み）つめた。

譯 以空洞的眼神注視著。

06 | おちこむ【落ち込む】

自五 掉進，陷入；下陷；(成績、行情)下跌；得到，落到手裡

例 景気(けいき)が落(お)ち込(こ)む。
譯 景氣下滑。

---

07 | かかえこむ【抱え込む】

(他五) 雙手抱
例 悩(なや)みを抱(かか)え込(こ)む。
譯 懷抱著煩惱。

---

08 | がっくり

(副·自サ) 頹喪，突然無力地
例 がっくりと首(くび)を垂(た)れる。
譯 沮喪地垂下頭。

---

09 | きずつく【傷付く】

(自五) 受傷，負傷；弄出瑕疵，缺陷，毛病(威信、名聲等)遭受損害或敗壞，(精神)受到創傷
例 心(こころ)が傷(きず)つく。
譯 精神受到創傷。

---

10 | ぐち【愚痴】

(名) (無用的，於事無補的)牢騷，抱怨
例 愚痴(ぐち)をこぼす。
譯 發牢騷。

---

11 | くよくよ

(副·自サ) 鬧彆扭；放在心上，想不開，煩惱
例 小(ちい)さいことにくよくよするな。
譯 別為小事想不開。

---

12 | く【苦】

(名·漢造) 苦(味)；痛苦；苦惱；辛苦
例 苦(く)になる。
譯 為…而苦惱。

---

13 | こころぼそい【心細い】

(形) 因為沒有依靠而感到不安；沒有把握
例 心細(こころぼそ)い思(おも)いをする。
譯 感到不安害怕。

---

14 | こどく【孤独】

(名·形動) 孤獨，孤單
例 孤独(こどく)な人生(じんせい)。
譯 孤獨的人生。

---

15 | こりつ【孤立】

(名·自サ) 孤立
例 周辺(しゅうへん)から孤立(こりつ)する。
譯 被周遭孤立。

---

16 | せつない【切ない】

(形) 因傷心或眷戀而心中煩悶；難受；苦惱，苦悶
例 切(せつ)ない思(おも)いを描(えが)く。
譯 描繪痛苦郁悶的心情。

---

17 | ぜつぼう【絶望】

(名·自サ) 絕望，無望
例 絶望(ぜつぼう)のどん底(そこ)から這(は)い上(あ)がった。
譯 從絕望的深淵中爬出來。

---

18 | だいなし【台無し】

(名) 弄壞，毀損，糟蹋，完蛋
例 計画(けいかく)が台無(だいな)しになる。
譯 破壞了計畫。

19 | つうせつ【痛切】

(形動) 痛切，深切，迫切

例 痛切(つうせつ)に実感(じっかん)する。

譯 深切的感受到。

20 | とまどい【戸惑い】

(名·自サ) 困惑，不知所措

例 戸惑(とまど)いを隠(かく)せない。

譯 掩不住困惑。

21 | とまどう【戸惑う】

(自五) (夜裡醒來)迷迷糊糊，不辨方向；找不到門；不知所措，困惑

例 急(きゅう)に質問(しつもん)されて戸惑(とまど)う。

譯 突然被問不知如何回答。

22 | なげく【嘆く】

(自五) 嘆氣；悲嘆；嘆惋，慨嘆

例 悲運(ひうん)を嘆(なげ)く。

譯 感嘆命運的悲哀。

23 | なさけない【情けない】

(形) 無情，沒有仁慈心；可憐，悲慘；可恥，令人遺憾

例 情(なさ)け無(な)いことが書(か)かれている。

譯 羞恥的事情被拿來做文章。

24 | なやましい【悩ましい】

(形) 因疾病或心中有苦處而難過，難受；特指性慾受刺激而情緒不安定；煩惱，惱

例 悩(なや)ましい日々(ひび)を送(おく)る。

譯 過著苦難的日子。

25 | なやます【悩ます】

(他五) 使煩惱，煩擾，折磨；惱人，迷人

例 頭(あたま)を悩(なや)ます。

譯 傷惱筋。

26 | なやみ【悩み】

(名) 煩惱，苦惱，痛苦；病，患病

例 悩(なや)みを相談(そうだん)する。

譯 商談苦惱。

27 | なん【難】

(名·漢造) 困難；災，苦難；責難，問難

例 食糧難(しょくりょうなん)に陥(おちい)る。

譯 陷入糧荒。

28 | はかない

(形) 不確定，不可靠，渺茫；易變的，無法長久的，無常

例 人(ひと)の命(いのち)ははかない。

譯 人的生命無常。

29 | ひさん【悲惨】

(名·形動) 悲慘，悽慘

例 悲惨(ひさん)な情景(じょうけい)が目(め)に浮(う)かぶ。

譯 悲慘的情景浮現在眼前。

30 | むなしい【空しい・虚しい】

(形) 沒有內容，空的，空洞的；付出努力卻無成果，徒然的，無效的(名詞形為「空しさ」)

例 むなしい一生(いっしょう)を送(おく)っていた。

譯 度過虛幻的一生。

31 | もろい【脆い】

(形) 易碎的，容易壞的，脆的；容易動感情的，心軟，感情脆弱；容易屈服，軟弱，窩囊

例 涙にもろい人。

譯 心軟愛掉淚的人。

32 | ゆううつ【憂鬱】

名·形動 憂鬱，鬱悶；愁悶

例 憂鬱な気分になる。

譯 心情憂鬱。

N1 29-6

29-6 驚き、恐れ、怒り / 驚懼、害怕、憤怒

01 | あざむく【欺く】

他五 欺騙；混淆，勝似

例 甘言をもって欺く。

譯 用甜言蜜語騙人。

02 | いかり【怒り】

名 憤怒，生氣

例 怒りがこみ上げる。

譯 怒上心頭。

03 | うっとうしい

形 天氣，心情等陰鬱不明朗；煩厭的，不痛快的

例 前髪がうっとうしい。

譯 瀏海很惱人。

04 | おそれいる【恐れ入る】

自五 真對不起；非常感激；佩服，認輸；感到意外；吃不消，為難

例 恐れ入ります。

譯 不好意思。

05 | おそれ【恐れ】

名 害怕，恐懼；擔心，擔憂，疑慮

例 失敗の恐れがある。

譯 恐怕會失敗。

06 | おっかない

形 （俗）可怕的，令人害怕的，令人提心吊膽的

例 おっかない客が店長を呼べって。

譯 令人提心吊膽的顧客粗聲説：「叫店長來」。

07 | おどす【脅す・威す】

他五 威嚇，恐嚇，嚇唬

例 刃物で脅す。

譯 拿刀威嚇。

08 | おどろき【驚き】

名 驚恐，吃驚，驚愕，震驚

例 驚きを隠せない。

譯 掩不住心中的驚訝。

09 | おびえる【怯える】

自下一 害怕，懼怕；做惡夢感到害怕

例 恐怖に怯える。

譯 恐懼害怕。

10 | おびやかす【脅かす】

他五 威脅；威嚇，嚇唬；危及，威脅到

例 安全を脅かす。

譯 威脅到安全。

11 | かんかん

副·形動 硬物相撞聲；火、陽光等炙熱強烈貌；大發脾氣

例 父はかんかんになって怒った。

譯 父親批哩啪啦地大發雷霆。

12 | きょうい【驚異】

㊔ 驚異，奇事，驚人的事

例 大自然(だいしぜん)の驚異(きょうい)。

譯 大自然的奇觀。

13 | キレる

自下一 （俗）突然生氣，發怒

例 キレる子供(こども)たち。

譯 暴怒的孩子們。

14 | こりる【懲りる】

自上一（因為吃過苦頭）不敢再嘗試

例 失敗(しっぱい)して懲(こ)りた。

譯 一朝被蛇咬，十年怕草繩。

15 | しょうげき【衝撃】

㊔ （精神的）打擊，衝擊；（理）衝撞

例 衝撃(しょうげき)を与(あた)える。

譯 給予打擊。

16 | たいまん【怠慢】

名·形動 怠慢，玩忽職守，鬆懈；不注意

例 職務怠慢(しょくむたいまん)が挙(あ)げられる。

譯 被檢舉疏忽職守。

17 | ちくしょう【畜生】

㊔ 牲畜，畜生，動物；（罵人）畜生，混帳

例 失敗(しっぱい)した、畜生(ちくしょう)！

譯 混帳！失敗了。

18 | どうよう【動揺】

名·自他サ 動搖，搖動，搖擺；（心神）不安，不平靜；異動

例 人心(じんしん)が動揺(どうよう)する。

譯 人心動搖。

19 | とぼける【惚ける・恍ける】

自下一（腦筋）遲鈍，發呆；裝糊塗，裝傻；出洋相，做滑稽愚蠢的言行

例 とぼけた顔(かお)をする。

譯 裝出一臉糊塗樣。

20 | なじる【詰る】

他五 責備，責問

例 部下(ぶか)をなじる。

譯 責備部下。

21 | なんと

副 怎麼，怎樣

例 なんと立派(りっぱ)な庭(にわ)だ。

譯 多棒的庭院啊。

22 | ののしる【罵る】

自五 大聲吵鬧　他五 罵，說壞話

例 人(ひと)を罵(ののし)る。

譯 罵人。

23 | ばかばかしい【馬鹿馬鹿しい】

形 毫無意義與價值，十分無聊，非常愚蠢

例 馬鹿馬鹿(ばかばか)しいことをいう。

譯 說蠢話。

24 | はらだち【腹立ち】

㊔ 憤怒，生氣

例 腹立(はらだ)ちを抑(おさ)える。

譯 壓抑憤怒。

25 | はらはら

(副·自サ) (樹葉、眼淚、水滴等)飄落或是簌簌落下貌；非常擔心的樣子

例 はらはらドキドキする。

譯 心頭噗通噗通地跳。

26 | はんぱつ【反発】

(名·自他サ) 排斥，彈回；抗拒，不接受；反抗；(行情)回升

例 反発を招く。

譯 遭到反抗。

27 | ひめい【悲鳴】

(名) 悲鳴，哀鳴；驚叫，叫喊聲；叫苦，感到束手無策

例 悲鳴を上げる。

譯 慘叫。

28 | ぶきみ【不気味】

(形動) (不由得)令人毛骨悚然，令人害怕

例 不気味な笑い声が聞こえてくる。

譯 聽到令人毛骨悚然的笑聲。

29 | ふふく【不服】

(名·形動) 不服從；抗議，異議；不滿意，不心服

例 不服を申し立てる。

譯 提出異議。

30 | ふんがい【憤慨】

(名·自サ) 憤慨，氣憤

例 ひどく憤慨する。

譯 非常氣憤。

31 | へいこう【閉口】

(名·自サ) 閉口(無言)；為難，受不了；認輸

例 彼の喋りには閉口する。

譯 他的喋喋不休叫人吃不消。

32 | へきえき【辟易】

(名·自サ) 畏縮，退縮，屈服；感到為難，感到束手無策

例 彼のわがままに辟易する。

譯 對他的任性感到束手無策。

33 | めざましい【目覚ましい】

(形) 好到令人吃驚的；驚人；突出

例 目覚しい発展を遂げる。

譯 取得了驚人的發展。

34 | やばい

(形) (俗)(對作案犯法的人警察將進行逮捕)不妙，危險

例 見つかったらやばいぞ。

譯 如果被發現就不好了啦。

35 | よくあつ【抑圧】

(名·他サ) 壓制，壓迫

例 抑圧を受ける。

譯 受壓迫。

36 | わずらわしい【煩わしい】

(形) 複雜紛亂，非常麻煩；繁雜，繁複

例 煩わしい人間関係は面倒だ。

譯 複雜的人際關係真是麻煩。

29-7 感謝、後悔 / 感謝、悔恨

01 | あしからず【悪しからず】

(連語·副) 不要見怪；原諒

例 あしからずご了承(りょうしょう)願(ねが)います。

譯 請予原諒。

02 | おおめ【大目】

(名) 寬恕，饒恕，容忍

例 大目(おおめ)に見(み)る。

譯 寬恕，不追究。

03 | おしむ【惜しむ】

(他五) 吝惜，捨不得；惋惜，可惜

例 努力(どりょく)を惜(お)しまない。

譯 努力不懈。

04 | かなう【叶う】

(自五) 適合，符合，合乎；能，能做到；(希望等)能實現，能如願以償

例 望(のぞ)みがかなう。

譯 實現願望。

05 | かんべん【勘弁】

饒恕，原諒，容忍；明辨是非

例 勘弁(かんべん)してください。

譯 請饒了我吧。

06 | こうかい【後悔】

(名·他サ) 後悔，懊悔

例 後悔先(こうかいさき)に立(た)たず。

譯 後悔莫及。

07 | サンキュー【thank you】

(感) 謝謝

例 サンキューカードを出(だ)す。

譯 寄出感謝卡。

08 | しゃざい【謝罪】

(名·自他サ) 謝罪；賠禮

例 失礼(しつれい)を謝罪(しゃざい)する。

譯 為失禮而賠不是。

09 | たまう

(他五·補動·五型) (敬)給，賜予；(接在動詞連用形下)表示對長上動作的敬意

例 お言葉(ことば)を賜(たま)う。

譯 拜賜良言。

10 | どげざ【土下座】

(名·自サ) 跪在地上；低姿態

例 土下座(どげざ)して謝(あやま)る。

譯 下跪道歉。

11 | むねん【無念】

(名·形動) 什麼也不想，無所牽掛；懊悔，悔恨，遺憾

例 無念(むねん)な死(し)に方(かた)。

譯 遺憾的死法。

12 | めいよ【名誉】

(名·造語) 名譽，榮譽，光榮；體面；名譽頭銜

例 名誉教授(めいよきょうじゅ)になる。

譯 當上榮譽教授。

13 **めぐみ【恵み】**

㊔ 恩惠，恩澤；周濟，施捨

例 恵(めぐ)みの雨(あめ)が降(ふ)る。

譯 降下恩澤之雨。

14 **めぐむ【恵む】**

(他五) 同情，憐憫；施捨，周濟

例 恵(めぐ)まれた環境(かんきょう)にいる。

譯 生在得天獨厚的環境裡。

15 **めんぼく・めんもく【面目】**

㊔ 臉面，面目；名譽，威信，體面

例 面目(めんぼく)が立(た)たない。

譯 丟臉。

Memo

パート 30 第三十章

思考、言語

- 思考、語言 -

N1 30-1

30-1 思考 / 思考

01 | あやぶむ【危ぶむ】

(他五) 操心，擔心；認為靠不住，有風險

例 事業(じぎょう)の成功(せいこう)を危(あや)ぶむ。

譯 擔心事業是否能成功。

02 | ありふれる

(自下一) 常有，不稀奇

例 それはありふれた考(かんが)えだ。

譯 那是大家都想得到的普通想法。

03 | い【意】

(名) 心意，心情；想法；意思，意義

例 哀悼(あいとう)の意(い)を表(あらわ)す。

譯 表達哀悼之意。

04 | いまさら【今更】

(副) 現在才…；(後常接否定語)現在開始；(後常接否定語)現在重新…；(後常接否定語)事到如今，已到了這種地步

例 いまさら言(い)うまでもない。

譯 事到如今也不用再提了。

05 | いそん・いぞん【依存】

(名·自サ) 依存，依靠，賴以生存

例 人民(じんみん)の力(ちから)に依存(いそん)する。

譯 依靠人民的力量。

06 | おこない【行い】

(名) 行為，形動；舉止，品行

例 行(おこな)いを改(あらた)める。

譯 改正言行舉止。

07 | おもいつき【思いつき】

(名) 想起，(未經深思)隨便想；主意

例 思(おも)い付(つ)きでものを言(い)う。

譯 到什麼就說什麼。

08 | かえりみる【省みる】

(他上一) 反省，反躬，自問

例 自(みずか)らを省(かえり)みる。

譯 自我反省。

09 | かえりみる【顧みる】

(他上一) 往回看，回頭看；回顧；顧慮；關心，照顧

例 家庭(かてい)を顧(かえり)みる。

譯 照顧家庭。

10 | かっきてき【画期的】

(形動) 劃時代的

例 画期的(かっきてき)な発明(はつめい)。

譯 劃時代的發明。

11 かなわない

連語（「かなう」的未然形＋ない）不是對手，敵不過，趕不上的

例 暑（あつ）くてかなわない。

譯 熱得受不了。

12 がる

接尾 覺得…；自以為…

例 面白（おもしろ）がる。

譯 覺得好玩。

13 かろうじて【辛うじて】

副 好不容易才…，勉勉強強地…

例 かろうじて間（ま）に合（あ）う。

譯 好不容易才趕上。

14 きょくたん【極端】

名·形動 極端；頂端

例 極端（きょくたん）な例（れい）。

譯 極端的例子。

15 くいちがう【食い違う】

自五 不一致，有分歧；交錯，錯位

例 意見（いけん）が食（く）い違（ちが）う。

譯 意見紛歧。

16 けんち【見地】

名 觀點，立場；（到建築預定地等）勘查土地

例 教育的（きょういくてき）な見地（けんち）に立（た）つ。

譯 站在教育的立場上。

17 こうそう【構想】

名·他サ（方案、計畫等）設想；（作品、文章等）構思

例 構想（こうそう）を練（ね）る。

譯 推敲構思。

18 こらす【凝らす】

他五 凝集，集中

例 目（め）を凝（こ）らす。

譯 凝視。

19 さえる【冴える】

自下一 寒冷，冷峭；清澈，鮮明；（心情、目光等）清醒，清爽；（頭腦、手腕等）靈敏，精巧，純熟

例 今日（きょう）は気分（きぶん）が冴（さ）えない。

譯 今天精神狀況不佳。

20 さく【策】

名 計策，策略，手段；鞭策；手杖

例 解決策（かいけつさく）を見出（みいだ）す。

譯 找出解決的方法。

21 しこう【思考】

名·自他サ 思考，考慮；思維

例 思考（しこう）を巡（めぐ）らせる。

譯 多方思考。

22 じゅうなん【柔軟】

形動 柔軟；頭腦靈活

例 柔軟（じゅうなん）な考（かんが）え方（かた）が身（み）につく。

譯 學會靈活的思考。

23 | たてまえ【建前】

㊔ 主義，方針，主張；外表；(建)上樑儀式

例 本音（ほんね）と建前（たてまえ）。

譯 真心話與場面話。

24 | どうい【同意】

(名·自サ) 同義；同一意見，意見相同；同意，贊成

例 同意（どうい）を求（もと）める。

譯 徵求同意。

25 | とって

(提助·接助) (助詞「とて」添加促音)(表示不應視為例外)就是，甚至；(表示把所說的事物做為對象加以提示)所謂；說是；即使說是；(常用「…こととて」表示不得已的原因)由於，因為

例 私（わたし）にとって一大事（いちだいじ）だ。

譯 對於我來說是件大事。

26 | とんだ

(連體) 意想不到的(災難)；意外的(事故)；無法挽回的

例 とんだ勘違（かんちが）いをする。

譯 意想不到地會錯意了。

27 | ネタ

㊔ (俗)材料；證據

例 小説（しょうせつ）のネタを考（かんが）える。

譯 思考小說的題材。

28 | ねる【練る】

(他五) (用灰汁、肥皂等)熬成熟絲，熟絹；推敲，錘鍊(詩文等)；修養，鍛鍊

(自五) 成隊遊行

例 策略（さくりゃく）を練（ね）る。

譯 推敲策略。

29 | ねん【念】

(名·漢造) 念頭，心情，觀念；宿願；用心；思念，考慮

例 念（ねん）を押（お）す。

譯 反覆確認。

30 | はくじゃく【薄弱】

(形動) (身體)軟弱，孱弱；(意志)不堅定，不強；不足

例 意思（いし）が薄弱（はくじゃく）だ。

譯 意志薄弱。

31 | ひそか【密か】

(形動) 悄悄地不讓人知道的樣子；祕密，暗中；悄悄，偷偷

例 密（ひそ）かに進（すす）める。

譯 暗中進行。

32 | ひとちがい【人違い】

(名·自他サ) 認錯人，弄錯人

例 後（うし）ろ姿（すがた）がそっくりなので人違（ひとちが）いする。

譯 因為背影相似所以認錯人。

33 | もうしぶん【申し分】

㊔ 可挑剔之處，缺點；申辯的理由，意見

例 申（もう）し分（ぶん）ない。

譯 無可挑剔。

30-2 判断 (1) /
判斷 (1)

01 | あえて【敢えて】
㊖ 敢；硬是，勉強；(下接否定)毫(不)，不見得

例 あえて危険(きけん)を冒(おか)す。

譯 鋌而走險。

02 | あかし【証】
㊔ 證據，證明

例 身(み)の証(あかし)を立(た)てる。

譯 證明自身清白。

03 | あて【当て】
㊔ 目的，目標；期待，依賴；撞，擊；墊敷物，墊布

例 当(あ)てのない旅(たび)に出(で)た。

譯 出發進行一場沒有目的地的旅行。

04 | あやふや
(形動) 態度不明確的；靠不住的樣子；含混的；曖昧的

例 あやふやな返事(へんじ)をする。

譯 含糊其詞的回答。

05 | あんのじょう【案の定】
㊖ 果然，不出所料

例 案(あん)の定(じょう)失敗(しっぱい)した。

譯 果然失敗了。

06 | イエス【yes】
(名·感) 是，對；同意

例 イエス・マンになった。

譯 變成唯唯諾諾的人。

07 | いかなる
(連體) 如何的，怎樣的，什麼樣的

例 いかなる危険(きけん)も恐(おそ)れない。

譯 不怕任何危險。

08 | いかに
(副·感) 如何，怎麼樣；(後面多接「ても」)無論怎樣也；怎麼樣；怎麼回事；(古)喂

例 いかにすべきかわからない。

譯 不知如何是好。

09 | いかにも
㊖ 的的確確，完全；實在；果然，的確

例 いかにもそうだ。

譯 的確是那樣。

10 | いずれも【何れも】
(連語) 無論哪一個都，全都

例 いずれも優(すぐ)れた短編(たんぺん)を集(あつ)める。

譯 集結所有傑出的短篇。

11 | うちけし【打ち消し】
㊔ 消除，否認，否定；(語法)否定

例 打(う)ち消(け)し合(あ)う。

譯 相互否定。

12 | かくしん【確信】
(名·他サ) 確信，堅信，有把握

例 確信(かくしん)を持(も)つ。

譯 有信心。

13 | かくてい【確定】

名·自他サ 確定，決定

例 当選確定（とうせんかくてい）のメールが来（き）た。

譯 收到確定當選電子郵件。

14 | かくりつ【確立】

名·自他サ 確立，確定

例 信頼関係（しんらいかんけい）を確立（かくりつ）する。

譯 確立互信關係。

15 | かりに【仮に】

副 暫時；姑且；假設；即使

例 仮（かり）に定（さだ）める。

譯 暫定。

16 | かり【仮】

名 暫時，暫且；假；假說

例 仮契約（かりけいやく）を作（つく）る。

譯 製作臨時契約。

17 | きょくげん【極限】

名 極限

例 極限（きょくげん）を超（こ）える。

譯 超過極限。

18 | きょぜつ【拒絶】

名·他サ 拒絕

例 拒絶反応（きょぜつはんのう）を抑（おさ）える。

譯 （醫）抑制抗拒反應。

19 | きょひ【拒否】

名·他サ 拒絕，否決

例 受（う）け取（と）り拒否（きょひ）。

譯 拒絕領取。

20 | ぎわく【疑惑】

名 疑惑，疑心，疑慮

例 疑惑（ぎわく）が晴（は）れる。

譯 解除疑惑。

21 | きわめて【極めて】

副 極，非常

例 極（きわ）めて難（むずか）しい。

譯 非常困難。

22 | くつがえす【覆す】

他五 打翻，弄翻，翻轉；（將政權、國家）推翻，打倒；徹底改變，推翻（學說等）

例 常識（じょうしき）を覆（くつがえ）す。

譯 顛覆常識。

23 | げんみつ【厳密】

形動 嚴密；嚴格

例 厳密（げんみつ）に言（い）う。

譯 嚴格來說。

24 | ごうい【合意】

名·自サ 同意，達成協議，意見一致

例 合意（ごうい）に達（たっ）する。

譯 達成協議。

25 | ことによると

副 可能，說不定，或許

例 ことによると病気（びょうき）かもしれない。

譯 也許是生病了也說不定。

26 | こんどう【混同】

名·自他サ 混同，混淆，混為一談

例 公私(こうし)を混同(こんどう)する。

譯 公私混淆。

27 | さぞ

副 想必，一定是

例 さぞ疲(つか)れたことでしょう。

譯 想必一定很累了吧。

28 | さぞかし

副 (「さぞ」的強調)想必，一定

例 さぞかし喜(よろこ)ぶでしょう。

譯 想必很開心吧。

29 | さっする【察する】

他サ 推測，觀察，判斷，想像；體諒，諒察

例 気持(きも)ちを察(さっ)する。

譯 理解對方的感受。

30 | さほど

副 (後多接否定語)並(不是)，並(不像)，也(不是)

例 さほど問題(もんだい)ではない。

譯 問題沒有多嚴重。

N1 30-2 (2)

30-2 判断 (2) /
判斷 (2)

31 | さも

副 (從一旁看來)非常，真是；那樣，好像

例 さもうれしそうな顔(かお)をする。

譯 神情看起來似乎非常開心。

32 | じしゅ【自主】

名 自由，自主，獨立

例 自主(じしゅ)トレーニングを行(おこな)った。

譯 進行自由練習。

33 | したしらべ【下調べ】

名·他サ 預先調查，事前考察；預習

例 下調(したしら)べを怠(おこた)る。

譯 預習偷懶。

34 | しまつ【始末】

名·他サ (事情的)始末，原委；情況，狀況；處理，應付；儉省，節約

例 始末(しまつ)がつく。

譯 得以解決。

35 | しんさ【審査】

名·他サ 審查

例 応募者(おうぼしゃ)を審査(しんさ)する。

譯 審查應徵者。

36 | しんにん【信任】

名·他サ 信任

例 信任(しんにん)が厚(あつ)い。

譯 深受信任。

37 | すいそく【推測】

名·他サ 推測，猜測，估計

例 推測(すいそく)が当(あ)たる。

譯 猜對了。

38 | すいり【推理】

(名·他サ) 推理，推論，推斷

例 推理小説が流行している。

譯 推理小説正流行。

39 | せいする【制する】

(他サ) 制止，壓制，控制；制定

例 はやる気持ちを制する。

譯 抑止焦急的心情。

40 | せいみつ【精密】

(名·形動) 精密，精確，細緻

例 精密な検査を受ける。

譯 接受精密的檢查。

41 | ぜせい【是正】

(名·他サ) 更正，糾正，訂正，矯正

例 格差を是正する。

譯 修正差價。

42 | そうおう【相応】

(名·自サ·形動) 適合，相稱，適宜

例 身分相応な暮らしをする。

譯 過著與身份相符的生活。

43 | そくばく【束縛】

(名·他サ) 束縛，限制

例 時間に束縛される。

譯 受時間限制。

44 | そし【阻止】

(名·他サ) 阻止，擋住，阻塞

例 反対派の入場を阻止する。

譯 阻止反對派的進場。

45 | それゆえ【それ故】

(連語·接續) 因為那個，所以，正因為如此

例 それ故申請を却下する。

譯 因此駁回申請。

46 | たいおう【対応】

(名·自サ) 對應，相對，對立；調和，均衡；適應，應付

例 対応策を検討する。

譯 商討對策。

47 | たいがい【大概】

(名·副) 大概，大略，大部分；差不多，不過份

例 ふざけるのも大概にしろ。

譯 開玩笑也該適可而止。

48 | たいしょ【対処】

(名·自サ) 妥善處置，應付，應對

例 新情勢に対処する。

譯 應付新情勢。

49 | だきょう【妥協】

(名·自サ) 妥協，和解

例 妥協をはかる。

譯 謀求妥協。

50 | だけつ【妥結】

(名·自サ) 妥協，談妥

例 交渉が妥結する。

譯 談判達成協議。

51 | だったら

(接續) 這樣的話，那樣的話

例 だったら明日(あす)にしよう。

譯 這樣的話，明天再做吧。

52 | だと

(格助) (表示假定條件或確定條件)如果是…的話…

例 毎日(まいにち)が日曜日(にちようび)だといいな。

譯 如果每天都是星期天就好了。

53 | だんげん【断言】

(名·他サ) 斷言，斷定，肯定

例 失敗(しっぱい)はないと断言(だんげん)する。

譯 斷言絕不失敗。

54 | だんぜん【断然】

(副·形動タルト) 斷然；顯然，確實；堅決；(後接否定語)絕(不)

例 断然(だんぜん)認(みと)めない。

譯 絕不承認。

55 | てまわし【手回し】

(名) 準備，安排，預先籌畫；用手搖動

例 手回(てまわ)しがいい。

譯 準備周到。

56 | てきぎ【適宜】

(副·形動) 適當，適宜；斟酌；隨意

例 適宜(てきぎ)に指示(しじ)を与(あた)える。

譯 適當給予意見。

57 | どうにか

(副) 想點法子；(經過一些曲折)總算，好歹，勉勉強強

例 どうにかなるだろう。

譯 總會有辦法的。

58 | とかく

(副·自サ) 種種，這樣那樣(流言、風聞等)；動不動，總是；不知不覺就，沒一會就

例 とかく日本人(にほんじん)の口(くち)には合(あ)わない。

譯 總之，不合日本人的胃口。

59 | とがめる【咎める】

(他下一) 責備，挑剔；盤問 (自下一) (傷口等)發炎，紅腫

例 罪(つみ)を咎(とが)める。

譯 問罪。

60 | とりあえず【取りあえず】

(副) 匆忙，急忙；(姑且)首先，暫且先

例 取(と)るものもとりあえず。

譯 急急忙忙。

N1 30-2 (3)

30-2 判断 (3) / 判斷 (3)

61 | とりまぜる【取り混ぜる】

(他下一) 攙混，混在一起

例 大小(だいしょう)取(と)り混(ま)ぜる。

譯 (尺寸)大小混在一起。

62 | なおさら

副 更加，越，更

例 なおさらよくない。

譯 更加不好了。

63 | なるたけ

副 盡量，儘可能

例 なるたけ早(はや)く来(き)てください。

譯 請盡可能早點前來。

64 | なんだか【何だか】

連語 是什麼；(不知道為什麼)總覺得，不由得

例 何(なん)だかとても眠(ねむ)い。

譯 不知道為什麼很睏。

65 | にんしき【認識】

名·他サ 認識，理解

例 認識(にんしき)を深(ふか)める。

譯 加深理解。

66 | はかる【図る・謀る】

他五 圖謀，策劃；謀算，欺騙；意料；謀求

例 自殺(じさつ)を図(はか)る。

譯 意圖自殺。

67 | はばむ【阻む】

他五 阻礙，阻止

例 行(ゆ)く手(て)を阻(はば)む。

譯 妨礙將來。

68 | はんてい【判定】

名·他サ 判定，判斷，判決

例 判定(はんてい)で負(ま)ける。

譯 被判定輸了比賽。

69 | ひかえる【控える】

自下一 在旁等候，待命 他下一 拉住，勒住；控制，抑制；節制；暫時不…；面臨，靠近；(備忘)記下；(言行)保守，穩健

例 支出(ししゅつ)を控(ひか)える。

譯 節制支出。

70 | ひつぜん【必然】

名 必然

例 その必然性(ひつぜんせい)を問(と)う。

譯 追究其必然性。

71 | ふかけつ【不可欠】

名·形動 不可缺，必需

例 これは不可欠(ふかけつ)の要素(ようそ)だ。

譯 這是必不可欠缺的條件。

72 | ふしん【不審】

名·形動 懷疑，疑惑；不清楚，可疑

例 不審(ふしん)な人物(じんぶつ)を見掛(みか)ける。

譯 發現可疑人物。

73 | ベスト【best】

名 最好，最上等，最善，全力

例 ベストを尽(つ)くす。

譯 盡全力。

74 | べんぎ【便宜】

名·形動 方便，便利；權宜

例 便宜(べんぎ)を図(はか)る。

譯 謀求方便。

75 | ほうき【放棄】

名·他サ 放棄，喪失

例 権利(けんり)を放棄(ほうき)する。

譯 放棄權利。

76 | まぎれる【紛れる】

自下一 混入，混進；(因受某事物吸引)注意力分散，暫時忘掉，消解

例 人混(ひとご)みに紛(まぎ)れて見失(みうしな)った。

譯 混入人群看不見了。

77 | まして

副 何況，況且；(古)更加

例 ましてや私(わたし)にできるわけがない。

譯 何況我不可能做得來的。

78 | みあわせる【見合わせる】

他下一 (面面)相視；暫停，暫不進行；對照

例 予定(よてい)を見合(みあ)わせる。

譯 預定計畫暫緩。

79 | みとおし【見通し】

名 一直看下去；(對前景等的)預料，推測

例 見通(みとお)しが甘(あま)かった。

譯 預想得太樂觀。

80 | みなす【見なす】

他五 視為，認為，看成；當作

例 正解(せいかい)と見(み)なす。

譯 當作是正確答案。

81 | みはからう【見計らう】

他五 斟酌，看著辦，選擇

例 タイミングを見計(みはか)らう。

譯 斟酌時機。

82 | むだん【無断】

名 擅自，私自，事前未經允許，自作主張

例 無断欠勤(むだんけっきん)する。

譯 擅自缺席。

83 | むやみ(に)【無闇(に)】

名·形動 (不加思索的)胡亂，輕率；過度，不必要

例 むやみにお金(かね)を使(つか)う。

譯 胡亂花錢。

84 | むよう【無用】

名 不起作用，無用處；無需，沒必要

例 心配無用(しんぱいむよう)です。

譯 無須擔心。

85 | もくろむ【目論む】

他五 計畫，籌畫，企圖，圖謀

例 大事業(だいじぎょう)をもくろむ。

譯 籌畫一項大事業。

86 | もしくは

(接續) (文)或，或者

例 火曜日もしくは木曜日に。

譯 在週二或週四。

87 | もっぱら【専ら】

(副) 專門，主要，淨；(文)專擅，獨攬

例 専ら練習に励む。

譯 專心致志努力練習。

88 | ゆえ(に)【故(に)】

(接續·接助) 理由，緣故；(某)情況；(前皆體言表示原因)因為

例 ユダヤ人であるが故に迫害された。

譯 因為是猶太人因此遭到迫害。

89 | ようする【要する】

(他サ) 需要；埋伏；摘要，歸納

例 長い時間を要する。

譯 需要很長的時間。

90 | よくせい【抑制】

(名·他サ) 抑制，制止

例 感情を抑制する。

譯 抑制情感。

91 | よし【良し】

(形) (「よい」的文語形式)好，行，可以

例 終わりよければすべて良し。

譯 結果好就是好的。

92 | よしあし【善し悪し】

(名) 善惡，好壞；有利有弊，善惡難明

例 善し悪しを見分ける。

譯 分辨是非。

93 | るいすい【類推】

(名·他サ) 類推；類比推理

例 類推して問題を解決する。

譯 以此類推解決問題。

94 | ろく

(名·形動·副) (物體的形狀)端正，平正；正常，普通；像樣的，令人滿意的；好的；正經的，好好的，認真的；(下接否定)很好地，令人滿意地，正經地

例 ろくな話をしない。

譯 不說正經話。

95 | わざわざ

(副) 特意，特地；故意地

例 わざわざ出かける。

譯 特地出門。

N1 30-3 (1)

30-3 理解 (1) /
理解 (1)

01 | アプローチ【approach】

(名·自サ) 接近，靠近；探討，研究

例 科学的なアプローチで作られた。

譯 以科學的探討程序製作而成。

02 | オプション【option】

(名) 選擇，取捨

例 オプション機能を追加する。

譯 增加選項的功能。

03 | がいとう【該当】

㊔名·自サ 相當，適合，符合(某規定、條件等)

例 該当する項目にチェックする。

譯 核對符合的項目。

04 | かいめい【解明】

名·他サ 解釋清楚

例 真実を解明する。

譯 解開真相。

05 | がたい【難い】

接尾 上接動詞連用形，表示「很難(做)…」的意思

例 忘れ難い。

譯 難忘。

06 | がっち【合致】

名·自サ 一致，符合，吻合

例 事実に合致する。

譯 與事實相符。

07 | カテゴリ(ー)【(德) Kategorie】

名 種類，部屬；範疇

例 カテゴリー別に分ける。

譯 依類別區分。

08 | ぎんみ【吟味】

名·他サ (吟頌詩歌)仔細體會，玩味；(仔細)斟酌，考慮

例 食材を吟味する。

譯 仔細斟酌食材。

09 | けいせき【形跡】

名 形跡，痕跡

例 形跡を残す。

譯 留下痕跡。

10 | けいたい【形態】

名 型態，形狀，樣子

例 新しい政治形態を受け入れる。

譯 接受新的政治形態。

11 | けい【系】

漢造 系統；系列；系別；(地層的年代區分)系

例 ヴィジュアル系。

譯 視覺系。

12 | けん【件】

名 事情，事件；(助數詞用法)件

例 その件について。

譯 關於那件事。

13 | こころみる【試みる】

他上一 試試，試驗一下

例 あれこれ試みる。

譯 多方嘗試。

14 | こころみ【試み】

名 試，嘗試

例 最初の試みが上手くいかなかった。

譯 第一次嘗試並不順利。

15 | ことがら【事柄】
(名) 事情，情況，事態

例 重要(じゅうよう)な事柄(ことがら)。

譯 重要的事情。

16 | さいしゅう【採集】
(名·他サ) 採集，搜集

例 植物採集(しょくぶつさいしゅう)に出掛(でか)ける。

譯 出門採集植物標本。

17 | さい【差異】
(名) 差異，差別

例 差異(さい)がない。

譯 沒有差別。

18 | さとる【悟る】
(他五) 醒悟，覺悟，理解，認識；察覺，發覺，看破；(佛)悟道，了悟

例 真理(しんり)を悟(さと)る。

譯 領悟真理。

19 | しきる【仕切る】
(他五·自五) 隔開，間隔開，區分開；結帳，清帳；完結，了結

例 カーテンで部屋(へや)を仕切(しき)る。

譯 用窗簾把房間隔開。

20 | しゅうしゅう【収集】
(名·他サ) 收集，蒐集

例 資料(しりょう)を収集(しゅうしゅう)する。

譯 收集資料。

21 | しゅつげん【出現】
(名·自サ) 出現

例 新(あたら)しい問題(もんだい)が出現(しゅつげん)した。

譯 出現了新問題。

22 | しょうごう【照合】
(名·他サ) 對照，校對，核對(帳目等)

例 書類(しょるい)を照合(しょうごう)する。

譯 核對文件。

23 | しょうだく【承諾】
(名·他サ) 承諾，應允，允許

例 承諾(しょうだく)を得(え)る。

譯 得到承諾。

24 | しらべ【調べ】
(名) 調查；審問；檢查；(音樂的)演奏；調音；(音樂、詩歌)音調

例 調(しら)べを受(う)ける。

譯 接受調查。

25 | せいぜん【整然】
(形動) 整齊，井然，有條不紊

例 整然(せいぜん)と並(なら)ぶ。

譯 排得整整齊齊。

26 | せいだく【清濁】
(名) 清濁；(人的)正邪，善惡；清音和濁音

例 水(みず)の清濁(せいだく)を試験(しけん)する。

譯 檢驗水的清濁。

27 | そなわる【具わる・備わる】

自五 具有，設有，具備

例 必要なものが備わった。

譯 必需品都已備齊。

28 | だいたい【大体】

名・副 大抵，概要，輪廓；大致，大部分；本來，根本

例 話は大体わかった。

譯 大概了解說話的內容。

29 | たいひ【対比】

名・他サ 對比，對照

例 両者を対比する。

譯 對照兩者。

30 | だかい【打開】

名・他サ 打開，開闢（途徑），解決（問題）

例 現状を打開する。

譯 突破現狀。

N1 30-3 (2)

30-3 理解 (2) /

理解 (2)

31 | たんけん【探検】

名・他サ 探險，探查

例 探検隊に参加する。

譯 加入探險隊。

32 | ついきゅう【追及】

名・他サ 追上，趕上；追究

例 真相を追究する。

譯 探究真相。

33 | つじつま【辻褄】

名 邏輯，條理，道理；前後，首尾

例 つじつまを合わせる。

譯 使其順理成章。

34 | てきおう【適応】

名・自サ 適應，適合，順應

例 事態に適応した処置。

譯 順應事情的狀態來處置。

35 | てんけん【点検】

名・他サ 檢點，檢查

例 戸締まりを点検する。

譯 檢查門窗。

36 | とげる【遂げる】

他下一 完成，實現，達到；終於

例 急成長を遂げる。

譯 實現快速成長的目標。

37 | ととのえる【整える・調える】

他下一 整理，整頓；準備；達成協議，談妥

例 支度を整える。

譯 準備就緒。

38 | とりくむ【取り組む】

自五 （相撲）互相扭住；和…交手；開（匯票）；簽訂（合約）；埋頭研究

例 研究に取り組む。

譯 埋首於研究。

39 | とりわけ【取り分け】

名·副 分成份；(相撲)平局，平手；特別，格外，分外

例 今日（きょう）はとりわけ暑（あつ）い。

譯 今天特別地熱。

40 | なんか

副助 (推一個例子意指其餘)之類，等等，什麼的

例 お前（まえ）なんかにわかるもんか。

譯 像你這種人能懂什麼。

41 | ばくぜん【漠然】

形動 含糊，籠統，曖昧，不明確

例 漠然（ばくぜん）とした考（かんが）え。

譯 籠統的想法。

42 | ぶんさん【分散】

名·自サ 分散，開散

例 負荷（ふか）を分散（ぶんさん）する。

譯 分散負荷。

43 | ぶんべつ【分別】

名·他サ 分別，區別，分類

例 ごみの分別（ぶんべつ）作業（さぎょう）。

譯 垃圾的分類作業。

44 | まるっきり

副 (「まるきり」的強調形式，後接否定語)完全，簡直，根本

例 まるっきり知（し）らない。

譯 完全不知道。

45 | めいはく【明白】

名·形動 明白，明顯

例 結果（けっか）は明白（めいはく）だ。

譯 結果顯而易見。

46 | めいりょう【明瞭】

形動 明白，明瞭，明確

例 それは明瞭（めいりょう）な事実（じじつ）だ。

譯 那是一樁明顯的事實。

47 | もさく【模索】

名·自サ 摸索；探尋

例 方法（ほうほう）を模索（もさく）する。

譯 探詢方法。

48 | よういん【要因】

名 主要原因，主要因素

例 要因（よういん）を探（さぐ）る。

譯 探詢主要原因。

49 | ようそう【様相】

名 樣子，情況，形勢；模樣

例 田舎（いなか）は様相（ようそう）を一変（いっぺん）した。

譯 農村完全改變了面貌。

50 | よし【由】

名 (文)緣故，理由；方法手段；線索；(所講的事情的)內容，情況；(以「…のよし」的形式)聽說

例 知（し）る由（よし）もない。

譯 無從得知。

51 | よみとる【読み取る】

(自五) 領會，讀懂，看明白，理解

例 真意を読み取る。

譯 理解真正的涵意。

52 | りょうかい【了解】

(名·他サ) 了解，理解；領會，明白；諒解

例 了解しました。

譯 明白了。

53 | るいじ【類似】

(名·自サ) 類似，相似

例 類似点がある。

譯 有相似之處。

54 | るい【類】

(名·接尾·漢造) 種類，類型，同類；類似

例 類は友を呼ぶ。

譯 物以類聚。

N1 30-4 (1)

30-4 知識 (1) /
知識 (1)

01 | あんじる【案じる】

(他上一) 掛念，擔心；(文)思索

例 父の健康を案じる。

譯 擔心父親的身體健康。

02 | いざしらず【いざ知らず】

(慣) 姑且不談；還情有可原

例 そのことはいざ知らず。

譯 那件事先姑且不談。

03 | いたって【至って】

(副·連語) (文)很，極，甚；(用「に至って」的形式)至，至於

例 至って健康だ。

譯 非常健康。

04 | いちがいに【一概に】

(副) 一概，一律，沒有例外地(常和否定詞相應)

例 一概に論じられない。

譯 無法一概而論。

05 | いちじるしい【著しい】

(形) 非常明顯；顯著地突出；顯然

例 著しい差異がある。

譯 有很大差別。

06 | いちよう【一様】

(名·形動) 一樣；平常；平等

例 一様に取り扱う。

譯 同樣對待。

07 | いちりつ【一律】

(名) 同樣的音律；一樣，一律，千篇一律

例 すべてを一律に扱う。

譯 全部一視同仁。

08 | いろん【異論】

(名) 異議，不同意見

例 異論を唱える。

譯 提出不同意見。

09 | い【異】
㊔·形動 差異，不同；奇異，奇怪；別的，別處的

例 異を唱える。

譯 提出異議。

10 | うそつき【嘘つき】
㊔ 說謊；說謊的人；吹牛的廣告

例 嘘つきは泥棒の始まり。

譯 小錯不改，大錯難改。

11 | おおすじ【大筋】
㊔ 內容提要，主要內容，要點，梗概

例 事件の大筋。

譯 事件的概要。

12 | おのずから【自ずから】
㊖ 自然而然地，自然就

例 おのずから明らかになる。

譯 真相自然得以大白。

13 | おのずと【自ずと】
㊖ 自然而然地

例 おのずと分かってくる。

譯 自然會明白。

14 | おぼえ【覚え】
㊔ 記憶，記憶力；體驗，經驗；自信，信心；信任，器重；記事

例 覚えがない。

譯 不記得；想不起。

15 | おもむき【趣】
㊔ 旨趣，大意；風趣，雅趣；風格，韻味，景象；局面，情形

例 景色に趣がある。

譯 景色雅緻優美。

16 | おもんじる・おもんずる【重んじる・重んずる】
他上一·他サ 注重，重視；尊重，器重，敬重

例 名誉を重んじる。

譯 注重名譽。

17 | おろか【愚か】
形動 智力或思考能力不足的樣子；不聰明；愚蠢，愚昧，糊塗

例 愚かな行い。

譯 愚蠢的行為。

18 | がいせつ【概説】
㊔·他サ 概說，概述，概論

例 內容を概説する。

譯 概述內容。

19 | がいねん【概念】
㊔（哲）概念；概念的理解

例 概念をつかむ。

譯 掌握概念。

20 | がいりゃく【概略】
㊔·㊖ 概略，梗概，概要；大致，大體

例 概略を話す。

譯 講述概要。

21 | かんけつ【簡潔】

㊔·形動 簡潔

例 簡潔に述べる。

譯 簡潔陳述。

22 | かんてん【観点】

㊔ 觀點，看法，見解

例 観点を変える。

譯 改變觀點。

23 | ぎのう【技能】

㊔ 技能，本領

例 技能を身に付ける。

譯 有一技之長。

24 | きゃっかん【客観】

㊔ 客觀

例 客観的に言う。

譯 客觀地說。

25 | きゅうきょく【究極】

㊔·自サ 畢竟，究竟，最終

例 究極の選択を迫られた。

譯 被迫做出最終的選擇。

26 | きょうくん【教訓】

㊔·他サ 教訓，規戒

例 教訓を得る。

譯 得到教訓。

27 | けがれ【汚れ】

㊔ 污垢

例 汚れを洗い流す。

譯 洗淨髒污。

28 | こうみょう【巧妙】

形動 巧妙

例 巧妙な手口ですり抜けられた。

譯 被巧妙的手法給蒙混過去。

29 | ごさ【誤差】

㊔ 誤差；差錯

例 誤差が生じる。

譯 產生誤差。

30 | こつ

㊔ 訣竅，技巧，要訣

例 コツをつかむ。

譯 掌握要領。

N1 ◉ 30-4 (2)

30-4 知識 (2) /

知識 (2)

31 | ことに【殊に】

副 特別，格外

例 殊に重要である。

譯 格外重要。

32 | ごもっとも【御尤も】

形動 對，正確；肯定

例 おっしゃることはごもっともです。

譯 您說得沒錯。

33 | こんきょ【根拠】

㊔ 根據

例 根拠にとぼしい。

譯 缺乏根據。

34 | こんてい【根底】

㊔ 根底，基礎

例 常識を根底から覆す。

譯 徹底推翻常識。

35 | こんぽん【根本】

㊔ 根本，根源，基礎

例 根本的な問題を解決する。

譯 解決根本的問題。

36 | さいぜん【最善】

㊔ 最善，最好；全力

例 最善を尽くす。

譯 盡最大努力。

37 | さくご【錯誤】

㊔ 錯誤；(主觀認識與客觀實際的)不相符，謬誤

例 時代錯誤も甚だしい。

譯 極度不符合時代精神。

38 | しくみ【仕組み】

㊔ 結構，構造；(戲劇，小説等)結構，劇情；企畫，計畫

例 仕組みを理解する。

譯 瞭解計畫。

39 | しかしながら

(接續)(「しかし」的強調)可是，然而；完全

例 しかしながら彼はまだ若い。

譯 但是他還很年輕。

40 | じっしつ【実質】

㊔ 實質，本質，實際的內容

例 彼が実質的なリーダーだ。

譯 他才是真正的領導者。

41 | じつじょう【実情】

㊔ 實情，真情；實際情況

例 実情を知る。

譯 明白實情。

42 | じったい【実態】

㊔ 實際狀態，實情

例 実態を調べる。

譯 調查實際情況。

43 | じつ【実】

(名·漢造) 實際，真實；忠實，誠意；實質，實體；實的；籽

例 実の兄と再会する。

譯 與親哥哥重逢。

44 | してん【視点】

㊔ (畫)(遠近法的)視點；視線集中點；觀點

例 視点を変える。

譯 改變觀點。

45 | しや【視野】

㊔ 視野；(觀察事物的)見識，眼界，眼光

例 視野(しや)を広(ひろ)げる。

譯 擴大視野。

46 | しゅかん【主観】

㊔ (哲)主觀

例 主観(しゅかん)に走(はし)る。

譯 過於主觀。

47 | しゅし【趣旨】

㊔ 宗旨，趣旨；(文章、說話的)主要內容，意思

例 趣旨(しゅし)に沿(そ)う。

譯 符合主旨。

48 | しゅたい【主体】

㊔ (行為，作用的)主體；事物的主要部分，核心；有意識的人

例 主体的(しゅたいてき)な行動(こうどう)を促(うなが)す。

譯 促進主要的行動。

49 | しよう【仕様】

㊔ 方法，辦法，作法

例 仕様(しよう)がない。

譯 沒有辦法。

50 | しんじつ【真実】

(名·形動·副) 真實，事實，實在；實在地

例 真実(しんじつ)がわかる。

譯 明白事實。

51 | しんそう【真相】

㊔ (事件的)真相

例 真相(しんそう)を解明(かいめい)する。

譯 弄清真相。

52 | しんり【真理】

㊔ 道理；合理；真理，正確的道理

例 真理(しんり)を探究(たんきゅう)する。

譯 探求真理。

53 | ずばり

(副) 鋒利貌，喀嚓；(說話)一語道破，擊中要害，一針見血

例 ずばりと言(い)い当(あ)てる。

譯 一語道破。

54 | せいかい【正解】

(名·他サ) 正確的理解，正確答案

例 この問題(もんだい)の正解(せいかい)を求(もと)めよ。

譯 請解出此題的正確答案。

55 | せいか【成果】

㊔ 成果，結果，成績

例 成果(せいか)を挙(あ)げる。

譯 取得成果。

56 | せいぎ【正義】

㊔ 正義，道義；正確的意思

例 正義(せいぎ)の味方(みかた)を求(もと)めている。

譯 找尋正義的使者。

57 | せいじょう【正常】
名·形動 正常

例 正常な状態を保つ。

譯 正常的狀態。

58 | せいとうか【正当化】
名·他サ 使正當化，使合法化

例 自分の行動を正当化する。

譯 把自己的行為合理化。

59 | せいとう【正当】
名·形動 正當，合理，合法，公正

例 正当に評価する。

譯 公正的評價。

60 | ぜんあく【善悪】
名 善惡，好壞，良否

例 善悪を判断する。

譯 判斷善惡。

N1 30-4 (3)

30-4 知識 (3) /
知識 (3)

61 | センス【sense】
名 感覺，官能，靈機；觀念；理性，理智；判斷力，見識，品味

例 センスがない。

譯 沒品味。

62 | ぜんてい【前提】
名 前提，前提條件

例 ～を前提として。

譯 以…為前提。

63 | たくみ【巧み】
名·形動 技巧，技術；取巧，矯揉造作；詭計，陰謀；巧妙，精巧

例 巧みな手口に騙された。

譯 被陰謀詭計給矇騙了。

64 | たやすい
形 不難，容易做到，輕而易舉

例 たやすくできる。

譯 容易做到。

65 | ちがえる【違える】
他下一 使不同，改變；弄錯，錯誤；扭到（筋骨）

例 順序を違える。

譯 順序錯誤。

66 | ちせい【知性】
名 智力，理智，才智，才能

例 知性にあふれる。

譯 才氣洋溢。

67 | ちてき【知的】
形動 智慧的；理性的

例 知的財産権。

譯 智慧財產權。

68 | つうじょう【通常】
名 通常，平常，普通

例 通常どおり営業する。

譯 如往常般營業。

69 | ていぎ【定義】
名·他サ 定義

例 敬語の用法を定義する。
譯 給敬語的用法下定義。

70 | てぎわ【手際】

名（處理事情的）手法，技巧；手腕，本領；做出的結果

例 手際がいい。
譯 手腕高明。

71 | とくぎ【特技】

名 特別技能（技術）

例 特技を活かす。
譯 發揮特殊技能。

72 | なだかい【名高い】

形 有名，著名；出名

例 研究者として名高い。
譯 以研究員的身份而聞名。

73 | なまなましい【生々しい】

形 生動的；鮮明的；非常新的

例 生々しい体験談を語る。
譯 講述彷彿令人身歷其境的經驗談。

74 | なみ【並・並み】

名·造語 普通，一般，平常；排列；同樣；每

例 並の人間には計算できない。
譯 一般人是無法計算出來的。

75 | にかよう【似通う】

自五 類似，相似

例 似通った感じ。
譯 類似的感覺。

76 | にせもの【にせ物】

名 假冒者，冒充者，假冒的東西

例 偽物にまんまとだまされた。
譯 不知道是假貨就這樣乖乖的受騙。

77 | にもかかわらず

連語·接續 雖然…可是；儘管…還是；儘管…可是

例 休日にもかかわらず店内は閑散としている。
譯 儘管是休假日店內也很冷清。

78 | はあく【把握】

名·他サ 掌握，充分理解，抓住

例 状況を把握する。
譯 充分理解狀況。

79 | ばっちり

副 完美地，充分地

例 準備はばっちりだ。
譯 準備很充分。

80 | ひかん【悲観】

名·自他サ 悲觀

例 将来を悲観する。
譯 對將來感到悲觀。

81 | ひずみ【歪み】

名 歪斜，曲翹；（喻）不良影響；（理）形變

例 政策のひずみを是正する。
譯 導正政策的失調。

82 | ひずむ

㊀自五 變形，歪斜

例 心が歪む。

譯 心態不正。

83 | ひとなみ【人並み】

名·形動 普通，一般

例 人並みの暮らしがしたい。

譯 想過普通人的生活。

84 | ぶつぎ【物議】

㊔ 群眾的批評

例 物議を醸す。

譯 引起群眾的批評。

85 | ふへん【普遍】

㊔ 普遍；(哲)共性

例 普遍的な真理になるのだ。

譯 成為普遍的真理。

86 | ふまえる【踏まえる】

他下一 踏，踩；根據，依據

例 要点を踏まえる。

譯 根據重點。

87 | ふめい【不明】

㊔ 不詳，不清楚；見識少，無能；盲目，沒有眼光

例 意識不明に陥る。

譯 陷入意識不明的狀態。

88 | へんけん【偏見】

㊔ 偏見，偏執

例 偏見を持つ。

譯 持有偏見。

89 | ポイント【point】

㊔ 點，句點；小數點；重點；地點；(體)得分

例 ポイントを押さえる。

譯 抓住要點。

N1 30-4 (4)

30-4 知識 (4) / 知識 (4)

90 | ほうしき【方式】

㊔ 方式；手續；方法

例 方式を変える。

譯 改變方式。

91 | ほんかく【本格】

㊔ 正式

例 本格的なフランス料理。

譯 道地的法國料理。

92 | ほんしつ【本質】

㊔ 本質

例 本質を見抜く。

譯 看破本質。

93 | ほんたい【本体】

㊔ 真相，本來面目；(哲)實體，本質；本體，主要部份

例 計略の本体を明かす。

譯 揭露陰謀的真相。

94 | まこと【誠】

(名·副) 真實，事實；誠意，真誠，誠心；誠然，的確，非常

例 嘘か真かを評する。

譯 評判是真還是假？

95 | まさしく

(副) 的確，沒錯；正是

例 これぞまさしく日本の夏だ。

譯 這才是正宗的日本夏天啊。

96 | みおとす【見落とす】

(他五) 看漏，忽略，漏掉

例 間違いを見落とす。

譯 漏看錯誤之處。

97 | みしらぬ【見知らぬ】

(連體) 未見過的

例 見知らぬ人に声をかけられた。

譯 被陌生人搭話。

98 | みち【未知】

(名) 未定，不知道，未決定

例 未知の世界に飛び込む。

譯 闖入未知的世界。

99 | むいみ【無意味】

(名·形動) 無意義，沒意思，沒價值，無聊

例 無意味な行動をする。

譯 做無謂的行動。

100 | むち【無知】

(名) 沒知識，無智慧，愚笨

例 相手の無知につけ込む。

譯 抓住對手的弱點。

101 | もくろみ【目論見】

(名) 計畫，意圖，企圖

例 もくろみが外れる。

譯 計畫落空。

102 | ややこしい

(形) 錯綜複雜，弄不明白的樣子，費解，繁雜

例 ややこしい問題を解く。

譯 解開錯綜複雜的問題。

103 | ゆがむ【歪む】

(自五) 歪斜，歪扭；(性格等)乖僻，扭曲

例 顔がゆがむ。

譯 臉扭曲。

104 | ようしき【様式】

(名) 樣式，方式；一定的形式，格式；(詩、建築等)風格

例 様式にこだわる。

譯 嚴格要求格式。

105 | ようほう【用法】

(名) 用法

例 用法を把握する。

譯 掌握用法。

106 | よかん【予感】

(名·他サ) 預感，先知，預兆

例 いやな予感がする。

譯 有不祥的預感。

107 | よって

(接續) 因此，所以

例 これによって無罪(むざい)とする。

譯 因此獲判無罪。

108 | よほど【余程】

(副) 頗，很，相當，在很大程度上；很想…，差一點就…

例 よほどの技術(ぎじゅつ)がないと無理(むり)だ。

譯 沒有相當技術是辦不到的。

109 | りくつ【理屈】

(名) 理由，道理；(為堅持己見而捏造的)歪理，藉口

例 理屈(りくつ)をこねる。

譯 強詞奪理。

110 | りてん【利点】

(名) 優點，長處

例 利点(りてん)を活(い)かす。

譯 活用長處。

111 | りょうしき【良識】

(名) 正確的見識，健全的判斷力

例 良識(りょうしき)を疑(うたが)う。

譯 懷疑是否有健全的判斷力。

112 | りろん【理論】

(名) 理論

例 理論(りろん)を述(の)べる。

譯 闡述理論。

113 | ろんり【論理】

(名) 邏輯；道理，規律；情理

例 論理性(ろんりせい)を欠(か)く。

譯 欠缺邏輯性。

N1 ◉ 30-5 (1)

30-5 言語 (1) / 語言 (1)

01 | あてじ【当て字】

(名) 借用字，假借字；別字

例 当(あ)て字(じ)を書(か)く。

譯 寫假借字。

02 | いちじちがい【一字違い】

(名) 錯一個字

例 一字違(いちじちが)いで大違(おおちが)い。

譯 錯一個字便大不同。

03 | かく【画】

(名) (漢字的)筆劃

例 11画(かく)の漢字(かんじ)を使(つか)う。

譯 使用11劃的漢字。

04 | かたこと【片言】

(名) (幼兒，外國人的)不完全的詞語，隻字片語，單字羅列；一面之詞

例 片言(かたこと)の日本語(にほんご)。

譯 隻字片語的日語。

05 | かんご【漢語】

(名) 中國話；音讀漢字

例 漢語(かんご)を用(もち)いる。

譯 使用漢語。

06 | かんよう【慣用】

(名·他サ) 慣用，慣例

例 慣用的な表現。

譯 慣用的表現方式。

07 | げんぶん【原文】

(名) (未經刪文或翻譯的)原文

例 原文を翻訳する。

譯 翻譯原文。

08 | ごい【語彙】

(名) 詞彙，單字

例 語彙を増やす。

譯 增加單字量。

09 | ごく【語句】

(名) 語句，詞句

例 よく使う語句を登録する。

譯 收錄經常使用的語句。

10 | ごげん【語源】

(名) 語源，詞源

例 語源を調べる。

譯 查詢詞彙來源。

11 | じたい【字体】

(名) 字體；字形

例 字体を変える。

譯 變換字體。

12 | じどうし【自動詞】

(名) (語法)自動詞

例 自動詞の活用を覚える。

譯 記住自動詞的活用。

13 | しゅうしょく【修飾】

(名·他サ) 修飾，裝飾；(文法)修飾

例 名詞を修飾する。

譯 修飾名詞。

14 | じょし【助詞】

(名) (語法)助詞

例 助詞を間違える。

譯 弄錯助詞。

15 | じょどうし【助動詞】

(名) (語法)助動詞

例 助動詞の役割を担う。

譯 起助動詞的作用。

16 | すうし【数詞】

(名) 數詞

例 数詞をつける。

譯 加上數詞。

17 | せいめい【姓名】

(名) 姓名

例 姓名を名乗る。

譯 自報姓名。

18 | せつぞくし【接続詞】

(名) 接續詞，連接詞

例 接続詞を間違える。

譯 接續詞錯誤。

19 | だいする【題する】

(他サ) 題名，標題，命名；題字，題詞

例 「資本論(しほんろん)」と題(だい)する著作(ちょさく)。

譯 以「資本論」為題的著作。

20 | だいべん【代弁】

(名·他サ) 替人辯解，代言

例 友人(ゆうじん)の代弁(だいべん)をする。

譯 替朋友辯解。

21 | たどうし【他動詞】

(名) 他動詞，及物動詞

例 他動詞(たどうし)は目的語(もくてきご)を取(と)る。

譯 他動詞必須有受詞。

N1 ⦿ 30-5 (2)

30-5 言語 (2) / 語言 (2)

22 | ちょくやく【直訳】

(名·他サ) 直譯

例 英語(えいご)の文(ぶん)を直訳(ちょくやく)する。

譯 直譯英文的文章。

23 | つかいこなす【使いこなす】

(他五) 運用自如，掌握純熟

例 日本語(にほんご)を使(つか)いこなす。

譯 日語能運用自如。

24 | つづり【綴り】

(名) 裝訂成冊；拼字，拼音

例 書類(しょるい)の綴(つづ)りを出(だ)した。

譯 取出裝訂成冊的文件。

25 | ていせい【訂正】

(名·他サ) 訂正，改正，修訂

例 内容(ないよう)を訂正(ていせい)する。

譯 修訂內容。

26 | と

(格助·並助) (接在助動詞「う、よう、まい」之後，表示逆接假定前題) 不管…也，即使…也；(表示幾個事物並列) 和

例 なんと言(い)われようと構(かま)わない。

譯 不管誰説什麼都不在乎。

27 | どうじょう【同上】

(名) 同上，同上所述

例 同上(どうじょう)の理由(りゆう)により。

譯 基於同上的理由。

28 | とくめい【匿名】

(名) 匿名

例 匿名(とくめい)の手紙(てがみ)が届(とど)いた。

譯 收到匿名信。

29 | なづけおや【名付け親】

(名) (給小孩) 取名的人；(某名稱) 第一個使用的人

例 新製品(しんせいひん)の名付(なづ)け親(おや)は娘(むすめ)だ。

譯 新商品的命名者是女兒。

30 | なづける【名付ける】

(他下一) 命名；叫做，稱呼為

例 子供(こども)に名付(なづ)ける。

譯 給孩子取名字。

31 | なふだ【名札】

名 (掛在門口的、行李上的)姓名牌，(掛在胸前的)名牌

例 名札をつける。

譯 戴名牌。

32 | ならす【慣らす】

他五 使習慣，使適應

例 体を慣らす。

譯 使身體習慣。

33 | ならびに【並びに】

接續 (文)和，以及

例 氏名並びに電話番号。

譯 姓名與電話號碼。

34 | ぶんご【文語】

名 文言；文章語言，書寫語言

例 文語を使う。

譯 使用文言文。

35 | ほんみょう【本名】

名 本名，真名

例 本名を名乗る。

譯 報上真名。

36 | マーク【mark】

名·他サ (劃)記號，符號，標記；商標；標籤，標示，徽章

例 マークを付ける。

譯 作上記號。

37 | まえおき【前置き】

名 前言，引言，序語，開場白

例 前置きが長い。

譯 開場白冗長。

38 | めいしょう【名称】

名 名稱(一般指對事物的稱呼)

例 名称を変える。

譯 改變名稱。

39 | よびすて【呼び捨て】

名 光叫姓名(不加「様」、「さん」、「君」等敬稱)

例 人を呼び捨てにする。

譯 直呼別人的名(姓)。

40 | りゃくご【略語】

名 略語；簡語

例 略語を濫用する。

譯 濫用略語。

41 | ろうどく【朗読】

名·他サ 朗讀，朗誦

例 詩を朗読する。

譯 朗讀詩句。

42 | わぶん【和文】

名 日語文章，日文

例 和文英訳の仕事を依頼する。

譯 委托日翻英的工作。

N1 30 思考、語言

30-6 表現 (1) / 表達 (1)

01 | あかす【明かす】

他五 説出來；揭露；過夜，通宵；證明

例 秘密(ひみつ)を明(あ)かす。

譯 揭露祕密。

02 | ありのまま

名·形動·副 據實；事實上，實事求是

例 ありのままを話(はな)す。

譯 說出實情。

03 | いいはる【言い張る】

他五 堅持主張，固執己見

例 知(し)らないと言(い)い張(は)る。

譯 堅稱不知情。

04 | いいわけ【言い訳】

名·自サ 辯解，分辯；道歉，賠不是；語言用法上的分別

例 知(し)らなかったと言(い)い訳(わけ)する。

譯 辯說不知情。

05 | いきごむ【意気込む】

自五 振奮，幹勁十足，踴躍

例 意気込(いきご)んで参加(さんか)する。

譯 鼓足幹勁參加。

06 | うったえ【訴え】

名 訴訟，控告；訴苦，申訴

例 訴(うった)えを退(しりぞ)ける。

譯 撤銷訴訟。

07 | うながす【促す】

他五 促使，促進

例 注意(ちゅうい)を促(うなが)す。

譯 提醒注意。

08 | エスカレート【escalate】

名·自他サ 逐步上升，逐步升級

例 紛争(ふんそう)がエスカレートする。

譯 衝突與日俱增。

09 | えんかつ【円滑】

名·形動 圓滑；順利

例 運営(うんえい)が円滑(えんかつ)に進(すす)む。

譯 順利經營。

10 | えんきょく【婉曲】

形動 婉轉，委婉

例 婉曲(えんきょく)に断(ことわ)る。

譯 委婉拒絕。

11 | オーケー【OK】

名·自サ·感 好，行，對，可以；同意

例 先方(せんぽう)のオーケーを取(と)る。

譯 取得對方的同意。

12 | おおい

感 (在遠方要叫住他人)喂，嗨(亦可用「おい」)

例 おおい、ここだ。

譯 喂！在這裡啦。

13 | おおげさ

形動 做得或説得比實際誇張的樣子；誇張，誇大

例 おおげさに言う。

譯 誇大其詞。

14 | おせじ【お世辞】

名 恭維(話)，奉承(話)，獻殷勤的(話)

例 お世辞を言う。

譯 説客套話。

15 | かいだん【会談】

名·自サ 面談，會談；(特指外交等)談判

例 会談を打ち切る。

譯 中止會談。

16 | かかげる【掲げる】

他下一 懸，掛，升起；舉起，打著；挑，掀起，撩起；刊登，刊載；提出，揭出，指出

例 目標を掲げる。

譯 高舉目標。

17 | かきとる【書き取る】

他五 (把文章字句等)記下來，紀錄，抄錄

例 要点を書き取る。

譯 記錄下要點。

18 | かわす【交わす】

他五 交，交換；交結，交叉，互相…

例 言葉を交わす。

譯 交談。

19 | きかく【企画】

名·他サ 規劃，計畫

例 旅行を企画する。

譯 計畫去旅行。

20 | きさい【記載】

名·他サ 刊載，寫上，刊登

例 結果を記載する。

譯 記錄結果。

21 | きめい【記名】

名·自サ 記名，簽名

例 無記名で提出する。

譯 以不記名方式提出。

22 | きゃくしょく【脚色】

名·他サ (小説等)改編成電影或戲劇；添枝加葉，誇大其詞

例 話を映画に脚色する。

譯 把故事改編成電影。

23 | きょうめい【共鳴】

名·自サ (理)共鳴，共振；共鳴，同感，同情

例 共鳴を呼ぶ。

譯 引起共鳴。

24 | ぐちゃぐちゃ

副 (因飽含水分)濕透；出聲咀嚼；抱怨，發牢騷的樣子

例 ぐちゃぐちゃと文句を言う。

譯 不斷抱怨。

25 | けなす【貶す】

(他五) 譏笑，貶低，排斥

例 他社商品をけなす。

譯 貶低其他公司的商品。

26 | げんろん【言論】

(名) 言論

例 言論の自由を保障する。

譯 保障言論自由。

27 | こうぎ【抗議】

(名·自サ) 抗議

例 審判に抗議する。

譯 對判決提出抗議。

28 | こうとう【口頭】

(名) 口頭

例 口頭で説明する。

譯 口頭説明。

29 | こくはく【告白】

(名·他サ) 坦白，自白；懺悔；坦白自己的感情

例 好きな人に告白する。

譯 向喜歡的人告白。

30 | ございます

(自·特殊型) 有；在；來；去

例 お探しの商品はこちらにございます。

譯 您要的商品在這邊。

30-6 表現 (2) /

表達 (2)

31 | こちょう【誇張】

(名·他サ) 誇張，誇大

例 誇張して表現する。

譯 表現誇張。

32 | ごまかす

(他五) 欺騙，欺瞞，蒙混，愚弄；蒙蔽，掩蓋，搪塞，敷衍；作假，搗鬼，舞弊，侵吞(金錢等)

例 年をごまかす。

譯 年齡作假。

33 | コメント【comment】

(名·自サ) 評語，解説，註釋

例 ノーコメントを貫いてきた。

譯 堅持一切均無可奉告。

34 | ごらんなさい【御覧なさい】

(敬) 看，觀賞

例 お手本をよくご覧なさい。

譯 請仔細看範本。

35 | さ

(終助) 向對方強調自己的主張，説法較隨便；(接疑問詞後)表示抗議、追問的語氣；(插在句中)表示輕微的叮嚀

例 僕だってできるさ。

譯 我也會做啊。

36 | さいげん【再現】

(名·自他サ) 再現，再次出現，重新出現

例 事件の状況を再現する。

譯 重現案發現場。

37 | さけび【叫び】

(名) 喊叫，尖叫，呼喊

例 叫び声が聞こえた。

譯 聽到尖叫聲。

38 | ざつだん【雑談】

(名·自サ) 閒談，說閒話，閒聊天

例 雑談にふける。

譯 聊得很起勁。

39 | さんび【賛美】

(名·他サ) 讚美，讚揚，歌頌

例 口をそろえて賛美する。

譯 異口同聲稱讚。

40 | しつぎ【質疑】

(名·自サ) 質疑，疑問，提問

例 論文の質疑応答は英語により行う。

譯 以英語回答對論文的質疑。

41 | してき【指摘】

(名·他サ) 指出，指摘，揭示

例 弱点を指摘する。

譯 指出弱點。

42 | しょうげん【証言】

(名·他サ) 證言，證詞，作證

例 法廷で証言する。

譯 出庭作證。

43 | しょうさい【詳細】

(名·形動) 詳細

例 詳細に述べる。

譯 詳細描述。

44 | しょうする【称する】

(他サ) 稱做名字叫…；假稱，偽稱；稱讚

例 病気と称して会社を休む。

譯 謊稱生病向公司請假。

45 | じょげん【助言】

(名·自サ) 建議，忠告；從旁教導，出主意

例 助言を与える。

譯 給予勸告。

46 | しるす【記す】

(他五) 寫，書寫；記述，記載；記住，銘記

例 氏名を記す。

譯 寫上姓名。

47 | しれい【指令】

(名·他サ) 指令，指示，通知，命令

例 指令が下る。

譯 下達命令。

48 | すいしん【推進】

(名·他サ) 推進，推動

例 積極的に推進する。

譯 大力推動。

49 | すすめ【勧め】

㊔ 規勸，勸告，勸誡；鼓勵；推薦

例 医者の勧めに従う。

譯 聽從醫師的勸告。

50 | すべる【滑る】

(自五) 滑行；滑溜，打滑；(俗)不及格，落榜；失去地位，讓位；説溜嘴，失言

例 言葉が滑る。

譯 説錯話。

51 | すらすら

㊖ 痛快的，流利的，流暢的，順利的

例 日本語ですらすらと話す。

譯 用日文流利的説話。

52 | せいめい【声明】

(名·自サ) 聲明

例 声明を発表する。

譯 發表聲明。

53 | せじ【世辞】

㊔ 奉承，恭維，巴結

例 (お)世辞がうまい。

譯 善於奉承。

54 | せっとく【説得】

(名·他サ) 説服，勸導

例 説得に負ける。

譯 被説服。

55 | せんげん【宣言】

(名·他サ) 宣言，宣布，宣告

例 独立を宣言する。

譯 宣佈獨立。

56 | たいけん【体験】

(名·他サ) 體驗，體會，(親身)經驗

例 体験を生かす。

譯 活用經驗。

57 | たいだん【対談】

(名·自サ) 對談，交談，對話

例 対談中、笑いが止まらなかった。

譯 面談中笑聲不斷。

58 | たいわ【対話】

(名·自サ) 談話，對話，會話

例 対話がうまい。

譯 善於交談。

59 | たとえ

(名·副) 比喻，譬喻；常言，寓言；(相似的)例子

例 例えを引く。

譯 舉例。

60 | だまりこむ【黙り込む】

(自五) 沉默，緘默

例 急に黙り込んだ。

譯 突然安靜下來。

30-6 表現 (3) / 表達 (3)

61 | ちゅうこく【忠告】

(名·自サ) 忠告，勸告

例 忠告を聞き入れる。

譯 接受忠告。

62 | ちゅうじつ【忠実】

(名·形動) 忠實，忠誠；如實，照原樣

例 忠実に再現する。

譯 如實呈現。

63 | ちんもく【沈黙】

(名·自サ) 沈默，默不作聲，沈寂

例 沈黙を破る。

譯 打破沈默。

64 | つげぐち【告げ口】

(名·他サ) 嚼舌根，告密，搬弄是非

例 先生に告げ口をする。

譯 向老師打小報告。

65 | つづる【綴る】

(他五) 縫上，連綴；裝訂成冊；(文)寫，寫作；拼字，拼音

例 着物の破れを綴る。

譯 縫補和服的破洞。

66 | ていきょう【提供】

(名·他サ) 提供，供給

例 情報を提供する。

譯 提供情報。

67 | ていさい【体裁】

(名) 外表，樣式，外貌；體面，體統；(應有的)形式，局面

例 体裁を繕う。

譯 裝飾門面。

68 | ていじ【提示】

(名·他サ) 提示，出示

例 証明書を提示する。

譯 提出證明。

69 | でんたつ【伝達】

(名·他サ) 傳達，轉達

例 伝達事項をお知らせします。

譯 傳遞轉達事項。

70 | てんで

(副) (後接否定或消極語)絲毫，完全，根本；(俗)非常，很

例 話しがてんで違う。

譯 內容完全不同。

71 | どうやら

(副) 好歹，好不容易才…；彷彿，大概

例 どうやら明日も雨らしい。

譯 明天大概會下雨。

72 | とうろん【討論】

(名·自サ) 討論

例 討論に加わる。

譯 參與討論。

73 | とう【問う】

(他五) 問，打聽；問候；徵詢；做為問題(多用否定形)；追究；問罪

例 選挙(せんきょ)で民意(みんい)を問(と)う。

譯 以選舉徵詢民意。

74 | とく【説く】

(他五) 説明；説服，勸；宣導，提倡

例 説法(せっぽう)を説(と)く。

譯 説明道理。

75 | どころか

(接續·接助) 然而，可是，不過；(用「…たところが的形式」)一…，剛要…

例 他人(たにん)どころか家族(かぞく)さえも～。

譯 不用説是旁人了，就連家人也…。

76 | となえる【唱える】

(他下一) 唸，頌；高喊；提倡；提出，聲明；喊價，報價

例 スローガンを唱(とな)える。

譯 高喊口號。

77 | とりいそぎ【取り急ぎ】

(副)(書信用語)急速，立即，趕緊

例 取(と)り急(いそ)ぎご返事(へんじ)申(もう)し上(あ)げます。

譯 謹此奉覆。

78 | なにげない【何気ない】

(形) 沒什麼明確目的或意圖而行動的樣子；漫不經心的；無意的

例 何気(なにげ)ない一言(ひとこと)。

譯 無心的一句話。

79 | なにとぞ【何とぞ】

(副) (文)請；設法，想辦法

例 何卒宜(なにとぞよろ)しくお願(ねが)いします。

譯 務必請您多多指教。

80 | なにより【何より】

(連語·副) 沒有比這更…；最好

例 お元気(げんき)で何(なに)よりです。

譯 您能身體健康比什麼都重要。

81 | ナンセンス【nonsense】

(名·形動) 無意義的，荒謬的，愚蠢的

例 ナンセンスなことを言(い)う。

譯 説廢話。

82 | なんなり(と)

(連語·副) 無論什麼，不管什麼

例 なんなりとお申(もう)し付(つ)け下(くだ)さい。

譯 無論什麼事您儘管吩咐。

83 | ニュアンス【(法) nuance】

(名) 神韻，語氣；色調，音調；(意義、感情等)微妙差別，(表達上的)細膩

例 言葉(ことば)のニュアンスが違(ちが)う。

譯 詞義有細微的差別。

84 | ねだる

(他五) 賴著要求；勒索，纏著，強求

例 小遣(こづか)いをねだる。

譯 鬧著要零用錢。

85 | はくじょう【白状】

(名·他サ) 坦白，招供，招認，認罪

例 犯人(はんにん)が白状(はくじょう)する。

譯 嫌犯招供了。

86 | ばくろ【暴露】

(名·自他サ) 曝曬，風吹日曬；暴露，揭露，洩漏

例 秘密(ひみつ)を暴露(ばくろ)する。

譯 洩漏秘密。

87 | はつげん【発言】

(名·自サ) 發言

例 発言(はつげん)を求(もと)める。

譯 要求發言。

88 | はなはだ【甚だ】

(副) 很，甚，非常

例 成績(せいせき)が甚(はなは)だ悪(わる)い。

譯 成績非常差。

89 | ばれる

(自下一) (俗)暴露，散露；破裂

例 うそがばれる。

譯 揭穿謊言。

90 | ひいては

(副) 進而

例 国(くに)のため、ひいては世界(せかい)のために。

譯 為了國家，進而為了世界。

30-6 表現 (4) / 表達 (4)

91 | ひなん【非難】

(名·他サ) 責備，譴責，責難

例 非難(ひなん)を浴(あ)びる。

譯 遭到責備。

92 | ひやかす【冷やかす】

(他五) 冰鎮，冷卻，使變涼；嘲笑，開玩笑；只問價錢不買

例 そう冷(ひ)やかすなよ。

譯 不要那麼挖苦。

93 | ひょっと

(副) 突然，偶然

例 ひょっと口(くち)に出(だ)す。

譯 不經意說出口。

94 | ひょっとして

(連語·副) 該不會是，萬一， 一旦，如果

例 ひょっとして道(みち)に迷(まよ)ったら大変(たいへん)だ。

譯 萬一迷路就糟糕了。

95 | ひょっとすると

(連語·副) 也許，或許，有可能

例 ひょっとするとあの人(ひと)が犯人(はんにん)かもしれない。

譯 那個人也許就是犯人。

96 | ふこく【布告】

(名·他サ) 佈告，公告；宣告，宣布

例 宣戦(せんせん)を布告(ふこく)する。

譯 宣戰。

97 | ふひょう【不評】

(名) 聲譽不佳，名譽壞，評價低

例 不評(ふひょう)を買(か)う。

譯 獲得不好的評價。

98 | プレゼン【presentation 之略】

(名) 簡報；(對音樂等的)詮釋

例 新企画(しんきかく)のプレゼンをする。

譯 進行新企畫的簡報。

99 | ぺこぺこ

(名·自サ·形動副) 癟，不鼓；空腹；諂媚

例 ぺこぺこして謝(あやま)る。

譯 叩頭作揖地道歉。

100 | へりくだる

(自五) 謙虛，謙遜，謙卑

例 へりくだった表現(ひょうげん)。

譯 謙虛的表現。

101 | べんかい【弁解】

(名·自他サ) 辯解，分辯，辯明

例 弁解(べんかい)の余地(よち)が無(な)い。

譯 沒有辯解的餘地。

102 | へんとう【返答】

(名·他サ) 回答，回信，回話

例 返答(へんとう)に困(こま)る。

譯 不知道如何回答。

103 | べんろん【弁論】

(名·自サ) 辯論；(法)辯護

例 弁論大会(べんろんたいかい)に出場(しゅつじょう)する。

譯 參加辯論大會。

104 | ぼやく

(自他五) 發牢騷

例 安(やす)い給料(きゅうりょう)をぼやく。

譯 抱怨薪水低。

105 | まぎらわしい【紛らわしい】

(形) 因為相像而容易混淆；以假亂真的

例 紛(まぎ)らわしいことをする。

譯 以假亂真。

106 | まことに【誠に】

(副) 真，誠然，實在

例 誠(まこと)に申(もう)し訳(わけ)ございません。

譯 實在非常抱歉。

107 | みせびらかす【見せびらかす】

(他五) 炫耀，賣弄，顯示

例 見(み)せびらかして自慢(じまん)する。

譯 驕傲的炫耀。

108 | むごん【無言】

(名) 無言，不說話，沈默

例 無言(むごん)でうなずく。

譯 默默地點頭。

109 | むろん【無論】

㊙ 當然，不用説

例 無論心配は要りません。

譯 當然無須擔心。

110 | もうしいれる【申し入れる】

他下一 提議，(正式)提出

例 援助を申し入れる。

譯 申請援助。

111 | もうしこみ【申し込み】

㊔ 提議，提出要求；申請，應徵，報名；預約

例 申し込みの締め切り。

譯 報名期限。

112 | もうしでる【申し出る】

他下一 提出，申述，申請

例 申し出てください。

譯 請提出申請。

113 | もうしで【申し出】

㊔ 建議，提出，聲明，要求；(法)申訴

例 申し出の順に処理する。

譯 依申請順序處理。

114 | もらす【漏らす】

他五 (液體、氣體、光等)漏，漏出；(秘密等)洩漏；遺漏；發洩；尿褲子

例 秘密を漏らす。

譯 洩漏秘密。

115 | ユニーク【unique】

形動 獨特而與其他東西無雷同之處；獨到的，獨自的

例 ユニークな発想をする。

譯 獨到的想法。

116 | ようけん【用件】

㊔ (應辦的)事情；要緊的事情；事情的內容

例 用件を述べる。

譯 陳述事情內容。

117 | よっぽど

㊙ (俗)很，頗，大量；在很大程度上；(以「よっぽど…ようと思った」形式)很想…，差一點就…

例 よっぽど好きだね。

譯 你真的很喜歡呢。

118 | よびとめる【呼び止める】

他下一 叫住

例 警察に呼び止められる。

譯 被警察叫住。

119 | よみあげる【読み上げる】

他下一 朗讀；讀完

例 判決文を読み上げる。

譯 朗讀判決書。

120 | よろん・せろん【世論・世論】

㊔ 輿論

例 世論を無視する。

譯 無視於輿論。

121 | リップサービス【lip service】

㊔ 口惠，口頭上説好聽的話

例 リップサービスが上手(じょうず)だ。

譯 擅於説好聽的話。

122 | りょうしょう【了承】

(名·他サ) 知道，曉得，諒解，體察

例 ご了承下(りょうしょうくだ)さい。

譯 請您見諒。

123 | ろんぎ【論議】

(名·他サ) 議論，討論，辯論，爭論

例 論議(ろんぎ)が盛(さか)んだ。

譯 激烈爭辯。

124 | わるいけど【悪いけど】

㊪ 不好意思，但…，抱歉，但是…

例 悪(わる)いけど、金貸(かねか)して。

譯 不好意思，借錢給我。

N1 30-7

30-7 文書、出版物 / 文章文書、出版物

01 | うつし【写し】

㊔ 拍照，攝影；抄本，摹本，複製品

例 住民票(じゅうみんひょう)の写(うつ)しを持参(じさん)する。

譯 帶上戶籍謄本影本。

02 | うわがき【上書き】

(名·自サ) 寫在(信件等)上(的文字)；(電腦用語)數據覆蓋

例 荷物(にもつ)の上書(うわが)きを確(たし)かめる。

譯 核對貨物上的收件人姓名及地址。

03 | えいじ【英字】

㊔ 英語文字(羅馬字)；英國文學

例 毎朝英字新聞(まいあさえいじしんぶん)を読(よ)む。

譯 每天閱讀英文報。

04 | えつらん【閲覧】

(名·他サ) 閱覽；查閱

例 新聞(しんぶん)を閲覧(えつらん)する。

譯 閱覽報紙。

05 | おうぼ【応募】

(名·自サ) 報名參加；認購(公債，股票等)，認捐；投稿應徵

例 求人(きゅうじん)に応募(おうぼ)する。

譯 應徵求才職缺。

06 | かじょうがき【箇条書き】

㊔ 逐條地寫，引舉，列舉

例 箇条書(かじょうが)きで記(しる)す。

譯 逐條記錄。

07 | かんこう【刊行】

(名·他サ) 刊行；出版，發行

例 雑誌(ざっし)を刊行(かんこう)する。

譯 發行雜誌。

08 | きかん【季刊】

㊔ 季刊

例 季刊誌(きかんし)。

譯 季刊。

09 | けいぐ【敬具】

㊔ (文)敬啟，謹具

例 拝啓(はいけい)と敬具(けいぐ)。
譯 敬啟與謹具。

10 | けいさい【掲載】
名·他サ 刊登，登載
例 雑誌(ざっし)に掲載(けいさい)する。
譯 刊登在雜誌上。

11 | げんしょ【原書】
名 原書，原版本；(外語的)原文書
例 英語(えいご)の原書(げんしょ)を読(よ)む。
譯 閱讀英文原文書。

12 | げんてん【原典】
名 (被引證，翻譯的)原著，原典，原來的文獻
例 原典(げんてん)を引用(いんよう)する。
譯 引用原著。

13 | こうどく【講読】
名·他サ 講解(文章)
例 源氏物語(げんじものがたり)を講読(こうどく)する。
譯 講解源氏物語。

14 | こうどく【購読】
名·他サ 訂閱，購閱
例 雑誌(ざっし)を購読(こうどく)する。
譯 訂閱雜誌。

15 | さんしょう【参照】
名·他サ 参照，參看，參閱
例 別紙(べっし)を参照(さんしょう)して下(くだ)さい。
譯 請參閱其他文件。

16 | しゅだい【主題】
名 (文章、作品、樂曲的)主題，中心思想
例 映画(えいが)の主題歌(しゅだいか)を書(か)き下(お)ろす。
譯 新寫電影的主題曲。

17 | しょはん【初版】
名 (印刷物，書籍的)初版，第一版
例 初版(しょはん)を発行(はっこう)する。
譯 發行書籍。

18 | しょひょう【書評】
名 書評(特指對新刊的評論)
例 書評(しょひょう)を書(か)く。
譯 撰寫書評。

19 | しょ【書】
名·漢造 書，書籍；書法；書信；書寫；字述；五經之一
例 書(しょ)を習(なら)う。
譯 學習書法。

20 | ぜっぱん【絶版】
名 絕版
例 絶版(ぜっぱん)にする。
譯 不再出版。

21 | そうかん【創刊】
名·他サ 創刊
例 創刊号(そうかんごう)が書店(しょてん)に並(なら)ぶ。
譯 書店陳列著創刊號。

22 | ださく【駄作】

㊔ 拙劣的作品，無價值的作品

例 駄作映画がヒットした。

譯 拙劣的電影竟然大賣。

23 | ちょうへん【長編】

㊔ 長篇；長篇小說

例 長編小説に挑む。

譯 挑戰撰寫長篇小說。

24 | ちょしょ【著書】

㊔ 著書，著作

例 著書を出す。

譯 發表著作。

25 | ちょ【著】

(名·漢造) 著作，寫作；顯著

例 著名な音楽家を招く。

譯 邀請赫赫有名的音樂家。

26 | でんき【伝記】

㊔ 傳記

例 伝記を書く。

譯 寫傳記。

27 | とじる【綴じる】

(他上一) 訂起來，訂綴；(把衣的裡和面)縫在一起

例 資料を綴じる。

譯 裝訂資料。

28 | ねんかん【年鑑】

㊔ 年鑑

例 年鑑を発行する。

譯 發行年鑑。

29 | はいけい【拝啓】

㊔ (寫在書信開頭的)敬啟者

例 「拝啓」と「敬具」。

譯 「敬啟者」與「謹具」。

30 | はん・ばん【版】

(名·漢造) 版；版本，出版；版圖

例 保存版にする。

譯 作為保存版。

31 | ふろく【付録】

(名·他サ) 附錄；臨時增刊

例 付録をつける。

譯 附加附錄。

32 | ぶんしょ【文書】

㊔ 文書，公文，文件，公函

例 文書を校正する。

譯 校對文件。

33 | ベストセラー【bestseller】

㊔ (某一時期的)暢銷書

例 ベストセラーになる。

譯 成為暢銷書。

34 | ほんぶん【本文】

㊔ 本文，正文

例 本文を参照せよ。

譯 請參看正文。

35 | まとめ【纏め】

㊔ 總結，歸納；匯集；解決，有結果；達成協議；調解(動詞為「纏める」)

例 1年間の総まとめ。

譯 一年的總結。

36 | ミスプリント【misprint】

㊔ 印刷錯誤，印錯的字

例 ミスプリントを訂正する。

譯 訂正印刷錯誤。

37 | めいぼ【名簿】

㊔ 名簿，名冊

例 同窓会名簿が届いた。

譯 收到同學會名冊。

38 | もくろく【目録】

㊔ (書籍目錄的)目次；(圖書、財產、商品的)目錄；(禮品的)清單

例 目録を進呈する。

譯 呈上目錄。

Memo

あ

い

う

え

お

か

き

く

こ

さ

し

す

せ

そ

た

ち

つ

て

と

な

に

ぬ

ね

の

は

ふ

へ

ほ

ま

み

む

や

ゆ

[25K+QR Code線上音檔]

■ 發行人／林德勝

■ 著者／吉松由美、田中陽子、西村惠子、千田晴夫、林勝田
山田社日檢題庫小組

■ 出版發行／山田社文化事業有限公司
臺北市大安區安和路一段112巷17號7樓
電話　02-2755-7622
傳真　02-2700-1887

■ 郵政劃撥／ 19867160號　大原文化事業有限公司

■ 英日語學習網／ www.stsdaybooks.nom

■ 總經銷／ 聯合發行股份有限公司
新北市新店區寶橋路235巷6弄6號2樓
電話　02-2917-8022
傳真　02-2915-6275

■ 印刷／上鎰數位科技印刷有限公司

■ 法律顧問／林長振法律事務所　林長振律師

■ 書＋QR碼／定價　新台幣 620 元

■ 初版／2025年 2 月

© ISBN : 978-986-246-873-9